V. C. ANDREWS

Nacht über Eden

Autorin

Mit ihrem ersten Roman *Blumen der Nacht* wurde V.C. Andrews zur Bestsellerautorin. Es folgten zehn weitere spektakuläre Erfolge, unter anderem *Wie Blüten im Wind, Dornen des Glücks, Schatten der Vergangenheit, Schwarzer Engel, Gärten der Nacht, Nacht über Eden* und *Dunkle Umarmung.* Nach ihrem Tod brachte ihre Familie zusammen mit einem sorgfältig ausgewählten Autor eine neue V.C. Andrews-Serie auf den Markt, die mit dem Titel *Zerbrechliche Träume* begann und weltweit ein begeistertes Echo hervorrief. Inzwischen gibt es bereits vier packende mehrbändige Familiengeschichten, und mit *Melody* begann eine fünfte, die Logan-Saga. V.C. Andrews-Romane wurden in unzählige Sprachen übersetzt und faszinieren Millionen Leser in aller Welt.

In der Reihe Goldmann-Taschenbücher sind folgende Titel von V.C. Andrews® erschienen:

DAS ERBE VON FOXWORTH HALL:

Gärten der Nacht. Roman (9163) · Blumen der Nacht. Roman (6617) · Wie Blüten im Wind. Roman (6618) · Dornen des Glücks. Roman (6619) · Schatten der Vergangenheit. Roman (8841)

DIE CASTEEL-SAGA:

Dunkle Wasser. Roman (8655) · Schwarzer Engel. Roman (8964) · Gebrochene Schwingen. Roman (9301) · Dunkle Umarmung. Roman (9882) · Nacht über Eden. Roman (9833)

DIE CUTLER-SAGA:

Zerbrechliche Träume. Roman (42045) · Geheimnis im Morgengrauen. Roman (41222) · Kind der Dämmerung. Roman (41304) · Stimmen aus dem Dunkel. Roman (41305) · Stunden der Nacht. (42404)

DIE LANDRY-SAGA:

Ruby. Roman (42533) · Dunkle Verheißung. Roman (43202) · Fesseln der Erinnerung. Roman (41590) · Tödlicher Zauber. Roman (41598) · Karussell der Nacht. Roman (41629)

DIE LOGAN-SAGA

Melody. Roman (41635) · Im Netz der Lügen. Roman (35111)

und:

Das Netz im Dunkel. Roman (6764)

V. C. Andrews

Nacht über Eden

Roman

Aus dem Amerikanischen von
Kollektiv Druck-Reif

GOLDMANN

Deutsche Erstveröffentlichung

Titel der Originalausgabe: Gates of Paradise
Originalverlag: Pocket Books, New York

Umwelthinweis:
Alle bedruckten Materialien dieses Taschenbuches
sind chlorfrei und umweltschonend.

Der Goldmann Verlag
ist ein Unternehmen der Verlagsgruppe Bertelsmann

Deutsche Erstveröffentlichung 10/90

Umschlaggestaltung: Design Team München
Umschlagfoto: Mall, Stuttgart
Druck: Elsnerdruck, Berlin
Verlagsnummer: 9833
AB · Herstellung: Heidrun Nawrot/sc
Made in Germany
ISBN 3-442-09833-5

Prolog

Solange ich denken konnte, gab es nur einen Menschen, mit dem ich meine tiefsten Geheimnisse teilen konnte, und das war Luke Casteel Jr. Mir war es, als wäre ich nur wirklich lebendig, wenn er mich ansah, und tief in meinem Innersten wußte ich, daß er ebenso empfand, auch wenn er nie gewagt hätte, es mir zu sagen. Ich sehnte mich danach, meinen Blick für immer tief in seine dunklen, saphierblauen Augen zu senken und ihm zu sagen, was ich wirklich fühlte. Aber solche Worte waren verboten, denn er war mein Halbbruder.

Dennoch gab es einen Weg, wie ich ihn längere Zeit ansehen konnte, ohne daß wir befürchten mußten, einem Außenstehenden unser Geheimnis zu enthüllen: Ich malte ihn. Er stellte sich mir immer gerne als Modell zur Verfügung. Wenn die Staffelei zwischen uns stand, diente mir die Kunst als eine Art Fenster, und ich konnte sein wunderschön geformtes, braungebranntes Gesicht mit den hohen Wangenknochen und der widerspenstigen, tiefschwarzen Haarsträhne, die ihm immer wieder in die Stirn fiel, nach Belieben betrachten.

Luke hatte das Haar meiner Tante Fanny geerbt, doch die dunkelblauen Augen und die gerade Nase hatte er von meinem Vater. Die Form seines Mundes und seines markanten, glattrasierten Kinns verriet Charakter. Auch mein Körperbau glich dem meines Vaters; die erstaunliche Ähnlichkeit zwischen den beiden überraschte mich immer wieder, wenn mir seine hohe, schlanke Gestalt entgegentrat. Diese Ähnlichkeit betrübte mich, denn sie erinnerte mich ständig daran, daß Luke nicht nur mein Halbbruder war, sondern daß er einem leidenschaftlichen Verhältnis zwischen meinem Vater und meiner Tante Fanny, der Schwester meiner Mutter, entstammte. Natürlich vermied man es in unserer Familie, über diesen Umstand zu sprechen. Er wurde einfach übergangen, und wir versuchten, einen Mantel des Schweigens darüber zu breiten, obwohl wir selbstverständlich wußten, daß die Leute in Winnerrow über uns redeten und klatschten. Denn wenn unsere Familie auch zu den angesehensten von Winnerrow gehörte, so war sie doch recht ungewöhnlich. Luke Jr. lebte bei seiner Mutter, die zweimal verheiratet gewesen war. Ihr erster Mann war wesentlich älter als sie gewesen und gestorben; der zweite war um einiges jünger als sie und hatte sich von ihr scheiden lassen.

Jedermann in Winnerrow erinnerte sich an die Verhandlung, in der entschieden werden sollte, ob die Vormundschaft über ihren Halbbruder Drake meiner Mutter oder Tante Fanny zugesprochen wurde. Ihr Vater Luke und seine zweite Frau Stacy waren bei einem Autounfall ums Leben gekommen. Drake war damals erst fünf Jahre alt gewesen. Man hatte sich schließlich gütlich geeinigt: Meiner Mutter wurde die Vormundschaft zugesprochen, und Tante Fanny erhielt eine beträchtliche Geldsumme . . . Drake war es zuwider, wenn man in seiner Gegenwart von dieser Sache sprach; und in der Schule hatte er sich mehr als einmal geprügelt, weil ihn die anderen Jungen damit neckten, daß er »gekauft« worden sei. Nach Mutters Ansicht hatte Drake ohnehin das Wesen ihres Vaters geerbt. Er war hübsch, muskulös und sehr sportlich, heiter und zugleich entschlossen. Jetzt studierte er am Harvard Business College Betriebswirtschaft. Auch wenn er eigentlich mein Onkel war, sah ich in ihm eher einen Bruder. Mammi und Daddy hatten ihn stets wie ihren eigenen Sohn behandelt.

Fast jeder in Winnerrow kannte die Geschichte meiner Mutter und wußte, daß sie in den Willies geboren und aufgewachsen war, daß ihre Mutter bei ihrer Geburt gestorben war und daß sie eine schwere Jugend gehabt hatte. Später war sie fortgezogen und hatte eine Zeitlang bei den Tattertons, der reichen Familie ihrer Mutter, gelebt.

Damals wohnte sie in dem herrschaftlichen Haus der Tattertons, in Farthinggale Manor oder »Farthy«, wie sie es zumeist nannte, wenn ich sie einmal dazu bewegen konnte, über diese Zeit zu sprechen. Doch das geschah nicht sehr oft.

Aber Luke und ich sprachen darüber, sooft wir allein waren. Farthinggale Manor ... In unserer Vorstellung war es ein verwunschenes Schloß, ein magischer Ort, der Tausende von Geheimnissen barg. Und immer noch wohnte der mysteriöse Tony Tatterton dort, jener Mann, der meine Urgroßmutter geheiratet hatte und das riesige Tatterton-Spielzeugimperium leitete, das heute nur noch lose mit unserer Spielzeugfabrik in den Willies verbunden war. Aus Gründen, die meine Mutter nicht preisgeben wollte, vermied sie jeden Kontakt mit ihm, obwohl er nie vergaß, uns allen Geburtstags- und Weihnachtskarten zu schicken. So lange ich mich erinnern konnte, hatte er mir zu jedem Geburtstag eine Puppe aus einem fremden Lande geschickt. Immerhin erlaubte meine Muter mir, sie zu behalten. Es waren wertvolle kleine chinesische Puppen mit langem, glattem, schwarzem Haar, Puppen aus Holland, Norwegen und Irland, die bunte Kostüme trugen und lebendige, strahlende Gesichter hatten.

Luke und ich wollten gerne mehr über Tony Tatterton und Farthy erfahren. Denn es gab so viele Fragen, auf die wir keine Antwort wußten. Was hatte meine Eltern bewogen, der glanzvollen Welt von Farthinggale Manor den Rücken zu kehren? Warum hatte meine Mutter unbedingt nach Winnerrow zurückkehren wollen, wo man hochmütig auf sie herabsah, weil sie eine Casteel aus den Willies war?

So viele Geheimnisse lauerten hinter den Schatten, die uns umgaben! Soweit ich zurückdenken konnte, hatte ich immer das Gefühl gehabt, daß es etwas gab, was ich wissen sollte – doch niemand sagte es mir, weder mein Vater noch meine Mutter, noch mein Onkel Drake.

Ich wünschte mir, ich könnte vor einer klaren, sauberen Leinwand sitzen und mit meinem Pinsel die Wahrheit auf die weiße Fläche zaubern. Vielleicht war dies der Grund, warum ich so leidenschaftlich gern malte.

ERSTER TEIL

1. Kapitel

Familiengeheimnisse

»O nein!« rief Drake, der plötzlich hinter mir stand. Ich war so in meine Malerei vertieft, daß ich ihn nicht hatte kommen hören. »Nicht schon wieder ein Bild von Farthinggale Manor mit Luke, der am Fenster steht und in die Wolken starrt!« Drake verdrehte die Augen.

Luke setzte sich rasch auf und strich eine Haarsträhne aus der Stirn. Immer wenn ihn etwas ärgerte oder aufregte, spielte er an seinem Haar herum. Ich wandte mich langsam zu Drake um und versuchte, ihn ebenso mißbilligend anzusehen, wie meine Englischlehrerin Miß Marbleton es tat, wenn sich jemand schlecht benahm oder eine unpassende Bemerkung machte. Doch Drake lachte spitzbübisch, und seine schwarzen Augen glänzten wie zwei funkelnde Edelsteine. Er konnte sich rasieren, so oft er wollte, immer lag auf seinen Wangen und seinem Kinn ein dunkler Schatten. Meine Mutter fuhr ihm oft liebevoll mit der Hand über die Wange und meinte, er solle die Stachelschweinborsten abrasieren.

»Drake«, sagte ich mit einem sanften Vorwurf in der Stimme.

»Nun, ist doch wahr, Annie, oder?« Drake war hartnäckig. »Du hast jetzt schon mindestens ein halbes Dutzend Bilder gemalt, auf denen Luke durch den Park von Farthy spaziert. Dabei ist er niemals dortgewesen.« Er hob die Stimme, um uns daran zu erinnern, daß er selbst sehr wohl in Farthinggale Manor gewesen war. Ich wandte den Kopf zur Seite, wie es meine Mutter tat, wenn ihr plötzlich etwas einfiel. Sollte Drake etwa eifersüchtig sein, weil ich immer nur Luke bat, mir Modell zu sitzen? Nie wäre es mir in den Sinn gekommen, Drake zu malen, denn er hatte nicht die Geduld, lange stillzusitzen.

»Meine Bilder von Farthy sind immer anders«, rief ich verletzt. »Wie könnte es auch anders sein? Ich richte mich nur nach meiner Phantasie und dem wenigen, was ich von Mammi und Daddy erfahren habe.«

»Du glaubst doch nicht, daß irgend jemand das bemerken würde?« warf Luke ein und sah von seinen Englischbuch auf. Drake grinste.

»Was hat der große Buddha gesagt?« Seine Augen funkelten boshaft. Er war immer glücklich, wenn er Luke mit einer spöttischen Bemerkung ärgern konnte.

»Drake, bitte, du verdirbst mir die Stimmung«, rief ich. »Ein Künstler muß den Augenblick einfangen und ihn festhalten wie einen kleinen Vogel . . . sanft und doch entschlossen.« Ich haßte es, wenn Luke und Drake sich stritten. Meine flehenden Blicke und Bitten waren erfolgreich. Drakes Gesicht wurde sanfter, seine Haltung entspannte sich. »Es tut mir leid. Ich dachte nur, ich könnte unseren Platon für einen Moment von hier entführen. Wir brauchen drüben in der Schule einen neunten Mann zum Baseballspielen«, fügte er hinzu.

Luke sah von seinem Englischbuch auf und schien völlig überrascht über diese Einladung. Seit Drake in diesem Frühjahr für die Semesterferien nach Hause gekommen war, hatte er fast die gesamte Zeit mit seinen älteren Freunden verbracht.

»Nun, ich . . .«, Luke sah mich an. »Ich muß für die Prüfung lernen, und ich dachte, während Annie mich malt . . .«

»Schon gut, Einstein«, unterbrach ihn Drake, und seine Stimme triefte vor Sarkasmus. »Weißt du, Bücher sind nicht alles im Leben«, fügte er altklug hinzu. »Es ist nämlich auch wichtig, daß man die Menschen kennt, daß sie einen mögen und respektieren. Das ist das Geheimnis des Erfolgs. Die Leute, die heute leitende Positionen innehaben, haben oft mehr auf dem Sportplatz als im Klassenzimmer gelernt«, meinte er belehrend und schwang dabei den schlanken Zeigefinger der rechten Hand in der Luft. Luke antwortete nicht. Er strich sich mit den Händen das Haar zurück und betrachtete Drake mit einem stoischen, durchdringenden Blick, den dieser nicht ertragen konnte. »Ach, ich weiß, ich verschwende nur meine Zeit.«

Damit wandte sich Drake wieder meinem Bild zu:

»Ich habe dir doch schon gesagt, daß Farthy grau und nicht blau ist«, wies er mich zurecht.

»Du warst doch erst fünf Jahre alt, als du dort gewohnt hast. Wie kannst du dir da so sicher sein?« warf Luke ein.

»So ein riesiges Haus vergißt man nicht«, sagte Drake und kräuselte die Lippen.

»Aber du hast auch gesagt, daß es draußen zwei Swimmingpools gäbe! Und Logan hat dir widersprochen und erzählt, daß einer draußen und einer im Haus ist«, fuhr Luke fort. Wenn es um Farthy ging, nahmen Luke und ich beide alles sehr genau und klammerten uns an jede Kleinigkeit, die wir erfahren hatten. Man hatte uns so wenig erzählt.

»Ach tatsächlich, Sherlock Holmes?« antwortete Drake, und seine Augen wurden schmal. Er ließ sich nicht gerne zurechtweisen, vor allem nicht von Luke. »Nun, ich habe nie behauptet, daß beide Schwimmbecken draußen waren; ich habe nur gesagt, daß es zwei gab. Du hörst eben nicht zu, wenn ich etwas sage. Es wundert mich, daß du in der Schule so gut bist. Wie machst du das nur?«

»Drake, bitte!« rief ich.

»Es stimmt doch, er hört nicht zu! Außer wenn du ihm etwas sagst«, fügte er hinzu und lächelte befriedigt, da er einen wunden Punkt getroffen zu haben glaubte. Luke errötete, und ein trauriger Blick aus seinen blauen Augen streifte mich.

Ich sah über ihn hinweg, hinüber zu den Willies, die im Licht der ersten Sonnenstrahlen glänzten. Der Wind trieb jetzt einen Wolkenfetzen vor sich her, der die Form einer Träne hatte. Plötzlich verspürte ich das Bedürfnis zu weinen. Es war nicht nur der Streit zwischen Luke und Drake, der mich bedrückte. Immer wieder überkam mich diese Melancholie wie eine dunkle Wolke, die sich vor die Sonne schob. Dann verspürte ich oft das Bedürfnis zu malen; denn wenn ich vor meiner Leinwand saß, schwand die Traurigkeit, und ein tiefer Frieden erfüllte mich. Auf der Leinwand erschuf ich die Welt meiner Träume und Wünsche. Ich konnte es für immer Frühling werden lassen oder einen strahlenden, wunderbaren Winter herbeizaubern. Ich fühlte mich, als hätte ich magische Kräfte; ich konnte in meinen Gedanken ein Bild heraufbeschwören und es dann auf der leeren Leinwand erstehen lassen. Während ich an meinem letzten Bild von Farthy gearbeitet hatte, hatte ich gespürt, wie mein Herz leichter und die Welt um mich herum immer heiterer geworden war, als sei ein dunkler Schatten, der auf meiner Seele gelastet hatte, gewichen. Jetzt, da Drake mir die Stimmung verdorben hatte, fühlte ich, wie mich erneut eine Welle der Trauer überspülte.

Plötzlich wurde mir bewußt, daß Luke und Drake mich anstarrten. Beide schienen bestürzt über mein betrübtes Gesicht. Hastig schluckte ich meine Tränen hinunter und lächelte ihnen durch den Schleier vor meinen Augen zu.

»Vielleicht ist jedes meiner Bilder von Farthinggale Manor anders, weil sich das Haus selbst verändert«, sagte ich schließlich mit leiser Stimme. Lukes Augen leuchteten freudig auf, und ein Lächeln spielte um seine weichen Lippen. Er wußte, was dieser Ton in meiner Stimme verhieß. Wir würden unser Märchenspiel spielen und unsere Phantasie unbekümmert schweifen lassen. Ohne Scheu würden wir Dinge sagen, die anderen siebzehn- oder achtzehnjährigen Teenagern kindisch vorkommen würden.

Aber dieses Spiel hatte noch eine andere Bedeutung für uns. Hier konnten wir Dinge aussprechen, die wir sonst nicht zu sagen gewagt hätten. Ich konnte seine Prinzessin sein und er mein Prinz. Indem wir uns hinter Phantasiegestalten verbargen, konnten wir zum Ausdruck bringen, was wir im Innersten unserer Herzen füreinander empfanden.

Drake schüttelte den Kopf. Auch er wußte, was nun kommen würde.

»O nein«, rief er, »ihr werdet doch nicht schon wieder anfangen.« Auf seinem Gesicht lag gespielte Verzweiflung.

»Vielleicht ist Farthy nur im Winter grau und düster und im Sommer hell, blau und freundlich«, begann ich und blickte zu dem strahlend blauen Himmel empor. Dann wandte ich meinen Blick Luke zu.

»Vielleicht ist es immer so, wie du es dir gerade wünschst«, sagte Luke und spann den Faden weiter. »Wenn ich mir wünsche, daß es aus Zucker und Ahornsirup besteht, dann wird es so sein.«

»Zucker und Ahornsirup?« feixte Drake.

»Und wenn ich will, daß es ein wunderbares Schloß ist, mit Hofmarschall, Hofdamen und einem traurigen Prinzen, der sich nach seiner Prinzessin sehnt, dann wird es so sein«, antwortete ich mit erhobener Stimme, um ihn zu übertönen.

»Darf ich der Prinz sein?«, fragte Luke rasch und stand auf. Unsere Blicke sanken ineinander, und mein Herz begann heftig zu pochen, als er auf mich zukam.

Er ergriff meine Hand; seine Finger waren warm und weich. Nun war sein Gesicht nur wenige Zentimeter von meinem entfernt ...

»Meine Prinzessin Annie«, flüsterte er. Mein Herz klopfte stürmisch. Gleich würde er mich küssen.

»Nicht so schnell, ihr Turteltäubchen«, mischte sich Drake plötzlich ein und humpelte mit gekrümmtem Rücken auf mich zu, als sei er alt und bucklig. »Ich bin Tony Tatterton«, raunte er mit drohender Stimme, »und ich komme, um Eure Prinzessin zu entführen, Sir Luke. Ich lebe im tiefsten, dunkelsten Teil des Schlosses Farthy, und sie wird mit mir kommen und für immer in meiner Welt gefangen sein. Sie wird die Prinzessin der Finsternis werden«, stieß er mit einem boshaften Lachen hervor.

Luke und ich starrten ihn an. Der überraschte Ausdruck auf unseren Gesichtern schien ihn zu verunsichern, und sein Körper straffte sich wieder. »Was für ein Blödsinn«, meinte er. »Jetzt habe ich mich selbst hinreißen lassen.« Er lachte.

»Es ist kein Blödsinn. Unsere Phantasien und Träume wekken unsere Kreativität. So hat es uns Miß Marbleton kürzlich in der Schule erklärt, nicht wahr, Luke?« Luke nickte nur. Er sah verärgert und tief verletzt aus.

»Sicher hat sie damit nicht gemeint, daß ihr Geschichten über Farthy erfinden sollt«, erwiderte Drake und grinste.

»Aber möchtest du nicht auch wissen, wie Farthy wirklich ist, Drake?« fragte ich.

Er zuckte die Achseln.

»Demnächst werde ich mir etwas Zeit nehmen und einfach vom College aus hinfahren. Es ist nicht weit von Boston«, fügte er beiläufig hinzu.

»Wirst du das wirklich tun?« Diese Vorstellung erfüllte mich mit Neid.

»Sicher, warum nicht?«

»Aber Mammi und Daddy hassen es, darüber zu sprechen«, erinnerte ich ihn. »Sie werden wütend sein, wenn sie es erfahren.«

»Dann sage ich es ihnen eben nicht«, sagte Drake. »Ich sage es nur dir. Es wird unser Geheimnis sein, Annie«, fügte er ein wenig spöttisch hinzu und sah Luke scharf an.

Luke und ich wechselten einen Blick. Drake begriff einfach nicht, warum Farthy so wichtig für uns war.

Wann immer ich Gelegenheit dazu hatte, betrachtete ich die Bilder von Mammis und Daddys wunderbarem Hochzeitsfest, das in Farthinggale Manor stattgefunden hatte. Auf den Fotos waren elegante Menschen zu sehen; die Männer trugen Smoking und die Frauen wunderbare Abendkleider. Und an den Tischen, die sich unter dem kalten Buffet bogen, eilten Diener mit Silbertabletts voller Champagnergläser vorbei.

Es gab auch ein Bild, das Mammi und Tony Tatterton beim Tanzen zeigte. Er sah so charmant aus wie ein Filmstar, und Mammi wirkte frisch und lebendig. Ihre kornblumenblauen Augen, jene Augen, die ich geerbt hatte, strahlten. Wenn ich dieses Bild betrachtete, fragte ich mich, was Tony Tatterton wohl so Schreckliches getan haben mochte. Wie bedrückend und geheimnisvoll das alles war! Und genau das war es, was mich zu diesen Bildern hinzog, als könnte ich ihnen ihr Geheimnis entlocken, wenn ich sie wieder und wieder betrachtete.

»Ob ich wohl je sehen werde, wie wunderbar und elegant es dort in Wirklichkeit ist?« meinte ich nachdenklich. »Wenn ich daran denke, daß du mit fünf Jahren dort warst, werde ich fast ein wenig eifersüchtig, Drake.«

»Das ist sechzehn Jahre her«, meinte Luke skeptisch.

»Er kann aber immer noch die Augen schließen und es sich vergegenwärtigen«, beharrte ich. »Wenn ich mir Farthy vorstelle, sehe ich nur ein Bild meiner Phantasie. Wenn Mammi nur mehr darüber erzählen würde! Und wenn ich hinfahren könnte . . . Wir bräuchten Tony Tatterton ja gar nicht zu beachten. Ich würde kein Wort mit ihm sprechen, falls sie es verbieten sollte. Aber immerhin könnten wir dort herumlaufen und . . .«

»Annie!«

Luke sprang auf, als meine Mutter um die Hausecke trat. Offensichtlich hatte sie unsere Unterhaltung mit angehört. Drake nickte, als habe er ihr plötzliches Erscheinen erwartet.

»Ja, Mammi?« Ich zog mich hinter meine Staffelei zurück. Sie sah Luke an, der rasch den Blick abwandte, und kam dann auf mich zu. Ich sah, daß sie es vermied, auf die Leinwand zu sehen.

»Annie«, sagte sie sanft, und in ihren Augen las ich eine tiefe Besorgnis, »hatte ich dich nicht gebeten, daß du dich und mich nicht mehr mit Gesprächen über Farthinggale quälst?«

»Ich habe sie gewarnt«, sagte Drake.

»Warum hörst du nicht auf deinen Onkel, mein Liebling? Er ist alt genug, um die Dinge zu begreifen.«

»Ja, Mutter.« Selbst wenn sie traurig war, sah sie wunderschön aus. Ihr Gesicht war rosig und so jung wie an dem Tag, an dem sie meinen Vater geheiratet hatte. Alle Leute, vor allem aber die Männer, die uns zusammen sahen, meinten immer: »Ihr beide seht eher wie Schwestern aus als wie Mutter und Tochter.«

»Ich habe dir doch gesagt, wie unerfreulich meine Erinnerungen an die Zeit in Farthinggale sind. Glaub mir, es ist kein Märchenschloß, und es gibt dort auch keine schönen jungen Prinzen, die darauf warten, dir zu Füßen zu fallen. Ihr beide solltet so etwas nicht spielen.«

»Ich habe alles getan, damit sie aufhören«, sagte Drake. »Andauernd spielen sie dieses alberne Märchenspiel!«

»Es ist nicht albern«, protestierte ich. »Jeder Mensch hat seine Phantasien.«

»Manchmal benehmen sie sich wie kleine Kinder«, beharrte Drake, »und Luke ermutigt sie auch noch.«

Luke erschrak und blickte meine Mutter schuldbewußt an. Ich wußte, wie wichtig ihre Zuneigung für ihn war. »Das tut er nicht«, rief ich. »Es ist ebensosehr meine Schuld.«

»Bitte, laßt uns nicht weiter auf dieses Thema eingehen«, bat meine Mutter. »Wenn ihr Märchen erfinden wollt, dann gibt es so viele andere wunderbare Dinge und Orte, über die ihr phantasieren könnt«, fügte sie hinzu, und ihre Stimme klang jetzt wieder fröhlich und unbekümmert. Sie lächelte

Drake zu. »Du siehst in deinem Harvard-Sweater wirklich wie ein Collegestudent aus. Ich wette, du kannst es gar nicht erwarten, dorthin zurückzukehren«, meinte sie und wandte sich dann Luke zu: »Ich hoffe, du wirst das College ebenso aufregend finden wie Drake.«

»Bestimmt. Ich freue mich schon darauf.« Luke sah meine Mutter an und blickte rasch wieder auf mich. Solange ich denken konnte, war Luke in Gegenwart meiner Mutter immer ein wenig scheu gewesen. Er war ohnehin von Natur aus schüchtern, aber er fürchtete auch, daß sie ihn dabei ertappen könnte, wie er sie anschaute. Aus demselben Grund hatte er auch nie ein längeres Gespräch mit Daddy oder Mammi geführt, obwohl er beide sehr bewunderte.

»Es ist schön, daß du so gute Schulnoten hast, Luke«, sagte sie. Dann straffte sich ihr Körper, und sie warf den Kopf zurück. Die Frauen in der Stadt pflegten sich über ihren »Casteel-Hochmut« zu ereifern, aber ich wußte, daß die meisten nur eifersüchtig auf sie waren. Denn sie war nicht nur schön, sondern auch eine erfolgreiche Geschäftsfrau. Jeder Mann in der Stadt bewunderte sie.

»Danke, Heaven«, antwortete Luke, während er sich verlegen das Haar aus der Stirn strich und so tat, als sei er in sein Buch vertieft. Doch ich wußte, wie sehr er sich über ihr Lob freute.

Dann sah er plötzlich auf seine Uhr.

»Oh, ich habe gar nicht gemerkt, wie spät es ist. Ich werde jetzt besser nach Hause gehen.«

»Ich dachte, du würdest heute abend mit uns essen«, protestierte ich, ehe er aufstehen konnte.

»Aber sicher, du solltest zum Abendessen bleiben, Luke.« Meine Mutter sah zärtlich zu Drake. »Es ist Drakes letzter Abend, bevor er zurück ins College geht«, sagte sie. »Meinst du, daß Fanny etwas dagegen hat?«

»Nein«, ein feines, leicht sarkastisches Lächeln spielte um Lukes Mund. »Sie kommt heute abend nicht nach Hause.«

»Dann ist ja alles in Ordnung«, sagte meine Mutter hastig. Wir alle wußten um Fannys Eskapaden mit jüngeren Männern und wie sehr Luke sich darüber grämte. »Ich werde ein Gedeck für dich auflegen lassen.«

Einen langen Augenblick ruhte ihr Blick auf meiner Leinwand. Auch ich betrachtete das Bild und blickte sie dann scheu an, um zu sehen, ob auf ihrem Gesicht Anerkennung oder Kritik zu lesen war. Sie neigte den Kopf leicht zur Seite, und ihr Blick war unverwandt in die Ferne gerichtet, als lausche sie einer Musik, die nur sie hörte . . .

»Es ist noch nicht fertig«, sagte ich hastig, denn ich fürchtete, daß sie irgend etwas Kritisches sagen könnte. Obwohl Daddy und sie meine Malerei von Anfang an immer unterstützt hatten, fühlte ich mich immer noch unsicher. Daddy hatte so wunderbare Künstler in seiner Fabrik; sie gehörten zu den talentiertesten Menschen des Landes. Er wußte, was wahre Kunst war.

»Warum malst du nicht ein Bild von den Willies, Annie?« Sie wandte sich um und zeigte auf die Berge. »Ich würde gerne etwas in dieser Art ins Eßzimmer hängen. Die Willies im Frühling mit ihren blühenden Bäumen und den singenden Vögeln! Deine Bilder sind so gut, wenn du dir beim Malen die Natur zum Vorbild nimmst.«

»O Mammi, meine Arbeiten sind aber noch nicht gut genug, um aufgehängt zu werden«, sagte ich und schüttelte den Kopf.

»Aber du hast Talent, Annie.« Ihre blauen Augen sahen liebevoll und ermutigend auf mich. »Es liegt dir im Blut«, flüsterte sie, als würde sie mir etwas Schlimmes anvertrauen.

»Ich weiß, Großvater hat wunderschöne Hasen und andere Waldtiere geschnitzt.«

»Ja.« Meine Mutter seufzte, und die Erinnerung ließ ein sanftes Lächeln über ihr Gesicht gleiten. »Ich sehe ihn noch vor mir, wie er vor der Hütte saß und stundenlang schnitzte, wie er ein formloses Holzstück in ein Waldtier verwandelte, das von Leben erfüllt schien. Es ist so wunderbar, wenn man künstlerisch begabt ist, Annie!«

»O Mammi, ich bin wirklich noch nicht gut genug«, meinte ich, »aber ich hoffe sehr, daß ich rasch Fortschritte machen werde.«

»Natürlich bist du gut, und natürlich wünschst du dir auch nichts sehnlicher, als eine richtige Malerin zu sein – eben wegen . . . wegen deiner künstlerischen Veranlagung.« Sie hielt einen Augenblick inne, als hätte sie mir gerade ein großes Geheimnis offenbart. Dann lächelte sie und küßte mich auf die Wange.

»Komm mit mir, Drake«, sagte sie, »ich möchte einige Sachen mit dir besprechen, ehe ich es vergesse und du wieder auf dem College bist.«

Drake kam zuerst zu mir herüber und betrachtete mein Bild.

»Ich habe vorhin nur Spaß gemacht, Annie. Es ist sehr gut«, sagte er fast flüsternd, damit ihn meine Mutter nicht hörte. »Ich verstehe deinen Wunsch, größere und aufregendere Orte als Winnerrow kennenzulernen. Irgendwann wirst du dieses Nest verlassen«, sagte er und wandte sich dabei halb zu Luke um. »Du wirst nicht immer nur in deiner Phantasie anderswo sein.«

Mit diesen Worten ging er zu meiner Mutter hinüber. Sie schob ihren Arm unter seinen, und sie gingen auf den Vordereingang von Hasbrouck House zu. Eine Bemerkung von Drake ließ sie laut auflachen. Ich wußte, daß er einen besonderen Platz in ihrem Herzen einnahm, weil er sie so sehr an ihren Vater erinnerte. Sie ging gerne Arm in Arm mit ihm durch die Straßen von Winnerrow.

Manchmal sah ich, wie Lukes Blick sehnsüchtig auf ihnen ruhte. Dann verstand ich, wie sehr er sich eine richtige, intakte Familie wünschte. Dies war einer der Gründe, warum er so gerne zu uns herüberkam, auch wenn er nur still dasaß und uns beobachtete. Hier gab es einen Vater und eine Mutter, wie er sie sich gewünscht hätte.

Ich spürte, daß Lukes Blick auf mir lag, und wandte mich um. Sein Gesicht war bekümmert, so als könne er meine Gedanken lesen und wüßte, wie traurig ich manchmal war – trotz des Reichtums, der uns umgab. Von Zeit zu Zeit beneidete ich die Familien, die ärmer waren als wir, denn ihr Leben schien so viel einfacher als unseres . . . Auf ihrer Vergangenheit lastete kein Geheimnis; sie hatten keine Verwandten, derer sie sich schämen mußten, keine Halbbrüder, keine Halbonkel. Nicht daß ich irgend jemanden in der Familie hätte missen mögen; ich liebte sie alle. Selbst Tante Fanny liebte ich. Es war, als wären wir alle Opfer ein und desselben Fluchs, der auf unserem Geschlecht lastete.

»Willst du weitermalen, Annie?« fragte Luke, und seine blauen Augen glänzten hoffnungsvoll.

»Hast du es nicht satt?«

»Nein. Und du?« fragte er.

»Ich werde das Malen nie leid, vor allem nicht, wenn ich dich male«, erwiderte ich.

2. Kapitel

Geburtstagsgeschenke

Lukes und mein achtzehnter Geburtstag war ein ganz besonderer Tag für uns beide. Meine Eltern kamen an diesem Morgen in mein Zimmer, um mich zu wecken. Daddy hatte mir ein goldenes Medaillon gekauft, das ein Bild von ihm und Mammi enthielt. Es hing an einer vierundzwanzigkarätigen Goldkette und glänzte mehr als jedes andere Schmuckstück, das ich je gesehen hatte. Er legte die Kette um meinen Hals, küßte und drückte mich so fest an sich, daß mir beinahe die Luft wegblieb. Dann sah er meinen überraschten Blick.

»Ich kann nichts dafür«, flüsterte er. »Du bist jetzt eine junge Dame, und ich habe Angst, mein kleines Mädchen zu verlieren.«

»O Daddy, ich werde immer dein kleines Mädchen sein«, rief ich.

Er küßte mich wieder und hielt mich fest an sich gedrückt, bis Mammi sich räusperte.

»Ich habe hier etwas, das Annie jetzt bekommen soll«, verkündete sie. Ich traute meinen Augen kaum, denn das, was sie in den Händen hielt, bedeutete ihr mehr als die kostbarsten Juwelen, die sie besaß. Und nun wollte sie es mir schenken! Ich dachte an die Tage zurück, als ich ein kleines Mädchen gewesen war und noch nicht zur Schule ging. Jeden Morgen saßen wir in ihrem Schlafzimmer an ihrem Toilettentisch, und sie bürstete mir das Haar. Und dabei hörten wir jene wunderschöne Melodie von Chopin . . . Ein verträumter Ausdruck trat in ihre Augen, und um ihre schönen Lippen spielte ein kleines Lächeln.

Neben uns, auf einem niedrigen Tisch, stand ein kleines Häuschen, das ich Mammis Puppenhaus nannte, wenngleich es kein wirkliches Puppenhaus war. Es war eines der wenigen

Tatterton-Spielzeuge, das wir bei uns zu Hause hatten: eine Spielzeughütte mit einem Irrgarten aus Hecken davor. Ich durfte es nicht berühren, aber manchmal hob sie das Dach hoch und ließ mich hineinsehen. Im Inneren befanden sich zwei Personen, ein Mann und ein junges Mädchen. Der Mann lag auf dem Boden ausgestreckt, die Arme hinter dem Kopf verschränkt. Sein Blick war auf das junge Mädchen gerichtet, das aufmerksam dem zu lauschen schien, was er sagte.

»Was erzählt er ihr, Mammi?«

»Er erzählt ihr eine Geschichte.«

»Was für eine Geschichte, Mammi?«

»Oh, eine Geschichte von einer wunderbaren Welt, in der sich die Menschen immer geborgen und behütet fühlen, eine Welt, in der es nur Freundlichkeit und Schönheit gibt.«

»Wo ist diese Welt, Mammi?«

»Eine Zeitlang war sie in dieser Hütte.«

»Kann ich auch in diese Welt gehen, Mammi?«

»O mein Liebling, das hoffe ich!«

»Warst du einmal in dieser Welt, Mammi?«

Sie sah mich an. Ihre leuchtenden Augen waren blauer als der Himmel, und das strahlende Lächeln, das auf ihren Lippen lag, ließ ihr Gesicht noch sanfter und schöner erscheinen. Sie sah nun selbst aus wie ein kleines Mädchen.

»O ja, Annie, ich war dort – einmal.«

»Und warum bist du weggegangen, Mammi?«

»Warum?« Sie sah sich suchend um, als hoffte sie die Antwort auf einem Stück Papier zu finden, das sie irgendwo hatte liegen lassen. Dann wandte sie ihren Blick wieder mir zu, und in ihren Augen glitzerten Tränen. »Weil, Annie . . . weil es zu schön war, um es zu ertragen.«

Natürlich hatte ich sie damals nicht verstanden, und ich wußte auch heute noch nicht, was sie damit gemeint hatte. Wie konnte etwas zu schön sein, um es zu ertragen?

Aber ich dachte damals nicht weiter darüber nach. Ich wollte die kleinen Möbel und das Geschirr sehen. Alles war so vollkommen! Ich hatte alles anfassen wollen, aber sie hatte es mir verboten, da die Gegenstände zu empfindlich waren.

Und jetzt schenkte sie es mir! Ich sah hinüber zu Daddy. Seine Augen waren schmal geworden, während er auf die

Hütte starrte. In seinem Blick stand etwas sehr Seltsames.

»Nein, Mammi! Ich weiß, wieviel es dir bedeutet«, protestierte ich.

»Aber du bedeutest mir doch noch viel mehr, mein Liebling«, erwiderte Mammi und überreichte mir die Hütte. Ich ergriff sie vorsichtig mit beiden Händen und stellte sie auf meinen Nachttisch, damit sie in Sicherheit wäre.

»O danke! Ich werde sie immer in Ehren halten«, versicherte ich. Ich war überglücklich, denn mit dieser Hütte verbanden sich für mich Träume und Sehnsüchte, von denen meine Mutter nichts wußte. Immer wenn ich den Mann und die Frau betrachtet hatte, hatte ich an Luke und mich gedacht. Gemeinsam würden wir weglaufen und dann glücklich zusammen in einer solchen Hütte leben . . .

»Gern geschehen, mein Liebling.«

Meine Eltern standen vor mir und lächelten mich an. Sie sahen beide so jung und glücklich aus. Welch ein wunderbarer Morgen, dachte ich. Ich wünschte, daß mein achtzehnter Geburtstag nie zu Ende gehen würde. Mein ganzes Leben sollte ein einziger glücklicher langer Tag sein, an dem alle in einer heiteren, fröhlichen Stimmung waren.

Nachdem meine Eltern das Zimmer verlassen hatten, duschte ich und verbrachte lange Zeit vor meinem Wandschrank, um mir zu überlegen, was ich an einem so wichtigen Tag anziehen sollte. Schließlich entschied ich mich für einen pinkfarbenen Angorapullover und einen weißen Seidenrock, denn diese Kleidung ähnelte der, die das junge Mädchen in der Hütte trug.

Ich kämmte mein Haar und steckte es an beiden Seiten zurück; dann legte ich einen Hauch pinkfarbenen Lippenstift auf. Zufrieden mit mir selbst lief ich aus meinem Zimmer und die Treppe hinab, die mit einem weichen blauen Teppich ausgelegt war. Der Tag war von strahlend goldenem Sonnenschein erfüllt, als würde die ganze Welt meinen Geburtstag feiern. Selbst die Blätter und die langen dünnen Zweige, die sich an dem Weidenbaum vor den Frontfenstern wiegten, schienen von Licht durchflutet.

Am Fuß der Treppe hielt ich inne, denn im ganzen Haus herrschte Stille. Ich sah auch die Hausangestellten nicht wie gewohnt hin- und hereilen und das Frühstück im Eßzimmer zu richten. »Hallo, wo seid ihr alle?«

Ich ging ins Eßzimmer. Der Frühstückstisch war gedeckt, aber es war niemand zu sehen. Ich sah in den beiden Wohnzimmern und im Arbeitszimmer nach, aber nirgendwo war eine Menschenseele zu entdecken. Drake, der nur wegen meines Geburtstags am Vorabend vom College nach Hause gekommen war, war offenbar noch gar nicht auf.

»Mammi? Daddy? Drake?«

Ich ging in die Küche. Der Kaffee lief durch die Maschine, das Rührei war geschlagen und bereit für die Pfanne, im Toaster steckten Brotscheiben, die darauf warteten, geröstet zu werden – aber es war niemand in der Küche. Wo waren Roland Star, unser Koch, und Mrs. Avery, unsere Haushälterin? Auch Gerald Wilson, unser Butler, der sich gewöhnlich in der Eingangshalle aufhielt, war verschwunden.

»Was geht hier vor?« Ich lächelte verwirrt und aufgeregt. Schließlich ging ich zur Eingangstür, öffnete sie und sah hinaus.

Dort standen sie alle: meine Mutter, mein Vater, Drake, die Angestellten und etwas abseits auch Luke, alle mit einem breiten Lächeln auf dem Gesicht.

»Was ist hier los«, fragte ich und trat hinaus. »Warum seid ihr . . .«

Und dann sah ich es. Offensichtlich hatte mein Vater in der Nacht zuvor dieses brandneue leuchtend blaue Mercedes-Cabriolet in die Auffahrt gebracht. Sie hatten es mit zwei breiten pinkfarbenen Bändern umwickelt. Noch ehe ich irgend etwas sagen konnte, riefen sie alle im Chor: »Herzlichen Glückwunsch!« Als ich dann um den Wagen herumging und auf dem Nummernschild meinen Namen las, spürte ich plötzlich einen Kloß im Hals.

»Herzlichen Glückwunsch, Annie, mein Liebling«, sagte meine Mutter. »Mögest du noch viele, viele schöne Geburtstage verleben.«

»Ich glaube, das ist unmöglich«, rief ich, »wie könnte ich je glücklicher sein als heute? Vielen Dank euch allen!«

Ich küßte Daddy und umarmte Drake.«

»Ich weiß nicht, wie es euch ergeht«, verkündete mein Vater, »aber ich bin am Verhungern und am Verdursten zugleich.«

Alle lachten, und die Hausangestellten traten auf mich zu, um mich zu küssen und mir zu gratulieren. dann gingen sie wieder an ihre Arbeit. Nur Luke blieb etwas hinter den anderen zurück. Ich wußte, daß er sich immer ein wenig als Außenseiter fühlte.«

»Komm, Luke,« rief meine Mutter, als sie sah, daß er unbeweglich stehen blieb. »Logan und ich haben uns auch für dich etwas Besonderes ausgedacht.«

»Danke, Heaven.«

Meine Mutter sah zuerst Luke und dann mich an und ging schließlich mit den anderen ins Haus. Luke rührte sich nicht vom Fleck.

»Komm doch, du Dummkopf«, sagte ich, »heute ist unser Ehrentag.«

Er nickte.

»Was für ein traumhafter Wagen.«

»Gleich nach dem Frühstück werden wir eine Probefahrt machen, okay?«

»Natürlich«, antwortete er, aber er sah bedrückt aus. »Heaven hat auch meine Mutter eingeladen, aber sie hat einen Kater von gestern. Ich weiß nicht, ob sie kommt«, erklärte er.

»O Luke, es tut mir so leid!« Ich ergriff seine Hand. »Wir wollen uns heute durch nichts den Tag verderben lassen, und sollte es doch irgend etwas Unerfreuliches geben, werden wir sofort zum Pavillon gehen.«

Luke mußte lächeln. Als wir klein waren, hatten wir viel Zeit dort verbracht. Der Pavillon war ein magischer Ort für uns, ein Ort, an dem wir unserer Phantasie freien Lauf lassen konnten. Ohne daß wir es vereinbart oder ausgesprochen hätten, wußten wir beide, daß wir, wann immer wir etwas Besonderes tun oder besprechen wollten, zu dem Pavillon gehen würden.

Wenn wir die drei Stufen hinaufstiegen, hatten wir das Gefühl, die Realität hinter uns zu lassen. Es war ein großer Pavillon, und rundherum war am Geländer eine Bank angebracht. Meine Eltern hatten es weiß und hellgrün streichen lassen. An den Deckenbalken hingen in Abständen kleine Lampen, so daß man ihn nachts beleuchten konnte – was ihn in unseren

Augen natürlich noch viel geheimnisvoller erscheinen ließ. Wir waren eigentlich die einzigen, die sich dort aufhielten. Ich konnte mich nicht daran erinnern, daß mein Vater je dort gewesen wäre. Und auch Drake hatte noch nie das Bedürfnis verspürt, dort zu sitzen. Er verbrachte seine Zeit selbst an warmen Sommertagen lieber in seinem Arbeitszimmer. Nur manchmal, wenn ich gerne hingehen wollte und er nichts anders zu tun hatte, machte er eine Ausnahme. Aber dann beklagte er sich die ganze Zeit über das Ungeziefer und die harten hölzernen Sitzbänke.

»Wir müssen sowieso zum Pavillon gehen«, sagte Luke. »Ich habe etwas für dich.«

»Ich für dich auch. Siehst du, es wird ein wunderbarer Tag werden. Herzlichen Glückwunsch.«

»Herzlichen Glückwunsch, Annie«

»Gut, aber laß uns jetzt erst etwas essen, ich komme um vor Hunger. All diese Aufregung macht Appetit.«

Er lachte, und wir liefen zurück zum Hasbrouck House.

Was seine Mutter betraf, so hatte Luke sich getäuscht. Tante Fanny kam wie üblich gerade in dem Moment hereingerauscht, als wir uns bereits alle hingesetzt hatten, um mit dem Frühstück anzufangen.

»Sieht euch ähnlich, daß ihr nicht auf mich wartet«, erklärte sie und stemmte dabei die Hände in die Hüften. Sie trug einen breitkrempigen, schwarzen Satinhut mit einem hellgrünen Band, unter dem ihr Haar hochgesteckt war. Was ihren Kater anging, so hatte Luke anscheinend recht gehabt, denn sie behielt auch im Haus ihre Sonnenbrille auf. Tante Fanny trug oft ausgefallene Kleidung, vor allem, wenn sie uns besuchte. Ich nahm an, daß sie damit nur meine Mutter eifersüchtig machen wollte, doch Mammi schenkte Fannys Aufmachung nie besondere Beachtung. Heute trug sie einen kurzen Rock und eine Jacke aus dunkelgrünem Leder und dazu eine grelle pinkfarbene Bluse. Mit ihren bunten Farben erinnerte sie an einen geschmückten Weihnachtsbaum.

»Wir haben uns mit fast einer halben Stunde Verspätung an den Tisch gesetzt, Fanny«, sagte meine Mutter.

»Ach, sag bloß?« Schwungvoll legte sie ihren Hut ab und seufzte gekränkt. Dann kam sie auf mich zu und überreichte mir einen in Geschenkpapier gewickelten Karton. »Herzlichen Glückwunsch, Annie, mein Liebes.«

»Danke, Tante Fanny.« Ich nahm das Paket entgegen und trat zur Seite, so daß ich es auspacken konnte, ohne den Tisch in Unordnung zu bringen. Daddy saß mit versteinertem Gesicht da, den Kopf auf die gefalteten Hände gestützt. Luke starrte auf den Tisch und schüttelte den Kopf. Von uns allen mochte Drake Tante Fanny am meisten. Ich nehme an, sie wußte das, denn sie sah ihn immer an und zwinkerte ihm zu, als bestünde zwischen ihnen ein geheimes Einverständnis. Ihr Geschenk war ein handgeschnitzter Schmuckkasten aus Elfenbein mit einer eingebauten Spieluhr, die das Lied »Memories« aus dem Musical »Cats« spielte, wenn man den Deckel öffnete. Mammi warf einen bewundernden Blick darauf.

»Es ist wunderschön, Fanny. Wo hast du das entdeckt?«

»Ich wollte was, was es nicht in Winnerrow gibt, Heavenly. Habe 'nen Freund von mir nach New York geschickt, extra für deine Annie.«

»O danke, Tante Fanny.«

Ich küßte sie, und sie strahlte.

»Lukes Geschenk is zu Hause. Is zu groß, um es rumzuschleppen. Hab ihm 'nen eigenen Farbfernseher geschenkt.«

»O wie schön, Luke« sagte Mammi, doch Luke schüttelte nur sanft den Kopf. Er sah nicht viel fern, sondern las lieber.

»Wäre besser, ihr wärt 'n paar Monate nacheinander geboren«, sagte Tante Fanny uns setzte sich an den Tisch. »Das würde es einfacher machen.« Sie lachte schallend. »Nun, auf was wartet ihr denn noch? Wenn das hier ein Frühstück sein soll, könnten wir ja mal anfangen. Hab seit gestern morgen nichts mehr gegessen«, fügte sie hinzu und lachte wieder. Trotz Tante Fannys Possen und der lauten Kommentare, die sie zu allem und jedem abgab, war das Frühstück sehr gemütlich. Dieser Geburtstag war der schönste und wunderbarste meines ganzen bisherigen Lebens. Es war wirklich ein einzigartiger Tag, der von Musik, Lachen und Sonnenschein erfüllt war, ein Tag, für den ich mehrere Seiten in meinem Tagebuch brauchen würde. Und ich konnte es kaum erwarten, daß Luke mir für ein Bild, das ich »Porträt zum achtzehnten Geburtstag« nennen würde, Modell saß.

Alle gaben mir das Gefühl, eine Prinzessin zu sein. Selbst die Hausangestellten hatten Geschenke für mich gekauft. Doch dann geschah noch etwas ganz Besonderes.

Ehe ich Luke zu einer Spritztour in meinem neuen Auto einladen konnte, nahm mich meine Mutter beiseite und bat mich, mit ihr in den ersten Stock zu kommen. Wir gingen in das Schlafzimmer meiner Eltern. Es war ein riesiger Raum, in dem ein großes Doppelbett mit handgeschnitztem Kopfteil stand.

Über dem Bett hing ein Gemälde, eines der wenigen Dinge, die meine Mutter aus Farthinggale Manor mitgenommen hatte. Und weil ich wußte, daß es aus Farthinggale Manor kam, hatte es mich immer wieder fasziniert. Es zeigte eine Hütte in den Willies, vor der zwei alte Leute in Schaukelstühlen saßen.

Meine Mutter hatte das Zimmer, seit sie in Hasbrouck House eingezogen war, einige Male umgestaltet und neu eingerichtet. Jetzt hingen elegante blaue Satinvorhänge mit goldenen Streifen vor den Fenstern. Die Wände waren mit hellblauer Samttapete bespannt, und der dazu passende hellblaue Teppich war so dick und weich, daß ich darauf am liebsten barfuß lief.

Zwei jüngere Angestellte der Fabrik waren dazu abgestellt worden, nach Maß Nachtschränke und Kleiderschränke zu schreinern. Der Toilettetisch meiner Mutter zog sich fast über die gesamte Länge der rechten Wand, die ganz von einem Spiegel bedeckt war. Jetzt ging sie zu ihrem Toilettetisch und öffnete die mittlere Schublade.

»Ich habe hier noch etwas, das ich dir schenken möchte«, erklärte sie, »jetzt, da du achtzehn Jahre alt bist. Natürlich wirst du es nur zu besonderen Anlässen tragen, aber trotzdem möchte ich es dir schon heute geben.«

Sie griff in die Schublade und holte eine längliche schwarze Schmuckschatulle hervor. Ich wußte, daß sie darin ihre wertvollste Halskette mit den dazugehörenden Ohrringen verwahrte.

»O Mammi!« Mein Mund blieb vor Staunen offen stehen, als ich begriff, was sie vorhatte.

Sie öffnete die Schatulle und hielt sie mir entgegen. Wir

starrten beide wie verzaubert auf die glitzernden Diamanten. Ich bemerkte, daß der Anblick Erinnerungen in meiner Mutter weckte ... Wie sehr wünschte ich, daß diese Schmuckstücke, wenn ich sie tragen durfte, alle Geheimnisse unserer Vergangenheit, all die Erinnerungen meiner Mutter, all die Weisheit, die sie aus ihren freudigen und schmerzlichen Erfahrungen gezogen hatte, an mich weitergeben würden.

»Sie gehörten meiner Großmutter Jillian, die wie eine Königin lebte.«

»Und die nicht wollte, daß du sie Großmutter nennst«, flüsterte ich. Ich erinnerte mich daran, da dies eines der wenigen Dinge war, die sie mir von ihrem Leben in Farthinggale Manor erzählt hatte.

»Genau«, lächelte sie. »Sie war sehr sehr eitel und wollte, daß ihre Schönheit und Jugend ewig währten. Kostbare Kleidung und Juwelen gehörten zu den Dingen, die sie über alles liebte. Natürlich«, fuhr meine Mutter mit demselben sanften Lächeln auf den Lippen fort, »hatte sie ein Verjüngungsprogramm für ihr Gesicht, fuhr ständig zu Badekuren und kaufte alle möglichen geheimnisvollen Tinkturen. Wann immer sie nach draußen ging, trug sie breitkrempige Hüte, denn sie fürchtete, daß sie durch die Sonne Falten bekommen könnte. Ihre Haut ist auch tatsächlich glatt geblieben«, fügte sie hinzu.

Ich hielt den Atem an, denn so ausführlich hatte sie noch nie über meine Urgroßmutter gesprochen, und ich wollte nicht, daß sie zu erzählen aufhörte. »Auch wenn sie zwanzig Jahre älter war als Tony, es fiel denen, die es nicht wußten, gar nicht auf. Sie verbrachte Stunden an ihrem Toilettetisch.«

Sie machte eine Pause und schien für einen Augenblick ganz in ihren Erinnerungen versunken.

»Wie dem auch sei«, sagte sie schließlich, »diesen Schmuck habe ich geerbt, und ich möchte, daß du ihn jetzt bekommst.«

»Er ist so schön! Ich werde kaum wagen, ihn zu tragen.«

»Du solltest keine Angst haben, schöne Dinge zu tragen und zu besitzen, Annie. Es gab einmal eine Zeit, da hat so etwas auch mir Angst gemacht. Ich fühlte mich schuldig, so viel zu besitzen, wenn ich daran dachte, wie arm meine Familie und ich in den Willies gewesen waren.« In ihren blauen Augen lag plötzlich eine unbeirrbare Entschlossenheit. »Aber ich habe schnell gelernt, daß die Reichen nicht mehr wert sind als die Armen, wenn es darum geht, die wertvollsten und schönsten Dinge zu genießen, die dieses Leben zu bieten hat. Glaube nie, daß du besser bist als die anderen, weil du in einer privilegierten Umgebung aufgewachsen bist«, fuhr sie mit einer Heftigkeit fort, die verriet, daß sie an ihre eigenen schmerzvollen Erfahrungen dachte. »Die Reichen werden oft von ebenso niederen Motiven getrieben wie die Ausgestoßenen und die Armen. Vielleicht sogar noch mehr als die Armen«, fügte sie hinzu, »Denn sie haben mehr Muße, sich in ihre Verrücktheiten zu verrennen.«

»Hast du das in Farthinggale gelernt?« fragte ich behutsam und hoffte, daß sie mir heute endlich all die dunklen Geheimnisse enthüllen würde.

»Ja«, murmelte sie. Ich wartete atemlos darauf, daß sie mir mehr erzählen würde, aber dann schlug in ihr irgendeine Tür zu, und sie tauchte plötzlich wieder aus dem Strudel der Erinnerungen auf. Ihre Augen wurden noch größer und strahlender, als würde sie gerade aus einer Hypnose erwachen. »Aber laß uns nicht über so unangenehme Dinge reden. Nicht ausgerechnet an diesem Tag, mein Liebling. Sie beugte sich zu mir herüber und küßte mich auf die Wange; dann legte sie das Diamantkollier und die Ohrringe in meine Hände. »Es ist Zeit, daß ich sie an dich weitergebe. Natürlich könnte es sein, daß ich dich von Zeit zu Zeit bitte, sie mir zu borgen.«

Wir lachten beide, und sie nahm mich in den Arm.

»Ich bringe sie nur rasch in mein Zimmer, und dann gehe ich nach unten«, sagte ich, als ich mich aus ihrer Umarmung löste. »Ich möchte mit Luke eine Probefahrt in meinem neuen Auto machen.«

»Vergiß Drake nicht. Er freut sich darauf, Annie.« Mutter lag immer sehr an meiner Verbundenheit mit Drake.

»Aber es gibt doch nur zwei Sitze«, rief ich bestürzt aus. Ich würde zwischen den beiden wählen müssen und in Gefahr laufen, dabei die Gefühle eines der beiden zu verletzen.

»Drake ist extra wegen deines Geburtstags den weiten Weg vom College hierhergekommen, Annie. Er hat diese Anstrengung für dich auf sich genommen. Luke ist immer hier, und du verbringst ohnehin zuviel Zeit mit ihm. Mir ist aufgefallen, daß du schon seit Monaten keine Verabredung mehr hattest. Die anderen Jungen in der Stadt fühlen sich mittlerweile sicher entmutigt.«

»Die Jungen in meiner Klasse sind dumm und unreif. Alles, was sie interessiert, ist, irgendwo hinzugehen und sich zu betrinken, um so ihre Männlichkeit zu beweisen. Mit Luke kann ich wenigstens ein intelligentes Gespräch führen«, wandte ich ein und bemerkte, daß ich fast weinte.

»Trotzdem, Annie«, sagte sie und schlug die Augen nieder, »es ist nicht gesund.« Ihre Worte prasselten auf mich nieder wie kalte Regentropfen, denn ich wußte, daß sie recht hatte. Ich nickte und versuchte, das Zittern in meiner Stimme zu verbergen.

»Er tut mir leid.«

»Ich weiß, aber bald wird er auch aufs College gehen und sein eigenes Leben beginnen, und du wirst durch Europa reisen und andere Leute kennenlernen. Außerdem hat seine Mutter genug Geld für ihn, er ist sehr intelligent, und er wird bei der Schulabschlußfeier die Rede halten. Es gibt keinen Grund, Luke zu bemitleiden. Außerdem«, sagte meine Mutter lächelnd, »würde er sich dagegen wehren, wenn er es wüßte.«

»O bitte, erzähl ihm nie, daß ich das gesagt habe.«

»So etwas würde ich nie tun, Annie. Glaubst du etwa, ich wüßte nicht, was er in all diesen Jahren durchgemacht hat? Darum bewundere ich ihn auch, weil er es trotzdem so weit gebracht hat«, schloß sie und strich über mein Haar. »So, nun geh und bring deine Diamanten weg. Und dann lädst du Drake zu einer Probefahrt ein und anschließend Luke. Heute darf es keine Tränen geben. Ich verbiete es. Ich würde sogar bis zum Bürgermeister von Winnerrow gehen und eine einstweilige Verfügung dagegen erwirken«, sagte sie und lachte. Trotz meines Kummers lächelte ich. »Ich danke dir, daß du so wundervoll zu mir bist«, sagte ich.

»Ich könnte gar nicht anders sein, mein Liebling, dazu liebe ich dich zu sehr.«

Sie küßte mich noch einmal, und dann eilte ich davon, um die Diamanten in meinem Schmuckkasten zu verwahren. Als ich nach unten kam, waren mein Vater, Luke und Drake in eine ernsthafte Diskussion über Wirtschaftsprobleme vertieft.

Sie stritten über das Handelsdefizit und die Notwendigkeit von Schutzverordnungen. Ich hörte einen Moment lang zu und bewunderte Luke, wie er seine Meinung gegen die beiden anderen verteidigte. Dann unterbrach ich sie und verkündete, daß nun die Probefahrten in meinem neuen Mercedes beginnen würden.

»Laßt uns nach dem Alter gehen«, sagte ich diplomatisch. »Zuerst Daddy, dann Drake, dann Luke. Dreimal die Hauptstraße hinauf und hinab.«

Daddy lachte.

»Kannst du dir vorstellen, was die Leute sagen werden? Sie werden glauben, daß du nur unseren Reichtum zu Schau stellen willst.«

»Was man hat, das kann man auch zeigen«, warf Drake ein. »Ich sehe nicht ein, warum man sich wegen seines Reichtums schämen sollte. Das ist falscher Liberalismus.«

»Ich spreche doch nur von einer Spazierfahrt«, protestierte ich. Plötzlich wandten sich alle drei zu mir um und brachen in schallendes Gelächter aus, als sie den Ausdruck auf meinem Gesicht sahen. »Männer«, sagte ich und wandte mich ab.

»O Annie«, sagte Daddy schnell, kam zu mir und legte den Arm um mich. »Es ist nur, weil du so niedlich bist, wenn du dich ärgerst. Jetzt komm und laß uns sehen, ob dieser Wagen überhaupt die ganze Aufregung wert ist.«

Ich machte mit jedem von ihnen eine Fahrt. Drake bestand darauf, daß ich vor der Imbißstube anhielt, damit er kurz ein paar von seinen alten Freunden begrüßten konnte; aber eigentlich ging es ihm nur darum, sich mit dem Wagen zu zeigen. Als Drake und ich zurückkamen, saß Luke im Pavillon und las eine Illustrierte. Drake beschloß, eine Aufgabe, die er für das College zu machen hatte, jetzt zu erledigen, damit er abends mit uns zum Essen gehen könnte.

»Ich komme sofort zurück«, rief ich Luke zu und lief ins Haus und die Treppe hinauf, um sein Geschenk aus meinem Zimmer zu holen. Mammi und Daddy sahen überrascht auf, als ich durch das Wohnzimmer stürmte.

»Langsam«, rief mein Vater, »sonst bist du achtzig, noch ehe du fünfzig wirst.« Ich hörte ihn über seinen Witz lachen, während ich die Haustür schloß und mit klopfendem Herzen hinüber zum Pavillon rannte. Aufgeregt lief ich die Stufen hinauf und ließ mich neben Luke fallen.

»Herzlichen Glückwunsch«, rief ich und streckte ihm die Hand entgegen. Er betrachtete das kleine Päckchen einen Augenblick lang, ehe er es aus meiner ausgestreckten Hand nahm.

»Das könnten Schlüssel für einen zweiten Mercedes sein« mutmaßte er. Er öffnete die Verpackung und hob den Deckel des kleinen Kästchens, in dem ein breiter Ring aus Rotgold mit einem schwarzen Onyx lag. »Donnerwetter!«

»Sieh dir mal die Rückseite an.«

Er drehte ihn, um die winzige eingravierte Inschrift lesen zu können.

»In Liebe, deine Schwester Annie.«

Es war das erstemal, daß einer von uns beiden schriftlich unsere wahre verwandtschaftliche Beziehung zum Ausdruck gebracht hatte. Die Rührung ließ Tränen in Lukes Augen aufsteigen, die er zurückdrängte, denn es schien ihm unmännlich zu weinen, selbst wenn es aus Freude geschah. Ich sah, wie er versuchte, seine Gefühle zu meistern.

»Steck ihn dir an«, sagte ich schnell. Er schob ihn auf den Finger und hob die Hand ins Sonnenlicht. Wie der Stein glänzte!

»Er ist wunderbar. Woher wußtest du, daß ich diesen Stein liebe?«

»Ich habe mich daran erinnert, daß du das einmal gesagt hast, als wir gemeinsam eine Illustrierte angeschaut haben.«

»Du bist unglaublich.« Er starrte auf den Ring und fuhr mit der Spitze des rechten Zeigefingers immer wieder darüber. Dann sah er rasch zu mir herüber, und seine Augen glänzten schelmisch. Er langte hinter seinen Rücken und zog eine flache, dünne Schachtel hervor, die in Geschenkpapier gewickelt war. Zuerst las ich die Karte:

»Die Jahre mögen vergehen, und die Zeit mag uns wie der magische Irrgarten, von dem wir geträumt haben, voneinander trennen. Doch zweifle nie an meiner Fähigkeit, das Rätsel zu lösen und Dich zu finden, wo immer Du auch sein magst.

Herzlichen Glückwunsch,
Luke.«

»O Luke, allein diese Worte sind schon ein Geschenk. Sie sind für mich mehr wert als mein neues Auto.«

Sein Lächeln wirkte leicht angestrengt.

»Öffne die Schachtel.«

Meine Finger zitterten, als ich versuchte, das Papier vorsichtig zu entfernen. Ich wollte es aufheben; ich wollte jeden Augenblick und alles, was mit diesem wunderbaren Tag zusammenhing, verwahren.

Das Papier hatte eine cremefarbene Schachtel verhüllt. Ich öffnete den Deckel und sah zunächst Seidenpapier. Als ich es zur Seite schob, fiel mein Blick auf einen Bronzestich, auf dem ein großes Haus zu sehen war. Darunter waren die Worte »Farthinggale Manor, unser magisches Schloß, in Liebe, Luke.« eingraviert.

Ich sah ihn verwirrt an. Er beugte sich vor und ergriff meine Hände, während er es mir erklärte:

»Eines Tages, als ich in einem alten Koffer meiner Mutter auf dem Dachboden stöberte, stieß ich auf einen Zeitungsausschnitt, den sie aufgehoben hatte. Es war die Seite mit der Rubrik »Vermischtes«, und dort war ein Artikel über den Hochzeitsempfang deiner Eltern abgedruckt. Es gab auch ein Foto von den Gästen der Party, und im Hintergrund konnte man deutlich Farthinggale Manor sehen. Ich habe es zu einem Fotografen gebracht, der das Haus herausfotografiert hat, und dann habe ich danach diesen Bronzestich anfertigen lassen. Das alles war gar nicht einfach!«

»O Luke!« Meine Finger fuhren über das Relief des Stichs.

»So wirst du, wo immer du auch sein magst, nie unser Märchenspiel vergessen«, sagte er liebevoll.

»Nie!«

»Natürlich«, sagte er und lehnte sich hastig zurück, denn ihm war aufgefallen, wie nahe sich unsere Gesichter gekommen waren, »zeigt das Bild das Haus, wie es vor Jahren war. Wer weiß, wie es heute aussieht.«

»Es ist ein wunderbares Geschenk«, rief ich aus, »denn es hat eine besondere Bedeutung für uns. Nur du konntest auf so eine Idee kommen! Ich werde es vor meiner Mutter verstecken müssen. Du weißt ja, wie sie reagiert, wenn wir von Farthy sprechen.«

»Oh, darum wollte ich dich auch gerade bitten. Ich will ihr nicht noch mehr Anlaß dazu geben, mich nicht zu mögen.«

»Aber sie mag dich doch, Luke. Du solltest nur hören, wie sie über dich spricht. Sie ist sehr stolz auf dich, wirklich!« rief ich.

»Wirklich?«

Ich sah, wie wichtig es für ihn war.

»Ja, ganz bestimmt. Sie redet dauernd davon, daß du die Abschlußrede für unsere Klasse halten wirst. Sie findet es wunderbar, wie du alle Schwierigkeiten gemeistert und dich an die Spitze gesetzt hast.«

Er nickte gedankenvoll.

»Es ist vielleicht schwieriger, die höchsten Berge zu erklimmen, Annie«, sagte er, »aber die Aussicht, die man von dort oben hat, lohnt die Anstrengung. Strebe nach den höchsten Gipfeln, das war immer mein Wahlspruch.« Er blickte mich an. Aber der Berg, der sich zwischen *uns* erhob, war zu hoch . . .

»Komm jetzt«, sagte ich und sammelte das Geschenkpapier, die Karte und den Stich ein. »Es ist Zeit für eine Probefahrt in meinem neuen Auto.«

Ich ergriff seine Hand und lief über den Rasen zum Auto hinüber. Später brachte ich dann mein Geschenk in mein Zimmer und legte es zu meinen ganz persönlichen Sachen. Abends, ehe wir zum Essen gingen, kam Drake zu mir herauf und fragte, was Luke mir geschenkt habe. Er wußte, daß wir seit unserem zwölften Geburtstag immer Geschenke ausgetauscht hatten. Ich zeigte ihm den Stich erst, nachdem er mir versprochen hatte, meiner Mutter nichts davon zu erzählen.

»Das Haus sieht nicht so aus«, sagte er, als ich die Schachtel öffnete, »zumindest habe ich es nicht so in Erinnerung.«

»Es muß aber so sein, Drake. Er hat ein Bild gefunden und es zu einem Fotografen gebracht.«

»Ich weiß nicht.« Er schüttelte den Kopf. »Magisches Schloß. Dieser Ort beschäftigt dich noch immer sehr, stimmt's?«

»Ja Drake, ich kann es nicht ändern.«

Er nickte. Seine Augen waren schmal und sein Blick gedankenverloren. Ich legte das Geschenk weg, und wir gingen zu meinen Eltern, um zu meinem Geburtstagsessen aufzubrechen. Aber abends, ehe ich zu Bett ging, holte ich es wieder hervor und betrachtete es. Dabei fragte ich mich, ob Drake nicht recht hatte, sich über unser Märchenspiel lustig zu machen. Würde ich wirklich jemals einen so wunderbaren, magischen Ort finden? Ich bezweifelte es.

Einige Tage später bekam ich einen Brief von Drake. Er schrieb mir oft, um mir von seinem Leben im College zu erzählen oder mir einen Rat zu geben. Auch wenn er mich bisweilen tyrannisierte oder grausam zu Luke war, vermißte ich doch seine Klugheit, seinen Humor und sein Großer-Bruder-Gehabe. Daher freute ich mich immer sehr über seine Briefe und Anrufe. Gewöhnlich berichtete er von den Collegestudentinnen, den Studentenvereinigungen und seinen Erlebnissen in Harvard. Er erzählte von dem Bild des Ruderteams der Meisterschaftsklasse, auf dem er auch meinen Onkel Keith, Drakes Stiefbruder, einen Mann von dem wir alle nicht viel hörten und sahen, entdeckt hatte. Ich war also nicht überrascht, einen Brief von ihm zu bekommen; was mich aber erstaunte, war der Umfang.

Ich streckte mich auf meiner gestreiften Bettdecke aus und öffnete Drakes Brief.

Liebe Annie,

Ich habe Neuigkeiten für Dich, die Dich interessieren werden. Auch für mich war es sehr aufregend, aber versuche bitte, sie vor Heaven geheimzuhalten.

Nach Deinem wunderbaren Geburtstagsfest habe ich den ganzen Rückweg über die Faszination von Farthinggale Manor nachgedacht und über die Art, wie Luke und Du es Euch von klein auf als etwas Phantastisches vorgestellt habt. Ich kam zu dem Schluß, daß der einzige Grund für Euer albernes Benehmen darin liegt, daß Ihr, ebenso wie ich, kaum etwas darüber oder über den mysteriösen Tony Tatterton, meinen Stiefgroßonkel und Deinen Stiefurgroßvater, wißt. So habe ich etwas getan, worüber sich Heaven sicher sehr aufregen würde, aber es schien mir der einzig gangbare Weg zu sein.

Annie, ich habe einen Brief an Tony Tatterton geschrieben, mich vorgestellt und angefragt, ob ich ihn besuchen könnte.

Er konnte ihn erst wenige Minuten zuvor erhalten haben, als ich einen Anruf von einem Mann mit einer sehr vornehm klingenden Stimme bekam, der mich nach Farthinggale Manor einlud. Der Mann war Tony Tatterton, und ich habe seine Einladung angenommen.

Ja, Annie, ich bin gerade aus Deinem magischen Königreich zurückgekommen und habe Dir einige traurige, ja tragische und doch faszinierende Neuigkeiten mitzuteilen.

Zuerst muß ich sagen, daß es wirklich ein sehr großer Besitz ist. Und auch das schmiedeeiserne Tor ist da. Oh, es ist nicht ganz so riesig, wie Ihr beide es Euch immer vorgestellt habt, aber doch recht groß.

Aber das ist auch das einzige, was an Euren Phantastereien stimmt. Glaub mir, ich sage das nicht, weil ich mich oft über Luke und Dich lustig gemacht habe, wenn Ihr behauptet habt, Farthinggale sei ein magisches Schloß. Jetzt hat es absolut nichts Magisches mehr, sondern nur etwas Tragisches.

Die großen Türen quietschten, als sie geöffnet wurden. Ein Butler, alt wie Methusalem, begrüßte mich, und ich betrat das Haus. Die Eingangshalle erschien mir ebenso riesig wie die Turnhalle des Gymnasiums von Winnerrow, aber sie war nur spärlich erleuchtet, und überall waren die Vorhänge zugezogen, so daß ich fröstelte.

Die hohe Marmortreppe weckte einige Kindheitserinnerungen in mir. Der Butler führte mich zu einem Büro auf der rechten Seite der Halle, und dort traf ich unseren Tony Tatterton. Er saß hinter einem großen Mahagonischreibtisch, auf dem nur eine einzige kleine Lampe brannte, um den Raum zu erhellen. Im Schatten des dunklen Zimmers wirkte er ganz verloren, doch als er mich erblickte, stand er schnell auf und befahl dem Butler, die Vorhänge zu öffnen.

Auch wenn er absolut nicht meiner Vorstellung von einem Multimillionär entsprach, wirkte er warmherzig und intelligent auf mich. Er hat sich sehr für meine Karriere interessiert, und als er hörte, daß ich Wirtschaftswissenschaften studiere, hat er mir sofort die Möglichkeit angeboten, in seinem Unternehmen zu arbeiten. Kannst Du Dir das vorstellen?

Natürlich ging es bei unserer Unterhaltung vor allem um Deine Mutter und um Dich. Er wollte alles über Euch erfahren. Am Ende war ich ziemlich traurig, denn er wirkte so verlassen und einsam in dem riesigen Haus, so begierig nach allem, was ich ihm über die Familie erzählen konnte.

Natürlich kamen wir nicht auf die Gründe zu sprechen, warum Heaven den Kontakt zu ihm abgebrochen hat, aber ich will Dir eines sagen: Nachdem ich eine Weile mit Tony Tatterton auf Farthinggale Manor verbracht habe, wünsche ich mir, daß sich diese Kluft zwischen ihnen irgendwie überbrücken ließe.

Wenn ich Dich sehe, werde ich Dir Genaueres erzählen. Wenigstens wirst Du nun, was Farthinggale Manor betrifft, nicht mehr nur von Lukes und Deiner Phantasie abhängig sein. Du hast einen Zeugen, der Dir die Wahrheit erzählen wird. Vielleicht hast Du dann keine Lust mehr, es weiterhin zu malen, aber es wäre bestimmt ein Vorteil, denn dann könntest Du Dich fröhlicheren Motiven zuwenden.

Ich kann es kaum erwarten, dich zu sehen.

In Liebe,
Drake.

Ich ließ den Brief sinken. Aus irgendeinem Grund war ich in Tränen ausgebrochen, Tränen, die ich nicht bemerkt hatte, die jedoch die ganze Zeit, während ich las, über meine Wangen geflossen waren. Drakes Beschreibung von Farthy und Tony Tatterton hatte mich tief bewegt. Es war, als hätte ich den Nachruf auf einen guten Freund gelesen.

Drake wollte mir nicht wehtun, dessen war ich mir sicher. Er hatte mir nur einen Gefallen tun wollen. Doch damit hatte er den Vorhang heruntergerissen und meine Phantasien, Illusionen und Kindheitsträume zerstört. Ich fühlte mich leer und traurig.

Mehr denn je wünschte ich mir, zu erfahren, warum meine Mutter aus Farthinggale geflohen war und den vornehmen älteren Herrn allein in diesen riesigen Räumen voller düsterer Schatten zurückgelassen hatte. Vergeblich kämpfte ich gegen meine Tränen an. Mein Weinen wurde immer heftiger, bis ich schließlich schluchzte wie ein Baby. Völlig erschöpft schlief ich schließlich mit Drakes Brief in der Hand ein und erwachte erst wieder, als das Telefon läutete.

Ich war so glücklich, Lukes Stimme zu hören.

»Was ist los?« fragte er sofort. Es gab wirklich eine besondere Beziehung zwischen uns, die wir beide am selben Tag geboren waren.

Wir spürten immer sofort, wenn mit dem anderen etwas nicht stimmte.

»Drake hat mir einen Brief geschrieben. Er war in Farthinggale und hat Tony Tatterton getroffen.« Einen Augenblick lang herrschte Stille am anderen Ende der Leitung.

»Wirklich?«

»Du mußt herüberkommen, damit ich ihn dir vorlesen kann«, sagte ich. »O Luke, es ist alles anders, als wir es uns in unseren Träumen vorgestellt haben.«

»Mir ist es ganz gleichgültig, was Drake geschrieben hat oder wie es in Wirklichkeit ist«, sagte Luke trotzig. »Unsere Träume sind wichtig für uns, weil sie unser Leben mit Licht und Hoffnung erfüllen.«

»O Luke«, sagte ich und lächelte über die Entschlossenheit, mit der er an unseren Träumen festhielt. »Ich hoffe, du wirst immer in der Nähe sein, wenn ich jemanden brauche, der mich aufmuntert.«

»Natürlich werde ich das«, versprach er.

Aber dennoch fragte ich mich, ob dies nicht nur eine weitere Kinderphantasie war . . .

3. Kapitel
Schmerzliche Kreuzwege

Drake konnte vor Anfang Juni nicht mehr nach Hause kommen, da er seine Semesterabschlußprüfungen am College ablegen mußte. Einige Tage nachdem er den Brief abgeschickt hatte, rief er mich jedoch an, um sich zu vergewissern, daß ich ihn erhalten hatte, und mir mehr über Farthy zu erzählen.

»Tony Tatterton hat mir das Zimmer gezeigt, in dem Heaven gewohnt hat, als sie in Farthy war«, begann er mit leiser Stimme.

»Wirklich?« Mein Herz schlug schneller bei dem Gedanken, daß er dort gewesen war, dort, wo der Ursprung so vieler Geheimnisse unserer Familie lag. Von uns allen war Drake der Antwort auf all die Fragen, die uns quälten, am nächsten gekommen.

»Es war auch das Zimmer deiner Großmutter Leigh. Ich war etwas verwirrt, denn einmal sprach Tony von Leigh und im nächsten Moment von Heaven.«

»Vielleicht ist er ein wenig verwirrt oder sogar senil?« gab ich zu bedenken.

»Das glaube ich nicht. Er leitet noch einen Teil der Geschäfte des Tatterton-Spielzeugimperiums, und als er sich mit mir über meine berufliche Laufbahn und die Wirtschaft unterhielt, wirkte er sehr klar und hervorragend informiert.«

»Wie sieht er aus? So wie auf den Fotos?«

»Heute nicht mehr. Sein Haar ist grau, und als ich ihn gesehen habe, hatte er sich offensichtlich seit einigen Tagen nicht mehr rasiert. Seine Kleidung sah teuer aus, aber sein Jackett und seine Hose hätten aufgebügelt werden müssen, und seine Krawatte war voller Flecken. Meiner Ansicht nach ist der Butler, er heißt Curtis, nicht mehr zu viel nutze. Er sieht offensichtlich nicht sehr gut und braucht eine Ewigkeit, um sich von einem Zimmer ins andere zu bewegen.«

»Gab es keine Dienstmädchen?« fragte ich erstaunt. Ich hatte angenommen, daß ein Mann, der so reich war wie Tony Tatterton, von einem ganzen Stab von Bediensteten umgeben wäre.

»Ich habe keine gesehen, aber ich nehme an, daß es zumindest jemanden geben muß, der die Räume, die er bewohnt, sauber hält. Aber ich habe den Koch kennengelernt, denn er half beim Auftragen des Essens. Sein Name ist . . . nun halte dich fest . . . Rye Whiskey.«

»Oh, ich erinnere mich, daß Mammi diesen Namen erwähnt hat«, flüsterte ich aufgeregt. Als ich diesen Namen hörte, lebten die wenigen Geschichten, die ich aus unserer verbotenen Vergangenheit kannte, wieder auf. »Auch er muß mittlerweile sehr alt sein.«

»Wahrscheinlich, aber ihm sieht man das Alter nicht so sehr an wie dem Butler. Er war offensichtlich froh darüber, einen weiteren Esser am Tisch zu haben, und die Portion, die er auf meinen Teller häufte, hätte für drei gereicht. Ich mochte ihn. Er hat Sinn für Humor, und er kümmert sich anscheinend gut um Tony.«

»Oh, ich wünschte mir, ich wäre auch dort gewesen!« Jeder Augenblick hätte mir ein Geheimnis enthüllt und mir erlaubt, die Vergangenheit der Familie besser zu verstehen, dachte ich. Jene Treppen hinauf zu gehen und das Zimmer meiner Urgroßmutter und meiner Mutter zu betreten! Vielleicht hätte ich etwas gesehen, das sofort das Rätsel gelöst hätte, warum meine Mutter Tony Tatterton nicht mochte.

Aber vor allem wäre ich in Lukes und meine Traumwelt eingetreten. Würde sie unseren Vorstellungen entsprechen? Würde Farthinggale der Ort sein, an dem wir frei und offen miteinander sein konnten? Wären wir dort abgeschirmt und geschützt vor all den häßlichen, grausamen und störenden Dingen, die das Leben manchmal zu solch einer Last machten?

Das Haus so zu malen, wie es wirklich war! Wie aufregend das wäre! In Gedanken ließ ich mich auf der großen Rasenfläche am Eingang nieder, und das mächtige Gebäude lag vor mir.

»Du würdest nicht dort bleiben wollen«, sagte Drake in entmutigendem Ton, »es war traurig. Ich habe Tony versprochen, in Kontakt mit ihm zu bleiben, und ich denke, daß ich ihn in einigen Tagen anrufen werde. Mir gefällt die Vorstellung, in seinem Unternehmen zu arbeiten, in leitender Stellung natürlich. Aber erzähle Heaven nicht, daß ich das gesagt habe.«

»Natürlich nicht.« Und wieder war ich über Drakes Absicht erstaunt, dies alles nicht nur vor meiner Mutter geheimzuhalten, sondern auch seine Verbindung mit Tony Tatterton aufrechtzuerhalten, eine Tatsache, die ihr zutiefst mißfallen würde. Ich fragte mich, was für ein Mann Tony Tatterton wohl war, da er einen so nachhaltigen Eindruck auf Drake gemacht hatte.

»Nun gut, ich werde dich in einigen Wochen wiedersehen. Ich fürchte, ich werde nicht zu Fannys großer Geburtstagsparty kommen können. Es tut mir aufrichtig leid. Sie schrieb mir, daß sie schon eine Band engagiert habe. Sie hat Unmengen von Leuten eingeladen, auch einige Freunde unserer Eltern. Und sie hat sogar eine Firma beauftragt, ihr Haus und ihr Grundstück zu dekorieren. Könntest du dir vorstellen, dich selbst auf so pompöse Weise zu feiern? Ich bin sicher, daß sie nur Publikum für einen ihrer extravaganten Auftritte haben will. Du mußt mir nachher genau erzählen, welche lächerlichen und peinlichen Sachen sie sich diesmal wieder hat einfallen lassen. Ich denke, sie wird all ihre jugendlichen Liebhaber einladen, die sich um sie scharen werden wie Höflinge zu Füßen einer Königin.«

»Für Luke wird das alles sicher nicht sehr komisch«, sagte ich und war traurig, daß selbst Drake sich über Tante Fanny lustig machte. »Er will nicht einmal hingehen, er fürchtet sich richtig davor!« rief ich.

»So?« sagte Drake erstaunlich gleichgültig und kalt. »Sag ihm, er soll sich in seinem Zimmer verstecken. Ich rufe dich an, sobald ich wieder mit Tony gesprochen habe, und werde dir alles erzählen.«

Ich mußte immer daran denken, was er gesehen und erlebt hatte.

»O Drake, du bist der einzige von uns, der dort war. Und

kaum bist du zurückgekommen, gehst du schon wieder hin.« Ich weinte wie ein eifersüchtiges kleines Mädchen. Ich konnte nicht anders.

»Durch mich wirst auch du dort sein«, versprach Drake, und seine Stimme war jetzt sanfter und freundlicher, »und es wird kein Märchenspiel mehr sein. Also, bis bald.«

Ich konnte kaum den nächsten Tag und die Mittagspause in der Schule erwarten, um Luke alles über Drakes Anruf zu erzählen. Ich nahm nicht an, daß er so aufgeregt sein würde wie ich. Schließlich hatte seine Familie keine Verbindung zu Farthy, und die Geheimnisse, die die Vergangenheit meiner Mutter umwölkten, betrafen ihn nicht direkt.

Jetzt saß er mir gegenüber, kaute lustlos an seinem Sandwich und hörte zu, doch ich sah, daß er zerstreut war und Kummer hatte. Ich dachte die ganzen restlichen Schulstunden an ihn und bat ihn dann, mit mir nach Hause zu gehen, da ich hoffte, ihn so eingehender befragen zu können.

Es war ein schöner Spätsommertag, doch es hätte ebensogut Hochsommer sein können. Dicke weiße Wolken trieben träge über den türkisblauen Himmel. Während Luke und ich durch die Straßen der Stadt gingen, hörten wir immer wieder das Klirren von Eiswürfeln in Limonadengläsern. Alte Leute saßen vor ihren Haustüren und beobachteten neugierig die Straße. Von Zeit zu Zeit hörten wir Ausrufe wie: »Das ist das Stonewall-Mädchen« oder: »Ist das nicht ein Casteel?«

Ich haßte die Art, wie sie den Namen »Casteel« aussprachen; er klang in ihrem Munde wie ein Schimpfwort. Ich wußte, warum die Leute eine so schlechte Meinung von den Casteels hatten. Es lag an dem extravaganten Verhalten meiner Tante Fanny und an der Tatsache, daß die Casteels aus den Willies stammten. Sie waren Bergbewohner, die weniger gut erzogen waren als die Stadtbewohner und nur einen Bruchteil ihres Reichtums besaßen. Die Menschen in der Stadt verachteten die Art, wie sich die Leute aus den Willies kleideten und wie sie lebten, und das war zum Teil auch verständlich. Aber sahen sie Luke nicht an, daß er das alles hinter sich gelassen hatte? Er hatte ganz recht mit seinem Wahlspruch »Strebe nach den höchsten Gipfeln«.

Am meisten liebte ich diesen Heimweg von der Schule im

Frühling, wenn alle Bäume und Sträucher an der Straße blühten und die Rasenflächen in saftigem Grün leuchteten, wenn Tulpen, Azaleen und Iris in voller Blüte standen und die Gehwege und Innenhöfe sauber gefegt waren. Sperlinge hockten dann auf den Telefondrähten aufgereiht und beobachteten die Autos und die Menschen unter sich. Rotkehlchen saßen in den Zweigen und spähten neugierig aus dem kühlen, grünen Blattwerk. Von Zeit zu Zeit flog eine Amsel vorbei. Die Energie dieser kleinen Vögel schien unerschöpflich, mochte es auch noch so heiß sein.

Alles wirkte heiter und lebendig.

Fast den ganzen Weg über schwieg Luke und hielt den Kopf gesenkt. Als ich an der Auffahrt von Hasbrouck House stehenblieb, hatte er nicht einmal bemerkt, daß wir zu Hause angekommen waren.

»Willst du dich für einen Augenblick mit mir in den Pavillon setzen?« fragte ich hoffnungsvoll, denn ich wollte mich nicht von ihm trennen, ehe er mir nicht erzählt hatte, was ihn bedrückte.

»Nein, es ist besser, wenn ich nach Hause gehe«, sagte er, und seine Stimme klang traurig.

»Luke Toby Casteel!« rief ich schließlich und stemmte die Hände in die Hüften. »Normalerweise haben wir keine Geheimnisse voreinander, selbst wenn es um schmerzliche Dinge geht.«

Er starrte mich einen Augenblick lang an, als ob er eben gerade erwacht sei und meine Anwesenheit erst jetzt bemerken würde. Dann wandte er den Blick ab.

»Ich habe gestern die Nachricht erhalten, daß ich mit einem Vollstipendium in Harvard angenommen worden bin«, sagte er überraschend gleichgültig und ruhig.

»O Luke, wie wunderbar!«

Er hob die Hand, um mir zu bedeuten, daß das nicht alles war, was er mir zu sagen hatte. Dann senkte er wieder den Blick, um all seinen Mut zu sammeln, während ich spürte, wie ein Kloß meine Kehle zuschnürte.

»Ich habe meiner Mutter nie gesagt, daß ich mich in Harvard beworben habe. Wann immer ich Harvard erwähnte, ließ sie eine Schimpftirade auf diese undankbare Familie los, die sich für etwas Besseres hielte. Sie tobte und schimpfte auf Onkel Keith und Tante Jane, weil sie nie anrufen oder schreiben. Es ärgert sie, daß sie nie nach Farthinggale eingeladen wurde, nicht einmal zur Hochzeit deiner Eltern. Sie wirft alles durcheinander: Harvard, die Tattertons und all jene, die sie als ›verdammte Stadtsnobs‹ bezeichnet.«

»O Luke, das ist so ungerecht dir gegenüber«, tröstete ich ihn.

Er nickte.

»Ich habe ihr also nichts von meiner Bewerbung erzählt«, fuhr er fort. »Gestern kam dann mit der Post die Aufnahmebestätigung, und sie hat den Brief geöffnet. Dann hat sie sich betrunken und ihn zerrissen. Ich habe die Fetzen auf dem Fußboden meines Zimmers gefunden.«

»O Luke, das tut mir leid«, flüsterte ich.

»Das macht nichts. Die Tatsache, daß sie ihn zerrissen hat, wird mich nicht daran hindern, nach Harvard zu gehen. Aber die ekelhaften Dinge, die sie gesagt hat, als sie betrunken war, haben mir sehr weh getan.«

Obwohl er mir nicht erzählte, was sie gesagt hatte, wußte ich doch, gegen wen sich ihre Worte gerichtet hatten.

»Über meinen Vater?« Ich atmete tief durch, um mich auf das Schlimmste gefaßt zu machen. »Du kannst mir auch das erzählen.« Ich schloß die Augen und bebte innerlich in Erwartung all der Gemeinheiten, die ich nun hören würde.

»Ich werde dir nicht alles sagen, denn einiges war so haßerfüllt und grauenvoll, daß ich mich selbst nicht mehr daran erinnern möchte. Das schlimmste war, daß sie mich beschuldigte, ich gliche Logan mehr als ihr und wäre öfter bei den vornehmen Stonewalls als bei ihr. Aber wirklich, Annie, deine Eltern behandeln mich besser als sie. Sie ist kaum zu Hause und hat nie Zeit, das Essen zuzubereiten. Trotzdem wirft sie mir vor, daß ich so viel Zeit in eurem Haus verbringe. Sie haßt mich dafür.«

»O Luke, sie haßt dich nicht.«

»Sie haßt einen Teil von mir – nämlich, daß ich auch ein Stonewall bin. Daher betrinkt sie sich und zieht mit ihren jungen Liebhabern los. Anschließend ärgert sie sich über mich, weil ich es nicht mag, wenn sie sich betrinkt.«

»Es tut mir so leid, Luke, aber denk nur daran, daß du bald auf das College gehst und all das hinter dir läßt«, tröstete ich ihn, auch wenn mich die Vorstellung erschreckte, daß wir getrennt sein würden . . .

»Sie meint, daß ich sie nicht mag. Aber das stimmt nicht. Ich hasse nur das, was sie sich selbst manchmal antut. Aber sie tut mir auch leid, denn ihr Leben ist ja nicht sonderlich glücklich verlaufen. Also habe ich viel gearbeitet und mich angestrengt, so gut ich konnte, um ihr die Möglichkeit zu geben, stolz auf mich zu sein und mit hocherhobenem Kopf durch die Straßen zu gehen. Aber das tut sie ja sowieso«, fügte er hinzu. Ich lächelte. Tante Fanny würde nicht zögern, jeglichen Erfolg stolz in Winnerrow zur Schau zu stellen.

»Aber statt sich darüber zu freuen, daß ich mit einem Vollstipendium in Harvard angenommen wurde, wirft sie mir vor, ich würde sie im Stich lassen.«

»Sie wird ihre Meinung ändern«, versicherte ich ihm. Armer Luke, dachte ich. Er hatte so hart gearbeitet, damit wir alle stolz auf ihn sein könnten, und seine Mutter hatte diesen Anlaß zum Stolz in Fetzen zerrissen und ihn wie Abfall auf den Boden geworfen. Das mußte ihm fast das Herz gebrochen haben.

Jetzt hätte ich ihn so gerne in die Arme genommen und getröstet. Ich hätte es getan, wenn mich nur . . . wenn mich nur nicht so vieles zurückgehalten hätte . . .

»Ich weiß es selbst nicht. Auf alle Fälle freue ich mich nicht besonders auf ihre Geburtstagsparty. Sie hat alle Männer eingeladen, die sie jemals ausgeführt haben, und auch einige von ihren Freunden aus der Unterschicht. Das hat sie nur getan, um die Familie zu ärgern.« Er schüttelte den Kopf. »Es wird für keinen von uns sehr angenehm werden.«

»Meine Mutter wird das schon in den Griff bekommen«, sagte ich, und der Gedanke an Mammis Geistesgegenwart und Entschlossenheit munterte mich auf. »Sie kann sich in jeder Situation wie eine Dame benehmen. Ich hoffe, daß ich in ihrem Alter ebenso stark sein werde wie sie.«

Luke nickte wissend.

»Das wirst du bestimmt. Du gleichst ihr so sehr!«

»Danke. Es gibt niemanden, dem ich lieber ähnlich sein

möchte. Und mach dir keine Sorgen wegen der Party. Ich werde dort sein und dir helfen, falls Tante Fanny die Kontrolle über sich verlieren sollte«, versicherte ich ihm.

»Du hast sie noch nie gesehen, wenn sie wirklich die Kontrolle über sich verloren hat, Annie«, warnte Luke. Dann schüttelte er den Kopf, und seine Miene hellte sich auf. »Auf alle Fälle, vielen Dank für's Zuhören. Du warst immer für mich da, wenn ich dich gebraucht habe, und es hat mir immer geholfen. Du weißt nicht, wie sehr mir das geholfen hat, Annie. Allein zu wissen, daß du für mich da bist und mich ermutigst, weiterhin zu jenen hohen Gipfeln aufzustreben, um den Blick von dort oben zu genießen. Als ich erfuhr, daß ich in Harvard angenommen bin, habe ich mir gedacht, daß Annie stolz auf mich sein wird. Manchmal habe ich das Gefühl, daß du meine einzig wahre Familie bist. Ich danke dir, Annie.«

»Du brauchst dich nicht zu bedanken, Luke Toby Jr.« Es klang so, als wäre ich nur eine gute Freundin, und das gefiel mir nicht. Ich mußte ihm doch noch mehr bedeuten! »Schließlich hast du dir schon oft genug *meine* Sorgen angehört.«

Er lächelte, und seine blauen Augen waren so mild und warm wie der sonnenerfüllte Himmel, der sich über uns wölbte.

»Ich werde dich vermissen, wenn du nach Europa gehst, um dort Kunst zu studieren. Aber ich weiß, wie wichtig es für dich ist«, fügte er hinzu, »und ich weiß, wie sehr es dir dabei helfen wird, eine wunderbare Malerin zu werden.«

»Ich werde dir oft schreiben, aber ich bin sicher, daß du schon nach der ersten Woche ein lebenslustiges Mädchen aus der Stadt zur Freundin haben wirst.« Wie sehr wünschte ich mir, ihm zu sagen, daß ich immer seine Freundin bleiben würde, aber wie konnte ich? Wir waren Bruder und Schwester, und es schien, als stünde die ganze Welt zwischen uns und hindere uns daran, das zu tun, wonach wir uns wirklich sehnten. Denn im Innersten meines Herzens wußte ich, daß er ebenso empfand wie ich, und ein Teil unserer Herzen trauerte und sehnte sich danach, daß wir für immer beieinander bleiben könnten. Doch wir mußten so tun, als wäre es ganz selbstverständlich, daß jeder von uns jemand anderen finden würde, obwohl wir doch insgeheim darum beteten, daß es nie geschehen möge.

Sein Lächeln verschwand, und er war plötzlich so ernst wie ein Pfarrer bei der Sonntagspredigt.

»Ich weiß nicht . . . , nachdem du mein ganzes Leben lang meine Vertraute warst, wird das Mädchen, in das ich mich verliebe, vollkommen sein müssen.« Seine leuchtenden blauen Augen richteten sich wieder auf mich. Sein Blick war jetzt voller Wärme und Zuneigung, und es war mehr als nur eine brüderliche Zuneigung. Er betrachtete mich mit solchem Verlangen, daß ich spürte, wie eine heiße Welle in mir aufstieg und meine Wangen rötete. Wir sahen uns an wie ein junges Liebespaar. Es hatte keinen Sinn, es zu leugnen. Alles in mir verlangte danach, ihn zu umarmen. Ich konnte seine Lippen fast auf den meinen spüren. Er wartete und suchte in meinem Gesicht ein Zeichen der Ermutigung. Ich mußte dem Ganzen ein Ende setzen, ehe wir zu weit gingen.

»Ich werde dich später anrufen«, flüsterte ich atemlos und rannte über die Auffahrt zur Vordertür von Hasbrouck House. Als ich mich umwandte, stand er noch immer regungslos auf demselben Fleck. Er winkte, und ich winkte zurück. Dann huschte ich ins Haus und lief hinauf in mein Zimmer. Mein Herz klopfte so stürmisch wie nie zuvor. Warum mußte Luke, der mir näher stand als sonst irgendein Gleichaltriger, ausgerechnet mein Halbbruder sein? Wir teilten so vieles, unser Glück und unsere Trauer.

Wie sehr wünschte ich mir, er wäre irgendein Fremder, der in Harvard studierte. Ich würde Tony Tatterton in Farthinggale besuchen und Luke in Boston kennenlernen. Vielleicht würden wir uns in einem Kaufhaus treffen. Er würde plötzlich neben mir stehen und sagen: »Oh, diese Farbe paßt aber gar nicht zu Ihnen. Nehmen Sie doch den hier.« Und er würde mir einen marineblauen Schal entgegenhalten. »Er betont das Blau Ihrer Augen.«

Ich würde mich umdrehen und in das hübscheste Gesicht blicken, das ich je gesehen hatte. Und dann würde ich mich sofort in ihn verlieben.

»Verzeihen Sie, daß ich so frei bin, aber ich konnte nicht mitansehen, daß sie einen solchen Fehler begehen.«

»Dann muß ich mich wohl bei Ihnen bedanken«, würde ich sagen und kokett die Augen niederschlagen. »Aber zuerst würde ich gern Ihren Namen wissen.«

»Luke. Und Sie heißen Annie. Ich habe mir schon die Mühe gemacht, es herauszufinden.«

»Oh, wirklich?« Ich würde mich geschmeichelt fühlen. Dann würden wir zusammen Kaffee trinken gehen, und wir würden reden und reden. Jedes Mal, wenn ich nach Boston käme, würden wir zusammen zum Essen oder ins Kino gehen. Dann würde er mich auf dem Familienbesitz besuchen, und in dieser prachtvollen Umgebung würden wir uns näher kennenlernen. Aber das Haus würde nicht so sein, wie Drake es beschrieben hatte, sondern so wie Luke und ich es uns vorgestellt hatten: ein Märchenschloß aus dem Stoff, aus dem die Träume waren.

Aber das war unmöglich. Das Leben war wie eine Achterbahn, und wir näherten uns gerade dem höchsten Punkt. Wir würden beide bald unsere Abschlußprüfung machen, und dann würde es in rasend schneller Fahrt hinabgehen in die Zukunft, die jeden von uns in eine andere Richtung leiten würde. Wir würden uns nicht einmal mehr umwenden können, um zurückzuschauen.

Nachdem ich ihm von dem Fenster meines Zimmers aus nachgesehen hatte, wie er davonging, legte ich mich auf mein Bett und starrte durch die weiß und rosafarben gemusterten Gardinen nach draußen. Ich lauschte dem Gesang der Vögel und dem Klopfen meines Herzens. Das machte mich so traurig, daß Tränen in mir aufstiegen. Ich hatte das Gefühl, stundenlang geweint zu haben, als ich die sanfte, besorgte Stimme meiner Mutter hörte.

»Annie, was ist passiert?« Sie kam mit raschem Schritt herein und setzte sich zu mir auf das Bett. »Liebling?« Ich spürte, wie ihre Hand tröstend und teilnahmsvoll über mein langes, dunkles Haar strich. Ich wandte ihr mein tränenüberströmtes Gesicht zu.

»O Mammi, ich weiß es nicht«, schluchzte ich. »Manchmal muß ich einfach weinen und fühle mich so elend. Ich weiß, daß ich glücklich sein sollte. Bald werde ich meinen Abschluß machen und dann zu einer langen Reise nach Europa aufbrechen. Ich werde all die wundervollen Orte sehen, über die die meisten anderen Leute nur lesen oder die sie allenfalls von Bildern kennen. Ich habe so viele Dinge, die andere Mädchen in meinem Alter nicht haben, aber . . .«

»Aber was, Annie?«

»Aber mir kommt es so vor, als würde alles plötzlich zu schnell gehen. Luke wird bald aufs College gehen, und er wird ein ganz anderer Mensch werden. Wir werden uns wahrscheinlich kaum noch sehen«, weinte ich.

»Aber das bringt nun einmal das Erwachsenwerden mit sich, Annie.« Meine Mutter lächelte und küßte mich auf die Wange.

»Und all die Dinge, die mir immer so wichtig und groß schienen, werden plötzlich klein und . . . unbedeutend. Der Pavillon . . .«

»Was ist mit dem Pavillon, Annie?« Das Lächeln schien auf ihren Lippen zu erstarren, und sie wartete, während ich versuchte, die richtigen Worte zu finden.

»Es ist jetzt nur ein ganz gewöhnlicher Pavillon«, sagte ich.

»Nun, Annie, er war nie etwas anderes.«

»Nein, es war mehr«, beharrte ich. Viel mehr, dachte ich. Er war unser Traumhaus gewesen, und nun entschwanden unsere Träume allzu rasch.

Sie schüttelte den Kopf.

»Du durchlebst etwas, was jeder junge Mensch in deinem Alter durchmachen muß, Annie. Das Leben kann sehr schwierig sein, wenn man an diesen Kreuzweg kommt. Bis jetzt warst du ein kleines Mädchen, das geliebt und behütet wurde, und jetzt erwartet man, daß du erwachsen wirst und Verantwortung übernimmst.«

»War es bei dir genauso?« fragte ich.

»Ich fürchte, schon viel eher als bei dir.«

»Weil dein Vater dich und deine Brüder und Schwestern verkauft hat?«

»Sogar noch früher, Annie. Ich hatte nicht viel Gelegenheit, ein kleines Mädchen zu sein. Ehe ich begriffen hatte, was geschah, mußte ich Keith und Jane eine Mutter sein.«

»Ich weiß. Und Fanny war leider keine Hilfe.«

»Nein.« Sie lachte. »Wohl kaum. Fanny war immer in der

Lage, ihre Probleme abzustreifen wie ein Kleidungsstück. Aber dein Onkel Tom war eine große Hilfe. Tom war wunderbar, er war stark und sehr reif für sein Alter. Ich wünschte, du hättest ihn kennengelernt«, fügte sie nachdenklich hinzu. Ihre Augen, die den meinen so sehr glichen, nahmen einen abwesenden Ausdruck an.

»Aber später, nachdem du dich entschlossen hast in Farthy zu leben, ist dein Leben doch um vieles leichter geworden, nicht wahr?« erwiderte ich in der Hoffnung, daß sie mir mehr erzählen würde. Sie schreckte aus ihren Gedanken auf.

»Nicht sofort. Vergiß nicht, daß ich ein Mädchen aus den Willies war und nun plötzlich in einer verrückten, raffinierten, luxuriösen Welt leben sollte. Ich wurde in eine Eliteschule geschickt, auf die nur reiche, eingebildete Mädchen gingen, die auf mich herabsahen.« Bei dieser Erinnerung verhärtete sich ihr Gesicht.

»Reiche Mädchen können sehr grausam sein, denn ihr Geld schützt sie wie ein Kokon. Sei nie geringschätzig oder unfreundlich gegenüber denen, die weniger besitzen als du, Annie.«

»Oh, bestimmt nicht«, beteuerte ich. Meine Mutter hatte mir das eingeschärft, seit ich sprechen konnte.

»Nein, ich nehme auch nicht an, daß du so werden wirst.« Sie lächelte zärtlich. »So sehr dein Daddy sich auch bemüht hat, es ist ihm nicht gelungen, dich zu verziehen«, sagte sie, und ihr Blick ruhte liebevoll auf mir.

»Mutter, wirst du mir jemals erzählen, warum du Tony Tatterton so sehr haßt?« Ich schluckte hastig und biß mir auf die Zunge, um ja nichts von Drakes Brief und seinem Besuch in Farthy zu erzählen.

»Ich hasse ihn nicht so sehr, wie ich ihn bemitleide, Annie«, sagte sie, und ihre Stimme klang fest. »Er mag einer der reichsten Männer der Ostküste sein, aber für mich ist er ein armer Mensch.«

»Aber warum?«

Sie starrte mich an. Konnte sie in meinem Gesicht lesen, was mir Drake geschrieben und am Telefon erzählt hatte? Ich mußte die Augen senken, doch eigentlich sah sie mich gar nicht an, sondern durch mich hindurch auf ihre eigenen Erinnerungen. Sie preßte die Lippen zusammen, und ihre Augen wurden schmal.

»Mammi?«

»Annie«, begann sie schließlich, »vor langer Zeit hat mir einmal jemand gesagt, daß man sich manchmal selbst täuscht, indem man Wünsche und Bedürfnisse mit Liebe verwechselt. Er hatte recht. Liebe ist etwas sehr Wertvolles, aber auch etwas sehr Zerbrechliches. So zerbrechlich wie . . . eines der kleinen, komplizierten, handgefertigten Spielzeuge. Wenn man es zu fest hält, zerbricht es, hält man es nicht fest genug, so kann ein Windstoß es auf den harten Boden blasen. Höre immer auf die Stimme deines Herzens, Annie, aber du mußt dir ganz sicher sein, daß es wirklich dein Herz ist, das zu dir spricht. Wirst du immer daran denken, Annie?«

»Ja. Aber warum sagst du mir das? Hat es mit deinem Leben in Farthy zu tun?« Ich hielt den Atem an.

»Eines Tages werde ich dir alles erzählen, Annie. Ich verspreche es dir. Laß mir nur etwas Zeit. Bitte, hab Vertrauen.«

»Ich vertraue dir, Mammi. Mehr als irgend jemand anderem auf der Welt.« Ich war enttäuscht. Seit wieviel Jahren hörte ich dieses Versprechen schon? Wann war die Zeit endlich gekommen? Ich war schon achtzehn Jahre alt und eine erwachsene Frau. Sie hatte mir ihre wertvollsten Diamanten geschenkt und mir die kleine Spielzeughütte anvertraut, die ihr so teuer war wie nichts auf der Welt. Wann würde sie mir endlich die Geschichte ihres Lebens anvertrauen?

»Meine Annie, meine liebe, liebe Annie.« Sie nahm mich in die Arme und preßte ihre Wange an die meine. Dann seufzte sie und stand auf. »Ich habe noch kein Geburtstagsgeschenk für deine Tante Fanny gekauft. Möchtest du mir beim Aussuchen helfen?«

»Ja. Luke ärgert sich so sehr über ihre Pläne für die Party.«

»Ich weiß. Es ist mir ein Rätsel, warum sie uns dabeihaben will. Aber unterschätze deine Tante Fanny nicht. Sie redet zwar wie ein Hinterwäldler, aber sie ist nicht dumm. Sie vermittelt uns schon Schuldgefühle, ehe wir uns ablehnend verhalten können. In ihrer Art ist sie einmalig«, fügte sie hinzu und schüttelte belustigt den Kopf.

»Sprich mit ihr über Luke, Mutter. Erklär ihr, daß sie aufhören muß, ihm Harvard zu verderben.«

»Er ist angenommen?« Ihre Stimme klang freudig.

»Ja, und er hat ein Vollstipendium bekommen.«

»Wie wunderbar.« Sie richtete sich stolz auf. »Ein weiterer Nachkomme von Großvater Toby Casteel geht also nach Harvard«, verkündete sie, als würde sie zu der ganzen Stadt sprechen. Dann wurden ihre Augen sanft. »Mach dir keine Sorgen wegen Fanny. Glaub mir, im Innersten ihres Herzens ist sie stolz auf Luke. Ich bin sicher, daß sie irgendeinen Grund finden wird, um ihn zu besuchen und über den Campus zu stolzieren wie eine Königin.«

Sie verschränkte die Arme unter der Brust, wie es Tante Fanny zu tun pflegte, und warf den Kopf zurück. »Na ja, mein Sohn besucht das College, also hab ich mir gedacht, ich kann über den Campus gehen, wann immer es mir paßt!«

Wir lachten beide, und dann nahm sie mich wieder in die Arme.

»So ist es schon besser. Jetzt bist du die Annie, die du sein solltest: glücklich, fröhlich und lebendig. So wie ich gerne gewesen wäre«, sagte sie zärtlich. Die Tränen, die jetzt über meine Wangen liefen, waren Freudentränen.

Wie schnell meine Mutter die dunklen Wolken meiner Schwermut vertreiben konnte! Meine Welt war jetzt plötzlich wieder von hellem, goldenem Sonnenschein erfüllt, und der Gesang der Vögel schien mir nicht länger traurig. Ich umarmte und küßte sie. Dann ging ich in das Badezimmer, um mein tränenverschmiertes Gesicht zu waschen, damit wir in die Stadt gehen und ein Geschenk für Tante Fanny aussuchen konnten.

4. Kapitel
Tante Fannys Geburtstagsparty

Es war eine ideale Nacht für eine Party. Der Himmel sah aus wie eine Kulisse aus schwarzem Samt, die reich mit winzigen Diamanten übersät war. Die Luft war klar und von Duft erfüllt. Meine Eltern und ich waren bereits angezogen und fertig zum Aufbruch. Roland Star saß auf der Veranda und grüßte uns, als wir das Haus verließen.

»Das ist die Ruhe vor dem großen Sturm«, sagte er in seinem schleppenden Tonfall.

»Aber es ist nicht eine Wolke am Himmel zu sehen«, bemerkte ich. Wenn es um die Wettervorhersage ging, irrte sich Roland nur selten.

»Sie schweben dort oben, auch wenn man sie noch nicht sieht, Annie. Sie brauen sich heimlich über uns zusammen.«

»Glaubst du, daß es regnen wird?« fragte ich meine Mutter. »Ein Frühlingsgewitter kann wahre Wolkenbrüche mit sich bringen und alles überfluten. Das wäre doch eine Katastrophe für das Fest.«

»Mach dir keine Gedanken, so lange werden wir nicht auf der Party bleiben.« Sie sah zu meinem Vater hinüber und wartete auf einen bestätigenden Blick, aber der zuckte nur mit den Achseln. Dann stiegen wir in den Rolls-Royce und fuhren zu Tante Fanny und Luke. Sie hatten ein recht hübsches Haus. Natürlich war es bescheiden im Vergleich zu Hasbrouck House, aber das traf auch auf fast jedes andere Gebäude in Winnerrow zu. Nachdem Tante Fanny auf geheimnisvolle Art eine beträchtliche Geldsumme geerbt hatte – eine »Erbschaft«, die, wie Luke, Drake und ich wußten, mit der Verhandlung um Drakes Vormundschaft zu tun hatte –, hatte sie ihr Haus vergrößern und renovieren lassen. Sie hatte es mit dem Geld erworben, das ihr aus ihrer ersten Ehe mit einem

Mann namens Mallory geblieben war. Seinen Vornamen hatte ich nie erfahren, denn sie sprach immer nur von »dem alten Mallory«. Ihre zweite Ehe mit einem gewissen Randall Wilcox war bald zerbrochen, und er war schon vor langer Zeit weggezogen. Danach hatte Tante Fanny offiziell wieder den Namen Casteel angenommen. Ich vermutete, daß sie es zum Teil getan hatte, um die Leute in der Stadt zu ärgern.

Tante Fanny prophezeite uns immer, daß sie ein drittes Mal heiraten würde. Doch das schien eine leere Drohung zu sein, denn solange ich mich erinnern konnte, war sie nie mit jemandem befreundet gewesen, der auch nur annähernd in ihrem Alter war. Alle ihre Freunde waren unter dreißig. Einer der letzten, Brent Morris, war nur vier Jahre älter als Luke gewesen.

Ihr Haus lag auf einem Hügel oberhalb von Winnerrow, und die Rockgruppe, die sie engagiert hatte, hatte so starke Lautsprecher aufgestellt, daß die Musik bis zur Hauptstraße herunterschallte. Wir hörten die dröhnende Musik, als wir den Hügel hinauffuhren. Mammi fand das empörend, doch Daddy lachte nur.

Als wir ankamen, war die Party schon in vollem Gang. Die Rockband hatte sich in Fannys Garage eingerichtet, und die breite Auffahrt diente als Tanzfläche. Über dem Garagentor war ein Transparent angebracht, auf dem mit leuchtend roter Farbe HERZLICHEN GLÜCKWUNSCH, FANNY geschrieben stand. In allen Zweigen hingen Papierlampions, und auf dem gesamten Grundstück flatterten Fähnchen.

Mammi bat Daddy, den Wagen so zu parken, daß wir jederzeit aufbrechen konnten. Daddy hingegen schien nicht so erpicht darauf, uns einen Fluchtweg zu sichern. Er war sogar außergewöhnlich gut gelaunt. Ich vermutete, daß er zu Hause schon einige Drinks zu sich genommen hatte, um sich für den Abend zu stärken. So viele Jahre auch vergangen sein mochten – Tante Fannys Gegenwart hatte auf Daddy immer noch eine elektrisierende Wirkung. Ihre Gespräche waren stets mit versteckten Anspielungen gespickt und daher für alle anderen ein wenig peinlich. Ich bewunderte Mammi für die damenhafte Art, mit der sie Fannys Verhalten hinnahm. Ich hoffte nur, daß Luke recht hatte und daß ich später wirklich ebenso stark und würdevoll sein würde wie sie. Aber mir das heute vorzustellen, ging über meine Kräfte.

Tante Fanny kam uns entgegengeeilt, sobald wir aus dem Wagen gestiegen waren. Sie trug ein unglaublich enges schwarzes Lederkleid, das wie eine zweite Haut an ihrem Körper klebte. Das Kleid hatte einen tiefen, V-förmigen Ausschnitt, der Einblick auf ihren Brustansatz gewährte. Sie trug keinen Schmuck, so als wollte sie vermeiden, daß irgendetwas die Aufmerksamkeit von ihrem gesunden Teint und dem rosigen Busen ablenkte. Meine Mutter schien nicht weiter erstaunt, doch Daddys Augen weiteten sich in männlicher Bewunderung. Ich hielt Ausschau nach Luke, denn mir wurde bewußt, wie peinlich all dies für ihn sein mußte.

Fanny schob ihren linken Arm unter den meiner Mutter und den rechten unter den meines Vaters, um die beiden so zu der Party zu geleiten, und verkündete lauthals ihre Ankunft. Ich ging dicht hinter ihnen.

Vor dem Haus war eine lange Bar aufgebaut, hinter der zwei Barkeeper standen, die großzügig Drinks ausschenkten, ohne den Alkohol auch nur abzumessen, den sie in die Gläser gossen. Neben der provisorischen Bar befand sich ein riesiger Bottich voller Eis mit einem Bierfaß. Viele Männer, die zum großen Teil aus den Willies kamen, standen davor Schlange, um ihre Halbliterkrüge zu füllen.

Fanny hatte zwischen dem Haus und den gegenüberliegenden Bäumen Lichterketten aufhängen lassen, so daß sich Bündel von bunten Strahlen quer über den Rasen spannten. Ein halbes Dutzend Frauen in weißen, durchgeknöpften Baumwollkleidern standen hinter einem langen Tisch, der sich unter Platten mit gebratenen Hähnchen und Schüsseln mit verschiedenen Salaten bog, und füllten die Teller der Gäste.

»Meine reiche Schwester und mein Schwager, der König und die Königin von Winnerrow, die Stonewalls!« rief Tante Fanny.

»O bitte, Fanny, benimm dich«, tadelte meine Mutter.

»Laß sie sich doch amüsieren«, sagte Daddy.

Es mißfiel ihm offensichtlich nicht, daß man ihn den König von Winnerrow nannte. »Das ist schließlich ihr Abend. Herzlichen Glückwunsch, Fanny!«

»Danke, Logan, mein Schatz, aber kriege ich nich wenigstens ’nen Geburtstagskuß? Hast doch sicher nix dagegen, Heavenly?«

»Das muß Logan selbst wissen, Fanny. Ich werde ihm nicht vorschreiben, wen er zu küssen hat und wen nicht.«

Fanny schien Mutters Antwort sehr lustig zu finden. Sie wollte sich ausschütten vor Lachen, doch plötzlich hielt sie inne und wandte sich so verführerisch meinem Vater zu, daß alle Unterhaltungen um uns herum verstummten. Alle waren still und sahen zu uns herüber. Meine Mutter wandte sich ab, doch ich starrte wie gebannt auf die beiden. Daddy lächelte nervös und beugte sich dann vor, um Fanny ihren Geburtstagskuß zu geben.

Als seine Lippen die ihren berührten, umschlang Fanny seine Schultern und zog ihn zu sich herab. Ich sah, wie ihre Zunge sich zwischen seine Lippen schob und wie sie ihre Brust gegen seinen Arm preßte. Einige von den Männern aus den Willies klatschten Beifall und feuerten sie mit zweideutigen Zurufen an. Als sich ihre Lippen endlich voneinander lösten, zog Fanny meinen Vater auf die Tanzfläche, während er meiner Mutter und mir einen hilflosen Blick zuwarf. Fanny begann vor ihm herumzuwirbeln und ermutigte ihn, sich dem Rhythmus dessen, was sie »moderne Tänze« nannte, anzupassen.

Sie lockerte seine Krawatte.

»Hättet euch nicht alle für die gute alte Fanny so in Schale schmeißen müssen«, verkündete sie. Und den jungen Bewunderern, die sie umringten, erklärte sie, daß sie alles im Griff habe. Die Männer lachten, grinsten und stießen einander an.

Ich hielt wieder nach Luke Ausschau, konnte ihn aber nirgendwo entdecken.

»Ich werde etwas zu essen holen, Annie«, sagte meine Mutter leise, »und Fannys Geschenk auf den vollen Gabentisch dort drüben legen. Möchtest du auch etwas zu essen?«

Ich sah sie an und fragte mich, wie sie sich wohl dabei fühlen mochte, daß Daddy und Tante Fanny so im Mittelpunkt der Aufmerksamkeit standen. Wenn man bedachte, wieviel Klatsch es wegen ihrer nun schon viele Jahre zurückliegenden Affäre gegeben hatte! Doch selbst in dieser Situation hatte meine Mutter die wunderbare Gabe, ihre wahren Gefühle zu verbergen. Nur jemand, der sie so lange kannte und ihr so nahe stand wie ich, konnte den kalten, harten Ausdruck ihrer blauen Augen bemerken und erkennen, daß sie nicht nur unglücklich, sondern auch wütend war.

Ich fragte mich, wie sie so beherrscht sein konnte. Wie würde ich mich verhalten, wenn mir und meinem späteren Ehemann jemals so etwas widerfahren sollte? Würde ich mich auch so beherrschen können wie sie, oder würde ich explodieren? Angenommen, es wäre Luke, und er würde eine andere Frau küssen . . .

Daddy versuchte seinen Hüftschwung Fannys Bewegungen anzupassen, sie streckte die Arme aus und legte ihre Hände auf seine Schultern. Ich fand, daß ihre Versuche, wie ein verführerischer Teenager zu tanzen, lächerlich wirkten. Daddy schien verwirrt. Wie unfair sie sich Mammi gegenüber verhielten, wenn man bedachte, was sie durchzustehen hatte, während sich die beiden vor all diesen Zuschauer produzierten! Auch der Egoismus hatte doch seine Grenzen, und ich fragte mich, wieviel man unter dem Vorwand, alles sei doch nur Spaß, erdulden und hinnehmen mußte.

»Ich will zuerst Luke suchen, dann kommen wir zu dir.«

»In Ordnung, mein Liebling«, sagte sie und warf noch einen Blick auf Daddy und Tante Fanny. Fanny hatte ihre Arme um seine Taille gelegt und wiegte sich jetzt wild in den Hüften. Einen Augenblick lang fragte ich mich, ob ich nicht eingreifen und Daddy von Tante Fanny wegziehen sollte. Doch sie hätte sich dann vielleicht noch schlimmer aufgeführt und uns noch mehr in Verlegenheit gebracht. Ich machte mich auf die Suche nach Luke und fand ihn schließlich allein auf dem Sofa im Wohnzimmer sitzend.

»Luke, warum sitzt du ganz allein hier drinnen?«

Er sah auf. Als er mich erblickte, erhellte ein Lächeln sein eisiges, vor Zorn erstarrtes Gesicht.

»Ich habe es da draußen nicht mehr ertragen, Annie. Da habe ich mir gedacht, daß es das beste wäre, wenn ich mich hier ins Wohnzimmer setze und warte, bis alles vorbei ist. Sie wirft sich allen Männern an den Hals, und die Art, wie sie sie küssen und wie sie ihre Küsse erwidert . . .« Er schüttelte angewidert den Kopf. »Was will Mutter damit nur beweisen?

»Vielleicht, daß sie noch immer jung und hübsch ist und daß es immer junge Männer geben wird, die sie begehren.«

»Warum kann sie sich nicht ihrem Alter entsprechend benehmen?«

»Jetzt tanzt sie mit Daddy, und Mammi wird langsam ärgerlich«, sagte ich und versuchte nicht, meinen eigenen Ärger zu verbergen.

Er sah schnell auf. »Tatsächlich? Das habe ich befürchtet. Und wie verhält sich dein Vater?«

»Ich glaube, er will nur höflich sein und verhindern, daß ihr Verhalten noch peinlicher wird. Aber ich weiß nicht, wie lange meine Mutter das noch hinnehmen wird. Sie tut mir so leid, Luke.«

»Ich glaube, es ist besser, wenn ich mit nach draußen komme. Vielleicht kann ich eingreifen. Es ist mir schrecklich unangenehm«, sagte er.

»Du kannst dich nicht dein ganzes Leben lang für deine Mutter entschuldigen, Luke.«

»Es scheint mir, daß ich, solange ich denken kann, nichts anderes getan habe.« Er richtete sich auf. Er war sehr hübsch mit seinem hellblauen Sportblazer und der eleganten Krawatte. Sein volles, schwarzes Haar war weich und gewellt. Er sieht nicht mehr aus wie ein kleiner Junge, dachte ich, sondern wie ein Mann, ein Mann, der weiß, was in einer solchen Situation zu tun ist. Ich ging mit ihm hinaus.

Die Band spielte jetzt andere Musik, ein Liebeslied aus den Willies. Die Männer aus den Berghütten hatten einen Kreis um Tante Fanny und Daddy gebildet. Daddy schien völlig außer Atem, während sie ihn immer wilder herumwirbelte.

Sein zuvor tadellos gekämmtes Haar stand wild nach allen Seiten ab.

Ich erblickte meine Mutter, die etwas abseits unter einer Tanne stand. In der Hand hielt sie einen Teller mit Essen, doch sie rührte nichts davon an.

»Dein Vater macht sich zum Narren«, sagte sie, als Luke und ich zu ihr traten. »Ich warte nur darauf, daß er wieder zu sich kommt, doch soweit ich gesehen habe, hat er schon vier Drinks getrunken.«

»Ich werde eingreifen«, erbot sich Luke, und ehe meine Mutter antworten konnte, war er zur Tanzfläche gegangen. Er schob zwei Männer zur Seite und trat in den Kreis, ergriff Tante Fannys freie rechte Hand und zog sie von Daddy weg an sich. Daddy torkelte einen Moment lang verwirrt herum; dann fing er sich, sah, daß Fanny mit Luke tanzte, und trat aus dem Kreis heraus. Meine Mutter ging auf ihn zu.

»Du solltest besser etwas essen nach all dem Alkohol, Logan«, sagte sie und ihre Stimme war von schneidender Kälte.

»Hm?«

Er sah mich an und dann auf den Kreis, den die klatschenden Männer und Frauen um Luke und Fanny bildeten und der sich jetzt langsam in einzelne Paare auflöste. Dann wischte er sich mit einem Taschentuch das Gesicht ab und nickte.

»Deine Schwester ist verrückt«, sagte er. Meine Mutter sah ihn nur an. »Ich bin halb verhungert«, fügte er hinzu und ging hinüber zum Buffet. Ich beobachtete, wie er schwankte; und als ich meine Augen zum Himmel hob, sah ich, wie sich die versteckten Wolken, von denen Roland Star gesprochen hatte, über den dunklen Bergen zusammenbrauten und auf Winnerrow zutrieben.

Daddy holte einen Teller mit Essen und ließ sich auf einen der Stühle fallen, die Fanny auf dem Rasen um Tische herumgruppiert hatte. Mutter und ich setzten uns zu ihm und beobachteten, wie sich die Menge der Tanzenden immer mehr in eine wilde Besessenheit hineinsteigerte. Ich erkannte viele Leute aus der Stadt. Fanny hatte offensichtlich jeden, den sie getroffen hatte, eingeladen. Sie schien fest entschlossen, ihre Party zu einem der denkwürdigsten Ereignisse von Winnerrow zu machen.

Die meisten der Gäste waren Arbeiter und kleine Angestellte; keiner von den Freunden meiner Eltern aus der Oberschicht hatte die Einladung angenommen, nicht einmal aus Höflichkeit ihnen gegenüber. Doch ich wußte, daß meine Mutter es ihnen verzeihen würde. Ich konnte mich nicht erinnern, daß sich meine Mutter jemals irgendwann so unwohl gefühlt hatte wie an diesem Abend.

Plötzlich brach Tante Fanny den Tanz ab und ging zu dem

Bandleader. Der nickte, und dann spielte die Band einen kurzen Tusch, dem ein Trommelwirbel folgte. Tante Fanny drehte einen kleinen Abfalleimer um und ließ sich von zwei ihrer männlichen Bewunderer hinaufhelfen.

»Ich habe euch 'n paar Worte zu sagen«, begann sie.

»Nur 'n paar?« rief irgend jemand, und ein tosendes Gelächter brach los.

»Nun, vielleicht auch 'n bißchen mehr«, konterte Tante Fanny, und das Gelächter wurde noch lauter. »Ich danke euch allen, daß ihr zu meinem vierzigsten Geburtstag gekommen seid. Ja, ich sagte vierzig, und ich bin verdammt stolz darauf, daß ich vierzig bin und aussehe wie zwanzig!« Sie drehte sich auf dem umgedrehten Mülleimer im Kreis, um ihre Figur zu zeigen, wobei sie ihre Brust herausdrückte. Die Männer um sie herum pfiffen und trampelten mit den Füßen. Ich sah zu Luke hinüber. Er stand etwas abseits und senkte den Kopf. Ich wünschte, ich hätte seine Hand ergreifen und ihn wegführen können, weit weg.

»Andere Frauen, vor allem die eingebildeten Tussis von Winnerrow, die zu fein sind, um hierher zu kommen, verschweigen ihr Alter. Sie hams nötig, denn als die zwanzig waren, sahen sie schon aus wie vierzig.«

Wieder wurde gelacht. Dann rief einer ihrer jungen Bewunderer: »Ich bin zwanzig, Fanny. Wie oft geht zwanzig in vierzig?«

Das Gelächter schwoll an. Fanny grinste, stemmte die Hände in die Hüften und wandte sich zu ihm.

»Nich ein einziges Mal«, rief sie. »Außerdem, ihr Dummköpfe, habe ich viele Gründe, heute nacht zu feiern. Seht ihr meinen Sohn Luke, der da hinten rumsteht, als würde er sich am liebsten unter 'nem Felsen verkriechen? Nun, ich bin stolz auf ihn. Er is in Harvard angenommen worden, und sie sind so wild auf ihn, daß sie die ganze Knete für sein Studium bezahlen! Was hättet ihr anderes von einem Casteel erwartet?«

Luke sah auf, und sein Gesicht war purpurrot, als würde es in Flammen stehen. Alle hatten sich umgewandt und starrten ihn an.

»Nun, willst du auch was dazu sagen, Luke, oder glaubst du, daß diese Hinterwäldler dich sowieso nicht verstehen?«

Luke antwortete nicht, doch ich sah ihm an, wie schwer es ihm fiel, sich zu beherrschen.

»Macht nix, mein Liebling. Ich kann für uns beide sprechen, und wenn ich nach Harvard komme, werd ich diesen ollen Professoren mal 'n paar Sachen klarmachen.«

»Das wirst du bestimmt, Fanny«, rief irgend jemand.

Dann stimmte die Band »Happy Birthday« an, und die Gäste begannen zu singen. Fanny, die immer noch auf ihrem umgedrehten Mülleimer stand, lachte zu Mutter und mir herüber. Als das Lied zu Ende war, applaudierten alle, und ein halbes Dutzend junger Männer stürzte auf Fanny zu, um ihr hinunter zu helfen.

Wenig später wurde unsere Aufmerksamkeit von zwei Männern angezogen, die sich in die Haare gerieten. Einer warf dem anderen vor, er hätte sich in der Schlange vor dem Bierfaß vorgedrängt. Statt sie zu beruhigen, feuerten ihre Freunde sie noch an, bis sie sich zu prügeln begannen. Jetzt stürzten andere auf sie zu, um sie zu trennen. Mein Vater fand das alles sehr lustig.

»Ich möchte gehen, Logan«, sagte meine Mutter bestimmt. »Diese Party wird immer schlimmer.«

»In einer Minute«, sagte Daddy und stand auf, um den Streit besser beobachten zu können. Die beiden Männer beschimpften einander gerade. Tante Fannys Lachen übertönte den Lärm. Der Wind war stärker geworden, und die Glühbirnen, die über den Rasen gespannt waren, begannen hin- und herzuschwingen. Der Wind zerrte an Fannys Geburtstagstransparent, bis schließlich die eine Seite nachgab, so daß es jetzt lose im Wind flatterte wie ein Kriegsbanner.

Tante Fanny eilte zu den beiden Kampfhähnen.

»Was is'n das für'n Ringkampf an meinem Geburtstag?« fragte sie und stemmte die Hände in die Hüften. Drei ihrer jungen Freunde umringten sie und schrien durcheinander. Sie schwankte merklich, während sie ihnen zuhörte. Luke erschien hinter ihr, sah mich an und schüttelte den Kopf. Plötzlich sprang meine Mutter auf und ergriff Daddys Arm.

»Logan! Ich möchte nach Hause. Sofort!« beharrte sie. Er starrte sie kurz an, dann nickte er. Sie führte ihn zu mir.

»Laß uns gehen, Annie.« Ihr Gesicht war so wütend, daß

ich fürchtete, sie würde jeden Moment die Fassung verlieren.

Ich stand auf und ging mit ihr, mein Vater folgte uns in einigem Abstand. Aber ehe wir den Wagen erreichten, hatte Fanny uns erspäht und schrie:

»Haust du schon ab, Heavenly? Jetzt geht die Party doch erst richtig los!«

Ich sah mich um, doch meine Mutter befahl mir weiterzugehen. Fannys Lachen folgte uns. Daddy stolperte hinter uns her und holte uns ein, als ich schon auf dem Rücksitz saß.

»Kannst du fahren?« fragte ihn meine Mutter.

»Natürlich kann ich fahren! Ich weiß gar nicht, warum du dich so aufregst. Zwei Männer haben sich ein wenig gestritten. Das hat doch nichts zu sagen! Sie sind sicher schon wieder die besten Freunde.«

Er setzte sich in den Wagen und fingerte in seinen Taschen nach dem Zündschlüssel.

»Du hast zuviel getrunken, Logan. Ich weiß, daß du schon einiges getrunken hattest, ehe wir losfuhren.«

»Nun, dazu ist eine Party doch da, oder?« sagte er erstaunlich kurzangebunden.

»Nein«, antwortete Mammi schroff.

Er fand seinen Schlüssel und konzentrierte sich jetzt ganz darauf, ihn in das Zündschloß zu stecken. Ich konnte mich nicht daran erinnern, ihn jemals so verwirrt gesehen zu haben. Plötzlich klatschte ein dicker Regentropfen auf die Windschutzscheibe. Dann folgten weitere.

»Nun, die Party scheint sowieso ins Wasser zu fallen«, sagte er mürrisch. »Roland hatte recht.«

»Das ist wohl auch das beste«, sagte meine Mutter. »Das wird alle etwas abkühlen. Und es scheint mir, daß alle«, sagte sie und sah Daddy dabei scharf an, »eine kleine Abkühlung gebrauchen können.«

Daddy ließ den Wagen an, worauf dieser einen kleinen Satz nach vorne machte.

»Was soll das heißen?« Er wandte den Kopf Mammi zu und blickte sie angriffslustig an.

»Du hättest nicht zulassen dürfen, daß sie dich lächerlich macht, Logan. Alle haben es gesehen.«

»Nun, was sollte ich denn machen? Sie niederschlagen?«

»Nein, aber du hättest ja nicht so . . . kooperativ sein müssen.«

»Kooperativ? O bitte, Heaven, das ist nicht fair. Ich war in die Enge getrieben, ich . . .«

»Fahr langsamer, der Regen wird stärker, und du weißt genau, wie gefährlich diese Straße ist«, mahnte Mammi.

»Ich wollte nicht so mit ihr tanzen, aber ich habe mir gedacht, wer weiß, was sie tut, wenn ich sie einfach stehen lasse. Sie war stockbetrunken und . . .«

»Fahr langsamer«, rief Mammi, diesesmal eindringlicher.

Das Wasser klatschte jetzt gegen die Windschutzscheibe, und die Scheibenwischer kamen nicht mehr gegen die Flut an.

So heftig stritten sie sich nur, wenn es um Tante Fanny ging. Irgendwie schaffte sie es immer, Unfrieden zwischen ihnen zu stiften, alte Wunden aufzureißen und Salz auf die frischen zu streuen. Schade, daß sie nicht mit einem ihrer jungen Männer auf und davon lief und Luke bei uns leben ließ, dachte ich. Dann hätten wir wirklich eine glückliche Familie sein können, und peinliche Situationen wie diese hätte es nicht mehr gegeben.

»Man sieht nichts mehr«, rief Mammi, doch Daddy hörte ihr gar nicht zu.

»Kannst du dir vorstellen, was jetzt auf der Party los ist?« sagte er und lachte. Dann sah er Mammi reumütig an. »Es tut mir leid, wenn ich dir weh getan habe, Heaven, wirklich, ich wollte nur . . .«

»Logan, sieh auf die Straße, diese Kurve . . .«

Die Straße, die hinunter nach Winnerrow führte, fiel steil in scharfen Serpentinen ab. Der Regen, der von Osten kam, schlug jetzt gegen die Bergwand. Daddys wilder Fahrstil warf mich auf dem Rücksitz von einer Seite zur anderen. Ich setzte mich auf und hielt mich an dem Griff oberhalb des Fensters fest.

»Du weißt, daß ich dich nicht verletzen wollte . . .«, begann er wieder, doch Mammi unterbrach ihn.

»Es ist in Ordnung, Logan«, sagte sie entschieden, »wir werden zu Hause darüber sprechen.« Plötzlich, als wir uns einer scharfen Kurve näherten, kam uns ein Wagen entgegen, der zu weit auf unserer Seite fuhr.

Ich hörte meine Mutter aufschreien und spürte, wie der Wagen nach rechts geschleudert wurde und die Bremsen griffen.

Das letzte, was ich hörte, war Mammis schriller Schrei und Daddys Stimme, die von einem Augenblick auf den anderen völlig nüchtern klang. Beide riefen meinen Namen.

»Annie . . . Annie . . . Annie . . .«

5. Kapitel

Der grösste Verlust

Ich versuchte, die Augen zu öffnen, doch schien es dafür einer unglaublichen Anstrengung zu bedürfen. Es war, als ob meine Lider verklebt wären. Ich öffnete und schloß sie mehrere Male. Mit der Zeit ging es dann leichter.

Wo war ich? Der Raum war ganz weiß. Eine häßliche weiße Plastiklampe hing in der Mitte des Zimmers an der Decke. Und dieses Bettzeug . . . es roch frisch gestärkt und war hart. In meinen Ohren summte es.

»Annie? Schwester, sie kommt zu sich. Schwester . . . Schwester!«

Ich wandte langsam den Kopf und hatte dabei den Eindruck, daß er aus Stein war – wie die Büste von Jefferson Davies im Vorgarten der Schule von Winnerrow. Eine weißgekleidete Frau, es war wohl eine Krankenschwester, ergriff mein rechtes Handgelenk und prüfte meinen Puls. Ich wandte den Kopf und sah die Infusionsnadel in meinem Arm.

Dann blickte ich nach links. Dort saß ein älterer, grauhaariger Herr, dessen Augen von einem so leuchtenden Blau waren, wie ich es nie zuvor gesehen hatte. Ich sah zurück zu der Krankenschwester. Sie war eifrig damit beschäftigt, etwas in ein Krankenblatt einzutragen, und warf nur einen flüchtigen Blick auf den Mann, der nun meine linke Hand ergriff und sich so weit zu mir herabbeugte, daß ich den süßlichen Duft seines Rasierwassers roch.

»Wer sind Sie?« fragte ich. »Warum bin ich hier?«

»Annie, ich fürchte, daß mir die Aufgabe zufällt, dir die schrecklichste Nachricht deines Lebens mitzuteilen. Ich hoffe, daß du mich nicht dafür hassen wirst.« Er schloß die Augen und atmete tief durch, so als hätten schon diese wenigen Worte ihm den Atem genommen.

»Welchen Schmerz?« Ich versuchte mich aufzusetzen, doch unterhalb der Taille hatte ich kein Gefühl in meinem Körper. Ich konnte nur meine Schultern wenige Zentimeter von der Matratze heben.

»Du hattest einen furchtbaren Autounfall und warst bewußtlos.«

»Unfall?« Ich blinzelte. Dann sah ich plötzlich alles wieder vor mir: der Regen, der Schrei meiner Mutter und der Ruf meines Vaters: »Annie!« Mein Herzschlag setzte für einen Augenblick aus. »O mein Gott! Wo sind meine Eltern? Wo ist meine Mutter? Mammi!« schrie ich verzweifelt auf. Ich sah die Krankenschwester an. »Wo ist Daddy?« Ich fühlte kalte Panik in mir aufsteigen.

Der merkwürdige Mann schloß die Augen, dann öffnete er sie langsam wieder und umschloß meine Hand fester.

»Annie, es tut mir so leid.«

Ich hatte das Gefühl, einen Alptraum im Zeitlupentempo zu durchleben. Ich betrachtete den Mann und sah tiefen Schmerz in seinen tränengefüllten Augen. Er senkte den Kopf und hob ihn nach einer Weile wieder, um mich anzusehen. »Es tut mir so leid, Annie.«

»Nein!« Ich wollte seine Worte zurückweisen, noch ehe er sie ausgesprochen hatte.

»Sie sind beide tot«, sagte er, und Tränen liefen über seine Wangen. »Und du warst zwei Tage bewußtlos.«

»Nein!« Ich entzog meine Hand dem kräftigen Zugriff seiner Finger und vergrub mein Gesicht in dem Kopfkissen. *»Nein, ich glaube Ihnen nicht!«* Jetzt hatte ich das Gefühl, mein ganzer Körper wäre steif, wie erfroren . . . Ich wollte nicht hier sein, ich wollte, daß dieser Mann wegging. Alles, was ich wollte, war, daheim bei meinen Eltern zu sein. O Gott, betete ich, bitte erhöre mich, und setze diesem grauenvollen Alptraum ein Ende. Bitte, bitte . . .

»Annie, meine arme Annie.« Ich spürte, wie er über mein Haar strich, so wie es meine Mutter oft getan hatte. »Ich bin gleich gekommen, als sie mich angerufen haben, und seither sitze ich an deinem Bett.

Ich wandte mich langsam um und betrachtete ihn durch meine gespreizten Finger. Auf dem Gesicht des Mannes spiegelten sich Zuneigung und Sorge. Seine Trauer und sein Schmerz waren aufrichtig.

Plötzlich wurde mir klar, wer er war. Dies war der geheimnisvolle Tony Tatterton, der Herr von Farthinggale Manor; und er saß hier neben mir.

»Ich habe rund um die Uhr eine Schwester angestellt und meine eigenen Ärzte einfliegen lassen. Aber die Bedingungen hier sind unzureichend. Ich muß dich nach Boston bringen lassen und dann nach Farthinggale«, fuhr er fort. Alles, was er sagte, glitt an mir vorbei wie im Traum. Ich schüttelte den Kopf.

»Mammi! Ich möchte Mammi sehen. Daddy . . .«

»Sie sind tot und werden wieder nach Farthinggale Manor zurückkehren, um dort beerdigt zu werden. Ich bin sicher, daß dies der Wille deines Vaters gewesen wäre«, sagte er sanft.

»Farthinggale Manor?«

»Die Stonewalls, deine Großeltern väterlicherseits, sind beide tot, sonst hätte ich mich mit ihnen beraten. Aber ich denke, daß sie dasselbe gewollt hätten: eine würdige Beerdigung für deine Eltern. Und das Versprechen, daß ich jeden greifbaren Dollar verwende, um dich wieder gesund zu machen.«

Ich starrte ihn eine Weile an. Dann brachen die Tränen, die sich wie hinter einer Schleuse angestaut hatten, hervor, und ich begann so heftig zu schluchzen, daß mein ganzer Oberkörper bebte. »Es tut mir so leid, meine arme, arme Annie. Heavens wunderschöne Tochter, Leighs Urenkelin«, flüsterte er, während er meine Stirn küßte und eine Haarsträhne aus meinem Gesicht strich. »Aber du bist nicht allein. Du wirst nie allein sein. Ich schwöre dir, ich werde immer für dich da sein, solange ich lebe.«

»Was ist mit mir los?« fragte ich mit tränenerstickter Stimme. »Ich habe das Gefühl, als könnte ich meine Beine nicht bewegen. Ich kann sie nicht einmal fühlen!«

»Dein Rückgrat und dein Kopf haben bei dem Unfall einen schlimmen Stoß abbekommen. Die Ärzte vermuten, daß die Verletzung der Wirbelsäule deine motorische Koordinationsfähigkeit beeinträchtigt hat. Aber mach dir keine Sorgen um das, was geschehen ist, Annie. Ich habe dir ja gesagt, daß ich dich wieder gesund machen werde.« Er küßte meine tränenüberströmten Wangen und lächelte, während er mich sanft mit seinen blauen Augen ansah.

»Drake«, sagte ich. »Wo ist Drake? Und wo ist Luke? Und Tante Fanny?« murmelte ich. Ich brauchte jetzt meine Familie um mich herum. Dieser Fremde konnte sie nicht ersetzen. O Gott, was würde mit mir geschehen? Ich fühlte mich verloren, beraubt und leer, ich schwebte dahin wie ein Ballon im Wind, dessen Halteband gerissen war. Was sollte ich jetzt nur tun?

»Drake wartet in der Halle. Luke und Fanny waren auch ein paar Male hier, und ich werde sie verständigen, daß du wieder bei Bewußtsein bist«, sagte Tony. »Aber zuerst werde ich dir meinen Arzt schicken.«

»Nein, ich will zuerst Drake sehen. Und bitte ruf Luke und Fanny an uns sag ihnen, daß sie sofort kommen sollen.«

»Ja, gut, ich werde es tun. Alles, was du willst.« Wieder küßte er mich sanft auf die Wange und stand auf. Dann sah er lächelnd auf mich herab; der Ausdruck, der jetzt auf seinem Gesicht lag, war liebevoll und dennoch eigenartig. Gleich darauf verließ er das Zimmer. Wenige Augenblicke später trat Drake ein; seine Augen waren rotunterlaufen und sein Gesicht bleich. Ohne ein Wort zu sagen, umarmte er mich und drückte mich an seine Brust. Wieder brach ich in Tränen aus.

Das Schluchzen verursachte mir Schmerzen im Rücken und auch in meinem Herzen. Drake küßte mich und wiegte mich wie ein Baby. Er preßte seine Wange an meine, und unsere Tränen vermischten sich. »Du weißt, daß sie für mich wie Eltern waren«, sagte er. »Meine wahre Mutter hätte mich nicht mehr lieben können, als Heaven es getan hat; und Logan hat mich immer wie seinen eigenen Sohn behandelt.«

»O Drake, es ist also wirklich war? Sie sind wirklich tot?«

»Ja, und es ist ein Wunder, daß du noch lebst. Ich habe den Wagen gesehen. Ein völliges Wrack!«

»Ich kann meine Beine nicht bewegen. Es ist ein Gefühl, als ob sie gar nicht mehr da wären.«

»Ich weiß. Tony hat mir von den Vermutungen der Ärzte erzählt. Er wird alles Menschenmögliche für dich tun, Annie; er ist ein wundervoller Mann. Als er von dem Unfall erfahren hat, hat er sofort Ärzte einfliegen lassen, die sich jetzt ständig um dich kümmern werden. Er hat einen seiner leitenden Angestellten nach Winnerrow geschickt, damit Logans Fabrik weiter arbeiten kann, denn er weiß, wie wichtig sie für Logan und Heaven war. Er schwört, daß die Produktion nie eingestellt wird, ja daß sie sogar vergrößert werden soll. Und er hat mich gefragt, ob ich mir vorstellen könnte, das Unternehmen eines Tages zu leiten, wenn ich mit dem College fertig bin.

Dann hat er mir noch gesagt, daß er Farthinggale wieder herrichten lassen will, damit du dich dort in Ruhe erholen kannst. Wir können von Glück sagen, daß wir ihn in dieser schweren Zeit bei uns haben.«

»Aber ich will nicht nach Farthinggale, ich will nach Hause, Drake! Farthinggale war in meiner Vorstellung nie ein Krankenhaus, es war etwas Besonderes, ein ... ein Paradies. Bitte, Drake.«

»Annie, es ist schwer für dich, jetzt einen klaren Gedanken zu fassen. Das mußt du im Moment anderen, älteren und besonneneren Menschen überlassen, die nicht so stark von der Tragödie betroffen sind wie wir. Wir müssen jetzt alles tun, damit du wieder gesund wirst. Das möchtest du doch auch, nicht wahr? Du möchtest doch wieder gehen können. Schließlich hast du das Leben noch vor dir.«

»Aber wie soll ich denn weiterleben – ohne Mammi, ohne Daddy? Weit weg von allen anderen, von Luke, von dir, von allen Menschen, die ich liebe?«

»Du mußt, Annie! Glaub mir, genau das würden auch Heaven und Logan zu dir sagen. Deine Eltern gehörten zu jenen Menschen, die nie aufgaben, Annie. Du mußt ebenso denken wie sie. Gleichgültig, welches Hindernis sich auch vor dir auftürmen mag, geh weiter und überwinde es.«

Strebe nach den höchsten Gipfeln, dachte ich unwillkürlich. Das war auch Lukes Rat gewesen.

»Ich werde in deiner Nähe sein, Annie. Ich fahre heute nach Boston zurück und werde dich dort im Krankenhaus besuchen. Natürlich ist es für dich unmöglich, jetzt über all das nachzudenken, weil es viel zu schnell geht, aber bitte vertraue denen, die dich lieben. Bitte!« sagte er.

Ich atmete tief durch und ließ meinen Kopf auf das Kissen sinken. Das Gewicht der ganzen Welt schien auf mir zu lasten.

Meine Lider waren wieder schwer geworden, und ich fühlte mich benommen und müde. Vielleicht würde ich einschlafen, und wenn ich wieder aufwachte, würde sich herausstellen, daß alles nur ein furchtbarer Alptraum war, hoffte ich.

Ich würde mich wieder in meinem Zimmer in Hasbrouck House befinden. Es wäre Morgen, und Mammi würde wie immer voller Energie ins Zimmer kommen, um mit mir zu besprechen, was wir an diesem Tag unternehmen würden. Unten würde Daddy beim Frühstück sitzen und das *Wall Street Journal* lesen. Ich würde duschen, mich anziehen und die Treppe hinabstürmen, um einen neuen, wundervollen Tag zu begrüßen. Daddy würde mir einen Abschiedskuß geben, ehe er in die Fabrik ging, so wie er es jeden Tag tat.

»Roland hat mein Frühstück vorbereitet«, murmelte ich.

»Was?« sagte Drake.

»Ich muß schnell essen, damit wir losfahren können. Mutter und ich gehen einkaufen. Ich brauche ein neues Kleid für Maggie Templetons Geburtstagsparty, und wir wollen ein ausgefallenes Geschenk für sie finden. Mach dich nicht über uns lustig, Drake. Ich sehe sehr wohl, daß du lachst.«

»Annie ...« Er legte seinen Arm um meine Schultern und zog mich ein wenig hoch, doch ich konnte die Augen nicht offenhalten, und so bettete er meinen Kopf vorsichtig auf das Kissen.

»Die Spielzeughütte ist ... so wunderschön ... so wunderschön ... – danke, Mammi. Ich werde sie immer lieben, immer ...«

»Annie ...«

»Was ruft Daddy da immer wieder? Daddy, hör nicht auf, mich zu rufen, bitte, Daddy.«

Dann umfing mich der warme, tröstende Schlaf, linderte mein Leid und schütze mich vor dem häßlichen, furchtbaren Licht, das in meine Träume einbrechen und alles zerstören wollte.

»Wir dürfen das nicht tun, Luke ... nein, ich weiß ... strebe nach den höchsten Gipfeln ... der Blick ... der Blick ...«

»O Annie, du mußt wieder gesund werden«, flüsterte Drake, und seine Hand umschloß die meine. Aber in meinem

Traum war es Lukes Hand, und wir liefen über den Rasen zu unserem Paradies, in dem alles möglich war und wo ich mich wieder in Sicherheit fühlte. Und dann versank ich in tiefen Schlaf.

Als ich aufwachte, erblickte ich die Krankenschwester und einen großen, dunkelhaarigen Mann mit rötlichbraunem Schnauzer und haselnußbraunen Augen. Er hielt meine Hand und lächelte mich an.

»Hallo«, sagte er, »ich bin Doktor Malisoff und werde mich um Sie kümmern, bis Sie wieder gesund sind.«

Ich sah zu ihm auf, und sein Gesicht gewann immer schärfere Konturen, bis ich sogar die dünnen, kleinen Falten erkennen konnte, die sich quer über seine Stirn zogen, als ob sie mit einem feinen Stift gezeichnet wären.

»Was ist mit mir los?« fragte ich. Meine Lippen waren so trocken, daß ich sie ständig mit der Zunge benetzen mußte. Statt mir zu antworten, wandte er sich dem jüngeren Arzt zu, der an seiner Seite stand. Er hatte blondes Haar, und eine sehr helle Haut. Seine Wangen waren von winzigen Sommersprossen übersät.

»Mein Assistent, Doktor Carson. Wir werden uns gemeinsam um Sie kümmern.«

Der jüngere Arzt nickte mir zu und vertiefte sich dann in das Krankenblatt, das ihm die Schwester entgegenhielt. »Und dies ist Mrs. Broadfield, Ihre Schwester. Sie wird von jetzt an bei Ihnen bleiben, bis zu dem Tag, an dem Sie wieder gesund genug sind, um allein klar zu kommen.«

»Hallo, Annie«, sagte Mrs. Broadfield, und ein Lächeln erhellte für den Bruchteil einer Sekunde ihr rundes, grobgeschnittenes Gesicht, das von kurzem, schwarzem Haar umrahmt wurde. Ihre Schultern waren so breit wie die eines Mannes.

»Wo ist Drake?« fragte ich und erinnerte mich vage, daß er mir erzählt hatte, er müsse nach Boston zurückkehren.

»Drake?« fragte Dr. Malisoff. »Im Warteraum sind zwei Personen, die Sie besuchen wollen. Die eine ist Ihre Tante Fanny, und ich nehme an, daß der andere ihr Sohn ist?« Er sah zu Mrs. Broadfield hinüber, die eilig nickte. »Ich werde sie gleich hereinholen. Aber lassen Sie mich zunächst erklären, was wir mit Ihnen vorhaben, Annie.

Anscheinend sind Sie, als sich der Wagen Ihres Vaters überschlug, auf irgendeinen harten Gegenstand aufgeschlagen, und der Stoß, den Ihr Rückgrat genau unterhalb der Halswirbel erlitten hat, hat eine Verletzung hervorgerufen, die wir als Trauma bezeichnen. Sie beeinträchtigt Ihre Motorik und ruft die Lähmung Ihres Unterkörpers hervor. Wir wissen bis jetzt nicht genau, an welcher Stelle sich die Verletzung befindet und wie schlimm sie ist, denn in diesem Krankenhaus gibt es nicht die Apparate, die wir zu einer genaueren Diagnose brauchen. Deshalb werden wir Sie nach Boston fliegen, wo ein Neurologe sie untersuchen wird. Dann können wir eine klare Diagnose und einen entsprechenden Therapieplan für Sie entwikkeln.«

»Bis jetzt habe ich keine Schmerzen in den Beinen«, sagte ich.

Er lächelte.

»Nein, solange Sie gelähmt sind, werden Sie auch keine Schmerzen haben. Wenn Sie Schmerz empfinden, so ist das ein Zeichen dafür, daß die Muskeln und die Nerven wieder normal zu funktionieren beginnen. Ich vermute, daß Ihre Beine wieder funktionsfähig werden, sobald wir die Verletzung behandelt haben. Aber das wird auf alle Fälle einige Zeit dauern, und währenddessen brauchen Sie mehr als nur liebevolle Pflege. Sie brauchen eine qualifizierte Therapie.«

Sein freundlicher Ton wirkte beruhigend und ermutigend auf mich, aber ich wünschte mir so sehnlich, daß mein Vater neben mir säße und meine Hand hielte und meine Mutter mich tröstete und mir versicherte, daß ich wieder gesund werden würde.

Noch nie hatte ich mich so schrecklich einsam gefühlt, so allein und verlassen in einer fremden, kalten Welt.

»Also«, fuhr der Doktor fort, ließ meine Hand los und richtete sich wieder auf, »ruhen Sie sich aus, bis wir alle Vorbereitungen getroffen haben. Sie werden mit einem Krankenwagen zum Flugplatz gebracht und von dort mit einem Krankentransport-Flugzeug nach Boston geflogen.« Er lächelte wieder und tätschelte meine Hand. »Inzwischen wird Ihnen Mrs. Broadfield flüssige Nahrung geben.«

»Ich habe keinen Hunger.« Wer konnte in einem solchen

Augenblick ans Essen denken? Es war mir völlig gleichgültig, ob ich je wieder essen würde.

»Ich weiß, aber ich möchte trotzdem, daß Sie neben dem, was Sie über die Infusion bekommen, noch etwas zu sich nehmen.« Er machte eine Pause und lächelte mir wieder zu. »Ich schicke Ihnen jetzt Ihre Familie.«

Er wandte sich um und verließ mit dem jungen Arzt das Zimmer. Mrs. Broadfield öffnete einen kleinen Karton mit Preiselbeersaft und schob einen Strohhalm hinein.

»Trinken Sie das langsam«, befahl sie und verstellte das Kopfteil meines Bettes, so daß mein Körper in eine sitzende Position kam. Ihre kurzen, dicken Finger und ihre großen Handflächen verströmten einen widerwärtigen Geruch von Desinfektionsalkohol. Ihr Gesicht war jetzt so dicht vor meinem, daß ich die feinen schwarzen Härchen sehen konnte, die auf ihrem runden Kinn sprossen. O wenn doch statt dieser abstoßenden Fremden meine wunderschöne Mutter mit ihrem lieben sanften Lächeln bei mir gewesen wäre!

Sie gab mir den Saft in die freie Hand und schob den Tisch zu meinem Bett. Durch die veränderte Position wurde mir ganz schwindlig, und ich mußte die Augen schließen.

»Mir wird schlecht«, rief ich.

»Versuchen Sie nur ein wenig zu trinken«, beharrte sie. Ich sog an dem Strohhalm und schluckte den Saft schnell hinunter. Meine Kehle schmerzte, und ich stöhnte auf.

»Bitte lassen Sie mein Bett wieder hinunter«, bat ich.

»Sie werden es versuchen müssen, Annie, ein klein wenig jeden Tag. Die Ärzte können nicht alles tun«, sagte sie, und in ihrer Stimme lag Mißbilligung, ja sogar Ungeduld.

»Ich bin noch nicht so weit«, sagte ich. Sie schüttelte den Kopf und zog den Tisch weg. Ich sog noch einmal an dem Strohhalm und reichte ihr dann den Saft. Sie preßte die Lippen zusammen, und auf ihrem teigigen Gesicht spiegelte sich Ärger. Als ich sie eingehender betrachtete, stellte ich fest, wie pickelig ihre Haut war, und ich fragte mich, wie eine Krankenschwester ein so schlimmes Gesicht haben konnte.

In dem Augenblick, als sie mein Bett wieder in eine waagrechte Position brachte, stürmte Tante Fanny, gefolgt von Luke, in den Raum. Ich war noch nie in meinem Leben so glücklich gewesen, sie zu sehen. Tante Fanny rang die Hände.

»O Gott ... O Gott!« rief sie. Mrs. Broadfield wäre vor Schreck beinahe auf den Serviertisch gefallen.

»O Annie, mein Liebling, mein armes Kind!« Tränen strömten über ihr Gesicht, und sie tupfte ihre Wangen mit ihrem seidenen Taschentuch ab. »O Gott, o Gott ... schau nur, wie sie da in dem Bett liegt. Mein liebes Kind«, jammerte sie und lehnte sich an Luke. Ihre Schultern wurden von Schluchzen geschüttelt. Dann atmete sie tief durch, kam zu mir und küßte mich auf die Stirn. Ich genoß den Rosenduft, der sie umgab, ihr ganz persönliches Parfum, das sie sich einmal im Monat direkt aus New York schicken ließ.

Sie hielt mich in den Armen und schluchzte so sehr, daß auch mein Körper bebte. Luke blickte mich ein wenig verlegen an; ihm schien es ziemlich unangenehm zu sein, daß seine Mutter ihre Gefühle so offen zur Schau stellte. Tante Fanny hielt mich so fest an sich gedrückt, als ginge es um ihr Leben. Ihr Schluchzen wurde lauter.

»Na«, sagte Luke, »du machst es nur noch schlimmer. Bitte.«

Tante Fanny zuckte zurück.

»Was?« wieder tupfte sie ihre Augen ab. »O ... o Gott ... o Gott.«

»Mutter, bitte. Denk daran, was Annie hinter sich hat.« Luke sprach leise, aber seine Stimme klang eindringlich. Meine Mutter hatte immer gesagt, daß niemand Tante Fanny so gut zur Vernunft bringen konnte wie Luke.

»O meine liebe, liebe Annie«, sagte sie und küßte mich auf die Wange, wobei ihre Tränen auf mein Gesicht tropften. Sie wischte sie ab und stand auf.

»Der arme Luke und ich sitzen schon seit Stunden draußen und warten darauf, daß uns die Ärzte und Schwestern zu dir lassen«, fügte sie hinzu und warf Mrs. Broadfield einen strafenden Blick zu. Ihr Kummer hatte sich von einer Sekunde auf die andere in Ärger verwandelt.

»Versuchen Sie, sie nicht aufzuregen«, befahl Mrs. Broadfield und verließ das Zimmer.

»Ich hasse Ärzte und Krankenschwestern, sie ham alle so'n verkniffenes Gesicht. Sehen aus wie Bisamratten. Und ich hasse den Geruch in den Krankenhäusern warum versprühen sie in der Halle nicht so'n Duftspray und bringen 'n paar Blumen hier rein. Wenn ich je krank werden sollte, Luke, dann will ich, daß du auch so 'ne Privatschwester einstellst, wie Annie eine hat, klar?« erklärte Tante Fanny. Es war, als könnte Sie ihren Kummer nach Belieben abstreifen wie einen Mantel.

Luke trat an mein Bett. Er sah jung und schön aus wie immer, doch seine Augen waren von Trauer und Schmerz erfüllt.

»Hallo, Annie.«

»Luke, o Luke!«

Sanft ergriff er meine Hand. Die Tränen, die in seinen Augen schimmerten, erfüllten mein Herz mit noch größerem Kummer. Er empfand ebenso tiefe Trauer wie ich, denn auch er hatte ja seinen Vater verloren. Und meine Mutter war oft liebevoller und freundlicher zu ihm gewesen als seine eigene.

»Aber, aber. Hat doch auch keinen Sinn, daß wir alle hier rumstehen und uns die Augen aus'm Kopf weinen«, sagte Tante Fanny plötzlich. »Wir können sie ja doch nich zurückholen. Würde ja alles dafür geben, was ich habe. Glaubt mir, ich hab Heaven mehr geliebt, als ich ihr je gesagt hab. Tut mir leid, daß ich immer so gemein zu ihr war, aber ich konnte einfach nix gegen meine Eifersucht machen. Das hat sie sicher kapiert. Hat mehr für mich getan als ich für sie.« Sie betupfte ihre Augen vorsichtig mit ihrem durchnäßten Taschentuch; dann holte sie tief Luft, und ihre Schultern strafften sich.

»Aber«, verkündete sie, »sie hätte sicher gewollt, daß ich die Dinge jetzt in die Hand nehme.« Tante Fanny nickte bekräftigend. »Ich kann genauso gut für dich sorgen wie dieser widerwärtige alte Knacker, der behauptet, daß er dein Urgroßvater is.«

»Ma«, Luke ergriff ihre linke Hand und wies mit dem Kopf zu mir hinüber, »dies ist nicht der richtige Augenblick . . .«

»Unsinn! Wir müssen tun, was getan werden muß! Der Kerl behauptet, deine Eltern hätten gewollt, daß er sich jetzt um dich kümmert, aber ich sage . . .«

Luke warf Fanny einen zornigen Blick zu.

»Ma, Annie ist jetzt nicht in der Verfassung, solche Dinge

zu besprechen. Sie hat andere Sorgen.«

»Ist ja okay, daß er sich um die beste medizinische Versorgung für dich kümmert«, fuhr Tante Fanny unbeeindruckt von Lukes Vorhaltungen fort, »aber was Hasbrouck House angeht . . .«

»Ma, bitte.«

Enttäuscht verzog sie den Mund, so daß man ihre schimmernden weißen Zähne sah, die in reizvollem Kontrast zu ihrem dunklen Teint standen.

»Okay, schon gut, ich werd warten, bis du dich besser fühlst. Mach mir nur Sorgen darüber, was dieser alte, verkalkte Millionär mit deinem Vermögen anstellen wird.«

»Bis jetzt war er sehr nett, Tante Fanny«, wandte ich mit matter Stimme ein.

»Na ja. Hatte wohl seine Gründe.«

»Gründe?«

»Ma, bitte«, Luke wandte sich zu ihr um, und seine Augen funkelten wütend. »Ich habe dir doch gesagt, daß dies nicht der richtige Moment ist.«

»Okay, is ja schon gut.«

Mrs. Broadfield hatte wieder das Zimmer betreten und stand plötzlich hinter den beiden. In ihren weichen, weißen Schwesternschuhen ging sie so leise, daß keiner von uns sie hatte hereinkommen hören.

»Ich fürchte, Sie müssen jetzt gehen. Wir müssen Annie für ihre Reise vorbereiten.«

»Gehen? Sind doch grade erst gekommen. Sie ist meine Nichte, klar?«

»Es tut mir leid aber, wir müssen einen festen Zeitplan einhalten«, beharrte die Krankenschwester.

»Und wo bringen Sie sie hin?«

»Ins Bostoner Krankenhaus. Alle weiteren Informationen bekommen Sie im Schwesternzimmer auf dieser Etage«, sagte Mrs. Broadfield. Tante Fanny schüttelte ärgerlich den Kopf, doch Mrs. Broadfield ging, ohne sie weiter zu beachten, um mein Bett herum, um die Infusionsflasche zu überprüfen.

»Na gut, Annie, mein Liebling, mach dir bloß keine Sorgen und kümmer dich nur darum, daß du schnell wieder gesund wirst, ja?« Tante Fanny küßte mich auf die Wange und drückte meine Hand. »In ein paar Tagen werd ich in dieses komische Bostoner Krankenhaus kommen und schauen, ob sie dich da auch richtig versorgen«, fügte sie hinzu und warf Mrs. Broadfield einen grimmigen Blick zu; doch diese tat weiter ihre Arbeit, als ob Tante Fanny gar nicht mehr da wäre.

»Ich werde mitkommen, Annie«, sagte Luke und ergriff wieder meine Hand.

»O Luke, jetzt werde ich die Abschlußfeier und deine Rede verpassen«, weinte ich.

»Das macht nichts«, sagte Luke mit der für ihn typischen Ruhe. »Ich werde dir die ganze Rede am Telefon vorlesen. Und an dem Tag der Abschlußfeier werde ich vorher noch zu unserem Pavillon gehen . . .«

»Was redet ihr'n da?« fragte Tante Fanny, und auf ihrem Gesicht lag ein Lächeln, das Neugier und Verständnis verriet.

»Wir sprechen unsere eigene Sprache«, sagte Luke, und in seinen Augen las ich die Zärtlichkeit, die er für mich empfand. Er beugte sich über mich und küßte mich auf die Wange.

Im selben Augenblick betrat Tony Tatterton wieder das Zimmer.

»Nun, wie geht es dir?« fragte er und warf Luke einen raschen Blick zu. Dieser zuckte zurück und musterte Tony mißtrauisch. »Ich bin Tony Tatterton«, sagte Tony hastig und streckte ihm die Hand entgegen. »Und Sie müssen . . .«

»Mein Sohn, Luke junior«, verkündete Tante Fanny. »Wer ich bin, wissen Sie vermutlich. Heavens Schwester.« Sie stieß diese Worte so scharf und haßerfüllt hervor, wie ich es noch nie bei ihr erlebt hatte. Verstört blickte ich auf Tony, doch er nickte nur.

»Natürlich. Nun, wir müssen uns jetzt um Annie kümmern und sie für die Reise vorbereiten. Ich warte unten am Krankenwagen«, fügte er hinzu und warf Luke abermals einen raschen Blick zu. Lukes Augen arbeiteten ununterbrochen, abschätzend und kritisch musterte er Tony.

»Wir werden auch in Boston bei dir sein«, wiederholte er und verließ mit Tante Fanny das Zimmer.

Ehe ich in Tränen ausbrechen konnte, erschienen die Krankenträger. Einen Augenblick später wurde ich aus dem Zimmer gebracht und den Korridor entlang gerollt. Und an meiner Seite war niemand, der meine Hand hielt, niemand, den ich liebte und der mich liebte. Alle Gesichter, die mich umgaben, waren leer und fremd, es waren die Gesichter von Menschen, für die ich nichts als ein Teil ihrer täglichen Arbeit war. Mit geübtem Griff zog Mrs. Broadfield die Decke über meine Schultern, als wir den Ausgang zum Parkplatz erreichten. Der Krankenwagen erwartete uns schon.

Obwohl der Himmel grau und bedeckt war, schloß ich meine Augen in dem Augenblick, als das Tageslicht auf mein Gesicht fiel. Die Träger hoben mich in den Krankenwagen. Als die Türen geschlossen waren und Mrs. Broadfield sich neben mich setze, öffnete ich die Augen wieder. Sie richtete meine Infusionsflasche und lehnte sich zurück. Ich spürte, wie der Krankenwagen anfuhr und die Auffahrt des Krankenhauses hinabrollte, um mich zum Flughafen zu bringen, wo das Flugzeug wartete, das mich in das Bostoner Krankenhaus fliegen würde.

Auf einmal fragte ich mich, ob ich Winnerrow je wiedersehen würde. Ich wollte einen letzten Blick auf die kleine Stadt werfen, um die Erinnerung in meinem Herzen zu bewahren, und den sauberen kleinen Gehöften mit ihren sommerlich bestellten Feldern ein letztes Adieu zurufen. Aber vor allem wollte ich von den Willies Abschied nehmen, wollte die Berge mit den Bergarbeiterkaten und den Hütten der Schwarzbrenner noch einmal sehen.

Ich wurde plötzlich aus meiner Welt gerissen, wurde von den Menschen und den Orten, an denen mein Herz hing, getrennt. Überwältigt von Trauer schloß ich die Augen und versuchte mir vorzustellen, was wohl in diesem Augenblick in Hasbrouck House geschah. Sicherlich würden alle Hausangestellten noch wie betäubt sein, unfähig zu begreifen, was geschehen war.

In meinem Kopf begann es zu hämmern, und Tränen schossen aus meinen Augen. Ich wurde von einem heftigen Schluchzen geschüttelt.

Ich würde sie also nie wiedersehen? Nie wieder hören, wie mein Vater, wenn er nach Hause kam, rief: »Wo ist meine Tochter? Wo ist meine kleine Annie?« Als ich klein war, versteckte ich mich immer hinter der hohen Lehne des mit blauem Chintz bezogenen Sessels und preßte meinen kleinen Zeigefinger gegen die Lippen, um ein Kichern zu unterdrükken, während er so tat, als würde er überall nach mir suchen. Dann wurde sein Gesicht traurig, und mir brach fast das Herz bei dem Gedanken, ihm Kummer zu bereiten.

»Hier bin ich, Daddy«, zwitscherte ich, und er nahm mich auf den Arm und küßte mich. Dann trug er mich in das Arbeitszimmer, wo Mammi und Drake saßen und über die Schule sprachen. Wir ließen uns auf der Ledercouch nieder; und dann krabbelte ich auf Daddys Schoß. So saßen wir eine Weile und hörten ihnen zu, bis Mammi sagte, daß es nun Zeit für uns wäre, uns zu waschen und zum Abendessen umzuziehen.

Diese Tage waren von Sonnenschein und Lachen erfüllt gewesen; doch jetzt hatten sich dunkle Wolken über mir zusammengebraut, und eisige, finstere Schatten legten sich über mich wie ein Leichentuch.

»Versuchen Sie zu schlafen, Annie«, sagte Mrs. Broadfield und riß mich aus meinen Träumen. »Wenn sie daliegen und weinen, werden Sie nur schwächer und schwächer. Sie haben noch viele schwere Kämpfe vor sich, glauben Sie mir das.«

»Haben Sie schon früher Patienten wie mich betreut?« fragte ich, denn mir wurde klar, daß ich Freundschaft mit dieser Frau schließen mußte. Oh, wie sehr ich jetzt Freunde brauchte, Menschen mit denen ich sprechen konnte, Menschen, die älter und weiser waren als ich, die mir sagen konnten, was ich jetzt tun sollte! Ich brauchte jemanden, der Lebenserfahrung besaß, aber auch warmherzig und voller Zuneigung mir gegenüber war.

»Ja, ich habe schon viele Unfallopfer betreut«, sagte sie, und in ihrer Stimme lag ein überheblicher Ton.

»Sind sie alle wieder gesund geworden?« fragte ich.

»Natürlich nicht«, antwortete sie brüsk.

»Werde ich gesund werden?«

»Ihre Ärzte haben große Hoffnung.«

»Aber was glauben Sie?« Ich fragte mich, wie jemand, dessen Aufgabe es doch offensichtlich war, anderen zu helfen, so kalt und unpersönlich sein konnte. Wußte sie denn nicht, wie wichtig eine warmherzige und liebevolle Pflege war? Warum war sie so unnahbar? Tony hatte sicherlich genaue Erkundigungen über diese Frau eingezogen, ehe er sie eingestellt hatte. Meine Genesung bedeutete ihm so viel, daß er bestimmt die beste Krankenschwester ausgewählt hatte. Und doch wünschte ich, er hätte eine andere Frau gefunden, die mehr Wärme ausstrahlte, zu der ich Vertrauen fassen konnte und die noch etwas jünger war. Dann erinnerte ich mich daran, was Drake mir gesagt hatte: daß ich mich jetzt den Menschen anvertrauen sollte, die älter und erfahrener waren und die Dinge genauer überdachten, als ich es im Moment konnte.

»Ich denke, Sie sollten sich jetzt ausruhen und sich keine Sorgen mehr machen. Im Augenblick können wir sowieso nichts tun«, sagte Mrs. Broadfield, doch ihre Stimme klang immer noch kalt und schneidend. »Ihr Urgroßvater hat die beste Behandlung für sie organisiert, die man für Geld bekommen kann. Sie haben Glück, daß er für Sie da ist. Ich kannte viele Patienten, die viel weniger hatten als Sie.«

Ich nickte. Wie rasch er mir doch zu Hilfe geeilt war und wie sehr er sich dafür einsetzte, daß ich wieder gesund wurde! Jetzt erschien mir alles noch viel rätselhafter. Was hatte meine Mutter von einem Mann weggetrieben, der anscheinend ein so großes Herz besaß?

Ich war so müde. Mrs. Broadfield hatte recht, ich konnte jetzt nichts anderes tun, als mich auszuruhen und zu hoffen.

Ich hörte die Sirene des Krankenwagens, und undeutlich wurde mir bewußt, daß sie meinetwegen heulte.

6. Kapitel
Tony Tatterton

Während der restlichen Fahrt zum Flughafen schlief ich und erwachte erst, als man mich in das Krankentransportflugzeug brachte. Als mir wieder zu Bewußtsein kam, was geschehen war, war es, als hätte ich einen harten, kalten Schlag ins Gesicht erhalten. Es war kein Traum, es war die grausame Wirklichkeit. Mammi und Daddy waren tatsächlich tot, für immer von mir gegangen. Und ich war ernsthaft verletzt und gelähmt, all meine Träume und Pläne, all die wunderbaren Dinge, die Mammi und Daddy für mich erhofft hatten, waren in einem schrecklichen Augenblick auf einer Bergstraße zerstört worden.

Jedesmal, wenn ich erwachte, kam auch die furchtbare Erinnerung zurück. Ich sah wieder, wie der Regen gegen die Windschutzscheibe schlug, ich hörte Mammi und Daddy streiten und sah schließlich den anderen Wagen auf uns zukommen. Diese Erinnerung ließ mich innerlich aufschreien und erschütterte mich so sehr, daß ich froh war, wenn der Schlaf mich wieder übermannte und mir Linderung verschaffte. Doch wenn ich wieder erwachte, mußte ich der Realität abermals ins Auge sehen und durchlebte die grauenvollen Ereignisse aufs neue.

Ich war dankbar, daß ich wieder einschlief und erst am Bostoner Flughafen erwachte, wo man mich wieder in einen Krankenwagen hob. Jedesmal wenn ich aufwachte, war ich von der autoritären Art beeindruckt, mit der Mrs. Broadfield ihre Anweisungen gab. Das Krankenhauspersonal gehorchte ihr aufs Wort. Einmal hörte ich sie sagen: »Aufpassen, sie ist doch kein Mehlsack!« Drake hatte offensichtlich recht: »Ich war in guten Händen. Wieder schlief ich ein und erwachte erst, als wir das Krankenhaus erreicht hatten. Ich spürte, daß jemand meine Hand hielt. Ich öffnete die Augen und sah Tony Tatterton neben mir.

Einen Augenblick lang glaubte ich zu träumen, denn auf seinem Gesicht lag ein so abwesender, entrückter Ausdruck, daß ich das Gefühl hatte, er wäre in eine andere Welt eingetaucht, während er mich ansah. Als er schließlich bemerkte, daß ich zu ihm aufblickte, glitt ein Lächeln über sein Gesicht.

»Willkommen in Boston. Ich habe dir ja gesagt, daß ich bei deiner Ankunft hier sein würde, um dich zu begrüßen und mich zu versichern, daß du alles hast, was du brauchst. Ist die Reise gut verlaufen?« fragte er besorgt.

Gestern, als ich ihn an meiner Seite gesehen hatte, war alles so unwirklich gewesen, daß ich mich nur undeutlich an ihn erinnern konnte. Jetzt betrachtete ich ihn zum erstenmal aufmerksamer. Seine Augenbrauen waren sorgfältig in Form gebürstet, und er war glatt rasiert. Auch sein graues Haar war tadellos geschnitten und sah so voll und gepflegt aus, als wäre es von einem Friseur gewaschen und in Form gebracht worden. Er trug einen teuren grauen Seidenanzug mit weißen Nadelstreifen und eine dunkelgraue Krawatte. Seine Kleidung schien nagelneu. Als mein Blick auf seine Hand fiel, welche die meine umschloß, sah ich, daß seine aristokratischen Finger perfekt manikürt waren; die Nägel glänzten. Ja, er war ganz anders als jener Tony Tatterton, den Drake beschrieben hatte. Sein Brief und sein Anruf waren mir nur noch als Erinnerungen aus einer anderen Welt gegenwärtig, in der ich früher gelebt hatte und aus der ich plötzlich in diese kalte, grausame Wirklichkeit vertrieben worden war.

Tony ließ mir Zeit, ihn eingehend zu mustern, während sein sanfter, zärtlicher Blick auf mir ruhte.

»Ich habe fast die ganze Reise über geschlafen«, sagte ich, doch meine Stimme war kaum mehr als ein Flüstern.

»Ja, das hat Mrs. Broadfield mir erzählt. Ich bin so froh, daß du hier bist, Annie. Bald werden die Untersuchungen beginnen, die die Ärzte für dich vorgesehen haben, damit sie dich entsprechend behandeln können.« Er tätschelte meine Hand und nickte mit dem Selbstvertrauen und der Sicherheit eines Mannes, der daran gewöhnt war, daß die Dinge nach seinen Vorstellungen abliefen.

»Meine Eltern«, sagte ich.

»Ja?«

»Ihre Beerdigung . . .«

»Nein, Annie, daran darfst du jetzt nicht denken. Ich habe dir schon in Winnerrow gesagt, daß ich mich um alles kümmern werde. Du mußt deine ganze Kraft darauf konzentrieren, wieder gesund zu werden«, sagte er eindringlich.

»Aber ich müßte dort sein.«

»Nun, Annie, du kannst jetzt nicht dort sein«, erwiderte er freundlich. »Aber sobald es dir besser geht, werde ich einen weiteren Gottesdienst an ihrem Grab abhalten lassen, und wir werden zusammen daran teilnehmen. Das verspreche ich dir. Aber jetzt mußt du zunächst einmal die Anordnungen der Ärzte befolgen. Dies ist die beste Behandlung, die man für Geld bekommen kann.« Dann wurde er nachdenklich.

»Ich habe deine Mutter sehr geliebt. Und auch deinen Vater habe ich gemocht. Schon als ich ihn zum ersten Mal traf, habe ich gemerkt, daß er das Zeug zu einer leitenden Position hatte, und ich war sehr glücklich, als er meinen Vorschlag annahm und in mein Geschäft eintrat. Die Zeit, als deine Mutter und dein Vater in Farthy lebten, war die glücklichste meines Lebens.« Er seufzte. »Und die Jahre danach waren die traurigsten und härtesten, die ich erlebt habe. Was auch immer ich getan habe, um diese Kluft zwischen uns zu schaffen, ich möchte es dadurch ungeschehen machen, daß ich dir jetzt helfe, Annie. Bitte laß mich alles tun, was in meiner Macht liegt, um meine Schuld ihnen gegenüber wieder gutzumachen. Es ist das Beste, was ich tun kann, um ihr Andenken zu ehren.« Seine Augen waren bittend und von Sorge erfüllt.

»Ich möchte dich nicht unterbrechen, Tony, aber es gibt viele Fragen, auf die ich keine Antwort weiß. Ich habe seit langem versucht, Mammi dazu zu bringen, über ihre Zeit in Farthy zu sprechen . . . und auch darüber, warum sie schließlich weggegangen ist. Aber sie wollte nicht darüber reden. Immer wieder vertröstete sie mich und versprach, mir bald alles zu erzählen. Erst vor kurzem, an meinem achtzehnten Geburtstag, hat sie ihr Versprechen erneuert. Und jetzt . . .« ich schluckte, »jetzt kann sie es nicht mehr.«

»Aber ich werde es tun, Annie«, sagte er hastig. »Ich werde

dir alles erzählen, was du wissen möchtest und mußt. Bitte glaube und vertraue mir.« Er lächelte und lehnte sich zurück. »Letztendlich wird es für mich eine Art Erleichterung sein, wenn du alles erfährst und über mich richten kannst.«

Ich musterte sein Gesicht eingehend. War er aufrichtig? Würde er sein Versprechen wirklich halten, oder sagte er das alles nur, damit ich ihm vertraute?

»Ich habe versucht, meine Schuld wiedergutzumachen, wo immer ich konnte. Ich hoffe, daß du meine Geschenke bekommen hast und daß deine Mutter dir erlaubt hat, sie zu behalten.«

»Oh, ja, ich habe sie noch alle . . . all die schönen, wunderbaren Puppen.«

»Das ist gut so.« Seine Augen leuchteten, und er sah auf einmal viel jünger aus. Irgend etwas in seinem Gesicht erinnerte mich an Mammi . . . es war die Art, wie er seine Gedanken und Stimmungen durch ein Augenzwinkern deutlich machte. »Wann immer ich auf Reisen war, habe ich nach einem besonderen Geschenk für dich gesucht. Und da waren diese Puppen genau das richtige. Ich weiß nicht mehr, wie viele ich dir geschickt habe, aber es muß inzwischen eine ganz schöne Sammlung sein, nicht wahr?«

»Ja, sie füllen ein großes Regal, das über die ganze Wand in meinem Zimmer geht. Daddy sagt immer, daß ich bald ein Geschäft eröffnen kann. Jedesmal, wenn er hereinkommt . . .«, ich hielt inne, denn mir wurde bewußt, daß er nie wieder mein Zimmer betreten würde – und ich würde nie wieder diese Worte hören!

»Meine arme Annie«, tröstete mich Tony. »Du hast einen schrecklichen Verlust erlitten. Ich werde nie genug für dich tun können, um deinen Schmerz wirklich zu lindern, aber glaube mir, Annie, ich werde alles Menschenmögliche versuchen. Dies ist ab jetzt die vordringlichste Aufgabe in meinem Leben«, fügte er hinzu, und seine Augen hatten nun denselben entschlossenen Ausdruck, den ich so oft bei Mammi gesehen hatte.

Ich konnte mich nicht so gegen ihn verhärten, wie es Mammi getan hatte. Vielleicht war alles nur ein furchtbares Mißverständnis gewesen. Vielleicht hatte das Schicksal mich dazu auserkoren, es aufzuklären! Ich fühlte mich so ratlos.

»Ich weiß, Annie, daß du nicht anders kannst, als immer noch Mißtrauen gegen mich zu hegen. Und doch bitte ich dich: Vertraue mir! Ich bin ein alter Mann, der ein großes Vermögen hat und sonst nichts. Und darum bin ich so dankbar für die Gelegenheit, im Herbst meines Lebens noch etwas Gutes und Sinnvolles tun zu können. Ich hoffe, daß du mir das nicht verwehren willst«, sagte er sanft.

»Wenn du mir versprichst, mir so bald wie möglich alles zu erzählen«, sagte ich.

»Du hast das feierliche Wort eines Tatterton, der aus einer Linie von ehrbaren Männern stammt, auf deren Wort sich schon viele Menschen verlassen haben«, versprach er, und sein Gesicht war aufrichtig und ernst. Dann wandte er sich an die Krankenträger, die in der Nähe warteten. »Wir sind fertig. Viel Glück, mein Liebes.« Er tätschelte meine Hand, als sie die Bahre in Bewegung setzten.

Sie schoben mich den Gang hinab. Ich hob den Kopf, soweit ich konnte, um Tony zu sehen, der hinter uns zurückblieb. Ich sah den liebevollen und besorgten Ausdruck auf seinem Gesicht. Was für ein wunderbarer Mensch er war! Ich konnte es kaum erwarten, mehr über ihn zu erfahren. Meine Eltern waren mit allen Informationen, die ihn betrafen, so sparsam gewesen, als ob das wenige, das ich über ihn erfahren sollte, auf mein ganzes Leben verteilt werden müßte.

Natürlich wußte ich, daß er ein einzigartiges Spielzeugunternehmen aufgebaut hatte. Ein Imperium, wie mein Vater sagte, das Millionen von Dollar wert war und sich auf dem nationalen wie auf dem internationalen Markt einen Namen gemacht hatte. »Die Tattertons sind die Könige der Spielzeugbranche«, hatte Daddy zu mir gesagt, als er ausnahmsweise einmal darüber sprach.

»Tonys Spielzeug ist nur für die Reichen«, hatte meine Mutter eingewandt. Ich wußte, wie stolz sie darauf war, daß *unser* Spielzeug von allen Schichten gekauft wurde. »Tatterton-Spielzeug ist für reiche Leute, die es nicht nötig haben, erwachsen zu werden. Sie müssen nicht versuchen, eine Kindheit zu vergessen, in der sie nichts unter dem Weihnachtsbaum fanden und keine Geburtstagsfeste kannten. Leute wie Tony!«

hatte sie hinzugefügt, und ihre Augen funkelten vor Ärger.

Wieder einmal fragte ich mich, warum sie eine so heftige Abneigung ihm gegenüber empfunden hatte. Denn wenn mir auch seine gebieterische Autorität nicht entging, so spürte ich doch auch sein sanftes Wesen und seine Verwundbarkeit. Seine Tränen um meine Eltern und mich waren aufrichtig gewesen.

Den Rest des Tages über war ich ganz von den Ärzten in Beschlag genommen, die mich allen möglichen Tests unterzogen.

Wie Doktor Malisoff vorausgesagt hatte, spürte ich während der Untersuchungen keinerlei Schmerz in meinen Beinen. Ich konnte zwar meinen Oberkörper bewegen, doch meine Beine baumelten leblos wie die einer Stoffpuppe herab, wenn sie mich vorsichtig auf Untersuchungstische und Betten hoben. Manchmal hatte ich das Gefühl, als hätte ich bis zur Taille im eisigen Wasser gestanden, und mein Körper wäre nun von den Füßen bis zu den Hüften betäubt. Meine Reflexe sprachen nicht an, und ich sah angsterfüllt zu, wie Dr. Malisoffs Assistent und der Neurologe Dr. Friedmann eine Nadel in meine Haut stachen. Ich spürte zwar nichts, doch der Anblick der Nadel, die sich in meine Haut bohrte, ließ mich zusammenzucken.

»Annie«, sagte Dr. Malisoff, »es ist so, als hätten wir bei Ihnen eine Spinalanästhesie gemacht, damit Sie bei einer Operation keinen Schmerz spüren. Wir glauben, daß die Entzündung, die durch das Trauma um ihr Rückgrat herum hervorgerufen wurde, die Ursache für Ihre jetzige Lähmung ist. Wir würden gerne noch einige Tests machen, um diesen Verdacht zu bestätigen.«

Ich versuchte, eine kooperative Patientin zu sein. In meinem augenblicklichen Zustand war ich so abhängig von anderen! Ich mußte von einem Ort an den anderen gehoben und auf fahrbaren Betten herumgefahren werden. Es fiel mir sehr schwer, mich aufzusetzen. Die Ärzte versicherten mir, daß ich bald wieder dazu in der Lage sein würde, aber ich hatte das Gefühl, als wäre der untere Teil meines Körpers bei dem Unfall abgestorben.

Dieses Gefühl der völligen Hilflosigkeit verunsicherte mich

zutiefst. Wir nehmen so vieles als selbstverständlich hin – laufen, sitzen, aufstehen und hingehen zu können, wohin wir wollen. Meine Verletzung steigerte den Schmerz, der mein Herz zusammenzog, als würde man Salz auf eine offene Wunde streuen. Ich mußte nicht nur mit dem grausamen Verlust meiner Eltern, sondern auch noch mit dieser körperlichen Behinderung fertigwerden. Wieviel kann ein Mensch ertragen? Ich schrie innerlich auf. Warum mußte ich solche Qualen erdulden? Ich hatte alles, an dem ich hing, verloren.

Meine neue Umgebung weckte in mir ein beinahe ehrfürchtiges Staunen. Das Krankenhaus erschien mir riesengroß, die Gänge waren doppelt so breit wie die des Krankenhauses von Winnerrow. Überall eilten geschäftige Menschen mit wichtigen Mienen umher. Schlangen von Krankenbahren, auf denen Patienten lagen, wurden durch die Gänge geschoben. Andauernd war das Geräusch der Piepser zu hören, durch das die Ärzte zu ihrer Station gerufen wurden. Ich erfuhr, daß das Gebäude über zwanzig Stockwerke hatte, in denen, wie es mir schien, ein ganzes Heer von Krankenschwestern und Spezialisten arbeitete. Fast fürchtete ich, daß Tante Fanny und Luke sich verlaufen würden, wenn sie versuchten, mich hier zu finden.

Doch selbst in dieser Umgebung, die mir so unübersichtlich und anonym erschien, spürte ich, wie Tony Tattertons Einfluß und sein Geld arbeiteten. Ich war von einem Team von Ärzten und Spezialisten umgeben, die bei mir blieben, bis man mich schließlich wieder in mein Zimmer brachte. Dort erwartete mich Mrs. Broadfield.

Um mich in mein Bett zu heben, mußte sie die Krankenbahre direkt daneben rollen und dann vorsichtig zunächst meine gelähmten Beine und schließlich den Rest meines Körpers hinüberziehen. Sie verrichtete ihre Arbeit schweigend und ohne das geringste Zeichen von Anstrengung. Nachdem sie mich bequem gebettet hatte, gab sie mir ein wenig Saft zu trinken. Dann zog sie den Vorhang um mein Bett herum zu, damit ich schlafen konnte, und sagte mir, daß sie sich an die Tür setzen würde, für den Fall, daß ich etwas brauchte. Von den Untersuchungen erschöpft, schlief ich sofort ein und erwachte erst wieder, als ich Stimmen hörte. Ich sah auf zu

Dr. Malisoff, der sich über mich beugte. Neben ihm stand Tony Tatterton.

»Hallo. Wie geht es Ihnen?«, fragte der Arzt.

»Ich bin müde.«

»Natürlich. Das ist auch Ihr gutes Recht. Nun, wir sind schließlich zu einer endgültigen Diagnose gekommen, Annie. Der Stoß, den ihre Wirbelsäule direkt unterhalb des Kopfes erlitten hat, hat zu einer Entzündung geführt, die jetzt die Lähmung auslöst. Es ist schon eine zwar kleine, aber doch deutliche Besserung zu verzeichnen, so daß wir Sie nicht operieren müssen, um jeglichen Druck auf die Verletzung zu vermeiden. Statt dessen haben wir eine Medikamententherapie für Sie zusammengestellt, die nach einer gewissen Zeit von einer physikalischen Therapie ergänzt werden wird.«

»Eigentlich müßten Sie die ganze Zeit über im Krankenhaus bleiben«, fügte er hinzu und lächelte über mein bestürztes Gesicht. »Glücklicherweise aber ist Mrs. Broadfield auch eine erfahrene Krankengymnastin, und so wird sie Ihr Rehabilitationsprogramm in Farthinggale Manor durchführen können. Haben Sie noch irgendwelche Fragen?«

»Ich werde also wieder gehen können?« fragte ich hoffnungsvoll.«

»Ich sehe nichts, was dagegen spricht. Es wird nicht über Nacht geschehen, aber doch in angemessener Zeit. Und ich werde regelmäßig dort draußen nach Ihnen sehen.«

»Wann wird diese Benommenheit aufhören?«

»Das kommt durch die Gehirnerschütterung. Auch das wird eine Weile dauern, aber es wird Ihnen von Tag zu Tag besser gehen.«

»Ist das alles, was ich habe?« fragte ich argwöhnisch.

»Alles?« Der Arzt lachte, und Tony kam einen Schritt näher und lächelte mir liebevoll zu. »Manchmal vergesse ich, wie wundervoll es ist, jung zu sein«, sagte Dr. Malisoff zu ihm. Tony nickte.

»Ja, das ist wunderbar. Und es ist schön, jemanden, der so jung und hübsch ist wie Annie, um sich zu haben, wenn man selbst nicht mehr jung ist.« Ein kleines, spitzbübisches Lächeln spielte um seinem Mund.

»Aber ich werde eine solche Last für dich sein«, wandte ich

ein. Es war etwas anderes, wenn man Menschen zur Last fiel, die man liebte und von denen man geliebt wurde; aber die Vorstellung, unter diesen Umständen bei einem Fremden zu wohnen, beunruhigte mich. Wie sehr ich Mammis und Daddys Trost und Liebe jetzt gebraucht hätte! Doch das Schicksal hatte beschlossen, daß ich sie nie wiedersehen sollte.

»Nicht für mich. Niemals. Außerdem habe ich Hausangestellte, die sich langweilen, weil sie jetzt so wenig zu tun haben. Und dann wird ja auch Mrs. Broadfield bei dir sein.«

»Wir sehen uns später draußen«, sagte Dr. Malisoff leise und verließ das Zimmer. Tony blieb und sah liebevoll auf mich herab.

»Ich werde zweimal am Tag kommen«, versprach er. »Und jedes Mal werde ich dir etwas mitbringen.« Sein Ton war unbeschwert und fröhlich, als wäre er immer noch ein Kind, das man mit Spielzeug und Puppen aufheitern konnte. »Gibt es irgend etwas Besonderes, was du gerne hättest?«

Mir fiel nichts ein, denn ich war noch immer viel zu benommen von den tragischen Ereignissen.

»Das macht nichts. Dann werde ich dich jedesmal überraschen.« Er beugte sich zu mir herab und küßte mich auf die Stirn. Einen Augenblick lag seine Hand auf meiner Schulter. »Ich bin so froh, daß du wieder gesund werden wirst, Annie. Und es ist so wunderbar, daß du bei mir bleiben wirst und ich dir helfen kann!« Sein Gesicht war jetzt dicht über mir, und ich spürte, wie seine Wange die meine streifte. Dann küßte er mich noch einmal und verließ das Zimmer.

Mrs. Broadfield kontrollierte meinen Blutdruck und wusch mich mit einem Schwamm und warmem Wasser. Dann lag ich mit geöffneten Augen wie in einem Traum da und kämpfte gegen meine Tränen an. Schließlich schloß ich die Augen und verfiel in einen leichten Dämmerschlaf.

Drake kam am nächsten Tag wieder, um mich zu besuchen. Ich war so glücklich, ihn zu sehen. Ich war an einem fremden Ort, weit von zu Hause entfernt, doch ich hatte meine Familie in der Nähe! Er kam an mein Bett und küßte mich; dann drückte er mich so vorsichtig an sich, als wäre ich so zerbrechlich wie eine kostbare Porzellanpuppe.

»Du hast heute etwas mehr Farbe. Wie fühlst du dich?«

»Sehr müde. Ich schlafe immer wieder ein und träume wirre Dinge. Und jedesmal, wenn ich aufwache, muß ich mir klar machen, wo ich bin und was geschehen ist. Mein Gehirn will die Wahrheit noch nicht akzeptieren. Es ist ständig bemüht, alles zu verdrängen.«

Er lächelte, nickte und strich mir über das Haar.

»Wo warst du? Was hast du gemacht?« fragte ich besorgt, denn ich wollte erfahren, wie er mit den tragischen Ereignissen und seinem Kummer fertig wurde.

»Ich habe mich entschlossen, auf dem College zu bleiben und das Semester zu beenden.«

»Oh?« Ich hatte geglaubt, die Welt müßte nach dieser Tragödie für eine Zeit stillstehen. Wie konnte es irgend jemanden geben, der noch arbeitete, lebte oder womöglich gar glücklich war?«

»Meine Dozenten wollten mich freistellen, aber ich hatte das Gefühl, daß ich vor Kummer wahnsinnig würde, wenn ich mich nicht mit irgend etwas beschäftige«, sagte er, nachdem er einen Stuhl an mein Bett gezogen hatte. »Ich hoffe, du hältst mich deshalb nicht für zu hart oder gleichgültig. Aber ich kann einfach nicht nur so herumsitzen.«

»Du hast das Richtige getan, Drake. Ich bin sicher, genau das hätten sich Mammi und Daddy gewünscht.«

Er lächelte mir dankbar zu und war froh über mein Verständnis. Doch ich glaubte tatsächlich, daß das, was ich sagte, der Wahrheit entsprach. Niemand verstand es so gut, mit Schicksalsschlägen umzugehen wie Mammi. Daddy hatte immer behauptet, sie sei aus Stahl. Eine echte Ca-steel, hatte er gescherzt. Was würde ich nicht darum geben, noch einmal seine Scherze zu hören!

»Ich werde fürs erste nicht nach Winnerrow zurückkehren«, fuhr Drake fort. »Es wäre zu schmerzlich für mich, jetzt in das große, leere Haus zu kommen, und außerdem hat Tony Tatterton mir ein phantastisches Angebot für die Sommermonate gemacht.«

»Was für ein Angebot?« fragte ich. Es war erstaunlich, wie rasch Tony Tatterton unser Leben in die Hand genommen hatte.

»Er läßt mich als Juniorchef in seinem Büro arbeiten,

kannst du dir das vorstellen? Ich habe noch nicht einmal das College abgeschlossen, und er will mir trotzdem schon jetzt Verantwortung übertragen! Er hat hier in Boston sogar bereits eine Wohnung für mich gefunden. Ist das nicht wunderbar?«

»O ja, Drake. Ich freue mich so für dich.« Ich wandte mich ab. Ich wußte, daß ich ungerecht gegenüber Drake war, aber Fröhlichkeit schien mir in diesem Moment unangebracht. Die gesamte Welt sollte um meine Eltern und um mich trauern, dachte ich. Der dunkle Schleier, der sich über alles gebreitet hatte, hielt mich noch immer gefangen. Wie blau der Himmel auch in Wirklichkeit sein mochte, mir erschien er grau.

»Du klingst nicht sehr glücklich. Ist es wegen der Medikamente, die du nimmst?«

Wir blickten uns für einen Augenblick an, und ich sah wieder die Trauer in seinem Gesicht. »Nein«, fuhr ich fort, »ich habe nur viel über Tony nachgedacht. Ich kann nicht anders als mich fragen, warum er so plötzlich in unser Leben getreten ist und sich so selbstlos um uns kümmert. Die ganze Zeit über hat unsere Familie ihn so behandelt, als wäre er Luft. Man könnte annehmen, daß er uns eigentlich hassen müßte. Verwundert dich das nicht auch?«

»Was ist daran merkwürdig? Eine furchtbare Katastrophe ist geschehen . . . und er gehört ja schließlich zur Familie; ich meine, er war mit deiner Urgroßmutter verheiratet, mit der Großmutter meiner Stiefschwester. Und er hat doch sonst niemanden. Sein jüngerer Bruder hat Selbstmord begangen, weißt du«, fügte Drake flüsternd hinzu.

»Sein jüngerer Bruder? Ich habe nie von ihm gehört.«

»Nun, Logan hat mir einmal von ihm erzählt. Anscheinend war er ein sehr introvertierter Mensch, der sich gern absonderte und in einer Hütte hinter einem Irrgarten lebte.«

»Hütte? Hast du Hütte gesagt?«

»Ja.«

»So eine, wie meine Mutter sie in ihrem Zimmer hatte – die kleine Spieluhr, die sie mir an meinem Geburtstag geschenkt hat?«

»Nun, darüber habe ich nie nachgedacht . . . aber ja, ich denke schon. Warum fragst du?«

»Ich träume immer noch davon und erinnere mich an die

Musik und wie Mammi mich früher, als ich noch ein kleines Mädchen war, von Zeit zu Zeit hineinsehen ließ. Manchmal, wenn ich aus einem kurzen Schlummer aufwache, denke ich, ich wäre wieder zu Hause. Und dann sehe ich mich nach meinen Sachen um, lausche ob ich Mammis oder Daddys Stimme hören kann, und will nach Mrs. Avery rufen. Aber dann . . . fällt mir alles wieder ein. Eine kalte dunkle Welle überspült mich und treibt mich zurück in die furchtbare, grausame Wirklichkeit. Bin ich dabei, den Verstand zu verlieren, Drake? Ist das ein Teil meiner Krankheit, von dem mir niemand etwas sagen will? Bitte, du mußt es mir sagen. Ich muß es wissen!«

»Du bist jetzt nur ein wenig verwirrt«, sagte er, und seine Stimme klang beruhigend. »Deine Erinnerungen vermischen sich. Das ist nur allzu verständlich, wenn man bedenkt, was du durchgemacht hast. Du hättest nur den Unsinn hören sollen, den du erzählt hast, als ich dich im Krankenhaus von Winnerrow besucht habe.«

Er schüttelte lächelnd den Kopf.

»Was für einen Unsinn?« fragte ich erschrocken. Sollte Drake meine geheimsten Gedanken erraten haben? Meine Gedanken über Luke?

»Nur dummes Zeug. Mach dir deshalb keine Gedanken«, sagte er und winkte ab. »Und mach dir keine Sorgen wegen deiner Behandlung. Ich werde den ganzen Sommer über in deiner Nähe sein und dich an den Wochenenden in Farthinggale Manor besuchen. Ich bin jetzt für dich verantwortlich, Annie. Und ich habe vor, mich wirklich um dich zu kümmern. Aber ich muß auch an meine berufliche Laufbahn denken. Mir liegt die Unabhängigkeit im Blut. Ich will mir alles selbst erarbeiten und allein meinen Weg gehen«, sagte er stolz.

Dann erzählte er mir von seinen Aufgabe in Tony Tattertons Unternehmen, doch seine Worte schienen von weit her zu kommen, und schließlich folgte ich seinen Ausführungen nicht mehr. Die Augen fielen mir immer wieder zu. Nach einer Weile bemerkte er, daß ich ihm nicht zuhörte.

»Jetzt sitze ich also da und rede dich in den Schlaf, ohne es zu merken«, sagte er lachend. »Vielleicht können sie mich hier zur Behandlung von Schlaflosigkeit anstellen.«

»Es tut mir leid, Drake, ich wollte ja zuhören. Ich habe das meiste, was du erzählt hast, gehört, und . . .«

»Alles in Ordnung. Ich bin wahrscheinlich sowieso zu lange geblieben.« Er erhob sich.

»O nein, Drake, ich bin so froh, daß du hier bist«, rief ich.

»Du brauchst jetzt viel Ruhe, Annie. Ich besuche dich bald wieder. Versprochen. Adieu, Annie«, flüsterte er, während er sich über mich beugte, um mich auf die Wange zu küssen. »Mach dir keine Sorgen, ich bin immer in deiner Nähe.«

»Danke, Drake..« Es beruhigte mich, ihn in meiner Nähe zu wissen. Aber ich konnte es nicht ändern, ich hätte auch Luke gerne bei ihr gehabt, wäre gerne mit ihm nach Farthy gegangen, damit er mir helfen konnte, wieder auf die Beine zu kommen.. Ich malte mir aus, wie ich mit Luke in dem großen Pavillon in Farthy sitzen würde, wie er mich im Rollstuhl herumfahren oder an meinem Bett sitzen und mir vorlesen würde . . .

Als Drake ging, kam Mrs. Broadfield an mein Bett und drückte den Knopf, so daß sich der Kopfteil meines Bettes hob und ich in eine sitzende Position kam.

»Es ist Zeit, daß Sie etwas Nahrhaftes zu sich nehmen«, verkündete sie.

Ich schloß die Augen, damit sich der Raum nicht mehr um mich herum drehte, doch diesmal erhob ich keine Einwände. Das wichtigste war jetzt für mich, gesund zu werden und aus diesem Krankenhaus herauszukommen, wo ich in jeder Hinsicht von anderen abhängig war. Und ich wollte vor allem so bald wie möglich das Grab meiner Eltern besuchen.

Ich mußte Abschied von ihnen nehmen.

7. Kapitel

Die Zeit der Dunkelheit

Tony hielt sein Versprechen. Jedesmal, wenn er mich besuchte, brachte er mir eine neue Überraschung mit. Er kam zweimal am Tag, einmal am späten Vormittag und einmal am frühen Abend. Zu Anfang brachten er mir Schachteln mit Konfekt oder Blumen. Später ließ er einfach jeden Tag einen Strauß frischer Rosen bringen. Als er mich das siebentemal besuchte, schenkte er mir eine Flasche Jasminparfum.

»Ich hoffe, du magst es«, sagte er, »es war das Lieblingsparfum deiner Urgroßmutter.«

»Ich erinnere mich, daß meine Mutter diesen Duft manchmal benutzte. Ja, es gefällt mir sehr, danke, Tony.«

Ich sprühte gleich ein wenig Parfum auf meine Haut, und als Tony den Duft einsog, trat für einen Augenblick ein verklärter, abwesender Ausdruck in seine Augen. Ich beobachtete, wie er völlig in seiner Erinnerung versank und nur allmählich in die Realität zurückkehrte. Was für ein komplizierter Mensch er war, und wie sehr er meiner Mutter glich! Mit welcher Leichtigkeit er in verschiedene Rollen schlüpfte! Ein Wort, ein Duft oder eine Farbe reichten aus, und schon befand er sich in vergangenen Zeiten und wurde in einen Strudel von Erinnerungen hineingerissen. Doch einen Augenblick später tauchte er wieder daraus hervor und war wieder hellwach und ganz konzentriert.

Vielleicht waren wir uns gar nicht so unähnlich. Wie oft hatten mich mein Vater oder meine Mutter in melancholischer Stimmung angetroffen. Manchmal machten mich die einfachsten Dinge traurig: ein einsamer Vogel, der Zweig einer Weide, die Hupe des Autobusses, die in der Ferne ertönte, oder sogar das fröhliche Lachen kleiner Kinder. Ganz plötzlich versank ich dann in meinen trübsinnigen Gedanken, doch ebenso rasch konnte ich mich auch wieder von den Schatten befreien und zurück ins Sonnenlicht treten, ohne auch nur zu wissen, warum ich eben noch so traurig gewesen war. Einmal hatte mich meine Mutter mit tränenüberströmtem Gesicht vorgefunden. Ich saß im Wohnzimmer und starrte nach draußen auf die Bäume und den blauen Himmel.

»Warum weinst du, Annie?« hatte sie gefragt. Ich hatte sie zunächst nur verwirrt angesehen; dann waren meine Finger über meine Wangen geglitten und ich hatte die warmen Tropfen gespürt. Ich war mir gar nicht bewußt gewesen, daß ich weinte.

Als Tony das nächstemal ins Krankenhaus kam, wurde er von seinem Chauffeur, einem Mann namens Miles, begleitet, der mit Paketen beladen war. Tony wies ihn an, sie auf dem Tisch neben meinem Bett abzustellen. Dann öffnete er eine Schachtel nach der anderen. Alle enthielten seidene Nachthemden. Aus der letzten zog er schließlich ein karminrotes Seidenkleid.

»Diese Farbe stand deiner Mutter so gut«, sagte er mit leuchtenden Augen. »Ich erinnere mich noch an das wunderbare karminrote Kleid mit der Jacke, das ich ihr gekauft habe, als sie in die Mädchenschule von Winterhaven eintrat.«

»Meine Mutter war dort nicht sehr glücklich«, warf ich ein, um seine schwärmerischen Erinnerungen zu unterbrechen. »Sie hat mir erzählt, daß die reichen Mädchen dort nicht so herzlich und freundlich waren, wie sie es von den armen Leuten in den Willies gewohnt war.«

»Ja, ja, sie mußte sich ihnen gegenüber behaupten, aber dadurch hat sich ihr Charakter gefestigt! Wie stark sie später war! Winterhaven ist eine sehr anspruchsvolle Schule. Die Schüler dort müssen wirklich arbeiten und werden von intelligenten Lehrern unterrichtet. Ich habe damals zu deiner Mutter gesagt, wenn sie es schaffen könnte, in Winterhaven zu den Besten zu zählen, würde sie rasch all die Leute kennenlernen, die in der Bostoner Gesellschaft den Ton angeben. Aber du hast recht, sie mochte die Mädchen dort nicht. Nun«, fuhr er fort und wechselte hastig das Thema, »zumindest wirst du die bestgekleidete Patientin im ganzen Krankenhaus sein.«

Ich wünschte mir, daß er mehr von den Jahren erzählen

würde, die meine Mutter in Farthinggale Manor verbracht hatte, aber ich hielt es für besser, abzuwarten, bis ich selbst dort sein würde.

Als eine der »Pink-Damen« – das waren freundliche ältere Damen mit pinkfarbenen Schürzen, die unentgeltlich und aus reiner Nächstenliebe im Krankenhaus arbeiteten – am nächsten Tag die Post brachte, hatte sie einen kleinen Stapel Karten mit Genesungswünschen für mich dabei. Sie kamen von Freunden aus Winnerrow, von meinen Lehrern, von Mrs. Avery und Roland Star, von Drake und Luke. Ich bat Mrs. Broadfield, sie alle an der Wand meines Krankenzimmers gegenüber meinem Bett aufzuhängen. Sie schien nicht sehr glücklich darüber, doch sie tat es.

Einen Tag nachdem ich Lukes Karte erhalten hatte, kam er mit Tante Fanny zu Besuch. Da ich Privatpatientin war, konnte ich jederzeit Besuch empfangen. Meine Zimmertür stand offen, und so hörte ich Tante Fanny schon von weitem auf dem Krankenhausgang. Vermutlich aber hätte ich sie auch gehört, wenn die Tür geschlossen gewesen wäre. Luke und sie blieben zunächst beim Schwesternzimmer stehen.

»Wir wollen meine Nichte besuchen«, bellte Tante Fanny, »Annie Stonewall.«

Die Antwort der Schwester konnte ich nicht verstehen, denn sie sprach sehr leise, doch Tante Fanny schnaubte nur ungeduldig.

»Sagen Sie, warum liegen die Privatzimmer so weit vom Aufzug entfernt? Bei den Preisen könnte man doch ein paar Annehmlichkeiten erwarten! Los, hier entlang, Luke.«

»Meine Tante kommt«, warnte ich Mrs. Broadfield, die wie eine steinerne Statue an der Tür saß und die letzte Ausgabe der Zeitschrift *People* las. Tony hatte am Morgen Dutzende der neuesten Illustrierten heraufgeschickt, und Mrs. Broadfield hatte sie fein säuberlich auf dem Fensterbrett aufgestapelt. Mein Zimmer sah aus wie eine Bibliothek. Immer wieder kamen Krankenschwestern vorbei und fragten, ob sie in der Pause die eine oder andere Zeitschrift ausleihen könnten. Mrs. Broadfield erlaubte es ihnen, doch sie notierte alle Namen und die Titel der ausgeliehenen Zeitschriften auf einem Blatt Papier.

»Vergessen Sie nicht, wem Sie sie ausgeliehen haben«, wies sie mich an. Als Tante Fannys Schritte sich näherten, begann Mrs. Broadfield unruhig auf ihrem Stuhl hin und her zu rutschen. Dem Geklapper auf dem Gang konnte ich entnehmen, daß Tante Fanny hohe Absätze trug und sich für diesen Besuch herausgeputzt hatte. Dann stand sie in der Tür. Sie trug einen breitkrempigen Panama-Hut mit einem schwarzen Tüllband, eine kurzärmlige schwarze Wildlederjacke, einen hellbraunen Lederrock und eine Hemdbluse mit schmalen Streifen. Natürlich zeichnete der Rock überdeutlich die Rundungen ihrer Hüften nach.

Auch wenn mir vieles an ihr nicht zusagte, mußte ich doch zugeben, daß Tante Fanny eine sehr attraktive Frau war, besonders dann, wenn sie sich modisch kleidete. Kein Wunder, daß die jungen Männer sie umschwärmten wie Motten das Licht.

Hinter ihr stand Luke. Er trug ein einfaches, kurzärmliges blaues Baumwollhemd und Jeans, aber ich sah, daß er sich mit seinem Haar besondere Mühe gegeben hatte. Er war so stolz auf sein volles dunkles Haar. Andere Jungen, die ihn darum beneideten, neckten ihn oft, weil er peinlich darauf achtete, daß sich keine Strähne verselbständigte.

Als Tante Fanny den Raum betrat, erhob sich Mrs. Broadfield und schritt zur Tür. Offensichtlich wollte sie jeden Zusammenstoß vermeiden.

»Annie, mein Liebes.« Tante Fanny stürmte auf mein Bett zu und schlang ihre Arme um mich.

Mrs. Broadfield lief zur Tür.

»Sie brauchen nicht so zu hetzen, meine Liebe«, sagte Tante Fanny. Ich hätte fast laut aufgelacht, als sie sich wieder zu mir umwandte, denn sie verdrehte die Augen und verzog den Mund, als hätte sie gerade in eine Zitrone gebissen.

Luke trat an die andere Seite meines Bettes; er wirkte verschüchtert und schien sich unwohl zu fühlen.

»Wie geht es dir, Annie?«

»Etwas besser, Luke. Ich kann wieder sitzen, ohne daß mir schwindlig wird, und ich kann auch wieder feste Nahrung zu mir nehmen.«

»Is ja wunderbar, mein Liebes! Hab doch gewußt, daß sie

dich schnell aufpäppeln würden, wenn sie dich schon an so 'nen verrückten Ort bringen.« Tante Fanny blickte zu der Tür, die sich gerade hinter Mrs. Broadfield geschlossen hatte.

»Und behandelt dich diese Krankenschwester mit dem Trauerkloßgesicht auch gut?«

»O ja, Tante Fanny. Sie ist sehr tüchtig«, versicherte ich ihr.

»Scheint so. Brauchst wohl so jemanden, der dir die Medizin abzählt. Aber wenn ich mit so einer zu tun hätte, würd ich vor Schreck wohl lieber im Koma bleiben.«

»Alle in der Schule lassen dich grüßen, Annie, und sie übermitteln dir ihr Beileid«, unterbrach sie Luke hastig.

»Richte ihnen meinen Dank aus, Luke. Und danke ihnen auch für die Karten. Ich habe mich so darüber gefreut.« Ich deutete auf die Genesungswünsche, die an der Wand hingen.

»Ich habe gehofft, daß du dich darüber freuen würdest«, strahlte Luke.

»Wo ist denn meine Karte?« fragte Tante Fanny, nachdem sie die Wand eingehend gemustert hatte.

»Du hast mir auch geschrieben, Tante Fanny? Wann?«

»Vor 'n paar Tagen. Hab lang dazu gebraucht, um die schönste Karte rauszusuchen. Und ich weiß genau, daß ich 'ne Briefmarke draufgeklebt hab, also, Luke, behaupte nich, ich hätt's vergessen«, fügte sie hastig hinzu, um Lukes Erläuterungen zuvorzukommen.

»Dann kommt sie vielleicht morgen, Tante Fanny.«

»Oder diese Schreckschraube da draußen läßt sie verschwinden«, sagte sie spöttisch.

»Aber Tante Fanny, warum sollte sie das tun?«

»Wer weiß. Sie hat mich von Anfang an nich ausstehen können, und ich kann sie auch nich leiden. Ich traue ihr nich für 'n Fünfer über den Weg!«

»Ma«, sagte Luke warnend.

»Schon gut«, brummte sie.

»Ist schon alles für die Abschlußfeier vorbereitet?« fragte ich und versuchte meiner Stimme einen fröhlichen Klang zu verleihen. Ich würde bei meiner eigenen Abschlußfeier nicht dabei sein!

»Noch drei Tage.« Er strich mit dem Zeigefinger quer über seine Kehle, um anzudeuten, daß es ein Desaster werden würde. »Ich werde zum erstenmal etwas Wichtiges tun, ohne daß du an meiner Seite bist, um mich zu unterstützen und zu ermutigen, Annie.«

Seine Worte riefen eine freudige Erregung in mir hervor. So wichtig war ich also für ihn! Aber natürlich wußte ich, daß er seine Sache gut machen würde, auch wenn ich nicht bei ihm war. Es gab nur wenige junge Männer seines Alters, die sich so entschlossen jeder Herausforderung stellten. Unsere Lehrer waren immer erfreut gewesen, wenn er sich freiwillig dazu meldete, eine Aufgabe zu übernehmen, denn sie wußten, daß sie ihn nicht kontrollieren mußten wie die meisten anderen Schüler.

»Du wirst es sehr gut machen, Luke, das weiß ich. Ich wünschte mir so, ich könnte dabei sein und dich hören«, sagte ich mit einem Seufzer.

»Im Moment hält er seine Rede vor den Bäumen hinter'm Haus. Hab aber noch keinen Applaus gehört«, warf Tante Fanny ein. Lukes Gesicht verfinsterte sich. Langsam wurde er ungeduldig, und mir ging es nicht anders. »Na, Annie, ich sag dir eins, wenn diese Snobs von Winnerrow ihm nich 'nen Dauerapplaus . . .«

»Ma, ich hatte dich gebeten . . .«

»Er hat bloß Angst, daß ich mich danebenbenehme und diesem großkotzigen Pack noch mehr Grund zum Tratschen gebe«, erklärte sie. Dann kommandierte sie mit erhobener Stimme: »Luke, bring mir den Stuhl da mal rüber, den, auf dem diese komische Tante gesessen und Eier ausgebrütet hat.«

Ich warf einen schnellen Blick zur Tür, um zu sehen, ob Mrs. Broadfield vielleicht zurückgekommen war und uns jetzt belauschte. Aber sie hatte offensichtlich beschlossen, sich nicht blicken zu lassen, solange meine Tante hier war.

Luke brachte ihr den Stuhl, und sie setzte sich. Dann nahm sie vorsichtig ihren Hut und legte ihn auf dem Fußende meines Bettes ab. Sie hatte ihr Haar straff zurückgesteckt. Irgendwie kam sie mir verändert vor; in ihren blauen Augen lag ein neuer Ausdruck größeren Ernstes. Mit zusammengepreßten Lippen sah sie mich einen Augenblick lang schweigend an; dann ergriff sie meine Hand.

»Annie, mein Liebling, ich hab in letzter Zeit viel nachgedacht. Stimmt's Luke?«

»Das ist alles, was sie getan hat«, sagte Luke sarkastisch. Tante Fanny bemerkte den Blick, den wir wechselten.

»Ich mein's ernst.«

»Gut, Tante Fanny, ich höre zu. Sprich weiter.« Ich verschränkte die Arme unter meiner Brust und lehnte mich zurück in die Kissen. Meine Beine waren noch immer wie zwei leblose Anhängsel. Ich mußte sie stets mit den Händen von einer Seite zur anderen schieben. Mrs. Broadfield massierte sie zweimal täglich von oben bis unten.

»Ich hab beschlossen, daß ich nach Hasbrouck House ziehe, solange du dich erholst. Dann kann ich aufpassen, daß die Angestellten nich Däumchen drehen, dafür werden sie ja schließlich nich bezahlt. Werd mich in einem der Gästezimmer einrichten. Und wenn Luke mal aus 'm College zu Besuch kommt, kann er eins von den anderen nehmen.«

»Ich werde schon in diesem Sommer mit dem College beginnen«, erklärte er. »In Harvard gibt es Sommerkurse, und mein Vollstipendium deckt auch die ab.«

»Wie wundervoll, Luke. Aber, Tante Fanny, hast du schon Drake von deinen Plänen erzählt?«

»Ich seh nich ein, warum ich für irgendwas, was ich tun will, Drakes Erlaubnis brauche. Ich hab gewisse Rechte und Pflichten. Mein Anwalt wird das Testament durchgehen. Deine Mutter war immer gut zu mir, Annie, und dafür schulde ich ihr 'ne Menge Dank. Da hat mir keiner was dreinzureden, Drake nich, und ganz bestimmt nich Tony Tatterton.«

»Ich kann mir auch nicht vorstellen, was Tony dagegen haben sollte, Tante Fanny.«

»Nun, Drake is immer noch auf 'm College, und ich bin die älteste Verwandte, die noch lebt. Also bin ich verpflichtet, was für meine Familie zu tun. Drake ist weg und du auch, da muß sich doch irgendwer drum kümmern. Heaven wär dafür, daß ich das mach, da bin ich sicher.«

»Ich habe nichts dagegen, wenn Luke und du nach Hasbrouck House ziehen, Tante Fanny, im Gegenteil, ich freue mich über deine Idee.«

»Gut. Danke, Annie, mein Liebes. Das ist sehr lieb von dir.

Stimmt doch, daß sie lieb ist, Luke?«

»Ja«, sagte Luke, und seine Augen schienen mich zu verschlingen. Ich spürte, wie ich errötete, und wandte meinen Blick hastig wieder Tante Fanny zu.

»Würd mir nur wünschen, daß du nach Hause kämst, um dich da zu erholen, Annie, statt in dieses Spukschloß zu ziehen. Ich könnte mich genauso gut um dich kümmern wie diese Tante mit dem Ledergesicht. Deine Mutter war sowieso nirgendwo so glücklich wie in Winnerrow.«

»Warum, Tante Fanny?« Ich fragte mich, wieviel sie über die geheimnisvolle Vergangenheit meiner Mutter wußte.

»Sie konnte all diese aufgeblasenen Wichtigtuer aus der Stadt nich ausstehen«, sagte sie rasch. »Und sie hatte 'ne harte Zeit mit ihrer Großmutter, die war nämlich plemplem. Tony auch. Dauernd ham sie Leute verwechselt, waren eben nich ganz richtig im Kopf. Sie hat sich umgebracht«, sagte sie knapp und sah mich eindringlich an.

»Ich dachte, es wäre ein Unfall gewesen, Tante Fanny.«

»Unfall! War kein Unfall. Ich denk mir, eines Abends hat's ihr einfach gereicht, dauernd wie 'ne Irre da eingesperrt zu sein, und dann hat sie eben zu viele Schlaftabletten geschluckt. Kannst mir nich erzählen, daß das 'n Unfall war.«

»Aber wenn sie doch nicht wußte, was sie tat . . .«

»Annie hat recht, Ma, es kann ebensogut ein Unfall gewesen sein.«

»Kann schon sein, trotzdem war's für deine Mutter nich gut, mit all den Verrückten da zu leben. Und ich denk, daß sie auch nich auf diesem feudalen Friedhof beerdigt werden wollte. Ihr wären bestimmt die Willies lieber gewesen. Du weißt schon, dort, wo ihre Mutter liegt.«

Luke und ich wechselten einen raschen Blick. Er wußte, daß ich oft allein zu dem schmucklosen Grab in den Willies gegangen war und auf den Grabstein gestarrt hatte, auf dem einfach nur stand:

»Angel, Thomas Luke Casteels geliebte Frau.«

»Habt ihr es gesehen?« fragte ich hastig. Er nickte und biß sich auf die Unterlippe.

»Ja, Luke und ich, wir haben auf 'm Weg hierher am Familienfriedhof der Tattertons angehalten, um ihnen die letzte

Ehre zu erweisen.«

»Du warst in Farthy, Luke?«

»Nun, wir waren dort, aber wir sind nicht zum Haus gegangen. Der Friedhof hat eine eigene Auffahrt und liegt etwas vom Haus entfernt.«

»Uns hat ja keiner eingeladen, Annie. Und von da, wo wir standen, sah das Haus ziemlich öde aus«, sagte Tante Fanny und schlang die Arme um ihre Schultern, als ob allein die Erinnerung sie erschaudern ließe.

»Wir konnten fast nichts sehen, Ma«, sagte Luke und sah sie tadelnd an.

»Sah aus wie eine von den alten Burgen in Europa«, beharrte sie. »Darum wär's mir ja auch lieber, wenn du nach Hause kämst. Was willst du denn in dem alten Spukschloß? Kein Wunder, daß deine Großmutter dort verrückt geworden ist.«

»O Ma!« stöhnte Luke.

»Naja, Logan hat mir mal erzählt, wie Jillian – so hieß deine Großmutter – behauptet hat, die Toten hätten sie besucht«, flüsterte sie.

Luke wandte den Blick ab. Jede Anspielung auf meinen Vater und seine Mutter bedrückte ihn.

»Mach dir darum keine Gedanken, Tante Fanny. Tony läßt Farthy wieder herrichten, damit ich es dort bequem habe«, sagte ich. »Er hat alle möglichen Pläne . . .«

»Natürlich«, sagte sie und wandte den Blick ab, als wolle sie nicht, daß ich in ihren Augen las, was sie wirklich dachte.

»Tante Fanny, weißt du, warum meine Mutter nichts mit ihm zu tun haben wollte?«

Sie blickte beharrlich zu Boden, und schüttelte den Kopf.

»Da gab's was zwischen deinem Daddy, deiner Mutter und ihm. Das is alles genau vor der Verhandlung um die Vormundschaft für Drake passiert, und zu der Zeit war das Verhältnis zwischen mir und deiner Mutter nich sehr schwesterlich. Daher hat sie mir nich alles erzählt, und ich hab auch nicht weiter gefragt. Als wir wieder Frieden geschlossen hatten, wollt sie ihre schlechten Erinnerungen wohl lieber ruhen lassen, und ich hab sie auch nich gedrängt. Aber ich bin sicher, daß sie gute Gründe dafür hatte, also solltest du dir vielleicht doch noch mal überlegen, was du machst«, fügte sie ernst hinzu.

»Aber Tante Fanny, Drake sagt doch auch, daß Tony ein wundervoller Mann ist. Er hat bereits so viel für mich getan! Und Drake hat er einen Job für den Sommer versprochen!«

»Ja, ich mein doch nur, Annie. Aber wenn du in dem Spukschloß bist, behalt 'nen klaren Kopf, und wenn dich irgendwas stört, diese Krankenschwester oder was auch immer, dann rufst du einfach deine Tante Fanny an, und ich bin im Handumdrehen da und bring dich wieder dahin, wo du hingehörst, klar?«

Tante Fanny hatte oft etwas eigenwillige Ansichten; trotzdem aber fragte ich mich, ob sie in Bezug auf Tony Tatterton nicht doch recht hatte. Gab es irgendeinen anderen Grund dafür, daß er all das für mich tat? War es wahr, daß der Wahnsinn diese Familie heimgesucht hatte?

Andererseits, was konnte mir denn schon passieren? Drake und Luke waren schließlich ganz in meiner Nähe. Und eigentlich war ich ja viel näher bei Luke, wenn ich in Farthy blieb. Ich hatte geglaubt, daß seine Collegezeit in Harvard uns endgültig trennen würde, doch jetzt war genau das Gegenteil der Fall.

»Danke, Tante Fanny. Aber ich denke, alles wird gut gehen. Dort bekomme ich genau die medizinische Pflege, die ich jetzt brauche.«

»Sie hat recht, Ma.«

»Ich weiß, daß sie jetzt 'ne spezielle Pflege braucht, ich dachte nur . . . Na ja, ich bin auf alle Fälle immer da, wenn du mich brauchst. So.« Ihr Körper straffte sich wieder, und sie versuchte, ihrem Gesicht den geschäftsmäßigen Ausdruck zu geben, den sie von meiner Mutter kannte. »Anscheinend haben deine Eltern den Teil ihres Testaments, der Tony Tatterton mit allen finanziellen Angelegenheiten betraut, nie geändert. Da kann er jetzt also auch bestimmen, was mit der Fabrik wird.«

»Und Drake wird auch viel damit zu tun haben. Eines Tages wird er sie sicherlich selbst leiten.«

»Mein Vater wär stolz drauf«, sagte sie und strahlte. Dann blickte sie uns nachdenklich an. »Luke und du, ihr seid jetzt meine ganze Familie, und ich werd versuchen, mein Bestes für euch zu tun. Glaubt mir, ich werd wirklich versuchen, mich mehr zusammenzureißen als früher. Das schwöre ich euch.«

»Danke, Tante Fanny«, sagte ich. Ich war dankbar für ihre guten Absichten. Allerdings nahm ich an, daß sie einige Mühe haben würde, sie zu verwirklichen.

Wir küßten uns auf die Wange, und ich sah, daß Tränen in ihren Augen glänzten.

»Ich werd mal eben in diese komische Cafeteria gehen und 'nen Kaffee trinken. Hab Luke versprochen, euch 'ne Weile allein zu lassen, obwohl ich nich verstehe, warum ihr Geheimnisse vor mir haben müßt.« Sie sah Luke argwöhnisch an.

Luke errötete.

»Es sind keine Geheimnisse, Ma, das habe ich dir doch gesagt.«

»Na gut, is ja okay. Ich komm in zehn Minuten wieder.«

Sie erhob sich, drückte meine Hand und ging. Sobald sie das Zimmer verlassen hatte, rückte Luke näher an mein Bett. Ich ergriff seine Hand und umschloß sie.

»Wie ist es dir wirklich ergangen, Annie?«

»Es war sehr schwer, Luke. Vor allem, wenn ich wach bin und nachdenke, holt mich immer wieder die Erinnerung ein. Und dann muß ich wieder weinen«, wimmerte ich, und ich begann erneut zu schluchzen. Ich weinte, bis Luke sich auf mein Bett setzte und mich in seine starken Arme nahm. So verharrten wir, bis mein Herz wieder regelmäßig schlug und meine Tränen versiegt waren.

»Ich wünschte, ich könnte mehr für dich tun.« Er senkte den Blick und sah dann rasch wieder zu mir auf. »Ich habe geträumt, daß ich das College abgeschlossen hätte und Arzt wäre. Ich konnte dich behandeln und habe dich ganz schnell wieder gesund gemacht.«

»Du wirst ein wunderbarer Arzt werden, Luke«, sagte ich.

»Ich wünschte, ich wäre es jetzt schon.« Er sah mich eindringlich an.

»Ihr seid alle wunderbar«, rief ich. »Drake kommt jeden Tag, und Tony tut so viel für uns!« Er nickte. »Nun gehe ich also wirklich nach Farthy. Ich wünschte nur, es wäre aus einem anderen Anlaß.«

»Ich werde dich besuchen. Wenn sie mich zu dir lassen!«

»Natürlich werden sie dich zu mir lassen«, versicherte ich ihm zuversichtlich.

»Ich werde kommen, sobald ich kann. Und wenn du noch im Rollstuhl sitzt, werde ich dich überall herumfahren, und wir werden all die Dinge sehen, von denen wir geträumt haben.«

»Du könntest mich vielleicht zum Grab meiner Eltern bringen, falls ich vorher nicht dorthin kommen sollte«, sagte ich feierlich.

»Oh, das würde ich gerne tun, Annie. Ich meine . . .«

»Vielleicht kann ich mich ja auch bald allein mit meinem Rollstuhl fortbewegen. Dann könnten wir uns trennen und versuchen, einander zu treffen, als wäre es das erste Mal . . . so wie wir es uns immer erträumt haben«, sagte ich rasch. Ich durfte einfach nicht zulassen, daß Farthy, unser Märchenschloß, zu einem traurigen, düsteren Ort wurde.

»Ja, und dann werden wir zu dem großen Swimmingpool und dem Tennisplatz hinuntergehen . . .«

»Wirst du dann immer noch mein Prinz sein?« neckte ich ihn.

»Jetzt mehr denn je.« Er stand auf und nahm eine vornehme Haltung ein. »Meine Dame«, sagte er und machte mit dem Arm eine schwungvolle Geste. »Darf ich Sie heute morgen durch die Gärten fahren? Wir werden uns zum Pavillon begeben und dort einen kühlen Pfefferminzdrink zu uns nehmen.«

»Versprechen Sie, anschließend mit mir in den Konzertsaal zu gehen, Prinz Luke?«

»Ihr Wunsch ist mir Befehl, meine Dame«, sagte er, kniete sich neben das Bett, ergriff meine Hand und führte sie zu seinen Lippen. Er küßte meine Finger und stand auf. Seine Augen leuchteten auf, als ihm ein anderes unserer Märchenspiele in den Sinn kam.

»Oder wir könnten wieder die Aristokraten der Südstaaten spielen«, schlug er vor.

»Und uns für die eleganten Dinnerparties anziehen?« fragte ich lächelnd.

»Natürlich. Ich werde einen Smoking tragen, und du wirst die breite Treppe hinabschweben und aussehen wie Scarlett

O'Hara in ›Vom Winde verweht‹. Und du wirst sagen . . .«

»Ich werde sagen: Oh, Luke Casteel, wie schön, Sie hier zu sehen.«

»Annie, Sie sind schöner denn je«, antwortete er wie Clark Gable in dem Film. »Aber ich muß auf der Hut sein. Ich weiß, wie Sie die Männer mit Ihrer betörenden Schönheit verwirren.«

»Oh nein, nicht Sie, Luke. Ich würde Sie nie verwirren wollen.«

»O Annie, aber ich würde mich von niemandem lieber verwirren lassen als von Ihnen«, sagte er mit solcher Aufrichtigkeit, daß es mir für einen Augenblick die Sprache verschlug.

»So etwas sollten Sie nicht zu mir sagen, Luke Casteel«, hauchte ich schließlich atemlos.

Wir lachten beide, und dann blickte ich zu ihm auf.

»Luke, es gibt noch etwas anderes, was ich gerne sehen würde.«

»Und was wäre das?« fragte er, und seine saphirblauen Augen strahlten.

»Eine Hütte, die hinter dem Irrgarten liegt. Ich habe das Gefühl, daß ich sie sehen muß.«

»Dann werden wir es tun. Gemeinsam«, fügte er verschwörerisch hinzu.

»Das hoffe ich, Luke. Versprich es mir, versprich es mir wirklich.« Um meiner Bitte mehr Nachdruck zu verleihen, drückte ich seine Hand.

»Alles, was ich dir verspreche, meine ich völlig ernst«, sagte er mit belegter Stimme. In diesem Augenblick sah er reifer und entschlossener aus als je zuvor. Für einen Augenblick versanken unsere Blicke ineinander, und in seinen Augen las ich seine Liebe zu mir. Sie war wie ein klarer, warmer See, groß genug, um vollständig in ihn einzutauchen.

In diesem Augenblick kam Mrs. Broadfield zurück. Sie platzte ins Zimmer wie ein kalter Windhauch.

»Es ist Zeit, Ihren Kopfverband zu wechseln«, verkündete sie.

»Warte einfach einen Augenblick draußen, Luke.«

»Ich werde mal nach meiner Mutter sehen. Wahrscheinlich hat sie hier schon alles auf den Kopf gestellt.«

Nach dem Mittagessen kamen Fanny und Luke noch einmal zu mir, ehe sie wieder aufbrachen. Luke und ich machten eine Zeit aus, wann er mich am nächsten Tag anrufen würde, um mir die endgültige Fassung seiner Rede für die Abschlußfeier vorzulesen.

»Ich habe noch einen Absatz hinzugefügt«, sagte er. »Und ich möchte, daß du ihn als erste hörst.«

Am späten Nachmittag kamen Tony und Drake.

»Wie ich höre, hat dich deine Tante besucht«, sagte Tony, nachdem er mich begrüßt hatte.

»Ja«, erwiderte ich und wandte mich Drake zu. Er trug einen seidenen Nadelstreifanzug, der denen glich, die Tony gewöhnlich anhatte. Ich fand, daß er viel älter und reifer aussah, ganz wie ein erfolgreicher Geschäftsmann. »Drake, Tante Fanny möchte nach Hasbrouck House ziehen und dort nach dem Rechten sehen. Ich habe gesagt, daß ich damit einverstanden bin.«

»Was? Moment mal, Annie.«

»Nun, nun«, sagte Tony besänftigend. »Nach allem, was ich gehört habe, ist es ein großes Haus.« Ich fing den warnenden Blick auf, den er Drake zuwarf. »Tu nichts, was Annie aufregen könnte«, schien dieser Blick zu sagen. Das Feuer in Drakes Augen erlosch sogleich. Er zuckte die Achseln.

»Das stimmt. Dann wird es wohl in Ordnung sein. Zumindest für einige Zeit. Ich werde viel zu tun haben, und du wirst in Farthy sein. Also wird sie keinem von uns beiden auf die Nerven gehen.«

»Sie ist bemüht, sich zu ändern, Drake. Und sie möchte etwas für die Familie tun. Daher habe ich es einfach nicht übers Herz gebracht, es ihr abzuschlagen.«

Er nickte.

»Es ist sehr lieb von dir, Annie«, sagte Tony, »daß du dich um die Sorgen anderer Leute kümmerst, obwohl du es doch im Moment selbst so schwer hast. Ich bin so glücklich darüber, daß du nach Farthinggale kommst. Du wirst dem Haus Wärme geben. Das gab es nicht mehr seit . . . seit deine Mutter nicht mehr dort lebt.«

»Und jetzt«, fügte er hastig hinzu, »habe ich eine Überraschung für dich. Dr. Malisoff hat mir gesagt, daß du zum

Wochenende entlassen wirst. Einfach wunderbar, nicht wahr?«

»O ja! Ich kann es gar nicht erwarten, hier herauszukommen«, rief ich aus.

Tony und Drake lachten beide. Drake hatte zuvor hastig zu Tony hinübergeblickt, um zu sehen, wie er reagierte. Ich war erstaunt, wie schnell Tony Drake zu seinem Schüler gemacht hatte. Wie verändert Drake in Tonys Gegenwart war! Ich hatte ihn noch nie so ehrerbietig jemand anderem gegenüber erlebt.

Tony ergriff meine Hand. »Ich habe gehört, daß du eine wunderbar kooperative Patientin warst. Nun, Mrs. Broadfield ist geradezu begeistert von dir«, fügte er hinzu und sah zu ihr hinüber. Statt wie gewöhnlich nur die Andeutung eines Lächelns zu zeigen, sah sie mich an und nickte. In ihrem Blick lagen aufrichtige Zuneigung und Wärme.

»Danke«, sagte ich und lächelte der Krankenschwester zu.

»Aber, Annie, du hast mir etwas sehr Wichtiges verheimlicht«, sagte Tony.

»Verheimlicht?«

»Drake hat mir erzählt, daß du eine richtige Künstlerin bist.«

»O Drake, hast du meine Fähigkeiten nicht übertrieben?«

»Ich habe nur die Wahrheit gesagt, Annie. Du bist gut«, erklärte er.

»Aber ich lerne doch noch«, sagte ich zu Tony. Ich wollte nicht, daß er enttäuscht war, wenn er meine Arbeiten sah.

»Nun, ich werde einen der besten Kunstlehrer der Stadt nach Farthinggale kommen lassen, um dir Unterricht zu geben. Ich werde es nicht zulassen, daß du dich langweilst, das verspreche ich dir. Wir brauchen ein neues Gemälde von Farthinggale Manor, und ich kann mir niemanden vorstellen, der das besser könnte als du.«

»Aber Tony, du hast doch noch gar nicht gesehen, was ich kann.«

»Ich denke, ich weiß, was du kannst«, sagte er, und sein scharfer, durchdringender Blick war voller Bewunderung auf mich geheftet. Nachdenklich, mit leicht zusammengekniffenen Augen stand er da, während ich ihn ansah und mich fragte, was er zu wissen glaubte. Hatte er in mir etwas entdeckt, das mir selbst noch unbekannt war? Ich war verwirrt.

»Und noch eine Überraschung!« Tony langte in seine Tasche und zog ein kleines Schmuckkästchen hervor. Ich nahm es aus seiner ausgestreckten Hand und öffnete es langsam. Dann erblickte ich einen wunderbaren goldgefaßten Perlenring. »Ich habe in den Sachen deiner Großmutter gesucht und gesucht, bis ich das gefunden hatte, was meiner Ansicht nach am besten zu deiner Hand paßt.« Er nahm den Ring aus dem Kästchen, ergriff meine linke Hand und steckte mir den Ring an den Finger. Es schien ihn nicht zu überraschen, daß er genau paßte.

»O Tony, er ist wundervoll!« Ich hielt meine Hand hoch und drehte sie leicht, so daß Drake den Ring sehen konnte. Er nickte zustimmend.

»Er ist wunderschön.«

»Irgendwann wird alles, was deine Großmutter besaß, dir gehören, Annie.«

»Danke, Tony. Aber du hast mir schon so viel geschenkt und so viel für mich getan, daß ich gar nicht weiß, wie ich dir danken soll.«

»Komm nur nach Farthinggale und werde dort gesund. Das ist mehr, als ich je erhofft habe.«

Auf meinen Lippen brannte die Frage nach dem Warum, aber wieder sagte ich mir, daß alle meine Fragen in Farthinggale beantwortet werden würden. Das Geheimnis, das die Vergangenheit meiner Mutter umgab, sollte an dem Ort gelüftet werden, mit dem es untrennbar verbunden war.

Am nächsten Tag rief Luke an, um mir den neuen Teil seiner Rede vorzulesen.

»Jeder in Winnerrow weiß von der Tragödie unserer Familie, Annie. So habe ich nachgedacht und mir überlegt, welche Worte Heaven in einer solchen Situation von mir erwartet haben würde.

Annie, du weißt, daß deine Mutter mir ein Vorbild war, vielleicht das größte Vorbild meines Lebens, denn sie wurde in armen Verhältnissen geboren und hat sich mehr oder weniger aus eigener Kraft hochgearbeitet, sie hat gegen so viele Widrigkeiten angekämpft und ist würdig und schön aus diesem Kampf hervorgegangen. Sie hat mir nie das Gefühl gegeben, bei euch zu Hause ein Fremder zu sein . . . und ich weiß, wie schwer es für sie gewesen sein muß, mich dort zu sehen.«

»O Luke, sie hat nie . . .«

»Nein Annie, es wäre nur normal gewesen, wenn sie so empfunden hätte. Ich habe das verstanden und . . .« Seine Stimme brach beinahe. »Und ich habe sie dafür geliebt. Gott möge mir vergeben, aber ich habe sie mehr geliebt als meine eigene Mutter.«

»Ich glaube, sie wußte das, Luke.«

»Ich weiß, daß sie es wußte. Wie dem auch sei«, sagte er und räusperte sich, »ich habe beschlossen, meiner Rede folgende Teil hinzuzufügen. Bist du bereit?«

»Ich hänge am Telefonhörer, Luke.«

»In der Bibel heißt es, daß jedes Ding seine Zeit hat. Es gibt eine Zeit, zu der man geboren wird, und eine andere, zu der man stirbt. Eine Zeit des Lichts und eine Zeit der Dunkelheit. Dies ist ein glücklicher Tag, ein freudvoller Tag; doch für meine Familie ist er noch von der Dunkelheit überschattet. Dennoch ich bin mir sicher, daß meine Tante und . . . und mein Vater sich wünschen würden, daß ich in der hellen Zone des Lebens verweile und nur daran denke, welche wichtige Bedeutung dieser Tag für meine Familie hat. Ein weiterer Nachkomme von Toby Casteel und seiner liebenden Frau Annie hat sich aus der Armut der Willies emporgekämpft, um seine besten Fähigkeiten zu verwirklichen. So widme ich diesen Tag dem Gedenken an Logan und Heaven Stonewall. Danke.«

Meine Tränen liefen in Strömen. Ich ließ den Hörer in meinen Schoß fallen und weinte und weinte. Luke rief angstvoll: »Annie? Annie? O Annie, ich wollte dich nicht zum Weinen bringen. Annie?« Mrs. Broadfield, die sich vor der Tür mit einer Stationsschwester unterhalten hatte, kam hereingestürzt.

»Was ist los?« fragte sie.

Ich atmete tief durch, bis es mir gelang, meine Trauer und meinen Schmerz soweit zu beherrschen, daß ich sprechen konnte. Dann griff ich wieder nach dem Hörer.

»Luke, es tut mir leid. Es ist so wundervoll. Sie würden stolz auf dich sein. Aber glaubst du«, flüsterte ich, »daß du sagen solltest . . .«

»Mein Vater? Ja, Annie. Ich will zu meiner Herkunft stehen. Glaubst du, es wäre ihm nicht recht?«

»O nein, ich dachte nur daran, wie es danach für dich . . .«

»Das ist mir gleichgültig. Ich werde ohnehin aufs College gehen. Und, ehrlich gesagt, in diesem Fall teile ich ausnahmsweise die Meinung meiner Mutter. – Es ist mir egal, was die Heuchler von Winnerrow denken.«

»Ich wünschte mir so sehr, ich könnte an deiner Seite sein.«

»Du wirst an meiner Seite sein, Annie, das weiß ich.«

Ich begann wieder zu schluchzen und verbarg mein Gesicht in den Händen.

Mrs. Broadfield eilte zu meinem Bett; ihr Gesicht war verzerrt vor Ärger.

»Jetzt reicht es«, rief sie. »Legen Sie den Hörer auf! Dieser Anruf ist zu anstrengend für Sie.«

Sie ergriff den Hörer, noch ehe ich ihn selbst wieder in die Hand nehmen konnte.

»Hier spricht Mrs. Broadfield«, sagte sie. »Ich fürchte, Sie müssen Ihre Unterhaltung abbrechen. Annie ist zu schwach für derartige Aufregungen.«

»Bitte lassen Sie mich wieder ans Telefon, Mrs. Broadfield«, bat ich.

»Wir müssen dieser Sache ein Ende setzen. Sie machen sich selbst krank.«

»Ich werde ganz ruhig sein. Ich verspreche es.«

Widerstrebend reichte sie mir das Telefon.

»Es tut mir leid«, sagte Luke sofort, »ich sollte nicht . . .«

»Es ist alles in Ordnung, Luke. Mir geht es gut. Ich werde jetzt stark sein. Ich weine nur, weil ich so glücklich bin, so glücklich für dich.«

»Ich werde dich gleich nach der Abschlußfeier wieder anrufen und dir erzählen, wie es war.«

»Vergiß es nicht.«

»Eher würde ich das Atmen vergessen«, sagte er.

»Viel Glück, Luke«, schluchzte ich, legte den Hörer auf und übergab Mrs. Broadfield das Telefon.

Dann fiel ich erschöpft zurück in meine Kissen.

»Sie begreifen Ihren Zustand nicht, Annie«, begann sie. »Sie haben nicht nur körperlichen Schaden genommen, sondern auch seelischen. Solche Sachen können Sie um Monate zurückwerfen.«

Die Tränen und der Schmerz machten mein Herz so schwer, als hätte ich einen Stein in meiner Brust. Plötzlich bekam ich keine Luft mehr. Ich rang nach Atem und setzte mich auf. Ich spürte, wie alles Blut aus meinem Gesicht wich und wie meine Wangen eiskalt wurden. Das Zimmer begann sich zu drehen. Das letzte, was ich hörte, war der Schrei von Mrs. Broadfield. »Annie!«

Dann hüllte mich wieder die Dunkelheit ein.

8. Kapitel
Ärztliche Anordnungen

Ich hatte das Gefühl, ich würde in einen tiefen, dunklen Schacht fallen; doch während des Falls sah ich am Ende ein helles Licht, dem ich mich mehr und mehr näherte, und bald hörte ich Stimmen. Zuerst hörte es sich an, als würden viele Leute flüstern; und dieses Geflüster wurde immer lauter und erschien mir eher wie ein Brummen, als würden Hunderte von Fliegen an einem heißen, schwülen Sommertag vor einem Fenster summen. Dann machte ich in dem Summen einzelne Worte aus und erreichte das helle Licht am Ende des Schachts . . .

Ich blinzelte.

Und tatsächlich war ein heller Lichtstrahl auf mein Gesicht gerichtet.

»Sie kommt wieder zu sich«, sagte irgend jemand, und das Licht wurde zur Seite gedreht.

Ich sah in Dr. Malisoffs besorgte haselnußbraune Augen. »Ah, da sind Sie ja wieder. Wie geht es Ihnen, Annie?«

Meine Lippen waren so trocken, daß ich das Gefühl hatte, meine Zungenspitze würde an ihnen festkleben. Ich schluckte.

»Was ist geschehen?«

Wieder blinzelte ich und wandte den Kopf zur Seite. Mein Blick fiel auf Mrs. Broadfield, die am Waschbecken stand und mit Dr. Carson, Malisoffs Assistenten sprach. Sie schüttelte den Kopf und gestikulierte beim Sprechen temperamentvoll mit den Händen. Anscheinend beschrieb sie, was geschehen war. Ich hatte sie noch nie so aufgeregt gesehen.

»Nun, Annie, zum Teil ist es meine Schuld. Ich hätte Ihnen erklären sollen, wie geschwächt ihre Psyche ist. Wir haben uns offensichtlich nur um Ihre körperlichen Probleme gekümmert, doch Sie haben auch seelische Verletzungen davongetragen. Die Schäden in diesem Bereich gehen viel tiefer, als man auf den ersten Blick vermuten würde«, erklärte Dr. Malisoff.

Er nahm den kalten Waschlappen von meiner Stirn und reichte ihn Mrs. Broadfield. Dann setzte er sich und nahm meine linke Hand in die seine.

»Erinnern Sie sich, wie Sie mich gefragt haben, ob das alles wäre, was Ihnen fehlt, und wie ich damals gelacht habe?« Ich nickte. »Nun, ich hätte nicht lachen sollen. Ich hätte Ihnen lieber erklären sollen, daß Sie auch emotional und psychisch Schaden genommen haben. Dann hätten wir vielleicht das, was jetzt geschehen ist, verhindern können.«

»Aber was ist denn geschehen? Alles, woran ich mich erinnern kann, ist, daß ich plötzlich diesen Druck auf meiner Brust spürte . . .«

»Sie sind ohnmächtig geworden. Emotionale Überforderung. Sie haben einfach nicht gemerkt, wie schwach Sie wirklich sind, Annie. Denn Sie sind hier in einer Umgebung, in der Sie sich behütet und umsorgt fühlen können. Aber die Wahrheit ist, daß Sie nicht nur im physischen, sondern auch im emotionalen Bereich Verletzungen davongetragen haben. Ebenso wie die Haut ihres Körpers abgeschürft und aufgeplatzt ist, ist es auch mit der Schutzschicht über Ihren Gefühlen und Gedanken geschehen. Ich bin sicher, Sie haben den Ausdruck ›er hat ein dickes Fell‹ schon einmal gehört, nicht wahr?« Ich nickte. »Dieser Spruch ist gar nicht so dumm, wie er klingt. Wir schützen unsere Gefühle und unsere Seele auf alle möglichen Arten, und Ihre Schutzschicht ist ernsthaft geschädigt. Daher sind Sie leicht erregbar, verletzlich und allen äußeren Einflüssen schutzlos ausgeliefert. Verstehen Sie, was ich meine?«

»Ich denke schon.«

»Gut. Unsere größte Sorge ist jetzt, daß sich Ihr körperlicher Genesungsprozeß verlangsamt oder daß er sogar ernsthaft gestört wird, wenn Sie seelischen Leiden ausgesetzt werden. Diese beiden Bereiche sind eng miteinander verbunden. Ein Mensch kann nicht physisch gesund sein, wenn er psychisch und emotional leidet. In dieser Beziehung war ich ein wenig sorglos. Ich hätte Sie mehr abschirmen sollen, zumindest, bis Sie wieder stärker sind, bis die Schutzschicht über den Emotionen wieder dicker ist. Und genau das müssen wir jetzt tun.«

»Und was bedeutet das?« Ich fühlte, wie Angst in mir aufstieg. Ich war der Ansicht gewesen, daß ich emotional völlig normal reagierte, denn wer konnte eine solche Tragödie völlig unbeschadet überstehen? Am liebsten hätte ich den ganzen Tag geweint und getrauert, aber ich hielt die Tränen in meinem Herzen verschlossen, so daß sich andere in meiner Anwesenheit nicht beständig unwohl fühlen mußten. Und nun saß dieser Doktor hier und sagte mir, daß mein Gefühlsleben völlig gestört sei.

»Nun, Mrs. Broadfield hat mir von Ihren Besuchern und Ihren Telefongesprächen erzählt.« Er zog die Augenbrauen zusammen, so daß sich scharfe Falten an der Wurzel seines Nasenrückens abzeichneten. »Wir müssen diese Dinge für eine Weile einschränken, um Sie zu schützen. Ich weiß, daß Sie darüber nicht sehr glücklich sein werden. Aber ich möchte Sie bitten, uns – zumindest für eine Zeit – zu vertrauen. Glauben Sie, wir wollen damit nur erreichen, daß Sie sich wieder ganz erholen und um so schneller ins normale Leben zurückkehren können.«

»So viele Besucher hatte ich ja gar nicht . . . nur Tony und Drake und meine Tante Fanny und Luke. Er ist der einzige, der mich angerufen hat«, protestierte ich.

Er wandte sich zu Mrs. Broadfield um, die energisch den Kopf schüttelte, als hielte sie mich für unzurechnungsfähig.

»Nun, es geht nicht darum, wieviele Personen Sie besuchen oder anrufen, sondern darum, welche Wirkung die Besuche und Anrufe auf Sie haben«, erklärte mir Dr. Malisoff eindringlich.

»Sie haben großes Glück, daß es für Sie einen Ort gibt, an dem Sie sich ungestört erholen können. Dort werden Sie ebenso gut versorgt sein wie in jedem Rehabilitationszentrum. Sie werden in einer wunderbaren, ruhigen Umgebung leben, wo Sie von allen Unannehmlichkeiten abgeschirmt sind. Ihr Körper und Ihre Seele haben eine Chance, sich viel schneller zu erholen, als sie es könnten, wenn sie ständig mit den Problemen und Sorgen anderer Leute konfrontiert wären.«

Er tätschelte meine Hand und erhob sich.

»Ich will wirklich nur Ihr Bestes. Bitte vertrauen sie mir, Annie.«

»Ja«, sagte ich mit einer Stimme, die so dünn klang wie die eines kleinen Mädchens. Nun, vielleicht war ich ja wirklich wieder ein kleines Mädchen geworden. Vielleicht war ich wieder in jene Zeit zurückgefallen, in der mich die kleinsten Dinge zum Weinen bringen und mein Herz mit Sorge erfüllen konnten. Nur hatte ich jetzt nicht mehr meinen Vater und meine Mutter, die mir mit Liebe und Trost zur Seite standen.

»Gut.«

»Bedeutet das, daß ich jetzt länger im Krankenhaus bleiben muß?«

»Wir werden sehen.«

»Wie geht es ihr?« hörte ich Tony fragen. Niemand hatte ihn hereinkommen hören. Ich hob den Kopf, um ihn besser sehen zu können. Sein Gesicht war gerötet, sein seidiges graues Haar stand wirr ab, und sein dunkelblauer, doppelreihiger Anzug war zerknittert und formlos. Er sah aus, als hätte er den ganzen Weg hierher im Laufschritt zurückgelegt.

»Es geht ihr jetzt schon wieder recht gut«, beruhigte Dr. Malisoff ihn. »Sie hätten sich nicht so zu beeilen brauchen, Mr. Tatterton. Er ließ seinen Blick rasch zu Mrs. Broadfield schweifen, die sich mit meinen Handtüchern und Waschlappen beschäftigte.

»Gott sei Dank«, sagte Tony, eilte an mein Bett und sah auf mich herab. »Ich dachte schon . . . was ist denn passiert?«

»Oh, eine Art emotionaler Überforderung. Annie und ich haben uns gerade ausführlich über die Sache unterhalten, und sie weiß, was wir jetzt tun müssen, nicht wahr, Annie?« Ich nickte. Er tätschelte noch einmal meine Hand und verließ das Zimmer.

»Einen Augenblick«, rief Tony ihm nach und folgte dem Arzt. Ich hörte, wie sie sich leise auf dem Gang unterhielten. Mrs. Broadfield kam zu meinem Bett, zog meine Decke glatt und schüttelte mein Kissen auf. Ihre Miene war streng und kalt.

»Sie werden doch deshalb keine Schwierigkeiten bekommen, nicht wahr?« fragte ich sie.

»Ich? Warum sollte ich Schwierigkeiten bekommen? Ich

konnte Ihre Besuchszeiten ja nicht verkürzen oder Ihnen Telefonanrufe verbieten.«

»Ich dachte nur . . .«

»O nein, Annie. Sie sehen doch, daß alle völlig meiner Meinung sind«, sagte sie. Ein breites, kaltes Lächeln der Selbstzufriedenheit glitt über ihr Gesicht. In diesem Augenblick ähnelte sie einem eingebildeten Kater, der sich auf einem Sofa räkelte.

Einige Zeit später betrat Tony das Zimmer wieder und kam an mein Bett.

»Fühlst du dich wirklich besser?«

»O ja, Tony.«

Er wirkte tief beunruhigt. Der Blick seiner blauen Augen war umwölkt, und die Falten schienen sich noch tiefer in seine Stirn gegraben zu haben.

»Auch ich war zu leichtfertig. Ich hätte erkennen müssen . . .«

»Jetzt ist es ja vorbei«, sagte ich. »Bitte laß uns die Sache vergessen.«

»O nein, das werden wir nicht. Der Arzt hat mir eben dasselbe gesagt wie dir, und ich bin ganz seiner Meinung. Wir müssen Konsequenzen ziehen.«

»Konsequenzen?«

Er nickte Mrs. Broadfield zu, die geradewegs zu meinem Telefon ging und die Schnur aus der Wand zog.

»Mein Telefon!« protestierte ich.

»Im Moment keine Anrufe, Annie. Das sind die Anweisungen des Arztes.«

»Aber Luke wollte mich gleich nach der Abschlußfeier anrufen, um mir zu erzählen, wie seine Rede angekommen ist!« protestierte ich verzweifelt.

»Bevor ich von hier fortgehe, werde ich unten in der Telefonzentrale veranlassen, daß alle Anrufe für dich in mein Büro weitergeleitet werden. Drake oder ich werden sie dort für dich entgegennehmen, und natürlich werde ich alle Informationen und Neuigkeiten sofort an dich weitergeben. Das verspreche ich dir, und du weißt, daß ich meine Versprechen halte, nicht wahr?«

Ich wandte den Blick ab. Es würde schrecklich für Luke

sein. Er würde sich bittere Vorwürfe machen, und dabei war es doch so wichtig für ihn, gleich nach der Ansprache mit mir zu reden. Ich spürte, wie die Tränen wieder in mir aufstiegen, und mein Herz hämmerte in meiner Brust. Aber dann erinnerte ich mich an Dr. Malisoffs Ausführungen. Ich mußte mir jenes ›dicke Fell‹ zulegen, oder mein Genesungsprozeß würde sich verzögern. Für eine kurze Zeit mußte ich Opfer bringen.

»Wir wollen doch alle nur dein Bestes, Annie; daher müssen wir die Ratschläge der Ärzte und Therapeuten befolgen. Es sind die besten, die man für Geld bekommen kann. Glaub mir, Annie. Bitte.«

»Ich glaube dir Tony. Es tut mir nur so leid für Luke.«

Tony sah mich liebevoll und herzlich an. »Weißt du was, ich werde ihm in deinem Auftrag ein Telegramm schicken, um ihm viel Glück zu wünschen. Gleich jetzt. Würde ihn das nicht aufheitern?«

»O ja, Tony. Das ist eine wunderbare Idee«, sagte ich aufgeregt.

»Und ich werde ihn selbst anrufen, um ihm zu sagen, daß es dir gut geht, aber daß die Ärzte im Augenblick neue Anweisungen gegeben haben und du eine Zeit lang Ruhe brauchst«, erklärte er.

»Bitte sag ihm, er soll sich keine Vorwürfe machen, weil er mich angerufen hat.«

»Natürlich, das werde ich tun, Annie. Und wenn ich das Gefühl habe, daß er mir nicht glaubt, werde ich auch den Arzt bitten, ihn anzurufen«, schlug er mit einem aufmunternden Lächeln vor.

»Würdest du das wirklich tun?«

»Annie«, sagte er, und sein Gesicht wurde ernst, »ich würde alles tun, was in meiner Macht steht, damit du wieder auf die Beine kommst und glücklich wirst. Ich weiß, daß das nicht einfach sein wird, denn du hast die Menschen verloren, die du in deinem Leben am meisten geliebt hast. Aber alles, was ich mir wünsche, ist, daß ich sie zumindest ein klein wenig ersetzen kann. Willst du mich das versuchen lassen?«

»Ja«, sagte ich leise. Ich war beeindruckt von der Intensität seines Blicks und der Entschlossenheit, die in seiner Stimme lag.

»Ich danke dir. Nun, ich werde dich jetzt ausruhen lassen, aber heute abend komme ich zurück«, versprach er.

Dann beugte er sich zu mir herab und küßte mich auf die Stirn.

»Drake wartet auch darauf, zu hören, wie es dir geht.«

»Grüß ihn von mir.«

»Das werde ich tun. Er arbeitet sehr gut. Er wird sich in leitender Position gut machen, denn er ist selbstsicher und ehrgeizig. In gewisser Hinsicht erinnert er mich daran, wie ich selbst in seinem Alter war«, fügte er hinzu und in seiner Stimme schwang ein wenig Stolz mit. Mrs. Broadfield begleitete Tony aus dem Zimmer und schloß leise die Tür hinter sich.

Keine Anrufe und keine Besuche mehr. Nun, es war ja nur für kurze Zeit, dachte ich, und außerdem würde ich bald in Farthy sein. Vielleicht gab es dort ja wirklich jenen magischen Zauber, den Luke und ich an diesem Ort vermutet hatten, und vielleicht würde er meinen Genesungsprozeß beschleunigen.

Mrs. Broadfield entwickelte sich zu einem wahren Festungswall, vermutlich auf Geheiß der Ärzte. Selbst die »Pink-Damen« mußten ihre Kontrolle durchlaufen, ehe sie zu mir vorgelassen wurden. Meine Tür war jetzt die meiste Zeit über geschlossen. Ich verabscheute diese Schutzmaßnahmen. Wann immer ich allein war, weinte ich um meine Eltern. Wenn Mrs. Broadfield mich tränenüberströmt vorfand, schimpfte sie und warnte mich vor einem erneuten psychischen Zusammenbruch. Aber ich konnte nicht anders. In meiner Erinnerung tauchte ständig das wunderbare Lächeln meiner Mutter auf, und in meinen Ohren klang das warme Lachen meines Vaters . . .

Wie versprochen, kam Tony am nächsten Tag ins Krankenhaus. Er hatte mit Luke gesprochen und berichtete mir nun, was er über die Abschlußfeier erfahren hatte.

»Das Wetter muß traumhaft gewesen sein; keine einzige Wolke am Himmel! Er erzählte, daß sich tiefes Schweigen im Publikum ausgebreitet habe, nachdem er vorgestellt worden war und seinen Platz auf dem Podium eingenommen hatte. Und am Ende habe er tosenden Beifall bekommen.« Tony lächelte. »Er hat gesagt, daß seine Mutter als erste aufgesprungen sei, aber die anderen Leute wären ihrem Beispiel auf der Stelle gefolgt. Und alle hätten sich nach dir erkundigt.«

»O Tony. Ich finde es so furchtbar, daß er mich nicht anrufen kann«, sagte ich mit einem Seufzer.

»O nein, nein, er versteht das vollkommen. Er ist ein feiner Kerl; dein Wohlergehen ist das Wichtigste für ihn. Er hat mich mehrmals gebeten, dir zu versichern, daß du dir keine Sorgen um ihn machen sollst. Du sollst nur rasch gesund werden.« Dann hellte sich Tonys Gesicht auf, und seine Haltung verriet, daß er mir etwas Wichtiges mitzuteilen hatte. »Und jetzt das, worauf du gewartet hast: Doktor Malisoff erlaubt, daß du entlassen wirst. Ich werde dich morgen nach Farthy bringen.«

»Wirklich?« Die beiden Neuigkeiten erregten mich und machten mich zugleich ängstlich und traurig. Endlich würde ich Farthinggale Manor sehen, jenen Ort, von dem ich mein ganzes Leben geträumt hatte, mein Märchenschloß. Doch es waren nicht mein Vater und meine Mutter, die mich dorthin begleiten würden, und ich würde nicht jene breiten, imposanten Stufen hinaufschreiten und durch die geschwungene Eingangstür treten können. Man würde mich tragen müssen.

»Warum siehst du so traurig aus?« Sein Lächeln erlosch.

»Ich habe nur an meine Eltern gedacht und daran, wie wunderbar es gewesen wäre, wenn wir alle zusammen hätten nach Farthy fahren können.«

»Ja.« Und wieder trat jener abwesende Ausdruck in seine Augen. »Das wäre wunderbar gewesen. Nun«, sagte er entschlossen, als ob er einen Gedanken verscheuchen wollte, »ich habe den bequemsten Rollstuhl, den es gibt, für dich bestellt. Er wird heute nachmittag geliefert, und Mrs. Broadfield wird dir helfen, dich damit vertraut zu machen.«

»Danke, Tony. Danke für alles, was du für mich getan hast und tust.«

»Ich habe dir ja gesagt, wie du mir danken kannst – werde schnell wieder gesund.«

»Ich will es versuchen.«

Er beugte sich zu mir hinab, um mich zu küssen, doch ehe seine Lippen meine Haut berührten, hielt er inne und schloß die Augen. Ich sah, wie er tief einatmete.

»Wie ich sehe, benutzt du das Jasminparfum. Nun, wir

haben noch unzählige Flaschen davon in Farthy.« Er küßte mich, doch seine Lippen verweilten länger auf meiner Wange, als ich erwartet hatte. Dann richtete er sich langsam wieder auf. Das Blau seiner Augen war jetzt noch strahlender als je zuvor.

»Es gibt viele Dinge, die dich in Farthy erwarten. Vieles, was du erben wirst, um deine Freude daran zu haben.«

»Ich kann es kaum erwarten.«

Etwa eine Stunde nachdem er gegangen war, wurde der Rollstuhl geliefert. Tony hatte ihn mit einem breiten rosafarbenen Band umwickeln lassen. Mrs. Broadfield entfernte es rasch und stellte den Stuhl auf. Die Armlehnen und Fußstützen waren aus schimmerndem Chrom, der Sitz und die Rükkenlehne aus weichem braunem Leder. Die Armlehnen waren mit Wildleder bezogen.

»Es muß eine Spezialanfertigung für Mr. Tatterton sein«, meinte Mrs. Broadfield. »Ich habe noch nie zuvor ein solches Modell gesehen.«

Sie rollte den Stuhl neben mein Bett und ich bekam einen Vorgeschmack dessen, was es bedeutete, künftig jeden Morgen aus meinem Bett in den Rollstuhl gehoben zu werden.

Zunächst stellte sie das Kopfteil des Bettes so steil wie es nur ging, damit ich in eine sitzende Position kam. Dann schlug sie die Decken zurück, hob meine Beine an und drehte mich ein wenig, so daß sie über die Bettkante hingen. Sie baumelten leblos herab, als gehörten sie gar nicht zu meinem Körper.

Als ich in dem Stuhl saß, klappte sie die rechte Armlehne wieder herunter und stellte die Fußstützen richtig ein, so daß meine Beine festen Halt hatten.

»Dieser kleine Hebel dient dazu, den Rollstuhl zu blockieren, damit er nicht wegrollen kann. Um ihn in Bewegung zu bringen, bedarf es keines großen Kraftaufwands. Schieben Sie die Räder einfach leicht an, und lassen Sie sich von dem Schwung tragen. Wenn Sie nach links fahren wollen, drücken Sie diesen Metallhebel herunter. So, und nun üben Sie«, befahl sie, während ich durch das Zimmer rollte.

Wie sehr wünschte ich mir, daß Drake oder Luke hier wären! Ich brauchte ihre Unterstützung. Drake würde sagen, daß ich wie ein kleines Mädchen in einem Spielzeugauto aussähe. Auch Luke würde sich eine lustige Bemerkung ausdenken, und nur in seinen Augen würde ich seine tiefe Trauer lesen.

Mrs. Broadfield sah mir zu und gab mir Ratschläge; dann entschied sie, daß es für's erste genug wäre. Sie schob mich zurück zu meinem Bett und machte dieselben Handgriffe wie zuvor, jetzt allerdings in umgekehrter Reihenfolge, um mich wieder in mein Bett zu bringen. Dann schob sie den Rollstuhl beiseite und verließ das Zimmer, um nach meinem Abendessen zu sehen.

Ich lag da und starrte auf den Rollstuhl, und plötzlich wurde mir bewußt, daß ich mich mit ihm würde anfreunden müssen. Obwohl Tony offensichtlich keine Kosten gescheut hatte, damit er wie ein bequemer normaler Sessel aussah, war sein Zweck doch unverkennbar. Ich war behindert, ein Krüppel, verdammt zur Abhängigkeit von anderen Menschen und technischen Hilfsmitteln. Und das konnten auch alles Geld der Welt und die teuerste Betreuung nicht ändern. Nur ich selbst konnte diese Zustand verändern.

Um mich herum gab es am nächsten Tag so viel Aufregung, daß Mrs. Broadfield fast den ganzen Tag meine Zimmertür geschlossen hielt, um mich abzuschirmen, bis die Zeit zum Aufbruch endlich gekommen war. Die Krankenschwestern der Station, die oft auf einen Sprung hereingekommen waren, um zu plaudern oder eine Zeitschrift auszuleihen, erschienen jetzt, um sich zu verabschieden und mir Glück zu wünschen. Auch einige Hilfsschwestern und Krankenpfleger schauten herein; und selbst meine »Pink-Dame« wollte mich noch einmal sehen. Am Abend zuvor hatte Tony mir eine Schachtel gebracht, die ein malvenfarbenes Kleid enthielt. Es sah zwar nagelneu aus, doch mir fiel auf, daß es der Mode entsprach, die man vor fünfundzwanzig Jahren getragen hatte.

»Es hat deiner Mutter gehört«, erklärte er. »Ich habe es ihr gekauft, als sie nach Winterhaven ging. Du hast jetzt ungefähr dieselbe Größe wie sie damals. Gefällt es dir?«

»Es ist ein wunderbares Kleid. Es ist zwar nicht das, was junge Mädchen heutzutage tragen, aber wenn es meiner Mutter gehört hat . . .«

»Sie sah wundervoll darin aus. Und außerdem, Annie, du willst dich doch wohl nicht zum Sklaven der Mode machen. Schöne Dinge sind zeitlos. Das begreifen die meisten jungen Mädchen heute nicht; sie sind Opfer der aktuellen Mode, der Werbung und kurzlebiger Trends. Ich bin sicher, daß du den guten Geschmack deiner Mutter geerbt hast und den Sinn für Dinge, die zeitlos schön sind.«

Ich wußte nicht, was ich darauf erwidern sollte. Meine Mutter war zwar darauf bedacht gewesen, daß ich hübsch gekleidet war, aber sie hatte mir immer erlaubt, meine Sachen selbst auszusuchen. Sie hatte nie versucht, mir ihren Geschmack aufzudrängen, und meinem Vater hatte es gefallen, wenn ich Jeans und übergroße Sweatshirts trug.

Tony hatte aber vermutlich trotzdem recht. Wie meine Mutter neigte ich eher dazu, mich feinzumachen. Darin unterschied ich mich von anderen Mädchen meines Alters.

»Ich habe das Kleid mitgebracht, damit du es morgen anziehen kannst. Denn morgen ist ein besonderer Tag für dich. Du wirst das Krankenhaus verlassen und nach Farthy zurückkehren.«

»Zurückkehren?«

»Ich meine, mit mir nach Farthy zurückkehren«, berichtigte er sich hastig. »Außerdem wird es dir Glück bringen, wenn du ein Kleid trägst, das deiner Mutter gehört hat.«

Am nächsten Morgen half mir Mrs. Broadfield, das Kleid anzuziehen, und schob mich dann vor den Spiegel, der über dem Waschbecken des Krankenzimmers hing. Es war erstaunlich, wie sehr ich in diesem Kleid meiner Mutter glich. Mrs. Broadfield erklärte sich bereit, mir beim Kämmen zu helfen, und ich frisierte mein Haar zurück, wie ich es auf alten Bildern von meiner Mutter gesehen hatte. Wenn ihr Haar auch ein wenig dunkler gewesen war als meines, hatte es doch dieselbe feine Struktur.

Als Tony kam und mich in dem Kleid sah, leuchtete sein Gesicht auf. Ich bemerkte, daß seine Augen mich schier verschlingen wollten. Er starrte mich so lange wortlos an, daß ich mich schließlich unwohl zu fühlen begann. »Ich bin fertig, Tony«, sagte ich, um den Bann zu brechen, in dem er gefangen schien.

Sein Blick belebte sich plötzlich wieder. »Ja, ja, Annie, gehen wir.« Er sah viel jünger aus als sonst. Vielleicht lag das an dem leichten, hellblauen Sommeranzug, der das Blau seiner Augen betonte. Von der Blässe, die ich manchmal auf seinem Gesicht bemerkt hatte, war nichts mehr zu sehen. Seine Wangen waren rosig, und sein Haar schien voller und glänzender als je zuvor. An Tonys Seite schob mich Mrs. Broadfield aus meinem Krankenzimmer und den Gang entlang zu den Aufzügen. Noch einmal wünschten mir die Schwestern der Station Glück und winkten mir zum Abschied zu.

Ich spürte, wie das Blut in meinen Schläfen pulsierte. Die Erinnerung an den furchtbaren Unfall auf der Straße nach Winnerrow war ein wenig verblaßt, doch immer noch glaubte ich die Stimme meines Vaters zu hören, die verzweifelt meinen Namen rief.

Als sich die Türen des Aufzugs schlossen, warf ich einen letzten Blick auf den Krankenhauskorridor. Die Ärzte und Schwestern machten sich wieder an ihre Arbeit. Nun war ich nur noch ein Name unter vielen, den man jetzt von der Krankentafel löschen würde, eine Akte, die man abschließen konnte.

»Meine Postkarten! Ich habe sie an der Wand in meinem Krankenzimmer vergessen!«

»Deine Karten? O ja, die Genesungswünsche. Ich werde sie nach Farthy bringen lassen«, versprach Tony, aber die Vorstellung, daß ich sie vergessen hatte, stimmte mich traurig. Drakes und Lukes Karten ... Plötzlich wurde mir bewußt, daß ich nichts aus Winnerrow und nichts von Luke mit mir nehmen würde. Ich trug nicht einmal das Armband.

Die Türen des Aufzugs öffneten sich wieder, und ich wurde zu der Limousine geschoben.

»Annie, dies ist mein Chauffeur, Miles. Er hat deine Mutter sehr gut gekannt«, sagte Tony.

»Freut mich, Sie kennenzulernen, Miß Annie. Ich bin froh, daß Sie das Krankenhaus verlassen können«, sagte Miles und tippte mit der Hand an den Rand seiner Mütze. Ich sah das Lächeln in seinen Augen und auf seinen Lippen; es war ein heiteres, freundliches Lächeln. Ich war sicher, daß ich ihn an meine Mutter erinnerte.

»Danke, Miles.«

Er öffnete die rückwärtige Tür, und Mrs. Broadfield gab Anweisungen, wie man mich aus dem Rollstuhl auf den Rücksitz heben sollte. Tony wollte unbedingt helfen. Er setzte sich als erster in den Wagen und nahm mich aus Mrs. Broadfields Armen. Als er mich vorsichtig auf den Sitz gleiten ließ, drückte er mich fest an seine Brust. Sein Mund streifte meine Wange, und er heilt mich eng an sich gepreßt. Ich war erstaunt über seinen festen Griff und hatte das Gefühl, daß er mich nicht mehr loslassen würde. Doch schließlich löste er seinen Griff und wies Miles an, den Rollstuhl zusammenzuklappen und im Kofferraum zu verstauen. Mrs. Broadfield setzte sich zu uns auf den Rücksitz, und Miles ließ den Wagen an. So begann meine Reise nach Farthinggale Manor.

ZWEITER TEIL

9. Kapitel
Über die Schwelle

Von dem mit weichem Veloursleder bezogenen Rücksitz blickte ich durch das Fenster hinaus auf die Straße. Der Himmel war leider bedeckt, aber plötzlich brach strahlend die Sonne durch die düsteren Wolken, und ich erblickte eine große aquamarinblaue Stelle, die mich an träge Sommertage zu Hause in Winnerrow erinnerte. Vielleicht würde Gott mir doch seinen Segen schenken.

Als ich zurückschaute, sah ich, wie groß das Bostoner Krankenhaus war, zumal im Vergleich zu unserem Städtischen Krankenhaus in Winnerrow. Wir passierten das Tor und durchquerten einen Teil der Bostoner Innenstadt, ehe wir die große Durchgangsstraße erreichten, die uns zu Farthinggale Manor bringen sollte. Die Häuserreihen hörten auf, statt dessen waren Wälder und weite grüne Wiesen zu sehen und nur noch vereinzelt hier und da ein paar Häuser.

»Bequem?« fragte Tony. Er zog das Kissen zurecht, das Mrs. Broadfield zwischen meinen Rücken und die Rücklehne des Sitzes gestopft hatte.

»Ja, sehr.«

Ich war ganz zufrieden damit, einfach nur aus dem Fenster zu blicken und die Landschaft zu betrachten, während wir die Straße Richtung Farthinggale Manor entlangfuhren.

»Ich erinnere mich noch so gut an den Tag, als Jillian und ich deine Mutter das erstemal vom Flughafen abgeholt haben, um sie nach Farthy zu bringen. Sie war wie du und sah genauso jung und unschuldig aus, mit ihren großen, staunenden Augen. Ich spürte, daß sie nervös war. Jillian, deine Urgroßmutter, hatte keine Ahnung, daß Heaven für immer bei uns bleiben würde. Sie dachte, es sei nur ein kurzer Besuch.«

Er lachte. »Jillian war sehr darauf bedacht, jugendlich auszusehen und für jung gehalten zu werden, deshalb bat sie deine Mutter – nein, sie befahl es ihr –, sie mit Jillian anzusprechen und nicht mit Großmutter.«

»Darunter hat meine Mutter sehr gelitten.«

»Sie ließ sich aber nichts anmerken. Heaven war eine sehr kluge und schöne Frau, obwohl sie noch so jung war.« Tony starrte schweigend aus dem Fenster, in Gedanken verloren. Dann seufzte er und schüttelte seine Träumereien ab. »Wir sind bald da. Sieh nach rechts und halte Ausschau nach der Stelle, wo die Bäume aufhören. Der erste Blick auf Farthinggale Manor ist unvergeßlich.«

»Wie alt ist Farthy?« fragte ich.

»Es wurde 1850 von meinem Ur-Ur-Urgroßvater gebaut, aber laß dich von dem hohen Alter nicht irreleiten. Es ist ein prächtiges Gebäude, so luxuriös wie jede moderne Villa. So mancher Filmschauspieler und Unternehmer hat mir schon ein Angebot gemacht.«

»Würdest du es denn verkaufen?«

»Um keinen Preis. Farthinggale ist so sehr Teil von mir wie . . . wie mein eigener Name. Als ich ein kleiner Junge war, gab es für mich auf der ganzen Welt kein Haus, das so großartig war wie das, in dem ich lebte. Im Alter von sieben Jahren wurde ich nach Eton geschickt, weil mein Vater der Ansicht war, die Engländer verstünden mehr von Disziplin als unsere Privatschulen hier. Ich hatte schreckliches Heimweh, vom ersten bis zum letzten Tag. Manchmal schloß ich die Augen und bildete mir ein, ich könnte den Geruch der Bäume einatmen – der Tannen, Kiefern und Föhren.« Er schloß die Augen, als könnte er die wohlduftende Luft Farthinggales hier im Wagen einatmen, obwohl es nur nach elegantem Leder roch.

Ich merkte, daß der Wagen das Tempo verlangsamte und dann in eine Privatstraße einbog. Und dann sah ich es mit eigenen Augen: das sagenumwobene, hohe schmiedeeiserne Tor, mit den üppig verzierten Buchstaben, die den Namen FARTHINGGALE MANOR bildeten. Zwischen den eisernen Blättern lugten Kobolde, Feen und Zwerge hervor.

»Es ist beinahe so groß, wie Luke und ich es uns erträumt haben«, seufzte ich.

»Wie bitte?«

»Luke und ich spielten immer ein Spiel, ein Phantasiespiel, bei dem wir uns ausmalten, wie Farthinggale wohl aussehen mag.«

»Nun wirst du es gleich selbst herausfinden.«

Die Zufahrt schien nicht enden zu wollen, und dann tauchte plötzlich ein riesiges Haus aus grauem Stein auf. Es glich tatsächlich einem Schloß. Sein rotes Dach überragte die Bäume, und es hatte Türmchen und kleine rote Brücken . . . genau wie auf der Schmuckplatte, die Luke mir geschenkt hatte.

Aber es gab auch vieles, was sich sehr von dem Farthy unserer Träume und Phantasien unterschied, dachte ich, als ich das große Haus genauer betrachtete. Drakes Beschreibung war leider zutreffender.

Die Parkanlagen waren überwachsen und ungepflegt, die Büsche nicht zurechtgestutzt, die Blumenbeete von Unkraut überwuchert.

In seiner Größe war das Haus wirklich so überwältigend, wie Luke und ich es uns in unseren Träumen vorgestellt hatten, aber es erweckte den Eindruck, als wäre es seit vielen Jahren unbewohnt. Wo immer es eine hölzerne Seitenwandung oder Zierleiste gab, war das Holz verwittert und abgesplittert. Das Haus wirkte grau und kalt. Die Fenster waren dunkel und die Vorhänge geschlossen wie die Augenlider einer sterbenden alten Frau.

Als die Sonne hinter den schweren Wolken verschwand, wirkte die Vorderfassade des großen Hauses richtig unheimlich. Plötzlich überkam mich ein Frösteln. Mir wurde bange, und ich fühlte mich sehr einsam.

Tony hingegen lächelte breit, und sein Gesicht strahlte vor Begeisterung. Man hatte in keiner Weise das Gefühl, daß der traurige Zustand des Parks und der Verfall des Hauses ihm peinlich wären. Er schien es gar nicht wahrzunehmen. Ich sah Mrs. Broadfield an, um herauszufinden, ob sie genauso erstaunt war wie ich, aber sie saß mit unzugänglichem, versteinertem Gesicht da.

»Farthy erstreckt sich über viele, viele Morgen Land«, erklärte Tony stolz. »Der Boden gehört zu dem fruchtbarsten hier in der Gegend, und wir haben unseren eigenen Privatstrand. Wenn du soweit bist, dann werde ich dich hier herumfahren und dir unsere Stallungen zeigen, den Swimmingpool und die Strandkörbe, die Tennisplätze, das Aussichtszimmer . . . einfach alles«, versprach er. »Und du sollst immer daran denken, daß alles dir gehört. Du darfst dich hier nicht als Gast fühlen; du bist mehr als ein Gast, viel mehr«, meinte er. Miles brachte das Auto zum Stehen.

Mrs. Broadfield stieg rasch aus, ging nach hinten und wartete dort darauf, daß Miles ihr half, den Rollstuhl aus dem Kofferraum zu holen. Ich blickte die Treppen hinauf zu dem großen Torbogen. Selbst er hatte einiges von seiner Pracht eingebüßt. Das Holz war an der rechten Seite abgesplittert, als hätte ein riesiges Tier daran seine Krallen gewetzt, um sich Zutritt zum Haus zu verschaffen. Wie konnte Tony hier nur täglich aus- und eingehen, ohne es reparieren zu lassen?

»Du bist also endlich hier!« rief Tony. »Du bist wirklich und endlich hier! Nun, wie gefällt es dir?«

»Ich . . .« Verzweifelt suchte ich nach Worten – ich wußte nicht, was ich sagen sollte. Ich war enttäuscht, sehr, sehr enttäuscht, sehen zu müssen, daß die Villa meiner Träume baufällig war und zerbröckelte.

»Oh, ich weiß, hier muß einiges getan werden«, sagte Tony hastig, »und ich werde mich auch sofort daranmachen, denn jetzt habe ich endlich einen Grund dafür.« Ernst und feierlich blickten mich seine Augen an. Mein Herz begann unruhig zu schlagen. Irgend etwas in mir, etwas, das ich nicht genau benennen konnte, erhob warnend seine Stimme.

»Es ist ein wunderbares Haus, und wenn du erst alles tadellos in Ordnung gebracht hast, dann sieht es bestimmt wieder so aus wie damals, als du noch ein kleiner Junge warst, das möchte ich wetten«, sagte ich. Ich wollte nicht wahrhaben, wie beklommen mir ums Herz war.

»Ja, du hast recht. Ich will, daß es wieder genauso aussieht. Oh, ich wußte, daß du mich verstehst, Annie. Ich bin ja so glücklich, daß du hier bist.«

Mrs. Broadfield öffnete mir die Wagentür. Gemeinsam mit Miles hatte sie den Rollstuhl aufgeklappt und bereitgestellt. Nun wollte sie mir beim Aussteigen behilflich sein.

»Oh, lassen Sie mich helfen«, beharrte Tony und kam schnell auf meine Seite des Autos gelaufen. Mrs. Broadfield trat einen Schritt zurück. Tony legte den rechten Arm um meine Taille und schob den linken unter meine Schenkel. Dann bewegte er sich langsam und vorsichtig rückwärts, hob mich hoch und trug mich aus dem Wagen, als wäre ich . . . als wäre ich ein Kind, dachte ich zunächst; aber an der Art, wie er mich festhielt und anlächelte, war etwas, was mich eher an eine Braut denken ließ, an eine junge Braut, die gleich über die Schwelle ihres neuen Hauses getragen werden sollte.

»Mr. Tatterton?« fragte Miles, weil er, genau wie ich selbst, wissen wollte, wann Tony mich endlich in den Rollstuhl setzen würde.

»Was? O ja, das ist eine gute Idee.«

Behutsam setzte er mich in den Rollstuhl, und dann hoben Miles und er mich hoch und trugen mich mitsamt dem Stuhl die Stufen zum Haupteingang hinauf. Ein großer, schlanker, grauhaariger Mann mit dunkelgrauen Augen und fahler Haut, die auf der Stirn und am Hals kleine Fältchen bildete, stand wie eine Schaufensterpuppe im Eingang.

»Das ist Curtis, mein treu ergebener Butler«, erklärte Tony.

»Herzlich willkommen«, begrüßte mich Curtis, verbeugte sich leicht und trat zur Seite, damit ich in das große Haus geschoben werden konnte.

Sie brachten mich in die Vorhalle, die mit schadhaften chinesischen Teppichen ausgelegt war. Es gab Stellen, die tatsächlich so abgetreten waren, daß die Holzdielen durchschimmerten. Ein einsamer Kronleuchter warf sein schwaches Licht über die Steinwände. Er hätte ein halbes Dutzend Glühbirnen gebraucht, aber nur eine einzige brannte. Bildnisse der Vorfahren schmückten die Wände, gelbliche Gesichter strenger Männer und Frauen aus Neu-England. Die Mienen der Frauen waren verkniffen, als ob das Lächeln herausgebügelt worden wäre; die Männer bemühten sich sehr, einen ernsten, seriösen Eindruck zu machen, so unerschütterlich wie der Fels, auf den sie ihr hochherrschaftliches Haus gebaut hatten.

»Später werde ich dir alles genau zeigen«, versprach Tony, »aber nun wollen wir es dir erst einmal in deinen eigenen Räumen bequem machen. Ich bin sicher, daß du nach einer so kurzen Reise müde sein wirst – nach allem, was du durchgemacht hast.«

»Ich bin viel zu aufgeregt, um müde zu sein, Tony. Mach dir um mich keine Sorgen.«

»Aber genau das ist es, was ich von jetzt an tun möchte: mir Sorgen um dich machen. Von nun an hast du für mich Vorrang vor allem anderen.«

Er schob mich weiter.

»Mein Büro ist gleich hier; ich lasse dich nur ganz kurz hineinschauen, weil es nicht für weibliche Blicke geeignet ist. Es müßte mal gründlich geputzt werden«, gab er zu. Er kniete nieder, so daß seine Lippen mein Ohrläppchen berührten.

Obwohl wir das Zimmer gar nicht betraten, konnte ich sehen, daß er nicht übertrieben hatte. In der Ecke hing eine einzige Lampe und warf anämische weiße Lichtstrahlen über den großen Mahagonitisch und die schwarzen Ledersessel. Die Bücher in dem dunklen Regal aus Kiefernholz sahen ganz verstaubt aus. Sonnenstrahlen drangen durch die Vorhänge an den Fenstern und beleuchteten die Stäubchen, die in der Luft tanzten, wie Scheinwerfer. Wann wohl jemand zum letzten Mal mit einem Staubwedel oder einem Staubsauger in dieses Zimmer gekommen war, fragte ich mich. Tonys Schreibtisch war mit Papieren überhäuft. Wie konnte er hier jemals irgend etwas finden?

»Jetzt, da du hier bist, werde ich das natürlich alles in Ordnung bringen. Im Augenblick will ich dich lieber nicht in dieses ungepflegte Heiligtum schieben. Wir würden zu viel Staub aufwirbeln. Männer!« sagte er und kniete wieder neben mir nieder. »Wenn Männer alleine leben, dann neigen sie dazu, die ästhetischen Dinge zu vernachlässigen. Aber das ist jetzt zu Ende . . . Gott sei Dank, es ist zu Ende«, murmelte er und schob mich schließlich weiter.

Zumindest die Treppe enttäuschte mich nicht. Sie war genauso, wie wir sie uns in unseren Träumen vorgestellt hatten – breite, elegante Marmorstufen mit einem schimmernden Geländer aus Mahagoni. Schon der Anblick rief in mir den Wunsch wach, wieder gesund zu werden, damit ich diese Stufen wie eine Prinzessin hinabschreiten konnte, so wie Luke und ich es uns ausgedacht hatten – in einem langen, fließenden

Gewand, Handgelenke und Hals mit Juwelen bedeckt und Edelsteine in den Haaren. Oh, wie sehr ich mir wünschte, Luke wäre jetzt hier und wir könnten alles gemeinsam sehen und erleben!

»Ja, leider ist die Treppe im Augenblick ein Hindernis für dich, aber hoffentlich nicht mehr allzu lange.«

Wir gingen Richtung Treppenhaus, aber als ich nach rechts blickte, sah ich das weitläufige Wohnzimmer und den großen Flügel. Die Wände und die Decke waren über und über mit Malereien verziert!

»Oh, warte doch bitte. Was für ein wunderschöner Salon! Was sind das für Gemälde?«

Er lachte und schob mich zur Tür. Es war ein sehr großer Raum mit altmodischen Vorhängen aus Satin, die früher einmal weiß gewesen sein mußten, aber jetzt grau vom Staub und vom Alter waren. Manche der Möbelstücke – die Samtcouch, das Zweisitzersofa und der tiefe Polstersessel – waren mit Plastikhüllen bedeckt, und auch darauf konnte man den Staub sehen. Die Marmortische, der Flügel, die Vasen – alles wirkte üppig und elegant, aber heruntergekommen und ungepflegt.

Die verblaßten Gemälde an den Wänden und an der Decke waren von erlesener Qualität. Sie stellten märchenhafte Szenen dar: schattige Wälder, durch die das Sonnenlicht strömte, gewundene Pfade, die zu nebelumhüllten Gipfeln führte auf denen Schlösser standen, und darüber ein Himmel mit Vögeln und einem Mann, der auf einem fliegenden Teppich dahinschwebte. Aber alles Licht war aus dieser Märchenszenerie entschwunden, durch die jahrelange Vernachlässigung war alles grau und düster geworden und hatte eher die trostlose, traurige Atmosphäre längst vergangener Träume. Mich schauderte.

»Deine Urgroßmutter hat dies alles gemalt, Annie. Nun weißt du, von wem du deine künstlerische Begabung geerbt hast. Sie war eine berühmte Kinderbuchillustratorin.«

»Oh, wirklich?«

»Ja«, antwortete er, und seine Augen nahmen einen abwesenden Ausdruck an. »So habe ich sie kennengelernt. Als ich zwanzig Jahre alt war, kam ich eines Tages vom Tennisspielen nach Hause. Ich schaute hier in den Salon herein und sah auf einer Leiter die bestgeformten Beine, die ich je erblickt hatte. Als dieses wunderbare Geschöpf die Leiter herunterkam und ich ihr Gesicht sah, erschien sie mir fast unwirklich. Sie war mit einem Innenarchitekten gekommen und hatte vorgeschlagen, diese Wandgemälde zu malen. ›Szenen aus Märchenbüchern für den König der Spielzeughersteller‹, so formulierte sie es, und ich war gleich Hals über Kopf in diese Idee verliebt.« Er blinzelte. »Außerdem hatte ich auf diese Weise einen Grund, sie wieder hierherkommen zu lassen.«

»Was für eine wunderschöne, romantische Geschichte«, rief ich aus. Dann fiel mein Blick wieder auf den Flügel.

»Wer spielt Klavier?« fragte ich neugierig.

»Wie bitte?«

»Spielst du Klavier, Tony?«

»Ich? Nein. Mein Bruder hat früher gespielt, vor langer, langer Zeit«, erzählte er. Ich wandte mich nach ihm um, weil seine Stimme so leise geworden war. »Sein Name war Troy«, fuhr Tony fort, »wegen des Altersunterschiedes und weil unsere Eltern beide starben, als er kaum zwei Jahre alt war, war ich für ihn eher ein Vater als ein Bruder. Er spielte sehr gerne Klavier, vor allem Chopin. Er ist schon lange tot.«

»Meine Mutter hörte gerne Chopin.«

»Ach ja?«

»Sie hat . . . sie hatte eine kleine Tatterton-Spielzeughütte«, erzählte ich. »Eine Spieldose, die ein Nocturne von Chopin spielt, wenn man das Dach aufmacht.«

»Wirklich? Eine Spielzeughütte, sagst du?«

»Ja, mit dem Labyrinth.«

Weil er nicht reagierte, drehte ich mich nach ihm um. Er war neben den Rollstuhl getreten, damit er gemeinsam mit mir das Wohnzimmer betrachten konnte. Plötzlich konzentrierte sich sein abwesender Blick auf mich, und sein Gesicht veränderte sich. Seine Augen verengten sich, und seine Lippen begannen leicht zu zittern.

»Tony?«

»Oh, entschuldige bitte. Ich träumte wieder einmal vor mich hin. Ich habe gerade an meinen Bruder gedacht.«

»Du mußt mir später unbedingt mehr von ihm erzählen. Versprichst du mir das?«

»Natürlich.«

»Ich bin auf dich angewiesen, Tony – du mußt mir alles, alles erzählen«, sagte ich. Ich hatte das Gefühl, daß jetzt endlich die Zeit dafür gekommen war. »Ich möchte jede Einzelheit über meine Familie erfahren – über meine Urgroßmutter, meine Großmutter und alles, was du von meiner Mutter weißt – aus der Zeit, als sie hier gelebt hat.«

»Wenn ich dir das alles erzähle, wirst du dich sicher bald langweilen.«

»Nein, gewiß nicht. Ich will alles wissen. Und noch etwas, Tony«, fügte ich voll Entschlossenheit hinzu, »ich möchte endlich erfahren, was der Grund dafür war, weshalb ihr beide, du und meine Mutter, nicht mehr miteinander gesprochen habt. Versprichst du mir, daß du nichts verschweigst, ohne Rücksicht darauf, daß es mir vielleicht wehtun könnte?«

»Ich verspreche es dir, und du weißt, ich halte mein Wort. Aber laß uns erst noch eine Weile alle unangenehmen Dinge meiden, damit du bald wieder ganz gesund wirst.«

»Ich kann warten. Du hast es mir ja versprochen.«

»Gut«, sagte er heiter, »und jetzt geht es weiter nach oben.«

Mrs. Broadfield war schon vor uns ins Obergeschoß gegangen, um in meinem Zimmer alles vorzubereiten. Miles wartete geduldig hinter uns. Tony gab ihm ein Zeichen, und er kam herbeigeeilt, um mich mit dem Stuhl hochzuheben. Dann trugen die beiden Männer mich mit vorsichtigen Schritten die ausladende Marmortreppe hinauf. Ich fühlte mich wie eine Königinwitwe, die in ihren Palast zurückkehrt.

»Ich mache euch so viel Mühe«, sagte ich, als ich die Anstrengung in ihren Gesichtern sah.

»Unsinn. Miles und ich können ein bißchen Sport gut vertragen, was, Miles?«

»Kein Problem, Miß Annie. Ich mache das gerne für Sie, jederzeit.«

Sie stellten mich wieder ab, und ich schaute die langen Korridore entlang, die sich in beide Richtungen meilenweit zu erstrecken schienen. Tony schob mich nach links.

»Ich habe eine wunderbare Überraschung für dich. Das Zimmer, in dem du wohnst, gehörte deiner Großmutter und dann deiner Mutter.« Er schob mich weiter den Korridor hinunter. »Und jetzt gehört es dir!« Dann hielt er an einer offenstehenden Doppeltür.

Sanft legte er seine Hand auf die meine. »Ich habe schon immer gewußt, daß es eines Tages so sein würde.«

Ich wandte mich rasch um, denn ich wollte sein Gesicht sehen. Seine Augen blickten in die meinen und schienen wortlose Botschaften auszusenden. Er sah so entschlossen und zufrieden aus, daß ich einen Augenblick lang Angst bekam. Manchmal hatte ich das Gefühl, als hätte Tony schon vor langer Zeit mein ganzes Leben geplant . . .

Mein Herz bebte wie die Flügel eines verwirrten kleinen Kanarienvogels, der nicht wußte, ob er in den goldenen Käfig fliegen sollte. Sicherlich würde er gut versorgt werden, verwöhnt, gefüttert, geliebt; aber der kleine Vogel wußte auch: Wenn er erst einmal in dem Käfig war, würde sich die winzige Tür hinter ihm schließen, und er würde die Welt von nun an nur noch durch die goldenen Gitterstäbe sehen können . . .

Was sollte der kleine Vogel tun? Was hätte ich tun sollen?

Als hätte er meine Angst gespürt, schob Tony mich rasch ins Zimmer.

10. Kapitel
Das Zimmer meiner Mutter

Tony schob mich durch die breite Doppeltür in den ersten der beiden Räume. Das Sonnenlicht fiel zart durch die blassen elfenbeinfarbenen Gardinen und verlieh dem Wohnzimmer eine unbewohnte, ja unwirkliche Atmosphäre. Genau wie der Salon im Erdgeschoß wirkte der Raum eher wie ein Museum als ein Zimmer, in dem jemand lebte. Die Wände waren mit einer zarten, ebenfalls elfenbeinfarbenen Seidentapete bedeckt, in die blasse orientalische Muster in grünen, violetten und blauen Farbtönen eingewoben waren.

Ein mintgrün gekleidetes Dienstmädchen mit spitzenbesetzter weißer Schürze entfernte gerade die Plastikhüllen von zwei kleinen Sofas, die beide das gleiche Muster hatten wie die Tapete. Dann schüttelte sie die weichen blauen Zierkissen auf, deren Farbe sich im Muster des chinesischen Teppichs wiederholte. Zu Hause hatten wir immer Mrs. Avery als Haushälterin gehabt, und deshalb hatte ich mir vorgestellt, alle Dienstmädchen müßten ältere Frauen sein. Daher war ich überrascht, hier in Farthy eine so junge Frau zu erblicken, die meiner Einschätzung nach nicht älter als dreißig sein konnte. Tony stellte sie mir vor.

»Das ist Millie Thomas, deine persönliche Kammerzofe.«

Millie wandte sich um und schenkte mir ein warmes Lächeln. Ihr Gesicht war nicht besonders hübsch: glanzlose braune Augen, ein ziemlich rundes Kinn und aufgedunsene Wangen. Ihre plumpe Figur – sie hatte einen kleinen Busen und breite Hüften – erinnerte an eine Kirchenglocke. Sie war, dachte ich, im Grunde dazu verdammt, ihr Leben lang als Dienstmädchen zu arbeiten und die Häuser anderer Leute zu putzen und in Ordnung zu halten.

»Ich freue mich, Sie kennenzulernen, Miß.« Millie machte einen kleinen Knicks und wandte sich dann an Tony. »Ich bin fertig mit dem Schlafzimmer.«

»Sehr schön. Vielen Dank, Millie. Sehen wir uns nun dein Schlafzimmer an«, sagte Tony und schob mich durch das Wohnzimmer. Wir machten in der Tür halt, damit ich alles überschauen konnte. Ich hörte, wie Mrs. Broadfield im Bad die Waschbecken ausspülte und andere Vorbereitungen traf.

Während ich meinen Blick durch das Zimmer schweifen ließ, versuchte ich mir vorzustellen, was meine Mutter wohl empfunden haben mochte, als sie diesen Raum das erste Mal sah. Sie hatte zuvor bei Cal und Kitty Dennison gelebt, dem Paar, das sie ihrem Vater für fünfhundert Dollar abgekauft hatte.

Vorher hatte sie in einer Hütte in den Willies gewohnt, ärmer als eine Kirchenmaus, und danach bei diesem seltsamen Paar, den Dennisons – und plötzlich befand sie sich hier in dieser Villa, in der ihr eine prachtvolle Zimmerflucht geboten wurde. Bestimmt war sie in der Tür stehengeblieben, so wie auch ich nun innehielt, und hatte mit verzauberten, erstaunten Augen das, was da vor ihr lag, betrachtet: ein wunderhübsches Himmelbett mit einem gewölbten Baldachin aus blauer Seide und elfenbeinfarbener Spitze, eine blaue Satinchaise, Kronleuchter aus Kristall, ein langer Toilettentisch mit einem riesigen Wandspiegel sowie drei Stühle, die im gleichen Stil gehalten waren wie das Sofa und die Zweierbank im Wohnzimmer.

Es schien, als wäre der Raum noch genau im selben Zustand wie an dem Tag, als meine Mutter fortging. Fotos in Silberrahmen zierten den langen Frisiertisch, manche waren aufgestellt, andere umgedreht. Sogar eine Haarbürste lag da. Ein Paar weinrote Samtpantöffelchen stand unter dem Stuhl beim Tisch. Sie paßten genau zu dem Morgenmantel, den Tony mir ins Krankenhaus gebracht hatte. Er war also gar nicht neu gewesen, wie ich gedacht hatte? Hatte er sie aus einem der Schränke hier geholt?

Ich bemerkte einen etwas abgestandenen Geruch, als wären Türen und Fenster jahrelang nicht geöffnet worden. Damit das Zimmer etwas freundlicher wirkte, waren überall frische Blumen hingestellt worden.

Die Schränke waren voll mit Kleidern. Manche waren mit Plastiküberzügen umhüllt, andere sahen aus, als wären sie gerade erst aufgehängt worden. Außerdem entdeckte ich viele, viele Schuhe. Tony bemerkte, daß mein Blick an den Kleidungsstücken hängengeblieben war.

»Einige dieser Kleider gehörten deiner Mutter, andere deiner Großmutter. Sie hatten fast die gleiche Größe. Ungewöhnlich, nicht? Dir wird auch alles passen. Du mußt dir nichts Neues kommen lassen. Hier wartet eine riesige Garderobe auf dich.«

»Aber Tony, viele dieser Kleider sind doch sicher längst aus der Mode.«

»Du wirst dich wundern. Ich habe bemerkt, daß viele der alten Moderichtungen wieder ganz aktuell sind. Es wäre doch schade, wenn das alles umsonst hier hinge!«

Mrs. Broadfield kam aus dem Badezimmer und schlug die Bettdecke zurück.

»Ich wollte dir eigentlich ein richtiges Krankenhausbett hier hereinstellen lassen«, erklärte Tony, »aber ich habe mir gedacht, das Bett hier ist doch viel bequemer und hübscher. Wir haben zusätzliche Kissen bereitgelegt, ein Bettischchen und ein Kissen mit gepolsterten Armlehnen, wenn du sitzen und lesen möchtest.«

»Ich möchte nicht gleich ins Bett gehen!« sagte ich. »Schieb mich doch bitte ans Fenster, Tony, damit ich die Aussicht genießen kann.«

»Sie sollte sich ein bißchen ausruhen«, riet Mrs. Broadfield. »Die Entlassung aus dem Krankenhaus und die lange Fahrt hierher waren sehr anstrengend für sie, auch wenn sie es gar nicht so wahrnimmt.«

»Nur ganz kurz, bitte«, bettelte ich.

»Ich will ihr wenigstens schnell die Aussicht zeigen.«

Mrs. Broadfield verschränkte die Arme unter ihrem schweren Busen, trat einen Schritt zurück und wartete. Tony schob mich ans Fenster und öffnete die Vorhänge, damit ich nach draußen in den Park schauen konnte. Wenn ich den Blick nach links wandte, konnte ich von hier oben mindestens die Hälfte des Irrgartens überblicken. Selbst im hellen Licht des späten Vormittags wirkten die Pfade und Wege düster, geheimnisvoll, gefährlich. Wenn ich nach rechts schaute, blickte ich über die Auffahrt und den Eingang von Farthinggale. In der Ferne konnte ich den Familienfriedhof erkennen; und ich erblickte ein großes Grabmal . . . Bestimmt war es das meiner Eltern.

Einen Augenblick lang brachte ich kein Wort über die Lippen. Schmerz und Trauer übermannten mich, und ich fühlte mich verloren, hilflos, gelähmt vor Kummer. Aber dann schob ich die Erinnerungen beiseite, atmete tief durch und beugte mich nach vorne, um das Grabmal genauer sehen zu können. Tony merkte, was meine Aufmerksamkeit erregt hatte.

»In ein paar Tagen werde ich dich dorthin bringen«, flüsterte er.

»Ich hätte gleich hingehen sollen.«

»Wir müssen uns zuerst einmal darum kümmern, daß du wieder zu Kräften kommst. Das hat der Arzt befohlen«, erinnerte er mich. »Aber ich verspreche dir, daß ich sehr bald mit dir dorthin gehen werde.« Er tätschelte beruhigend meine Hand und richtete sich wieder auf.

»Ich glaube, ich bin wirklich müde«, gab ich zu und lehnte mich in meinem Rollstuhl zurück. Dann schloß ich die Augen und holte tief Luft. Zwei Tränen rollten wie warme Regentropfen über meine Wangen zu meinen Mundwinkeln. Tony holte ein zusammengefaltetes Taschentuch hervor und trocknete vorsichtig meine Tränen. Mit den Lippen formte ich ein »Danke«. Er drehte meinen Stuhl um, schob mich zum Bett und half Mrs. Broadfield, mich hochzuheben.

»Ich werde ihr jetzt das Nachthemd anziehen, Mr. Tatterton.«

»Gut. In ein paar Stunden komme ich wieder und sehe nach, wie es ihr geht. Ruh dich schön aus, Annie.« Er küßte mich auf die Wange, ging hinaus und zog leise die Schlafzimmertür hinter sich zu.

Kurz bevor er die Tür zumachte, konnte ich noch einmal sein Gesicht sehen. Er sah so glücklich, ja geradezu ekstatisch aus; seine Augen strahlten und leuchteten so hell wie die bläulichen Zünglein einer Gasflamme. War es für ihn eine solche Genugtuung, etwas für mich tun zu können? Welche Ironie des Schicksals: Das Unglück, das dem einen widerfuhr, gab dem anderen die Möglichkeit, sein Glück wiederzufinden.

Aber ich konnte es ihm nicht übelnehmen. Es war ja nicht sein Plan gewesen, mich hierher zu holen. Was sollte ich ihm denn vorwerfen? Daß er mir die bestmögliche medizinische Versorgung zukommen ließ? Daß er mir sein Haus und seine Dienstboten zur Verfügung stellte, damit ich mich erholen konnte? Daß er alles tat, was in seinen Kräften stand, um meinen Schmerz und meine Qual zu lindern?

Vielleicht sollte ich Mitleid mit ihm haben, dachte ich. Er war ein einsamer, gebrochener Mann, der ganz allein in einem riesigen Palast lebte, in dem er überall von Erinnerungen heimgesucht wurde; und das einzige, was ihn wieder zum Leben erwecken konnte, war mein Elend, mein Unglück. Wenn es unsere Familientragödie nicht gegeben hätte, wäre ich nicht hier. Sicherlich würde er das eines Tages begreifen, und es würde ihn wieder unglücklich machen.

Mrs. Broadfield begann mich zu entkleiden.

»Das kann ich selbst«, protestierte ich.

»Sehr gut. Machen Sie es selbst, soweit Sie es schaffen, und ich helfe Ihnen dann beim Rest.« Sie ging und holte mir ein Nachthemd.

»Ich möchte gerne das blaue«, sagte ich. Ganz bewußt bat ich um ein anderes als das, welches sie ausgewählt hatte. Ohne etwas zu sagen legte sie das grüne zurück und nahm das blaue. Ich wußte, daß ich nörgelig war, aber ich konnte nicht anders. Denn ich war einfach wütend, weil ich so hilflos und auf andere angewiesen war.

Ich öffnete die Knöpfe an meinem Kleid und versuchte es mir über den Kopf zu ziehen. Aber als Tony und Mrs. Broadfield mich aufs Bett gehoben hatten, hatte ich mich auf das Kleid gesetzt. Ich mußte mich auf die Seite drehen und den Rock mühsam herausziehen. Ich stöhnte und ächzte. Sicherlich machte ich einen jämmerlichen Eindruck. Mrs. Broadfield stand einfach nur da und schaute mir zu – sie wartete darauf, daß ich sie um Hilfe bat. Aber ich war eigensinnig und hartnäckig. Ich drehte und wendete meinen Oberkörper, bis ich das Kleid schließlich über meine Taille und dann über meinen Busen gezogen hatte. Einen Augenblick lang kam ich mir dumm vor, weil ich es nicht schaffte, es über den Kopf zu ziehen. Ich war erschöpft von der Anstrengung und mußte erst einmal Luft holen. Es war kaum zu fassen, wie sehr meine Arme schmerzten. Ich war viel schwächer, als ich gedacht hatte.

Endlich packte Mrs. Broadfield das Kleid und zog mich vollends aus. Ich sagte nichts. Sie stülpte mir das Nachthemd über den Kopf, wartete, bis ich meine Arme durch die Armlöcher gesteckt hatte, und zog es dann nach unten.

»Müssen Sie noch ins Badezimmer?« fragte sie.

Ich schüttelte den Kopf. Sie drückte mich in die Kissen, zog die Decke hoch und stopfte sie sorgfältig zwischen Matratze und Bettgestell.

»Wenn Sie sich ausgeruht haben, bringe ich Ihnen das Mittagessen.«

»Wo schlafen Sie, Mrs. Broadfield?«

»Mr. Tatterton hat auf der anderen Seite des Flurs ein Zimmer für mich herrichten lassen, aber ich werde mich die meiste Zeit in Ihrem Wohnzimmer aufhalten und die Tür zum Schlafzimmer offenstehen lassen.«

»Das muß ja recht langweilig für Sie sein«, sagte ich in der Hoffnung, ich könnte sie vielleicht dazu bringen, etwas von sich und von ihren Gefühlen zu erzählen. Ich war seit mehr als zwei Wochen fast ununterbrochen mit ihr zusammen, wenn ich nicht gerade schlief, und doch wußte ich nicht das Geringste über sie.

»Es ist meine Arbeit.« Sie lächelte nicht bei diesen Worten, wie es wohl die meisten anderen Menschen getan hätten.

»Ja, das verstehe ich, aber trotzdem . . .«

»Es kommt nicht so häufig vor, daß ich mich um Patienten kümmern muß, die in einer so wohlhabenden Umgebung leben«, fügte sie hinzu. »Das Haus hier macht einen sehr interessanten Eindruck. Der Park ebenfalls. Ich bin sicher, daß ich mich nicht langweilen werde. Machen Sie sich deshalb keine Sorgen. Sie sollten sich lieber Gedanken darüber machen, was Sie tun können, um möglichst schnell wieder ganz gesund zu werden.«

»Waren Sie denn vorher noch nie hier?« erkundigte ich mich.

»Nein. Warum sollte ich? Mr. Tatterton hat mich über eine Agentur eingestellt.«

»Aber der Park . . . das Gebäude . . .«

»Was ist damit?«

»Finden Sie nicht, daß alles ziemlich heruntergekommen ist?«

»Das geht mich nichts an«, antwortete sie schroff.

»Sind Sie nicht überrascht?« Ich wollte eigentlich sagen »enttäuscht«, aber ich hatte Angst, sie könnte mich für verwöhnt und undankbar halten.

»Ich nehme an, daß es sehr teuer ist, ein solches Grundstück in Schuß zu halten, Miß. Außerdem, wie ich schon sagte, es geht mich nichts an. Ihre Gesundheit und Ihre Genesung sind das einzige, was mich interessiert. Sie sollten sich ebenfalls nur darauf konzentrieren und sich keine Sorgen darüber machen, wie man den Park in Schuß halten sollte. Und jetzt müssen Sie wirklich versuchen, ein bißchen zu schlafen.«

»Ja«, sagte ich schwach. Sie war eine gute und tüchtige Krankenschwester, und sicher besaß sie auch viel Erfahrung mit Patienten wie mir, aber ich hätte so gerne einen warmherzigeren und freundlicheren Menschen um mich gehabt. Ich vermißte die Mutter, zu der ich mit all meinen Sorgen, mit all meinen kleinen Kümmernissen kommen konnte. Nie wieder würden das liebevolle Leuchten ihrer Augen und die Sanftheit ihrer Stimme mein Herz erwärmen! Vor allem aber fehlte mir ihre Weisheit, die sie, wie ich wußte, aus Jahren der Not und aus vielen schmerzvollen Erfahrungen schöpfte.

»Schwere Zeiten lassen dich härter werden, so wie schlechtes Wetter die Rinde an einem Baum härter werden läßt«, pflegte die Großmutter aus den Willies zu sagen, jene Großmutter, deren Namen ich trug. »Wenn du klug bist, dann ist das der Baum, an den du dich lehnen kannst.«

Es tat mir weh, wenn ich daran dachte, daß ich niemanden hatte, an den ich mich lehnen konnte. Drake ging ganz in der neuen, aufregenden Welt auf, die ihm das Geschäftsleben eröffnete. Luke war auf dem College und sicher sehr beschäftigt mit seinen neuen Aufgaben und Pflichten. Was Tony betraf, war ich mir noch nicht ganz sicher. Er war so gut zu mir, und doch, und doch – ein Schatten verdunkelte sein Bild. Warum war Mammi so gegen ihn eingenommen gewesen?

»Ich komme in ein paar Stunden zurück«, sagte

Mrs. Broadfield. »Wenn Sie Durst bekommen – gleich hier auf dem Nachttisch steht ein Glas frisches Wasser. Können Sie es erreichen?«

»Ja.«

»Gut. Bis später.«

Sie knipste das Licht aus, zog die Vorhänge sorgfältig zu und ging aus dem Zimmer.

Nun war ich also allein. Ich richtete mich im Bett auf, um den Raum richtig betrachten zu können. Wie war es wohl für meine Mutter gewesen, als sie die erste Nacht hier verbrachte? Sie war hierhergekommen, um bei Menschen zu leben, die sie noch nie gesehen hatte – bei Fremden, mochten sie auch mit ihr verwandt sein. In gewisser Hinsicht waren wir beide als Waisen hierher gekommen: Sie war zur Waise geworden, weil ihr Vater die Familie verkauft hatte; und mich hatte der Tod zur Waise gemacht, der habgierige Tod, der mich meiner Eltern beraubt hatte.

Damals wußte sie fast genauso wenig über ihren familiären Hintergrund wie ich. Wie ein Forscher mußte sie Farthy durchstreift haben, um herauszufinden, wer sie wirklich war. Nur war sie nicht irgendwelchen Krankenschwestern und Dienstboten ausgeliefert gewesen und auf Bett und Rollstuhl beschränkt. Sie war wenigstens fähig gewesen, alles selbst zu erforschen.

Oh, ich konnte es nicht erwarten, wieder gesund zu werden, wieder auf eigenen Füßen zu stehen. Ich konnte es nicht erwarten, daß Luke kam und wir gemeinsam das Traumschloß unserer Kindheit erforschten.

Luke. Wie sehr er mir fehlte! Wie sehr ich seinen Trost brauchte! Wegen der Untersuchungen im Spital hatte ich seit Tagen nicht mehr von ihm gehört. Aber er würde sich bestimmt bald melden. Ich blickte hinüber zum Nachttisch.

Kein Telefon!

Da war kein Telefon! Wie sollte er mich anrufen? Mir wurde plötzlich ganz heiß, und Panik stieg in mir hoch.

»Mrs. Broadfield!« rief ich. »Mrs. Broadfield!« War sie weggegangen, weil sie dachte, ich sei eingeschlafen? *»Mrs. Broadfield!«*

Ich hörte hastige Schritte, und einen Augenblick später

kam sie ins Zimmer. »Was ist los?« Sie machte an der Tür das Licht an.

»Mrs. Broadfield, hier im Zimmer ist kein Telefon!«

»Mein Gott, haben Sie deswegen so geschrien?« Sie preßte ihre Hand gegen die Brust.

»Bitte sagen Sie Tony, er möchte heraufkommen.«

»Hören Sie, Miß, ich habe Ihnen gesagt, Sie sollten ein Schläfchen halten, und Sie meinten . . .«

»Ich werde nicht schlafen, bevor ich nicht mit Tony gesprochen habe«, beharrte ich und verschränkte die Arme unter der Brust wie Tante Fanny, wenn sie unbedingt wollte, daß etwas nach ihrem Kopf ging. Ich konnte genauso dickköpfig sein wie sie!

»Wenn Sie sich so aufführen, werden Sie den Genesungsprozeß um Monate hinauszögern. Vielleicht werden Sie nie wieder richtig gesund.«

»Das ist mir gleich. Ich möchte Tony sprechen.«

»Gut, meinetwegen.« Sie drehte sich auf dem Absatz um und verließ das Zimmer. Kurz darauf hörte ich Tony kommen. Ich richtete mich im Bett auf.

»Was ist los, Annie?« fragte er. Seine Augen waren ganz unruhig vor Sorge.

»Tony, hier im Zimmer ist kein Telefon. Ich kann niemanden anrufen, und niemand kann mich erreichen. Im Krankenhaus war das ja am Anfang gut und schön. Ich konnte es verstehen, weil es mir so schlecht ging. Aber hier werde ich eine ganze Weile wohnen, und da muß ich unbedingt mein eigenes Telefon haben.«

Tonys Gesicht und Schultern entspannten sich. Er sah kurz zu Mrs. Broadfield hinüber, die neben ihm stand, steif und starr vor Mißbilligung.

»Oh, natürlich bekommst du ein Telefon. Zur richtigen Zeit. Ich habe mit deinem Arzt darüber gesprochen, kurz bevor wir dich hierher gebracht haben. Er hat uns die Anweisung gegeben, dafür zu sorgen, daß du noch eine Weile Ruhe hast. Dann kannst du langsam wieder mit dem normalen Leben anfangen. Übermorgen kommt der Arzt hier vorbei, um uns zu sagen, wie er die Fortschritte deiner Genesung einschätzt und wie wir weitermachen sollen.«

»Aber wenn ich mit jemandem wie Luke oder Drake oder mit irgendeinem anderen alten Freund reden würde, das wäre doch bestimmt . . .«

»Drake kommt dich heute besuchen, und wenn Luke später vorbeikommen möchte, dann kann er das gerne tun. Ich richte mich nach den Anordnungen des Arztes, Annie. Wenn ich das nicht täte und dir etwas passierte, müßte ich mir schreckliche Vorwürfe machen.«

Ich starrte ihn an. Er hatte die Hände ausgestreckt, fast als wollte er mich anflehen, ihm doch zu vertrauen. Ich schämte mich und wandte den Blick zum Fenster.

»Es tut mir leid. Ich wollte nur . . . Ich bin hier in einer fremden Umgebung, und . . .«

»Oh, bitte, sieh das hier nicht als fremde Umgebung an. Es ist doch das Haus deiner Vorfahren.«

»Das Haus meiner Vorfahren?«

»Deine Urgroßmutter hat hier gelebt, deine Großmutter hat hier gelebt, und deine Mutter hat hier gelebt. Du wirst dich bald richtig zu Hause fühlen. Das verspreche ich dir.«

»Es tut mir leid«, sagte ich noch einmal und ließ meinen Kopf wieder in die Kissen sinken. »Ich werde jetzt ein bißchen schlafen. Du kannst das Licht löschen.«

Er trat zu mir ans Bett und zog die Decke wieder zurecht. »Schlaf gut.«

Nachdem er gegangen war, sah ich zur Tür und erblickte Mrs. Broadfield. Ihre Silhouette hob sich gegen das Licht des Korridors ab. Sie sah aus wie eine Aufseherin, die Wache hält. Anscheinend wollte sie sichergehen, daß ich auch wirklich tat, was man mir aufgetragen hatte.

Ich war müde und fühlte mich mutlos und verlassen. Deshalb schloß ich die Augen und dachte an meine Mutter. Was hatte sie wohl gefühlt, als sie das erstemal den Kopf hier in diesem Bett auf das Kissen gelegt und die Augen geschlossen hatte? Hatte sie an ihre eigene Mutter und deren Leben in Farthy gedacht? Gab es in der Vergangenheit ihrer Mutter ebenso viele Geheimnisse, wie es meinem Gefühl nach im Leben meiner Mutter gab? Es war, als hätte ich die Ängste meiner Mutter und meiner Großmutter geerbt.

Meine Großmutter Leigh hatte sich bestimmt auch sehr

fremd und einsam gefühlt, als sie von ihrer Mutter, meiner Urgroßmutter Jillian, nach Farthy gebracht worden war. Sicher – damals war alles hier in Farthy neuer und heller gewesen, die Farben leuchtender, die Teppiche und Vorhänge sauber und frisch, die Flure freundlich und die Fenster blank. Es war viel Personal im Haus gewesen, Gärtner, Haushälterinnen . . . Und doch war Leigh nach allem, was ich wußte, entwurzelt worden. Sie war von ihrem Vater weggeholt worden, um in Farthinggale ein neues Leben anzufangen, und an seine Stelle war Tony Tatterton getreten – als ihr Stiefvater. Beim Einschlafen hatte sie dasselbe Windesbrausen vom Meer her gehört, das jetzt durch die Läden drang und an den Fenstern rüttelte.

Und dann, viele Jahre später, fand sich ihre Tochter, meine Mutter, hier wieder, und sie schlief über den gleichen Geräuschen ein und fühlte sich vielleicht genauso einsam. Im Lauf der Zeit wurde das große Haus für beide zur Heimat, und so würde es vielleicht auch für mich sein. Im Grunde hatte Tony recht. Ich sollte mich in Farthy nicht wie eine Fremde fühlen. Mein Leben war durch die Vergangenheit mit diesem Ort verknüpft. Aber die vielen unbeantworteten Fragen, die ungelösten Geheimnisse, die dunklen Schatten, die mich und meine Anwesenheit hier umgaben, machten alles so verwirrend.

Vielleicht würden mit jedem neuen Tag ein Schatten und ein Geheimnis verschwinden und Farthy wieder in hellem Lichte erstrahlen, wie es das für meine Großmutter Leigh und für meine Mammi getan hatte.

Seltsam, dachte ich, es ist, als würde ich mich mitten in dem Irrgarten dort draußen befinden und versuchen, einen Ausweg zu finden.

Aber wohin?

Mit welchem Ziel?

Endlich schlief ich ein.

11. Kapitel
Drake

Ich erwachte, weil ich draußen im Flur jemanden lachen hörte. Es war Drakes Stimme! Er konnte ja nicht ahnen, wie sehr ich mich über diese Laute freute: Endlich etwas Vertrautes, das ich von daheim kannte . . . Das Lachen verklang, und dann vernahm ich Schritte. Gleich darauf erschien er, ein Silbertablett mit meinem Essen in den Händen. Er knipste das Licht an und trat ins Zimmer.

»O Drake!«

»Annie, ich bin den ganzen Weg von Boston gekommen, um dir dein Mittagessen zu servieren.«

Er lachte und stellte das Tablett auf den Tisch neben meinem Bett. Dann küßte er mich und schloß mich ein paar Sekunden lang fest in die Arme. Tränen traten mir in die Augen, aber es waren Tränen des Glücks, und Glückstränen brennen nicht – sie verschleierten nur meinen Blick.

»O Drake, ich bin so froh, daß du hier bist.«

»Es ist doch alles in Ordnung, oder?« fragte er, trat einen Schritt zurück und sah mich besorgt an. Hier ist Drake, dachte ich, gutaussehend, groß, dunkel, mit seiner gebräunten Haut und den schwarzen Augen. Wie reif und erwachsen er wirkte! Es war, als wäre ich als kleines Mädchen eingeschlummert, hätte jahrelang wie Dornröschen geschlafen und wäre nun wieder erwacht, um zu erkennen, daß das Leben für alle anderen Menschen weitergegangen war – nur für mich nicht! Ob Luke wohl auch schon so erwachsen war, so weit entfernt von mir?

Drake hatte einen zweireihigen, hellblauen Seidenanzug an, wie ihn Tony immer trug. Und wie Tony trug er nun die Haare kürzer und nach hinten gekämmt. Wenn ich ihm irgendwo auf der Straße begegnet wäre, hätte ich ihn wahrscheinlich gar nicht erkannt, dachte ich. »Ja, es ist alles in Ordnung. Drake, du siehst aus wie ein . . . wie ein Bankier.«

Er lachte.

»Wie ein Geschäftsmann. Man muß schon entsprechend aussehen, Annie. Die Leute erwarten das von dir. Das ist etwas, was ich schnell gelernt habe. So, und jetzt erzähl mir alles von deiner Ankunft hier. Essen mußt du nebenbei natürlich auch, versteht sich.« Er schob den Tisch zum Bett und schüttelte die Kissen auf, damit ich bequem sitzen konnte.

Ich schaute zur Tür, und Drake folgte mit den Augen automatisch meinem Blick.

»Oh, ich habe deiner Krankenschwester freigegeben und ihr gesagt, ich würde dir das Mittagessen bringen.«

»Wo ist Tony?«

»Er ist in seinem Büro und versucht, den endlosen Papierkram zu erledigen, der überall bei ihm herumliegt. Er sagt, er müsse Ordnung schaffen, so daß du bald herunterkommen und ihm bei der Arbeit zuschauen kannst. Er sagt, das habe deine Großmutter immer gemacht.«

»Drake«, flüsterte ich zwischen zwei Löffeln heißer Suppe, »es ist genauso, wie du es in deinem Brief und am Telefon beschrieben hast . . . Alles sieht aus, als sei es seit vielen Jahren nicht angerührt worden.«

»So ist es auch.«

»Aber Drake, Tony scheint es nicht so zu sehen. Hast du das noch nicht bemerkt?«

Er wandte den Blick ab und dachte einen Augenblick lang nach.

»Tony bringt es im Augenblick nicht fertig, Farthinggale so zu sehen, wie es wirklich ist. Ich vermute, das wäre zu schmerzlich für ihn. Für ihn ist es so, wie es früher einmal war . . . Ein herrschaftlicher Landsitz.«

»Aber . . . «

»Laß ihm Zeit, Annie. Er ist wie ein Mann, der jahrelang im Koma gelegen hat und gerade erst wieder erwacht ist.«

»Er ist nett, sehr fürsorglich und alles . . . aber manchmal macht er mir Angst.« Nun war es heraus.

»Aber warum denn, Annie? Er ist ein harmloser älterer Mann, der das verloren hat, was in seinem Leben das Wichtigste war: seine Familie. Du solltest eher Mitleid mit ihm haben.«

»Das habe ich auch. Es ist nur . . . «

»Was ist nur? Du bekommst alles, was du möchtest. Die Ärzte kommen zu dir, du mußt nicht zu ihnen gehen. Tony hat die Ärzte gebeten, alle Geräte, alle therapeutischen Hilfsmittel zu bestellen, die deine Genesung beschleunigen, ohne Rücksicht auf die Kosten. Du wirst von einer speziell ausgebildeten Krankenschwester betreut, und ein ganzes Heer von Bediensteten schwirrt um dich herum. Tony hat bereits ein weiteres Dienstmädchen eingestellt und noch zwei Gartenarbeiter. Er tut so viel für dich.«

»Ich weiß.« Mein Blick fiel auf die silbergerahmten Fotos. »Ich glaube, ich vermisse einfach Mammi und Daddy so sehr.«

»Aber natürlich.« Drake setzte sich neben mich aufs Bett und nahm meine Hand in die seine. »Arme Annie. Ich vermisse sie auch. Manchmal, wenn ich zwischendurch mal eine Stunde Zeit für mich habe, denke ich, daß ich Heaven anrufen sollte, und dann fällt mir wieder ein, was geschehen ist.«

»Manchmal hoffe ich immer noch, daß alles nur ein Traum ist, Drake, und daß ich aufwache und du vom College nach Hause kommst, um mich zu besuchen.«

Er nickte. Dann beugte er sich vor und küßte mich liebevoll auf die Wange, aber so nahe bei meinen Lippen, daß sich unsere Mundwinkel berührten. Das schien ihm peinlich zu sein. Ich merkte, daß er ein neues Eau de Cologne benutzte – das gleiche wie Tony.

»Hör mal zu«, sagte er schnell, »wenn du nicht richtig ißt, dann machen sie noch mich dafür verantwortlich und erlauben mir nie wieder, dir das Essen zu bringen.«

Ich löffelte meine Suppe und biß in das Sandwich.

»Hast du mit Luke gesprochen? Du hast doch sicher von seiner wunderbaren Ansprache bei der Abschlußfeier in der Schule gehört?«

»Ja. Mark Downing hat mir davon erzählt. Er war in Boston und kam mich besuchen. Er meinte, alle seien schockiert gewesen, als Luke von Logan als von seinem Vater sprach, obwohl doch jeder längst wußte, daß es so ist.«

»Ich bin so stolz auf ihn. Du nicht auch?« Drake nickte.

»Aber Drake, hast du denn seither noch nicht wieder mit ihm gesprochen? Du hast ihn doch bestimmt angerufen und ihm gratuliert?«

»Ehrlich gesagt, Annie, ich war nicht in der Stimmung, irgend jemandem zu irgend etwas zu gratulieren. Ich habe so viel wie möglich gearbeitet, um an nichts denken zu müssen.«

Ich nickte sanft, weil ich gut verstand, was er meinte.

»Du hast also überhaupt nicht mit ihm gesprochen?«

»Gestern habe ich ein paar Worte mit ihm gewechselt, nachdem er in Harvard angekommen war.«

»Er ist in Harvard! Ach, dann ist er ja ganz in der Nähe und kann mich besuchen kommen. Oder er wird Tony anrufen. Vielleicht hat er ja schon angerufen.«

Drakes Augen verdunkelten sich, und die Linien um seinen Mund wirkten verkniffen.

»Du mußt ihm ein bißchen Zeit lassen, bis er sich in Harvard zurechtgefunden hat. Es ist nicht so einfach, wenn man neu aufs College kommt. Man hat unglaublich viel zu erledigen, man muß Formulare ausfüllen und alles mögliche organisieren. Er ist ganz begeistert und aufgeregt und hat natürlich in seinem Studentenwohnheim neue Leute kennengelernt. Die Wohnheime sind ja inzwischen gemischt, weißt du. Unter seinen neuen Freunden sind bestimmt auch Mädchen. Du mußt schon auch damit rechnen, daß er eines Tages eine richtige Freundin findet.«

Mir wurde schwer ums Herz. Eine richtige Freundin? Eine Frau, die meinen Platz einnehmen würde, eine Frau, der er seine intimsten und geheimsten Gedanken anvertrauen, mit der er seine Träume teilen würde – und diese Frau würde nicht ich sein. Im Innersten meines Herzens hatte ich natürlich immer gewußt, daß es eines Tages so kommen mußte, aber ich wollte nicht auf die Stimmen hören, die es mir warnend zuflüsterten, und jetzt erzählte mir Drake auf seine übliche lässige Art, daß Luke sich in ein anderes Mädchen verlieben könnte und mit ihr ein glückliches und zufriedenes Leben führen würde. Außerdem konnte es natürlich sein, daß mein Zustand das alles beschleunigen würde, denn ich war ja nicht für ihn da. Ich saß hier fest, gelähmt und allein!

Ich wandte schnell den Blick ab, damit Drake meine Gedanken nicht erraten konnte.

»Ja, natürlich, aber ich bin sicher, sobald er Zeit hat . . .«

»Bestimmt«, sagte Drake. Er war so erpicht darauf, das Thema zu wechseln, daß ich ganz nervös wurde. »Du kannst ja jetzt leider nicht nach Europa reisen, deshalb solltest du dir auch Gedanken über deine Ausbildung machen. Ich finde, wir sollten einen Privatlehrer für dich suchen, damit du den Stoff von einem oder zwei College-Kursen durcharbeiten kannst, sobald du dich besser fühlst. Falls die Ärzte damit einverstanden sind, versteht sich.« Er schaute sich im Zimmer um. »Andernfalls wirst du dich sicher bald tödlich langweilen.«

»Das ist eine gute Idee.«

»Ich werde mit Tony darüber sprechen.«

»Könntest du dich nicht darum kümmern, Drake? Rede mit den Leuten in Harvard. Ich könnte einen der Kurse machen, die Luke belegt hat. Dann könnten wir den Stoff gemeinsam durchgehen, wenn er hierher kommt.« Dadurch wäre es auch für Luke nicht so langweilig, mich hier zu besuchen, überlegte ich.

»Ich werde sehen, was ich tun kann. Du darfst die Macht und den Einfluß von einem Mann wie Tony nicht unterschätzen. Es stimmt zwar, daß er sich für einige Zeit zurückgezogen und die Leitung seines Spielzeugimperiums einigen Managern übertragen hat; aber überall wo ich in Boston hinkomme, kennt man den Namen Tatterton.« Er lächelte stolz.

»Man braucht ihn nur zu nennen, und schon öffnen sich Tür und Tor, und die Leute schwänzeln um einen herum. Man behandelt mich, als wäre ich selbst ein Millionär.

Und es gibt so vieles, was ein Mann wie Tony mir beibringen kann«, fuhr er fort. Er war nicht mehr zu bremsen, wie ein Auto ohne Fahrer, das einen Abhang hinunterrollt. »Seine Klugheit beruht auf Erfahrung, nicht nur auf Bücherwissen. Er weiß, mit wem man sich treffen muß, wie man mit Leuten umgeht, was man sagen muß – vor allem wenn es um geschäftliche Verhandlungen geht.« Drake lachte. »Ich wette, er ist ein ausgezeichneter Pokerspieler.«

»Das ist wunderbar, Drake. Ich bin so froh, daß du so gut mit ihm auskommst. Aber sag mir – hat er jemals über meine

Mutter gesprochen und über das, was zwischen ihnen vorgefallen ist?« fragte ich und schob den Rest meines Sandwichs beiseite.

»O nein. Und ich stelle auch keine Fragen. Wenn Heavens Name fällt, dann erhellt sich sein Gesicht, und er spricht nur von glücklichen, schönen Erinnerungen. Vielleicht ist es am besten, wenn wir keine schlafenden Hunde wecken. Warum an unangenehme Dinge rühren?«, fügte er rasch hinzu, »Wem würde das jetzt noch etwas nützen?«

»Im Augenblick will ich nicht darauf beharren, Drake. Aber irgendwann einmal muß ich es erfahren.

Manchmal«, sagte ich und schaute auf meine Bettdecke, »manchmal habe ich das Gefühl, als würde ich Mammi verraten, wenn ich Tony so viel für mich tun lasse.«

»Aber Annie, das ist doch Unsinn. Heaven hätte bestimmt gewollt, daß keine Kosten und Mühe für deine Genesung gescheut werden. Sie würde nie etwas Ablehnen, was gut für dich ist. Dafür hat sie dich doch viel zu sehr geliebt.«

»Ich hoffe nur, daß du recht hast, Drake.«

»Ich weiß, daß ich recht habe. Meinst du denn, wenn es andersherum gewesen wäre, das heißt, wenn Tony Heavens Hilfe gebraucht hätte, daß sie ihm dann die kalte Schulter gezeigt hätte?«

»Das weiß ich nicht. Sie hatte ihn so lange aus ihrem Herzen verbannt. Ich muß erfahren, warum. Verstehst du denn nicht, daß Mammi – «

»Na, denn«, dröhnte Tonys Stimme, »wie geht es denn unserer kleinen Patientin?«

Er kam so schnell herein, daß ich mich fragte, ob er nicht die ganze Zeit draußen unsere Unterhaltung belauscht hatte. Drake schien das nicht zu beunruhigen. Er stand auf und strahlte. Man konnte ihm ansehen, wie sehr er Tony verehrte und bewunderte.

»Es geht ihr gut, Tony«, antwortete er rasch. »Es gibt auf der ganzen Welt keinen besseren Ort für sie, um wieder zu Kräften zu kommen.«

»Das ist schön. Hast du gut geschlafen, Annie?«

»Ja, danke, Tony.«

»Bitte, bedanke dich nicht bei mir. Es wäre an mir, mich zu

bedanken. Du weißt ja gar nicht, was deine Anwesenheit in Farthy in dieser kurzen Zeit schon alles bewirkt hat. Das ganze Haus erstrahlt in neuem Glanze. Alles erscheint frisch und aufregend. Selbst meine alten Angestellten – Curtis, der Butler, und Rye Whiskey, der Koch – gehen so beflügelt durchs Haus, als wären sie auf einmal um Jahre jünger! Und warum? Nur weil sie wissen, daß du hier bist.«

»Ich würde Rye Whiskey gerne kennenlernen.« Ich erinnerte mich, daß er einer der wenigen Menschen in Farthy war, von denen Mammi gerne gesprochen hatte.

»Sobald ich kann, schicke ich ihn zu dir herauf.«

»Und ich würde gerne das Haus erforschen. Vielleicht könnte Drake mich herumschieben.«

»Ach, das würde ich sehr gern machen, Annie, aber ich muß heute noch zurück nach Boston, ehe die Börse schließt.«

»Heute ist ohnehin ein bißchen zu früh für solche Erkundungen«, meinte Tony. »Du solltest noch einen oder zwei Tage abwarten, bis du stabiler bist, und dann werde ich dich selbst herumfahren und dir zu jedem Winkel und zu jeder Nische die entsprechenden historischen und romantischen Begebenheiten erzählen.«

»Aber ich habe es satt, immer nur im Bett zu sitzen«, beklagte ich mich.

»Mrs. Broadfield hat alles genau für dich geplant, Annie. Du mußt Krankengymnastik machen und ein heißes Bad nehmen und –«

Ich schmollte.

»Wenn Tony verspricht, daß er dich herumführt, dann macht er das auch«, murmelte Drake. Ohne den Kopf zu heben schaute ich zu ihm auf. Ich sah, daß ein leises Lächeln seine Lippen umspielte – wie zu Hause in Winnerrow, wenn ich ihn dabei ertappte, daß er mich vom anderen Ende des Zimmers aus beobachtete. Dieser vertraute Blick ließ mir warm ums Herz werden.

»Ich benehme mich schlecht, ich weiß. Alle versuchen mir zu helfen, und ich führe mich auf wie ein verwöhnter Fratz.«

»Aber wie ein hübscher verwöhnter Fratz«, lächelte Tony. »Deshalb sei dir verziehen.«

»Siehst du, Annie, wie charmant er ist«, meinte Drake.

»Du hast recht. Oh, Tony, hat Luke schon angerufen? Drake hat mir erzählt, daß er seit gestern in Harvard ist.«

»Nein, er hat sich noch nicht gemeldet. Aber wenn er von sich hören läßt, werde ich es dich sofort wissen lassen.«

»Sag ihm einfach, er soll kommen, sobald er kann.«

»In Ordnung.« Tony klatschte in die Hände, um das Thema abzuschließen. »Nun sollten wir aber Mrs. Broadfield die Möglichkeit geben, mit der Behandlung zu beginnen. Wir wollen ja deiner Genesung in keiner Weise im Wege stehen.«

»Ich bitte um Verzeihung, Sir«, sagte Millie Thomas zaghaft. Sie stand völlig verschüchtert in der Tür. »Aber ich bin gekommen, um nachzusehen, ob Miss Annie fertig ist mit dem Essen.«

»Ja, ich bin fertig.« Millie eilte herbei, um das Tablett wegzunehmen. »Dankeschön Millie.« Sie lächelte. »Wenn Sie mal Zeit haben, kommen Sie doch herauf und besuchen Sie mich.«

»Oh.« Ein Staunen huschte über ihr Gesicht, als ob meine Freundlichkeit sie ganz durcheinanderbringen würde; aber wir waren daheim in Hasbrouck House mit unseren Angestellten immer so umgegangen, als gehörten sie zur Familie. Dann warf sie Tony einen kurzen Blick zu. »Ja, Miß Annie.«

»Und noch eines, Millie – nennen Sie mich bitte einfach Annie.«

Sie trippelte mit kleinen Schritten aus dem Zimmer, wie ein Mäuschen.

»Ich hoffe, sie bewährt sich«, murmelte Tony hinter ihr her. »Ich habe sie über eine neue Vermittlungsagentur engagiert, ohne viel von ihr zu wissen.«

»Sie scheint sehr nett zu sein, Tony.«

»Wir werden sehen.«

»Ich sollte mich jetzt wirklich auf den Weg machen«, verkündete Drake. »Ich komme bald wieder vorbei, Annie, vielleicht schon morgen. Soll ich dir irgend etwas mitbringen?«

»Ich hätte gerne ein paar Sachen aus Winnerrow, Drake. Wann fährst du das nächste Mal dorthin?«

»Noch nicht so bald, Annie, aber ich nehme an, wir könnten dir die Sachen kommen lassen.« Er sah Tony fragend an.

»Selbstverständlich.«

»Ich kann auch einfach Tante Fanny anrufen. Ich bin sicher, sie würde mich gerne besuchen kommen.«

»Ich glaube, Drake könnte durchaus einen Tag freinehmen«, beschloß Tony. »Der Grund ist wichtig genug.«

»Mach eine Liste, Annie, und gib sie mir, wenn ich dich das nächste Mal besuche.«

»Danke, Drake.«

»Bis bald.« Er gab mir einen flüchtigen Kuß auf die Wange und eilte aus dem Zimmer.

Tony stand da und blickte auf mich herunter. Plötzlich veränderte sich sein Gesichtsausdruck. Seine blauen Augen begannen zu strahlen, und sein Gesicht straffte sich, als hätte er gerade etwas entdeckt, was er verloren geglaubt hatte. In seinen Augen lag ein seltsamer Ausdruck, als er sich zum Fenster wandte.

»Also, dann können wir ja die Vorhänge aufmachen. Der Himmel hat sich aufgehellt, und es ist ein herrlicher Tag.« Er zog die Vorhänge auf und schaute hinaus. »Überall blühen die Blumen. Morgen werden wir den Swimmingpool einlassen. Ich weiß doch, daß du gerne schwimmst.«

»Daß ich gerne schwimme?« Wer hatte ihm das erzählt, überlegte ich, und wie konnte er diesen Swimmingpool morgen einlassen? Er machte den Eindruck, als müßte er zuerst einmal repariert werden.

»Ich muß mich auch um »Kohlenschaufel« kümmern. Wenn es wärmer wird, möchtest du sicher gern auf dem Pony reiten.«

»Kohlenschaufel? Was für ein lustiger Name für ein Pferd. Glaubst du wirklich, daß die Ärzte mir erlauben würden zu reiten, Tony?« Er antwortete nicht, sondern starrte immer noch nahc draußen. »Tony?«

Er drehte sich um, als hätte er soeben erst meine Anwesenheit bemerkt.

»Oh. Ich träume schon wieder vor mich hin. So, und nun werde ich Mrs. Broadfield mitteilen, daß sie anfangen kann«, sagte er. Dann klatschte er in die Hände und ging aus dem Zimmer.

Kurz darauf kam Mrs. Broadfield herein, ließ mich einige Gymnastikübungen machen und massierte meine Schenkel.

Obwohl sie meine Beine hochhob und in alle Richtungen verdrehte, spürte ich nichts – keinen Schmerz, kein Ziehen, genau wie Dr. Malisoff vorausgesagt hatte. Ich hatte nur ein wenig Gefühl in den Zehen, aber vielleicht war selbst das Einbildung.

»Ich sehe Ihre Finger zwar, aber ich spüre sie nicht, Mrs. Broadfield.« Sie nickte nur und arbeitete weiter, als wäre ich ein Stück Lehm, das sie durchkneten mußte.

Danach half sie mir in den Rollstuhl, damit ich aufrecht sitzen und ein bißchen herumfahren konnte, während sie ein heißes Bad vorbereitete. Als sie ins Badezimmer ging, rollte ich zum Fenster und schaute in die gleiche Richtung wie Tony vorher.

Blühende Blumen? Die Beete waren überwuchert mit Gras und Unkraut – empfindlichere Pflanzen konnten sich dagegen gar nicht durchsetzen. Vielleicht hatte er gemeint, daß er jetzt etwas unternehmen wollte, damit es bald wieder blühende Blumen gab. Er hatte eben vor sich hin geträumt. Kohlenschaufel . . . reiten. Ich schüttelte den Kopf. Fast war es, als lebte Tony in einer anderen Zeit und würde mich für jemand anderen halten.

»Ich werde Sie jetzt für Ihr Bad fertigmachen«, sagte Mrs. Broadfield, die leise hinter mich getreten war. Ich war so in Gedanken versunken, daß ihre Stimme mich zusammenfahren ließ. Mrs. Broadfield legte besänftigend ihre Hand auf meine Schulter, so daß ich mich rasch wieder entspannte. Sie konnte so nett sein, wenn sie nur wollte. »Ist alles in Ordnung?«

»Ja, ja, ich habe nur nachgedacht. Mrs. Broadfield, glauben Sie, daß ich bald reiten kann?«

»Reiten!« Sie lachte. Ich glaube, es war das erste Mal, daß ich sie lachen hörte. »Ich hoffe, daß Sie bald allein vom Bett in den Rollstuhl steigen können und umgekehrt. Wer hat Ihnen denn diesen Floh ins Ohr gesetzt?«

Ich blickte zu ihr auf.

»Niemand«, antwortete ich.

»Na ja, ich bin froh, daß Sie positiv denken. Das hilft.«

Sie schob mich ins Badezimmer und half mir, mein Nachthemd auszuziehen. Dann hob sie mich ins heiße Wasser. Im

Krankenhaus hatten Ärzte, Krankenschwestern und auch Mrs. Broadfield meinen Körper abgetastet und an ihm herumgedrückt, aber das war mir nicht peinlich gewesen. Schamgefühle erschienen mir lächerlich und fehl am Platze.

Aber jetzt, da ich mich wieder kräftiger fühlte und mich selbst richtig wahrnahm, errötete ich. Seit ich ein kleines Mädchen war, hatte mich niemand mehr gebadet. Mrs. Broadfield hielt mich unter den Armen fest, während ich mich ins Wasser gleiten ließ.

»Es ist so heiß.«

»Das muß so sein.«

Als ich dann richtig in der Wanne saß, lockerte sie ihren Griff, ließ aber ihre Hände auf meinen Schultern. In dem heißen, sprudelnden Wasser sahen meine Beine richtig bleiern aus. Ich konnte sie noch immer nicht spüren. Mrs. Broadfields starke Finger, die durch stundenlanges Massieren und durch das Hochheben von Patienten sehr kräftig waren, kneteten meine Schultern und meinen Nacken.

»Entspannen Sie sich«, sagte sie. »Schließen Sie die Augen und entspannen Sie sich.«

Ich tat, wie sie geheißen hatte, und lehnte mich zurück. Heißer Wasserdampf drang in meine Lungen und erfüllte die Luft, so daß ich Mrs. Broadfield schließlich nur noch undeutlich wahrnahm . . . Ich entschwebte in ein Traumland, in dem leise Musik ertönte. Da hörte ich, wie Mrs. Broadfield einen Waschlappen ins Wasser tauchte. Einen Augenblick später spürte ich, wie sie damit meine Arme abrieb.

»Das kann ich selbst machen.«

»Entspannen Sie sich. Dafür bin ich von Mr. Tatterton eingestellt worden.«

Es fiel mir schwer, mich zu entspannen, während mich jemand wusch. Mrs. Broadfield bewegte den weichen Lappen langsam über meine Arme. Sie wusch mir den Hals und die Schultern und forderte mich dann auf, ich solle mich nach vorne beugen, damit sie meinen Rücken abseifen konnte.

»Ist das nicht ein angenehmes Gefühl, Annie?«

Ich nickte mit geschlossenen Augen. So war es leichter zu ertragen. Wenn ich die Augen öffnete, sah ich, wie Mrs. Broadfield sich mit verkniffenem, konzentriertem Gesicht über die Wanne beugte, wie ein erfahrener Techniker, der auf jedes Detail achtet.

»Sie haben einen schönen, kräftigen Körper, Annie. Sie werden bestimmt wieder gesund, wenn Sie sich kooperativ verhalten und die Therapieanweisungen befolgen.«

Durch den heißen Dampf bildeten sich Wassertropfen auf ihrer Stirn und ihren aufgedunsenen Wangen. Wie winzige Perlen sahen die Tropfen aus. Ihr Gesicht war sehr erhitzt, fast so rot wie bei jemandem, der in der glühendheißen Sonne eingeschlafen ist.

Mrs. Broadfield tauchte die Arme so tief in das Wasser, wie sie nur konnte, um meine Beine und Schenkel zu erreichen. Sie rieb sie mit dem Waschlappen ab und massierte sie. Endlich richtete sie sich auf. Sie schien ziemlich außer Atem. Als sie merkte, daß ich sie neugierig beobachtete, erhob sie sich rasch, um sich die Arme abzutrocknen.

»Bleiben Sie noch eine Weile so liegen und lassen Sie das Wasser einwirken«, sagte sie und ging ins Schlafzimmer.

Ich tat mein Möglichstes, um ihr behilflich zu sein, als sie mich später aus der Wanne hob. Dann trocknete ich mir den Oberkörper ab, während sie meine Füße und Beine abrieb. Danach half sie mir in mein Nachthemd und brachte mich zum Bett zurück.

Ich wollte im Rollstuhl bleiben, obwohl mich das heiße Bad sehr angestrengt hatte.

»Nur einen Augenblick«, ordnete sie an. »Ich komme gleich zurück und helfe Ihnen ins Bett, damit Sie vor dem Abendessen noch ein Schläfchen halten können.«

Ich wartete, bis sie das Zimmer verlassen hatte; dann fuhr ich zum Fenster. Die Nachmittagssonne stand schon so tief hinter dem riesigen Gebäude, daß es einen langen, dunklen Schatten über den Park und den Irrgarten warf. Aber man hatte trotzdem den Eindruck, daß es draußen noch ziemlich warm war.

Ich hatte mich in meinem Rollstuhl ans Fenster begeben, weil ich noch einen Blick auf den Familienfriedhof der Tattertons werfen wollte. Zwar war ich noch nicht dort gewesen, aber ich dachte, daß ich mich meinen Eltern näher fühlen würde, wenn ich wenigstens ihr Grab sehen konnte.

Plötzlich erblickte ich einen Mann. Er war wie aus dem Nichts aufgetaucht – offensichtlich mußte er irgendwo im Schatten gestanden haben. Ich beugte mich so nahe ans Fenster, wie ich nur konnte, und starrte auf die Gestalt, die aus der Entfernung ganz klein aussah. Zuerst dachte ich, es könnte Luke sein, aber als ich genauer hinschaute, merkte ich, daß der Mann größer und schmaler war.

Er trat zu dem Grabmal und betrachtete es lange, sehr lange. Dann fiel er auf die Knie. Ich konnte sehen, wie er den Kopf senkte, und obwohl er so weit entfernt war, glaubte ich zu erkennen, daß sein Körper von Schluchzern geschüttelt wurde.

Wer war das? Tony war es nicht, obwohl mich irgend etwas am Körperbau des Mannes an ihn erinnerte . . .

War es einer der Bediensteten, der sich noch gut an meine Mutter erinnern konnte?

Ich blinzelte, weil meine Augen von der Anspannung müde wurden und zu tränen begannen. Dann lehnte ich mich zurück und wischte mit dem Handrücken die Tränen weg.

Als ich mich wieder vorbeugte, um zum Friedhof zu schauen, war der Mann verschwunden. Es war, als hätte er sich in Luft aufgelöst wie eine Seifenblase.

Ich setzte mich auf, weil mir plötzlich ein Gedanke gekommen war, der mich erschauern ließ.

War alles nur Einbildung gewesen?

Verwirrt und erschöpft wandte ich mich vom Fenster ab.

12. Kapitel

Geister im Haus

Tony fand mich im Rollstuhl schlafend vor. Ich erwachte, als er mich vom Fenster zum Bett zurückschob.

»Ach, ich wollte dich nicht aufwecken. Du sahst so wunderschön aus wie eine schlafende Prinzessin. Ich wollte gerade Prinz spielen und dich mit einem Kuß wecken«, sagte er liebevoll, und seine Augen leuchteten.

»Ich kann es nicht glauben, daß ich so schnell eingeschlafen bin. Wieviel Uhr ist es?«

Dunkle, drohende Wolken waren aufgezogen und verhüllten die Sonne. Man hätte nicht sagen können, welche Tageszeit es war.

»Mach dir keine Sorgen. Ich bin sicher, daß deine Müdigkeit von Mrs. Broadfields Behandlung und von dem heißen Bad kommt«, versicherte Tony mit väterlich tröstender Stimme. »Am Anfang strengt das sehr an. Du darfst nicht vergessen, daß du noch nicht viel Kraft hast. Deshalb ist es den Ärzten so wichtig, daß du dich während deiner Genesung in einer friedlichen, ruhigen Umgebung befindest. Zumindest jetzt am Anfang.«

Daran, wie er die Lippen zusammenpreßte, merkte ich, daß er mich an meinen Wutanfall vom Tag zuvor erinnern wollte, als ich merkte, daß ich kein Telefon hatte. Es sollte ein leiser Tadel sein.

»Ich weiß, aber ich bin so ungeduldig und so niedergeschlagen«, brachte ich zu meiner Entschuldigung vor. Sein Gesicht erhellte sich augenblicklich.

»Natürlich fühlst du dich so. Wie könnte es auch anders sein? Das versteht doch jeder. Du mußt ganz langsam wieder anfangen, in kleinen Schritten, jeden Tag ein bißchen mehr. Mrs. Broadfield meint, wenn Patienten versuchen, den Prozeß gewaltsam zu beschleunigen, dann verlangsamen sie die Genesung.«

»Das Merkwürdige ist nur, daß ich mich gar nicht so schwach fühle«, klagte ich. »Es ist fast so, als könnte ich sofort wieder gehen, wenn ich dazu gezwungen wäre. Zumindest habe ich ab und zu das Gefühl.«

Er nickte verständnisvoll. »Dein Gefühl täuscht dich. Dr. Malisoff hat mir das genau erklärt. Der Verstand möchte die Grenzen, die dein Körper setzt, nicht akzeptieren.«

Ich wollte ihm zeigen, daß er, Mrs. Broadfield und die Ärzte sich irrten; deshalb bat ich ihn nicht, mir aus dem Rollstuhl und ins Bett zu helfen. Mit den Händen hielt ich mich zitternd an den Armlehnen des Stuhles fest, während ich versuchte, aufzustehen. Aber selbst als ich mein ganzes Gewicht auf den Oberkörper verlagerte und mein Unterkörper nur noch wie eine Kugel an einer Kette war, konnte ich mich nicht richtig hochstemmen und fiel wieder in den Rollstuhl zurück. Mein Herz klopfte heftig von der Anstrengung. Ich spürte einen stechenden Schmerz zwischen den Augenbrauen und stöhnte laut auf.

»Siehst du, es ist genauso, wie ich gesagt habe. Du hast das Gefühl, du könntest alles so tun wie immer, aber es geht nicht. Auf diese Art versucht der Kopf zu leugnen, was passiert ist.« Tony blickte einen Augenblick zur Seite. »Und manchmal weigert sich selbst der beste, der stärkste Verstand zu glauben, was der Körper . . . was die Wirklichkeit ihm als Wahrheit mitteilt. Man erfindet, phantasiert und tut alles, um nicht die Worte hören zu müssen, die so bedrohlich sind«, sagte er. Seine Stimme war nur noch ein Flüstern.

Ich starrte ihn wortlos an. Er hatte so leidenschaftlich gesprochen, so heftig, daß ich ganz überwältigt war. Dann wandte er sich erneut mir zu. Sein Gesicht hatte sich wieder verändert, und seine Augen drückten liebevolle Anteilnahme aus. Er beugte sich über mich, wobei sein Gesicht dem meinen so nahe kam, daß sich unsere Lippen beinahe berührten. Dann schob er seine Hände unter meine Arme, um mich aus dem Stuhl auf das Bett zu heben. Einen Augenblick lang hielt er mich fest, drückte mich an sich und preßte seine Wange gegen die meine. Ich dachte, er würde Mammis Namen flüstern, aber dann hob er mich mit einem sanften Schwung auf das Bett, und ich sank in die Kissen.

»Ich bin hoffentlich nicht zu grob«, sagte er, noch immer über mich gebeugt. Sein Gesicht war immer noch dicht über dem meinen . . .

»Nein, Tony.« Ich wußte, daß meine Gedanken unfair und sogar töricht waren, aber ich haßte meinen Körper dafür, daß er mich im Stich ließ und mich der Gnade und Hilfsbereitschaft anderer Menschen auslieferte.

»Vielleicht solltest du vor dem Abendessen noch ein Schläfchen machen«, meinte er. Sein Vorschlag wäre gar nicht nötig gewesen. Meine Augenlider waren so schwer, daß ich sie kaum offenhalten konnte. Jedesmal, wenn ich aufschaute, hatte ich den Eindruck, als würde sich Tony immer näher über mich beugen. Ich wußte, daß es eigentlich unmöglich war und daß ich unterhalb der Taille keine Berührung spüren konnte, aber ich hatte das Gefühl, als würden seine Hände meine Beine liebkosen. Ich bemühte mich, wach zu bleiben, um das, was ich sah, bestätigen oder widerlegen zu können, aber ich schlief sehr rasch ein, als hätte ich ein Beruhigungsmittel bekommen. Mein letzter Gedanke galt Tonys Lippen, die über meine Wange zu meinem Mund wanderten . . .

Ich erwachte wieder, als Millie Thomas gerade das Tablett mit dem Abendessen auf das Tischchen neben meinem Bett stellte. Offensichtlich hatte ich ein Sommergewitter verschlafen, denn ich konnte den frischen, feuchten Regenduft einatmen, obwohl der Himmel nur noch teilweise bewölkt war.

Als ich mich daran erinnerte, wie Tony mir ins Bett geholfen hatte, sah ich es wieder vor mir: Seine Hände auf meinen Beinen, seine Lippen so nahe bei den meinen – aber es mußte ein Traum gewesen sein. Ohnehin war es eine sehr flüchtige und verschwommene Erinnerung.

»Ich wollte Sie nicht aufwecken, Miß Annie«, sagte Millie schüchtern.

Ich blinzelte ein paarmal, dann richtete ich den Blick auf sie. Sie hielt die Arme so eng an den Körper gepreßt, als wäre sie ganz zerknirscht, so wie jemand aus den Willies, der gerade von dem alten Pastor Wise eine Lektion erteilt bekommen hatte.

»Das macht doch nichts, Millie. Ich sollte nicht schlafen. Es hat geregnet, stimmt's?«

»Oh, wie verrückt, Miß Annie!«

»Bitte, nennen Sie mich nicht Miß Annie. Sagen Sie einfach nur Annie.« Millie nickte zaghaft. »Woher kommen Sie, Millie?«

»Aus Boston.«

»Wissen Sie, wo Harvard ist?«

»Natürlich, Miß . . . natürlich, Annie.«

»Mein Onkel Drake ist dort, und ich habe einen . . . Cousin, der jetzt auch dorthin geht. Er heißt Luke.«

Sie lächelte ein wenig zutraulicher und schüttelte das Sitzkissen hinter mir auf. Ich richtete mich auf, um besser essen zu können, und sie rollte den Tisch ans Bett.

»Wie lange arbeiten Sie schon als Dienstmädchen, Millie?«

»Seit fünf Jahren. Vorher habe ich bei *Filene's* im Lager gearbeitet, aber das hat mir nicht so viel Spaß gemacht wie die Arbeit als Dienstmädchen.«

»Warum macht es Ihnen Spaß, als Dienstmädchen zu arbeiten?«

»Man kann in so schönen Häusern arbeiten. Natürlich sind nicht alle so groß wie dieses hier, aber es sind immer schöne Häuser. Und man lernt Leute kennen, die eine gute Erziehung haben. Das hat auch meine Mutter immer gesagt. Sie arbeitete auch als Dienstmädchen, viele Jahre lang. Jetzt ist sie im Altersheim.«

»Oh, das tut mir leid.«

»Das ist nicht schlimm. Sie ist glücklich. Sie tun mir sehr leid, Annie. Ich habe von Ihrem tragischen Schicksal gehört. Die Angestellten haben heute morgen über Ihre Mutter gesprochen, das heißt natürlich diejenigen, die sich an sie erinnern können.«

»Sie meinen zum Beispiel Rye Whiskey?«

Sie lachte.

»Als der Gärtner ihn so anredete, dachte ich zuerst er wollte etwas zu trinken.«

»Meine Mutter hat ihn auch so genannt. Aber da fällt mir etwas ein. Wenn Sie wieder in die Küche hinuntergehen, müssen Sie Rye Whiskey sagen, ich möchte gerne, daß er heraufkommt und mich besucht. Sofort. Tony wollte ihn eigentlich heraufschicken, aber er muß es vergessen haben. Können Sie das bitte für mich tun?«

»Oh, selbstverständlich. Ich gehe sofort zu ihm. Gibt es sonst noch irgend etwas, was Sie gerne zum Abendessen hätten?«

»Nein, es sieht alles sehr lecker aus.«

»Dann sollten Sie es aber essen, bevor es kalt wird«, meinte Mrs. Broadfield barsch. Sie kam gerade ins Schlafzimmer und ging in Richtung Bad, einen Stapel frischer weißer Handtücher im Arm. »Habe ich Ihnen nicht gesagt, Sie sollen diese Handtücher hier heraufbringen?« schimpfte sie, als sie sich an der Badezimmertür noch einmal umdrehte. Millie wurde über und über rot.

»Ich wollte es tun, nachdem ich Annie das Abendessen serviert hatte.«

Mrs. Broadfield knurrte und ging ins Bad. Millie verließ eilig das Zimmer.

»Vergessen Sie Rye Whiskey nicht«, rief ich ihr nach.

»Bestimmt nicht.«

Mrs. Broadfield kam wieder aus dem Badezimmer und blieb bei meinem Bett stehen, um die Mahlzeit zu inspizieren. Als sie das kleine Stück Schokoladenkuchen sah, runzelte sie die Stirn.

»Ich habe dem Koch ausdrücklich gesagt, er solle keine schweren Nachspeisen auf Ihr Tablett tun. Im Augenblick gibt es für Sie nur Götterspeise.«

»Es ist nicht so wichtig.«

»Daß man sich an meine Anweisungen hält, ist sehr wohl wichtig«, sagte sie streng. Dann richtete sie sich kerzengerade auf wie ein General und marschierte aus dem Zimmer. Der arme Rye Whiskey, dachte ich. Ich hatte ihn noch gar nicht kennengelernt, und nun war er meinetwegen schon in Schwierigkeiten geraten. Ich aß mein Essen auf, aber eher aus Pflichtgefühl als mit Appetit. Ich kaute und schluckte lustlos. Das gekochte Huhn schmeckte nach nichts. Das lag aber nicht daran, daß das Essen nicht sorgfältig zubereitet worden wäre. Ich war einfach zu traurig und zu müde, als daß es mir hätte schmecken können.

Als ich gerade den letzten Bissen hinuntergeschluckt hatte, hörte ich ein Klopfen an der äußeren Tür. Ich sah auf und erblickte einen älteren Mann. Ich wußte sofort, daß es Rye Whiskey war. Er trug noch seine Küchenschürze und hielt ein kleines Schüsselchen Götterspeise in der Hand.

»Kommen Sie herein«, rief ich, und er trat langsam näher. Seine Augen waren weit aufgerissen; das Weiße um die dunkle Iris leuchtete so hell, als würde dahinter eine Kerze brennen. Was er sah, verschlug ihm offensichtlich den Atem.

»Sie müssen Rye Whiskey sein.«

»Und Sie sind bestimmt Annie, Heavens Tochter. Als ich Sie von der Tür aus gesehen habe, da dachte ich zuerst, Sie wären ein Geist. Wäre nicht das erste Mal, daß mir so was in diesem Haus passiert.«

Er senkte den Kopf, um ein paar Gebetsworte zu murmeln.

Als er wieder aufblickte war sein Gesicht traurig und bekümmert. Ich wußte, was er alles miterlebt hatte: die Flucht meiner Großmutter von ihrem Zuhause, den Wahnsinn meiner Urgroßmutter Jillian und ihren Tod, die Ankunft meiner Mutter, ihren unglücklichen Abschied von Tony Tatterton – und nun noch meine tragische Ankunft.

Seine dünnen Haare waren weiß wie Schnee, aber er hatte ein erstaunlich glattes, fast faltenloses Gesicht und wirkte sehr flink für einen Mann, der meiner Schätzung nach mindestens achtzig Jahre alt sein mußte.

»Meine Mutter hat oft und voller Zuneigung von Ihnen gesprochen, Rye.«

»Das höre ich gern, Miß Annie, denn ich mochte Ihre Mama sehr.« Er lächelte breit und nickte, wobei sein Kopf hin und her schnellte, als sei sein Hals eine Sprungfeder. »War das Essen in Ordnung?«

»Oh, sehr lecker, Rye. Ich habe im Augenblick nur einfach nicht viel Appetit.«

»Na, der alte Rye wird das schon noch ändern.« Um seine Augen bildeten sich Lachfältchen, und er nickte wieder. »Und wie kommen Sie zurecht, Miß Annie?«

»Es ist nicht einfach für mich, Rye.« Merkwürdig, dachte ich, aber es fiel mir so leicht, gleich von Anfang an offen mit ihm zu reden. Vielleicht lag das an der Art, wie meine Mutter über ihn gesprochen hatte, voll Zuneigung und Vertrauen.

»Hab ich erwartet.« Er wippte auf seinen Fersen. »Ich kann mich gut erinnern, wie Ihre Mama das erste Mal zu mir in die Küche kam. Als wäre es gestern gewesen. Genau wie Sie. Sie hatte so viel Ähnlichkeit mit ihrer eigenen Mama. Sie kam oft in die Küche und schaute mir stundenlang beim Kochen zu. Saß auf einem Hocker, den Kopf in die Hände gestützt, und hat mich mit allen möglichen Fragen über die Tattertons gelöchert. Sie war so neugierig wie'n Kätzchen, das in den Wäschekorb geraten ist.«

»Was wollte sie wissen?«

»Na, so ziemlich alles, was ich noch über die Familie wußte – Onkel, Tanten, Mr. Tattertons Papa und Opa. Naja, und wie in jeder richtigen Familie gab's Sachen, über die anständige Leute wie ich nicht reden.«

Welche Sachen? Hätte ich ihn gar zu gerne gefragt, aber ich biß mir auf die Zunge, weil ich noch abwarten wollte. Rye schlug sich mit den Händen auf die Schenkel und seufzte.

»Gibt's denn was Besonderes, was ich mal für Sie machen kann?« fragte er, offensichtlich um das Thema zu wechseln.

»Ich liebe gebratenes Huhn. Unser Koch in Winnerrow macht einen Frittierteig – «

»Ach, nee . . . na, Sie haben mein Brathähnchen noch nicht versucht, Kindchen. Ich mach's diese Woche noch für Sie. Es sei denn, Ihre Krankenschwester verbietet's.« Er blickte sich um, weil er sich versichern wollte, daß Mrs. Broadfield nicht im Zimmer war. »Sie kommt immer mit 'ner ganzen Liste von Anweisungen und Verboten in die Küche. Macht Roger, meinen Jungen, ganz nervös damit«

»Ich kann mir nicht vorstellen, daß gebratenes Huhn mir schaden könnte, Rye«, sagte ich und wandte den Blick zum Fenster. »Farthy war viel schöner, als meine Mutter hier lebte, nicht wahr?«

»Ach, und wie! Also, wenn die Blumen blühten, sah's aus wie das Tor zum Paradies.«

»Warum hat Mr. Tatterton es so verfallen lassen?«

Rye blickte hastig zur Seite. Ich merkte, daß meine Frage ihm unangenehm war; doch dadurch wuchs meine Neugier nur noch.

»Mr. Tatterton ging's nicht besonders gut, Miß Annie, aber er hat sich ziemlich verändert, seit Sie hier sind. Er ist wieder fast der Alte – redet davon, daß er dieses und jenes herrichten und bauen lassen will. Das ist gut für uns und schlecht für die Geister«, flüsterte er.

»Geister?«

»Na ja, wie in jedem großen Haus, in dem so viele Leute gelebt haben, treiben sich hier natürlich Geister rum, Miß Annie.« Er nickte nachdrücklich. »Aber ich mach da nichts dagegen, und Mr. Tatterton auch nicht. Wir leben neben ihnen her, sie tun uns nichts, und wir tun ihnen nichts.«

Ich merkte, daß er es ganz ernst meinte.

»Sind denn noch viele Angestellte aus der Zeit meiner Mutter hier, Rye?«

»O nein, Miß Annie. Nur ich, Curtis und Miles. Die ganzen Dienstmädchen und das Gartenpersonal sind weg, die meisten tot.«

»Arbeitet hier auch ein großer, hagerer Mann, der um einiges jünger ist als Curtis?«

Rye überlegte einen Augenblick; dann schüttelte er den Kopf.

»Es gibt ein paar Gärtner, aber sie sind alle untersetzt und kräftig.«

Wer war der Mann am Grab meiner Eltern? fragte ich mich wieder. Rye sah mich ununterbrochen mit einem liebevollen Lächeln auf dem Gesicht an.

»Waren die letzten Jahre schwer für Sie, Rye, weil sich Mr. Tatterton in diesem seltsamen Zustand befand?«

»Nein, Miß Annie, nicht schwer. Traurig, aber nicht schwer. Klar, ich bin nach dem Abendessen in meinem Zimmer geblieben und hab das Haus den Geistern überlassen. Aber jetzt«, fuhr er mit einem Lächeln fort, »jetzt ziehen sie sich zurück und schweben vor allem über ihren Gräbern, weil's hier wieder Licht und Leben gibt. Geister können es nicht leiden, wenn junge Leute da sind. Das macht sie ganz hektisch, weil die Jungen so viel Energie haben und so viel Schwung.«

»Sie haben diese Geister wirklich schon im Haus gehört, Rye?« Ich neigte den Kopf zur Seite und lächelte ihn an; doch er erwiderte das Lächeln nicht. Seine Miene blieb tiefernst.

»O ja, Miß. Vor allem nachts. Da ist ein Geist, der ist sehr unglücklich, läuft durch die Flure und durchstöbert Zimmer.«

»Und was sucht er?«

»Weiß ich nicht, Miss Annie. Ich red nicht mit ihm, und er redet nicht mit mir. Aber ich hab ihn gehört, wie er rumläuft. Und dann hab ich die Musik gehört.«

»Musik?«

»Klaviermusik. Schöne Musik.«

»Haben Sie denn nie Mr. Tatterton darauf angesprochen?«

»Nein, Miß Annie. War gar nicht nötig. Hab's an seinen Augen gesehen.«

»Was haben Sie gesehen?«

»Daß er die gleichen Sachen gehört und gesehen hat wie ich. Aber Sie vergessen das alles besser. Sie werden jetzt ganz schnell wieder gesund. Der alte Rye ist nicht zu bremsen, jetzt, wo er wieder für jemand kochen kann.«

Ich dachte einen Augenblick nach.

»Rye, gibt es hier ein Pferd, das Kohlenschaufel heißt?«

»Kohlenschaufel, Miß Annie? Zur Zeit gibt's hier kein einziges Pferd. Schon lang nicht mehr. Kohlenschaufel?« Seine Augen wanderten durch den Raum, während er nachdachte. »Kohlenschaufel, ja, das war doch der Name, den Miß Jillian ihrem Pony gegeben hat. Sie lebte auf einem Ponyhof, als sie 'n junges Mädchen war. Ich erinnere mich, wie sie die ganze Zeit über das Pony geredet hat. Aber wir hatten hier nie eins, das Kohlenschaufel hieß. Ihres hieß Abdulla Bar. Ein teuflisches Vieh«, sagte er, und seine Augen schimmerten ängstlich.

»Wie meinen Sie das, Rye?«

»Das Pony ließ niemanden reiten, außer Miß Jillian. Also hielt Mr. Tatterton alle anderen Leute von ihm fern. Außer dem einen Mal. Schrecklich. Aber es war nicht seine Schuld«, fügte er hastig hinzu.

»Was ist damals geschehen?«

»Oh, jetzt sollten wir nicht über traurige Sachen reden, Miß Annie. Sie haben genug Schweres zu tragen.«

»Bitte, Rye, ich will Mr. Tatterton nicht fragen, aber ich möchte es gerne wissen.«

Er blickte sich scheu um, dann trat er näher an mein Bett heran, schüttelte den Kopf und senkte den Blick.

»Es war sein Bruder, Mr. Troy, Miß Annie. Eines Tages sprang er einfach auf das Pferd und ritt mit ihm ins Meer. Nur ein Teufelspferd macht so was. Jedes andere Pferd hätte sich geweigert, reinzugehen.«

»Das war es also, was Drake meinte, als er sagte, Troy habe Selbstmord begangen. Er ritt mit dem Pferd meiner Urgroßmutter ins Meer und – «

»Und ist ertrunken, Miß Annie. Scheint so, als hätt dieses Haus schon mehr als genug Leid gesehen, stimmt's, Miß Annie?« Er schüttelte den Kopf. »Manchmal ist es schon schwer, wenn man so alt wird. All die schlimmen Erinnerungen. Und dann die Geister!«

»Aber warum hat er das gemacht, Rye?«

»Ach, das weiß ich nicht«, sagte er rasch; viel zu rasch, dachte ich. »Troy war ein gutaussehender junger Mann und sehr tüchtig. Er machte viele von den Spielsachen, aber er nannte sie nie Spielsachen. Für ihn waren sie eher so was wie Kunst.« Er schüttelte den Kopf und lächelte bei dem Gedanken daran. »Kleine Häuschen und kleine Menschen, manche in Spieldosen.«

»In Spieldosen?«

»Mit herrlichen Melodien . . . wie Klaviermusik.«

»Chopin«, murmelte ich. Die Erinnerung an die Spielzeughütte meiner Mutter ließ mein Herz schneller schlagen, und eine plötzliche Traurigkeit überwältigte mich.

»Was ist los, Miß Annie?«

Rasch wandte ich den Blick ab, weil ich nicht wollte, daß er meine Tränen sah.

»Ich habe nur gerade an einen . . . Komponisten gedacht.«

»Ach so. Na, ich sollte wirklich lieber zurück in die Küche und schauen, was Roger anstellt. Der alte Rye kann ja nicht immer in dieser Küche arbeiten, und Mr. Tatterton braucht einen guten Koch, wenn mich mal mein Schöpfer zu sich heimruft. Im Moment stell ich mich da natürlich taub, Miß Annie«, meinte er mit einem zufriedenen Grinsen. Wir lachten beide.

»Ach, jetzt hätt ich fast Ihre Götterspeise vergessen.« Er

stellte das Schüsselchen mit dem Nachtisch auf das Tablett.

»Es tut mir leid, daß ich Ihren Schokoladekuchen nicht essen darf, Rye. Er sah sehr verlockend aus.«

»O ja, sie hat ihn gleich wieder runtergebracht.« Er blickte sich um und beugte sich dann zu mir herab. »Ich find sicher einen Weg, wie ich noch ein Stück hier rauf schmuggeln kann. Sie werden's sehen.«

»Danke Rye. Und kommen Sie mich doch bitte bald wieder besuchen.«

»Aber klar.«

»Na, was ist denn hier los?« fragte Tony, der plötzlich in der Tür erschien. »Der Koch schaut nach, wie gut sein Essen ankommt?«

»Jemand mußte die Götterspeise hochbringen, und da dachte ich, das ist doch'n guter Anlaß, um meine Aufwartung zu machen, Mr. Tatterton.« Er wandte sich um und zwinkerte mir zu. »Jetzt muß ich aber wirklich wieder in die Küche.«

»Vielen Dank, Rye«, rief ich ihm noch nach, als er aus dem Zimmer eilte. Tony schaute ihm nach und wandte sich dann mir zu.

»Warum hat denn nicht Millie die Götterspeise hochgebracht?« überlegte er laut.

»Ich habe Millie gebeten, Rye heraufzuschicken.«

»Ach, ja?« Seine blauen Augen verengten sich.

»Ich hoffe, das war in Ordnung«, sagte ich hastig. Tony wirkte aufgebracht.

»Ich wollte ihm ohnehin sagen, er solle nach dem Abendessen bei dir vorbeischauen. Es ist in Ordnung«, meinte er, und seine Augen wurden wieder sanfter. »Er ist immer noch einer der besten Köche an der ganzen Ostküste. Ich würde seinen Yorkshire Pudding gegen keinen anderen tauschen.«

»Er ist genauso, wie meine Mutter ihn beschrieben hat. Er muß doch schon über achtzig sein, nicht wahr?«

»Wer weiß? Er weiß gar nicht genau, wann sein Geburtstag ist, und was sein Alter betrifft, lügt er wie gedruckt. Und wie geht es dir? Fühlst du dich ein bißchen gestärkt?«

»Ich bin müde von der Therapie und ein bißchen entmutigt. Ich würde so gerne überall im Haus und im Park herumlaufen!«

»Na, vielleicht erlaubt Mrs. Broadfield ja, daß du morgen am späten Vormittag einen kurzen Ausflug auf den Korridor machst. Der Arzt kommt übermorgen.«

»Hat Luke angerufen?« fragte ich hoffnungsvoll.

»Noch nicht.«

»Das verstehe ich nicht.« Mein Herz sank. War Drakes Voraussage bereits eingetreten?

»Er will dir sicher nur die Möglichkeit geben, dich hier einzuleben, vermute ich.«

Er zog einen Stuhl ans Bett. Als er sich setzte, schlug er die Beine übereinander und strich mit den Fingern sehr sorgsam über die scharfe Bügelfalte seines grauen Hosenbeins.

»Das sieht ihm überhaupt nicht ähnlich. Wir waren uns sehr nahe«, erklärte ich. »Wußtest du, daß wir genau am selben Tag geboren wurden?«

»Wirklich? Wie außergewöhnlich!«

Der gemeinsame Geburtstag von Luke und mir war ein so wichtiger Meilenstein in meinem Leben, und daher konnte ich mir gar nicht vorstellen, daß Tony nichts davon wußte. Wie vollständig ihn mein Vater und meine Mutter aus ihrem Leben ausgeschlossen hatten, dachte ich. Ob er überhaupt wußte, daß Luke und ich Halbbruder und Halbschwester waren?

»Ja. Und seither war unsere Beziehung ganz ähnlich wie die zwischen meiner Mutter und ihrem Bruder Tom, der bei dem Zirkusunfall so tragisch ums Leben kam.«

»O ja.« Tony schaute mich mit einer solchen Intensität an – ich konnte beinahe spüren, wie sich seine Augen in meine Seele bohrten. »Deine Mutter hat sehr darunter gelitten, aber sie war eine ungeheuer starke Frau, so wie du es bestimmt auch sein wirst, da bin ich sicher. ›Was mich nicht umbringt, macht mich stark‹, pflegte mein Vater immer zu mir zu sagen. Er hatte diese Redewendung von einem deutschen Philosophen übernommen, ich weiß nicht mehr, von welchem.

›Anthony‹, sagte er immer«, erinnerte sich Tony und nahm die steife Haltung seines Vaters an, »›du mußt aus jeder Niederlage im Leben etwas lernen, oder das Leben wird dich besiegen.‹« Er entspannte sich wieder und lächelte. »Ich war erst fünf oder sechs Jahre alt, als er mir diesen Rat gab, aber seltsamerweise habe ich ihn nie vergessen.«

»Die Tattertons sind eine faszinierende Familie, Tony.«

»Oh, ich bin sicher, daß manche meiner Verwandten ziemlich langweilige Menschen sind. Mit der Hälfte meiner Cousins habe ich noch nie ein Wort gewechselt. Trübselige Langweiler. Und Jillians Familie war auch nicht viel besser. Ihre beiden Schwestern und ihr Bruder sind schon vor einiger Zeit von uns gegangen. Ich habe es nur erfahren, weil ich zufällig die Nachrufe gelesen habe. Nach Jillians Tod ... « Seine Augen wurden glasig, als er sich in dieser Erinnerung verlor.

»Erzähl mir von deinem Bruder, Tony. Bitte«, warf ich rasch ein. Ich sah, daß sein Gesicht sich verhärtete und ein abweisender Zug in seine Augen trat.

»Ich sollte dich wirklich ein wenig ausruhen lassen.«

»Nur ein bißchen. Erzähl mir nur ein kleines bißchen.« Troy beschäftigte mich sehr – vielleicht, weil er nicht mehr hier war und ich immer nur hier und da kleine Bruchstücke über ihn erfahren hatte. Er erschien mir ungeheuer geheimnisvoll. »Bitte.«

Tonys Augen wurden wieder freundlicher, und ein Lächeln spielte um seine Lippen. Dann beugte er sich über mich und strich mir übers Haar – genau wie meine Mutter es immer getan hatte.

»Wenn du mich auf diese Weise bittest, erinnerst du mich so sehr an Leigh, als sie ein junges Mädchen war. Sie kam oft in mein Büro gestürmt und unterbrach mich bei meiner Arbeit, ganz gleichgültig, wie wichtig das war, was ich gerade tat. Dann bat sie mich, mit ihr segeln oder reiten zu gehen. Und es spielte keine Rolle, wie beschäftigt ich war, ich gab immer nach, genau wie jetzt. Die Tatterton-Männer verwöhnen ihre Frauen, aber sie tun es gern«, fügte er mit blitzenden Augen hinzu.

»Was war mit Troy?« Schweifte er absichtlich ab, oder konnte er einfach nicht anders?

»Troy. Nun, wie ich dir schon erzählt habe, er war sehr viel jünger als ich. Als kleiner Junge war er so häufig krank, daß ich ihn leider oft als Klotz am Bein empfand, das muß ich zugeben. Verstehst du, unsere Mutter starb, als er noch sehr klein war, und bald darauf starb auch unser Vater. Daher war ich für ihn eher wie ein Vater als wie ein älterer Bruder.

Er war aber hochintelligent und machte schon im Alter von achtzehn Jahren seinen College-Abschluß.«

»Schon mit achtzehn Jahren!« rief ich voll Erstaunen aus. »Und was hat er dann gemacht?«

»Er arbeitete in unserem Unternehmen. Er war ein ungemein begabter Künstler und entwarf viele unserer berühmtesten Spielzeuge. So, das wär's für heute«, sagte er hastig.

»Aber warum hat er Selbstmord begangen, Tony?«

Seine sanften blauen Augen wurden hart, als seien sie zu Eis erstarrt.

»Er hat nicht Selbstmord begangen; es war ein Unfall, ein tragischer Unfall. Wer behauptet, es sei Selbstmord gewesen? Hat dir das deine Mutter erzählt?«

»Nein. Sie hat nie von ihm gesprochen«, erwiderte ich und schluckte. Er sah jetzt sehr zornig aus und preßte seine Lippen so fest aufeinander, daß sich eine weiße Linie um sie bildete. Diese Veränderung seines Gesichtes ängstigte mich. Er bemerkte das wohl, und seine Züge entspannten sich wieder. Jetzt sah er nur sehr traurig aus.

»Troy war ein melancholischer Mensch, sehr sensibel und schwermütig. Er war fest davon überzeugt, daß er nicht lange leben werde. Er war sehr fatalistisch, was das Leben betrifft. Was ich auch tat, ich konnte ihn nicht ändern. Ich spreche nicht gerne von ihm, weil . . . weil ich mich in gewisser Weise verantwortlich fühle, verstehst du. Ich konnte ihm nicht helfen, ganz gleichgültig, was ich versuchte.«

»Es tut mir leid, Tony. Ich wollte dir nicht wehtun.« Ich merkte, daß er nicht fähig war, den Gedanken zu ertragen, sein Bruder könne sich umgebracht haben. Es war grausam von mir, ihn dazu zwingen zu wollen.

»Ich weiß, daß du nie etwas tun würdest, was mir Schmerz zufügen könnte. Dazu bist du viel zu süß, viel zu rein.« Er lächelte liebevoll. »Aber wir wollen nicht mehr über traurige Dinge sprechen. Bitte. Eine Weile wenigstens wollen wir uns auf das Schöne konzentrieren. Einverstanden?«

»Einverstanden«, sagte ich.

»Nun, wenn du dich dazu imstande fühlst – ich habe eine Liste mit Büchern gemacht, die du lesen solltest. Ich lasse sie dir auf dein Zimmer bringen. Und ich sorge auch dafür, daß morgen hier ein Fernsehapparat aufgestellt wird. Ich werde das Fernsehprogramm durchgehen und einige der besseren Sendungen für dich anstreichen«, meinte er.

Wie seltsam, dachte ich. Wie war ich seiner Meinung nach erzogen worden? Ich wußte, welche Bücher ich lesen und welche Sendungen ich mir anschauen konnte. Meine Mutter hatte oft meinen guten Geschmack gelobt. Tony tat so, als würde er mich für eine Hinterwäldlerin halten, die Anweisungen und Hilfestellungen brauchte. Aber ich wollte mich nicht beklagen und ihn kränken. Er wirkte so glücklich, weil er all dies für mich tun konnte.

»Und ich muß eine Liste mit den Sachen machen, die Drake mir aus Winnerrow mitbringen soll«, erinnerte ich ihn.

»Richtig. Er kommt am Nachmittag. Kann ich sonst noch etwas für dich tun?«

Ich schüttelte den Kopf.

»Also gut. Ich muß jetzt ein bißchen arbeiten. Ich komme dann morgen früh zu dir. Schlaf gut, Heaven.«

»Heaven?«

»Oh, entschuldige bitte. Du hast mich gerade so an deine Mutter erinnert, und da – «

»Das macht doch nichts, Tony. Es stört mich nicht, wenn du dich ab und zu versprichst und mich Heaven nennst. Ich habe meine Mutter sehr geliebt.« Meine Tränen kamen so schnell, als hätten sie nur auf diese Gelegenheit gewartet.

»Ach, nun habe ich dich wieder traurig gemacht.«

»Nein, es ist nicht deine Schuld.«

»Arme Annie.« Er beugte sich über mich und küßte mich sanft. Seine Lippen verweilten auf meiner Wange, und er atmete tief ein, als wollte er den Duft meiner Haare in sich aufnehmen. Dann wich er abrupt zurück, weil er wohl merkte, daß sein Gutenachtkuß ein wenig lange gedauert hatte. »Schlaf gut«, sagte er und verließ das Zimmer.

Ich ließ den Kopf in die Kissen sinken und dachte über einige der Dinge nach, die ich erfahren hatte. Wie recht hatte Rye gehabt! Das Haus hatte so viele Tragödien miterlebt, mehr als genug. War das bei allen großen Familien so? Gab es viele reiche und mächtige Familien, die so viel besaßen und doch so viel leiden mußten?

Lag ein Fluch über den Tattertons und über allen, die mit ihnen in Berührung kamen? Vielleicht hatte Rye Whiskey gar nicht so unrecht, wenn er sagte, daß in diesem Haus Geister umgingen. Vielleicht war auch der Mann, den ich aus der Ferne beim Grab meiner Eltern gesehen hatte, einer von diesen Geistern . . .

Aber wahrscheinlich hatte Drake recht; wahrscheinlich sollte ich die traurigen Dinge auf sich beruhen lassen. Aber ich wußte, daß ich das nicht konnte. Es gab Dinge, die ich einfach wissen mußte. Sie juckten, und wie bei einem andauernden Jucken mußte man daran kratzen.

Was mich im Augenblick am meisten beunruhigte, war Lukes Schweigen. Wie schade, daß ich ihn nicht anrufen konnte und daß ich nicht einmal wußte, in welchem Wohnheim er untergekommen war!

Millie kam herein, um das Tablett zu holen, und da hatte ich plötzlich einen Einfall.

»Millie, könnten Sie bitte in der Schreibtischschublade nachsehen, ob dort ein Stift ist, Briefpapier und ein Umschlag.«

»Ja, Annie.« Sie tat wie geheißen und reichte mir Briefpapier und einen Stift. »Es ist parfümiertes Briefpapier«, sagte sie, führte das Blatt an die Nase und roch daran. »Es duftet immer noch!«

»Das ist mir gleichgültig. Ich möchte nur einen kurzen Brief schreiben. Bitte, kommen Sie in fünfzehn Minuten wieder, um ihn abzuholen und zur Post bringen zu lassen.«

»Das werde ich tun.«

Sie entfernte sich mit dem Tablett, und ich legte das Papier auf den Bettisch, um einen Brief an Luke zu schreiben.

Lieber Luke,

Ich weiß, daß Du nach der Schulabschlußfeier mit Drake gesprochen hast, und ich habe mich sehr gefreut, als ich erfahren habe, wie gut Deine Rede aufgenommen wurde. Du hast es verdient. Ich wünschte nur, ich hätte dabeisein können!

Drake hat mich hier in Farthy besucht und mir erzählt, daß Du mittlerweile in Harvard bist. Die Ärzte meinen, daß ich mich weiterhin schonen soll, damit ich mich richtig erhole.

Ich habe noch kein Telefon, sonst würde ich versuchen Dich anzurufen, und nicht diesen Brief schreiben. Ich werde ihn mit Eilboten schicken lassen, damit Du ihn schnell bekommst.

Ich kann es kaum erwarten, von Dir zu hören und Dich wiederzusehen. Ich habe schon Pläne, wie wir gemeinsam Farthy erforschen werden!

Bitte, ruf mich an oder komm vorbei, sobald Du kannst.

Alles Liebe,
Annie.

Ich adressierte den Brief an Luke Toby Casteel, Studentenwohnheim, Harvard College, und schrieb »Eilpost« unten auf den Umschlag. Als Millie zurückkam, rief ich sie zu mir ans Bett, um ihr genaue Anweisungen geben zu können.

»Bringen Sie diesen Brief bitte zu Mr. Tatterton und bitten Sie ihn darum, für mich den Rest der Adresse von Harvard auf den Umschlag zu schreiben und den Brief gleich morgen früh abzuschicken.«

»Das werde ich gleich tun, Annie«, versprach sie.

Ich schaute ihr nach und dachte, daß Luke bestimmt sofort antworten würde, wenn er diesen Brief erhielt. In dem festen Glauben daran, daß er in ein oder zwei Tagen bei mir sein würde, ließ ich meinen Kopf in die Kissen sinken und schloß die Augen. Als ich Mrs. Broadfield hereinkommen hörte, öffnete ich die Augen nur einen Spalt. Sie überprüfte meinen Blutdruck und meinen Puls, zog meine Decke zurecht und knipste dann das Licht aus.

Die Dunkelheit umgab mich wie ein schwerer Vorhang. Es war meine zweite Nacht in Farthy, aber im Gegensatz zu der ersten hatte ich nun etwas, worauf ich lauschen konnte: Rye Whiskeys Geister. Vielleicht träumte ich ja nur, weil er es so dramatisch geschildert hatte, aber manchmal glaubte ich das sanfte Klimpern eines Klaviers zu hören, das einen Walzer von Chopin spielte. War da wirklich ein Geist, der durch das Haus wanderte, immer und ewig auf der Suche?

Vielleicht suchte er nach mir. Und vielleicht hatte er mich schon seit langer Zeit erwartet . . .

13. Kapitel
Der geheimnisvolle Mann

Mrs. Broadfield zog die Vorhänge so abrupt auf, daß das Morgenlicht wie eine Bombe über mir explodierte. Sie sah aus, als sei sie schon seit Stunden auf den Beinen.

»Sie sollten früh aufstehen, Annie«, sagte sie, ohne mich richtig anzusehen. Sie redete, während sie im Zimmer herumging und alles vorbereitete – sie klappte meinen Rollstuhl auf, holte einen Morgenmantel aus dem Schrank und suchte meine Pantoffeln.

»Sie brauchen jetzt viel länger für alles, und Sie werden die zusätzliche Zeit nötig haben«, fuhr sie fort. »Sie werden schon bald allein aus dem Bett aufstehen und sich in den Rollstuhl setzen können, aber Sie müssen es langsam und schrittweise angehen. Verstanden?« fragte sie und hielt endlich inne, um mich anzuschauen.

Ich richtete mich auf, lehnte mich gegen mein Kissen und nickte.

»Also gut, dann werden wir jetzt aufstehen, uns waschen und ein frisches Nachthemd anziehen.«

Ich war immer noch etwas benommen, weil ich sehr tief geschlafen hatte. Deshalb nickte ich nur. Schweigend, als würden wir eine Pantomime aufführen, half sie mir aus dem Bett und in den Stuhl. Dann rollte sie mich ins Badezimmer und zog mir das Nachthemd aus. Ich wusch mir das Gesicht, und sie brachte ein frisches Nachthemd. Danach schob sie mich zurück in mein Zimmer.

»Ich werde Ihnen jetzt Ihr Frühstück holen«, sagte sie und wandte sich zum Gehen.

»Warum bringt es nicht Millie herauf?« Ich wollte unbedingt erfahren, ob sie meinen Brief Tony gegeben hatte, damit er ihn abschicken konnte. Mrs. Broadfield blieb in der Tür stehen und wandte sich nach mir um. »Sie wissen es wohl noch nicht, aber Millie ist gestern abend entlassen worden«, sagte sie und verließ das Zimmer, ehe ich reagieren konnte.

Entlassen? Aber warum? Ich hatte sie gern gemocht und ihre Gesellschaft als sehr angenehm empfunden. Sie war so nett und freundlich gewesen. Was konnte sie denn nur getan haben, daß ihr so schnell gekündigt wurde? Als Tony zu mir ins Zimmer kam, wollte ich sofort Bescheid wissen.

»Tony, Mrs. Broadfield hat mir gerade erzählt, du hättest Millie entlassen. Warum nur?«

Er schüttelte den Kopf und biß sich auf die Unterlippe.

»Inkompetent. Vom ersten Tag an hat sie alles falsch gemacht. Ich hatte gehofft, wie würde sich bessern, aber es schien nur immer schlimmer zu werden. Jillian hätte sie nicht einen Tag lang hier geduldet. Du hättest wirklich erleben sollen, was für wunderbares Personal wir früher hier hatten, so professionell, so – «

»Aber Tony, sie war so nett«, unterbrach ich ihn entrüstet.

»Oh, sie war sicherlich sehr nett, aber das genügt nicht. Ich habe herausgefunden, daß ihre Empfehlungsschreiben nicht korrekt waren. Sie konnte längere Zeit keine Stelle finden und arbeitete als Kellnerin, nicht als Dienstmädchen. Aber beunruhige dich nicht, jemand von meinen Leuten sucht schon nach einem neuen Mädchen.«

Mrs. Broadfield kam mit meinem Tablett und stellte es ab.

»Nun, ich muß mich auf den Weg machen«, sagte Tony. »Ich lasse dich in Ruhe frühstücken.«

»Tony, warte noch! Ich habe ihr gestern abend einen Brief für Luke mitgegeben, den sie dir aushändigen sollte, damit du ihn aufgeben kannst.«

Er lächelte rätselhaft.

»Einen Brief? Sie hat mir keinen Brief gegeben.«

»Aber Tony – «

»Ich habe sie gegen halb acht zu mir gebeten und ihr zwei Wochen als Abfindung ausgezahlt, aber sie hat keinen Brief erwähnt.«

»Das verstehe ich nicht.«

»Warum nicht? Es ist genau, wie ich gesagt habe: Sie ist inkompetent. Sie hatte ihn vermutlich in ihre Schürzentasche gesteckt und dann vergessen. Ehrlich gesagt, ich weiß nicht, was mit den jungen Leuten von heute los ist; sie wirken immer so unkonzentriert. Kein Wunder, daß es so schwierig ist, gutes Personal zu finden.«

»Es war ein Brief an Luke!« rief ich verzweifelt aus.

»Ihre Eier werden kalt«, mahnte Mrs. Broadfield.

»Das tut mir leid«, erklärte Tony. »Schreib doch heute einen neuen Brief, und ich kümmere mich diesmal persönlich darum, einverstanden? Ich komme heute nachmittag wieder und nehme dich mit auf eine kurze Tour durch dieses Stockwerk. Das heißt, wenn Mrs. Broadfield es erlaubt«, fügte er hinzu und blickte zu ihr hinüber. Mrs. Broadfield erwiderte nichts.

Er ging, ehe ich noch etwas über den Brief sagen konnte. Hilflos sah ich Mrs. Broadfield an. Ihr Gesicht war zu einer Maske der Mißbilligung erstarrt.

»Wir sollten nun mit Ihrer Morgentherapie beginnen, Annie, und danach müssen Sie sich ausruhen, sonst kann ich mir nicht vorstellen, wie Sie eine Tour durchs Haus machen wollen. Und jetzt essen Sie bitte Ihr Frühstück.«

»Ich habe keinen Hunger.«

»Sie müssen essen, um wieder zu Kräften zu kommen. Ihre Therapie ist wie das Training eines Sportlers. Ein Sportler oder eine Sportlerin kann ohne energiespendende Ernährung keine guten Leistungen erbringen, und dasselbe gilt auch für Sie.« Sie nickte mehrmals bekräftigend. »Nur daß Sie nicht einfach ein Tennismatch oder ein Fußballspiel verlieren, sondern für immer gelähmt bleiben.«

Ich nahm meine Gabel und begann zu essen. Wie gut, daß es Rye Whiskey gab, dachte ich, während ich kaute und schluckte. Er wußte, wie man selbst die einfachste Mahlzeit schmackhaft zubereitete.

Meine morgendliche Therapie begann genau wie am Vortag, aber irgend etwas war diesmal anders. Ich war sicher, daß ich Mrs. Broadfields Finger auf meinen Schenkel spürte. Es war ein stechendes Gefühl, als würden Nadeln durch meine Haut dringen. Ich schrie auf.

»Was ist?« fragte Mrs. Broadfield ungeduldig.

»Ich habe etwas gespürt . . . ich habe Stiche gespürt.«

»Das bilden Sie sich nur ein«, sagte sie und fing erneut mit der Massage an. Wieder spürte ich das Stechen.

»Ich spüre etwas . . . ganz bestimmt!« protestierte ich. Sie hielt inne und stand auf.

»Das bezeichnen wir als hysterische Schmerzen. Sie sind in schlechterer seelischer Verfassung, als ich dachte. Selbst das bleibt Ihnen nicht erspart.«

»Aber der Arzt hat gesagt – «

»Ich weiß, was der Arzt gesagt hat. Glauben Sie denn, ich hätte nicht im Laufe der Zeit schon mit ein paar Ärzten zusammengearbeitet?«

»Ja, aber – «

Sie fing wieder an. Der Schmerz war da, aber ich verzog nur das Gesicht und unterdrückte mein Stöhnen. Das strengte mich so an, daß ich vor dem Mittagessen noch ein wenig schlafen wollte. Mrs. Broadfield brachte meine Mahlzeit und teilte mir mit, Tony habe angerufen und werde bald kommen, um mir das Stockwerk zu zeigen. Seltsam, dachte ich, wie etwas so Unbedeutendes so wichtig werden konnte, daß man sich darauf freute wie auf eine Party oder einen Tanzabend. Im Augenblick war die Vorstellung, aus dem Zimmer herausgeschoben zu werden, so aufregend wie früher eine Reise quer durch das Land. Wie sich mein Leben verändert hatte!

Einer der Angestellten kam herein und stellte einen Fernsehapparat für mich auf. Das Gerät hatte eine Fernbedienung, damit ich es vom Bett aus anstellen konnte. Der Mann, der den Fernseher brachte, war klein und gedrungen, und sein Gesicht sah aus wie altes, ausgetrocknetes Leder. Die vielen, vielen Stunden, die er in der Sonne hatte arbeiten müssen, hatten seine Haut gegerbt. Seine Stirn und sogar sein Kinn waren von tiefen Falten durchzogen. Er sagte, sein Name sei Parson.

»Arbeiten Sie schon lange hier, Parson?«

»O nein, kaum länger als eine Woche.«

»Wie gefällt es Ihnen?« Zuerst dachte ich, er hätte meine Frage gar nicht gehört; dann erst merkte ich, daß er überlegte, was er antworten sollte. »Ich nehme an, es gibt hier sehr viel für Sie zu tun«, fügte ich hinzu, um ihn zu einer Antwort zu ermuntern.

Er sah einen Augenblick erstaunt auf und blickte mich an.

»Ja, es gibt viel Arbeit, aber jedesmal, wenn ich mit irgend etwas anfange, überlegt Mr. Tatterton es sich anders und gibt mir einen neuen Auftrag.«

»Er überlegt es sich anders?«

Parson schüttelte den Kopf. »Ich weiß auch nicht. Ursprünglich hat er mich eingestellt, um den Swimmingpool zu reparieren. Ich fange also an, den Zement zu mischen, aber als ich gerade damit begonnen habe, kommt Mr. Tatterton heraus und will wissen, was ich da mache. Ich sage es ihm und er schaut zuerst den Swimmingpool und dann mich an, als sei ich verrückt geworden. Dann meint er, sein Vater habe ihm gesagt, er solle nie etwas reparieren, wenn es nicht kaputt sei. ›Was?‹ frag ich. ›Die Hecken an den Wegen im Irrgarten müssen gestutzt werden‹, meint er und schickt mich zum Heckenschneiden. In der Zwischenzeit wird der Zement, den ich gemischt habe, hart, und man kann ihn wegschmeißen. Na ja, was soll's, immerhin zahlt er gut.« Parson zuckte die Schultern und machte sich wieder an dem Fernseher zu schaffen.

»Aber was ist mit dem Swimmingpool?«

»Ich stell keine Fragen. Ich tu bloß, was man mir sagt. So, das müßte jetzt funktionieren.« Er schaltete den Apparat an und drehte an den Kanälen und der Feineinstellung herum. »Soll ich ihn anlassen?«

»Im Augenblick nicht, Parson. Vielen Dank.«

»Keine Ursache.«

»Parson, wie sieht es im Irrgarten aus?«

»Wie's da aussieht?« Er zuckte die Schultern. »Weiß ich nicht. Ist ziemlich friedlich dort drin, nehm ich an, wenn man richtig tief reingeht und weil's so ruhig ist, bildet man sich ein, daß man Geräusche hört.« Er lachte in sich hinein.

»Wie meinen Sie das?«

»Ein paarmal hab ich gedacht, da wär jemand auf einem der Wege, also hab ich gerufen, aber keiner hat geantwortet. Und gestern, es war schon spät, da war ich sicher, daß ich Schritte gehört hatte, also hab ich mich auf den Weg gemacht und bin erst den einen Weg gegangen und dann den nächsten und wieder einen, und was glauben Sie wohl, was passiert ist, Miß?«

»Was ist passiert?«

»Ich hab mich verirrt. Das ist es, was passiert ist.« Er lachte laut. »Hat fast eine halbe Stunde gedauert, bis ich wieder da hingekommen bin, wo ich gearbeitet hab.«

»Und was war mit den Schritten?«

»Hab mich wohl getäuscht. Na, ich muß los.«

»Vielen Dank«, rief ich ihm nach.

Als er gegangen war, starrte ich aus dem Fenster. Der Himmel war so blau wie Mammis Augen, wenn sie zufrieden und glücklich war. Meine Augen sind jetzt bestimmt ganz grau, dachte ich, so glanzlos wie eine verblichene, abgetragene blaue Bluse. Aber die Welt draußen funkelte vor Leben und Helligkeit; das Gras hatte ein sattes Grün und sah kühl und frisch aus, die Bäume standen in voller Blüte, und die kleinen, bauschigen Wolken wirkten so sauber und weich wie frisch aufgeschüttelte Kissen.

Rotkehlchen und Spatzen flatterten von Zweig zu Zweig, freudig erregt, weil sie einen warmen, wunderschönen Nachmittag vor sich hatten. Wie gerne hätte ich mit einem von ihnen getauscht und wäre selbst ein Vögelchen oder irgendein anderes Lebewesen gewesen, das sich frei und ungehindert bewegen und sein Leben genießen konnte!

Mammi und Daddy waren tot, Luke war allem Anschein nach unerreichbar, und ich war in diesem alten Haus eingesperrt – das einzige, was etwas Abwechslung in mein Leben brachte, waren Massagen, heiße Bäder, Medikamente und Ärzte. Und ich hatte keine Ahnung, wie lange das noch dauern sollte . . .

Ich schüttelte mein Selbstmitleid ab, als ich Tony in seinem Rolls-Royce heranfahren sah. Als der Wagen in der Nähe des Friedhofs hielt, rollte ich so nahe ans Fenster, wie ich nur konnte. Ich sah, wie er ausstieg und zum Grabmal meiner Eltern ging. Er kniete davor nieder und senkte den Kopf. So verharrte er lange Zeit. Und plötzlich tauchte aus dem Wald der geheimnisvolle Mann auf und näherte sich ihm.

Er trat neben Tony und legte ihm die Hand auf die Schulter. Ich konnte den Blick nicht abwenden, und mein Herz klopfte wild. Tony blickte nicht auf. Nach kurzer Zeit entfernte sich der Mann wieder und verschwand in der Dunkelheit des Waldes. Dann stand Tony auf und ging zurück zu seinem Auto.

Es war, als wüßte nur ich, daß der Mann neben ihm gestanden hatte. Ich konnte es kaum erwarten, bis Tony zu mir käme! Ungeduldig fuhr ich mit dem Rollstuhl in den vorderen Teil meines Schlafzimmers und blickte zur Tür.

Fast zwei Stunden vergingen, und Tony kam immer noch nicht. Dabei wollte ich ihn unbedingt nach dem Mann auf dem Friedhof fragen! Ich überlegte, ob ich ihn rufen sollte, aber ich dachte, meine Neugier sei zu nebensächlich, um ihn deswegen zu behelligen. Er kommt jeden Augenblick, sagte ich mir immer wieder, aber die Uhr tickte immer weiter, und er kam nicht. Was hatte Roland immer gesagt, wenn ich ungeduldig war? »Wenn man zuschaut, kocht das Wasser nie.«

Ich versuchte, mich auf andere Dinge zu konzentrieren, und ging die Bücher durch, die Tony in mein Zimmer hatte bringen lassen. Es waren alles Romane von Schriftstellern, deren Namen ich noch nie gehört hatte. Autoren aus dem 19. Jahrhundert, so zum Beispiel ein gewisser William Dean Howells. Manche Bücher wurden als »historische Romane« bezeichnet, andere als »Sittenromane«. Es war, als wollte Tony, daß ich in einer längst vergangenen Epoche lebte.

Endlich kam er. Ich war mittlerweile wahnsinnig vor Neugier. Sofort fragte ich ihn nach dem Mann auf dem Friedhof.

»Was für ein Mann?« Tonys Lächeln gefror auf seinem Gesicht, und die Wärme, die es zuvor ausgestrahlt hatte, war augenblicklich verschwunden.

»Ich habe beobachtet, wie er neben dich trat, als du am Grabmal meiner Eltern standest.«

Tony stand in der Tür und sah erstaunt drein, als hätte ich ihn aus einem Traum geweckt. Dann atmete er tief durch und lächelte.

»Oh, ich vergesse immer wieder, daß du von deinem Fenster aus den Familienfriedhof sehen kannst.« Er zuckte die Schultern. »Das war einer von den Gärtnern. Um ehrlich zu sein, ich war in dem Augenblick so in meine Trauer versunken, daß ich gar nicht mehr weiß, welcher es war und was er von mir wollte.«

»Einer von den Gärtnern? Aber Rye Whiskey hat gesagt – «

»Also dann«, rief Tony heiter und klatschte in die Hände, »es ist Zeit für deine erste Tour durch Farthy. Mrs. Broadfield meinte, du hättest es verdient. Bist du bereit?«

Ich blickte wieder aus dem Fenster zum Friedhof hinüber. Wolken, so dünn und lang wie die Finger einer Hexe, verhüllten die Sonne und warfen Schatten auf das Grabmal meiner Eltern.

»Ich würde gerne auf den Friedhof gehen, Tony.«

»Sobald der Arzt einverstanden ist. Morgen, hoffen wir. In der Zwischenzeit zeige ich dir etwas ganz Besonderes, gleich hier in der Nähe.«

Er trat zu meinem Stuhl und umschloß die Griffe mit den Händen. Warum sagte er mir nicht die Wahrheit über den Mann? Hatte er Angst, die Wahrheit würde mich beunruhigen? Wie konnte ich ihn dazu bringen, ehrlich zu sein? Vielleicht wußte Rye Bescheid.

Ich spürte Tonys warmen Atem auf der Stirn, und er drückte einen zarten Kuß auf mein Haar. Diese zärtliche Liebkosung überraschte mich, und ich hatte das Gefühl, daß er mir das ansah.

»Es ist so schön, so wunderschön, daß du hier bist und daß ich dich mit mir in die Vergangenheit zurücknehmen kann – «

»Aber ich bin krank, Tony, krank und gelähmt.« Offensichtlich hörte er mir gar nicht zu.

» – um all die herrlichen Erinnerungen wiederzufinden und wieder glücklich zu sein! Nur wenigen Menschen ist dies vergönnt . . . «

Er begann mich aus dem Zimmer zu schieben.

»Wohin gehen wir?«

»Das erste, was du sehen sollst, sind die Räume, die ich für deine Eltern vorbereitet hatte, als sie zu ihrem Hochzeitsempfang nach Farthy kamen. Sie waren so verliebt und turtelig, wie es Frischvermählte sein sollten.«

Ich hatte oft versucht, mir vorzustellen, wie Mammi und Daddy aussahen, als sie sich gerade kennenlernten. Ich wußte, sie waren einander das erste Mal begegnet, als Daddy nach Winnerrow gezogen war. Mammi hatte mir erzählt, es sei Liebe auf den ersten Blick gewesen.

Aber von beglückenden Erinnerungen an Farthy hatte sie

nie gesprochen. Ich war sicher, daß es solche Erinnerungen gegeben haben mußte. Deshalb hörte ich aufmerksam zu, als Tony weiterplauderte. Er beschrieb, wie sie lachten und einander umarmt hielten, wie mein Vater sich freute, daß er Farthinggale kennenlernte, und wieviel Spaß es Tony bereitet hatte, ihn herumzuführen.

»Als ich deine Mutter das erste Mal sah, konnte ich nicht fassen, wie sehr sie ihrer Mutter glich«, fuhr er fort, als wir meine Räume verließen und in den langen Korridor einbogen. »Genau wie du, mein Liebes. Wenn ich die Augen schließe und dich sprechen höre, habe ich manchmal das Gefühl, als kehrte ich in die Vergangenheit zurück und hörte Heavens Stimme. Und wenn ich dann die Augen wieder öffne, bin ich mir einen kurzen Augenblick gar nicht mehr sicher, wen ich vor mir habe. Waren die vielen Jahre seit ihrem Weggehen nur ein Alptraum? Kann ich in jene glücklicheren Zeiten zurückkehren? Wenn man etwas nur stark genug herbeisehnt, kann es dann nicht Wirklichkeit werden?

Manchmal verschwimmen eure drei Gesichter in meinen Gedanken zu einem einzigen . . . als wärt ihr nicht drei Frauen, sondern nur eine. Leigh, Heaven und jetzt du, ihr habt so ähnliche Stimmen, benehmt euch ähnlich und gleicht euch so sehr! Ihr seid wie Schwestern, wie Drillinge, nicht Mütter und Töchter«, sagte er leise.

Es gefiel mir nicht, daß er uns so als Einheit sah. Es war, als wäre ich kein Individuum mehr, besäße keine eigenen Gedanken und Gefühle. Natürlich wollte ich wie Mammi sein; ich wollte auch aussehen wie sie, aber ich wollte doch ich selbst sein, Annie, und nicht Leigh oder Heaven. Warum wollte Tony das nicht wahrhaben? Wußte er denn nicht, wie wichtig für jeden Menschen das Gefühl seiner Identität war? Ich würde demnächst einmal mit ihm darüber sprechen müssen.

Jetzt wandte ich meine Aufmerksamkeit wieder der Tour durch das Haus zu. Ich hatte nicht viel vom oberen Teil des Hauses gesehen, als sie mich in mein Zimmer gebracht hatten, aber jetzt bemerkte ich, wie abgenutzt und verschlissen der Teppich im Flur war. Viele der Kronleuchter, die von der Decke herabhingen, hatten kaputte Glühbirnen, und überall sah ich Spinnweben. Die Vorhänge an den wenigen Fenstern waren zugezogen, so daß es ganz dunkel im Korridor war, vor allem in dem Abschnitt, durch den Tony mich gerade schob.

»Dieser ganze Flügel war jahrelang unbewohnt. Die Zimmer gehörten ursprünglich meinen Urgroßeltern, aber zu Ehren deiner Eltern habe ich sie völlig renovieren und neu einrichten lassen. Ich wußte, was deiner Mutter gefiel, und bei ihrer Ankunft war alles fertig. Du hättest die Überraschung auf ihrem Gesicht sehen sollen, als ich die Doppeltüren öffnete.«

Er lachte, aber es war ein seltsames, dünnes Lachen, das Lachen eines Menschen, der in seiner eigenen Welt gefangen ist. Als ich mich zurücklehnte und den Kopf wandte, um ihn anzuschauen, sah ich, daß sein Blick wie entrückt wirkte, entrückt in das Paradies seiner Erinnerungen . . .

Sah er denn gar nicht, wie abgenutzt und heruntergekommen der Korridor war? Bemerkte er den modrigen Geruch nicht?

»Niemand geht mehr diese Flure entlang. Ich erlaube niemandem, diese Zimmer zu betreten«, meinte er, als hätte er meine Gedanken gelesen und wüßte, daß ich mich fragte, warum er nicht die Dienstmädchen hier herauf schickte, um hier sauberzumachen.

Je weiter wir vordrangen, desto düsterer und verwahrloster erschien mir der Korridor. Riesige, mit Staub überzogene Spinnweben bedeckten Wände und Decken. Schließlich blieb Tony vor einer großen Doppeltür aus abgebeiztem Walnußholz stehen. Auf beiden Flügeln sah ich lange, schmale Wasserflecken, von denen einige frisch schienen.

Tony holte einen Schlüsselring aus seiner Jackentasche. Nachdem er die Tür aufgeschlossen hatte, wandte er sich mir zu. Auf seinem Gesicht lag ein seltsames Leuchten, und seine Augen sprühten vor Erregung. So muß er ausgesehen haben, als er damals meine Eltern mit diesen Zimmern überraschte, dachte ich. Waren seine Erinnerungen so lebendig, daß er sich ganz in jene Zeit zurückversetzen konnte?

»Die Zimmer für Mr. und Mrs. Logan Stonewall«, verkündete er, als seien sie beide noch am Leben und würden hier neben mir stehen.

Dann stieß er die Türen auf. Sie ächzten in den Angeln, als

würden sie stöhnende Warnungen ausstoßen. Ich brachte es nicht fertig, darauf zu warten, daß Tony mich endlich weiterschob; deshalb ergriff ich die Räder und bewegte den Stuhl selbst vorwärts. Zu meiner Überraschung sah ich makellos gepflegte Räume vor mir: sauber und glänzend und ohne ein Staubflöckchen! Es war, als hätten wir tatsächlich eine unsichtbare Zeitschwelle überschritten und wären in die Vergangenheit zurückgekehrt . . .

Tony lachte wieder, diesmal über meinen Gesichtsausdruck.

»Wunderschön, nicht wahr?«

Überall entdeckte ich die Lieblingsfarbe meiner Mutter: weinrot. Die französischen Möbel waren mit Stoff in dieser Farbe überzogen und harmonierten wunderbar mit den Farben des großen Perserteppichs. Die Wände waren mit einer blumengemusterten Stofftapete verziert, welche die Rot- und Weißtöne von Polsterung und Teppich wieder aufgriff. An den beiden großen Fenstern hingen alte Seidenvorhänge, hinter denen sich durchschimmernde Stores befanden. Aber alles sah nagelneu aus!

»Alles ist ersetzt und genauso wieder hergerichtet worden, wie es damals war. Genauso sah der Salon aus, als deine Mutter und dein Vater das erste Mal diese Räume betraten.«

»Alles neu?« fragte ich verwirrt. Er nickte. »Aber . . . warum?«

»Warum? Warum . . .« Er blickte sich um, als sei die Antwort ganz offensichtlich. »Warum? Vielleicht kommst du eines Tages mit deinem Ehemann hierher, um hier zu leben. Außerdem«, fügte er hastig hinzu, »fühle ich mich wohler, wenn ich alles wieder so herrichte, wie es früher war, als wir alle so viel glücklicher waren. Und ich kann es mir leisten, warum also nicht? Ich habe dir ja schon gesagt – ich will Farthinggale Manor wieder neu erstehen lassen, wie es in seinen glanzvollsten Tagen war.«

Ich schüttelte den Kopf. Sicher, eigentlich war nichts dabei, wenn ein sehr wohlhabender, älterer Mann sich so etwas gönnte. Aber warum mußte er sich eine so schmerzliche Erinnerung immer wieder ins Gedächtnis rufen? Mammi hatte sich die ganzen Jahre über geweigert, irgend etwas mit Tony zu tun zu haben, und er hatte sich all die Jahre an seine Erinnerungen von ihr und Daddy geklammert, hatte sich dagegen gewehrt, daß die Zeit diese Erinnerung auslöschte. Warum?

»Ich verstehe leider immer noch nicht, Tony. Warum war es so wichtig, es genauso zu lassen . . . wie es war?« beharrte ich. Sein Gesicht wurde hart.

»Ich habe es dir doch gesagt. Ich habe die Mittel dazu.«

»Aber du hast die Mittel, sehr viele Dinge zu tun, neue Dinge. Warum klammerst du dich so an die Vergangenheit?«

»Die Vergangenheit ist für mich wichtiger als die Zukunft«, erwiderte er in fast zurechtweisendem Ton. »Wenn du einmal in meinem Alter bist, dann wirst du begreifen, wie wertvoll schöne Erinnerungen sind.«

»Aber angesichts der Tatsache, daß zwischen Mutter und dir dieser Abgrund klaffte, hätte ich gedacht, daß dir das wehtun würde. Sie war völlig aus deinem Leben verschwunden; sie war – «

»Nein!« Er sah mich zornig an. »Nein«, wiederholte er etwas ruhiger und zwang sich zu einem Lächeln. »Verstehst du denn nicht? Dadurch, daß ich dies alles gemacht habe« – er breitete die Arme aus – »dadurch habe ich Heaven so bewahrt, wie sie für mich war . . . für immer. Ich habe dem Schicksal ein Schnippchen geschlagen.« Er lachte, aber es war ein dünnes, hohles Lachen. »Das, mein Liebes, ist die eigentliche Macht großen Reichtums.«

Ich starrte ihn nur an. Er schien verwirrt und schüttelte schließlich den Kopf, so daß der wilde Ausdruck von seinem Gesicht verschwand.

»Aber jetzt mußt du dir das Schlafzimmer ansehen. Schau, was ich hier gemacht habe.« Tony schob mich weiter und öffnete die Türen zum Schlafzimmer. Ein wenig zögernd rollte ich zum Eingang und schaute hinein. Selbst das riesige Bett wirkte in diesem enormen Zimmer verloren. Der Fußboden war mit einem beigen Teppich bedeckt, der so dick und flauschig war, daß ich mit dem Rollstuhl kaum vorwärtskam. Es fühlte sich an, als würde ich über Watte rollen. Offensichtlich war auch dieser Teppich nagelneu.

Auch die Bettbezüge waren neu. Die Tagesdecke paßte genau zu dem aprikosenfarbenen Baldachin, die Kissen waren rostrot. Ich wandte mich nach rechts und entdeckte einen Toilettentisch, der Teil eines Marmortisches war, welcher die ganze Länge des Zimmers ausfüllte. Unter dem Tisch waren Schubfächer aus Holz angebracht, und dieses Holz hatte genau die Farbschattierung des Marmors. Darüber befand sich ein Wandspiegel, dessen Ränder mit Gold verziert waren.

Etwas auf diesem Toilettentisch erweckte meine Neugier; deshalb rollte ich näher heran. Da lag eine Haarbürste, in der noch ein paar Haarsträhnen hingen, silberblonde Strähnen . . . Ich nahm die Bürste in die Hand und betrachtete sie aufmerksam.

»Sie gehörte Heaven«, flüsterte Tony dicht neben mir. »Damals hatte sie ihr Haar wie Leigh. Sie ließ sich das Haar färben, als sei Leigh durch sie hierher zurückgekehrt, verstehst du das nicht?« fragte er, und seine Augen waren weit aufgerissen und funkelten wild. Mein Herz begann laut zu klopfen. »Das Haar ist . . . es ist Leighs Haar. Es ist nicht einfach Heavens Haar . . . Leigh kam zurück. Ich . . .«

Er bemerkte den erstaunten Ausdruck auf meinem Gesicht und zuckte mit den Schultern. Dann nahm er mir die Bürste aus der Hand und fuhr vorsichtig mit der Fingerspitze über die Haarsträhnen.

»Sie sah so entzückend aus mit diesen Haaren . . . diese Farbe paßte so gut zu ihr.«

»Ich mochte sie lieber mit dunklen Haaren«, entgegnete ich, aber er schien mich gar nicht zu hören. Er starrte noch eine Weile die Bürste an, dann legte er sie auf den Tisch zurück, als handle es sich um ein wertvolles Museumsstück. Als ich den Wandtisch und den Toilettentisch näher betrachtete, entdeckte ich noch andere persönliche Artikel – Haarnadeln, Spangen, Kämme, sogar zerknüllte Kosmetiktücher, die sich im Laufe der Zeit gelb verfärbt hatten. Manche von den Dingen, die ich da sah, waren sehr intimer Natur.

»Warum hat meine Mutter denn das alles hier gelassen?« Als Tony mir nicht gleich antwortete, wandte ich mich um und sah, daß er auf mich herunterblickte, den Mund zu einem halben Lächeln verzogen. »Tony?« Er starrte mich weiter schweigend an. »Tony, was ist los?« Ich drehte meinen Rollstuhl um, damit ich ihn anschauen konnte . . . Meine Bewegung weckte ihn aus der Trance, in der er versunken war.

»Oh, entschuldige bitte. Als du da gerade so in deinem Rollstuhl saßest . . . da sah ich plötzlich Heaven an dem Frisiertisch sitzen, in ihrem Nachthemd, wie sie ihre Haare bürstete, ehe sie ins Bett ging.«

Wie merkwürdig dachte ich. Warum war er in Mammis Zimmer gewesen und hatte ihr zugeschaut, wenn sie sich fürs Schlafengehen fertigmachte? Das war doch eher etwas, was ein Ehemann bei seiner Frau tat, und nicht ein Stiefgroßvater bei seiner Stiefenkelin. Er sprach von Mammi, als wäre sie Jillian, die Ehefrau, die er verloren hatte. Es war gespenstisch. Vielleicht war er kurz davor, den Verstand zu verlieren . . .

»Du hast ihr zugeschaut, wenn sie schlafen ging?« Ich konnte nicht anders, ich mußte fragen.

»O nein, ich kam nur manchmal vorbei und klopfte, und während ich in der Tür stand, beantwortete sie meine Fragen oder unterhielt sich mit mir und bürstete dabei ihre Haare«, sagte er hastig; viel zu hastig, dachte ich. Als ob er ein schlechtes Gewissen hätte . . .

»Oh. Aber Tony, warum hat meine Mutter so viel zurückgelassen, als sie von Farthy wegging?« Auf dem Seitentisch standen immer noch ihre Puderdosen, Parfüms, Eaux de Cologne und Haarsprays.

»Sie hatte alles in zweifacher Ausführung, damit sie nicht immer so viel packen mußte, wenn sie nach Winnerrow reiste«, erklärte Tony, aber seine Antwort kam wieder so rasch, daß ich mich fragte, ob er die Wahrheit sagte.

»Es sieht eher so aus, als sei sie von hier geflohen, Tony«, meinte ich. Er sollte wissen, daß ich seine Erklärung nicht akzeptierte. Ich rollte näher zu ihm hin. »Warum ist sie so plötzlich weggegangen, Tony? Kannst du es mir denn nicht jetzt erzählen?«

»Aber Annie, bitte – «

»Nein, Tony, ich muß dir sagen, daß ich sehr zu schätzen weiß, was du alles für mich und für Drake getan hast, aber ich mache mir Sorgen, weil ich weiß, wie das Verhältnis zwischen dir und meiner Mutter zum Schluß war. Manchmal habe ich das Gefühl, daß du Dinge vor mir verbirgst, schlimme Dinge, die mich vertreiben könnten.«

»Aber du darfst nicht denken – «

»Ich weiß nicht, ob ich länger hierbleiben kann, ohne die Wahrheit zu kennen, gleichgültig, wie unangenehm oder schmerzlich diese Wahrheit für mich sein mag«, beharrte ich.

Sein scharfer, durchdringender Blick ruhte sehr nachdenklich auf mir. Er blinzelte kurz, als ob er eine rasche Entscheidung träfe, und nickte dann.

»In Ordnung. Vielleicht hast du recht; vielleicht ist die Zeit gekommen. Du wirkst heute viel stärker, und ich leide unter der Feindseligkeit, die zwischen deiner Mutter und mir bestanden hat. Außerdem möchte ich nicht, daß es zwischen uns Geheimnisse gibt, die uns einander entfremden, Annie.

»Dann erzähl mir alles.«

»Das werde ich auch tun.« Er holte einen Stuhl vom Toilettentisch und setzte sich vor mich hin. Lange saß er so, das Kinn auf seine eleganten, gepflegten Hände gestützt, und sagte kein Wort. Dann ließ er die Hände sinken und blickte sich im Zimmer um. »Das ist der richtige Ort für ein Geständnis . . . ihr Zimmer.« Er senkte den Blick, und als er wieder aufschaute, waren seine Augen so traurig wie die eines mutterlosen Hündchens, das sich danach sehnte, gestreichelt und geliebt zu werden. Ich atmete tief durch und wartete darauf, daß er begann.

14. Kapitel
Tonys Geständnis

»Annie«, begann er, und seine Augen leuchteten wie zwei blaue Eiskristalle, »ich bitte dich nicht darum, mir das, was ich getan habe, zu verzeihen. Ich bitte dich nur darum zu verstehen, warum ich es getan habe und wie sehr ich später unter meinen Taten zu leiden hatte – vor allem, nachdem Heaven davon erfahren hatte und mich dafür haßte.«

Er hielt inne und wartete auf eine Antwort, aber ich sagte nichts. Vielleicht hoffte er auf ein wenig Zuspruch, ehe er anfing, aber ich konnte nur an eines denken: Das, was ich jetzt gleich erfahren würde, mußte so entsetzlich sein, daß ich ihm darum bitten würde – nein daß ich verlangen würde –, unverzüglich von Farthinggale Manor fortgebracht zu werden.

Ich merkte, daß Tony in einer Hinsicht recht hatte – dies hier war der richtige Ort für mich, um die Geschichte zu erfahren. In den Schränken hingen noch Kleider von meiner Mutter, und ihrem Aussehen nach zu urteilen, hatte ich keinen Zweifel daran, daß Tony sie hatte reinigen lassen . . . alles dies entsprach seiner zwanghaften Besessenheit, die Vergangenheit am Leben zu erhalten. Ich hatte das Gefühl, daß ich den vertrauten Duft von Jasmin einatmete, ja, ich meinte sogar hören zu können, daß irgendwo eine Spieluhr eine Melodie von Chopin spielte, doch das war wohl Einbildung.

»Annie, du kannst dir nicht vorstellen, wie schlimm es für mich war, als mein Bruder starb. Ich hatte immer gehofft, er könnte seinen Fatalismus und seine Depressionen überwinden und eine Frau finden, die ihn liebte. Ich hatte mir gewünscht, daß er heiraten und Kinder haben würde – daß kleine Tattertons wieder lachend durch diese endlosen Flure toben würden. Er würde einen Erben zeugen, und die Familie würde sich weiter fortpflanzen –«

»Warum hattest du denn mit Jillian keine Kinder, Tony?« Die Frage schien auf der Hand zu liegen, aber ich konnte an seiner Reaktion sehen, daß sie ihn in tiefe innere Qualen stürzte – seine Augen verengten sich, und er preßte die Lippen aufeinander. Dann schüttelte er langsam den Kopf.

»Jillian war keine junge Frau mehr, als wir heirateten, und sie war außerordentlich eitel. Sie behauptete, sie habe ihre Schönheit durch Leighs Geburt teilweise eingebüßt und es sei ein harter Kampf gewesen, bis sie wieder dieselbe Figur wie vorher hatte.

Kurz gesagt, Jillian wollte nicht noch ein Kind. Natürlich flehte ich sie an und bat sie, doch an das Erbe der Tattertons zu denken.«

»Und wie hat sie reagiert?«

»Jillian war wie ein Kind, Annie. Sie konnte sich ihren eigenen Tod nicht vorstellen, sie konnte nicht einmal der Tatsache ins Auge schauen, daß sie eines Tages alt sein würde. Dieses Problem gab es einfach nicht für sie.

Zu Anfang wies sie mich mit der Begründung ab, Troy solle für die Nachkommenschaft sorgen. Nach seinem Tod . . . nun, für Jillian war es zu diesem Zeitpunkt bereits zu spät.«

»Aber was hat das damit zu tun, daß meine Mutter nichts mehr mit dir zu tun haben wollte?«

»Das ist alles nur die Einleitung, Annie, damit du meine Motive für das, was ich getan habe, besser verstehst. Troy weilte nun also nicht mehr unter uns; Jillian war . . . nun, Jillian war so mit sich selbst beschäftigt, sie war bereits auf dem Weg in die Welt des Wahnsinns, in der sie dann bis zu dem Tag, an dem sie starb, leben sollte.

Du kannst dir nicht vorstellen, wie entzückt ich war, als Heaven hierherkam und ich sie das erste Mal sah – Jillians Enkelin. Troy war zu jener Zeit bereits sehr depressiv; er lebte allein und war fest davon überzeugt, daß er bald sterben würde. Jillian dachte nur an sich selbst und an ihre Schönheit.

Heaven war klug und aufgeweckt. Sie wollte lernen und es zu etwas bringen. Wie du weißt, meldete ich sie in einer teuren Privatschule an, überschüttete sie mit teueren Kleidern und sorgte dafür, daß sie alles bekam, was sie sich nur wünschen konnte. Als sie nach Winnerrow gehen wollte, um ihre Familie wieder zusammenzuführen, gab ich ihr das Geld, das sie dafür brauchte.« Er beugte sich zu mir vor und senkte die Stimme, als wollte er nicht, daß irgendeiner seiner Vorfahren zuhörte. »Ich hätte ihr sogar erlaubt, ihre ganze Familie hierher zu bringen, solange sie nur bei mir blieb und meine Erbin wurde.

Wahrscheinlich ist es für dich kaum vorstellbar – aber es brach mir das Herz, als sie beschloß, nach Winnerrow zurückzukehren, um Lehrerin zu werden. Ich konnte nicht begreifen, daß sie alles hier für eine Stelle als Lehrerin in einer kleinen Stadt aufgeben wollte, wo die Leute sie wegen ihrer Herkunft verachteten und auf sie herabblickten.«

»Ihr ganzes Leben lang war es ihr Traum gewesen, dort für die Kinder da zu sein, so wie ihre Lehrerin früher für sie dagewesen war«, sagte ich. »Ich erinnere mich gut, wie stolz sie auf das war, was sie als Lehrerin erreicht hatte.«

»Ja, ja, ich weiß. Und es war falsch von mir, das nicht zu würdigen. Das ist mir erst zu spät klar geworden.

Als ich dann erfuhr, daß sie deinen Vater heiraten würde, geriet ich in Panik. Damit schien es mir unausweichlich, daß sie nie wieder nach Farthinggale zurückkehren würde, dachte ich. Sie würde heiraten und sich in Winnerrow ein bescheidenes Heim gründen und . . .« Er schluckte. »Und sie würde sich mit Luke Casteel, ihrem Vater, versöhnen und wieder in dieser Welt Wurzeln schlagen.

Kannst du begreifen, wie ich mich fühlte?« fragte er flehentlich. »Alles würde mit meinem Tod zu Ende sein, das Tatterton-Imperium, Farthy, alles. Nachts wanderte ich durch die dunklen Korridore und spürte die zornigen Augen meiner Vorfahren auf mir, die mich von den Portraits anstarrten. Ich begann den Klang meiner eigenen Schritte zu verachten, ich haßte das Gesicht, das mir aus dem Spiegel entgegenblickte; ich wünschte, ich wäre nie als Tatterton zur Welt gekommen.

Und dann, eines Tages, dachte ich, warum sollte es denn nicht eine Möglichkeit geben, Heaven und ihre Welt nach Farthy zu holen?

Als ich von Heavens Verlobung mit Logan hörte, nahm ich Kontakt zu ihm auf, und wir erörterten seine Zukunft. Ich sah, daß er intelligent war und daß er eine rasche Auffassungsgabe besaß, daß er ehrgeizig und wißbegierig war. So bot ich ihm eine leitende Stellung in meinem Unternehmen an. Und ich bat darum, daß er und Heaven mir gestatteten, hier auf Farthy einen Hochzeitsempfang für sie zu geben.«

»Ich weiß. Ich habe die Fotos gesehen. Es muß wunderbar gewesen sein.«

»Ein solches Fest hat es hier seither nicht wieder gegeben. An jenem Tag, kurz vor dem Empfang, machte ich Logan und Heaven den Vorschlag, in mein Unternehmen einzusteigen und die Fabrik in Winnerrow aufzubauen. Deine Mutter war einverstanden, und dann zeigte ich ihnen diese Räume hier.« Er schwieg und starrte auf die prunkvolle Einrichtung, den stummen Zeugen seines Sieges. »Und Heaven war überwältigt. Ich hatte sie zurückgewonnen. Ich hatte alle meine Mittel eingesetzt – alles, was ich war, und alles, was ich hatte –, um das zu erreichen.«

»Aber Tony, warum haßte sie dich?«

Er senkte den Blick und spielte nervös mit seinen Fingern.

»Sie haßte mich, weil ich noch etwas anderes tat, um meinen Plan abzusichern.« Er blickte auf.

»Was war das, Tony?« fragte ich atemlos.

»Ich hatte Angst, daß sie wieder eine Beziehung zu Luke Casteel aufbauen könnte. Ich wußte, wie sehr sie ihn liebte und wie sehr sie sich wünschte, daß er sie liebte. Nach all den Jahren der Trennung wollte sie ihm nur zu gerne verzeihen, daß er sie und ihre Brüder und Schwestern verkauft hatte. Daher lud sie ihn und Stacie, seine neue Frau, zu ihrer Hochzeit in Winnerrow ein. Ich wußte, daß Luke kommen würde. Wenn sie sich erst einmal wieder mit Luke versöhnt hatte, dann würde sie mich nicht mehr brauchen, da war ich ganz sicher – weder mein Geld, noch meine Fabrik. Nichts hätte mehr Bedeutung für sie. Ich hatte das Gefühl, daß ich dies verhindern mußte.«

»Was hast du getan?« fragte ich angstvoll.

»Ich wußte durch meine Gespräche mit Heaven, daß Luke immer davon geträumt hatte, seinen eigenen Zirkus zu besitzen. Er arbeitete damals für einen Mann namens Windenbarron. So kaufte ich Windenbarrons Zirkus und bot ihn Luke für einen Dollar an.«

»Für einen Dollar!«

»Für einen Dollar und unter einer Bedingung . . . er durfte nicht zur Hochzeit kommen und keinerlei Kontakt zu Heaven aufnehmen. Für den Fall, daß er dem zuwiderhandelte, hätte er den Zirkus sofort wieder verloren.«

Ich starrte ihn an, unfähig, auch nur ein einziges Wort hervorzubringen. Eine endlose Flut von Gedanken schoß mir durch den Kopf. Für einen Dollar! Tony hatte gehandelt wie der Teufel, der die Seele des Mannes kaufte, ihn in Versuchung führte, indem er ihm alles, was er sich je gewünscht und erträumt hatte, anbot, aber ihn gleichzeitig zwang, jene Dinge aufzugeben, die ihm eigentlich am wichtigsten und teuersten hätten sein sollen. Mir wurde übel, mich ekelte, und ich fühlte mich so schwach, als hätte ich soeben erfahren, daß mein eigener Vater mich für einen Zirkus eingetauscht hatte – und das für nur einen Dollar!

Das Schweigen zwischen uns schien endlos. Wie sehr wünschte ich mir, ich könnte aufstehen und aus dem Zimmer laufen – fort von diesen entsetzlichen Enthüllungen! Was für ein Mann war Luke Casteel? Luke Jr. hatte diese Charakterzüge hoffentlich nicht geerbt, betete ich. Jener Luke, den ich kannte und liebte . . .

»Luke war einverstanden?« fragte ich schließlich, obwohl ich die Antwort bereits wußte.

»Ja, und er hat sich an die Vereinbarung gehalten – bis zu dem Tag, als er und seine Frau ums Leben kamen. Erst dann . . . fand Heaven heraus, was ich getan hatte. Ich versuchte, es ihr zu erklären, so wie ich es jetzt dir erkläre. Ich flehte sie an, mir zu verzeihen, aber sie war so außer sich, daß sie Farthinggale sofort verließ und nie wieder zurückkehrte.«

Er senkte den Kopf.

»Sie ließ mich als gebrochenen Mann zurück, von Schuldgefühlen zermartert. Ich wanderte mutterseelenallein durch dieses riesige Haus und grübelte über mein selbstsüchtiges Handeln nach. Nachdem meiner Meinung nach genug Zeit vergangen war, um die Wunden heilen zu lassen, versuchte ich, Heaven dazu zu bringen, mit mir zu sprechen, meine Anrufe und meine Briefe zu beantworten. Doch sie wollte nichts mehr mit mir zu tun haben, und ich konnte machen, was ich wollte – nichts konnte sie umstimmen.

Ich zog mich in eine Schattenwelt zurück, und dort habe ich seither gelebt.« Er blickte einen Moment lang zu Boden. »Was mich am Leben erhalten hat, waren die Nachrichten, die ich über dich und über Heavens und Logans Leben in Winnerrow in Erfahrung bringen konnte. Ich hatte meine Leute, die mir berichteten, daß du zu einer schönen jungen Dame herangewachsen seist, und außerdem erfuhr ich von dem Erfolg eurer Spielzeugfabrik und von Heavens und Logans wunderbarem Leben in Winnerrow, wo sie geachtet und beneidet wurden. Ich . . . ich konnte nicht anders, ich wollte dich unbedingt sehen, ich wollte wissen, wie es euch allen erging.

Oft spielte ich mit dem Gedanken, einfach dort aufzutauchen und das Risiko in Kauf zu nehmen, daß deine Mutter mich hinauswarf. Ich plante sogar, mich zu verkleiden und nach Winnerrow zu fahren, um dich aus nächster Nähe sehen zu können«, meinte er; doch er sagte es in einem Ton, daß ich mich fragte, ob er es nicht tatsächlich getan hatte.

»Du kannst dir gar nicht vorstellen, wieviel es mir während dieser trüben und einsamen Jahre bedeutete, mit dir und Heaven zu leben, und sei es auch nur aus zweiter Hand, über Erzählungen«, sagte er. Ich sah die Tränen in seinen Augen und merkte, daß er es zutiefst ehrlich meinte. Er hatte all die Jahre darauf gewartet, daß entweder Mammi oder ich hierher nach Farthinggale kommen würden. Wie sehr hatte er sich danach gesehnt! Ich konnte nicht anders, ich empfand Mitleid mit ihm und mit seinem verzweifelten Verlangen.

»O, Annie, glaube bitte nicht, daß ich nicht alles geben würde, um die Zeit zurückzudrehen und das, was ich getan habe, ungeschehen zu machen, aber es geht nicht. Bitte . . . bitte, hasse mich nicht deswegen. Gib mir die Möglichkeit, meine schlechten Taten wieder gutzumachen, indem ich dir helfe, indem ich dich wieder ganz gesund und sehr glücklich mache.«

Er ergriff meine Hand, und seine Augen bettelten, flehten inständig, ich möge ihm verzeihen. Mein Herz pochte. Ich hatte das Gefühl, ich würde gleich in Ohnmacht fallen, wenn ich mich nicht hinlegte.

»Ich möchte in mein Zimmer zurück, Tony. Ich muß mich ausruhen und nachdenken.«

»Ich kann es dir nicht vorwerfen, daß auch du mich haßt.«

»Ich hasse dich nicht, Tony. Ich glaube dir, daß dir das, was du getan hast, sehr leid tut, aber ich verstehe jetzt auch, warum meine Mutter so traurig war, wenn man auf ihren Vater zu sprechen kam, und warum sie so aufgebracht war, wenn wir über Farthinggale redeten und dein Name fiel. Ihr Vater starb, ohne daß sie die Möglichkeit hatten, sich nach so vielen Jahren der Entfremdung miteinander zu versöhnen. Im Gegensatz zu dir, Tony, hatte mein Großvater nie die Chance, um Verzeihung zu bitten.«

»Ich weiß, und dieses Wissen wird mich bis in die Hölle begleiten.« Er wischte sich eine Träne von der Wange.

Verzeih mir, Mammi, dachte ich – aber in diesem Augenblick mußte ich Mitleid mit ihm haben.

»Ich sollte mich jetzt wirklich ausruhen, Tony. Drake kommt heute nachmittag, um die Liste mit den Sachen, die ich gerne aus Winnerrow hätte, abzuholen, nicht wahr?«

»Ja.«

Er stand auf und ging um meinen Stuhl herum. Ich hörte, wie er tief Luft holte und laut seufzte. Dann begann er mich aus dem Zimmer zu schieben, heraus aus der Vergangenheit, zurück in die Gegenwart.

Als ich wieder in meinem Zimmer war, schickte Tony sofort Mrs. Broadfield herauf, und sie half mir ins Bett.

»Ich bin gleich wieder hier«, sagte sie, nachdem ich versorgt war, »und dann beginnen wir mit der Behandlung.«

»Ich möchte heute keine Behandlung haben«, erwiderte ich.

»Selbstverständlich machen wir heute Behandlung. Sie können nicht einfach einen Tag aussetzen. Wir müssen den Körper an einen Rhythmus gewöhnen, auf den er sich verlassen kann«, belehrte sie mich. »Ruhen Sie sich jetzt ein wenig aus, und wenn ich wieder da bin, machen wir die Übungen. Ihre Beine müssen massiert werden, damit das Blut durch die Muskeln zirkuliert. Sie möchten doch nicht, daß Ihre Beine vermodern und abfallen?« fragte sie und lächelte wie eine böse Hexe. Dann drehte sie sich auf dem Absatz um und ging aus dem Zimmer, ehe ich etwas erwidern konnte. Doch das groteske Bild, das sie geboten hatte, blieb in meinem Gedächtnis.

Ich war wie Knetmasse in ihren Händen, als sie zurückkam, um mit der Massage zu beginnen. Während ich auf sie wartete, dachte ich die ganze Zeit daran, wie sich wohl meine Mutter gefühlt hatte, als sie herausfand, daß Tony ihren Vater bestochen hatte, von ihrer Hochzeit und von ihr fernzubleiben. Ich erinnerte mich gut daran, daß ihre Augen immer einen betrübten, geistesabwesenden Ausdruck angenommen hatten, wenn sie von Luke sprach. Wie traurig es doch war, daß sie nicht die Möglichkeit gehabt hatte, noch einmal mit ihm zu sprechen, um ihm zu verzeihen.

Und doch war es ja nicht nur Tonys Schuld, dachte ich. Luke war mit den Bedingungen einverstanden gewesen. Er war bereit gewesen, meine Mutter zu verlieren, um seinen heißgeliebten Zirkus besitzen zu können. Als meine Mutter die Wahrheit erfuhr, mußte ihr auch dies in den Sinn gekommen sein, wodurch das alles für sie sicherlich noch schwerer zu ertragen war. Ich konnte verstehen, warum sie empört war. Da Luke nicht mehr lebte, hatte sich ihr ganzer Zorn gegen Tony gerichtet.

Aber wenn ich mir nun Tony vorstellte, wie er sich selbst dargestellt hatte – allein in dem großen Haus, voller Reue über das, was er getan hatte, und unfähig, meine Mutter dazu zu bringen, ihm zu verzeihen –, dann konnte ich nicht anders, ich hatte auch Mitleid mit ihm. Vielleicht wäre Mutter ein wenig nachgiebiger, wenn sie ihn jetzt sehen würde. Sie war viel zu mitfühlend und liebevoll, um eine so zerquälte Seele zurückweisen zu können.

Nein, beschloß ich, ich wollte nicht von Farthinggale Manor weggebracht werden. Ich würde Tony die Möglichkeit geben, seine Reue in die Tat umzusetzen. Wenn ich gehen würde, dann wäre dies eine zu grausame Strafe für ihn. Ja, vielleicht würde er sich sogar für denselben Weg entscheiden, den sein Bruder gewählt hatte ...

All diese Gedanken gingen mir durch den Kopf, während Mrs. Broadfield meine Schenkel durchknetete und meine Wadenmuskeln massierte. Der stechende Schmerz kam wieder, sogar noch stärker als beim letzten Mal, aber ich sagte es ihr nicht. Ich würde lieber auf den Arzt warten, beschloß ich, und mit ihm sprechen.

Mrs. Broadfield hob meine Beine hoch und verdrehte sie in alle Richtungen. Als ich nach unten schaute, sah ich, wie ihre kräftigen Hände meine Haut quetschten und rieben, bis das helle Weiß feuerrot wurde. Dann drehte sie mich auf den Bauch, und als ihr Finger mein Hinterteil erreichte, spürte ich es ganz genau . . . ohne Schmerzen. Ich spürte es einfach nur. Der Druck war beinahe schon unangenehm.

»Ich kann Ihre Finger spüren, ohne dabei Schmerzen zu haben, Mrs. Broadfield.«

»Wirklich?« Sie arbeitete weiter und drückte jetzt sogar noch stärker.

»Ja, ist das denn wichtig?«

»Könnte schon sein. Ich werde es in meinen Bericht aufnehmen.« Sie rieb immer weiter.

»Reicht das noch nicht?« fragte ich schließlich.

Sie zuckte zurück, als hätte ich ihr einen Schlag versetzt. Sogleich zog sie mein Nachthemd herunter, so daß ich bis zu den Knöcheln bedeckt war. Ihr Gesicht war rot von der Anstrengung, und ihre Augen waren so klein wie die eines Nagetiers. In diesem Augenblick waren draußen im Korridor Stimmen zu hören.

Drake und Tony näherten sich. Ich deckte mich schnell zu und legte mich zurück, um sie zu begrüßen. Drake strahlte, als er mich sah; ich aber brachte nur ein kleines, dünnes Lächeln zustande. Luke hätte sofort bemerkt, daß mich etwas quälte, dachte ich.

»Hallo, Annie.« Drake küßte mich auf die Wange. Tony war am Fuß des Bettes stehen geblieben. »Ich möchte die Liste abholen. Hätte ich einen Lastwagen mitbringen sollen?« Er lachte und wandte sich nach Tony um, der sich wieder ganz in der Hand hatte und so gepflegt und distinguiert war wie immer.

»Ich möchte gar nicht so viel, Drake. Ich werde ja nicht für immer und ewig hier sein«, meinte ich. Ich merkte, wie Tony zusammenzuckte, während Drake zustimmend nickte.

»Natürlich. So mußt du denken: positiv.«

»Ich gehe nach unten«, verkündete Tony plötzlich. »Ihr beide könnt euch ja eine Weile unterhalten.«

»Es wird nicht lange dauern«, erklärte Drake. »Ich muß

mich bald auf den Weg machen.«

»Hier ist die Liste, Drake.« Mit diesen Worten holte ich sie unter meinem Kopfkissen hervor. Ich hatte sie dort aufbewahrt, weil mir immer wieder zwischendurch etwas in den Sinn gekommen war, und ich hatte nicht dauernd Mrs. Broadfield um Papier und Bleistift bitten wollen.

»Mrs. Avery kann dir helfen, alles zu finden«, sagte ich. Drake nickte und studierte die Liste.

»Die beiden Armkettchen? Ist das der ganze Schmuck, den du haben möchtest?«

»Sonst brauche ich doch nichts, Drake. Schließlich gehe ich hier doch nicht aus!«

»Oh, du bist doch sicher eines Tages soweit, daß du dich aus irgend einem Anlaß richtig schön anziehst. Wenn ich sonst noch etwas sehe, bei dem ich denke, daß du es vielleicht gerne hättest, dann bringe ich es auch noch mit«, versprach er, faltete den Zettel zusammen und steckte ihn in die Innenjacke seines Jacketts. Endlich bemerkte er den gequälten Ausdruck in meinen Augen. »Irgendetwas ist nicht in Ordnung, stimmt's, Annie?«

»O Drake.« Ich begann zu weinen.

»Annie, liebe Annie.« Er setzte sich an den Bettrand und umarmte mich ein wenig unbeholfen. »Was ist los? Hast du schon gehört, was mit Luke ist?«

»Mit Luke?« Rasch schluckte ich den Kloß in meinen Hals hinunter. »Was ist mit Luke? Drake . . . sag es mir.« Mein Herz pochte laut.

»Nun ja, ich wollte es dir erzählen, damit du dir keine Sorgen machst, weil er noch nicht angerufen oder sich sonst irgendwie bei dir gemeldet hat, aber – «

»Was?!« Mein Magen verkrampfte sich vor lauter Angst.

»Beruhige dich, Annie. Ihm ist nichts Schlimmes passiert. Nachdem ich gestern bei dir war, dachte ich, ich könnte doch kurz nach Harvard gehen und nachsehen, wie es ihm so geht. Es dauerte eine ganze Weile, bis ich ihn fand. Schließlich entdeckte ich ihn im Gemeinschaftsraum seines Studentenwohnheims . . . bei einem Tête-à-Tête mit einer Kommilitonin.« Er wandte den Blick ab.

»Was willst du damit sagen, Drake? Ich verstehe dich

nicht.« Ich konnte das aufsteigende Ohnmachtsgefühl nicht bekämpfen. Es fiel mir schwer zu sprechen, aber ich wollte nicht, daß Drake es merkte.

»Er hat eine Freundin. Das ging ziemlich schnell, ich weiß. Er war sehr intensiv mit ihr beschäftigt.«

»Eine Freundin? Aber hat er sich denn nicht nach mir erkundigt?« fragte ich hoffnungsvoll.

»O doch, und dann hat er versprochen, Tony heute anzurufen. Ich habe Tony deswegen gefragt, als wir die Treppe zu dir heraufkamen, aber . . . Luke hat noch nicht angerufen. Ich nehme an, er meldet sich später. Einen Augenblick lang dachte ich« – er schaute Richtung Tür – »Tony hätte vielleicht jemanden nach Harvard geschickt, um Luke für dich zu suchen, und ich hatte vermutet, daß diese Person mit derselben Information hierher gekommen wäre und Tony dir die Neuigkeit schon überbracht hätte.«

»Nein.« Ich wandte mich ab. Mein Herz fühlte sich an wie ein Zementklotz. Luke ließ sich durch ein neues Mädchen ablenken und vergaß mich darüber? Ich hatte Daddy und Mammi verloren, und jetzt . . . jetzt sollte ich auch noch Luke verlieren? Das konnte einfach nicht wahr sein. Wenn Luke sich ablenken ließ, dann lag das nur daran, daß ich krank war und nicht bei ihm sein konnte, überlegte ich. Wenn ich erst wieder gesund und bei Kräften sein würde und zu ihm zurückkehren könnte, dann würde er rasch das Interesse an dieser Studentin verlieren. Unsere Gemeinsamkeiten konnte niemand ersetzen. Ich wußte, sobald wir uns das nächste Mal gegenüberstünden, würde unser Leben wieder so sein wie früher. Das wünschte ich mir. Ich war fest entschlossen, dafür zu kämpfen.

»Ich weiß, was du jetzt denkst, Annie, aber du kannst dir nicht vorstellen, wie aufregend es für jemanden wie Luke sein kann, wenn er aus so einem langweiligen Kaff nach Harvard kommt und plötzlich ganz andere, sehr viel welterfahrenere Menschen kennenlernt. Er hat sich im Sturm erobern lassen, und das würde jedem anderen an seiner Stelle auch so gehen. Du darfst ihm deshalb keine Vorwürfe machen«, fügte Drake hinzu.

Ich nickte. »Ich weiß. Ich . . . ich vermisse ihn einfach.« Ich konnte Drake nicht sagen, was ich in Wirklichkeit für Luke fühlte, und ich wollte nicht, daß er mir in die Augen sah.

»Nun, wenn er nicht bald anruft oder hier auftaucht, dann werde ich ihn höchstpersönlich hierher schleppen.«

»O nein, Drake. Er muß aus freien Stücken kommen, und nicht, weil er muß. Ich möchte nicht, daß er es als eine ... Verpflichtung ansieht, mich zu besuchen!« Das wäre das Allerschlimmste, dachte ich. Ich hätte dann das Gefühl, als wäre ich eine Last für ihn und nicht eine Frau, die er liebte und mit der er zusammensein wollte.

»Natürlich. Es tut mir leid«, sagte Drake und wandte den Blick ab.

»Armer Drake. Ich wollte dich nicht zurechtweisen. Entschuldige bitte.« Drake war nun alles, was mir von meiner Familie geblieben war ... Drake und Tony Tatterton.

»Oh, das macht doch nichts. Aber sage mir doch jetzt, Annie, warum du vorhin ein so sorgenvolles Gesicht gemacht hast, wenn es nicht wegen Luke war?«

»Hilf mir, mich aufzurichten, Drake«, bat ich ihn. Er brachte mir ein Sitzkissen und stopfte es so hinter meinen Rücken, daß ich bequem saß. Dann setzte er sich wieder neben mich auf die Bettkante. »Drake, ich habe Tony gezwungen, mir zu sagen, warum er und Mammi sich entzweiten.«

Drake nickte, ohne die Augen zu bewegen, aber auf seinen Lippen lag ein leichtes Lächeln.

»Ich habe gewußt, daß du das tun würdest. Du bist nicht unterzukriegen, Annie. Dazu gleichst du viel zu sehr deiner Mutter. Und? Welches fürchterliche Skelett hast du aus den Schränken von Farthy herausgezerrt?«

Ich erzählte ihm alles und versuchte dabei, Tony gegenüber fair zu sein, indem ich seine Gründe erklärte, so wie er sie mir dargelegt hatte. Während ich sprach, wurde Drakes Gesicht aschfahl. Tiefe, dunkle Schatten bildeten sich um seine Augen. Als ich fertig war, wandte er sich ab und sagte lange Zeit kein Wort.

»Natürlich kann ich mich nicht mehr so deutlich an meinen Vater erinnern«, begann er. »Ich war erst fünf Jahre alt, als er ums Leben kam, aber ich weiß noch, daß ich eine wunderbare Feuerwehr hatte, ein Tatterton-Spielzeug, das Heaven mir geschenkt hatte. Und immer, wenn mein Vater beobachtete, daß ich damit spielte, sah er ganz traurig aus.

›Du weißt, wer dir das geschenkt hat?‹ fragte er dann.

›Heaven‹, antwortete ich jedesmal. Ich hatte selbstverständlich vergessen, wer sie war und wie sie aussah, aber der Name war hängengeblieben, weil mein Vater dann immer sagte: ›Ja, Heaven, deine Schwester.‹ Und dann lächelte er. Zweifellos hat Tony etwas sehr Schlimmes getan, aber du hast recht, wenn du sagst, daß mein Vater mitschuldig daran ist, denn er opferte seine Tochter für einen Zirkus.

Ich glaube, daß die Zeit gekommen ist, Tony zu verzeihen, Annie. Ich habe Heaven fast so sehr geliebt wie du, und ich glaube nicht, daß sie uns deswegen hassen würde.«

Heiße Tränen brannten auf meinen Wangen. Ich konnte nur nicken. Er wischte meine Tränen weg und nahm mich in die Arme.

»Also dann«, sagte er und erhob sich hastig. »Ich sollte mich jetzt wirklich auf den Weg machen. Ich werde morgen gegen Abend zurückkommen. Ich bringe dir alles direkt hierher.«

»Bitte, sag Mrs. Avery, Roland und Gerald viele Grüße. Und noch etwas Drake . . . versprich mir, daß du keinen Streit mit Tante Fanny anfängst. Versprich es mir, Drake.«

»Gut, ich verspreche es dir. Ich tue einfach so, als sei sie nicht da, wenn ich sie treffe.«

»Und sag ihr, ich würde mich freuen, wenn sie mich hier in Farthy besuchen käme.«

»Klar.« Er grinste.

»Und sag nichts Ungezogenes zu Luke.«

»Zu Befehl, Chef.« Er salutierte.

»Bitte, sei vorsichtig, Drake.«

»Natürlich, Annie.«

»O Drake.«

Er nahm mich in die Arme, und dann ging er. Obwohl er die Tür offen ließ, hatte ich das Gefühl, er hätte sie geschlossen und ich sei nun eingesperrt. Die Stille, die auf seine Schritte folgte, war erdrückend. Fröstelnd zog ich meine Decke bis zum Hals und starrte vor mich hin.

Luke mit einem anderen Mädchen! Ich versuchte zwar, das

Bild, das sich mir aufdrängte zu vertreiben, aber es gelang mir nicht. Ich sah ihn mit einer hübschen Studentin, wie sie in der Cafeteria saßen und sich unterhielten. Ich sah ihn, wie er Hand in Hand mit ihr über das Universitätsgelände ging, ich sah, wie er sie küßte und sie in seinen Armen hielt, so wie ich es mir immer mit ihm erträumt hatte . . .

Alles entglitt mir. Die ganze Welt, die ich gekannt und geliebt hatte, schien in den Flammen des Schmerzes aufzugehen. Alles war verkohlt, selbst meine geliebten Magnolienbäume. Ich war wie ein kleiner Vogel, der, erschöpft von einem langen Flug, verzweifelt nach einem sicheren Ort suchte, wo er sich niederlassen konnte. Aber alle Zweige waren verbrannt . . .

Ich schloß die Augen und träumte von Daddy. Er breitete die Arme aus, um mich zu begrüßen. Aber als er mich umarmte, waren seine Arme aus Luft.

»Nein! Nein!« rief ich. Ich erwachte von meinem eigenen Schreien. Tony stand neben mir.

»Ich hatte eine entsetzlichen Alptraum«, sagte ich und erwartete, er würde mich bitten, den Traum zu beschreiben.

»Das ist verständlich, Annie.« Er setzte sich auf mein Bett und beugte sich zu mir herab, um mir übers Haar zu streichen. »Nach allem, was du durchgemacht hast! Aber wenn du erwachst, dann bist du ja in Sicherheit – hier bei mir.

Aber wie dem auch sei«, meinte er und strich mir immer noch liebevoll übers Haar, »bald wird die Welt für dich wieder heller und glücklicher aussehen. Ich habe große Pläne für dich. Ich möchte so vieles tun, und es gibt so viele Veränderungen, die ich vornehmen möchte. Das ganze Haus wird wieder lebendig werden, und du wirst der Mittelpunkt sein. Wie eine Prinzessin«, fügte er hinzu, und ich mußte sogleich an Luke und unsere Phantasiespiele denken. Die Erinnerung daran rief ein Lächeln auf meine Lippen, ein Lächeln, von dem Tony glaubte, er habe es herbeigezaubert.

»Siehst du, es geht dir schon besser. Nun«, meinte er und griff nach einem meiner Beruhigungsmittel, die auf dem Nachttisch lagen, »Mrs. Broadfield meint, du solltest eine hievon nehmen.« Er reichte mir die Tablette und goß mir ein wenig Wasser ein. Ich schluckte sie gehorsam. Nachdem er das Glas wieder zurück auf den Tisch gestellt hatte, beugte er sich über mich, um mich auf die Stirn zu küssen. »Mach einfach wieder die Augen zu und versuche ganz ruhig zu liegen, bis der Schlaf dich übermannt.« Er erhob sich. »Schlaf ist die beste Medizin, weißt du«, erklärte er. Offensichtlich sprach er aus persönlicher Erfahrung. »Bis später. Ist jetzt alles in Ordnung?«

»Ja, Tony.«

»Gut.«

Ich schaute ihm nach, als er ging. Vielleicht war es nur wenig später, vielleicht auch schon in der Nacht – ich konnte es nicht sagen, weil das Beruhigungsmittel mich völlig verwirrte und mein Empfinden für Zeit und Raum durcheinanderbrachte – aber als ich die Augen öffnete, sah ich die dunkle, schmale, schattenhafte Gestalt eines Mannes in meiner Tür stehen.

Er näherte sich meinem Bett, aber aus irgendeinem Grund hatte ich keine Angst. Ich spürte, wie er mir zärtlich übers Haar strich und sich dann über mich beugte, um mich auf die Stirn zu küssen. Das gab mir ein Gefühl der Sicherheit, und ich schloß die Augen. Ich erwachte erst wieder, als Dr. Malisoff meinen Namen rief.

15. Kapitel
Ganz wie Mammi

»Guten Morgen, Annie. Wie fühlen Sie sich?« Dr. Malisoff saß auf dem Bettrand, während Tony ein paar Schritte hinter ihm stand. Er erinnerte mich an einen werdenden Vater, so wie er von einem Fuß auf den anderen trat, die Hände hinter dem Rücken verschränkt. Mrs. Broadfield kam aus dem Wohnzimmer hereingeeilt, um dem Arzt das Blutdruckmeßgerät zu bringen. Mühsam richtete ich mich auf. Ich hatte tief geschlafen, aber ich fühlte mich alles andere als erfrischt, und mein Rücken war ganz steif.

»Ich bin ein bißchen müde«, gab ich zu. In Wirklichkeit war ich völlig erschöpft und ausgelaugt, aber ich wollte unbedingt, daß mir der Arzt erlaubte, ein Telefon im Zimmer zu haben und Besucher zu empfangen.

»Soso.« Er schlang die Manschette des Blutdruckmeßgeräts um meinen Oberarm. »Hat sie denn ordentlich gegessen, Mrs. Broadfield?« fragte er, ohne seinen prüfenden Blick von mir abzuwenden. Seine Augen sahen aus wie kleine Mikroskope, die auf mein Gesicht gerichtet waren.

»Sie ißt nicht so, wie ich es gerne hätte, Herr Doktor«, erwiderte Mrs. Broadfield. Sie klang wie ein Schulmädchen, das ein anderes beim Lehrer verpetzte.

Der Arzt setzte eine tadelnde Miene auf und schüttelte den Kopf.

»Ich hab noch immer keinen richtigen Appetit«, brachte ich zu meiner Verteidigung vor.

»Ich weiß, aber Sie müssen sich zusammennehmen, damit Sie wieder zu Kräften kommen . . . Ruhen Sie sich denn auch genug aus, Annie? Sie sehen nicht sehr erholt aus.« Ich warf Tony einen kurzen Blick zu. Er sah schuldbewußt zu Boden.

»Ich tue mein Bestes.«

»Sie hat doch noch keine Besucher empfangen oder sich sonst irgendwie angestrengt, hoffe ich?« fragte Dr. Malisoff Mrs. Broadfield.

»Ich habe versucht, dafür zu sorgen, daß sie Ruhe hält«, erwiderte sie ausweichend. Warum nahm sie nur alles so persönlich? fragte ich mich. Hatte sie Angst, sie könnte genauso schnell entlassen werden wie Millie?

»Ich verstehe.« Der Arzt untersuchte meine Beine, testete meine Reflexe und Reaktionen, schaute mir mit einer kleinen Taschenlampe in die Augen und schüttelte dann wieder den Kopf. »Bei meinem nächsten Besuch will ich aber bessere Fortschritte sehen, Annie. Ich möchte, daß sie sich stärker auf Ihre Genesung konzentrieren.«

»Aber das tue ich doch!« protestierte ich. »Ich habe ja nicht einmal ein Telefon. Das einzige, was ich tun kann, ist fernsehen und lesen. Außer Tony, Drake und Rye Whiskey, dem Koch, hat mich noch niemand besucht.« Ich konnte den schrillen Ton in meiner Stimme nicht unterdrücken.

»Ich sehe, daß Sie sich in einem sehr erregten psychischen Zustand befinden«, sagte der Arzt sanft. »Aber Sie wurden hierher gebracht, damit Sie sich in einer freundlichen und ruhigen Umgebung befinden, die Ihrer Genesung förderlich ist. Denken Sie an Ihre Gesundheit, stellen Sie sich vor, daß Sie wieder herumlaufen können, konzentrieren Sie sich ganz darauf und tun Sie was Mrs. Broadfield Ihnen sagt. Einverstanden?« Ich nickte, und er lächelte. Sein rotbrauner Schnurrbart kräuselte sich in den Mundwinkeln. Ich erzählte ihm nichts von den Schmerzen, die ich in meinen Beinen gespürt hatte. Schließlich gab es noch etwas weitaus Wichtigeres, was ich unbedingt loswerden mußte.

»Herr Doktor . . .« Ich stützte mich mit den Händen im Bett ab und setzte mich auf. »Ich möchte so gerne zum Grab meiner Eltern gebracht werden. Ich fühle mich jetzt stark genug dafür, und ich kann mich nicht auf meine Genesung konzentrieren, ehe ich nicht dortgewesen bin.« Ich wollte nicht dickköpfig und unkooperativ erscheinen, doch ich war fest davon überzeugt, daß dies der Wahrheit entsprach.

Der Arzt betrachtete mich einen Augenblick lang nachdenklich; dann sah er zu Tony hinüber. Ich beobachtete, wie sich ihre Blicke trafen und der Arzt leicht mit dem Kopf nickte.

»In Ordnung«, sagte er. »Noch ein Tag Ruhe, und dann kann Mr. Tatterton Sie dorthin bringen, aber ich möchte, daß Sie danach sofort wieder hierher zurückkommen und ein Beruhigungsmittel einnehmen«, fügte er hinzu, nachdem er erneut einen Blick mit Tony gewechselt hatte.

»Vielen Dank, Herr Doktor.«

»Und versuchen Sie zu essen. Sie werden überrascht sein, wieviel Energie ein genesender Körper braucht.«

»Ich will es versuchen.«

»Nächste Woche um diese Zeit will ich sehen, wie sich diese Zehen hier bewegen, und ich möchte, daß Sie kichern, wenn ich Sie an den Fußsohlen kitzle. Einverstanden?« Er fuchtelte mit seinem langen Zeigefinger in der Luft herum wie ein Vater, der sein Kind zurechtweist.

»Ja.« Ich lächelte und legte mich wieder zurück. Dr. Malisoff nickte und verließ das Zimmer, flankiert von Mrs. Broadfield und Tony. Ich hörte, wie die drei sich vor der Schlafzimmertür im Flüsterton über mich unterhielten. Diese Besprechung dauerte so lange, daß ich schon Angst bekam, sie könnten vielleicht erwägen, mich wieder ins Krankenhaus zu schikken. Tony kam als erster zurück. Er trat an mein Bett und nahm meine Hand in die seine. Dann schüttelte er den Kopf.

»Ich bin wütend auf mich selbst«, begann er. »Ich fühle mich verantwortlich für deine schlechten Untersuchungsergebnisse. Ich hätte nicht zulassen dürfen, daß du mich überredest, dir in den ehemaligen Räumen deiner Eltern diese traurigen Geschichten zu erzählen.«

»Mach dir keine Vorwürfe«, sagte ich beruhigend, aber ich fürchtete nun, die drei könnten es sich womöglich anders überlegt haben und mir den Besuch am Grab meiner Eltern untersagen. »Tony, bringst du mich morgen zu dem Grab?«

»Selbstverständlich. Der Arzt hat sich ja einverstanden erklärt. Ich werde augenblicklich die Vorbereitungen für die Feier treffen.«

»Lädst du auch Drake und Luke ein? Ich möchte gerne, daß sie an meiner Seite sind.«

»Ich werde mein Bestes tun. Drake sollte heute um die

Abendessenszeit aus Winnerrow zurückkehren«, meinte er lächelnd.

»Aber Tony, es sollte dir doch keine Schwierigkeiten bereiten, Luke ausfindig zu machen«, rief ich aus. Wie konnte er das auch nur andeuten? Und doch – was wäre, wenn Luke mit . . . mit einer neuen Freundin beschäftigt war? Er würde den Telefonanruf verpassen und meine Nachricht nicht rechtzeitig bekommen! Und ich brauchte ihn doch so dringend . . . »Drake hat ihn ohne große Schwierigkeiten gefunden.«

»Ich nehme nicht an, daß es ein Problem sein wird«, sagte Tony. »Ich werde meine Sekretärin gleich damit beauftragen.«

»Ich danke dir, Tony. Ich danke dir.« Damit ließ ich mich in die Kissen zurückfallen. Tony hielt noch immer meine Hand. Ich schloß die Augen. Selbst diese kleine Aufregung hatte mich schwach und müde gemacht. Wahrscheinlich hatten sie recht, daß sie mich so abschirmten, dachte ich. Ich hatte vor, noch ein wenig zu ruhen, aber Mrs. Broadfield dachte nicht daran, mich schlafen zu lassen.

»Es ist Zeit, daß sie aufsteht und ich sie fürs Frühstück fertigmache«, teilte sie Tony mit. Er nickte und ließ meine Hand los.

»Ich komme am frühen Nachmittag wieder vorbei. Ich wünsche euch beiden noch einen angenehmen Morgen.«

Mein Morgen war so wie immer, abgesehen davon, daß ich mich zwang, mein Frühstück bis auf den letzten Krümel aufzuessen. Schließlich wollte ich Mrs. Broadfield und den anderen kein Argument in die Hand geben, warum ich morgen nicht zum Grabmal meiner Eltern gehen könnte. Wie entsetzlich wäre es, wenn Tony Luke erreichte und dann alles abgesagt werden müßte! Sie würden mir bestimmt verbieten, Luke zu sehen, wenn ich nicht einmal imstande war, an der Trauerfeier für meine Eltern teilzunehmen. Der Gedanke, daß das Wiedersehen mit ihm erneut vereitelt werden könnte, versetzte mich in Panik. Ich mußte mich zusammennehmen, damit Mrs. Broadfield meine Unruhe nicht bemerkte.

Nach dem Frühstück führte Mrs. Broadfield die Morgentherapie durch. Ich spürte ihre Finger überall auf meinen Beinen, aber ich sagte kein Wort, aus Angst, sie könnte es irgendwie gegen mich verwenden und die Trauerfeier absagen lassen.

Ich schluckte also den Schmerz herunter und machte ein möglichst unbeteiligtes Gesicht. Den Rest des Morgens verbrachte ich damit, im Bett liegend fernzusehen. Nicht lange nach dem Mittagessen (ich hatte wieder alles aufgegessen) erschien Tony.

»Hast du mit Luke gesprochen?« fragte ich ihn gleich, als er zur Tür hereinkam.

»Nein, aber ich habe in seinem Wohnheim eine Nachricht hinterlassen. Ich bin sicher, daß er im Lauf des Tages zurückrufen wird oder vielleicht direkt zur Feier kommt. Ein alter Freund von mir, Pastor Carter, wird den Gottesdienst halten. Ich habe die Feier für zwei Uhr angesetzt.«

»Aber Tony, du hättest es immer wieder versuchen sollen, bis du ihn selbst am Apparat hast! Vielleicht kannst du es ja noch einmal probieren. Bitte, Tony!« bettelte ich.

»Falls ich es selbst nicht mehr schaffe, werde ich jemanden anderen bitten, es noch einmal zu versuchen. Mach dir keine Sorgen, Liebes. Bitte, reg dich deswegen nicht auf.«

»Ich rege mich nicht auf«, behauptete ich.

Tony wirkte erstaunlich munter, wahrscheinlich deshalb, weil ich nach seinem Geständnis nicht beschlossen hatte, Farthinggale zu verlassen.

»Du machst dir doch sicher Gedanken darüber, was du morgen anziehen sollst, stimmt's?« fragte er. Er hatte mein besorgtes Gesicht völlig falsch ausgelegt.

»Was ich anziehen soll?«

»Du könntest keine bessere Auswahl haben«, fuhr er fort, ging zum Schrank und öffnete die Tür. »Hier sind Kleider in Hülle und Fülle; die meisten hat Heaven nie getragen – sie hatte nicht die Möglichkeit dazu. Und das Wunderbare daran ist, daß sie dir alle passen werden!

Natürlich mochte sie manche Kleider besonders gern«, meinte er und nahm eines heraus. »Ich weiß noch ganz genau, wie sie dieses hier einmal zu einem Begräbnis getragen hat.« Er hielt ein schwarzes Baumwollkleid mit langen Ärmeln und langem Rock hoch und strich zärtlich darüber, als würde er sie darin vor sich sehen.

Dann wandte er sich mir zu, mit jenem abwesenden Blick in den Augen – er war wieder in der Welt seiner Erinnerungen.

»Alle drehten sich wie verzaubert nach ihr um, als sie die Kirche betrat und den Mittelgang entlangschritt. Selbst Pastor Carter schien wie benommen. Er schien sich zu fragen, ob ein Engel in seine Kirche gekommen war, um der Trauerfeier beizuwohnen.« Tony lachte kopfschüttelnd. »Es war genau wie bei ihrer Mutter – Schwarz betonte ihren hellen Typ.« Er lächelte mir zu. »Ich bin sicher, daß es bei dir genauso ist. Du bist ihr sehr ähnlich.«

»Ich mache mir keine Gedanken darüber, wie ich aussehe, Tony. Ich gehe nicht wegen der anderen Leute hin.«

»Oh, ich weiß. Aber es ehrt das Andenken deiner Mutter und deiner Großmutter, wenn du dieses Kleid trägst.« Er legte es auf mein Bett und trat einen Schritt zurück, wobei er wie hypnotisiert auf das Kleid starrte. Dann wandte er sich wieder mir zu. »Weißt du, Annie wenn du dir die Haare silberblond färben würdest, dann wärst du das Ebenbild deiner Großmutter.« Er sah sich rasch um, und sein Blick blieb an einem der silbergerahmten Fotos auf dem langen Toilettentisch hängen. »Warte, ich will dir zeigen, was ich meine.« Er nahm das Bild und zeigte es mir. »Siehst du?«

Es war eine Aufnahme meiner Großmutter Leigh, als sie etwa in meinem Alter war; und ich mußte zugeben, daß die Ähnlichkeit tatsächlich verblüffend war und sicher noch größer wäre, wenn auch ich helle Haare hätte.

»Willst du dir es nicht wenigstens überlegen? Nur um dich abzulenken, während du hier im Bett liegen mußt. Ich lassen den besten Friseur aus der Gegend kommen. Was meinst du dazu?«

»Ich soll mir die Haare silberblond färben? Tony, das meinst du doch nicht ernst?«

»Es ist mein Ernst. Ich könnte es nicht ernster meinen. Stell dir vor, wie überrascht alle wären, wenn sie dich besuchen.«

»Ich weiß nicht so recht.« Ich mußte beinahe lachen, aber dann sah ich das Foto meiner Großmutter noch einmal an. Ihr Gesicht hatte etwas Faszinierendes an sich . . . ihre Augen, ihre Nase, ihr Kinn – genau wie bei meiner Mutter und bei mir. War das der Grund, weshalb Mammi sich damals die Haare gefärbt hatte? fragte ich mich.

»Es gibt auch viele Bilder von deiner Mutter, als sie helle

Haare hatte«, erzählte Tony, als ob er meine Gedanken erraten hätte. Er zeigte mir noch eines der silbergerahmten Fotos, eine Aufnahme von Mammi, als sie und Daddy nach ihrer Hochzeit hierhergekommen waren. Ich hielt die beiden Fotos nebeneinander.

»Verblüffend, nicht wahr?«

»Ja, sehr.«

»Wann soll ich den Friseur kommen lassen?«

»Tony, ich habe noch nicht zugestimmt. Ich weiß nicht so recht.«

»Du siehst doch, wie wunderschön deine Großmutter mit den hellen Haaren aussah. Und deine Mutter ebenso. Was denkst du?« Seine Augen glühten förmlich vor Begeisterung und Sehnsucht.

»Ich weiß nicht. Vielleicht.«

»Diese ganze Therapie und die Medikamente und das Alleinsein – das ist doch alles auf die Dauer sehr langweilig.« Er blickte sich um. »Ach, laß es mich doch tun«, bat er flehentlich. »Laß mich den Friseur bestellen. Du solltest dich wieder wie eine wunderschöne junge Frau fühlen, und nicht wie eine Kranke.«

Ich lächelte über seinen Enthusiasmus. Es wäre sicher ein angenehmes Gefühl, wenn ich mir wieder hübsch vorkäme. Ich blickte auf die Fotos. Vielleicht würde ich mich meiner Mutter näher fühlen, wenn ich die gleiche Haarfarbe hätte, die sie in meinem Alter trug. Sie sah auf diesem Foto so glücklich aus! Und meine Großmutter Leigh . . . sie hatte eine wilde, ungezähmte Schönheit. Das helle Haar paßte gut zu ihrem Teint, aber würde das bei mir auch so sein?

»Nun? Was hältst du davon?« Tony ließ nicht locker. Er wirkte schon ganz kribbelig.

»O Tony, ich weiß es wirklich nicht. Ich habe noch nie daran gedacht, mir die Haare zu färben. Es könnte ja auch ganz entsetzlich aussehen.«

»Wenn es dir nicht steht, dann lasse ich den Friseur sofort zurückkommen, damit er deinen Haaren wieder ihre Naturfarbe gibt.«

»Vielleicht nach der Trauerfeier, Tony. Ich möchte mich jetzt im Augenblick nicht mit so etwas befassen. Ich danke dir.« Damit gab ich ihm die Fotos zurück. Er schien enttäuscht, nickte aber verständnisvoll.

»Was ist mit dem Kleid?«

»Drake wird mir etwas Passendes mitbringen. Ich habe ein schwarzes Kleid auf meine Liste gesetzt.«

»Möchtest du es nicht wenigstens anprobieren?«

Ich merkte, wieviel es ihm bedeutete, und wurde langsam selbst neugierig, wie ich wohl darin aussehen mochte.

»Ich schicke Mrs. Broadfield herein, damit sie dir dabei behilflich sein kann. Wenn du es anhast, ruf mich«, fügte er noch hinzu und eilte hinaus, ehe ich etwas erwidern konnte. Ich hatte eigentlich nicht gemeint, daß ich es jetzt gleich anprobieren wollte, aber er war so aufgeregt und glücklich wie ein Kind vor der Weihnachtsbescherung. Ich konnte es ihm einfach nicht abschlagen. Gleich darauf erschien Mrs. Broadfield. Sie schien nicht besonders erfreut über Tonys Ansinnen.

»Es muß nicht jetzt gleich sein, Mrs. Broadfield, wenn Sie gerade etwas anderes zu tun haben.«

»Wenn ich etwas anderes zu tun hätte, dann wäre ich jetzt nicht hier.« Sie nahm das Kleid vom Bett und betrachtete es einen Augenblick lang. Dann zuckte sie die Achseln und kam zu mir, um mich aufzusetzen und mir aus meinem Nachthemd zu helfen. Nachdem ich es mit ihrer Unterstützung geschafft hatte, das Kleid überzuziehen, half sie mir in den Rollstuhl, damit ich mich in dem großen Wandspiegel betrachten konnte.

Da ich saß, war es schwierig, wirklich zu sagen, wie mir das Kleid stand, aber ich hatte den Eindruck, daß es mich älter machte. Seit dem Unfall hatte ich mich nicht mehr um meine Haare gekümmert, und nun, da ich etwas anderes trug als immer nur ein Nachthemd, merkte ich erst richtig, wie fürchterlich ich aussah. Meine Haare wirkten ungewaschen, strähnig und fettig. Das schwarze Kleid betonte noch meine ungesunde Blässe. Ich wäre bei meinem Anblick beinahe in Tränen ausgebrochen.

Mrs. Broadfield trat zur Seite, die Arme verschränkt, und betrachtete mich wie eine gelangweilte Verkäuferin in einem Modegeschäft. Mir bei der Anprobe von Kleidern zu helfen zählte ihrer Ansicht nach offensichtlich nicht zu den Pflichten einer Krankenschwester. Ich hörte nicht, daß Tony wieder hereinkam. Er stand plötzlich in der Tür und starrte mich an. Ich spürte seinen Blick auf mir und drehte mich nach ihm um. Er blickte mich verzückt an, und sein Mund war zu jenem seltsamen Lächeln verzogen, das ich in letzter Zeit immer öfter an ihm beobachtet hatte. Mrs. Broadfield sagte kein Wort, sondern verließ achselzuckend den Raum.

»O Tony, ich sehe so fürchterlich aus. Ich hatte das gar nicht bemerkt. Meine Haare sind grauenhaft. Niemand hat mir etwas gesagt, weder Drake noch du, noch irgendeiner der Angestellten.«

»Du bist wunderschön. Deine Schönheit verblaßt nicht durch Zeit oder Krankheit. Sie ist unsterblich. Ich wußte, daß dieses Kleid genau das Richtige für dich ist. Du wirst es doch morgen anziehen, nicht wahr?«

»Ich weiß nicht, Tony. Ich gefalle mir bestimmt in keinem Kleid so richtig, also spielt es vielleicht gar keine Rolle.«

»Aber natürlich spielt es eine Rolle. Ich bin sicher, daß deine Mutter lächelnd auf dich herniederschauen wird. Und dabei wird sie denken, wie wunderschön ihre Tochter doch geworden ist!«

»Aber meine Haare«, wiederholte ich. Dabei hielt ich eine widerspenstige Strähne hoch und ließ sie dann angeekelt wieder fallen.

»Ich habe es dir doch gesagt . . . laß mich den Friseur jetzt gleich bestellen. Sieh doch, wie sehr dich dein Aussehen deprimiert. Ich bin zwar kein Arzt, aber ich weiß, wenn wir keine Freude an uns selbst haben, dann kann auch keine Besserung eintreten. Es kann sogar sein, daß wir dann immer kränker werden.«

Wie hartnäckig er doch war! Aber irgendwie leuchtete mir das, was er sagte, durchaus ein. Vielleicht war es doch nicht so falsch, wenn ich mich gerade jetzt mit meinem Aussehen beschäftigte.

»Und denke daran, Luke hat dich seit seinem Besuch im Krankenhaus nicht mehr gesehen. Ich bin sicher, er erwartet, daß du ein bißchen besser aussiehst.«

Luke, dachte ich, umgeben von hübschen Kommilitoninnen – gesunden, glücklichen Mädchen, die gehen konnten und lachen. Vielleicht hatte er seinen Besuch bei mir deshalb hinausgeschoben, weil er es nicht ertragen konnte, mich in meinem jetzigen Zustand zu sehen. Ich würde ihn überraschen; ich wollte gesünder aussehen, gesünder und besser – und dann würde es mir bestimmt auch gleich besser gehen!

»Gut, Tony, laß den Friseur kommen, aber ich glaube nicht, daß ich ihm jetzt schon erlauben werde, mir die Haare zu färben. Ich möchte sie im Augenblick nur waschen und föhnen lassen.«

»Wie du meinst.« Er trat einen Schritt zurück. »Wie gut dir dieses Kleid steht. Du ziehst es doch an, oder? Du solltest es wirklich tun«, sagte er mit funkelnden Augen. »Schließlich hat es deiner Mutter gehört.«

»Ich werde es anziehen, Tony.«

»Gut. Nun denn, ich habe viel zu erledigen. Der Friseur wird kommen, und wenn ich ihn höchstpersönlich holen muß.« Er trat näher zu mir. »Ich danke dir, Annie, daß du mir nach allem, was ich dir erzählt habe, noch eine Chance gibst. Du bist wirklich eine wunderbare entzückende Frau.« Er küßte mich zart auf die Wange. »Bin gleich wieder da«, versprach er und eilte hinaus.

Eine Weile saß ich einfach nur da und starrte mich selbst in dem großen Wandspiegel an. Zu Hause in Winnerrow hatte Mammi mehrere schwarze Kleider besessen, und eines von ihnen war diesem hier sehr ähnlich gewesen. Vielleicht war das der Grund dafür, weshalb ich, während ich so in den Spiegel starrte, daß Gefühl hatte, als würde ihr Geist mit dem meinen verschmelzen. Ich sah ihre Augen in den meinen, und ihr Lächeln wurde zu dem Lächeln, das meine Lippen umspielte. Es war, als ob man eine Kamera scharf einstellte und die Umrisse des Bildes im Suchen miteinander verschmolzen ...

Mein Herz pochte schmerzhaft, weil mir plötzlich wieder bewußt wurde, daß sie nie wieder bei mir sein würde, während ich mich für eine Party oder für die Schule fertigmachte. Nie wieder würde sie mir die Hand auf die Schulter legen, mir übers Haar streichen, mir einen guten Rat geben oder mich auf die Wange küssen. Dadurch, daß ich dieses Kleid trug und ihr noch ähnlicher sah als sonst, spürte ich diese schmerzhafte Wahrheit nur noch deutlicher.

Ich rollte vom Spiegel weg und zum Toilettentisch hinüber, um mir ein Papiertaschentuch zu holen. Während ich meine Tränen trocknete, sah ich mir noch einige der Fotos an. Besonders ein Bild zog meine Aufmerksamkeit auf sich. Darauf posierte Mammi sehr lustig bei den Stallungen. Vermutlich hatte Daddy das Foto aufgenommen. Mein Blick fiel jedoch auf Tony, der im Hintergrund stand. Er blickte Mammi mit demselben Gesichtsausdruck an, mit dem er vorher mich angesehen hatte: es war das gleiche verzückte Lächeln . . .

Ich betrachtete das Bild eine Weile und sah mir dann noch andere Fotos an. Eines von meiner Großmutter Leigh fiel mir besonders auf. Ich legte es neben das Bild von meiner Mutter bei den Stallungen und erkannte sogleich, was mir daran so bemerkenswert erschienen war. Meine Großmutter befand sich ebenfalls bei den Stallungen, sie nahm eine ähnlich alberne Pose ein und trug die gleiche Reitkleidung. Wenn man die beiden Bilder nebeneinander hielt, hätte man Mammi und ihre Mutter beinahe für Schwestern halten können.

Vielleicht lächelte Tony deshalb so sonderbar. Und vielleicht sollte ich auch lächeln, aber ich brachte es nicht fertig.

»Wollen Sie das Kleid wieder ausziehen, oder möchten Sie es den ganzen Tag tragen?« fuhr mich Mrs. Broadfield an. Ich wandte mich um und sah, daß sie in der Tür stand, die Hände in die Hüften gestemmt. Wenn sie sich über Tonys Anweisungen ärgerte, soll sie es nicht an mir auslassen, dachte ich. Aber ich würde ihr zu verstehen geben, daß ich nicht mehr bereit war, die Schwache und Hilflose zu spielen.

»Selbstverständlich nicht«, sagte ich scharf. »Ich werde es ausziehen und für morgen bereitlegen.«

Sie starrte mich verdutzt an und ließ die Arme sinken.

»Gut. Jetzt ist sowieso Zeit für Ihre Hydrotherapie. Sie ging ins Badezimmer, um das heiße Wasser einzulassen. Als sie mich diesmal in die Wanne hob, war das Wasser kochendheiß. Ich schrie vor Schmerz, aber das schien sie nicht zu kümmern. Ich konnte sehen, daß sich meine Haut im Wasser feuerrot verfärbte. Der heiße Dampf verschlug mir den Atem, und ich versuchte krampfhaft, aus dem Wasser herauszukommen, aber Mrs. Broadfield drückte meine Schultern nach unten.

»Sie müssen sich an das heiße Wasser gewöhnen«, erklärte sie, als ich mich erneut beklagte, und dann stellte sie die Düsen an, so daß das Wasser zu blubbern und zu sprudeln begann. Heiße Tropfen tanzten über meine Brust und spritzten bis zu meinem Hals; manche trafen sogar meine Wangen und brannten. So ließ sie mich liegen und ging, um die Öle für meine Massage vorzubereiten. Verzweifelt klammerte ich mich an den Rändern der Wanne fest.

Ich blickte auf meine Beine und Füße hinunter, die mich so im Stich ließen. Nun entsann ich mich dessen, was der Arzt mir aufgetragen hatte: *Denken Sie an Ihre Genesung, damit Sie wieder gesund werden . . .*

Ich mußte hier heraus und zwar so schnell wie möglich. Hilflos starrte ich auf meine Zehen. Vielleicht könnte ich sie ja doch bewegen . . . Plötzlich sah ich wie mein großer Zeh zuckte.

»Mrs. Broadfield!« Sie antwortete nicht, wohl weil sie annahm, daß ich nur aus der heißen Wanne heraus wollte. *»Mrs. Broadfield, schauen Sie mal!«* rief ich dringend. Nachdem ich noch einmal gerufen hatte, kam sie endlich.

»Ich habe Ihnen doch gesagt. Sie müssen – «

»Nein, nein, es ist mein großer Zeh. Der große Zeh an meinem rechten Fuß hat sich bewegt.« Sie blickte ins Wasser.

Ich versuchte es, aber nichts geschah.

»Er hat sich bewegt. Ich habe es gesehen. Ganz bestimmt! So glauben Sie mir doch!«

Sie schüttelte den Kopf.

»Was Sie gesehen haben, war vermutlich eine Bewegung im Wasser.«

»Nein, er hat sich wirklich bewegt. Ich schwöre es.«

»Soso. Schön.« Sie drehte sich auf dem Absatz um und ging, um die Massage weiter vorzubereiten.

Ich fühlte mich zurückgestoßen und erschöpft von der Hitze und der Anstrengung. Seufzend lehnte ich den Kopf zurück, schloß die Augen und wartete darauf, daß Mrs. Broadfield zu der Einsicht kommen würde, es sei genug. Schließlich kam sie und half mir aus der Wanne. Meine Haut war so rot, als wäre ich im Hochsommer an einem tropischen Strand eingeschlafen, und ich war so schlaff wie verkochte

Spaghetti. Ich schloß die Augen, während Mrs. Broadfield mit ihren kräftigen Händen meinen Körper bearbeitete. Sie begann an meinem Nacken und bewegte sich langsam kreisend über meinen Rücken zu meinem Gesäß hinunter.

Da hörte ich Tonys Stimme. Ich riß die Augen auf. Mein Gott, dachte ich, ich liege splitternackt hier auf dem Bett! Ich versuchte mich umzudrehen und ein Handtuch über meine Blöße zu ziehen, aber ich konnte mich nicht rasch genug bewegen, und Mrs. Broadfield unternahm nichts, um mir zu helfen.

»Oh, Entschuldigung«, sagte er. Ich konnte ihn aus dem rechten Augenwinkel sehen. »Ich wollte nur kurz vorbeischauen, um dir zu sagen, daß der Friseur um drei Uhr hier ist. Entschuldigung«, murmelte er noch einmal und verschwand.

»Mrs. Broadfield, warum haben Sie nicht die Tür geschlossen, als Sie mit der Massage angefangen haben?« wollte ich wissen.

»Das war meine geringste Sorge.«

»Nun, aber es ist nicht meine geringste Sorge. Ich habe immer noch mein Schamgefühl, müssen Sie wissen. Tony ist ein Mann.«

»Ich weiß, was Mr. Tatterton ist; danke. Es tut mir leid«, räumte sie ein. »Ich werde darauf achten, daß die Tür das nächste Mal geschlossen ist.«

»Bitte, tun Sie das.«

Selbst nachdem sie mich mit der lindernden Salbe eingerieben hatte und ich ein frisches Nachthemd angezogen hatte, kribbelte meine Haut immer noch von dem heißen Bad. Erst als ich von einem kurzen Schläfchen wieder erwachte, fühlte ich eine gewisse Erleichterung. Mrs. Broadfield brachte mir ein Glas Saft, und wenig später kam sie wieder, um mir zu sagen, daß mein Friseur gekommen sei. Sie half mir in den Rollstuhl, und im gleichen Augenblick führte Tony den Friseur herein, einen hochgewachsenen, dünnen Mann mit blonden Locken und hellen Augenbrauen. Er hatte eine sehr helle Haut, aber leuchtend rosafarbene Lippen; und ich war mir sicher, daß viele Frauen ihre Seele verkaufen würden, um so sanfte grüne Augen zu haben wie er.

Tony erklärte, er hieße René, und fügte sofort hinzu, er sei Franzose. Ich hatte allerdings den Eindruck, daß er zwar französischer Abstammung sein mochte, aber in Amerika geboren war. Sein Akzent kam mir recht gekünstelt vor, als wolle er damit auf seine Kunden Eindruck machen. Nach der Arbeit redete er wahrscheinlich genauso wie jeder andere Amerikaner.

»Ah, *Mademoiselle.*« Er trat einen Schritt zurück, neigte den Kopf zuerst nach rechts, dann nach links und nickte, als überlege er, was er mit meinen Haaren anfangen sollte. Dann streckte er die Hand aus, berührte einzelne Strähnen und schüttelte den Kopf. »Viel und *très* kräftig«, kommentierte er, »aber leider vernachlässigt *n'est ce pas?*« Er wandte sich zur Bestätigung an Tony. Tony nickte. »Aber keine Sorgen, *Mademoiselle*, René kann zaubern. In kürzester Zeit werde ich ein Wunder vollbringen, ja?«

»Ich möchte meine Haare nur waschen und fönen lassen«, sagte ich.

»*Pardonnez-moi?*« Er sah Tony an. »Aber ich dachte . . . die Farbe.«

»René ist ein Experte, Annie. Hör dir doch erst einmal seine Meinung an.«

»Es würde Ihr Gesicht sehr aufhellen, wirklich *beaucoup, Mademoiselle*«, meinte er und trat zurück, um mich noch einmal zu mustern. »Kein Problem.« Er nickte bekräftigend. »Legen Sie Ihr Schicksal einfach in meine Hände, *Mademoiselle.*« Er hielt mir seine Handflächen entgegen, als ob ich an seinen weichen, schmalen Fingern irgend etwas Besonderes entdecken könnte.

Ich betrachtete mich in dem Wandspiegel zu meiner Rechten. Vielleicht sollte ich mich wirklich diesem angeblichen Schönheitsexperten anvertrauen, dachte ich.

»Also gut, tun Sie, was Ihrer Meinung nach getan werden muß.«

»*Très bien.*« Er rieb sich die Hände. Tony strahlte. Ich lehnte mich im Rollstuhl zurück, während er mich zum Waschbecken schob, und der Schönheitsexperte begann sein Werk.

Als ich in den Spiegel blickte, sah ich Mammis Gesicht,

nicht mein eigenes. Die Veränderung der Haarfarbe hatte eine magische Wirkung – sie hatte mein Gesicht in jenes verwandelt, das mir aus all diesen alten Bildern entgegengeblickt hatte. Es war, als wäre der Friseur eine Art Zauberer, der mich in die Vergangenheit zurückversetzt hatte und so genau das getan hatte, was, wie ich wußte, Tonys heißester Wunsch war – zurück in jene Zeit, als er hier in Farthy am glücklichsten gewesen war. Mein Gesicht hatte einen neuen Ausdruck angenommen. René hatte meine Haare silberblond gefärbt, wieder in Form geschnitten und so gefönt, daß ich genauso aussah wie Mammi auf dem Foto bei den Stallungen. Später erfuhr ich, daß Tony ihm auch tatsächlich dieses Foto als Vorlage gegeben hatte . . .

Ich fragte mich, wie Luke wohl reagieren würde. Er hatte die alten Bilder von Mammi gesehen und immer wieder begeistert von ihrer betörenden Schönheit geschwärmt. Würde er das bei mir auch denken, wenn er mich das erste Mal so sah? Und wenn wir dann allein wären, würde er meine Hand in die seine nehmen und mir seine wahren Gefühle ins Ohr flüstern? In meiner Vorstellung hörte ich schon seine warmen und liebevollen Worte . . .

»Annie, als ich dich gesehen habe mit der gleichen Haarfarbe wie deine Mutter, da wußte ich, daß ich dir, gleichgültig, wie verboten es auch sein mag, meine wahren Gefühle gestehen muß, daß du erfahren sollst, wie tief meine Liebe zu dir ist. O Annie, ich kann sie nicht verleugnen! Ich kann es einfach nicht!«

Immer wieder flüsterte ich diese ersehnten Worte in Gedanken vor mich hin. Dann öffnete ich die Augen und sah mich erneut im Spiegel an. Wenn doch die Veränderung meiner Haarfarbe all das bewirken könnte . . .

»Annie, bist du das?« Drake kam ins Schlafzimmer, zwei Koffer mit Kleidern und Schuhen in der Hand. Er stellte sie ans Fußende des Bettes und starrte mich an, ein angedeutetes Lächeln auf dem Gesicht. Ich legte den Handspiegel weg und betrachtete ihn forschend.

»Sehe ich albern aus?«

»Nein, nicht albern, nur . . . anders. Du erinnerst mich an jemanden.«

»An meine Mutter. Als sie dich damals geholt hat«, half ich ihm.

»Ja.« Seine Augen leuchteten auf, als ihm das bewußt wurde. »Ja«, wiederholte er begeistert. »Ganz genau. Du siehst großartig aus.« Als hätte er endlich begriffen, daß ich immer noch ich selbst war, kam er zu mir und küßte mich zur Begrüßung. »Es gefällt mir wirklich.«

»Ich weiß nicht recht. Ich fühle mich . . . so anders. Aber ich kann nicht glauben, daß sich Mammi mit dieser Haarfarbe wirklich ganz wohl fühlte. Es ist, als würde ich vorgeben, jemand zu sein, der ich gar nicht bin. Sie hat sich bestimmt genauso gefühlt.«

Drake zuckte die Schultern.

»Sie ließ sich die Haare sofort wieder in ihre Naturfarbe zurückfärben, als sie und Logan nach Winnerrow zurückkehrten und Hasbrouck House kauften. Vielleicht hast du recht.«

»Tony hat gemeint, daß ich mich so eher wieder wie eine attraktive junge Frau fühlen würde. Ich war schon ganz depressiv wegen meines Zustandes. Aber genug von mir. Erzähle mir von deiner Reise nach Winnerrow. Wen hast du getroffen? Was haben die Angestellten gesagt? Wie war das Haus, wie geht es Tante Fanny?«

»Na, na . . . immer langsam.« Er lachte. Ich biß mir auf die Unterlippe, um nicht weiterzuplappern, und lehnte mich ungeduldig zurück. »Also, laß mich mal überlegen . . . Winnerrow.« Er tat so, als versuche er sich zu erinnern.

»O, bitte, quäl mich nicht, Drake. Du weißt gar nicht, wie das ist, wenn man so . . . eingesperrt ist.«

Sein schelmisches Lächeln verflog, und seine Augen blickten wieder weich und teilnahmsvoll.

»Arme Annie. Ich war sehr grausam zu dir. Ich verspreche dir, öfter vorbeizukommen, damit ich dich überall herumschieben kann. Aber nun zu Winnerrow. Sobald ich das Haus betreten hatte, kamen die Angestellten gleich alle angelaufen, sie überfielen mich richtig, um etwas über dich zu erfahren. Mrs. Avery brach natürlich sofort in Tränen aus, und selbst Roland machte den Eindruck, als sei er kurz davor loszuheulen. Gerald war der einzige, der ein unbeteiligtes Gesicht machte, aber das war nur deswegen, weil . . .«

»Weil er einfach so ein Gesicht hat.« Wie oft hatten wir hinter Geralds Rücken über sein nichtssagendes Gesicht gelacht!

»Oh, ich vermisse sie so . . . ich vermisse sie alle.«

»Ich traf ein paar von deinen Schulfreunden im Supermarkt. Sie wollten unbedingt hören, wie es dir geht, und ich soll dir von allen ganz liebe Grüße bestellen.«

»Und Tante Fanny? Was ist mit Tante Fanny?«

»Tja . . .« Er schüttelte den Kopf. »Sie ist ganz seltsam. Als ich kam, saß sie hinten im Garten und las. Ja, sie hat tatsächlich gelesen. Und sie war ganz züchtig gekleidet, sie trug eine weiße Baumwollbluse mit langen Ärmeln und einen langen, fließenden Rock. Sie hatte die Haare zurückgekämmt und hinten zusammengesteckt. Ich habe sie überhaupt nicht erkannt und mußte erst Gerald fragen, wer denn da im Pavillon säße.«

»Im Pavillon!«

»Ja.«

»Und sie hat gelesen. Was denn?«

»Du glaubst es nicht – Emily Post. Als ich mich ihr näherte, blickte sie auf und sagte: ›O Drake, wie wunderbar, dich zu seh'n.‹ Sie ergriff meine Hände und ließ sie nicht wieder los, bis ich sie zur Begrüßung auf die Wange küßte. Ich glaube, das war das erste Mal, daß ich sie überhaupt je geküßt habe. Ich habe sogar eine halbwegs vernünftige Unterhaltung mit ihr geführt. Der Tod deiner Eltern hat sie wirklich stark verändert. Sie sei fest entschlossen, ein besserer Mensch zu werden, sagt sie, damit sie – wie hat sie sich ausgedrückt? – Heavens Andenken Ehre macht. Kannst du dir das vorstellen? Aber ich muß sie wirklich loben. Das Haus war in tadellosem Zustand, und nach allem, was mir die Angestellten erzählt haben, rennt sie nicht mehr mit jugendlichen Liebhabern herum. Im Gegenteil, sie führt ein Leben wie eine Nonne.«

»Hat sie sich nach mir erkundigt?«

»Natürlich.«

»Kommt sie mich besuchen?«

»Sie würde gerne kommen, aber ich habe nicht gewagt, etwas auszumachen. Ich wollte erst Tony fragen, ob der Arzt einverstanden ist.«

»Aber sie ist doch meine Tante. Ich bin doch hier keine Gefangene in Einzelhaft!« rief ich empört und wütend. Der arme Drake sah mich völlig verstört an.

»Entschuldige bitte, Drake. Es ist nicht deine Schuld. Du hast sicher nur getan, was du für richtig hieltest.«

»Es dauert bestimmt nicht mehr lange, Annie. Du siehst schon viel besser aus. Und ich finde wirklich, daß dir die neue Frisur sehr gut steht. Als ich zuerst zur Tür hereinkam, dachte ich, Tony hätte in meiner Abwesenheit ein Filmsternchen hier einquartiert.«

»O Drake.«

»Nein, du siehst wirklich viel besser aus als letztes Mal. Ich meine es ernst.«

»Ich hoffe, du hast recht, Drake.« Ich senkte den Blick, und dann fiel mir die Trauerfeier am nächsten Tag ein. »Hast du mit Tony gesprochen, ehe du heraufkamst? Hat er dir von der Trauerfeier erzählt?«

»Ja, natürlich. Ich werde an deiner Seite sein.«

»Und Luke? Hat Luke schon angerufen?« fragte ich hoffnungsvoll.

Drake schüttelte den Kopf. »Er hat Fanny gesagt, er wolle hier anrufen. Dieser egoistische kleine . . .«

»O Drake, ich kann mir das bei Luke nicht vorstellen. Bitte, ruf du ihn doch an. Tony hat das Studentenwohnheim angerufen und eine Nachricht mit genauen Informationen über die Trauerfeier morgen hinterlassen, aber bitte, sorg du dafür, daß Luke die Nachricht bekommt. Tust du das? Vielleicht macht sich jemand im Wohnheim einen Spaß mit ihm und verheimlicht ihm die Botschaften«, fügte ich verzweifelt hinzu. Was wäre, wenn Drakes Andeutungen stimmten? Die Menschen veränderten sich, wenn sie ihr Elternhaus verließen. Vielleicht machten sich der Druck von früher und das Elend, das er in Winnerrow hatte erleiden müssen, nun doch bemerkbar. Vielleicht hatte er beschlossen, alle Verbindungen zu seinem früheren Leben abzubrechen, und dazu gehörte ja auch ich!

O Gott, nein, betete ich. Die Welt konnte nicht so grausam sein.

»Natürlich. Ich versuche später, ihn zu erreichen. Also«, meinte Drake, stand auf und ging zu den Koffern, »hier sind die Sachen, die du haben wolltest.«

»Ich habe kein Dienstmädchen mehr, das sie für mich aufräumen könnte. Tony hat Millie hinausgeworfen.«

»Das habe ich schon gehört. Kein Problem. Ich hänge alles für dich auf.« Er machte im Schrank Platz für meine Sachen. »Schau dir das an. Hat all das einmal Heaven gehört?«

»Und meiner Großmutter Leigh. Tony hat nicht *ein* Kleidungsstück weggeworfen.«

»Manche sehen noch ganz neu aus.«

»Ich weiß. Morgen ziehe ich eines der Kleider meiner Mutter an – das schwarze da, das Florence Farthinggale drüben in die Ecke gehängt hat.«

»Florence Farthinggale?« Er lachte. »Das ist sehr gut. Ich schließe daraus, daß euch beide nicht gerade ein sonderlich herzliches Schwester-Patient-Verhältnis verbindet, stimmt's?«

»Solange ich mich wie ein Klumpen Lehm benehme, kommen wir sehr gut zurecht«, bemerkte ich sarkastisch. Drake lachte wieder. »Das ist jedenfalls das Kleid, das Tony für mich ausgewählt hat.«

»Tatsächlich?« Er warf einen kurzen Blick darauf; dann hängte er die übrigen Kleider auf. Als er fertig war, kam er zum Bett zurück und setzte sich neben mich. Dann griff er in seine Tasche und holte die beiden Armbänder heraus. »Da sind sie.«

»Oh, vielen Dank, Drake.«

»Wie willst du sie denn tragen, beide am gleichen Handgelenk?«

»Ich werde jeden Tag abwechseln. An dem Tag, an dem Luke kommt, trage ich seines«, sagte ich und strich mit den Fingerspitzen darüber, zart und liebevoll, als würde ich Lukes Wange streicheln.

»Immer schön diplomatisch.« Drake lächelte. »Keine Sorge, mir macht es nichts aus«, sagte er und blickte mich noch eindringlicher an als sonst. »Wenn ich dich jetzt so anschaue, dann glaube ich Heaven vor mir zu sehen – ihr warmes, liebevolles Gesicht, das sie an meines drückte, als ich noch klein war und so verängstigt und verloren! Ich sehe die

Liebe in diesen blauen Augen, die mir Trost spendeten, als ich diesen Trost am dringendsten brauchte. Ich habe dir noch nie gesagt, wie glücklich ich mich fühle, wenn ich mit dir zusammen bin, Annie.«

»Ich werde immer für dich da sein, Drake. Schließlich bin ich deine Nichte.« Als ich ihn an unser verwandtschaftliches Verhältnis erinnerte, zuckte er kurz zusammen.

»Ich weiß.« Er beugte sich vor und küßte mich lange auf die Wange, so wie Tony es oft tat. Dann richtete er sich auf.

»Nun, ich sollte mich besser auf den Weg machen. Ich muß noch ein paar geschäftliche Angelegenheiten im Büro erledigen, damit ich morgen den größten Teil des Tages freinehmen kann.« Er stand auf.

»Drake, denke daran, Luke anzurufen!« rief ich.

»Richtig. Oh, da ist noch etwas, was ich dir mitgebracht habe«, sagte er und griff in die Innentasche seines Jacketts. »Ich dachte . . . vielleicht gibt Tony ein Fest, wenn du wieder gesund bist, ehe du von hier weggehst . . . oder sonst etwas. Jedenfalls habe ich dir das hier mitgebracht.« Er holte die schwarze Schmuckschatulle hervor, die das Diamantenarmband und die dazupassenden Ohrringe enthielt – den Schmuck, der meiner Urgroßmutter Jillian gehört hatte!

»Oh, Drake, das hättest du aber nicht bringen sollen. Es ist zu wertvoll.«

»Wirklich? Nun, hier kommt ja nun nicht gerade jeder herein, und ich wußte, wieviel dir dieser Schmuck bedeutet. Es ist doch sicher schon ein Trost, wenn du ihn hier in deiner Nähe hast, oder?« fragte er hoffnungsvoll. Ich lächelte und nickte.

»Ja, ich glaube schon. Entschuldige bitte. Vielen Dank, Drake, daß du so an mich gedacht hast. Ich weiß, ich bin manchmal selbstsüchtig und undankbar.«

»O nein, Annie, du bist der selbstloseste Mensch, den ich kenne. Wenn ich an dich denke, dann denke ich an deine Reinheit, an deine Schönheit – so hell und strahlend wie das Licht einer Kerze.« Wieder schaute er mich durchdringend an. Ich konnte nichts sagen, denn in meiner Kehle steckte ein Kloß, und mein Herz klopfte heftig. »Nun denn«, sagte er schließlich und legte die schwarze Schmuckschatulle neben mich auf das Bett. »Ich muß wirklich los. Wir sehen uns morgen gleich nach dem Mittagessen.«

»Gute Nacht, Drake. Und vielen Dank für alles, was du für mich getan hast.«

»Das ist doch selbstverständlich, Annie. Es gibt nichts, was ich nicht für dich tun würde. Vergiß das nie.«

Er warf mir einen Kuß zu und ging dann aus dem Zimmer, wobei er rasch wieder die Haltung des vielbeschäftigten Managers einnahm, der eine Krise nach der anderen zu bewältigen hatte. Ich lehnte mich in mein Kissen zurück und blickte auf die schwarze Schmuckschatulle. Dann öffnete ich sie und holte das Diamantenhalsband heraus. Wie es glitzerte! Erinnerungen an meinen Geburtstag stiegen in mir hoch, und ich sah Mammis Gesicht vor mir, als sie mir dieses Halsband überreicht hatte. Ihre Augen waren voller Liebe und Stolz gewesen . . .

Ich drückte das Halsband an meine Brust und hatte das Gefühl, als könnte ich seine Wärme spüren, eine Wärme, die von ihrer Großmutter auf sie übergegangen war und nun von ihr auf mich. Ich merkte gar nicht, daß ich weinte, bis die Tränen von meinen Wangen rannen und wie die Tropfen eines warmen Sommerregens auf meinen Busen perlten. Ich schluckte, legte das Halsband wieder in die Schatulle zurück und schloß sie. Drake hatte recht. Es war tröstlich für mich, diesen Schmuck in meiner Nähe zu haben.

Ich wischte mir das Gesicht mit dem Handrücken ab und betrachtete die beiden Armbänder auf dem Bett. Dann ergriff ich das kleinere, das für mich noch kostbarer war, und legte es um mein Handgelenk. Der Anblick ließ mich lächeln.

Was hatte Drake gesagt . . . Tante Fanny war im Pavillon gewesen? An dem Zauberort, wo Luke und ich so oft verweilt hatten? Die Tage unserer Phantasiespiele schienen so weit zurückzuliegen! Wenn ich dort wäre, wenn sie mich in den Pavillon brächten – vielleicht würde ich mich dann auf Lukes Arm stützen und könnte plötzlich wieder gehen. Der Arzt würde bestimmt lachen, wenn ich dies vorschlüge, aber Luke und ich wußten, daß ein bißchen spielerische Einbildung manchmal Wunder bewirken konnte. Und wenn zwei Menschen ganz fest an etwas glauben, dann konnte es wahr werden!

Luke. Wie sehr ich seinen Trost brauchte, sein Lächeln, seine optimistische Zuversicht. Mehr als das – ich sehnte mich danach, seine Lippen auf meiner Wange zu fühlen, und ich erinnerte mich an jedes einzelne Mal, wenn wir uns küßten, selbst als wir noch kleine Kinder gewesen waren.

Während ich so an ihn dachte, schlang ich die Arme um meinen Oberkörper und stellte mir vor, er wäre hier neben mir und würde mit meinem Haar spielen. Seine Augen würden den meinen ganz nahe kommen, und wir würden uns sehnsuchtsvoll anschauen, glücklich und doch gequält von unserem Verlangen und unserer verbotenen Liebe.

Warm durchströmte der Gedanke an ihn meinen Körper und erfüllte ihn wieder mit Leben. Wenn die Vorstellung, daß Luke mich liebte, eine so wundervolle Wirkung auf mich hatte, dann konnte sie doch bestimmt nicht ganz schlecht sein, überlegte ich. Mit Luke an meiner Seite könnte ich über diese Tragödie hinwegkommen. Das Schicksal hatte mir jene allgegenwärtigen hohen Gipfel als Hindernisse in den Weg gestellt, aber ich würde das tun, was Luke mir immer geraten hatte – ich würde stets nach dem höchsten streben!

»Denn von dort«, hörte ich ihn flüstern, »ist die Aussicht immer am besten, Annie. Strebe nach den höchsten Gipfeln.« Aber jetzt schien Luke selbst der höchste Gipfel von allen zu sein.

Ich blickte mich in meinem leeren Zimmer um. Dann hörte ich Stimmen, die von unten zu mir heraufdrangen. Drake verabschiedete sich von jemandem. Eine Tür fiel ins Schloß. Ein Windstoß pfiff durch eine Jalousie. Und dann war es wieder still.

O Luke, was kann denn nur der Grund dafür sein, daß du nicht Himmel und Hölle in Bewegung setzt, um mich zu sehen?

16. Kapitel
Gelähmt!

»Ich habe eine wundervolle Überraschung für dich«, verkündete Tony. Als ich ihn so erwartungsvoll in der Tür stehen sah, dachte ich zunächst, die Überraschung wäre sicher, daß Luke endlich gekommen war; aber meine Hoffnung wurde enttäuscht. »Du mußt aus deinem Zimmer kommen, um es zu sehen. Es ist sowieso Zeit, daß wir uns langsam auf den Weg zum Friedhof machen.«

Ich wandte mich zu Mrs. Broadfield um, die gerade dabei war, die Handtücher zusammenzulegen, auf denen ich während der Massage gelegen hatte. Doch ihr Gesicht war so ausdruckslos und unbeweglich wie eine Maske. Und dennoch hatte ich das Gefühl, daß sie wußte, um was es sich bei der Überraschung handelte.

»Es ist draußen?« Tony nickte, und ich begann meinen Rollstuhl in Richtung Tür zu bewegen. Ich trug das schwarze Kleid meiner Mutter und das Armband von Luke. René, der Friseur, war am späten Vormittag noch einmal gekommen, um meinem Haar den letzten Pfiff zu geben. Trotz der bevorstehenden Trauerfeier für meine Eltern hatte Mrs. Broadfield mich mein vollständiges Therapieprogramm absolvieren lassen, aber ich war dennoch nicht müde. Vielleicht hatte sie recht damit, daß meine Leistungsfähigkeit und Kraft mit der Zeit wuchsen.

Tony trat zurück und bedeutete mir, ich solle nicht anhalten. Ich blickte kurz zu Mrs. Broadfield, um zu sehen, ob sie ebenfalls mitkommen würde, aber sie erledigte noch immer ihre Arbeit und schien sich für nichts anderes zu interessieren. Tony half mir, den Rollstuhl vor der Tür nach links zu wenden und den langen Korridor entlangzufahren. Kurz darauf entdeckte ich Parson, den Hausmeister, der meinen Fernseher aufgestellt hatte. Ein anderer Mann, ebenfalls im Overall, stand direkt an der Treppe. Fragend richtete ich meine Augen auf Tony, der mich nun mit einem breiten Lächeln vorwärts schob.

Und dann sah ich die Überraschung.

Er hatte einen Fahrstuhl einbauen lassen! Ich konnte nun mit meinem Rollstuhl zur Treppe fahren und dort in einen Aufzugstuhl rutschen. Dann brauchte ich nur noch auf einen Knopf zu drücken, um langsam die Treppe hinunterzugleiten.

»Damit wird es sehr einfach sein, dich die Treppe hinauf- und hinunterzubringen«, sagte Tony. »Und bestimmt wirst du es bald ohne Hilfe können, da bin ich mir sicher. Ich werde einen zweiten Rollstuhl kommen lassen, der dann unten auf dich wartet.«

Einen Moment lang starrte ich die neue mechanische Vorrichtung nur an. Ich wußte, daß Tony über meine Reaktion enttäuscht war, aber ich konnte es nicht ändern. Dinge wie dieser Aufzug erinnerten mich daran, daß ich gelähmt war und daß bis zu meiner vollständigen Genesung noch ein weiter Weg vor mir lag.

»Aber Tony«, sagte ich, »ich werde ja bald wieder gehen können! Du hast das viele Geld ganz umsonst ausgegeben!«

»Oh, machst du dir deswegen Sorgen? Das ist kein Problem. Die Anlage ist nur gemietet. Wir werden sie so lange benutzen, wie wir sie brauchen, und dann zurückgeben. Und was den zweiten Rollstuhl betrifft – die Ausgabe tut mir nicht weh, da kannst du sicher sein. Und jetzt«, fügte er hinzu und klatschte in die Hände, »ist es Zeit für deinen ersten Testflug, denke ich. Ich habe den Lift bereits selbst ausprobiert, und er hat mein Gewicht problemlos ausgehalten; also wird es mit deinem erst recht keine Schwierigkeiten geben.«

Ich hoffte, Mrs. Broadfield würde mir zu Hilfe kommen, und warf einen Blick zurück, doch sie war noch immer in meinem Zimmer. Von meinem Rollstuhl aus erschien die Treppe fürchterlich steil und tief.

»Du mußt dich nur neben den Treppenlift rollen«, erklärte Tony, »dann die rechte Armstütze des Stuhles hochklappen und dich hineingleiten lassen. Ich denke, daß du das ohne Hilfe schaffen kannst.«

Wie eine düstere Symphonie, die immer stärker anschwoll, durchströmten Wellen der Angst meinen Körper, und ich spürte, wie kalter Schweiß über meinen Rücken rann. Ich hatte Angst, daß ich die großen Marmorstufen hinunterstürzen und mir alle Knochen brechen würde.

Parson und der Mann neben ihm sahen mich mit besorgten Augen freundlich an. Ich lächelte das tapferste Lächeln, das ich zustande brachte, und begann mich neben den Treppenlift zu rollen. Dann versuchte ich, die Armstütze meines Rollstuhls hochzuklappen. Sie klemmte, doch niemand kam mir zu Hilfe. Das ist sicherlich Teil der Prüfung, dachte ich – sie wollen sehen, ob ich es alleine schaffe. Schließlich gelang es mir, die Armlehne zu lösen, und ich begann, in den Fahrstuhl hinüberzurutschen.

»Wenn Sie richtig drinsitzen«, sagte der Mann neben Parson, »dann schnallen Sie sich mit dem Sicherheitsgurt fest, genauso, wie Sie es in einem Auto machen würden.«

Als ich das Wort »Auto« hörte, begann mein Herz auf einmal wild zu rasen. Meine Kehle war wie zugeschnürt, und ich hatte das Gefühl, daß ich keine Luft mehr bekam. Wo war Mrs. Broadfield? Wieso war sie ausgerechnet jetzt nicht an meiner Seite?

»O Tony, ich weiß nicht, ob ich das kann«, jammerte ich.

»Sicher kannst du das. Du wirst in der Lage sein, allein diese Treppe zu überwinden und mit deinem Rollstuhl in mein Büro fahren. Vielleicht kannst du auch zu den Mahlzeiten an den Tisch im Eßzimmer kommen und dort sitzen, wo deine Mutter immer saß. Und du willst doch sicher auch den Park erkunden?«

»Wenn Sie fertig sind, Miß, dann drücken Sie einfach auf den roten Knopf auf der rechten Armlehne, und Sie werden langsam hinuntergleiten«, sagte der Mann. »Und wenn Sie auf den schwarzen drücken, fährt der Stuhl nach oben.«

»Los geht's«, feuerte mich Tony an.

Zitternd drückte ich auf den roten Knopf und schloß die Augen. »Strebe nach den höchsten Gipfeln«, hörte ich Luke sagen. »Du kannst es, Annie. Du und ich, wir überwinden die schwierigsten und größten Hindernisse, die das Schicksal uns in den Weg stellt. Wir können das. Streng dich noch mehr an.

Du schaffst es, wenn du nur willst.«

Wie sehr wünschte ich, er wäre hier, würde mich ermutigen und meine Hand halten. Mit Luke an meiner Seite hätte ich keine Angst und würde alles tun, um meine volle Gesundheit wiederzuerlangen.

Der Stuhl bewegte sich ruckartig nach vorne und begann mit einem leisen Summen die Treppe hinunterzugleiten. Die drei Männer gingen neben mir, während ich hinunterschwebte.

»Ist das nicht großartig?« fragte Tony. Ich öffnete meine Augen und nickte. Der Stuhl schwankte leicht, aber ich fühlte mich sehr sicher. Außerdem war es ein angenehmes Gefühl, die Treppe hinunterzugelangen, ohne jemandem zur Last zu fallen.

»Woher weiß er, wann er anhalten muß?«

»Oh, er wurde so eingestellt, Miß«, sagte der Mann, und tatsächlich kam der Stuhl am Ende der Treppe langsam zum Stillstand. Parson hatte meinen Rollstuhl mitgebracht und stellte ihn neben dem Treppenfahrstuhl auf.

In diesem Augenblick erschien plötzlich Drake in der Tür zur Eingangshalle, von der aus er die ganze Zeit zugesehen hatte. Er jubelte und klatschte.

»Es lebe das Raumschiff Annie!«

»Drake Ormand Casteel, wie konntest du dich hier unten verstecken, anstatt bei mir zu sein, falls ich Hilfe bräuchte?« rief ich vorwurfsvoll.

»Das war genau richtig«, erklärte Drake. »Tony wollte, daß du es ohne Hilfe schaffst!«

»Ihr seid zwei richtige Verschwörer«, schimpfte ich, doch in Wirklichkeit war ich stolz auf mich und glücklich, daß Tony mich fast alles hatte allein machen lassen. Ich sah zu Drake hinüber. »Aber wo ist Luke? Hat er sich auch versteckt?«

Drakes Gesicht nahm einen ungehaltenen Ausdruck an. Er blickte zu Tony, dessen Gesicht so undurchdringlich wie Granit da war. Das eisige Blau seiner Augen ließ mich schaudern.

»Er ist auf irgendeinem Orientierungspicknick für Erstsemester.«

»Picknick?« Ich drehte mich um und sah Tony an. »Aber

Tony, ich dachte du hättest ihm eine Nachricht hinterlassen wegen der Trauerfeier!«

»Das habe ich auch. Ich habe es ihm über den Kommilitonen ausrichten lassen, der ans Telefon gegangen ist, wer auch immer das gewesen sein mag. Das heißt, meine Sekretärin hat es getan. Sie sagte, es sei ein ganz schöner Lärm im Hintergrund gewesen, ganz so, als hätten sie dort eine riesige Party gefeiert.«

»Hast du ihn gestern nicht angerufen, Drake? Nachdem du von hier weggegangen bist?« Plötzlich schien eine eiskalte Hand mein Herz zu umschließen. Warum nur war Luke nicht hier? Wieso hatte er nicht geantwortet?

»Ich habe heute früh angerufen, aber da waren sie schon weg.«

»Ich verstehe das nicht.«

»Anscheinend ist da irgendetwas schiefgelaufen«, sagte Drake. »Wahrscheinlich hat er die Nachricht doch nicht erhalten und ist abgefahren, ohne von der Trauerfeier zu erfahren.«

»Wie konnte das passieren? Ganz gleichgültig, wer die Nachricht entgegengenommen hat, er mußte doch wissen, daß es sich um eine ernste und wichtige Angelegenheit handelt. Niemand kann so nachlässig sein, so etwas einfach zu vergessen! So gefühllos kann doch niemand sein.«

»Jedenfalls ist er nicht hier«, sagte Drake mit sanfter Stimme.

»Aber er hätte bestimmt dabeisein wollen!« rief ich. »Es ist . . . Es ist schließlich auch die Trauerfeier für seinen Vater!« Ich war kurz davor, die Fassung zu verlieren. So viel war gleichzeitig über mich hereingestürzt – der Unfall, der Tod meiner Eltern, meine Verletzungen, Lukes Abwesenheit. Ich verspürte einen großen Drang, einfach loszuschreien. »Ich verstehe das nicht«, wiederholte ich mit schriller Stimme.

Tony und Drake sahen aus, als hätte ihnen jemand eine Ohrfeige versetzt. Der Ausdruck auf ihren Gesichtern zwang mich, ruhiger zu werden. Wenn ich jetzt hysterisch wurde, erreichte ich nur, daß die Trauerfeier verschoben würde. Dazu aber war sie zu wichtig für mich. Parson und der für den Fahrstuhl zuständige Techniker verabschiedeten sich hastig.

Ich richtete mich in meinem Rollstuhl auf. »Es ist in Ordnung.« Mit dem Handrücken wischte ich mir über die Augen. »Alles in Ordnung«, log ich. »Dann wird Luke eben ein andermal kommen.«

»Drake, warum schiebst du Annie nicht zum Eingang und wartest dort, während ich Miles Bescheid gebe, daß er mit der Limousine vorfahren soll?« Tony tätschelte meine Hand und ging eilig davon.

Drake schob meinen Rollstuhl zur Vordertür. Als er sie öffnete, tauchte plötzlich Mrs. Broadfield neben mir auf, so leise und schnell wie ein Geist.

Drake schob mich hinaus ins helle Sonnenlicht, das den Säulengang und die Stufen überflutete. Das war kein Tag, der meiner traurigen und depressiven Stimmung entsprach! Es war, als weigerte sich die Natur, auf meine Gefühle Rücksicht zu nehmen. Statt eintöniger grauer Wolken zogen dichte weiße Wattebäusche über den wasserblauen Himmel. Die Brise, die über mein Gesicht strich und einige Haarsträhnen auf meiner Stirn aufrichtete, war sanft und warm. Überall wo ich hinsah, flatterten und zwitscherten Vögel. Ein intensiver Geruch von frisch gemähtem Gras erfüllte die Luft.

Um mich herum waren Leben und Glück, keine Spur von Tod und Traurigkeit. Doch der strahlende, wundervolle Tag vergrößerte noch mein Gefühl der Einsamkeit. Niemand konnte das verstehen, niemand außer Luke. Wenn er doch nur hier wäre und meine Hand halten würde! Wir würden uns ansehen, und er würde nicken und wissen, was ich fühlte. Seine Finger würden sich mit meinen vereinigen, und ich hätte nicht mehr das Gefühl, als habe sich die Welt gegen mich verschworen, um meinen Schmerz noch zu verschlimmern. Dann würde ich wieder das überwältigende Bedürfnis und die Sehnsucht verspüren, ins Leben zurückzukehren. Stärker als alles andere würde mich der Wunsch beherrschen, wieder laufen zu können . . .

Verzweifelt versuchte ich, diese Kraft auch ohne Luke zu finden. Ich preßte meine Hände gegen die Armlehnen des Rollstuhls und versuchte, meine Füße gegen die Fußstützen zu pressen, doch die Muskeln in meinen Beinen versagten mir den Gehorsam. Da war vielleicht der Anflug eines Gefühls in meinen Waden und Schenkeln, aber mehr nicht. Enttäuscht lehnte ich mich zurück.

Miles fuhr die Limousine so nah wie möglich an die Treppe heran. Im selben Augenblick, als er und Tony ausstiegen, erschien auch der Pastor. Er war groß und hager und hatte harte Gesichtszüge und blondes Haar, das von ersten grauen Strähnen durchzogen war. Tony schüttelte ihm die Hand, und dann schritten die beiden die Stufen herauf. Miles folgte ihnen.

»Das ist meine Urenkelin Annie.«

»Gott segne Sie, meine Liebe«, sagte der Pastor, nachdem er meine Hand ergriffen hatte. »Sie sind eine starke und mutige junge Frau.«

»Danke.«

Tony forderte Miles und Drake mit einer Geste auf, mich und den Rollstuhl zum Wagen zu bringen. Rye Whiskey stand ebenfalls dort. Er trug einen abgetragenen schwarzen Anzug. Sein schütteres graues Haar hatte er mit Pomade in Form gebracht und straff nach hinten gekämmt. Sein Lächeln und seine liebevollen, sanften Augen wärmten mein fröstelndes Herz.

Wir fuhren durch das große Tor und bogen dann nach rechts ab in Richtung des Familienfriedhofs der Tattertons. Je näher wir dem großen marmornen Grabmal kamen, desto mehr verkrampfte sich mein Herz. Es fühlte sich an wie eine kleine Faust, die sich immer stärker zusammenballte, bis es nicht mehr fester ging. Ein kleiner Schrei entfuhr meiner Kehle. Drake ergriff meine Hand und drückte sie fest. Als der Wagen anhielt, stieg Drake aus und kam auf meine Seite, um mir in den bereitstehenden Rollstuhl zu helfen. Er und Miles hoben mich hoch und setzten mich vorsichtig hinein. Dann drehte Drake den Rollstuhl um, und ich hatte plötzlich den großen Stein vor mir, der die Inschrift trug:

STONEWALL

LOGAN ROBERT — HEAVEN LEIGH

GELIEBTER GATTE — GELIEBTE GATTIN

Ich starrte mit einer Mischung aus Ehrfurcht und Ungläubigkeit darauf. Die Tatsache, daß meine Eltern tot waren, war mir nie so bewußt gewesen wie in diesem Augenblick. Trotzdem wurde mein Körper nicht weich und welk wie eine zarte Blume, sondern hart und kalt wie der Stein, auf den meine Augen gerichtet waren.

Der Pastor ging zum Grab, schlug die Bibel auf und begann zu sprechen. Als seine Worte an meine Ohren drangen, legte sie mein Gehirn sofort in irgendeinem Archiv in der Bibliothek meines Gedächtnisses ab. Ich sah, wie sich sein Mund bewegte, wie er die Seiten umblätterte, aber keines seiner Worte erreichte mich wirklich.

Statt dessen hörte ich die Worte, die meine Mutter sicherlich gesagt hätte, wenn sie jetzt hätte bei mir sein können.

»Annie«, hätte sie gesagt, »du mußt wieder gesund und kräftig werden. Du darfst nicht zu einem schwachen, kränklichen Wesen werden, das in den Schatten von Farthy dahinwelkt. Wenn du das tust, wirst du vergehen wie eine Blume ohne das Licht der Sonne.«

»Meine Annie«, würde Daddy dann sagen. »Ich wünschte, wir könnten jetzt bei dir sein und dir mit der Liebe und Unterstützung zur Seite stehen, die wir dir dein ganzes Leben lang gegeben haben, aber das ist uns nicht möglich. Ich weiß, daß du die Kraft hast, wieder gesund zu werden und das Werk fortzusetzen, das deine Mutter und ich in Winnerrow begonnen haben.«

»Wir sind bei dir, Annie; wir sind ein Teil von dir.«

»Mammi«, flüsterte ich.

Doch ich konnte die Wahrheit nicht verdrängen: Ein Abschnitt meines jungen Lebens war unwiederbringlich zu Ende! Ich war hier, um von Mammi und Daddy Abschied zu nehmen, aber ich nahm auch Abschied von dem kleinen Mädchen, das ich gewesen war. Ich sagte Lebewohl zu dem hellen Klang der Spieluhren und dem Lachen der vereinten Familie, die sich so nahe gewesen war. Ich nahm Abschied von den Umarmungen und Küssen und ermutigenden Worten, von Mammis Liebkosungen, die mich getröstet hatten, wenn die Welt hart, grausam und kalt erschien. Ich nahm Abschied von Daddys Lachen, das unser ganzes Haus erfüllte und die Sorgen verjagte, die uns manchmal heimsuchten.

Adieu, ihr Sonntagabende, an denen wir uns immer alle um den Tisch versammelten! Adieu, ihr wunderbaren Stunden unter dem Weihnachtsbaum, ihr festlichen Weihnachtsessen. Adieu, ihr großen Festmahle, an denen immer so viele Verwandte und Bekannte teilgenommen hatten! Adieu, ihr Abende, an denen wir Lieder am Klavier sangen und Scharade spielten. Adieu, ihr fröhlichen Ostertage, an denen wir Eier suchten und genüßlich Schokoladeosterhasen knabberten! Adieu, ihr Silvesternächte, in denen ich wachgeblieben war, um Mammi und Daddy zu küssen und ihnen ein gutes neues Jahr zu wünschen!

Ja, es war ein Abschied von allem, was mein Leben mit Wärme und Schönheit erfüllt hatte . . .

Ungläubig schüttelte ich den Kopf. Ich fühlte mich selbst wie ein Geist von jenseits des Grabes: leer, aller Gefühle beraubt, ziellos dahintreibend . . . Auch die letzten Worte des Pastors schienen mir ohne Inhalt, wie Asche, die der Wind davonwehte . . .

»Lasset uns singen: ›Der Herr ist mein Hirte, mir wird es an nichts mangeln . . .‹«

Ich vergrub mein Gesicht in den Händen und fühlte Drakes Hand auf meiner Schulter. Sobald das Lied zu Ende war und der Geistliche die Bibel zugeklappt hatte, drehte Drake meinen Rollstuhl zur Limousine um. Ich ließ mich zurückfallen und schloß die Augen.

»Wir müssen sie rasch hinauf in ihr Bett bringen«, murmelte Tony. Miles öffnete die Wagentür; dann hoben er und Drake mich auf den Rücksitz. Ich war so schlaff wie ein feuchtes Handtuch. Tony glitt auf den Platz neben mir, und die Limousine wendete.

Als wir den Friedhof verließen, öffnete ich die Augen, um mich noch einmal nach dem Grab umzusehen, doch mein Blick blieb an etwas anderem hängen . . .

Da war sie wieder, die große, hagere Gestalt, die ich von meinem Fenster aus gesehen hatte!

Wie ein Geist, den alle einzuladen vergessen hatten, war dieser Mann im Hintergrund erschienen, um der Trauerfeier ruhig und unbemerkt beizuwohnen und ebenso rasch wieder zu verschwinden. Tatsächlich schien nur ich ihn bemerkt zu haben . . .

Ich nahm eine Schlaftablette und legte mich hin. Als ich

wieder erwachte, war es bereits spät am Nachmittag. Das große Haus war still, und das Beruhigungsmittel hatte mich in einen so tiefen Schlaf versetzt, daß es einige Augenblicke dauerte, bis mir klar wurde, wo ich mich befand und was geschehen war. Zunächst schien es mir, als wäre alles nur ein Traum gewesen, ein endlos langer Alptraum . . . Doch dann sah ich den Rollstuhl, der auf mich wartete, und die auf meinem Kosmetiktisch aufgereihten Medizinfläschchen, Handtücher und Salben. Nein, ich hatte nicht geträumt, alles war wirklich passiert.

Als ich aus dem Fenster blickte, sah ich, daß aus den flauschigen Wattebäuschen eine dunkelgraue Wolkendecke geworden war. Der Nachmittag wirkte dadurch düster und trostlos wie ein Nachklang der Trauerfeier am Morgen . . . Ich stemmte mich zum Sitzen hoch und goß mir aus dem Krug auf meinem Nachttisch ein wenig Wasser ein. Die Stille um mich herum verwirrte mich. Wo war Mrs. Broadfield? Und wo war Tony? War Drake nach Boston zurückgefahren?

Ich läutete die kleine Glocke, die an einem Bettpfosten hing, und wartete. Niemand kam. Ich läutete erneut, diesmal länger und lauter. Nichts. Hatten sie erwartet, daß ich länger schlafen würde? Anscheinend, dachte ich, aber ich hatte Hunger. Ich hatte das Mittagessen verschlafen, und jetzt war es schon fast Zeit zum Abendessen.

»Mrs. Broadfield?« rief ich.

Eigenartig, daß sie sich nicht in der Nähe meines Zimmers aufhielt. Normalerweise kam sie immer sofort angelaufen, wenn ich mich rührte. Das anhaltende Schweigen bedrückte mich. Ich war ans Bett gefesselt, immer abhängig von anderen . . . das machte mich wütend. Ich mußte irgend etwas tun, sonst würde dieses Gefühl von Enttäuschung und Ärger mich noch wahnsinnig machen. Entschlossen lehnte ich mich so weit aus meinem Bett hinaus, daß ich nach der Armstütze meines Rollstuhls greifen konnte. Ich würde es ihnen zeigen! Warum stand der Rollstuhl überhaupt so weit weg, fragte ich mich. Es war fast so, als wollte mich Mrs. Broadfield in meinem Bett gefangenhalten.

Mühsam zog ich den Stuhl zu mir heran und klappte die rechte Armstütze hoch. Ich hatte das, was ich jetzt vorhatte, noch nie zuvor getan, aber ich war sicher, daß ich dazu in der Lage sein würde. Nachdem ich an den Bettrand gerutscht war, zog ich meine Beine nach. Sie waren schwer wie zwei Bleigewichte.

Ich sicherte die Räder des Stuhles, damit er nicht wegrollen konnte, atmete tief durch und stemmte mich aus dem Bett.

Zunächst lag die linke Seite meines Körpers auf dem Stuhl; dann drehte ich mich so, daß mein Rücken die Lehne berührte. Schließlich stützte ich mich auf die Armlehne auf und zog den völlig passiven unteren Teil meines Körpers langsam hoch, bis ich richtig auf dem Stuhl saß. Der Erfolg gab mir neuen Auftrieb, und ich stellte fest, daß ich meine Beine anheben konnte, wenn ich mit beiden Händen ein Knie hochzog. Ich beförderte meine Füße, die hilflos herumbaumelten, mit einem Schwung auf die Fußstütze. Dann lehnte ich mich vollkommen erschöpft zurück. Aber ich hatte es geschafft! Ich war gar nicht so hilflos, wie sie mich alle immer glauben machten! Ich schloß meine Augen und wartete, bis sich mein pochendes Herz wieder beruhigt hatte.

Erneut lauschte ich auf Geräusche von draußen, doch es war vollkommen still. Ich atmete tief durch und löste die Sicherungen der Räder, so daß ich sie anschieben konnte. Als ich an der Tür angelangt war, machte ich eine Pause und sah mich in meinem Wohnzimmer um. Keine Spur von Mrs. Broadfield! Keine aufgeblätterten Zeitschriften oder Bücher, nichts.

Ich rollte mich durch das Wohnzimmer in den Korridor. Die Luft war kühler hier draußen; es dämmerte bereits, und die Schatten waren lang und dunkel. Ich fuhr nach links auf die Treppe zu, wo ich eigentlich anhalten und hinunterrufen wollte. Doch dann bekam ich Lust, auf Entdeckungsreise zu gehen, meine neu gefundene Mobilität zu nutzen. Wo war Tonys Schlafzimmer? War es nicht irgendwo in dieser Richtung? Vielleicht war er ja gerade dort und ruhte sich ebenfalls aus! Dieser Gedanke half mir, innerlich ruhiger zu werden, und ich bewegte meinen Rollstuhl weiter. Immer wieder hielt ich an und lauschte, doch nach wie vor war nichts zu hören.

Schließlich kam ich zu einer Doppeltür, die offenstand. Ich stellte fest, daß der Raum, zu dem sie führte, ganz ähnlich eingerichtet war wie mein Wohnzimmer. Eine der Lampen brannte, aber als ich meinem Herzen einen Stoß gab und hineinfuhr, konnte ich niemanden entdecken.

»Tony? Ist hier jemand?«

Wessen Zimmer ist das, fragte ich mich. Es schien nicht das von Tony zu sein. Es paßte eher zu einer Frau. Dann nahm ich einen starken Jasmingeruch wahr. Meine Neugier war nun viel größer als meine Zurückhaltung. Wie von einem Magneten angezogen, fuhr ich zur nächsten Tür, die zu einem Schlafzimmer führte.

Ich bewegte meinen Rollstuhl hinein und blieb stehen. Auf dem Hocker vor dem Toilettentisch aus weißem Marmor lag eine bodenlange elfenbeinfarbene Decke, die mit rosa Spitze besetzt war. Auf dem Tisch selbst standen zahllose Puderdosen, Cremetiegelchen, Fläschchen mit Lotionen und Parfümflakons. Was jedoch meine Aufmerksamkeit am meisten erregte, war die helle, ovale Stelle an der Wand. Der Spiegel, der einst über diesem Kosmetiktischchen gehangen hatte, war entfernt worden. Warum?

Ich blickte nach links und sah, daß auch die Spiegel an der anderen Wand und an den Schränken entfernt worden waren. Von beiden war nur noch der Rahmen da. Meine Neugier wuchs. Ich bewegte meinen Rollstuhl noch ein Stück vorwärts und sah die roten Satinschuhe neben dem riesigen Himmelbett, das aussah wie ein Duplikat meines eigenen. Irgend jemand hatte ein kirschrotes, festliches Kleid mit Krinoline, Puffärmeln und gerüschtem Kragen darauf ausgebreitet. Die Tagesdecke des Bettes war zurückgeschlagen, so als hätte gerade noch jemand darin gelegen.

Die Schubladen der Kommode zu meiner Rechten standen offen. Es sah aus, als hätte sie jemand durchwühlt und nach etwas Kostbarem gesucht, das seiner Ansicht nach darin verborgen sein mußte. Dessous und Strümpfe hingen an den Seiten der Schubladen heraus.

Auf den Kommoden und Tischen standen offene Schmuckschatullen herum. Überall sah ich glitzernde Halsketten, juwelenbesetzte Ohrringe, Diamant- und Smaragdarmbänder. Mich beschlich das unangenehme Gefühl, daß ich in die Privatsphäre eines anderen Menschen eingedrungen war; daher begann ich mich rückwärts zur Tür zu bewegen. Plötzlich stieß ich gegen eine Wand. Doch als ich mich umdrehte, blickte ich in die funkelnden Augen von Mrs. Broadfield.

Ihr Gesicht war dunkelrot vor Zorn. Sie sah aus, als wäre sie gerannt, so schnell sie konnte. Ihr gewöhnlich straff zurückgebürstetes Haar war zerzaust, einige Strähnen ragten wie Saiten eines kaputten Klaviers in die Luft. Da ich zu ihr hochblicken mußte, sahen ihre Nasenlöcher so riesig aus wie Nüstern eines wütenden Bullen. Sie atmete schwer, und ihre Brust hob und senkte sich unter ihrer engen, sterilen Schwesterntracht, die so straff gespannt war, daß ich glaubte, die Knöpfe würden im nächsten Augenblick abspringen. Ich wollte meinen Rollstuhl von ihr wegbewegen, aber sie hielt einfach eine Armlehne fest.

»Was glauben Sie eigentlich, was Sie angerichtet haben?« fragte sie mit drohender Stimme.

»Angerichtet?«

»Ich kam in Ihr Zimmer und entdeckte, daß Sie weg waren – mitsamt Ihrem Rollstuhl.« Sie holte tief Atem und drückte ihre Handfläche unterhalb der Kehle gegen die Brust.

»Ich habe nach Ihnen gerufen und da ich wußte, daß Sie nicht unten sein konnten, habe ich den Korridor abgesucht. Allerdings hätte ich niemals gedacht, daß Sie hier sein könnten. Ich konnte mir gar nicht vorstellen . . . Ich war mir sicher, daß Ihnen in einem der Zimmer etwas zugestoßen sein mußte.«

»Es ist alles in Ordnung.«

»Sie haben hier nichts zu suchen«, sagte sie und begann mich rasch fortzuschieben. »Mr. Tatterton hat mir eingeschärft, daß niemand hier herein darf. Er wird glauben, daß ich Sie hierhergebracht habe!« schimpfte sie. Als wir den Raum verließen, blickte sie erst ängstlich den Korridor hinunter, bevor sie weiterging.

Ich fand es lächerlich, daß sie so tat, als dürfte uns niemand sehen. »Tony wäre sicherlich nicht böse darüber, daß ich den Korridor hinuntergefahren bin«, rief ich, aber sie verlangsamte ihren Schritt nicht. Offensichtlich hatte sie furchtbare Angst, ihre Stellung zu verlieren.

»Wenn er es herausfindet, werde ich ihm sagen, daß Sie

nichts damit zu tun haben, Mrs. Broadfield.«

»Das wird nichts helfen. Ich bin für Sie verantwortlich. Ich brauche nur einen Augenblick nach draußen zu gehen, um mir die Beine zu vertreten und ein wenig frische Luft zu schnappen – und was passiert? Sie wachen auf, setzen sich in den Rollstuhl und fangen an, durchs Haus zu kutschieren.«

»Aber was sollte Tony denn dagegen haben?«

»Vielleicht gibt es Bereiche in diesem Haus, die nicht mehr sicher sind . . . kaputte Dielen oder so etwas. Woher soll ich das wissen? Er hat mir gesagt, was er wünscht, und das genügt mir. Wer hätte gedacht, daß Sie so etwas tun würden? Du meine Güte.« Sie verlangsamte das Tempo nicht, bis wir wieder in meinem Zimmer waren.

»Ich werde ihn fragen, wenn er kommt.«

»Erwähnen Sie es bloß nicht. Vielleicht findet er es gar nicht heraus, und der ganze Ärger bleibt mir erspart.«

Sie hielt neben meinem Bett an, trat zurück, betrachtete mich und schüttelte den Kopf.

»Hier oben lebt noch jemand, nicht wahr? Wer ist es?«

»Was meinen Sie?«

»Außer Tony und den Angestellten, Ihnen und mir. Diese Räume sahen bewohnt aus.«

»Ich habe nie jemand anderen gesehen. Anscheinend fangen Sie an, sich Dinge einzubilden, Geschichten zu erfinden. Mr. Tatterton wird toben. Ich will kein Wort mehr darüber hören«, warnte sie. Ihre Augen waren jetzt schmal und kalt. »Wenn ich wegen dieser Sache Ärger bekomme . . . werden wir beide darunter leiden«, stieß sie hervor, und der drohende Unterton in ihrer Stimme war jetzt ganz deutlich herauszuhören. »Ich will meinen Job nicht wegen eines verkrüppelten Mädchens verlieren, das nicht weiß, was sich gehört!«

Verkrüppeltes Mädchen! Noch nie hatte jemand mich so genannt. Eine solche Wut stieg in mir hoch, daß mir Tränen in die Augen traten. Wie sie dieses Wort *»verkrüppelt«* ausgesprochen hatte! Als ob ich kein Mensch mehr wäre!

Ich war kein verkrüppeltes Mädchen!

»Ich habe nach Ihnen gerufen«, verteidigte ich mich. »Ich hatte Hunger, aber es war niemand da. Nachdem ich es geschafft hatte, mich in den Rollstuhl zu setzen, habe ich abermals nach Ihnen gerufen, aber Sie waren nicht da.«

»Ich habe mir nur eine kurze Pause gegönnt. Dann bin ich gleich wieder zurückgekommen. Wenn Sie nur ein wenig Geduld gehabt hätten!«

»Geduld!« rief ich aus. Als sich diesesmal unsere Blicke kreuzten, wich ich dem ihren nicht mehr aus. Empörung loderte in mir auf wie ein gigantisches Feuer. Ich blickte sie unverwandt an, während die Wut aus mir herausbrach. Mrs. Broadfield wich zurück, als hätte ich sie ins Gesicht geschlagen. In ihrem Gesicht zeichnete sich eine ungeheure Erregung ab, ihr Mund arbeitete, als würde er versuchen, irgendwelche Worte zu formulieren, ihre Augen wurden erst groß und dann klein. Die Adern an ihren Schläfen traten hervor und zeichneten sich wie ein Netz unter ihrer dünnen, blassen Haut ab. Sie machte ein paar Schritte auf mich zu.

»Ja, geduldig«, wiederholte sie verächtlich. »Sie sind völlig verzogen! Solche Patientinnen wie Sie habe ich schon öfters gehabt – reiche junge Mädchen, die ihr ganzes Leben lang verhätschelt worden sind und alles bekommen haben, was sie wollten. Sie wissen nicht, was es bedeutet, Opfer zu bringen und zu kämpfen, auf etwas zu verzichten und Schmerz und Elend zu ertragen.

Aber das eine kann ich Ihnen sagen«, fuhr sie fort, das Gesicht zu einer grinsenden Fratze verzerrt, als wäre sie geisteskrank, »reiche, verhätschelte, verkorkste Menschen sind schwach, und sie haben nicht die Kraft, gegen das Unglück anzukämpfen, wenn es über sie hereinbricht. Und so bleiben sie gelähmt . . . Krüppel, gefangen in ihrem eigenen Reichtum und Luxus!« Sie preßte die Hände gegeneinander und rieb sie kräftig, als stünde sie draußen in der Kälte. »Lehm, den man beliebig formen kann, nicht mehr fähig, aus sich selbst irgend etwas zu machen. Oh, sie sind noch immer weich und hübsch, aber sie sind wie . . .« Sie blickte hinüber zur Kommode, »wie Negligés aus Seide, die man gerne anfaßt und benutzt und dann wegwirft.«

»Ich bin nicht so. Ich nicht!« schrie ich.

Sie lächelte erneut, diesmal so, als würde sie zu einem völligen Idioten sprechen.

»Nein? Warum befolgen Sie dann nicht meine Anordnungen und tun das, was ich Ihnen sage? Wieso widersetzen Sie sich mir andauernd?«

»Ich folge Ihren Anordnungen durchaus. Aber ich bin so . . .« Die Worte schnürten mir die Kehle zu. Ich hatte das Gefühl, ich müßte daran ersticken.

»Nun?«

»Allein. Ich habe meine Eltern verloren, ich habe meine Freunde verloren, und ich bin . . ., ich bin . . .« Sie nickte, um mich zu ermutigen, es auszusprechen. Aber ich wollte es nicht sagen.

»Gelähmt?«

»NEIN!«

»O doch, das sind Sie! Und Sie werden gelähmt bleiben, wenn Sie nicht auf mich hören. Ist es das, was Sie wollen?«

»Sie sind nicht Gott«, zischte ich. Es gelang mir kaum mehr, die Niedergeschlagenheit, die in mir aufstieg, zu unterdrücken.

»Nein, das habe ich auch nie behauptet.« Ihr ruhiger, beiläufiger Ton machte mich noch wütender. »Aber ich bin eine ausgebildete Krankenschwester. Ausgebildet darin, Leute wie Sie zu behandeln. Aber was nützt diese ganze Ausbildung, wenn die Patientin dickköpfig und verzogen ist und sich weigert, meine Anordnungen zu befolgen?

Sie halten mich für grausam? Ich wäre es, wenn ich nicht auf Disziplin pochen würde. Wie ich schon gesagt habe . . . Reiche, verwöhnte junge Mädchen wie Sie sind schwach; sie haben kein Rückgrat, wenn es darauf ankommt. Sie müssen zäher werden, sich mit Ihrer Einsamkeit abfinden, sich eine harte Schale zulegen . . . eine Haut über Ihre Wunden wachsen lassen, damit Sie kämpfen können. Andernfalls werden Sie verweichlicht bleiben, und diese furchtbare Lähmung wird niemals wieder vergehen. Wollen Sie wirklich, daß das passiert?« fragte sie. Mein Herz hämmerte in meiner Brust, denn das, was sie sagte, klang sehr überzeugend.

»Ich habe es Ihnen doch schon erklärt«, sagte ich und senkte niedergeschlagen den Kopf, »ich hatte Hunger und fühlte mich vollkommen verlassen. Und niemand antwortete auf mein Rufen . . . weder Tony noch Drake noch Sie.«

»Nun gut. Ich gehe jetzt hinunter und sehe nach, ob Ihr

Essen schon fertig ist.«

»Wenn Drake noch da ist, schicken Sie ihn herauf«, bat ich.

»Er ist nicht mehr da; er ist schon nach Boston zurückgefahren.«

»Und Tony, wo ist der?«

»Das weiß ich nicht. Ich habe genug damit zu tun, mich um Sie zu kümmern«, knurrte sie und verließ den Raum.

Einige Zeit lang saß ich nur da und starrte ins Leere. Sie war ja sicherlich eine gute Krankenschwester, eine sehr gute sogar, aber ich mochte sie nicht. Tony hatte soviel für mich getan – er hatte mir die besten Ärzte besorgt, den Aufzug an der Treppe installieren lassen und eine Privatschwester angestellt, und dennoch wollte ich weg. Vielleicht hatte meine Tante Fanny recht; vielleicht wäre es besser, ich würde mich in der Nähe von Menschen erholen, die ich liebte und die mich liebten . . .

Ich mußte zugeben: Ich hatte die Möglichkeit nach Farthy zu kommen nicht nur deshalb sofort ergriffen, weil ich immer die heimliche Sehnsucht gehabt hatte, hierher zu kommen. Da war noch ein anderer Grund, den auch Drake genannt hatte, als er erklärte, warum er nicht erpicht darauf war, wieder nach Winnerrow zurückzukehren. Ich hatte einfach nicht den Mut heimzukommen und das Zimmer meiner Eltern zu sehen, ihre Kleider und ihre anderen Sachen. Ich wollte nicht jeden Morgen nach dem Erwachen an Daddys warmes »Guten Morgen, Prinzessin« denken müssen. Ich wußte, ich würde ständig darauf warten, daß Mammi hereinkommen und über dies und jenes mit mir plaudern würde.

Nein, indem ich nach Farthy gekommen war, hatte ich die unausweichliche Begegnung mit der Wahrheit hinausgeschoben. Aber nun fragte ich mich, ob ich die richtige Entscheidung getroffen hatte. Vielleicht würde es mir besser gehen, wenn Tante Fanny hier wäre und mich auf ihre unnachahmliche Weise aufheitern würde, indem sie sich über die reichen Leute in Winnerrow lustig machte!

Wenn mich doch Luke endlich besuchen würde und ich mit ihm über all das sprechen könnte, was mich bedrückte! Es hatte keinen Sinn, mit Drake darüber zu reden. Tony und das Geschäft hatten ihm dermaßen den Kopf verdreht, daß er blind geworden war gegenüber all meinen Problemen in Farthy. Er wollte sie ebensowenig zur Kenntnis nehmen wie Tony den heruntergekommenen Zustand von Farthinggale Manor . . .

Ich mußte mit Luke Verbindung aufnehmen. Ich mußte ihn sehen!

So bewegte ich meinen Rollstuhl zum Schreibtisch hin, wo ich noch ein wenig Briefpapier vorfand. Dann schrieb ich einen weiteren Brief an Luke, in dem ich meine Verzweiflung nicht verbarg.

Lieber Luke,

offensichtlich hat es ein Mißverständnis nach dem anderen gegeben. Ist es möglich, daß Du keine meiner Botschaften erhalten hast?

Ich muß Dich unbedingt sofort sehen. Seit meiner Ankunft in Farthy ist so vieles passiert! Ich denke, ich bin schon ein wenig kräftiger, aber was meine Beine betrifft, so habe ich trotz der Therapie noch keine größeren Fortschritte gemacht.

Tatsächlich bin ich mir nicht sicher, ob ich noch länger hierbleiben soll, und darüber würde ich gerne mit Dir sprechen. Bitte komm endlich! Komm gleich an dem Tag, an dem Du diesen Brief erhältst.

In Liebe,
Annie.

Ich steckte das Schreiben in einen Umschlag und klebte ihn unverzüglich zu. Dann adressierte ich ihn so wie den ersten Brief, den Millie Thomas nicht an Tony weitergegeben hatte.

»Möchten Sie zum Essen in Ihrem Rollstuhl sitzenbleiben oder lieber wieder ins Bett gehen?« fragte Mrs. Broadfield, sobald sie mit dem Tablett zurückgekehrt war.

»Ich bleibe sitzen.«

Sie stellte das Essen ab, um den kleinen Tisch zu holen, der zu dem Rollstuhl gehört, befestigte ihn an den Armlehnen und stellte das Tablett darauf. Ich hob den silbernen Deckel und blickte auf eine gekochte Hühnerbrust, eine Portion Erbsen und Karotten und eine Scheibe mit Butter bestrichenes Weißbrot. Es sah aus wie ein typisches Krankenhausessen.

»Rye Whiskey hat das zubereitet?«

»Ich habe es von seinem Gehilfen zubereiten lassen – nach meinen Anweisungen.«

»Es sieht aus . . . igitt.«

»Ich dachte, Sie wären hungrig.«

»Ich bin hungrig, aber ich habe etwas anderes erwartet . . . etwas, das Rye gekocht hat. Alles, was er macht, schmeckt ganz besonders.«

»Er hat Ihr Essen viel zu sehr gewürzt!«

»Aber ich mag das. Hat Dr. Malisoff nicht gesagt, daß ich wieder alles essen kann?« protestierte ich.

»Er hat auch gesagt, daß Sie Dinge essen sollten, die leicht verdaulich sind. In Anbetracht Ihres Zustandes –«

Ich stülpte den Deckel mit einem lauten Krach wieder über den Teller. Ich hatte genug. Auch ich kann mit eisiger Stimme sprechen, dachte ich. Ich lehnte mich zurück und verschränkte die Arme vor der Brust.

»Ich will etwas, das Rye gekocht hat! Ich werde das hier nicht essen.«

Sie starrte auf mich herab. Ich wußte, sie schäumte vor Wut, aber ihre Augen blieben klar, ruhig und ausdruckslos. Um ihre Lippen spielte ein kleines, unterdrücktes Lächeln.

»Gut.« Sie nahm das Tablett wieder auf. »Vielleicht sind Sie gar nicht so hungrig, wie Sie glauben.«

»Ich bin hungrig. Sagen Sie Rye, er soll mir etwas kochen.«

»Es wurde etwas für Sie gekocht, aber Sie wollen es ja nicht!« sagte sie herausfordernd.

»Es mag ja sein, daß ich gelähmt bin, aber das Essen kann ich immer noch genießen. Würden Sie bitte Tony herschikken«, befahl ich ihr.

»Sie wissen nicht, was Sie tun, Annie. Ich will doch nur Ihr Bestes.«

»Ich hatte niemals auch nur das geringste Problem, das, was Rye gekocht hatte, zu verdauen.«

»In Ordnung«, sagte sie widerstrebend. »Wenn Sie unbedingt darauf bestehen, werde ich ihn bitten, das Huhn so zuzubereiten, wie er es immer tut.«

»Und sagen Sie ihm bitte, daß er mir auch das Gemüse und die Kartoffeln kochen soll. Und dazu möchte ich ein Stück von seinem selbstgebackenen Brot.«

»Dann beschweren Sie sich aber später nicht, wenn Sie Schwierigkeiten mit dem Magen haben«, warf sie mir noch hin, während sie sich zum Gehen wandte. Sie mußte einfach immer das letzte Wort haben! Aber ich wußte nun, wie ich sie dazu bringen konnte, das zu tun, was ich wollte – ich mußte nur nach Tony fragen.

Tony erschien, bevor Mrs. Broadfield mit meinem neuen Essen zurück war.

»Na, wie fühlst du dich?«

»Müde, aber hungrig. Ich warte gerade darauf, daß Mrs. Broadfield mir etwas bringt, das Rye Whiskey zubereitet hat. Ich will niemandem Umstände machen, aber ich konnte das, was sie zuerst anbrachte, einfach nicht essen. Ich sage dir das nur für den Fall, daß sie sich später über mich beklagt.«

»Mach dir deshalb keine Sorgen«, sagte er besänftigend. »Ich bin mir sicher, es würde Rye nicht einmal etwas ausmachen, wenn er den ganzen Tag damit beschäftigt wäre, für dich zu kochen.«

»Nein, ich weiß, daß ihm das nichts ausmachen würde.«

»Du klingst gereizt.«

Einige Augenblicke lang schwieg ich, doch dann blickte ich ihn entschlossen an.

»Tony, ich weiß, Mrs. Broadfield ist eine ausgezeichnete Fachkraft. Ich kann mich zweifellos glücklich schätzen, eine Krankenschwester zu haben, die soviel Erfahrung besitzt und außerdem noch Krankengymnastin ist. Aber sie kann ausgesprochen unangenehm sein.«

»Ich werde mit ihr reden«, versprach er. Sein Blick war sanft und voller Zuneigung. Ich hatte das Gefühl, daß er genau verstand, was ich meinte. »Mein größter Wunsch ist, dich glücklich zu sehen, Annie. Alles andere ist zweitrangig. Das weißt du doch, oder?«

»Ja, Tony. Ich weiß auch wirklich zu schätzen, was du alles für mich getan hast.« Ich fühlte, wie ich wieder ruhiger wurde. Dann erinnerte ich mich an den Brief auf meinem Schoß.

»Tony, ich habe Luke noch einen Brief geschrieben. Würdest du dich bitte darum kümmern, daß er ihn bekommt ... per Eilpost, damit es schnell geht.«

»Natürlich.«

Er nahm ihn an sich und steckte ihn rasch in die Tasche seines Jacketts.

»Ach, Tony . . .«

Bereits bei der Tür angelangt, drehte er sich noch einmal um.

»Wohnt hier noch jemand? Eine Frau?«

»Eine Frau? Du meinst, außer Mrs. Broadfield?« Seine blauen Augen wurden schmal.

»Ja. Ich bin vorhin auf eigene Faust mit meinem Rollstuhl herumgefahren und dabei auf ein Zimmer gestoßen, das aussah wie dieses hier, und –«

»Oh.« Er trat wieder ein paar Schritte auf mich zu. »Du meinst, du warst in Jillians Räumen?«

»In Jillians Räumen?« Aber Jillian ist doch schon so lange tot, dachte ich. Es hatte ausgesehen, als wären die Zimmer noch an diesem Morgen benutzt worden.

»Ja. Ich muß die Tür offengelassen haben. Normalerweise ist es mir nicht recht, wenn jemand hineingeht«, sagte er in einem so schroffen und unfreundlichen Ton, wie ich ihn noch nie bei ihm gehört hatte.

»Es tut mir leid, ich –«

»Ist schon gut«, sagte er hastig. »Nichts passiert. Ich habe diese Zimmer so gelassen, wie sie am Tag ihres Todes aussahen.«

»Warum sind die Spiegel alle entfernt worden?«

»Das war ein Teil des Wahnsinns, der sie befallen hatte, bevor sie starb. Wie auch immer, jedenfalls lebt hier sonst niemand«, antwortete er rasch. Dann lachte er gezwungen. »Erzähl mir du nicht auch noch, daß du wie Rye Geister siehst.« Er schüttelte den Kopf und ging.

Ich fröstelte, und wieder fragte ich mich, ob ich nicht besser nach Winnerrow zurückkehren sollte.

Kurz darauf kam Mrs. Broadfield mit meinem Essen. Dieses Mal hatte sie mir ein Stück von Ryes berühmten Brathühnchen, seinen hausgemachten Kartoffelbrei und gegartes Gemüse gebracht. Es roch frisch und appetitlich. Ich war so hungrig, daß ich das ganze Essen gierig hinunterschlang.

»Es war köstlich«, sagte ich.

»Soll ich Ihnen jetzt ins Bett zurückhelfen?«

Sie ergriff das Tablett und ging hinaus. Ich nahm die Fernbedienung und knipste den Fernseher an. Kurz darauf fand ich einen Spielfilm, den ich noch nicht kannte, und lehnte mich zurück. Doch schon nach wenigen Minuten fuhr mir ein stechender Schmerz durch den Leib. Ich stöhnte und preßte meine Hände gegen meinen Bauch. Der Schmerz hörte auf, und ich lehnte mich wieder zurück und atmete tief durch; doch dann kam er erneut, diesmal mit noch größerer Intensität. Er schien meinen Magen beinahe zu zerreißen, und breitete sich schließlich bis in meine Brust aus.

Ich hörte, wie es in meinem Magen blubberte. Jeden Moment konnte ein Malheur passieren.

»Mrs. Broadfield!« rief ich. *»Mrs. Broadfield!«* Doch sie antwortete nicht. Ich begann, meinen Rollstuhl zur Tür hin zu bewegen. *»Mrs. Broadfield!«*

Es passierte. Mein Körper rebellierte.

»O nein! *Mrs. Broadfield!«*

Als sie kam, war ich im Rollstuhl zusammengebrochen und sah jämmerlich aus.

Sie stand in der Tür, die Hände in die Hüften gestemmt, ein kaltes, triumphierendes Lächeln auf ihrem versteinerten Gesicht.

»Behaupten Sie nicht, ich hätte Sie nicht gewarnt«, meinte sie und schüttelte den Kopf.

Ich saß zusammengekrümmt in meinem Stuhl und konnte sie nur noch stöhnend anflehen, mir zu helfen.

17. Kapitel
Mrs. Broadfields Rache

Mrs. Broadfield schob mich rasch ins Badezimmer. Sie öffnete den Hahn über der Wanne und schälte mich dann aus meiner Kleidung, indem sie mir ein Kleidungsstück nach dem anderen grob vom Leibe riß. Ich fühlte mich wie eine Banane in der Hand eines Affen, der kurz vor dem Hungertod stand. Wenn sie die Möglichkeit gehabt hätte, mir auch die Haut abzuziehen, ich glaube, sie hätte es getan. Obwohl die ganze Zeit über kein Wort über ihre Lippen kam, konnte ich das wiederholte »Ich hab's Ihnen ja gesagt« in ihren wutentbrannten Augen lesen. Ich stöhnte und preßte die Hände an meinen Leib.

»Es ist ein Gefühl, als hätte ich glühende Streichhölzer in mir«, weinte ich, aber mein Klagen stieß auf taube Ohren. Sie wischte mich mit ein paar Handtüchern ab, zerrte mich dann aus dem Rollstuhl und warf mich buchstäblich in das heiße Wasser. Sie war sehr kräftig für eine Frau ihrer Statur.

Sobald ich drinnen saß, drehte sie den Hahn zu, und ich ließ mich tiefer und tiefer ins Wasser gleiten. Obwohl es so heiß war wie immer, brachte es mir ein wenig Erleichterung. Ich schloß die Augen und lehnte mich zurück, während ich noch immer leise vor mich hin wimmerte.

Ich öffnete sie allerdings sofort wieder, als ich Tony hörte. Er hatte die Aufregung mitbekommen und kam angelaufen, um mir zu helfen.

»Was ist los?« rief er vom Wohnzimmer aus.

»Schließen Sie die Badezimmertür«, bat ich.

»Bleiben Sie hier sitzen und weichen Sie sich ein«, kommandierte Mrs. Broadfield und ging hinaus, wobei sie die Tür mit einem lauten Knall hinter sich zuschlug. Trotzdem konnte ich verstehen, was gesprochen wurde.

»Ist Annie irgend etwas zugestoßen, Mrs. Broadfield?«

»Oh, ich hatte sie gebeten, diese stark gewürzten, exotischen Gerichte, die Ihr Koch oft zubereitet, nicht zu essen. Ich veranlaßte sogar seinen Gehilfen, etwas Geeignetes und Nahrhaftes für sie zu kochen. Sie aber war eigensinnig und bestand auf einem Essen von Ihrem Koch, und so mußte ich ihn wohl oder übel bitten, etwas nach ihrem Geschmack zuzubereiten.«

»Ich weiß, aber –«

»Ihr Magen ist sehr empfindlich, denn schließlich ist ihr ganzer Körper geschwächt. Ich habe versucht, ihr das klarzumachen, aber wie die meisten Teenager will sie nicht auf ältere Menschen mit mehr Erfahrung hören!«

»Soll ich nach dem Arzt schicken?« fragte er besorgt.

»Nein, das bekomme ich schon wieder hin. Sie wird sich eine Zeitlang nicht besonders wohl fühlen, aber es ist nicht notwendig, den Arzt zu holen.«

»Gibt es irgend etwas, was ich tun kann?« Gott segne Tony, dachte ich. Im Gegensatz zu Mrs. Broadfields strengem, autoritärem Ton lag in seiner Stimme so viel Sorge und Anteilnahme!

»Nein. Ich werde sie waschen, ihr ein Medikament geben und dafür sorgen, daß sie sich ausruht. Morgen früh dürfte es ihr wieder besser gehen, aber ihr Magen wird vorerst wohl ziemlich empfindlich sein. Ja, eines können Sie vielleicht doch tun: Sprechen Sie mit dem Koch und sagen Sie ihm, daß er das Essen in Zukunft genau nach meinen Anweisungen zubereiten soll!«

»Gut, ich werde mit ihm sprechen.«

Ich hörte, wie Tony ging, und gleich darauf kam Mrs. Broadfield zurück ins Badezimmer. Drohend ragte sie vor mir auf. Meine Tränen vermischten sich mit den Schweißtröpfchen, die über meine erhitzten Wangen liefen. Plötzlich wurde ihre versteinerte Miene weicher; ihre aufgeblasenen Backen fielen ein, und in ihre Augen traten Tränen des Mitleids.

»Sie armes Kind. Wenn Sie nur auf mich gehört hätten . . . Solche unnötigen Schmerzen, wo Ihr armer Körper doch sowieso schon so viel zu leiden hat!«

Sie kniete sich neben die Wanne und ergriff einen Badeschwamm, um mir die Tränen wegzuwischen.

»Ich verstehe das nicht . . . so etwas ist mir noch nie passiert, ich habe immer alles vertragen.«

Sie ließ den Schwamm über meinen Hals und meine Schultern wandern und wusch meine Haut in sanften kleinen Kreisen, als würde sie feinstes chinesisches Porzellan polieren.

»In Zukunft werden Sie tun, was ich Ihnen sage. Lassen Sie mich meine Arbeit tun, und Sie werden sich schnell wieder erholen, Annie. Einverstanden?«

Ich nickte mit geschlossenen Augen. Der Schmerz hatte nachgelassen, obwohl es in meinem Magen noch immer bedrohlich blubberte. Mrs. Broadfield ließ ihre Finger zwischen meinen Brüsten hindurchgleiten und preßte ihre Handfläche gegen meinen Unterleib. Als ich meine Augen wieder öffnete, sah ich ihr Gesicht so nah bei meinem, daß ich die Poren in ihrer Haut, die Haare in ihren Nasenlöchern und die Risse in ihren Lippen erkennen konnte.

»Da drinnen ist noch einiges los«, flüsterte sie. Sie sah mir in die Augen, aber ihr Blick wirkte geistesabwesend, fast entrückt.

»Kann ich jetzt raus aus dem Wasser?«

»Was? Oh . . . ja, ja.« Sie stand schnell auf und griff nach den Handtüchern. Dann half sie mir aus der Wanne und rieb mich trocken. Nachdem ich ein frisches Nachthemd angezogen hatte, half sie mir zurück ins Bett und gab mir zwei Teelöffel einer grauen, kalkigen Flüssigkeit. Wenig später hörte das Blubbern in meinem Magen auf.

Ich tat was sie mir sagte . . . schluckte eine Schlaftablette, schloß die Augen und seufzte wohlig in Erwartung der Erleichterung, die mir der Schlaf bringen würde. Dann aber öffnete ich die Augen noch einmal, und ich sah Mrs. Broadfield neben mir stehen. Sie blickte auf mich herunter wie eine Katze, die eine Maus in die Enge getrieben hat und ihre Beute in Schach hält, befriedigt über die Qual, die sie ihrem schwachen, armseligen Gegner zufügt.

Morgen wird es mir besser gehen, dachte ich. Und morgen wird Luke meinen Brief erhalten und zu mir kommen . . . Dann versank ich im Schlaf.

Den ganzen nächsten Morgen und einen Teil des Nachmittags blieb ich im Bett. Mrs. Broadfield beschloß, daß wir meine Therapie einen Tag lang aussetzen sollten. Sie ließ Rye Whiskey heißen Haferschleim zum Frühstück zubereiten und erlaubte mir, für den Rest des Tages süßen Tee, Toast und Marmelade zu mir zu nehmen. Gegen Mittag fühlte ich mich stark genug, um aufzustehen und bat sie, mich in meinen Rollstuhl zu setzen. Kurz nach zwei erschien Rye, die Schürze noch um den Bauch gebunden. Mrs. Broadfield war weggegangen, um sich ein wenig die Füße zu vertreten.

Rye sah mich ängstlich und reumütig an. Ich wußte sofort, daß er sich verantwortlich fühlte für das, was mit mir geschehen war.

»Wie fühlen Sie sich, Miß Annie?«

»Viel besser, Rye. Sie dürfen sich keine Vorwürfe deswegen machen. Schließlich konnten Sie nicht wissen, was meinen Magen durcheinanderbringen würde und was nicht. Nichts, was Sie vorher gekocht haben, hatte jemals eine solche Wirkung«, sagte ich, um ihn zu beruhigen. Er nickte nachdenklich. Ich sah, daß ihm etwas im Kopf herumging.

»Genau das hab ich auch gedacht, Miß Annie. Ich hab nichts in dieses Essen getan, was ich nicht vorher auch schon hineingetan habe.«

»Es war mein Fehler«, sagte ich bestimmt. »Ich hätte Mrs. Broadfield nicht zurückschicken sollen mit dem Essen, das Ihr Gehilfe gekocht hatte.«

»Ich will Ihnen mal was sagen: Sie kommt in die Küche gestürmt, wutentbrannt, und knallt das Tablett hin. Ich weiche gleich fünf Meter zurück. Dann sagt sie: Also, machen Sie Gemüse und Kartoffeln! Ich wollte das sowieso für Mr. Tatterton zubereiten, und so sag ich, ist in Ordnung, Ma'am. Sie grunzt, und ich hol die Teller heraus.«

»Was ist dann passiert?«

»Nichts. Ich geb ihr das Essen, damit sie es Ihnen bringt, weil ich bin ja schließlich auch nicht mehr der Jüngste; und sie nimmt das Tablett.

Nur, ich hab das Brot vergessen, und so geh ich ihr nach. Ich hab sie noch erwischt, weil sie im Eßzimmer stehengeblieben ist, um noch die Medizin reinzutun und –«

»Medizin? Was für eine Medizin?«

Rye zuckte mit den Schultern. »Medizin, hat sie zu mir gesagt. Sollte Ihnen helfen, das Essen zu verdauen.«

»Das habe ich noch nie bekommen.«

»Ich geb ihr das Brot, und sie geht hinauf zu Ihrem Zimmer. Dann stellt mich Mr. Tatterton zur Rede, weil Sie das Essen so krank gemacht hat. Er kommt extra rein deswegen, und ich sage: ›Ja, Sir, ich werde alles tun, was mir die Schwester sagt‹. Das war's. Aber jetzt fühlen Sie sich besser?«

»Ja, Rye. Sind Sie sicher, daß sie Medizin in mein Essen getan hat?«

»In den Kartoffelbrei. Sie rührte das Zeug gerade drunter, als ich aus der Küche kam. Hoffentlich ruiniert das nicht den Geschmack, dachte ich, aber ich traute mich nicht, ihr das zu sagen. Muß eine gute Krankenschwester sein; wenn sie die Übelkeit in so kurzer Zeit verschwinden lassen kann –«

»Wenn Sie will . . .« Mir war jetzt einiges klar. Das war keine Medizin gewesen. Sie hatte sich dafür gerächt, daß ich mich ihr widersetzt hatte. Mein Gott, dachte ich, ich bin in der Hand einer sadistischen, rachsüchtigen Person. Der stechende Schmerz, mein peinliches Malheur, alles war ihr Werk! »Sie kann vielleicht auch die Übelkeit hervorrufen«, fügte ich hinzu und nickte bedeutungsvoll. Rye verstand.

»Miß Annie . . .« Er drehte sich um und sah zur Tür, um sicherzugehen, daß niemand kam. »Sicherlich geht es Ihnen schon besser. Vielleicht ist es das Beste, Sie fahren jetzt wieder heim.«

»Was?« Ich lächelte verwirrt. »Sie wollen, daß ich nach Hause zurückkehre?«

»Ich geh jetzt lieber wieder in meine Küche. Freut mich, daß es Ihnen besser geht, Miß Annie.« Er eilte hinaus, bevor ich ihm weitere Fragen stellen konnte, aber ich zweifelte nicht daran, daß er über vieles Bescheid wußte, was in Farthy vor sich ging . . .

Es war schon Mittag, als Tony kam. Ich bekam das Essen, das ich am Vortag zurückgeschickt hatte: gekochte Hühnerbrust, Erbsen und Karotten sowie wäßrigen Kartoffelbrei. Mrs. Broadfield hatte ihren Mund zu einem breiten Lächeln verzogen, als sie das Tablett hereinbrachte und auf den Tisch auf meinem Rollstuhl stellte. Sie postierte sich neben mich und sah mir beim Essen zu, angeblich nur, um sicherzugehen, daß ich wieder feste Nahrung vertrug.

»Haben Sie etwas hineingetan, damit ich es besser verdauen kann?« fragte ich. Ihr Lächeln verschwand.

»Was? Was sollte ich da hineintun?«

»Ich weiß nicht . . . so etwas wie das, was Sie gestern in den Kartoffelbrei gegeben haben, als Sie mir mein Abendessen zum zweiten Mal brachten«, sagte ich und heftete meine Augen fest auf ihr Gesicht.

»Was? Wer hat Ihnen denn das erzählt?« Sie sah nicht einmal ärgerlich aus, eher amüsiert, als hätte sie es mit einem hoffnungslosen Idioten zu tun. Das verkniffene, zynische Lächeln auf ihren Lippen brachte mich zur Weißglut.

»Rye hat es mir erzählt«, zischte ich. »Er kam herauf, um sich nach meinem Wohlergehen zu erkundigen, und dann sagte er mir, daß er gesehen hat, wie Sie etwas in meinen Kartoffelbrei gaben.«

»Mein liebes Kind, er versucht doch nur, von seiner eigenen Schuld an dem, was passiert ist, abzulenken. Schon an dem Tag, als wir hier angekommen sind, ging ich zu ihm in die Küche und erklärte ihm ausdrücklich, daß pikant zubereitete Gerichte nichts in Ihrer Diät verloren hätten. Sie erinnern sich sicher, daß ich ihm auch untersagte, Ihnen schwere, süße Sachen zu machen, und daß er Ihnen trotzdem diese Schokoladentorte bringen ließ. Er ist entweder stur oder dumm. Ich bin mir sicher, Mr. Tatterton hat sich sehr über ihn geärgert. Vielleicht hat er ihn sogar vor die Tür gesetzt.«

»Rye vor die Tür gesetzt?« Nun war ich an der Reihe zu lachen. »Rye gehört zur Familie, und er wird hier bleiben bis zu seinem letzten Tag. Und er ist ein wunderbarer Koch. Von seinem Essen wird man bestimmt nicht krank«, sagte ich herausfordernd und durchbohrte sie mit meinem Blick. Sie schüttelte den Kopf und wandte sich ab. Das bestätigte meinen Verdacht.

»Nun, Mr. Tatterton war jedenfalls sehr verärgert über ihn. Und nun, warum essen Sie nicht fertig, bevor alles kalt wird?«

Sie drehte sich auf dem Absatz um und verließ den Raum.

Kurz darauf erschien Tony.

»Wie geht es Dir, Annie? Ich habe Mrs. Broadfield im Laufe des Tages zweimal angerufen, und sie sagte, du würdest recht gute Fortschritte machen.«

»Sie hat dich angelogen«, stieß ich hervor. Eines wußte ich: Entweder würde diese Geschichte mit Mrs. Broadfield ein Ende haben, oder ich würde unverzüglich abreisen.

»Was? Gelogen?«

»Mir ist nicht wegen Ryes Essen übel geworden, Tony. Das Essen war nicht zu stark gewürzt, es war vergiftet!« erklärte ich. Er starrte mich einen Moment lang mit weit aufgerissenen Augen an.

»Vergiftet? Ist dir klar, was du da sagst? Vielleicht bist du nur –«

»Nein, Tony, hör zu. Wenn dir wirklich etwas an mir liegt, dann hör mir zu«, sagte ich. Besorgt trat er einige Schritte auf mich zu. »Mrs. Broadfield ist sicher eine ausgezeichnete Krankenschwester, das heißt, sie ist fachlich kompetent, aber sie hat keinen guten Charakter und haßt reiche Leute. Ihrer Ansicht nach sind reiche Leute verzogen, verdorben und schwach. Du solltest einmal ihr Gesicht sehen, wenn sie darüber spricht – sie sieht dann noch häßlicher aus, wie ein Ungeheuer!«

»Ich hatte keine Ahnung«, rief Tony erstaunt.

Ich erzählte ihm was geschehen war, und seine Augen weiteten sich vor Bestürzung.

Schließlich nickte er langsam. »Ich verstehe. Nun, ich denke, dann ist es wohl an der Zeit, ihren Dienst hier zu beenden, meinst du nicht auch?«

»Ja, Tony. Ich würde keinen einzigen Tag länger hierbleiben, wenn diese Frau in meiner Nähe ist.«

»Mach dir keine Sorgen deswegen. Noch heute abend wird sie gehen. Wir werden einige Zeit brauchen, um einen passenden Ersatz zu finden, aber ich bin sicher, es wird nicht allzu lange dauern«, fügte er zuversichtlich hinzu.

»Danke, Tony. Ich wollte dir wirklich keine Umstände machen, aber –«

»Unsinn. Wenn du mit deiner Krankenschwester nicht zufrieden bist, wirst du dich auch nicht erholen. Und ich will nicht, daß du eine so sadistische Person ertragen mußt, die diese Frau anscheinend ist.« Seine Augen blickten zornig. Dann aber beruhigte er sich wieder und strich mir sanft über die Wange. »Jetzt denke nicht mehr daran. Wenden wir unsere Aufmerksamkeit anderen, schöneren und freundlicheren Dingen zu.« Er blickte sich um. »Mir ist klar geworden, daß hier manches geändert werden muß. Du sitzt und liegst hier herum und bist viel zu sehr mit deiner Krankheit beschäftigt. Sieh dir nur diesen Raum an . . . eine Atmosphäre wie im Krankenhaus . . . Rollstühle, Medizinfläschchen, Schüsseln . . . deprimierend«, sagte er und schüttelte den Kopf. »Aber ich habe da eine Medizin mit Zauberkraft für dich.« Seine blauen Augen zwinkerten mich übermütig an wie die eines kleinen Jungen, der etwas Unartiges im Schilde führte.

»Eine Medizin mit Zauberkraft? Was ist es?«

Er hob die Hand, um mir zu bedeuten, ich sollte mich gedulden. Einen Augenblick später erschien Parson mit einer langen Schachtel unter dem Arm. Er stellte sie am Fenster ab und drehte sich zu Tony um.

»Hierher, Mr. Tatterton?«

»Genau.«

»Was ist das?«

»Das wirst du gleich sehen«, sagte er, nahm das inzwischen leere Tablett und stellte es auf die Kommode. Dann zog er meinen Rollstuhl ans Bett, so daß er neben mir auf dem Bettrand sitzen konnte, und wir sahen beide zu, wie Parson auspackte. Einige Sekunden später wußte ich, um was es sich handelte – eine Staffelei. Parson stellte sie unverzüglich so auf, daß ich im Sitzen malen konnte.

»O Tony, eine Staffelei! Wie wundervoll«, rief ich aus.

»Es ist die beste, die wir bekommen konnten«, verkündete Tony stolz.

»O Tony, danke, aber –«

»Keine Widerrede. Du mußt einen neuen Anfang wagen. Das sagte jeder, dem ich von dir erzählte.« Er nickte Parson zu, der hinausging und mit zwei weiteren Kisten zurückkam. Die eine war voller Malutensilien, in der anderen war Papier. Tony spannte sogleich einen Bogen auf die Staffelei.

»Da ich mich nicht besonders gut damit auskenne, habe ich einfach meinem Verkaufsleiter den Auftrag gegeben, loszugehen und alles zu kaufen, was eine vielversprechende junge Malerin braucht. Irgendwo da drin ist sogar die passende Kopfbedeckung.« Er durchstöberte den Karton, bis er sie fand – es war eine schwarze Baskenmütze. Triumphierend schwenkte er sie und setzte sie mir dann auf den Kopf. Ich strahlte.

»Siehst Du? Jetzt habe ich dich schon wieder so weit gebracht, daß du lachst.« Er rückte die Mütze auf meinem Kopf zurecht. »Schwarz steht dir ausgezeichnet, Annie.« Er drehte mich zu einem Spiegel, so daß ich mich bewundern konnte. »Fühlst du schon so etwas wie Inspiration?«

Seltsam: Als ich mich mit dieser Baskenmütze im Spiegel sah, lebten all jene Träume wieder auf, die ich schon beinahe vergessen hatte. Mehr als alles andere erfüllte mich die Kunst mit einer inneren Freude, gab meinem Leben einen Sinn. Ich war mir nicht darüber im klaren gewesen, wie sehr ich sie vermißt hatte. Der Unfall und seine Folgen hatten mich von allen Menschen und allen Dingen, die ich liebte, getrennt – auch von meiner Malerei. Wahrscheinlich war das ein weiterer wichtiger Grund, warum ich mich so lange als ein halber Mensch gefühlt hatte. Nun aber überkam mich eine schreckliche Angst, all diese traurigen Ereignisse könnten mir vielleicht die Fähigkeit genommen haben, die tiefen Gefühle und die Inspiration zu spüren, die ich brauchte, um etwas Schönes zu schaffen. Was, wenn ich den Pinsel zur Leinwand führte und meine Phantasie kein Bild vor mein geistiges Auge zaubern würde! Wenn ich immer nur Leinen vor mir sah?

»Ich weiß nicht, Tony.«

»Nun, du wirst es zumindest versuchen, nicht wahr? Versprochen?«

Zögernd sah ich ihn an.

»Ja? Versprichst du es mir?«

»Ich werde es versuchen, Tony. Ich verspreche es.«

»Wunderbar.« Er klatschte in die Hände. »Dann werde ich dich jetzt in Ruhe arbeiten lassen. Ich erwarte, daß ich in ein oder zwei Tagen etwas ganz Wunderbares zu sehen bekomme.«

»Erwarte nicht zuviel, Tony. Ich war sowieso nie besonders gut und –«

»Du bist viel zu bescheiden. Drake sagt das auch immer. Er hat mir übrigens eines deiner Bilder mitgebracht.«

»Das hat er getan?« rief ich aus.

»Es hängt unten in meinem Arbeitszimmer.«

»Er hat mir nichts davon gesagt. Welches Bild ist es?«

»Das mit dem kleinen Spatz auf dem Magnolienbaum. Ich liebe es sehr. Hoffentlich macht es dir nichts aus, daß er es mir geschenkt hat.«

»Nein, das ist schon in Ordnung . . ., aber er hätte es mir sagen sollen. Er hätte mich erst fragen müssen«, fügte ich hinzu, obwohl mir Drakes hohe Meinung von meiner Malerei schmeichelte und mich glücklich machte.

»Weißt Du, ich habe ihn darum gebeten, und er wollte mir eben einen Gefallen tun. Sei nicht zu streng mit ihm«, bat Tony.

»In Ordnung, Tony.« Er lächelte und schickte sich an, das Zimmer zu verlassen. »Tony«, rief ich.

»Ja?«

»Wenn Luke sich bis sieben Uhr nicht gemeldet hat, dann möchte ich ihn selbst anrufen. Ich kann einfach nicht verstehen, daß er nicht kommt und auch nicht auf unsere Briefe und Anrufe reagiert. Irgend etwas ist da nicht in Ordnung.«

»Wenn tatsächlich irgend etwas nicht in Ordnung ist, Annie, solltest du noch eine Zeitlang davor verschont bleiben. Hör zu: Ich werde ihn selbst anrufen, wenn er sich bis heute abend nicht meldet.«

»Und wirst du es mir sagen, wenn etwas nicht in Ordnung ist?«

»Ich werde es dir sagen. Ich verspreche es.«

»Tony, ich möchte, daß ein Telefon hier herein gelegt wird. Ich halte diese Isolation nicht mehr aus. Bitte sag dem Arzt, daß er es erlauben soll.«

Tony schien verletzt, weil ich das Wort »Isolation« benutzt hatte, aber ich konnte es nicht ändern. So fühlte ich mich eben. Er verzog das Gesicht.

»Du tust so viel für mich, Tony. Und ich weiß das auch zu schätzen, wirklich, aber ich vermisse meine Freunde so sehr! Ich bin eine junge Frau, die gerade den aufregendsten Abschnitt ihres Lebens begonnen hat. Ich kann es nicht ändern, aber ich fühle mich einsam, obwohl ihr beide, du und Drake, mir so viel Aufmerksamkeit schenkt, wie es euch möglich ist. Bitte sprich mit dem Arzt«, bat ich.

Seine Gesichtszüge wurden weicher. »Natürlich. Ich bin sicher, er wird zustimmen. Du bist auf dem Weg, wieder ganz gesund zu werden. Davon bin ich überzeugt. Male, iß richtig, ruhe dich ausreichend aus, und du wirst schneller wieder auf die Beine kommen, als du es dir vorstellen kannst.«

»Komm sofort zu mir, wenn du Luke angerufen hast.« Er nickte und ging.

Ich saß einen Moment lang still da und dachte über alles nach, was passiert war. Vielleicht hatte Tony recht . . . Ich sollte mich wirklich nicht so in meine Krankheit und in traurige Gedanken vergraben. Er hatte versprochen, mich unverzüglich von Mrs. Broadfield zu erlösen. Aber selbst mit einer einfühlsamen, mitfühlenden Krankenschwester würde ich mich eingesperrt fühlen!

Tony konnte mich mit dem größten Luxus umgeben – Fernseher, Stereoanlage, was auch immer – aber ich würde trotzdem nicht zufrieden sein. Ich vermißte meine Kleider, mein Zimmer, den Geruch meiner Bettdecke und meines Kissens, meine weiche, mit Daunen gefüllte Tagesdecke.

Ich vermißte es, kichernd mit Freundinnen zu telefonieren und allein oder gemeinsam mit Freunden in dem kleinen Lokal der Musik zu lauschen. Ich vermißte es, mit Menschen in meinem Alter Parties zu feiern und zu tanzen und zu lachen. Ich vermißte den Anblick der blühenden Blumen vor unserem Haus und ich vermißte Mammi, wie sie entspannt und ruhig im Wohnzimmer saß und ab und zu den Kopf nach mir wandte. Ich vermißte Daddy, wie er in seiner Zeitung las, nachdenklich die großen Seiten umblätterte und gelegentlich aufsah, um mir zuzuwinken.

Und mehr als alles andere vermißte ich Luke. Ich vermißte es, ihn zu sehen, wie er die Straße herunterkam oder auf der Veranda auf mich wartete. Ich vermißte unsere nächtlichen Telefongespräche.

Es hatte eine Zeit gegeben, in der kaum ein Tag verging, ohne daß wir uns sahen oder miteinander redeten, und nun schien er Tausende von Meilen entfernt, aus meinem Leben verschwunden . . . War es eine andere Frau, die ihn so in ihren Bann zog? Es brach mir fast das Herz, wenn ich nur daran dachte. Aber Tony hatte recht. Es war nicht richtig, daß ich mich so sehr in meinen Kummer und meine Ängste vergrub. Wenn ich Luke wiedersehen wollte, mußte ich mich zusammennehmen und rasch wieder gesund werden.

Ich mußte, so weit das möglich war, zu meinem früheren Ich zurückfinden. Die Malerei konnte mir dabei helfen. Ich fuhr zu der Staffelei und packte die Dinge aus, die ich brauchen würde, um anzufangen.

Aber was sollte ich malen, fragte ich mich. Wie ein Magnet zog mich das Fenster an, und ich blickte nach draußen zum Familienfriedhof der Tattertons. Ich griff nach dem Bleistift und begann zu skizzieren; ich arbeitete wie im Rausch, als würde einer von Rye Whiskeys Geistern meinen Arm lenken und meine Finger über die blanke, weiße Leinwand führen. Und während ich so zeichnete, begannen die Tränen zu fließen . . . Wie immer verlor ich mich in meiner Arbeit, sobald ich begonnen hatte zu malen. Es war fast so, als wäre ich zu einer winzigen Figur in der Skizze geschrumpft, die meinem größeren Ich zeigte, was es zeichnen sollte. Die Welt um mich herum verblaßte; ich verlor jegliches Gefühl dafür, wieviel Zeit verging und wo ich mich befand. Ich hörte nicht einmal, als Tony zurückkam, und als ich ihn endlich erblickte, hatte ich keine Ahnung, wie lange er bereits hinter mir gestanden und mir zugesehen hatte. Ich zuckte zusammen, als ich ihn bemerkte.

»Entschuldige, wenn ich dich erschreckt habe, aber ich wollte dich nicht stören. Ich weiß, wie sehr ihr Künstler Eure Konzentration braucht. Jillian ist genauso. Ich meine, sie war genauso, wenn sie etwas zeichnete oder malte. Ich konnte stundenlang hinter ihr stehen, ohne daß sie die geringste Notiz von mir nahm. Das hat mich immer erstaunt – nein, fasziniert sollte ich wohl besser sagen. Und ich finde dich genauso faszinierend, wenn du arbeitest, Annie«, fügte er hinzu. Er sagte das mit einer solchen Wärme, daß ich unwillkürlich errötete.

Dann fiel ihm ein, warum er gekommen war. »Oh, ich habe mich gefragt, ob du wohl eine Schlaftablette brauchst. Bevor

Mrs. Broadfield wutschnaubend das Haus verlassen hat, hat sie mir noch einige Instruktionen gegeben. Wenn sie das nicht getan hätte, hätte ich ihr kein Zeugnis ausgestellt, und sie hätte niemals wieder eine Stelle bekommen.«

»Nein, ich glaube ich werde auch heute ohne ein Medikament gut schlafen können, Tony. Vielen Dank.«

»Schön. Dann lasse ich dich jetzt noch ein wenig arbeiten und komme später noch einmal vorbei, um zu sehen, ob du beim Zubettgehen irgendwelche Hilfe brauchst.« Ein Lächeln huschte über sein Gesicht, und er wandte sich zum Gehen.

»Oh, Tony«, rief ich. Er drehte sich wieder um. »Hast du mit Luke gesprochen?«

»Oh, das habe ich noch nicht geschafft, Annie. Ich mußte mich ja erst um die Sache mit Mrs. Broadfield kümmern. Das verstehst du ja sicherlich, nicht wahr? Ich werde gleich jetzt versuchen, ihn zu erreichen«, sagte er und ging. Ich machte mich wieder an die Arbeit.

Stunden später sank ich schließlich erschöpft in meinem Stuhl zurück. Ich mußte wirklich wie in Trance gewesen sein, denn wenn ich jetzt mein Werk betrachtete, kam es mir so vor, als hätte es jemand anders geschaffen. Das Grabmal erhob sich beinahe drohend in der Mitte des Bildes; die übrigen Grabsteine waren nur angedeutet. Eine großgewachsene, hagere Gestalt kniete vor dem großen Stein. Es war nicht Tony; es war jener dunkle, geheimnisvolle Mann, den ich gesehen hatte. Sein Gesicht war nicht zu erkennen.

Ich sah meine Palette an und überlegte, welche Farben ich für das Bild verwenden könnte. Zu der düsteren Stimmung würden wohl nur Grau- und Schwarztöne passen. Ich beschloß, erst am nächsten Morgen weiterzumalen, wenn ich in einer positiveren und fröhlicheren Stimmung sein würde. Als ich mich vom Fenster abwandte, fiel mein Blick auf das Armband von Luke. Mrs. Broadfield hatte es mir abgenommen, als sie mich nach meinem Malheur am Tag zuvor ausgezogen hatte. Nun lag es auf dem Nachttisch neben dem Bett. Acht Uhr war längst vorbei, und Tony hatte mittlerweile bestimmt mit Luke gesprochen. Warum war er nicht heraufgekommen, um mir darüber Bericht zu erstatten? Bedeutet das, daß Luke immer noch unerreichbar war, oder daß er Ausflüchte gefunden hatte, warum er mich nicht besuchen konnte? Ich fühlte, wie Zorn und Enttäuschung durch meinen Körper flossen und dabei das Blut erwärmten, das durch meine rebellischen Beine lief. Plötzlich war da ein stechender Schmerz; irgend etwas schoß wie ein Stromstoß durch den unteren Teil meiner Wirbelsäule. Erst spürte ich so etwas wie Nadelstiche in meine Schenkeln, dann wurde es zu einem Prickeln, das sich bis zu meinen Zehenspitzen fortsetzte. Mit aller Kraft versuchte ich, meine Füße gegen die Fußstützen des Rollstuhles zu drücken.

Ich fühlte den Druck gegen meine Fußsohlen . . . dann die Anspannung in meinen Beinen. Als ich dieses Mal versuchte, aus meinem Stuhl aufzustehen, war ich nicht mehr vollkommen von der Kraft in meinen Armen abhängig. Meine Beine unterstützten mich dabei. Sie antworteten auf die Befehle, die ich ihnen gab. Ich schaffte es! Ja, ich schaffte es! . . . Ich zitterte am ganzen Körper, aber ich fühlte etwas . . . Ich würde es schaffen aufzustehen! Ich versuchte, etwas zu tun, was ich fast mein ganzes Leben lang als völlig selbstverständlich angesehen hatte. Aber jetzt kam es mir vor wie etwas ganz Einmaliges! Mein Herz pochte laut vor Aufregung und Glück. Mein Körper reagierte wieder!

Es schien nicht wenige Augenblicke, sondern Stunden zu dauern, aber ich richtete mich aus dem Stuhl auf, wobei ich mich stark mit den Armen abstützte. Genau in dem Moment, in dem ich mich vollständig aufrichtete – meine Beine sahen aus wie Zahnstocher und zitterten, als hätte man ihnen ein zu großes Gewicht zugemutet – kam Tony herein. Er blieb stehen und sah mich verdutzt an.

»Tony . . . Ich habe es einfach ausprobiert, und es ging! Meine Beine funktionieren, Tony! Sie fangen an, wieder richtig zu reagieren! Aber es ist so komisch, fast, als würde ich auf Wolken gehen.« Ich wankte, aber ich lachte.

»Vorsichtig«, sagte er und ging langsam auf mich zu. Dabei hielt er die Hände so, als hätte er es mit einem Selbstmordkandidaten zu tun, der auf einer Fensterbank stand, um sich im nächsten Augenblick in die Tiefe zu stürzen. »Versuche noch nicht zu gehen. Du willst dir doch nicht die Knochen brechen!«

Er sah bei weitem nicht so glücklich und aufgeregt aus, wie

ich es erwartet hatte. Sein Gesicht war eher ärgerlich. Warum freute er sich nicht mit mir? Es war soweit! Das, worauf wir alle gehofft hatten, war Wirklichkeit geworden!

»Ich werde wieder gesund! Gesund!« sagte ich mit Nachdruck, um auch in ihm ein wenig von jener freudigen Erregung zu wecken, die mich in diesem Augenblick erfüllte. Aber sein Gesichtsausdruck veränderte sich nicht.

»Natürlich wirst du wieder gesund«, sagte er. »Aber überstürze jetzt nichts. Laß dir Zeit, du setzt dich jetzt besser wieder hin«, fügte er mit einem sonderbaren Ausdruck im Gesicht hinzu.

»Aber ich fühle mich noch nicht müde! Und es ist so herrlich für mich, auf meinen beiden Beinen zu stehen! O Tony, es ist so wunderbar . . . Ich wünschte, Drake wäre hier und könnte mich sehen. Ich wünschte, Luke . . . was ist mit Luke? Du hast ihn doch inzwischen angerufen, oder?«

»Ja, ich habe ihn angerufen«, sagte Tony.

»Oh, ich werde ihm zeigen, daß ich stehen kann! Sag mir, wann er genau kommt, und ich werde auf meinen beiden Beinen stehen, wenn er durch die Tür kommt und –«

»Er kann morgen nicht kommen«, erklärte Tony müde. »Er muß irgendeinen Einstufungstest machen.«

Die Aufregung, die mich mit Energie erfüllt hatte, strömte aus mir heraus wie die Luft aus einem zerplatzten Ballon. Ich fühlte, wie meine neugefundene Kraft immer mehr nachließ und wie mein stürmisch klopfendes Herz zu flattern begann. Erneut fiel dieser verhaßte Schatten auf mich . . .

»Was? Das kann ihn doch unmöglich den ganzen Tag in Anspruch nehmen.«

»Es kommt ihm einfach ungelegen. Vielleicht übermorgen oder am Wochenende. Er wußte es noch nicht genau.«

»Er wußte es noch nicht genau? *Das hat Luke gesagt?«*

Plötzlich hatte ich das Gefühl, als wären meine Beine wie Pudding. Mit einem Schlag wich alle Kraft aus ihnen. Ich schrie auf, Tony sprang auf mich zu, erreichte mich jedoch unglücklicherweise nicht rechtzeitig, um mich aufzufangen. Hart schlug mein Körper auf dem Boden auf.

18. Kapitel
Rebellion

Als ich aus meiner Ohnmacht erwachte, fiel mir als erstes auf, daß ich ein anderes Nachthemd trug; eines von den seidenen, die Tony mir ins Krankenhaus mitgebracht hatte. Aber warum? Hatte ich mein anderes Nachthemd zerrissen, als ich zu Boden fiel? Es war mir ausgesprochen peinlich, daß Tony mich offensichtlich ausgezogen und mir ein anderes Nachthemd angezogen hatte, während ich bewußtlos war. Gut, er war mein Urgroßvater, und doch ... er war ein Mann!

Ehe ich noch weiter darüber nachdenken konnte, kamen er und Dr. Malisoff in mein Zimmer. Meine Gedanken wurden klarer, und ich erinnerte mich wieder an meine Fortschritte. Es war tatsächlich so – ich war auf dem Weg der Besserung! Trotz meines Zusammenbruchs – ich wußte, daß die Tage meiner Invalidität gezählt waren! Bald würde ich zum ersten Mal wieder ohne Hilfe gehen können. Und dann würde ich nie wieder abhängig sein von Krankenschwestern und Ärzten, von Tabletten und orthopädischen Hilfsmitteln!

Ich wartete geduldig, aber aufgeregt darauf, daß Dr. Malisoff seine Untersuchung beendete. Er testete gerade meine Reflexe, während Tony in der Nähe der Tür stand und mich ängstlich beobachtete.

Als ich wieder im Bett lag, fühlte ich erneut, wie Leben in meine Beine strömte. Und obwohl der Arzt eine emotionslose, sachliche Miene aufgesetzt hatte, konnte ich in seinen Augen etwas Neues erkennen, als er auf mich herunterblickte.

»Nun?« fragte ich ängstlich. Tony trat einen Schritt näher, damit auch er die Antwort hören konnte. »Geht es jetzt aufwärts mit mir?«

»Ja«, sagte er, »Ihre Beine sind dabei, sich zu regenerieren; Ihre Reflexe sind bereits stärker.«

»Oh, endlich!! Endlich! Endlich! Endlich!« jubilierte ich. Ich blickte zu Tony hinüber; doch der machte ein sorgenvolles Gesicht. Der Arzt sagte ihm flüsternd ein paar Worte, und sie verließen den Raum. Mein Herz pochte erregt, während sie sich im Wohnzimmer unterhielten. Ich hatte keine Ahnung, warum ich nicht zuhören durfte. Wahrscheinlich wollte er nicht, daß ich mich zu sehr aufregte. Als sie zurückkamen, sahen beide wesentlich fröhlicher aus.

»Annie«, sagte der Arzt. »Sie sind ganz eindeutig dabei, sich wieder vollkommen zu erholen. Trotzdem ist es gerade jetzt sehr wichtig, daß Sie die Dinge nicht überstürzen und dadurch einen Rückschlag erleiden.«

»Oh, das werde ich nicht tun.«

»Vor allem müssen Sie meine Anweisungen haargenau befolgen. Verstehen Sie das?« Ich nickte. »Der Grund, weshalb Sie einen Zusammenbruch erlitten haben, nachdem Sie aufgestanden sind, ist, daß Sie körperlich noch immer sehr geschwächt sind. Wir wollen jetzt erst einmal Ihre Kraft für den vor Ihnen liegenden Kampf aufbauen, jetzt wo Ihre Beine wieder anfangen zu funktionieren. Ich werde Ihre Therapie Ihrem Zustand anpassen und habe Mr. Tatterton bereits einige diesbezügliche Instruktionen gegeben. Auf jeden Fall komme ich übermorgen wieder, um Sie nochmals zu untersuchen.«

»Kann ich morgen früh nicht anfangen, die Gehhilfe auszuprobieren? Ich möchte gleich nach dem Aufstehen versuchen, ein wenig zu stehen und zu gehen.«

Dr. Malisoff wechselte einen Blick mit Tony; dann sah er mich an, wobei er sein Kinn nachdenklich mit Daumen und Zeigefinger massierte.

»Annie, ich habe Mr. Tatterton die Stufen Ihrer Genesung sehr genau beschrieben. Tun Sie nichts, ohne ihn vorher um Erlaubnis zu fragen, ja?«

»Ja, aber –«

»Kein Aber. Solche Aber führen zu Komplikationen«, fügte er lächelnd hinzu. »Kann ich mich auf Sie verlassen?« Ich wandte meinen Blick ab, unfähig, meine Enttäuschung zu verbergen. »Na, na, Sie sollten glücklich sein, denn Sie sind auf dem besten Weg.« Er tätschelte meine Hand und wandte sich zur Tür. Tony verabschiedete sich von ihm, begleitete ihn jedoch nicht nach unten, sondern blieb bei mir. Mit traurigen blauen Augen blickte er auf mich herunter.

»Als du zusammengebrochen bist, war ich mir sicher, daß wir dich wieder ins Krankenhaus bringen müßten. Jetzt haben wir so gute Nachrichten, und doch siehst du nicht glücklich aus.«

»Ich will endlich ins normale Leben zurückkehren, Tony.«

»Natürlich.« Er stand einen Moment lang nachdenklich da; doch plötzlich begann er zu strahlen, als wäre ihm gerade etwas eingefallen. »Aber ich habe noch eine Überraschung für dich! Und jetzt, da deine Genesung voranschreitet, bin ich darüber noch glücklicher!«

»Was ist es?« Er sah tatsächlich freudig erregt aus – seine Augen wirkten wieder jung und hatten einen weichen blauen Glanz.

»Als wir damals den Aufzug installierten, beschloß ich eine Rampe an der Haupttreppe bauen zu lassen, und das ist heute nachmittag geschehen. Du kannst jetzt selbst im Rollstuhl zur Treppe fahren und dich hinuntergleiten lassen. Dann kannst du die Rampe hinabrollen und alle Wege und Pfade des Parkes entlangfahren. Natürlich werde ich dich die ersten Male begleiten, aber im Lauf der Zeit –«

»Es wird nicht mehr lange dauern, und ich werde auf meinen Beinen hinausgehen, Tony. Einen Augenblick später bereute ich, daß ich diese Worte so schnell und schroff hervorgestoßen hatte. Er wirkte auf einmal niedergeschlagen wie ein kleiner Junge, der gerade gescholten wurde, aber ich konnte es auch nicht ändern. Mein Fortschritt hatte mich mit so viel Hoffnung erfüllt, und nun erzählten mir Tony und der Arzt, daß ich noch viel länger Geduld haben müßte, als ich geglaubt hatte!

»Natürlich. Ich wollte dich nicht –«

»Aber ich bin dir doch so dankbar für alles, was du getan hast, Tony. Ich kann es gar nicht mehr erwarten, hinaus und in den Park von Farthy zu gehen. Hab Dank für alles, Tony. Ich bin sicher, daß ich ohne dich nicht so schnell gesund werden könnte.«

Seine Miene hellte sich wieder auf.

»Ich freue mich, daß du so denkst, Annie. Oh«, meinte er

dann und blickte zu der Staffelei hinüber, »wie ich sehe, bist du mit deinem Bild vorangekommen. Wie wunderbar.« Ich beobachtete sein Gesicht, als er sich freudig erregt meinem Werk zuwandte. Doch wenige Augenblicke später verschwand sein Lächeln und damit alles, was ihn hatte strahlend und jung erscheinen lassen. Dann wandte er sich um und starrte aus dem Fenster, als könnten seine Augen die Finsternis durchdringen, die die Nacht über den Park von Farthy gebreitet hatte . . .

Ich wußte nicht, was ich sagen sollte.

»Bisher ist es ja nur ein Entwurf.«

»Ja.« Als er mich wieder anblickte, lag ein sorgenvoller Ausdruck in seinen Augen. Er legte die Stirn in Falten und biß sich auf die Lippen, als müßte er sich angestrengt auf etwas konzentrieren. »Es ist . . . sehr gut, aber ich hatte gehofft, ich könnte dir zusehen, wie du die Gärten und Hecken, die kleinen Gehwege und die hübschen Springbrunnen malst.«

»Aber, Tony. Die Brunnen sind doch gar nicht angestellt und völlig verstopft von dem buntgefärbten Herbstlaub. Und die Gärten brauchen dringend Pflege. Alle Pflanzen sind völlig von Unkraut überwuchert. Einige der Hecken sind zwar zugeschnitten, aber auch sie brauchen noch viel mehr Pflege!«

Er starrte hinaus in die pechschwarze Nacht, ohne auch nur einmal zu zwinkern. Offensichtlich hatte er kein einziges Wort von dem gehört, was ich gesagt hatte.

»Wenn die Sonne herauskommt, dann glitzert und funkelt der Park in ihrem Licht.« Er lächelte wie entrückt. »Jillian sagt, es sei, als stünde ein Riese auf dem Dach und würfe Juwelen auf den Rasen hinab. Ja, sie ist eine wirkliche Künstlerin, und sie hat den Blick und die Phantasie einer Künstlerin. Sie malt nur schöne, angenehme Dinge, Dinge, die ihr das Gefühl geben, jung und lebendig zu sein. Deshalb hat sie auch angefangen, Kinderbücher zu illustrieren.«

»Jillian . . . ? Du meinst, meine Urgroßmutter Jillian? Aber sie ist tot, Tony!«

Er schwieg und starrte mich mit jenem seltsam entrückten Blick an. Plötzlich fühlte ich, wie ich erschauderte. »Tony!«

»Was? Oh, ich meine, Jillian *hat* das immer *gesagt.*« Er stieß ein kurzes, trockenes Lachen hervor und blickte erneut auf meine Staffelei. »Es ist nur so: Immer wenn ich Gemälde sehe oder nur eine Staffelei und einen Pinsel, dann denke ich an sie, und die Vergangenheit wird wieder lebendig . . . Aber wie auch immer – wenn es dir noch ein wenig besser geht, dann kannst du dich hinunter in den Garten setzen und malen, was immer dein Herz erfreut. Glaube mir, es überrascht mich nicht, daß du auf eine so traurige Szene verfällst, wenn du eingesperrt in diesem Zimmer sitzt. Ein Maler braucht Platz, um seine Blicke schweifen zu lassen, um zu atmen. Troy war der einzige, der sich einschließen und einen schönen Gegenstand nach dem anderen schaffen konnte. Das Leben, aus dem er seine Ideen schöpfte, spielte sich in seinem Kopf ab, denke ich.«

»Ich würde gerne einige von Troys Arbeiten sehen.«

»Oh, das wirst Du. Sobald du hinunterkommen kannst, gehen wir in mein Büro und sehen uns all die kleinen Kunstwerke auf den Regalen an. Er hat alles selbst gemacht, selbst die kleinsten Kleinigkeiten!«

»Vielleicht komme ich morgen hinunter«, sagte ich hoffnungsvoll.

»Ja. Wir werden deinen ersten Ausflug arrangieren. Ist das nicht wundervoll »Du wirst wieder durch die Korridore von Farthinggale Manor streifen!«

»Wieder?«

Er klatschte in die Hände. Alles, was er sagte, schien mir so verworren, aber vielleicht war es ja nur die Aufregung angesichts meiner bevorstehenden Genesung. Ich durfte nicht vergessen, daß Tony nicht mehr der Jüngste war. Wenn man so viele Jahre in der Einsamkeit lebte, war es kein Wunder, wenn der Verstand sich ein wenig verwirrte . . .

»So, ich werde dich jetzt verlassen. Du wirst sicher müde sein.«

»Ich bin zu aufgeregt, um zu schlafen.« In diesem Augenblick erinnerte ich mich an die Sache mit meinem Nachthemd. »Übrigens, Tony, warum habe ich ein anderes Nachthemd an?«

»Ein anderes Nachthemd?« Er blickte mich mit einem verwirrten Lächeln an. »Ich verstehe nicht.«

»Ich hatte dieses hier vorher nicht an. Du hast es mir angezogen, als ich ohnmächtig war, nicht wahr?«

Er schüttelte den Kopf.

»Du bist wahrscheinlich nur durcheinander. Du hast dieses Nachthemd die ganze Zeit angehabt. Es ist dein Lieblingsnachthemd, das hast du mir oft gesagt.«

»Ich . . . habe das gesagt?« Er hatte mich dazu gebracht, daß ich mich nun über mich selbst wunderte. Schließlich schüttelte ich den Kopf. So wichtig war es nun auch wieder nicht.

»Vielleicht sollte ich dir etwas geben, was dir hilft, einzuschlafen. Der Arzt hat angeordnet, daß du deine Beruhigungsmittel weiterhin nehmen sollst.«

»Ich hasse Schlaftabletten. Ich bekomme Alpträume davon«, rief ich.

»Aber Annie, meinst du nicht, du solltest jetzt weitermachen mit den Dingen, die dir bisher so gut geholfen haben?« fragte er mit sanfter Stimme. »Sieh mal, der Arzt ist der Ansicht, du solltest sie nehmen. Ich bin gleich wieder da.«

Kurz darauf kam er mit einem Glas Wasser und einer Tablette zurück. Widerstrebend nahm ich sie und spülte sie hinunter. Dann sank ich zurück in die Kissen. Tony zog meine Decke zurecht und schaltete das Licht so, daß nur noch ein matter Schimmer den Raum erhellte. Dann kam er wieder an mein Bett und nahm meine Hand.

»Hast du es bequem?« fragte er.

»Ja.« Meine Stimme klang dünn. Ich wünschte mir so sehr, die Hand, die ich spürte, wäre Daddys Hand.

»Dann ist es gut«, sagte Tony. »Ich werde jetzt immer für dich da sein; du brauchst mich nur zu rufen. Ich werde auf dein Rufen warten, Annie, und so schnell kommen, wie ich kann.«

»Aber du kannst mir doch nicht deine ganze Zeit opfern, Tony. Du hast schließlich noch ein Geschäft, um das du dich kümmern mußt.«

»Oh, wegen des Geschäfts brauchst du dir keine Sorgen zu machen. Es läuft von ganz allein, und ich habe kompetente Leute, die sich darum kümmern – vor allem auch Drake. Du darfst nie glauben, daß du eine Last für mich bist«, fügte er hinzu und tätschelte meine Hand.

»Wirst du morgen eine neue Krankenschwester einstellen?«

»Ich werde morgen früh gleich als erstes die Agentur anrufen«, versicherte er mir. »Schlaf gut.« Er beugte sich zu mir hinunter und küßte meine Wange. Diesmal verweilten seine Lippen sehr lange auf meiner Haut, und er umfaßte meine Schulter, so als wollte er mich nie mehr wieder loslassen. »Gute Nacht«, flüsterte er.

»Gute Nacht, Tony«, sagte ich und sah ihm nach, als er so leise hinausging wie einer von Rye Whiskeys Geistern. An der Tür drehte er das Licht aus, und Dunkelheit umfing mich.

Trotz der Schlaftablette war ich zu aufgeregt, um gleich einzuschlafen. Immer wieder versuchte ich, meine Zehen zu bewegen und glaubte schließlich, das bereits vertraute Kribbeln in meinen Füßen zu spüren. Mir kam der Gedanke, daß ich mich gar nicht so sehr von einem neugeborenen Baby unterschied, das seine Glieder und überhaupt seinen eigenen Körper entdeckte. Jede winzige Bewegung, jede Empfindung war wie ein kleines Wunder. Oh, wie sehr wünschte ich mir, ich könnte diese Wiederbelebung meines Körpers mit jemandem erleben! Wie wunderbar wäre es, wenn Luke jetzt bei mir wäre! Er würde mich umarmen und an sich drücken, mich küssen und mein Haar streicheln. Bei dem Gedanken daran bebte ich vor Erregung. O Luke, rief ich in Gedanken aus, ist es denn wirklich eine Sünde, daß ich so etwas denke?

Endlich tat die Schlaftablette, die Tony mir gegeben hatte, ihre Wirkung. Meine Augenlider wurden immer schwerer, bis ich sie kaum mehr offenhalten konnte. So schloß ich sie, und das nächste, woran ich mich erinnern konnte war, daß mir die Sonne ins Gesicht schien und Tony dabei war, die Vorhänge zu öffnen. Er hatte noch seinen Morgenrock und seine Hausschuhe an, war aber bereits rasiert. Der ganze Raum war vom Geruch seines After-shave erfüllt.

Mein erster, angstvoller Gedanke war, ich könnte womöglich alles nur geträumt haben; die Empfindung in meinen Beinen und meine erfolgreichen Versuche aufzustehen. Ich konzentrierte mich ganz stark darauf meine Beine zu bewegen und – sieh da! – diesmal beugten sich meine Knie ein wenig.

»Tony!« schrie ich. Er wirbelte herum, als hätte ich ihm einen Schlag ins Genick versetzt. »Meine Beine . . . ich kann sie jetzt viel leichter bewegen, und ich habe auch viel mehr Gefühl in ihnen.«

Er nickte nur, öffnete die letzten Vorhänge und eilte dann geschäftig im Zimmer umher, um alles vorzubereiten, damit ich mich waschen und anziehen konnte.

»Das solltest du heute anziehen, Annie«, sagte er und nahm eines von Mammis ehemaligen Kleidern aus dem Schrank. Seine Augen glänzten. »Du siehst wunderschön darin aus.«

»Ich hatte es noch nie an, Tony.«

»Dann solltest du es jetzt anziehen. Du wirst wunderschön darin aussehen. Darauf gebe ich dir mein Wort.«

Es war ein langes, leichtes, blaues Baumwollkleid mit gerafften Ärmeln und einem großen bestickten Kragen. Ich fand es ziemlich unpassend. Ein solches Kleid zog man vielleicht an, wenn man zu einer Teeparty ging, aber nicht, wenn man untätig in seinem Zimmer herumsaß.

»Ich kann mir meine Kleider selbst aussuchen, Tony. Du brauchst dich nicht darum zu kümmern«, sagte ich. Ich war mir sicher, daß ich an diesem Morgen nicht mehr so viel Hilfe wie gewöhnlich brauchen würde. Um dies zu beweisen, setzte ich mich auf, zog meine Beine vorsichtig unter der Bettdecke hervor und ließ sie über den Bettrand baumeln.

»Was machst du da?« schrie er entgeistert.

»Ich stehe auf. Siehst Du, das kann ich jetzt schon allein machen!«

»Hast du denn gar nichts begriffen von dem, was der Arzt gestern gesagt hat? Warte auf mich«, befahl er. »Wenn du zu stehen versuchst und dabei hinfällst, kannst du dir die Kno chen brechen. Willst du nach allem, was passiert ist, auch noch sechs Wochen lang in einem Gipsverband herumliegen?«

Erschrocken hielt ich inne. »Ist gut, Tony. Ich warte«, sagte ich eingeschüchtert.

Er legte das Kleid ans Fußende des Bettes und schob dann den Rollstuhl zu mir. Ich rutschte weiter zur Bettkante, bis meine Füße den Boden berührten, aber als ich gerade wirklich das Gewicht auf meine Beine verlagern wollte, hob er mich hoch und setzte mich in den Stuhl.

»Ich glaube, ich hätte es allein geschafft, Tony.«

»Ich kann kein Risiko eingehen, was dich betrifft, Annie.

Der Arzt würde mir die Schuld geben, wenn dich irgend etwas zurückwerfen würde.«

»Ich dachte, ich sollte dafür sorgen, daß meine Muskeln wieder kräftiger werden?«

»Alles zu seiner Zeit«, sagte Tony belehrend. »Du darfst die Dinge jetzt nicht überstürzen. Und jetzt, was dieses Kleid angeht –«

»Ich werde mir selbst etwas aussuchen, wenn ich mich gewaschen habe.«

»Ich helfe Dir«, sagte er, ergriff den Rollstuhl und schob ihn ins Badezimmer, ehe ich ihn selbst in Bewegung setzen konnte.

»Aber Tony –«

»Vergiß nicht, was der Arzt über die ›Aber‹ gesagt hat«, erwiderte er. Er drehte den Rollstuhl zur Wanne, so daß ich mich direkt davor befand, und drehte den Hahn auf.

»Tony, ich kann es nicht zulassen, daß du das alles tust«, protestierte ich.

»Unsinn. Ich habe so ein schlechtes Gewissen wegen der Geschichte mit Mrs. Broadfield. Ich habe sie schließlich eingestellt. Und nun das! Da ist es doch das Mindeste, daß ich dir selbst die Hilfe zukommen lasse, die du brauchst. Stell dir einfach vor, ich wäre eine männliche Krankenschwester«, fügte er scherzhaft hinzu. »Wie wäre es mit einem Schaumbad?« Er schüttete ein wenig von einem rosa Pulver ins Wasser; dann eilte er hinaus und kam mit einem Waschlappen und Handtüchern wieder.

»Tony«, sagte ich so freundlich ich konnte, »ich bin eine erwachsene Frau. Ich brauche meine Intimsphäre.«

»Über diese Dinge solltest du dir keine Gedanken machen«, antwortete er. »Und überhaupt, ich befolge nur die Anweisungen des Arztes.«

Darauf fiel mir keine Antwort ein. Er drehte den Hahn der Badewanne wieder zu und lächelte auf mich herab.

»Zeit für das Bad«, sagte er. Ich blickte auf das Wasser und dann auf ihn. Sein graues Haar war ordentlich zurückgekämmt, und seine Augen blickten freundlich, ja liebevoll. »Wenn du erst da drin bist, kannst du dich selber waschen«, bot er mir an. »Ich will nur sichergehen, daß du nicht ausrutschst und gegen die Wanne oder den Boden schlägst.«

Widerwillig zog ich mir mein Nachthemd über den Kopf. Er nahm es mir ab und griff mir unter die Arme, wobei seine Finger die Seiten meiner nackten Brüste berührten. Ich hielt den Atem an. Niemand außer meinen Eltern, meinen Ärzten und meinen Krankenschwestern hatte mich je nackt gesehen, geschweige denn berührt. Tony jedoch schien gar nicht zu bemerken, was er getan hatte. Er schob seinen Arm unter meine Beine, hob mich auf und ließ mich langsam ins Wasser gleiten, bis der Schaum meine Nacktheit verbarg. Ich fühlte mich entsetzlich hilflos, mehr wie ein Kind als wie eine Kranke.

»So«, sagte er. »Siehst Du, wie einfach das geht? Hier«, fügte er dann hinzu und reichte mir den Waschlappen. »Ich gehe jetzt hinaus und mache dein Bett, während du badest.«

Etwa zehn Minuten später kam er wieder zurück.

»Wie geht es dir?«

»Gut.«

»Soll ich dir den Rücken waschen? Da bin ich Experte. Ich habe es schon bei deiner Großmutter gemacht und bei deiner Mutter.

»Wirklich?« Ich konnte mir nicht vorstellen, daß meine Mutter ihm das gestattet hatte.

»Ja, ein richtiger Experte«, wiederholte er, nahm mir den Waschlappen aus der Hand und stellte sich ans Ende der Wanne. Ich beugte mich nach vorne, als er mit dem Waschlappen meinen Hals berührte. »Du hast denselben glatten, anmutigen Hals, Annie«, sagte er und führte den Lappen hinunter zu meinen Schultern. »Und dieselben zierlichen, weiblichen Schultern, Schultern, die den stärksten Mann schwach machen können.«

Ich fühlte, wie er mit dem Waschlappen über meine Schultern, über mein Schlüsselbein und dann zurück zu meinem Hals fuhr. Wenige Augenblicke später spürte ich auch seinen Atem, und als ich in den Spiegel blickte, der uns gegenüber hing, sah ich, daß seine Augen geschlossen waren und sein Gesicht fast meine Haut berührte. Ein kalter Schauer fuhr mir über den Rücken.

»Tony«, sagte ich, wobei ich meine Hand auf die seine und

den Waschlappen legte, »den Rest kann ich allein machen. Danke.«

»Was? O ja, natürlich.« Er erhob sich schnell. »Ich werde ein Handtuch auf deinen Rollstuhl legen«, sagte er und tat es auch gleich. »Bist du fertig?«

»Ja, aber du wirst ganz naß werden.«

»Mach dir um mich keine Gedanken. Ich bin vorhin schon ganz naß geworden«, schwindelte er und griff ins Wasser, um seine Arme erneut wie Schaufeln unter meinen Körper zu schieben. Dann hob er mich behutsam aus der Wanne und setzte mich auf den Stuhl. Hastig wickelte ich ein Handtuch um meinen Körper. Tony nahm ein anderes Handtuch und begann meine Beine abzutrocknen.

»Das kann ich selbst, Tony.«

»Unsinn. Warum solltest du dich denn anstrengen, wenn ich da bin, um dir zu helfen?« Er rieb weiterhin meine Unterschenkel und arbeitete sich zu meinen Knien hoch, wobei er meine Haut mit der Geschicklichkeit eines Künstlers bearbeitete. Schließlich hob er langsam seine Augen, bis sie den meinen begegneten. »Wenn ich dich hier so sitzen sehe, dann muß ich einfach an deine Großmutter Leigh denken.«

»Warum sagst du das, Tony?«

»Weil du so aussiehst – jung, unschuldig, so weich, und dein Haar . . .«

Ich begann zu bereuen, daß ich zugestimmt hatte, meine Haarfarbe zu wechseln. Vielleicht war das der Grund, warum Tonys Sinne sich verwirrten, wenn er mich anschaute.

»Ich ziehe mich jetzt besser an, Tony«, sagte ich.

»Ja, natürlich.« Er erhob sich und schob mich aus dem Badezimmer heraus zum Bett, wo er das blaue Baumwollkleid zurechtgelegt hatte. »Ich helfe dir«, erbot er sich und zog hastig einen Slip und einen Büstenhalter aus dem Schrank. Erneut kniete er sich vor mir hin.

»Ich kann das schon, Tony.« Ich griff nach dem Slip, aber er hob einfach meine Füße ein wenig hoch und ließ ihn über meine Fesseln gleiten. Dann schob er ihn langsam meine Beine hinauf, mit starrem Blick, ohne auch nur einmal meine Haut zu berühren. Als er bei meinen Oberschenkeln angekommen war, ließ er den Slip los und ging um mich herum. Ich wußte nicht, wie ich ihm Einhalt gebieten sollte. Mit Hilfe seiner Unterarme hob er mich gerade genug hoch, um den Slip ganz heraufziehen zu können. Ich schloß die Augen, wollte nicht wahrhaben, was geschah. Er begann, das Handtuch, in das ich mich gewickelt hatte, zu öffnen.

»Tony, bitte, laß mich das selbst machen.«

»Ich helfe dir doch nur«, beharrte er und hielt mir den Büstenhalter vor die Brust. Ich steckte schnell meine Arme durch die Träger, aber als ich den Verschluß zumachen wollte, kamen mir seine Hände zuvor. »Und jetzt das letzte Kleidungsstück«, verkündete er, und stellte sich mit dem Kleid vor mich hin.

»Tony, ich glaube nicht, daß dieses Kleid –«

»Heb nur deine Arme hoch. Es ist ganz einfach.«

Widerstrebend hob ich die Arme und ließ ihn das Kleid über meinen Kopf streifen. Es war die einfachste Möglichkeit, diese Szene zu beenden. Er hob mich ein wenig hoch, damit er mir das Kleid ganz überstreifen konnte, und machte dann einen Schritt zurück.

»Siehst Du? Es ist gar nichts dabei. Ich werde jeden Morgen da sein, um dir zu helfen, Annie.«

»Jeden Morgen? Aber morgen kommt doch sicher eine neue Krankenschwester?«

»Das hoffe ich, aber ich werde jetzt sehr viel besser darauf achten, wen ich einstelle. Wir wollen doch keine zweite Mrs. Broadfield, oder?« Er lächelte und klatschte dann in die Hände. »Und jetzt laß mich nach deinem Frühstück sehen«, fügte er hinzu und verließ eilig das Zimmer, beflügelt von seinen vollbrachten Taten und seinen weiteren Plänen.

Einige Minuten später kam er mit dem Frühstückstablett zurück.

»Du hast sicher Hunger heute morgen«, sagte er und stellte es vor mich hin.

»Ja, ich bin fast am Verhungern.« Ich hoffte, daß das ein weiteres Zeichen für meine Genesung war.

»Ich ziehe mich nur schnell an, während du ißt«, sagte er und eilte hinaus.

Als er zurückkehrte sah er ziemlich ungepflegt aus, ganz so, wie ihn Drake in seinem Brief beschrieben hatte: Seine

Haare hingen ihm unordentlich herunter, die Krawatte war nicht gebunden und hatte Flecken; Jackett und Hose waren ziemlich zerknittert. Es war, als hätte er Kleider angezogen, die eigentlich in die Wäsche gehören.

»Guten Morgen«, sagte er, als würde er mich an diesem Tag zum ersten Mal sehen. Ich starrte ihn nur verwundert an, aber er schien es nicht zu bemerken. Überhaupt beachtete er mich kaum, sondern trat zum Fenster, verschränkte die Hände auf dem Rücken und blickte hinaus, wobei er auf den Fersen hin- und herwippte. Dann fuhr er sich rasch mit der Zunge über die Lippen, blies kurz die Backen auf und nickte. Erneut hatte ich das Gefühl, daß er zwischen Traum und Wirklichkeit, zwischen Vergangenheit und Gegenwart hin- und herwanderte. Mit der Zeit begann mich sein Verhalten ernsthaft zu beunruhigen.

»Ich fühle mich heute morgen um einiges kräftiger, Tony«, sagte ich. »Wirst du mich heute auf meinem ersten Ausflug begleiten?«

Er schien meine Frage gar nicht gehört zu haben.

»Ich verspreche es dir«, begann er unvermittelt. »Ich werde dir ein Zuhause geben mit allem, was dazugehört . . .«

»Ein Zuhause? Ich verstehe nicht, Tony. Ich habe ein Zuhause . . .«

»Nach allem, was ich bisher von dir weiß, gewöhnst du dich rasch an neue Dinge. Warte nur ab, auf längere Sicht wirst du dich in Boston wohler fühlen als ich selbst, und ich bin schließlich hier geboren.« Er begann zu lachen, verstummte jedoch plötzlich wieder. Verächtlich schürzte er die Lippen, und sein Gesichtsausdruck wurde hart. »Aber ich dulde nicht, daß deine hinterwäldlerischen Verwandten hier herkommen! Niemals!«

»Meine hinterwäldlerischen Verwandten?« Ich hoffte, er meinte damit nicht Luke. »Was sagst du da, Tony? Du machst mir Angst.«

Er blinzelte ein paarmal, so als würde er gerade aus einem Traum erwachen. Dann schüttelte er den Kopf.

»Tony? Ist alles in Ordnung?«

»Was? O ja. Es tut mir leid . . . Ich war völlig in Gedanken. So, jetzt muß ich nach unten und ein paar geschäftliche Dinge erledigen«, sagte er. »Rye wird heraufkommen, um das Tablett zu holen«, fügte er zerstreut hinzu und eilte hinaus.

Mein Herz pochte. Was war nur heute morgen mit ihm los? War er deshalb so verwirrt, weil er mir beim Baden und Anziehen geholfen hatte? Ich war froh, als Rye Whiskey erschien, obwohl auch er nicht sehr glücklich dreinblickte.

»Wie geht es Ihnen heute morgen, Miß Annie?«

»Ich fühle mich schon um einiges kräftiger, Rye, danke.«

Er nahm das Tablett und wandte sich zum Gehen. »Rye! Ist mit Mr. Tatterton alles in Ordnung?«

»Ich denke schon. Er sitzt in seinem Büro und arbeitet.«

»Er hat vorhin so seltsame Dinge gesagt, und einige Augenblicke lang schien es, als wüßte er nicht einmal, daß er mit mir redet.«

»Vielleicht hatte er einen Tagtraum«, meinte Rye. »In seinem Alter sind die Leute morgens ein bißchen verwirrt, wenn sie noch nicht lange auf den Beinen sind.«

»Er war bereits längere Zeit auf. Und was das Alter betrifft – Sie sind doch sogar älter als Tony, Rye, und Sie sind am Morgen nicht verwirrt, oder?«

»Doch, Ma'am. Manchmal schon. Besonders nach so einer Nacht.«

»Was war denn gestern nacht?« fragte ich beunruhigt. Er schwieg und blickte verlegen zu Boden. »Was ist hier los, Rye? Bitte sagen Sie es mir!«

»Der alte Rye möchte nichts Unpassendes sagen, Miß Annie, aber bleiben Sie noch lange hier?«

»Nein. Ich mache jetzt rasch Fortschritte.«

»Das ist gut. Die Geister sind schrecklich aufgeregt. Ich habe sie die ganze letzte Nacht herumwandern gehört.«

»Ach so, die Geister?« Ich lächelte.

»Ja, genau die. Miß Annie, ich hoffe, Sie werden ganz schnell gesund und gehen nach Hause. Nicht, daß der alte Rye Sie nicht gerne hier hätte. Ich möchte nur nicht, daß Ihnen was passiert.«

»Gut, ich werde meine Augen offenhalten, Rye«, sagte ich in scherzhaftem Tonfall, doch er verzog keine Miene. Mit Geistern und Gespenstern war schließlich nicht zu spaßen. Er nickte nur bedeutsam und ging mit dem Tablett hinaus.

Um auf andere Gedanken zu kommen, setzte ich mich wieder an meine Staffelei. Vielleicht lag es an meinem neugewonnenen Lebensmut, jedenfalls wollte ich jetzt lieber ein fröhlicheres, farbenfrohes Bild malen. Ich konzentrierte mich auf die Bäume und das Laubwerk im Hintergrund des Grabmals und mischte ein ganz helles Grün für das Gras. Den Himmel malte ich dunkelblau statt grau. Ich beschäftigte mich mit allen Einzelheiten auf dem Bild außer mit dem Mann, der vor dem Grabmal kniete.

Kurz nach dem Mittagessen kam Drake. Er stürmte herein wie jemand, der rasch noch seinen Zug erwischen will, und küßte mich auf die Wange. Seit er für Tony arbeitete, hatte er sich dieses hektische Tempo zugelegt. Es schien, als würde sein ganzes Leben nach einem strengen Stundenplan verlaufen. Ich spürte, daß er auch genau geplant hatte, wie lange er bei mir bleiben würde. Wenn die Uhr, die Tony ihm kürzlich geschenkt hatte, eine bestimmte Zeit anzeigt, würde er aufstehen und sich verabschieden. Ich konnte nur hoffen, daß Luke sich nicht auch in dieser Weise verändert hatte!

Offensichtlich hatte niemand Drake von meinen Fortschritten erzählt.

»Du weißt also noch gar nicht, was in der Zwischenzeit alles geschehen ist? Mrs. Broadfield hat mich praktisch vergiftet, um ihren Willen zu bekommen, Tony hat sie entlassen, und mir geht es um einiges besser!« rief ich erstaunt aus.

»Nun, ich habe Tony noch nicht gesehen. Ich bin gleich zu dir hochgeflitzt. Aber erzähl du es mir. Was war mit der Krankenschwester?«

Ich erzählte ihm von Mrs. Broadfields Entlassung. Drake saß da und schüttelte den Kopf.

»Ich war nie besonders begeistert von ihr, aber sie wurde uns nachdrücklich empfohlen. Da sieht man mal wieder, wie schwierig es ist, hier wirklich kompetente Leute zu bekommen. Im Geschäft geht es mir genauso. Ich stelle nämlich auch immer wieder Leute ein, mußt du wissen.« Er unterbrach sich und starrte mich einen Moment lang an. Dann lächelte er. »Du siehst tatsächlich verändert aus, viel lebendiger und kräftiger. Du sagtest vorher ja auch, daß du Fortschritte gemacht hast, nicht wahr?«

»Ja, ich bin aufgestanden . . . ohne Hilfe!« rief ich aus.

»Wann?« Er sah mich skeptisch an.

»Gestern abend. Aber der Arzt und Tony sagen mir immer nur, ich solle mich nicht überanstrengen. O Drake, ich habe keine Lust, mich weiter zu schonen! Ich freue mich so darauf, nach Winnerrow zurückzukehren!«

Er nickte nachdenklich, wobei er mich mit schmalen Augen musterte, so wie Tony es oft tat.

»Ich bin mir sicher, Annie, was auch immer sie dir sagen, sie wollen nur dein Bestes.«

»Aber das ist doch widersinnig«, beharrte ich. »Ich weiß, daß ich stehen kann. Und ich sollte mit diesem Gehapparat üben«, fügte ich hinzu und deutete auf das Gerät in der Ecke.

Er zuckte die Achseln.

»Wahrscheinlich soll man ihn erst in einer bestimmten Phase der Erholung einsetzen . . . weil er sonst vielleicht mehr schadet als er nutzt. Ich weiß es nicht, Annie. Ich studiere nicht Medizin.«

»Luke schon«, sagte ich. Drake zuckte zusammen, als hätte ich ihn geschlagen. »Ich wünschte, er wäre hier. Ich verstehe einfach nicht, warum er nicht kommt«, fuhr ich nachdenklich fort und verschränkte die Arme vor der Brust.

»Ich habe ihm mehrere Nachrichten hinterlassen«, meinte Drake zögernd.

»Bestimmt hat er sie nicht bekommen.«

»Keine einzige?«

»Es sieht ihm einfach nicht ähnlich, daß er so lange nichts von sich hören läßt«, sagte ich.

»Die Menschen verändern sich, wenn sie aufs College überwechseln. Ich glaube, ich habe dir das schon erklärt.«

»Luke nicht«, beharrte ich. »Drake, liegt dir etwas an mir? Liegt dir *wirklich* etwas an mir?«

»Natürlich. Wie kannst du so etwas fragen?«

»Dann möchte ich, daß du mich zur Treppe schiebst. Ich werde mit dem Aufzug hinunterfahren, und du wirst mich zum nächsten Telefon schieben. Ich möchte Luke jetzt selbst anrufen. Tony hat mir versprochen, daß er ein Telefon in mein Zimmer legen lassen würde, aber er hat es immer noch nicht getan. Und allmählich zweifle ich daran, daß er wirklich versucht hat, Luke zu erreichen.«

»Warum? Wenn er doch gesagt hat, daß er es versuchen wird . . . und wenn er versprochen hat, dir ein Telefon ins Zimmer legen zu lassen –«

»Nein, nein, er vergißt oft, was er gesagt oder versprochen hat. Glaube mir, ich kenne ihn besser als Du, Drake. Ich glaube, Tony ist ein wenig senil, und es wird jeden Tag schlimmer.«

»Was? Also, ich arbeite ständig mit ihm zusammen und –«

»Glaub mir, manchmal bringt er alles durcheinander . . . wenn er über meine Mutter, meine Großmutter und meine Urgroßmutter spricht. Er scheint dann zu glauben, daß sie noch leben . . . Mittlerweile tut es mir leid, daß ich ihm zuliebe dem Friseur erlaubt habe, mein Haar zu färben. Das hat ihn noch mehr verwirrt.« Jetzt, da ich es Drake erzählte, erschien mir alles noch viel besorgniserregender.

Er lächelte und schüttelte den Kopf. »Annie, du bist es, die ein wenig . . . verwirrt klingt.«

»Nein, Drake. Hier gehen so sonderbare Dinge vor sich . . . Er hat in Mammis und Daddys Zimmer alles unverändert gelassen, als . . . als wohnten sie noch dort. Sogar Rye Whiskey glaubt, daß hier unheimliche Dinge vor sich gehen. Natürlich, er erzählt von Gespenstern, die durch die Flure wandern, aber er weiß auch so einiges . . . Er möchte, daß ich von hier weggehe!« rief ich aus. Während ich sprach, empfand ich tiefes Mitleid für Tony. Ich versuchte zu verstehen, warum er so geworden war und sich so sonderbar verhielt. Aber während ich jetzt das alles beim Namen nannte, wurde mir klar, daß ich mir eher Sorgen um mich selbst machen sollte. Möglicherweise war ich im Haus eines Mannes gefangen, der nicht nur ab und zu die Vergangenheit mit der Gegenwart verwechselte, sondern wirklich verrückt war.

»Rye will, daß du gehst?« Drake schüttelte den Kopf. »Noch einer, der verwirrt ist.«

»Und Tony bewahrt Jillians Zimmer wie ein Museum«, redete ich weiter. Verzweifelt wünschte ich, Drake möge meine Sorgen verstehen. »Er läßt niemanden sonst hinein. Es ist . . . unheimlich. Du hättest ihn vorhin sehen sollen, als er mich anschrie, er würde keinem meiner hinterwäldlerischen

Verwandten erlauben, hier zu wohnen . . .« Ich schüttelte den Kopf. »Weißt du eigentlich, daß sämtliche Spiegel aus Jillians Zimmer entfernt worden sind, und –«

»Jetzt mach mal einen Punkt; mir dreht sich nämlich schon der Kopf!« Drake lehnte sich zurück. »Ich soll dich hinunterbringen, um Luke anzurufen, Tony hat Zimmer in Museen verwandelt, Tony ist verwirrt, du wünscht, du hättest deine Haare nicht gefärbt . . . könnte das vielleicht mit der Medizin zu tun haben, die du einnimmst?«

»Drake, hörst du mir denn gar nicht zu?« Er starrte mich nur an. »Ich bekomme langsam Angst. Ich bin ja durchaus bereit, mich an die Anweisungen des Arztes zu halten . . . Aber ich muß ständig daran denken, was Tony wohl als nächstes tun wird.«

»Tony?« fragte er noch immer ungläubig. »Ich habe noch nie jemanden kennengelernt, der dir gegenüber so freundlich, so liebevoll und aufopfernd war wie Tony.«

»Bring mich hinunter«, flehte ich. »Jetzt gleich.«

»Laß mich erst mit dem Arzt sprechen.«

»Nein«, sagte ich schnell. Mir schoß plötzlich ein schrecklicher Verdacht durch den Kopf. *Er wird auch von Tony bezahlt. Er tut das, was Tony glücklich macht.* »Mein Gott . . . was ist, wenn –« Angstvoll irrten meine Augen durch das Zimmer.

»Der Arzt ist also auch nicht in Ordnung? Annie, du solltest dich wirklich mal selbst reden hören. Du bist nur erschöpft, und das ist ja auch kein Wunder nach all dem, was du ertragen mußtest . . . den Unfall, deine Lähmung . . . die Trauerfeier am Grab . . . Ich verstehe, wie dir zumute ist, aber du hast hier einen der besten Ärzte und bekommst die bestmögliche Betreuung. Ich bin sicher, spätestens heute abend hast du eine neue Krankenschwester und –«

»Was hilft das schon?« murmelte ich und senkte den Kopf. Er konnte nicht sehen, was hier vor sich ging, oder . . . Ich hob den Kopf und sah ihn an. Oder *er wollte es nicht sehen,* weil er so glücklich über die leitende Position war, die ihm Tony vor kurzem übertragen hatte. Er war verliebt in die Machtfülle, die ihm seine Stellung verlieh. In gewissem Sinne hatte Tony das gleiche getan wie damals mit Heavens Vater

Luke: Drake gekauft. »Du willst mir einfach nicht zuhören. Ich dachte, ich könnte mich auf dich verlassen. Jetzt, da meine Eltern nicht mehr da sind, dachte ich, du und Luke und Tante Fanny . . .«

Wie einsam ich war! Mein Herz schien völlig leer – ein widerhallender Raum, erfüllt mit meinen sinnlosen Schreien. Schreie, die niemand vernehmen würde, denn alle Menschen, die mich wirklich geliebt hatten, waren tot. Sogar Luke schien tot zu sein . . .

»Sieh mal«, sagte Drake und nahm meine Hände in die seinen. »Ich bin auf dem Weg nach New York. Ich arbeite gerade an einem ziemlich großen Projekt, für das ich ganz allein verantwortlich bin. Ich werde einige Tage weg sein und danach direkt hierherkommen. Und wenn du dann noch immer so über alles denkst, werde ich dich persönlich nach Winnerrow zurückbringen.«

»Wirst du das wirklich? Schwörst du es mir?« Ich hatte kein großes Vertrauen mehr zu ihm.

»Natürlich. Ich werde mich dann einfach selbst um deine Genesung kümmern. Wir werden Ärzte engagieren, Krankenschwestern –«

»O Drake, ich wünschte, du könntest das jetzt gleich tun.«

»Laß noch einige Tage verstreichen, Annie. Wir sollten nicht voreilig handeln. Du mußt dir wirklich ganz sicher sein, daß es die richtige Entscheidung ist, aber . . . wenn das der Fall sein sollte, dann helfe ich Dir, das verspreche ich.«

Er küßte mich sanft auf die Wange und umarmte mich kurz. Dann sprang er auf, als würde in seinem geschäftstüchtigen Gehirn ein Summton ertönen, der ihn zum Aufbruch mahnte.

»Ich muß zum Flughafen. Sonst verpasse ich noch mein Flugzeug.«

»Aber Drake, ich dachte, du würdest mich wenigstens hinunterbringen, damit ich mit Luke telefonieren kann.«

»Es hat doch wirklich keinen Sinn, ihn wieder und wieder anzurufen. Er wird schon kommen, wenn er Lust dazu hat.«

»Drake, bitte«, bettelte ich; ja ich flehte ihn an, denn ich wollte, daß er endlich verstand, wie wichtig es mir damit war.

Er starrte einen Moment lang auf mich herunter und nickte

dann. »Ich werde mit Tony reden, bevor ich gehe. Er wird das sicher übernehmen.«

»Aber Drake –«

»Halt die Ohren steif, Annie. Es wird sich alles wieder einrenken. Du wirst schon sehen. Immerhin hast du wieder angefangen zu malen«, sagte er, wobei er auf die Staffelei deutete. Er warf jedoch nicht einen einzigen Blick auf mein Bild, sondern lächelte nur kurz wie ein Roboter in einem Sciencefiction-Film und winkte mir zerstreut zu. Dann sah er zu, daß er schnell aus dem Zimmer kam. Offensichtlich hatte er Angst, ich würde weiterhin auf etwas bestehen, das ihm Schwierigkeiten mit Tony einbringen könnte. Ich war furchtbar enttäuscht von ihm. Drake, der Onkel, der für mich immer wie ein großer Bruder war, verhielt sich jetzt beinahe wie ein Fremder!

Nun war ich wieder allein in der unheilvollen Stille, die mir meine Hilflosigkeit noch deutlicher zu Bewußtsein brachte. Ich fuhr durch mein Wohnzimmer und öffnete die Tür zum Flur. Über den Korridor gelangte ich zur Treppe. Als ich hinunterblickte, konnte ich niemanden entdecken. Mein zweiter Rollstuhl jedoch stand genau am unteren Ende des Aufzugs, wie Tony es mir beschrieben hatte. Ich löste die Armlehne des Rollstuhls und stellte sie auf, so daß ich mich in den Aufzug hinüberziehen konnte, genau so, wie Tony und der Techniker es mir gezeigt hatten. Als ich sicher in dem Aufzugsstuhl saß und der Sicherheitsgurt eingerastet war, drückte ich auf den Abwärts-Knopf und begann hinunterzufahren. Mein Herz pochte stürmisch aber ich war fest entschlossen, meiner Gefangenschaft ein Ende zu bereiten.

Der Fahrstuhl hielt, und ich schaffte es, in den wartenden Rollstuhl zu rutschen. Durch diesen ersten Erfolg ermutigt, fuhr ich über den Flurteppich zu Tonys Arbeitszimmer.

Die Bürotür stand einen Spalt offen. Ich blieb stehen und stieß sie auf. Nur eine kleine Schreibtischlampe brannte; ansonsten war es in dem Raum ziemlich dunkel, denn die Vorhänge waren zugezogen und sperrten die Nachmittagssonne aus.

Ich sah mich um. Wo war Tony hingegangen? Enttäuscht lehnte ich mich in meinem Stuhl zurück; doch dann zog das

Telefon auf seinem Schreibtisch meine Aufmerksamkeit auf sich.

Endlich eine Gelegenheit, selbst mit Luke zu sprechen! Ich bewegte meinen Rollstuhl zum Schreibtisch hin. Erst als ich den Hörer schon in der Hand hielt, fiel mir ein, daß ich gar nicht wußte, wie ich ihn erreichen konnte. Ich hatte seine Telefonnummer nicht. Wie hieß das Wohnheim, in dem er lebte? Drake hatte es mir nie gesagt.

Ich rief die Auskunft an und fragte nach der Nummer von Harvard. Die Angestellte am anderen Ende der Leitung schien verärgert über meine ungenauen Angaben und begann mürrisch eine Auflistung verschiedener Universitätsbehörden herunterzuleiern. Als sie die Wohnheimverwaltung erwähnte, unterbrach ich sie. Daraufhin hörte ich eine Computerstimme, die eine Nummer nannte. Ich wählte sie, und als sich eine Frauenstimme meldete, erklärte ich kurz, was ich wollte. Die Sekretärin teilte mir mit, daß die meisten Studenten noch keine Telefone in ihren Zimmern hätten, gab mir jedoch die Nummer des Gemeinschaftstelefons auf dem Flur, auf dem sich auch Lukes Zimmer befand. Ich dankte ihr und wählte erneut.

Ein junger Mann mit Bostoner Akzent hob den Hörer ab.

»Hören Sie, ich muß unbedingt mit Luke Casteel sprechen. Ich bin seine Cousine Annie. Es ist sehr dringend.«

»Bleiben Sie bitte einen Augenblick dran.«

Ich wartete, während ich die Tür zum Korridor beobachtete, durch die Tony jeden Augenblick kommen konnte. Unwillkürlich hatte ich das Gefühl, daß ich etwas tat, was er mißbilligen würde. Es gefiel mir überhaupt nicht, daß ein harmloses Telefongespräch plötzlich ein solches Abenteuer war.

»Miß?«

»Ja?«

»Luke Casteel hat gerade eine Vorlesung. Sein Mitbewohner sagt jedoch, er würde ihm ausrichten, daß Sie angerufen haben.«

»Oh, aber . . . bitte, sagen Sie ihm noch etwas. Bitte«, flehte ich.

»Ja, natürlich. Was soll ich ihm denn sagen?«

»Sagen Sie ihm . . . sagen Sie ihm, daß ich Luke sehr dringend brauche und daß er sofort nach Farthy kommen soll – ganz gleichgültig, was ihm irgend jemand anders erzählt.«

»Farthy?«

»Ja, er versteht das schon. Aber vergessen Sie nicht, ihm mitzuteilen, daß er sofort kommen soll. Es ist sehr, sehr wichtig.«

Ich legte auf. Mein Herz pochte so wild, daß ich glaubte, meine Brust würde zerspringen. Ein kalter Schauer lief mir den Rücken hinunter.

Ich richtete mich in meinem Rollstuhl auf, holte tief Luft und zwang mich, wieder ruhiger zu werden. Wo war Tony? Er hatte mir gesagt, er würde hier in seinem Büro einige geschäftliche Dinge erledigen. Vielleicht war er zu der Agentur gegangen, um eine neue Krankenschwester zu engagieren. Ich fuhr wieder in den Korridor und lauschte. Es war totenstill.

Ich bewegte mich zur Eingangstür und öffnete sie. Das Sonnenlicht flutete herein wie eine Woge warmen Wassers. Ich blinzelte, dann schloß ich die Augen und ließ mich zurücksinken, als wäre ich an einem Strand. Es war so wundervoll, die frische Luft und die Wärme zu spüren, nachdem ich so lange in meinem Zimmer eingeschlossen gewesen war! Meine Kraft wuchs, und als das Blut rascher in meinen Adern pulsierte, war es mir so, als seien meine Beine wieder gesund.

Ich richtete mich auf und rollte meinen Stuhl hinaus in den Säulengang. Und da war sie, genau wie Tony sie beschrieben hatte: eine hölzerne Rampe. Aber sie sah entsetzlich steil aus. Sollte ich es wagen, ohne Hilfe hinunterzufahren?

Zaudernd hielt ich inne. Die Worte des Arztes fielen mir ein. War ich nicht dabei, mich zu übernehmen? Doch dann, während ich die Rampe noch anstarrte, dachte ich an Luke und seine Worte: *»Strebe nach den höchsten Gipfeln.«* Sollte ich jetzt etwa umdrehen und niedergeschlagen in mein Zimmer zurückkehren?

Ich bin stark genug, sagte ich zu mir. Mein Körper würde mich nicht enttäuschen. Langsam näherte ich mich der Rampe. Wie laut mein Herz schlug! Aber ich weigerte mich, klein beizugeben. Ich mußte es schaffen.

Die Räder rollten vorwärts. Direkt vor der Rampe zauderte

ich noch einmal und dann . . . begann ich hinunterzufahren. Meine Arme hatten kaum genug Kraft, die Räder unter Kontrolle zu halten. Es war schwieriger, als ich gedacht hatte. Doch ich kam wohlbehalten unten auf dem Kiesweg an. Ich hatte es geschafft!

Ich sah einen Arbeiter am Pool. Er trug einen Gegenstand ins Gartenhaus, der wie ein Liegestuhl aussah. Sonst schien niemand da zu sein. Einige Augenblicke lang starrte ich auf den großen Pavillon und dachte an Luke. Vielleicht war es ein schrecklicher Fehler gewesen, daß ich so häßliche Dinge über ihn gedacht hatte. Hatte ich Drakes Erklärungen zu schnell akzeptiert – daß Luke sich nur deshalb verändert hatte, weil er jetzt auf dem College neue Freunde – und vor allem Mädchen – kennenlernte? Er würde sofort hierherkommen, ich wußte es.

Wie sehr wünschte ich mir, ich würde jetzt auf den Pavillon in Winnerrow blicken und Luke würde dort auf mich warten!

Ein Stück weit hinter dem Pavillon befand sich der Irrgarten. Als ich ihn jetzt aus meiner sitzenden Position heraus sah, erinnerte ich mich daran, was mir Drake über ihn erzählt hatte: Er war ihm so riesig erschienen, als er ihn zum ersten Mal gesehen hatte; damals, als er selbst noch ein kleiner Junge gewesen war. Der Irrgarten wirkte furchteinflößend und geheimnisvoll . . .

»Würdest du gerne hineinfahren?« fragte mich plötzlich eine Stimme. Vor Schreck fiel ich beinahe aus meinem Rollstuhl. Ich versuchte umzudrehen, um zu sehen, wer da hinter mir stand. Es dauerte einige Zeit, denn der Fremde rührte keinen Finger, um mir zu helfen. Ich fuhr einige Male rückwärts und dann schräg vorwärts, bis ich den Rollstuhl schließlich gewendet hatte. Zuerst sah ich niemanden und dachte schon, ich hätte mir die Stimme nur eingebildet.

Dann trat er hinter einer hohen Hecke hervor.

Noch verhüllten Schatten sein Gesicht, doch ich wußte es sofort: Vor mir stand der Mann, der damals am Grabe meiner Eltern gekniet war. Es schien, als wäre er aus meinen Skizzen und Bildern herausgetreten, als hätte er meine Phantasiewelt verlassen, um jetzt leibhaftig vor mir zu stehen.

19. Kapitel
Auf der anderen Seite des Irrgartens

»Wer sind Sie?« Fasziniert starrte ich zu ihm hinauf. Er war aus dem Schatten getreten und stand, die Hände in den Hosentaschen, vor mir. Er war zwar groß und hager, doch er hatte breite Schultern. Sein widerspenstiges kupferbraunes und an den Schläfen graumeliertes Haar fiel in leichten Lokken auf den weißen Kragen seines Malerkittels.

Er hatte sehr feine Gesichtszüge, obwohl er nicht eigentlich gutaussehend war. Sein Gesicht erinnerte eher an eine antike griechische Statue. Nun neigte er den Kopf ein wenig zur Seite und zog eine seiner dunklen, kräftigen Augenbrauen hoch, während er mich aufmerksam betrachtete. Sein Blick war so interessiert, daß ich mich geschmeichelt fühlte. Er schien etwas an mir entdeckt zu haben, was ihn sichtlich bewegte, ja rührte. Seine Augen wurden schmal, wie ich es von Tony kannte, wenn sein Blick sich eintrübte und er wirres Zeug zu stammeln begann. Warum sagte er nichts? Er grüßte mich nicht einmal. Ich begann zu zittern, so unwohl fühlte ich mich plötzlich. Hastig blickte ich zum Haus, aber niemand war mir gefolgt; niemand wußte, daß ich hier war.

Als ich mich wieder dem Fremden zuwandte, bemerkte ich, daß sich seine Lippen zu einem Lächeln verzogen hatten. Und in diesem Lächeln, ebenso wie in seinen dunklen, braunen Augen war etwas, das mir ein Gefühl der Sicherheit und Geborgenheit vermittelte.

»Du brauchst mir nicht zu sagen, wer du bist«, sagte er, und seine Stimme klang warm und beruhigend, beinahe zärtlich. »Du bist Heavens Tochter – auch wenn du mit dieser Haarfarbe eher Leigh ähnlich siehst. Sag, ist es deine wirkliche Haarfarbe, oder hast du sie gefärbt wie deine Mutter damals?«

»Wer sind Sie?« fragte ich abermals und diesmal noch viel

eindringlicher. Ich sah ihm an, daß er nachdachte und sich überlegte, ob er weiter mit mir sprechen oder sich rasch zurückziehen sollte. Doch irgend etwas schien ihn zu zwingen, bei mir zu bleiben.

»Ich? Ich heiße . . . Brothers. Timothy Brothers.«

»Aber wer sind Sie? Ich meine, woher wissen Sie so gut über meine Mutter Bescheid? Und woher wußten Sie, daß sie sich die Haare färben ließ?«

»Ich arbeite für Mr. Tatterton.«

Ich lehnte mich zurück. Er sah überhaupt nicht aus wie einer der Arbeiter, und Rye hatte mir auch nichts von einem Gärtner erzählt, der so aussah wie er. Sicher, Rye mochte auch einmal etwas vergessen, aber dieser Mann hier sah nicht so aus, als würde er schwere Arbeit verrichten. Er strahlte eine Sanftheit aus, eine Vornehmheit, die eher zu einem geistig arbeitenden Menschen paßte.

»Oh! Und was arbeiten Sie für Mr. Tatterton?«

»Ich . . . entwerfe Spielsachen.«

»Sie entwerfen Spielsachen?«

»Sieh mich nicht so erstaunt an, Annie. Irgend jemand muß es doch schließlich tun.«

»Woher wissen Sie meinen Namen?« fragte ich überrascht.

»Oh, mittlerweile kennt jeder deinen Namen. Mr. Tatterton erzählt so viel von dir.«

Ich konnte meinen Blick nicht von seinen Augen abwenden, denn ich spürte, daß dieser Mann Geheimnisse hütet, die er nicht preisgeben wollte.

»Und was haben Sie da hinter der Hecke gemacht? Sie werden doch wohl nicht dort Ihre Spielsachen entwerfen?«

Er warf den Kopf in den Nacken und lachte.

»Nein, sicher nicht. Ich bin gerade spazierengegangen, als ich dich kommen sah.«

»Wo wohnen Sie? Ebenfalls in Farthy?«

»Nein, ich wohne auf der anderen Seite des Irrgartens. Dort entwerfe ich auch die Spielsachen.«

»Auf der anderen Seite des Irrgartens? Ist das nicht . . . steht dort nicht eine Hütte?« fragte ich schnell.

»Oh, du hast von der Hütte gehört?« Ich nickte. »Hat dir deine Mutter davon erzählt?«

»Nein. Sie hat mir überhaupt nicht viel von Farthy erzählt. Sie hatte nie besondere Lust, darüber zu sprechen.«

Er nickte bedächtig, und sein Gesicht wurde traurig. Dann wandte er die Augen von mir ab und starrte auf den Friedhof der Tattertons. Dabei ließ er die Schultern ein wenig hängen, so wie ich es immer tat, wenn ich in melancholischer Stimmung war. Kurz darauf nahm er seine rechte Hand aus der Hosentasche und kämmte damit sein Haar zurück. Seine Finger wirkten lang, sensibel und stark – die Finger eines Künstlers. Sie waren den meinen sehr ähnlich. Vielleicht werden manche Menschen wirklich als Künstler geboren, dachte ich.

»Es tut mir sehr leid, was mit deinen Eltern passiert ist«, sagte er beinahe flüsternd, ohne mich dabei anzusehen.

»Danke.«

Er blickte mich wieder an. »Du kennst also auch den Irrgarten. Jetzt würde ich aber zu gerne erfahren, wie du ihn findest.«

»Er sieht so geheimnisvoll aus.«

»Das ist er auch – jedenfalls für diejenigen, die ihn nicht kennen. Würdest du ihn gerne durchqueren?«

»Durchqueren? Sie meinen . . . auf die andere Seite?«

»Warum nicht?« Er blickte nach oben, hinauf zu dem blauen Himmel, der hier und dort mit langen, dünnen Wolkenbändern durchzogen war. »Es ist ein wunderbarer Tag für einen Spaziergang. Ich würde dich gerne durch den Irrgarten schieben.«

Ich wollte zuerst ablehnen, obwohl ich gar zu gerne den Irrgarten erforschen und die Hütte mit eigenen Augen sehen wollte. Mr. Brothers war sehr höflich und freundlich, doch schließlich kannte ich ihn ja überhaupt nicht! Was mochten die anderen von mir denken, wenn ich einfach so mit ihm gehen würde, fragte ich mich. Andererseits arbeitete er für Tony, und Tony würde sicherlich ohnehin ungehalten sein, weil ich das Haus verlassen hatte. Ich konnte also ruhig noch einen weiteren Seitensprung wagen.

»In Ordnung«, sagte ich. Er sah, wie ich mich verstohlen umsah.

»Mr. Tatterton weiß nicht, daß du hier draußen bist?«

»Nein, aber das wäre mir auch gleichgültig«, sagte ich.

»Du hast den Charakter deiner Mutter geerbt, wie ich sehe.« Er trat an meinen Rollstuhl und nahm die Griffe in beide Hände.

»Sie kannten sie gut?«

»Ja. Sogar sehr gut. Sie war ungefähr so alt wie Du, als ich ihr zum ersten Mal begegnete.«

»Soll das heißen, daß Sie die ganze Zeit für Tony gearbeitet und Spielsachen entworfen haben?«

»Ja.« Er befand sich jetzt hinter mir und schob mich, so daß ich sein Gesicht nicht sehen konnte. Seine Stimme jedoch klang noch wärmer.

»Aber ich dachte, Tonys Bruder Troy hätte damals alle Spielsachen entworfen.«

»Oh, das hat er auch. Ich mache seit jeher nur Kopien seiner Entwürfe. Aber immerhin hat er mir alles beigebracht, was ich kann.«

»Ach so.« Ich hatte das Gefühl, daß er es mit der Wahrheit nicht ganz genau nahm. »Haben Sie damals auch in der Hütte gearbeitet oder in einer Fabrik?«

»Sowohl als auch.«

»Wann haben Sie meine Mutter kennengelernt?« Wir kamen dem Eingang des Irrgartens immer näher, und ich wollte reden, damit er meine Angst nicht bemerkte.

»Da sind wir.« Er hörte auf, mich vorwärts zu schieben. Offensichtlich spürte er meine Furcht. »Bist du dir sicher, daß du wirklich hindurch willst?«

Ich antwortete nicht sofort. Die Hecken waren so hoch und dicht; und der Pfad, der in das Labyrinth führte, schien düster und unergründlich. Was, wenn dieser Mann den Weg doch nicht so genau kannte und wir uns verirrten?

»Sind Sie sicher, daß Sie auch wieder herausfinden?«

Er lachte.

»Mit verbundenen Augen. Vielleicht werde ich das eines Tages tun, nur um dir zu zeigen, daß ich es kann. Aber wenn du Angst hast . . .«

»Nein, nein, ich will nicht hier stehenbleiben«, sagte ich entschieden, um mir selbst Mut zu machen.

»Dann ist ja alles in Ordnung. Auf geht's«, sagte er und schob mich vorwärts, auf den großen Irrgarten zu. Ich würde ihn tatsächlich durchqueren! Etwas, wovon ich im Laufe meines Lebens so oft geträumt hatte, würde nun Wirklichkeit werden! Wieder wünschte ich, Luke wäre bei mir. Ich lehnte mich zurück und hielt den Atem an. Und schon waren wir von Mauern umgeben, die mit leuchtend grünem Efeu bewachsen waren.

Es war schön in dem Irrgarten, inmitten dieser meterhohen Hecken, die in exakten rechten Winkeln aufeinandertrafen. Natürlich brauchten auch sie wie das meiste Grün um Farthy eine Gartenschere und Pflege. Doch es war so dunkel und beruhigend hier drinnen! Ich fühlte, wie die ganze Anspannung des Tages von mir wich . . .

»Wie findest du es?« fragte er, nachdem wir um die erste Ecke gebogen waren.

»Es ist so ruhig. Ich kann kaum mehr die Vögel zwitschern hören.«

»Ja, diese friedvolle Ruhe – das ist es, was ich an diesem Labyrinth so liebe.«

Ich blickte nach oben. Sogar die klagenden Schreie der Seemöven über unseren Köpfen wirkten gedämpft. Als wir um die nächste Ecke gebogen waren, blieb der Fremde stehen.

»Sitzt du zu tief unten, um das Dach von Farthy zu sehen?«

»Nein, ich kann es über der Hecke gerade noch erkennen. Es scheint so weit entfernt!«

»Hier im Labyrinth kannst du dir vorstellen, du wärst in einer anderen Welt. Ich tue das oft«, gestand er. »Gefällt es Dir, deine Phantasie spielen zu lassen und von Zeit zu Zeit in einer Traumwelt zu leben?«

»Ja, sehr. Luke und ich haben das oft getan, und wenn wir beide jetzt zu Hause wären, würden wir es vielleicht auch noch heute tun, obwohl wir eigentlich zu alt dafür sind.«

»Luke?«

»Mein . . . Cousin, Luke jr. der Sohn meiner Tante Fanny.«

»O ja . . . deine Tante Fanny. Ich hatte ganz vergessen, daß es sie gibt.«

»Sie haben sie auch kennengelernt?«

»Ich habe einiges über sie gehört«, sagte er.

Er wußte mehr, als er zugab; da war ich mir ganz sicher.

Wer war dieser Mann? War ich zu abenteuerlustig gewesen, als ich seine Einladung angenommen hatte? Wir drangen tiefer und tiefer in den riesigen Irrgarten ein. Ich legte schützend die Arme um meinen Oberkörper. Ein Teil von mir wäre am liebsten unverzüglich zum Haus zurückgekehrt, doch der stärkere Teil wollte die Hütte sehen, wollte mehr erfahren über diesen geheimnisvollen, faszinierenden Mann.

»Frierst du? Es wird recht kühl hier drinnen.«

»Oh, mir ist nicht kalt. Dauert es noch lange?«

»Nur noch ein paar Minuten. Wir fahren um diese Ecke, dann um die nächste und dann um noch eine und noch eine, und dann sind wir schon auf der anderen Seite.«

»Man kann hier wirklich leicht verlorengehen.«

»Das passiert immer wieder. Deine Mutter hat sich einmal hier verlaufen.«

»Tatsächlich? Sie hat mir nie davon erzählt.«

Er lachte.

»Als ich sie kennenlernte. Sie fand nicht mehr zurück.«

»Bitte erzählen Sie mir davon«, bat ich. »Sie war so zurückhaltend beim Erzählen, wenn es um Farthy ging.«

»Es war das erste Mal, daß sie sich in den Irrgarten gewagt hatte. Ich arbeitete gerade in der Hütte – ich glaube, ich machte winzige Rüstungen für kleine Ritter – als sie plötzlich in der Tür stand. Sie sah unschuldig und verloren aus wie ein Engel, der auf einmal aus dem Nebel gekommen war . . . und so schön! Es war sehr neblig an diesem Tag, und so hatte sie die Dunkelheit überrascht. Sie hatte Angst, sie würde nicht mehr zurückfinden.«

»War Troy auch da?«

»Ja, er war da.«

»Und was geschah dann?« fragte ich ungeduldig.

»Oh, wir beruhigten sie erst einmal. Dann gaben wir ihr etwas zu essen und begleiteten sie durch das Labyrinth zurück.«

»Meine Mutter als junges Mädchen. Seltsam, diese Vorstellung.«

»Sie war eine schöne junge Frau. Sie sah dir sehr ähnlich.«

»Ich finde mich zur Zeit allerdings nicht besonders schön.«

»Das kommt wieder. Da bin ich sicher. So, wir sind gleich

da, nur noch eine Kurve.« Wir bogen um eine Ecke, dann waren wir am Ausgang des Irrgartens.

Vor uns lag ein gepflasterter und von hohen Pinien gesäumter Weg. An seinem Ende duckte sich die kleine, mit rotem Schiefer gedeckte Steinhütte unter den Bäumen. Ich konnte nicht verhindern, daß meinen Lippen ein kleiner Schrei entwich.

Es war Mammis Spielzeughütte, die Spieluhr, die sie mir an meinem achtzehnten Geburtstag geschenkt hatte. Die Nachahmung war perfekt. Wie unheimlich, dachte ich. Es war, als hätte ich eine andere Welt betreten, eine Spielzeugwelt, in der die Menschen ihre Träume lebten.

Ach, dachte ich, wenn doch nur Luke hier wäre. Dann würde er sehen, daß all unsere Träume Wirklichkeit werden konnten. Diese beiden Spielzeugfiguren in der Spielzeughütte wären dann tatsächlich wir beide. Ein kniehoher Lattenzaun, mehr Zierde als Schutz, wand sich um die Hütte. Rosen rankten sich an ihm empor, genau wie in der Nachbildung.

Anders als im restlichen Park von Farthy war der Rasen um die Hütte in gutem Zustand, von einer liebenden Hand gepflegt . . . dunkelgrünes, kurz geschnittenes Gras, der Zaun sauber, der Weg ordentlich und glatt, die Fenster blank.

»So . . . hier ist die Hütte.«

»Oh, sie sieht aus wie in einem Bilderbuch. Wie sehr wünsche ich mir, ich könnte hierherkommen und sie malen!« rief ich aus.

»Du malst?«

»O ja. Malen ist meine Leidenschaft. Ich male sogar jetzt, obwohl ich noch nicht wieder gesund bin. Ich will Kunst studieren und mein ganzes Leben lang mein Können verbessern«, fügte ich voller Hoffnung hinzu.

»Natürlich. Natürlich«, wiederholte er, und erneut klang es, als wäre er weit weg, verloren in seinen eigenen Gedanken. »Nun, vielleicht wirst du sie eines Tages malen. Warum auch nicht?«

»Können wir hineingehen?« fragte ich.

»Sicher, aber meinst du nicht, daß sie dich in Farthy bereits vermissen?«

»Das ist mir gleichgültig. Ich fühle mich dort ohnehin wie

eine Gefangene. Bitte, zeigen Sie mir die Hütte.«

Er rollte mich den Weg entlang zur Eingangstür, öffnete sie und schob mich hinein. Drinnen war alles voller Tatterton-Spielsachen. Sie standen auf Regalen, auf dem Kaminsims, überall. Außerdem hing da mindestens ein halbes Dutzend antiker Uhren, die alle die richtige Zeit anzeigten. Wie zur Bestätigung, daß dies alles kein Traum war, schlug die Großvateruhr in der Ecke die Stunde, und bei der kleinen, blauen Spieluhr, die aussah wie eine Miniatur der Hütte, öffnete sich die Haustür. Die winzige Familie, die drinnen wohnte, kam heraus, und dann ertönte eine sanfte, rührende Melodie, eine Melodie, die ich kannte.

Es war die gleiche Melodie, die ertönte, wenn man das Dach der Spielzeughütte in Winnerrow ein wenig hob, Chopins Nocturne. Als die Melodie zu Ende war, blickten wir einander an.

»Meine Mutter hatte eine Spielzeughütte, die genauso aussah wie diese, mit den gleichen Hecken und Bäumen. Und sie spielte die gleiche Melodie. Meine Mutter schenkte sie mir zu meinem achtzehnten Geburtstag. Sie ist so alt wie ich, und sie funktioniert noch immer. Irgend jemand hat sie ihr geschickt, als ich zur Welt gekommen bin.«

»Ja«, sagte er. Er hatte sichtlich Mühe, auch nur dieses kleine Wort auszusprechen. Er wirkte auf einmal ängstlich; seine Augen hatten sich geweitet . . . Dann veränderte sich seine Miene, und er sah auf einmal sehr traurig aus. Er senkte den Kopf und schien einen Moment lang tief in Gedanken versunken. Dann bemerkte er plötzlich, daß ich ihn beobachtete, und er lächelte.

Ich wandte meinen Blick schnell von ihm ab und sah mir die Hütte genauer an. Sie war anheimelnd, behaglich und warm, so wie ich mir ein Gartenhäuschen immer vorgestellt hatte. Obwohl die Möbelstücke alt waren, sah keines von ihnen abgenutzt aus. Regale, Dielen, Vorhänge – alles wirkte gepflegt und sauber. Es war das Haus eines Menschen, der auf jede Kleinigkeit achtete. Es gab nur zwei Zimmer, und im Wohnzimmer, direkt vor dem Kamin, befand sich ein langer Tisch, auf dem kleine Metallstücke, Werkzeuge und Teile eines mittelalterlichen Miniaturdorfes lagen. Die Kirche mit

Spitzdach und Glasmosaikfenstern war bereits fertig. Da war sogar ein Pastor, der am Eingang stand und die ankommenden Kirchgänger freundlich begrüßte. Außerdem gab es Geschäfte, elegante Steinhäuser und ärmliche Hütten. Die winzigen, von Pferden gezogenen Kutschen waren erst halb fertig, genauso wie manche der Gebäude und Gassen.

»Ich habe Eistee da, wenn du welchen willst.«

»Ja, bitte.« Ich lenkte meinen Rollstuhl ins Wohnzimmer hinein, um das Tatterton-Spielzeugdorf genauer zu betrachten.

»Das Dorf hier nimmt mich viel länger in Anspruch, als ich geplant habe. Immer wenn ich meine, daß ich fertig bin, fällt mir noch etwas ein, was ich unbedingt hinzufügen möchte«, erklärte er.

»Es ist so schön und sieht so echt aus! Wunderbar! Und wie ausdrucksvoll Sie die Gesichter gestaltet haben. Jede Figur ist anders.« Ich blickte auf und ertappte ihn dabei, wie er mich anstarrte, ein warmes Lächeln auf den Lippen. Schließlich wurde es auch ihm bewußt.

»Oh . . . der Tee. Ich bin sofort da«, sagte er und ging in die Küche. Ich lehnte mich zurück und blickte mich in der Hütte um.

»So, hier ist er«, sagte er, als er nach kurzer Zeit mit dem Eistee in der Hand zurückkam. Ich nahm ihn, trank jedoch nicht. Er versuchte, meinem Blick auszuweichen, wandte sich ab und räumte geschäftig Werkzeuge in die kleinen Nischen in der Wand.

»Sie sind der Mann, den ich von meinem Zimmer aus gesehen habe«, stellte ich fest.

»Was?«

»Ich habe Sie am Grab meiner Eltern gesehen.«

»Ich war einmal kurz dort, ja.«

»Mehr als einmal«, beharrte ich.

»Vielleicht, ja.« Ein Lächeln huschte über seine Lippen, und er setzte sich auf den Holzschemel am Kamin. Dann verschränkte er seine Hände hinter dem Kopf, streckte seine langen, schlanken Beine aus und blickte zur Decke. Jetzt, da ich sein Profil genauer betrachten konnte, erkannte ich, daß er auf seine Art sehr gut aussah. Er strahlte eine Sensibilität aus, die mich an Luke erinnerte, an den zärtlichen, einfühlsamen, poetischen Luke.

»Meine Spaziergänge sind zur Zeit die einzige Erholung, wenn ich lange gearbeitet habe. Ich kenne jeden Winkel hier.«

»Sie waren auch bei der Trauerfeier da. Ich habe Sie gesehen«, sagte ich in ziemlich scharfem Tonfall. »Warum konnten Sie nicht aus dem Wald kommen und sich zu den anderen Trauergästen gesellen?«

»Oh . . . ich bin sehr menschenscheu. So«, fügte er hastig hinzu, sichtlich bestrebt, das Thema zu wechseln, »und wie geht es mit deiner Genesung voran?«

»Aber warum wollten Sie dort nicht gesehen werden? Haben Sie Angst vor Tony?«

»Nein.« Er lächelte.

»Dann kann ich nicht verstehen, warum Sie sich hier so . . . so verstecken.«

»So bin ich eben. Ich glaube, jeder Mensch hat seine Eigenarten. Ich gehöre zu den Menschen, die gerne allein sind.«

»Aber warum?«

»Warum?« Er lachte. »Du läßt nicht locker, wenn du etwas wissen willst, stimmt's? Genau wie deine Mutter.«

»Ich verstehe nicht, daß Sie so viel von ihr wissen, wenn Sie doch so gerne allein sind.«

Wieder lachte er.

»Ich verstehe vor allem eines: Ich muß bei dir sehr aufpassen, wenn ich meine Geheimnisse für mich behalten will. Also, ich bin gerne allein«, sagte er ruhig, »aber es hat mir sehr gefallen, mit deiner Mutter zusammenzusein, und ich unterhalte mich auch gerne mit anderen Leuten, so wie jetzt mit dir. Und nun erzähle mir, welche Fortschritte deine Beine machen.«

»Gestern bin ich zum ersten Mal nach meinem Unfall ohne Hilfe aufgestanden.«

»Das ist ja wunderbar!«

»Aber der Arzt und Tony sind der Ansicht, daß ich mich nicht überanstrengen soll. Niemand hat mich heute aufgefordert, aufzustehen, und ich habe auch den Gehapparat noch nicht benutzt. Sie bestehen noch immer darauf, daß ich mein Mittagsschläfchen halte und Schlaftabletten nehme. Und sie halten alle anderen Menschen von mir fern. Dies ist das erste Mal, daß ich das Haus verlassen habe, und ich bin jetzt schon fast eine Woche dort! Ich kann nicht einmal jemanden anrufen und ein wenig plaudern. Ich habe nämlich kein Telefon!«

»Wirklich?«

»Meinen Cousin Luke habe ich auch nicht mehr gesehen, seit ich aus dem Krankenhaus entlassen wurde. Dabei habe ich ihm über Tony und Drake Nachrichten zukommen lassen.«

»Drake?«

»Der Halbbruder meiner Mutter.«

»Ach so, der Sohn von Luke senior.«

»Für einen Angestellten von Tony . . . wissen Sie sehr gut über meine Familie Bescheid«, sagte ich mißtrauisch.

»Ich höre nur aufmerksam zu, was die Menschen um mich herum reden.«

»Was für ein auffallend gutes Gedächtnis Sie haben!« Ich sah ihn scharf an. Er sollte ruhig wissen, daß ich ihm nicht alles glaubte, was er sagte.

Er lächelte wie ein kleiner Junge.

»Und was ist mit Luke passiert?«

»Er hat mich weder angerufen noch besucht. Aber ich habe es geschafft, allein in Tonys Büro zu fahren, und habe Lukes Wohnheim in Harvard angerufen. Doch er war nicht da. So blieb mir nichts anderes übrig, als seinem Mitbewohner eine Nachricht für ihn zu hinterlassen. Dann fuhr ich in den Park.«

»Aha. Nun, ich bin mir sicher, daß er dich dann bald besuchen wird.«

»Ich weiß nicht. Alle sind so anders . . . Drake ist . . . verliebt in seine neue Rolle als Geschäftsmann, seit er für Tony arbeitet, und Luke hätte mich früher niemals so vernachlässigt. Wir sind zusammen aufgewachsen und waren uns immer sehr nahe. Ich habe ihm Dinge erzählt, die andere Mädchen niemals einem Jungen erzählen würden, und er hat mir Dinge erzählt, über die andere Jungen niemals mit Mädchen reden würden. Wir hatten ein ganz besonderes Verhältnis zueinander.« Er nickte nachdenklich.

»Wir sind mehr als nur Cousin und Cousine.« Ich hielt einen Moment lang inne. Aus irgendeinem Grund hatte ich das Gefühl, ich könnte die Geheimnisse unserer Familie mit diesem Mann teilen. Ich spürte, daß ich ihm trauen konnte, und fühlte mich so wohl in seiner Gegenwart! Es war, als hätte ich ihn mein Leben lang gekannt. Völlig fremde Menschen in Winnerrow wußten über Luke Bescheid. Warum sollte er es also nicht erfahren? »Luke und ich haben denselben Vater«, stieß ich schließlich hervor.

»So ist das«, sagte er, ließ sich jedoch keinerlei Überraschung angesichts dieser Enthüllung anmerken.

»Sie verstehen das nicht. Niemand kann begreifen, wie bitter das ist«, rief ich aus. »Besonders für Luke. Er mußte mit so vielen Dingen fertigwerden. Immer wieder türmten sich Berge vor ihm auf. Die Menschen können manchmal sehr grausam sein, vor allem in kleinen Städten wie Winnerrow. Sie lassen dich die Sünden nicht vergessen, auch nicht die deines . . .«

»Die Sünden deines Vaters?« half er mir.

»Ja.«

»Luke muß sich zu einem außergewöhnlichen jungen Mann entwickelt haben, wenn du dir so viele Gedanken um ihn machst.«

»Oh, das hat er. Er ist so klug. Er wurde von seiner Schule sogar dazu auserwählt, die Abschlußrede zu halten! Und er ist so zuvorkommend und höflich. Jeder, der halbwegs gerecht ist, liebt und achtet ihn! Mammi hat ihn auch geliebt. Es war hart für sie, aber sie kümmerte sich immer um ihn wie um ihren eigenen Sohn«, erklärte ich mit fester Stimme.

»Ich würde gerne etwas über dein Haar wissen. Warum hast du es gefärbt? Du hast es doch gefärbt?«

»Ja.«

»Wann?«

»Vor ein paar Tagen. Tony brachte einen Friseur mit nach Farthy und sagte mir, ich sollte es tun. Er meinte, mit hellerem Haar würde ich mich wieder besser fühlen.«

»Tony hat dich dazu veranlaßt?« Ich sah die Besorgnis in seinem Blick.

»Ja. Warum fragen Sie?«

»Wie ging es Tony . . . Mr. Tatterton in der letzten Zeit? Ich habe ihn eine ganze Weile nicht gesehen.«

»Eigenartig. Er ist vergeßlich und bringt alles durcheinander.«

»Bringt alles durcheinander? Was denn zum Beispiel?«

»Er verwechselt mich oft mit meiner Mutter und mit meiner Großmutter . . . sogar mit meiner Urgroßmutter Jillian.«

»Wie meinst du das?« Er beugte sich in seinem Stuhl vor und faltete seine schmalen Hände, während er sich mit den Ellbogen auf seinen Knien aufstützte.

»Er redet mit mir, als wäre ich eine von ihnen und bezieht sich auf Dinge, die ich gar nicht wissen kann.«

Er starrte mich mit besorgtem Blick an. »Wie lange wirst du hier in Farthy bleiben?«

»Eigentlich war vorgesehen, daß ich bleibe, bis ich wieder ganz gesund bin; aber ich habe Drake heute schon gesagt, daß ich nach Hause möchte!« Plötzlich überfluteten mich all die Gefühle, die sich in mir aufgestaut hatten – daß man mich eingesperrt hatte, daß ich von einer grausamen Krankenschwester gequält worden war, daß ich nun mit Tony lebte, der sich ständig von einer Welt in die andere bewegte. »Und ich werde nach Hause gehen!« sagte ich.

»Ja, das solltest du tun. Wenn du hier nicht glücklich bist und dich nicht richtig wohl fühlst, dann ist es besser, du gehst«, erklärte er. Er sagte es mit so viel Überzeugung, und seine Augen blickten so entschieden, daß ich plötzlich Furcht verspürte.

»Wer sind Sie . . . wer sind Sie wirklich? Sie wissen zu viel über diese Familie, als daß Sie ein gewöhnlicher Angestellter sein könnten!«

Er lehnte sich wieder zurück und starrte mich lange an. Mein Herz hämmerte wild in meiner Brust.

»Die Frage ist, ob du es für dich behalten kannst, wenn ich es dir sage. Es ist wichtig für mich, daß niemand oder höchstens nur ganz wenige Menschen über mich Bescheid wissen. Ich liebe mein anonymes Leben hinter dem Labyrinth. Es macht mich glücklich, hier mit meinen Erinnerungen und meiner Arbeit zu leben, die, wie du siehst, einen Großteil meiner Zeit in Anspruch nimmt.« Er hielt inne und sagte dann mit sehr trauriger Stimme: »Es ist das Leben, das ich selbst gewählt habe. Ich hatte allerdings nie gedacht, daß ich so lange leben würde.«

»Warum nicht? So alt sind Sie doch gar nicht?«

»Nein, aber als ich jünger war, war ich häufig krank, und ich träumte, ich würde sehr jung sterben . . . Ich dachte, ich würde nicht älter als dreißig werden. Doch ich lebe immer noch. Der Tod weigert sich, mich anzunehmen. Ich frage nicht nach dem Warum; ich lebe eben weiter, mache meine Arbeit, lebe dieses friedvolle Leben und bin zufrieden mit dem, was ich habe. Auf gewisse Weise habe ich mit mir selbst Frieden geschlossen, mit all meinen Ängsten und Problemen. Meine Vergangenheit ist für mich wie eine verheilte Wunde; ich will auf keinen Fall etwas tun, was sie je wieder aufbrechen lassen könnte.« Er richtete seine Augen auf mein Gesicht; sanfte, warme Augen, die mich baten, ihm Vertrauen zu schenken . . .

»Also . . . kannst du ein Geheimnis für dich behalten, das so wichtig ist wie dieses?«

»O ja«, versicherte ich ihm.

»Ja, ich glaube, du kannst es. Ich weiß nicht, warum ich es tue, aber ich vertraue dir . . . so wie ich . . . wie ich meiner eigenen Tochter vertrauen würde, wenn ich eine hätte.«

»Meine Mutter hat mir immer ans Herz gelegt, das zu achten, was anderen Menschen wertvoll ist; auch wenn es mir selbst nicht so wertvoll erscheint.«

»Ja, das klingt nach ihr.«

»Da, sehen Sie. Sie kennen sie so gut! Sie können nicht nur ein gewöhnlicher Angestellter sein!«

Er lächelte.

»Ich hätte mich doch weiterhin im Schatten verbergen sollen, Annie. Ich hätte wissen müssen, daß du die Wahrheit herausfinden würdest.«

»Was ist die Wahrheit?« Ich wartete und wagte kaum zu atmen.

»Ich bin nicht Troy Tattertons Assistent; ich bin Troy Tatterton.«

Es war eigenartig, aber Troys Enthüllung schockierte mich längst nicht so, wie man vielleicht hätte erwarten können. Immerhin hatte mir jeder von seinem Tod erzählt und von ihm gesprochen, als wäre er schon lange Zeit nicht mehr am Leben. Doch nun hatte ich das Gefühl, als hätte ich immer schon gewußt, daß er nicht tot war . . .

»Wenn Rye Whiskey Sie sieht, hält er Sie wahrscheinlich für einen seiner Geister«, sagte ich.

»Rye . . .« Er lächelte. »Wahrscheinlich hast du recht. Übrigens, Annie, wenn du schon weißt, daß ich zur Familie gehöre, kannst du mich eigentlich auch mit du anreden . . .«

Ich tat es gerne und ohne Schwierigkeiten, denn ich hatte ohnehin das Gefühl, als würde mich mit diesem Mann mehr verbinden als dieses kurze Gespräch. »Jetzt, wo du mir erzählt hast, wer du wirklich bist, wirst du mir auch sagen, warum du jeden in dem Glauben gelassen hast, du seist tot?« fragte ich.

»Hat dir irgend jemand etwas über die Umstände meines angeblichen Todes erzählt?« fragte er und betrachtete mich aufmerksam.

»Ich habe hier und dort etwas darüber gehört. Rye Whiskey hat mir davon erzählt, aber ich weiß nie, wieviel von seinen Erzählungen wahr ist und wieviel seiner lebhaften Phantasie entsprungen ist. Ich weiß, daß du auf einem Pferd ins Meer geritten bist – auf Jillians Pferd –, und seither hat man nichts mehr von dir gesehen oder gehört.«

»Ja, dieser Teil der Geschichte stimmt.«

»Wie konnte das passieren?«

Erneut schienen seine Augen zu lächeln.

»Wenn du mich so ansiehst – so leidenschaftlich –, dann erinnerst du mich wirklich sehr an deine Mutter, als sie in deinem Alter war. Ich denke, du bist eine ebenso aufmerksame Zuhörerin, wie sie es war. Wirst du mir zuhören?« fragte er und lehnte sich wieder zurück.

Ich nickte, verspürte jedoch eine gewisse Besorgnis, als ich diesen neuen ernsthaften Tonfall in seiner Stimme hörte.

»Was ich dir vorhin erzählt habe, stimmt: Ich war ein kränkliches, melancholisches Kind. Auch während meiner Jugend suchten mich ständig düstere, traurige Gedanken heim. Mein Bruder Tony, der für mich mehr ein Vater war, tat sein Bestes, um aus mir einen hoffnungsvollen und heiteren Menschen zu machen. Doch es schien, als wäre seit meiner Geburt eine dunkle graue Wolke über mir gehangen, die größer und immer größer wurde. Und schließlich sah ich nur mehr dieses elende Grau, auch wenn der Tag in Wirklichkeit hell und strahlend war. Kannst du das verstehen?«

Ich schüttelte den Kopf, denn ich verstand es wirklich nicht. Ich konnte nicht nachvollziehen, wie jemand sein ganzes Leben unter einer dunklen Wolke verbringen konnte. Das Licht der Sonne war so wichtig für die Blumen und Bäume und das Gras und die Vögel und besonders für junge Menschen: sie mußten einfach hin und wieder in seiner zärtlichen Wärme baden! Ohne Licht konnte nichts gedeihen. Troy erriet meine Gedanken.

»Ich konnte mich nicht zu einem gesunden jungen Mann entwickeln, nicht, solange mich diese Weltuntergangsstimmung in ihrem Griff hatte. Je schlechter es mir ging, desto mehr kümmerte sich Tony um mich, desto mehr Zeit und Energie opferte er mir. Seine Frau Jillian war völlig egozentrisch. Das einzige, was sie wirklich liebte, war ihr eigenes Spiegelbild; und sie erwartete von allen Menschen in ihrer Umgebung, daß sie sich ebenso von ihrer Schönheit bezaubern ließen. Du kannst dir gar nicht vorstellen, wie eifersüchtig sie auf alles war, was Tonys Aufmerksamkeit von ihr ablenkte, und wenn es nur für einen winzigen Augenblick war!

So zog ich schließlich in diese Hütte, um mein Leben und meine Arbeit dem Tatterton-Spielzeug zu widmen. Es war ein sehr einsames Leben. Die meisten Menschen wären dabei verrückt geworden, ich weiß, aber ich war doch nicht so allein, wie du vielleicht denkst . . . die Spielsachen wurden meine Welt, die winzigen Figuren waren meine Freunde, und ich dachte mir Geschichten über ihr Leben aus.«

Er blickte sich im Zimmer um, sah einige der Spielsachen an und lachte.

»Vielleicht war ich verrückt. Wer kann das schon beurteilen? Aber wenn, dann war es eine harmlose Verrücktheit. Auf jeden Fall«, sagte er und lehnte sich wieder vor, »wurde ich gequält von Alpträumen über meinen nahen Tod. Im Winter war es besonders schlimm, denn die Nächte sind dann so lang – man hat zu viel Zeit für zu viele Träume! Ich versuchte, den Schlaf zu verdrängen bis kurz vor dem Morgengrauen. Manchmal gelang mir das auch. Wenn ich merkte, daß ich es nicht schaffen würde, ging ich hinaus und ließ die kalte, klare Luft meine trübsinnigen Gedanken wegwaschen. Ich wanderte die Wege unter den Pinien entlang, und erst wenn mein Kopf wieder klar war, kam ich hierher zurück und versuchte zu schlafen.«

»Wieso bist du im Winter hier geblieben? Du hattest doch genug Geld, hinzugehen, wo immer du wolltest, oder?«

»Ja. Ich versuchte, allem zu entkommen. Ich verbrachte den Winter bald in Florida, bald in Neapel oder an der Riviera, überall auf der Welt. Ich reiste unaufhörlich. Doch meine Wintergedanken waren immer in meinem Gepäck, sie begleiteten mich überall hin. Ich konnte sie nicht abschütteln, ganz gleichgültig, was ich tat und wohin ich ging. So kehrte ich immer wieder geschlagen nach Hause zurück, und es blieb mir nichts anderes übrig, als mein Schicksal anzunehmen!

Irgendwann während dieser Zeit kam deine Mutter hierher. Eine Blume in der Wüste . . . fröhlich, hell und wunderschön. Ich wußte, daß sie in ihrem jungen Leben bereits viel durchgemacht hatte, doch sie schien trotzdem noch den Optimismus und die Unschuld der Jugend zu besitzen; das, was ältere Menschen so neidisch macht.

Du hast dasselbe wunderbare Leuchten in den Augen, Annie.

Ich kann es sehen. Obwohl dir und den Menschen, die du liebst, schreckliche Dinge zugestoßen sind, ist dieses Strahlen noch da – wie eine große brennende Kerze in einem dunklen Tunnel. Irgendein beneidenswerter Mensch wird durch dieses Licht aus der Dunkelheit seiner eigenen traurigen Gedanken geleitet werden und glücklich in der Wärme, die von dir ausgeht, leben. Ich weiß es.«

Ich konnte nicht umhin zu erröten, denn ich war es nicht gewohnt, daß ein Mann solche Dinge zu mir sagte.

»Danke«, stammelte ich. »Aber – du hast mir noch nicht erzählt, was dich dazu getrieben hat, mit diesem Pferd ins Meer zu reiten.«

Er lehnte sich zurück und verschränkte erneut seine Hände hinter dem Kopf. Das war offensichtlich seine Lieblingshaltung. Lange Zeit dachte er nach, die Augen starr zur Decke gerichtet.

Ich wartete geduldig, denn ich konnte mir gut vorstellen, wie schwer es für jemanden sein mußte, zu erklären, warum er seinem Leben ein Ende setzen wollte. Schließlich wandte er sich mir wieder zu.

»Als ich deine Mutter kennengelernt hatte, und die Heiterkeit und Lebendigkeit, die sie umgab, da erfüllte mich wieder Hoffnung, was mein eigenes Leben betraf, und eine Zeitlang war ich ein ganz anderer Mensch. Ich dachte sogar . . . ich glaubte, ich könnte eine Frau wie sie finden und heiraten und Kinder haben – vielleicht eine Tochter, so wie du.

Meine Traurigkeit kehrte jedoch zurück, als sich mir dieser Wunsch nicht erfüllte. Ich hatte eine deprimierende Wirkung auf die meisten Frauen, weißt du, denn sie hatten nicht genug Geduld, um mit meinem Wesen zurechtzukommen. Eines Tages, auf einer Party, die Tony gab, um mich aufzuheitern, entschied ich mich für den Tod . . . den Tod, der mich mein ganzes Leben lang verfolgt hatte, den Tod, der in den Schatten saß und mich angrinste, meiner harrte, mich mit seinen dunklen, grauen Augen verfolgte . . ., der geduldig auf eine günstige Gelegenheit wartete. Ich hatte keine Lust mehr, mein ganzes Leben auf der Flucht vor seinem Zugriff, dem ich letztendlich ohnehin nicht entkommen konnte, zu verbringen. Ich forderte den Tod heraus, und das überraschte ihn. Er wußte nicht, wie er reagieren sollte. Ich ritt Jillians wildes Pferd ins Meer, und ich war mir sicher, daß damit das Ende meiner traurigen Existenz gekommen sein würde . . .

Doch wie ich schon sagte, der Tod war zu überrascht. Ich wurde an den Strand gespült, lebend. Ich hatte ein weiteres Mal versagt.

Ich erkannte jedoch, daß sich mir die Gelegenheit bot, auf andere Art zu entfliehen. Ich ließ alle in dem Glauben, ich sei tot. Das gab mir die Chance, zu einem anderen, einem Schattenwesen, zu werden, und ein für allemal Ruhe zu haben vor Menschen, die mich aufheitern wollten. Ich hatte sie ohnehin immer nur enttäuscht, denn sie hatten schließlich nie Erfolg gehabt mit ihren Bemühungen und hatten sich mit meinem trübsinnigen, düsteren Zustand abfinden müssen.

So hingegen fiel ich niemandem mehr zur Last und hatte meine Ruhe. Eines Tages jedoch entdeckte mich mein Bruder. Er war nach meinem Tod in tiefe Trauer versunken, und so hätte ich ohnehin nicht länger vor ihm verbergen können, daß ich lebte. Wir trafen ein Abkommen . . . Ich sollte hier leben, ohne daß jemand wußte, wer ich war, und er wollte weiterhin so tun, als wäre ich tot. Als einige Jahre vergangen waren und die meisten Menschen, die mich gekannt hatten, weggezogen oder gestorben waren, erzählten wir den Leuten, daß ich ein neuer Künstler sei, der Spielsachen im Stil von Troy schuf.

Und so belästigt mich niemand, und ich kann ungestört der Mensch sein, der ich nun einmal bin. Wie ich schon sagte: Ich arbeite, lebe mit meinen Erinnerungen und meiner friedvollen Einsamkeit.

Jetzt kennst du die Wahrheit, und ich verlasse mich darauf, daß du dein Versprechen hältst und sie in deinem Herzen bewahrst.«

»Ich werde niemandem etwas erzählen, aber ich wünschte, du würdest zurückkommen in die Welt auf der anderen Seite des Labyrinths. Ich weiß nicht genau warum, aber ich würde dich gerne dorthin mitnehmen.«

»Du bist so entzückend, wie du in deinem Rollstuhl sitzt und erzählst, daß du jemand anderem helfen möchtest.«

Wir blickten einander lange an. In seinen Augenwinkeln standen Tränen, doch er hielt sie zurück. Er wußte, wenn er ihnen freien Lauf lassen würde, dann würden auch meine Tränen fließen.

»Nun«, sagte er plötzlich und klatschte in die Hände. »Du hast gesagt, du hättest es gestern geschafft, ohne Hilfe zu stehen?«

»Ja.«

»Nun, dann solltest du jeden Tag ein bißchen länger stehen und versuchen, die ersten Schritte zu machen.«

»Genau das dachte ich auch, aber der Arzt sagte –«

»Ärzte mögen sich mit dem Körper des Menschen auskennen, aber sie wissen oft nicht genug über das Herz.« Troy stand auf und stellte sich in einer gewissen Entfernung, aber dennoch so nahe vor mich hin, daß er mich nötigenfalls auffangen konnte. »Ich möchte, daß du noch einmal stehst und daß du diesmal versuchst, einen Schritt auf mich zuzumachen.«

»Oh, ich weiß nicht . . . Ich . . .«

»Unsinn, Annie Stonewall. Du schaffst das schon. Du bist Heavens Tochter, und Heaven würde auch nicht hier sitzen und sich selbst bemitleiden. Und sie würde bestimmt nicht lange auf die Hilfe anderer Leute angewiesen bleiben.«

Seine Worte hatten eine magische Wirkung auf mich. Ich schluckte und biß mir leicht auf die Unterlippe. Dann stützte ich mich fest auf die Armlehnen und befahl meinen Füßen, sich von den Fußstützen auf den Boden zu bewegen. Langsam, wie in Zeitlupe taten sie es. Troy nickte mir ermutigend zu. Ich schloß die Augen und konzentrierte mich angestrengt darauf, meine Beine durchzudrücken.

»Laß deine Füße eins werden mit dem Boden«, flüsterte er mit beschwörender Stimme. »Deine Fußsohlen kleben auf der Erde. Sie kleben ...«

Ich fühlte, wie ich Druck ausübte. Ja, ich preßte meine Füße auf den Boden. Meine Beine strafften sich, die unsicheren Muskeln spannten sich an, und ich drückte meine Arme von den Stuhllehnen ab. Langsam, aber in einer fließenderen Bewegung als am Tag zuvor, erhob ich mich. Und schließlich stand ich. Ich öffnete die Augen und sah, daß Troy lächelte.

»Gut. Jetzt hab keine Angst. Mach einen Schritt. Nimm die Arme weg vom Stuhl.«

»Ich glaube, das traue ich mich noch nicht. Wenn ich falle ...«

»Du wirst nicht fallen. Ich werde dafür sorgen, Annie. Geh auf mich zu, geh auf mich zu«, forderte er mich in beschwörendem Tonfall auf und streckte mir die Arme entgegen, so daß ich nur ein oder zwei Schritte machen mußte, um ihn zu erreichen. »Geh auf mich zu ... komm zu mir, Annie.«

War es dieses drängende Bitten oder war es die Tatsache, daß seine Stimme jener glich, die mich im Traum aus der Dunkelheit ins Licht gerufen hatte? Irgend etwas gab mir den Willen und die Kraft, es zu versuchen. Ich spürte, wie sich mein zitterndes rechtes Bein ein ganz klein wenig vorwärts bewegte, wobei sich mein Fuß kaum vom Boden abhob. Mein linkes Bein folgte.

Es war ein Schritt! Ein Schritt!

Ich schaffte noch einen, dann aber ließ mich mein Körper im Stich. Nach der ganzen Anspannung wurde er plötzlich schlaff, und meine Beine versagten. Ich hatte jedoch nur für einen winzigen Moment das Gefühl zu fallen; dann fingen mich Troys Arme sicher auf, und ich sank an seine Schulter.

»Du hast es geschafft! Du hast es geschafft, Annie! Es geht aufwärts. Nichts kann dich jetzt mehr zurückhalten!«

Plötzlich flossen meine Tränen. Sie ließen einen Regenbogen des Glücks in blauen und gelben Farben und einen Schleier der Traurigkeit in grauen Schattierungen vor mir entstehen. Ich weinte wegen meines Erfolgs, und ich weinte, weil ich in den Armen eines Menschen lag, der – das wußte ich jetzt – warm und voller Liebe sein konnte und doch gefangen war in einer Welt der Dunkelheit . . .

Er half mir in meinen Rollstuhl und machte dann einen Schritt zurück. Stolz blickte er auf mich herunter – wie ein Vater, der gerade miterlebt hatte, wie sein Baby die ersten Schritte macht.

»Ich danke dir.«

»Ich bin es, der sich bedanken muß, Annie. Du hast es geschafft, daß die Wolken sich heute ein wenig verzogen haben und ein wenig Sonnenlicht in meine Welt gedrungen ist. Aber«, sagte er und blickte auf seine Großvateruhr, »ich hätte dich schon längst zurückbringen sollen. Wenn sie dort tatsächlich keine Ahnung haben, wo du bist, dann sind sie sicher schon ganz außer sich vor Sorge.«

Alles, was ich zustande brachte, war ein Nicken. Ich war völlig erschöpft, und die Aussicht, in meinem großen, bequemen Bett oben in Farthy zu liegen, schien mir jetzt unglaublich verlockend.

»Wirst du kommen und mich besuchen?« fragte ich ihn.

Meine Tage in Farthy erschienen mir auf einmal in einem helleren Licht, als ich mir vorstellte, daß ich Troy wiedersehen könnte . . .

»Nein. Du wirst mich besuchen kommen . . . hier draußen. Und du wirst sehr bald kommen, da bin ich mir sicher.«

»Und wenn ich Farthy verlassen habe und zurück in Winnerrow bin, wirst du mich dann besuchen?«

»Ich weiß es nicht, Annie. Ich verlasse die Hütte seit langem nur ganz selten.«

Er begann mich hinauszuschieben. Die Nachmittagssonne war ein ganzes Stück weitergewandert, seit wir den Irrgarten durchquert und die Hütte betreten hatten. Nun fielen lange

Schatten auf die kleine Wiese und den Garten. Das Labyrinth sah viel dunkler und dichter aus als zuvor.

»Du frierst«, sagte Troy. »Warte.« Er eilte in die Hütte zurück und erschien mit einer leichten, eierschalenfarbenen Wolljacke. Ich zog sie schnell an. »Besser?«

»Ja, danke.«

Als wir diesmal in den Irrgarten kamen, hatte ich das Gefühl, als würden wir eine dunkle Grenze zwischen einer glücklichen und einer traurigen Welt überqueren. Ich wünschte mir so sehr, umzukehren und zurück zu Troys Hütte zu gehen! Wie schnell hatte ich Vertrauen zu ihm gefaßt und mich bei ihm wohlgefühlt!

»Vielleicht werde ich eines Tages dir helfen, deine ersten Schritte zu tun, Troy«, sagte ich.

»Meine ersten Schritte? Wie meinst du das, Annie?«

Wir bogen um eine Ecke.

»Deine ersten Schritte in die helle, warme Welt, in die du eigentlich gehörst. Die Welt, die du verdienst.«

»Oh. Vielleicht hast du das schon getan. In gewissem Sinne sind wir beide Krüppel, glaube ich.«

»Auf dem Weg der Besserung«, versicherte ich ihm mit einem Lächeln.

»Ja, auf dem Weg der Besserung«, stimmte er zu.

»Wir beide?« fragte ich und hob die Augenbrauen.

»Ja, wir beide.« Er lachte. »Ich glaube nicht, daß ich in deiner Nähe weiter so melancholisch sein könnte. Du würdest das nicht lange dulden; deine Mutter war genauso.«

»Du mußt mir mehr von ihr erzählen . . . jedes Mal, wenn wir uns unterhalten.«

»Ja, das werde ich tun.«

»Dann müssen wir uns sehr oft unterhalten«, sagte ich. »Versprichst du mir das?«

»Ich werde mein Bestes tun.«

Als wir aus dem Irrgarten herauskamen, war niemand vor dem Haus zu sehen. Ich war mir sicher, daß sie mich suchen würden, aber sie würden sicher nicht auf den Gedanken kommen, daß ich hier draußen sein könnte. Selbstverständlich hatten sie den Fahrstuhl am unteren Ende der Treppe vorgefunden und wußten deshalb, daß ich hinuntergefahren war, aber sie glaubten sicherlich, daß ich mich irgendwo im Erdgeschoß befand.

»Ich werde dir die Rampe hinaufhelfen«, sagte Troy. Er schob mich bis vor die Haustür. »So da sind wir! Gute Nacht, Annie, und vielen Dank. Ich werde heute keine Alpträume haben«, fügte er hinzu und schenkte mir ein warmes Lächeln.

»Ich auch nicht.«

»Darf ich dir einen Abschiedskuß geben?«

»Ja, gerne.«

Er beugte sich herab und küßte mich zärtlich auf die Wange. Dann ging er eilig fort. Als ich mich umdrehte, sah ich ihn noch einen Augenblick lang; dann war er verschwunden, von den Schatten verschluckt, als wäre auch er nur ein Traumwesen, das ich erfunden hatte, um mir die langen, einsamen Stunden in Farthinggale Manor zu vertreiben.

Ich öffnete die große Tür und fuhr ins Haus. Kaum war ich in der Eingangshalle, tauchte Tony in Begleitung von Parson und einem anderen Arbeiter auf.

»Da ist sie ja! Verdammt, da ist sie!« brüllte Parson.

»Wo warst Du?« fragte Tony. Seine Haare standen ihm wirr vom Kopf ab, und er blickte mich mit wilden Augen an.

»Draußen . . . einfach nur draußen«, sagte ich und versuchte, gleichgültig zu klingen. Doch je ruhiger ich wirkte, desto ärgerlicher wurde Tony. In seinen Augen flackerte ein wütendes Feuer, das ich bei ihm niemals erwartet hätte.

»Draußen? Ist dir denn gar nicht bewußt, was du uns damit angetan hast, einfach so zu verschwinden? Wir haben dich überall gesucht. Das ganze Haus haben wir auf den Kopf gestellt! Du hast niemandem Bescheid gesagt, wohin du gehst. Ich habe doch versprochen, ich würde dich auf deinen ersten Ausflügen begleiten. Wie konntest du das nur tun?« schrie er.

»Ich hätte es nicht getan, wenn ich geglaubt hätte, daß ich nicht dazu in der Lage bin. Ich habe es geschafft, ohne Hilfe umherzufahren, und wenn ich dir erst alles erzählt habe, wirst du mich verstehen«, antwortete ich. Ich war ziemlich bestürzt über seinen Ausbruch. Er zeigte sich von einer Seite, die mir bisher vollkommen verborgen geblieben war. Das also war der Tony Tatterton, vor dem die Angestellten zitterten und die Diener kuschten, der rücksichtslose Boß, der es nicht ertragen konnte, wenn sich jemand nicht seinen Wünschen und Befehlen unterordnete.

»Bringt sie hinauf!« brüllte er, bevor ich noch etwas vorbringen konnte. »Und benutzt nicht erst den Aufzug! Ich will, daß sie schnell oben ist! Sie sieht erschöpft aus.«

Parson und der andere Mann sprangen auf Tonys Befehl hin herbei und ergriffen meinen Stuhl. Sie schoben mich bis zur Treppe und hoben mich dann samt Rollstuhl hoch, um mich die Stufen hinaufzutragen.

»Einen Moment, Tony. Ich will noch nicht hinauf. Ich fühle mich eingesperrt in diesem Zimmer. Ich möchte heute im Eßzimmer zu abend essen, und ich möchte mich frei durchs Haus bewegen können. Ich habe heute meine ersten Schritte gemacht«, verkündete ich stolz.

»Erste Schritte? Wo? Du brauchst deinen Schlaf, deine heißen Bäder, deine Massagen. Du weißt ja nicht mehr, was du tust. Der Arzt wird toben. Du wirst bestimmt wieder einen schlimmen Rückschlag erleiden!«

»Aber Tony –«

»Bringt sie jetzt nach oben!« brüllte Tony erneut. »Worauf wartet ihr noch?«

»Schluß damit. Stellt mich hin«, verlangte ich. Parson und der Arbeiter blickten erneut Tony an, und was sie in seinem Gesicht sahen, ließ sie sichtlich erschrecken.

»Tut mir leid, Miß, aber wenn Mr. Tatterton glaubt, daß es so am besten ist, dann tun wir es lieber.«

»Oh. Na gut«, sagte ich, als ich bemerkte, in welch schwierige Situation ich die Angestellten sonst bringen würde. »Tut, was er euch aufträgt.«

»Gut, Miß.« Sie hoben mich mühelos hoch und trugen mich die Treppe hinauf.

»Sie können mich jetzt abstellen«, sagte ich, als wir oben angekommen waren. »Ich werde selbst in mein Zimmer fahren.«

Als ich die Tür zu meinen Zimmern passiert hatte, zog ich sie mit einem Schwung in meine Richtung. Sie fiel mit einem lauten Knall zu. Dann saß ich in der Stille und blickte auf mein Bett, meinen Gehapparat, meine ganze medizinische Ausstattung. Es war so deprimierend nach meinem Ausflug ins Freie! Ich war entschlossen, dem allen jetzt ein Ende zu machen. Luke würde meine Nachricht sicherlich erhalten und zu mir kommen.

Und wenn er da war, würde ich ihn bitten, mich mit nach Hause zu nehmen.

Und ich würde diesen Ort verlassen, dieses Haus mit seinen Geistern und quälenden Erinnerungen und seiner leidvollen Vergangenheit.

Luke und ich mochten unsere Traumwelt verloren haben, aber wir würden einander haben. Allein dies war Grund genug, Farthinggale Manor zu verlassen.

20. Kapitel
Flucht aus dem Gefängnis

Erschöpft von meinem ersten Ausflug, meinen Gehversuchen und Tonys theatralischem Ausbruch, fuhr ich mit dem Rollstuhl langsam zum Bett. Als ich gerade aus meinem Rollstuhl hineinrutschen wollte, kam Tony herein.

»Annie, du darfst niemals die Tür zumachen«, schimpfte er. »Wie soll ich da wissen, ob du etwas brauchst? Und wie du dich abkämpfst, um ins Bett zu gelangen. Du hättest doch wissen müssen, daß ich gleich kommen würde, um dir zu helfen.« Er zog den Rollstuhl zurück und beförderte meine Beine mit einem Schwung aufs Bett.

»Ich kann das allein«, sagte ich mit Nachdruck.

»O Annie. Du bist genau wie Heaven – genauso eigensinnig! Ihr beide könntet den geduldigsten Menschen zur Weißglut bringen.«

»Wir beide?« Ich fuhr herum. »Mammi ist tot . . . tot!« schrie ich. Ich war müde und erschöpft und hatte nicht mehr die Geduld, um auch noch seine Verwirrtheit zu ertragen.

»Das weiß ich, Annie«, sagte er mit sanfter Stimme und schloß für einen Moment die Augen. »Es tut mir leid. Und es tut mir auch leid, daß ich unten so barsch zu dir sein mußte. Aber du hast etwas sehr Böses getan, und ich war wirklich außer mir.«

»Schon gut, Tony. Schon gut«, sagte ich, denn ich hatte keine Lust, dieses Gespräch noch weiter in die Länge zu ziehen. Ich wollte nur noch ins Bett, ausruhen, essen und auf Luke warten.

»Ich weiß, es war nicht richtig von mir, aber ich werde es wieder gutmachen. Das verspreche ich dir. Du wirst schon sehen. Es gibt so viele Dinge, die ich gerne für dich tun würde, Annie, Dinge, die ich tun werde, Dinge, die ich auch für

Heaven getan hätte, wenn sie es mir nur gestattet hätte.«

»In Ordnung«, sagte ich und schloß die Augen. Da fühlte ich seine Hand auf meiner Stirn.

»Arme Annie . . . meine arme, arme Annie.« Er strich mir sanft über das Haar, und als ich aufblickte, sah ich erneut diese liebevolle Besorgnis in seinen Augen. Er war einfach zu vielschichtig, zu verwirrend für mich! Vor allem das war es, womit ich nicht mehr fertig wurde. Ich wollte nur noch weg.

Plötzlich veränderte sich der Ausdruck in seinen Augen.

»Die Jacke, die du da trägst. Woher hast du sie?« fragte er.

Ich wollte nicht, daß Troy in Schwierigkeiten geriet, aber ich konnte auch nicht leugnen, daß die Jacke nicht mir gehört. Tony hatte meine Garderobe genau überprüft, nachdem Drake meine Sachen aus Winnerrow gebracht hatte. Er wußte, was in den Schränken hing und was in den Schubladen der Kommoden lag.

»Jemand hat sie mir gegeben«, sagte ich.

»Jemand? Wer?«

»Ein sehr netter Mann, der in der Hütte auf der anderen Seite des Labyrinths lebt«, antwortete ich, entschlossen, so zu tun, als wüßte ich nicht über Troy Bescheid.

»Auf der anderen Seite des Labyrinths. Du hast das Labyrinth durchquert?«

»Ich bin müde, Tony. Sehr müde. Bitte. Ich möchte jetzt nicht mehr reden. Ich möchte nur noch schlafen.«

»Ja, natürlich. Ich werde dir beim Entkleiden helfen«, sagte er und beugte sich zu mir hinunter, um mir zu helfen, die Strickjacke auszuziehen.

»Nein! Ich kann das alles allein. Ich brauche meine Intimsphäre. Laß das!« wies ich ihn ab. Er zuckte zurück, als hätte ich ihn mitten ins Gesicht geschlagen.

»Natürlich«, murmelte er. »Natürlich. Ich lasse dich jetzt ausruhen und schicke dir dann das Essen herauf.«

»Danke.« Ich rührte mich nicht, um ihm zu zeigen, daß ich nichts mehr tun würde, bevor er den Raum verlassen hatte. Schließlich verstand er. Noch immer wie betäubt, drehte er sich um und ging.

Ich war viel müder, als ich gedacht hatte, und die Anstrengung, die es mich kostete, mich auszuziehen und mein Nachthemd überzustreifen, raubte mir den Rest meiner Kraft. Ich schien eine Ewigkeit zu brauchen. Als ich endlich unter der Decke lag und in die Kissen gesunken war, fühlte ich mich vollkommen erschöpft. Es dauerte nur wenige Augenblicke, dann war ich eingeschlafen.

Irgendwann schreckte ich aus dem Schlaf auf. Ich brauchte einige Zeit, um mich zurechtzufinden, und als ich auf die Uhr auf meinem Nachtkästchen blickte, bemerkte ich, daß es bereits Mitternacht war. Im Haus war es ruhig wie in einer Leichenhalle; jemand hatte die Vorhänge meines Zimmers zugezogen, und nur die kleine, schwache Lampe im Wohnzimmer spendete ein wenig Licht und warf lange, bläßliche gelbe Schatten an die Wände.

Mein Magen machte sich bemerkbar und beschwerte sich, daß ich das Essen verschlafen hatte. Ich richtete mich auf. Warum hatte mich Tony nicht geweckt? Rye hatte mir auch kein Tablett mit Essen hingestellt.

»Tony?« rief ich. Ich bekam keine Antwort, und im Nebenzimmer rührte sich nichts. Ich rief lauter und wartete, aber wieder kam keine Antwort. *»Tony!«* schrie ich. Nach seinem Ausbruch am Abend erwartete ich, er würde gleich hereinstürmen und mir Vorhaltungen machen, weil ich mich so überanstrengt hätte. Aber er kam nicht. Alles blieb still.

Ich knipste meine Nachttischlampe an und beschloß aufzustehen, um herauszufinden, warum niemand antwortete. Doch als ich das Licht angemacht hatte und sich meine Augen an die Helligkeit gewöhnt hatten, entdeckte ich etwas Entsetzliches: Mein Rollstuhl war verschwunden und mein Geh-Apparat ebenso! Ich war in meinem Bett gefangen.

»Das kannst du nicht machen, Tony«, schrie ich. »Du wirst mich nicht länger wie eine Gefangene behandeln. Ich werde weggehen. *Hörst du mich? Ich werde morgen weggehen!«*

Keine Antwort. Ich sank zurück in die Kissen. Abermals fühlte ich mich völlig erschöpft und kraftlos. Ich mußte wieder eingenickt sein, denn plötzlich hörte ich eine Bewegung neben meinem Bett. Ich riß die Augen auf, mein Herz hämmerte wild. Ich versuchte schnell, mir den Schlaf aus den Augen zu reiben. Nachdem ich wieder eingeschlafen war, mußte Tony in mein Zimmer zurückgekehrt sein und das Licht ausgemacht haben. Auch das Licht aus dem Wohnzimmer schien weniger hell als zuvor. Ich konnte kaum die Silhouette am Ende des Bettes ausmachen, aber ich erkannte Tonys schattenhafte Gestalt.

»Tony? Was machst du hier? Warum läufst du im Dunkeln herum, und warum hast du mir meinen Rollstuhl und meinen Geh-Apparat weggenommen?« fragte ich. Er antwortete nicht. Er stand einfach da und starrte mich durch die Dunkelheit an. *»Tony!«* schrie ich ihn an, und meine Stimme klang ganz schrill. »Warum antwortest du nicht? Warum stehst du da und starrst mich so an? Du machst mir Angst!« Stille. Dann antwortete er endlich.

»Hab keine Angst, Leigh«, raunte er.

»Was?«

»Du brauchst keine Angst zu haben. Ich will dir nicht wehtun.«

Er sprach, als würde er auf ein kleines Mädchen einreden, das durch sein plötzliches Erscheinen erschrocken war.

»Tony, was sagst du da?«

»Ich sage, ich liebe dich, ich will dich. Ich brauche dich wirklich, Leigh.« Aus seinem Mund kam nur mehr ein heiseres, kehliges Flüstern.

»Leigh? Ich bin nicht Leigh. Ich bin Annie. Tony, irgendetwas stimmt nicht mit dir. Bitte . . . hol Rye. Ich will mit Rye reden. Ich habe Hunger.« Ich war nervös und verängstigt. »Ich habe das Abendessen verschlafen, und ich habe Hunger. Ich bin sicher, Rye wird gerne aufstehen und mir etwas machen.« Ich redete immer weiter, in der Hoffnung, ihn aus seinem Traum zu reißen. Er hatte wie ein Schlafwandler gesprochen und blickte so eigenartig starr vor sich hin. »Geh und weck ihn bitte auf. Bitte!«

»Sie schläft. Sie wird nichts erfahren«, sagte er und trat an mein Bett.

»Sie? Wer schläft?« Mein Herz klopfte immer heftiger. Es war, als würden meine Lungen im nächsten Augenblick versagen. Ich bekam nur mehr mit Mühe Luft. Mein Gesicht glühte, mein Hals ebenfalls, und mein Mund war wie ausgetrocknet. Ich brachte es nicht einmal mehr fertig, zu schlukken.

»Nicht, daß es eine Rolle spielen würde. Sie weiß ohnehin nicht, was ich nachts mache und wo ich hingehe. Sie will es gar nicht mehr wissen. Sie hat ihre eigenen Interessen, ihren eigenen Freundeskreis.« Er lachte. »Und sie hatte sich selbst ... und das hat ihr immer genügt. Aber mir ist das nicht genug, Leigh. Du hattest recht.« Er ergriff meine Hand. Ich zog sie zurück und rutschte so schnell ich konnte auf die andere Seite des Bettes. Die Kraft im unteren Teil meines Körpers, die ich tagsüber verspürt hatte, war völlig verschwunden. Alles, was ich empfand, war Angst und Entsetzen, meine ganze Energie war wie weggeblasen. Ich fühlte mich wie betäubt, und zwar nicht nur in meinen Beinen. Ich mußte ihn wieder zur Vernunft bringen ...

»Tony, ich bin nicht Leigh. Ich bin Annie! *Annie!*«

Er stand lange da, regungslos, und sprach kein einziges Wort. Ich dachte schon, ich hätte es geschafft; doch dann löste er den Gürtel seines Morgenmantels und ließ ihn auf den Boden gleiten. In dem matten Licht, das aus dem Wohnzimmer fiel, sah ich, daß er splitternackt war.

O nein, dachte ich. Er bewegte sich wie im Traum, völlig gefangen in einer Phantasiewelt, und es war niemand da, von dem ich Hilfe erhoffen konnte, nicht einmal diese schreckliche Krankenschwester. Ich wollte schreien, um Rye zu wecken, aber dann kamen mir Bedenken, daß Tony womöglich gewalttätig werden könnte. Und Rye schlief im Dienstbotentrakt, der am anderen Ende des Gebäudes lag! Es war kaum zu erwarten, daß er mich hören würde. Meine letzte Hoffnung war, daß ich Tony durch Reden wieder in die Wirklichkeit zurückholen konnte.

»Tony, hier ist keine Leigh, und hier ist auch keine Heaven. Ich bin Annie! *Annie.* Du machst einen Fehler, einen schrecklichen Fehler.«

»Ich glaube, ich habe dich schon geliebt, als ich dich das erste Mal sah«, antwortete er. »Jillian ist schön, und sie wird immer schön sein, schön wie ein Schmetterling. Wenn man sie berührt, kann sie nicht mehr wegfliegen. Sie verliert das Bewußtsein und muß sterben. Diese Art von Schönheit kann man in eine gläserne Vitrine stellen, ansehen und bewundern, aber man kann sie nicht lieben und erfahren so wie deine

Schönheit, Leigh. Jillian ist ein wunderschönes Bild zum Anschauen; du aber bist eine Frau, eine richtige Frau«, raunte er mit einer Stimme voller Sinnlichkeit.

Er setzte sich aufs Bett und streckte seine Hand nach mir aus. Ich zuckte zurück.

»TONY! Ich bin Annie. Heavens Tochter Annie. Du weißt nicht, was du tust. Bitte, steh jetzt von meinem Bett auf und geh! Bitte.« rief ich beschwörend, aber mein Bitten stieß auf taube Ohren. Tony hörte nur mehr die Klänge und Worte seiner Traumwelt.

»O Leigh . . . Leigh, meine geliebte Leigh.« Seine Hand tastete in der Dunkelheit nach meiner Taille, und er begann, mich an sich zu ziehen. Ich versuchte, mich zu wehren, aber ich war so geschwächt und so müde, daß ich mich nicht richtig wehren konnte, was er sicher als eine Art Ermutigung empfand. »Wir werden uns die ganze Nacht lieben, so wie früher, und wenn du willst, darfst du mich ›Daddy‹ nennen.«

Ich sollte ihn ›Daddy‹ nennen? Was für einen entsetzlichen Vorschlag hatte er da gemacht?

Tonys Hand hielt meine Schulter mit eisernem Griff fest; sein Gesicht näherte sich dem meinen, und schließlich berührten seine Lippen meinen Mund. Ich zog meinen Kopf zurück, aber seine andere Hand umklammerte noch immer meine Taille und hielt mich fest. Da ich im unteren Teil meines Körpers keine Kraft hatte, war ich fast völlig hilflos.

»TONY! HÖR AUF! HÖR AUF!«

Seine Hand wanderte von meiner Taille hinauf zu meinen Brüsten, und er stöhnte vor Erregung.

»O meine Leigh, meine Leigh.«

Ich schaffte es, den Griff seiner Hand um meine linke Hüfte zu lösen, krallte mich in seinen linken Unterarm und versuchte verzweifelt, seine Finger von meiner Brust zu lösen. Diese Heftigkeit schien ihn zu erschrecken.

»TONY! HÖR AUF! ICH BIN ANNIE! UND DU MACHST GERADE ETWAS GANZ SCHRECKLICHES, ETWAS, DAS DU DEIN LEBEN LANG BEREUEN WIRST.«

Endlich erreichten ihn meine Worte. Er erstarrte plötzlich. Um meinen Widerwillen noch deutlicher zu machen, beugte ich mich vor und drückte mit beiden Händen gegen seine Brust, um ihn wegzuschieben. Diese Anstrengung kostete mich meine letzte Kraft, und ich fiel erschöpft in die Kissen zurück.

»Was?« sagte er, als würde er Stimmen vernehmen, die ich nicht hören konnte. »Was?«

»Geh weg«, stieß ich hervor. »Geh weg. Laß mich allein.«

»Was?« Er wandte sich um und starrte in die dunkelste Ecke des Zimmers. Sah er dort jemanden? Rief ihn einer von Rye Whiskeys Geistern? Vielleicht war es der Geist meiner Urgroßmutter oder auch der Geist meiner Großmutter, der von ihm verlangte, mich in Frieden zu lassen. »O mein Gott«, murmelte er schließlich. »O mein Gott.«

Er stand auf und starrte mich an. Ich wartete mit pochendem Herzen. Was passierte in diesem verwirrten und gequälten Gehirn? War er auf dem Weg zurück in die Wirklichkeit, oder schlug er gerade einen anderen Pfad in dem Labyrinth seiner Verrücktheit ein, an dessen Ende er sich wieder in meinem Bett befinden würde?

»Ich . . . es tut mir leid«, flüsterte er. »Oh, es tut mir so schrecklich leid.« Er bückte sich und hob seinen Morgenmantel auf. Hastig zog er ihn an und wickelte ihn fest um seinen Körper. Ich sah ihm zu, ohne etwas zu sagen, denn ich hatte Angst, daß der Klang meiner Stimme ihn wieder in seine Wahnwelt zurückversetzen könnte. »Ich . . . Ich muß jetzt . . . muß jetzt gehen«, stammelte er. »Gute Nacht.«

Ich hielt den Atem an und rührte mich nicht, als er sich von meinem Bett entfernte und zur Tür hinausging. Dann war er fort, aber mein Herz hörte nicht auf zu rasen. Ich hatte Angst, er könnte zurückkehren, und war doch zu schwach und erschöpft, um mein Bett zu verlassen und aus meinem Zimmer hinauszukriechen.

Ich schwitzte so sehr, daß mir das Nachthemd an der Haut klebte. Ich mußte von hier fort! Ich mußte Drake oder Luke oder irgend jemanden überreden, mich unverzüglich fortzubringen. Aber Drake war in New York. Und was, wenn auch Luke nicht kommen würde? Mein Verstand geriet in Panik, flatterte verzweifelt wie ein eingesperrter Vogel. Rye Whiskey! Er mußte mir helfen! Oder Troy! Oder Parson! Irgend jemand! Bitte, kann mir nicht irgend jemand helfen, von diesem Verrückten wegzukommen? Was hatte er meiner Großmutter angetan, daß sie vor ihm davongelaufen war? Schon den Gedanken daran konnte ich kaum ertragen. Mein einziger Trost war, daß es bald hell werden mußte. Ich schlang meine Arme um meinen Oberkörper, so wie Mammi es immer mit mir getan hatte, wenn ich einen bösen Traum hatte und sie an mein Bett gekommen war. Und das hier war mehr als ein böser Traum. Ich hatte Angst davor, wieder einzuschlafen; Angst, daß ich aufwachen und Tony wieder nackt neben mir vorfinden würde. Meine Augenlider jedoch wurden immer schwerer, und ich glitt in einen Schlaf der Erschöpfung.

»Guten Morgen«, sang Tony fröhlich. Ich blinzelte und sah, wie er die Vorhänge weit aufmachte. Das helle Sonnenlicht vertrieb die letzten Schatten. Tony öffnete die Fenster, um frische Luft hereinzulassen, und die Vorhänge begannen über dem Fensterbrett einen lustigen Tanz. Ich blieb regungslos auf meinem Kissen liegen, sagte kein Wort und sah ihm zu, wie er im Zimmer herumlief. Er trug einen frischen, hellblauen Morgenmantel aus Seide und sah unglaublich munter aus. Wollte er mich glauben machen, daß die Geschehnisse der vergangenen Nacht sich nur in meiner Phantasie abgespielt hatten?

»Noch einen Augenblick, dann kommt dein Frühstück«, sagte er munter.

»Es hilft nichts, wenn du jetzt nett zu mir bist, Tony. Ich habe nicht vergessen, was gestern geschehen ist.«

»Gestern!« er drehte sich zu mir um und lächelte. »Oh ... gestern abend. Du meinst, als ich dich anschrie, unten in der Halle. Ich habe es dir doch schon erklärt und mich dafür entschuldigt, Annie. Du solltest nicht so nachtragend sein. Wir haben alle unsere Schwächen.«

»Ich rede nicht davon. Ich rede davon, daß du mitten in der Nacht in mein Zimmer gekommen bist«, fauchte ich ihn an. Ich empfand nicht das geringste Mitleid mehr mit ihm. Er mußte für das, was er tat, die Verantwortung tragen; und so oder so – ich war entschlossen, noch an diesem Tag das Haus zu verlassen.

»Was? Du hattest wieder so einen Traum? Armes Kind!

Was du alles durchmachen mußt.« Er schüttelte den Kopf und preßte die Lippen zusammen wie ein besorgter Großvater. »Nun, wenn du erst etwas Ordentliches im Magen hast –«

»Bring mir meinen Rollstuhl. Ich fahre jetzt zum Telefon.«

»Den Rollstuhl? O nein, Annie, heute nicht. Du brauchst mindestens einen Tag strenge Bettruhe nach den Anstrengungen gestern. Ich bringe dir das Frühstück heute ans Bett. Ist das nicht wunderbar?«

»BRING MIR MEINEN ROLLSTUHL!« forderte ich in dem schärfsten Tonfall, den ich mir ihm gegenüber jemals herausgenommen hatte. Er starrte mich einen Augenblick lang an; dann ging er hinaus, als hätte er meine Worte überhaupt nicht gehört.

»TONY!«

Er drehte sich nicht mehr um und schloß diesmal selbst die Tür.

»DU KANNST MICH HIER NICHT WIE EINE GEFANGENE BEHANDELN!«

Wütend zog ich mich zum Sitzen hoch und schob meine Beine langsam über die Bettkante. Ich fühlte mich schwach und müde, aber meine Entschlossenheit war riesengroß. Ich würde diesen Raum verlassen, und wenn ich hinauskriechen mußte! Ich mußte Rye finden. Ich war mir sicher, daß er mir helfen würde.

Als ich gerade vorsichtig meine Beine auf den Boden stellte, kam Tony mit dem Frühstückstablett hereingerauscht.

»O nein, Annie. Du mußt dich so hinsetzen, daß du am Kopfende des Bettes lehnst. Dann kann ich den Tisch über deine Beine stellen.«

Er stellte das Tablett auf den Nachttisch, packte meine Oberarme und drückte mich zurück ins Bett. Meine schwache Gegenwehr hatte keinerlei Wirkung.

»Bitte«, schrie ich. »Bitte, laß mich aufstehen.«

»Wenn du gegessen und dich ausgeruht hast, werde ich sehen, wie es dir geht, Annie. Ich verspreche es dir.« Er lächelte mich an, als wären wir die besten Freunde, und begann, meinen Bettisch aufzubauen. Dann stellte er das Frühstück darauf und trat zurück. Sein Mund war zu einem fratzenhaften Grinsen verzerrt.

Er ist verrückt, dachte ich. Irgend etwas war in der vorhergehenden Nacht mit ihm geschehen. Weitere Versuche, ihn zu erreichen, schienen keinen Sinn mehr zu haben.

Ich blickte auf das Tablett hinunter. Da stand ein Glas Orangensaft und heiße Hafergrütze mit etwas darauf, das wie Honig aussah. Daneben sah ich eine trockene Scheibe Toast und ein Glas Magermilch. Rye Whiskey hatte dieses Frühstück bestimmt nicht zubereitet. Tony mußte früh aufgestanden sein und alles selbst gemacht haben. Als er jetzt in seiner ganzen Länge vor mir stand, dachte ich, daß ich trotzdem essen sollte, um wieder etwas Energie zu bekommen. Ich trank den Saft und aß einige Löffel von dem Haferbrei. Der Toast schmeckte wie ein Stück Pappe, aber ich spülte ihn mit ein paar Schluck Milch hinunter. Tony nickte, sein irres Lächeln schien auf seinem Gesicht festgefroren zu sein.

Als ich fertig war und mich zurücklehnte, nahm er das Tablett und den Tisch fort.

»So«, sagte er, »jetzt fühlst du dich bestimmt schon viel besser, nicht wahr? Soll ich dich jetzt mit ein wenig Massageöl einreiben?« fragte er.

»Nein«, sagte ich so abweisend, wie ich konnte.

»Nein? Weil du dich schon viel besser fühlst?«

»Ja«, sagte ich unter Tränen. »Bitte, bitte, bring mir jetzt meinen Rollstuhl.«

»Nach deinem Morgenschläfchen werden wir weitersehen«, sagte er. Dann ging er zum Schrank und holte ein rotes Nachthemd heraus, das er mir ebenfalls mitgebracht hatte, als ich im Krankenhaus in Boston lag. »Du solltest ein frisches Nachthemd anziehen. Ich glaube, dies hier steht dir gut, findest du nicht auch? Scharlachrot hat mir schon immer an dir gefallen.« Er brachte es mir ans Bett. Ich saß da, bis zu meinem Hals fest in die Decke gewickelt. »Nun mach schon. Ein frisches Nachthemd wird dir guttun.«

Ich hatte den Eindruck, daß er nicht gehen würde, ehe ich das rote Nachthemd anhatte, und so nahm ich es. Er trat zurück und sah mir zu, wie ich das eine Nachthemd auszog und so rasch wie möglich in das andere schlüpfte.

»Na, ist das nicht angenehm?«

»Doch«, sagte ich, denn ich hatte keine Lust, ihm zu widersprechen. Meine Angst war noch größer geworden, denn statt mich nach dem Frühstück wach und kräftig zu fühlen, war ich urplötzlich wieder sehr müde und schläfrig. Seine Stimme schien auf einmal weit entfernt.

»Ich möchte . . . ich möchte . . .«

»Du möchtest schlafen. Ich weiß. Das habe ich erwartet. Du brauchst Ruhe.« Er hob die Decke hoch und wickelte sie um mich wie eine Zwangsjacke.

»Nein . . . ich . . .«

»Schlaf, Annie. Schlaf, und es wird dir gleich viel besser gehen, wenn ich zurückkomme. All diese lächerlichen Alpträume werden verschwunden sein, wenn du wieder aufwachst.«

Ich versuchte zu sprechen, aber er gelang mir nicht mehr, die Worte zu formulieren. Meine Lippen waren wie zugenäht. Nach wenigen Augenblicken war ich erneut eingeschlafen. Der letzte Gedanke, den ich noch fassen konnte, war, daß er mir ein Schlafmittel ins Frühstück gemischt haben mußte.

Als ich wieder erwachte, hatte ich keine Ahnung, welche Tageszeit es war. Langsam – es schien eher Stunden als Minuten zu dauern – gelang es mir, die Decke eine wenig wegzuziehen und es mir auf dem Kissen bequem zu machen. Ich lag da, atmete schwer, und mein Herz raste.

Dann sah ich, daß es beinahe zwölf Uhr war. Meine Schlafzimmertür war noch immer geschlossen, aber die Fenster standen offen, und eine kühle, erfrischende Brise wehte herein. Ich ließ sie mir ins Gesicht wehen und sehnte mich danach, wieder hinauszugehen. Auf einmal, – zunächst ganz schwach, dann, als ich mich darauf konzentrierte, stärker und stärker – hörte ich eine vertraute Stimme. Sie kam von unten . . . von draußen vor dem Haupteingang.

»Luke!«

Ich hörte auch Tonys Stimme.

Ich konzentrierte mich ganz darauf, meine Kraft in meine Beine zu lenken, und schwang sie über die Bettkante. Doch sie halfen mir kein bißchen. Die Kraft, die ich erst kürzlich zurückgewonnen hatte, war wie weggeblasen. Tony mußte mir irgend etwas gegeben haben, das sie betäubt hatte . . .

»Luke!« Ich schrie so laut ich nur konnte. Meine Stimme

hallte in dem leeren Raum wider. Ich ließ mich auf den Boden fallen und sackte zusammen wie ein Kleid, das vom Bügel gerutscht war. Ich rappelte mich auf und begann mich – angespornt von Lukes Stimme – zum Fenster vorzukämpfen, indem ich meinen Körper zog und schob, so gut ich konnte. Langsam gelang es mir, ein paar Worte zu verstehen.

»Aber sie bestand darauf, daß ich komme«, hörte ich Lukes Stimme sagen.

»Sie darf noch keinen Besuch empfangen.«

»Warum hat sie angerufen?«

»Das hat sie nicht. Das konnte sie gar nicht. Es muß sich um einen Irrtum handeln.«

»Da ich nun einmal hier bin – kann ich sie nicht wenigstens einen Augenblick sehen?« fragte Luke.

»Der Arzt hat es verboten.«

»Warum?«

»Junger Mann, ich habe nicht den ganzen Tag Zeit, um Ihnen diese medizinischen Dinge zu erklären. Im Augenblick macht Annie übrigens ihre Krankengymnastik, und dabei kann sie keine Besuche empfangen.«

»In Ordnung. Ich werde hier warten.«

»Sie sind aber halsstarrig!«

Ich war nur mehr einen halben Meter von der Fensterbank entfernt. Mühsam drückte ich mich hoch und griff nach dem Fensterbrett, aber ich verfehlte es und fiel nach vorne, wobei mein Kopf gegen die Wand schlug. Einen Moment lang lag ich wie betäubt da.

»Nun gut, ich fahre wieder. Aber Sie sagen ihr, daß ich da war, ja?« Lukes Stimme klang resigniert. –

»Selbstverständlich.«

»Nein«, flüsterte ich. »Nein . . . nein . . .«

Ich langte erneut nach oben, und diesesmal bekam ich das Fensterbrett zu fassen und konnte mich ans offene Fenster ziehen.

»Danke.«

Ich hörte, wie die Haustür ins Schloß fiel. Er ging weg; Luke ging weg! Tony hatte ihn vertrieben! Meine einzige Hoffnung! Luke . . . ich saß jetzt auf meinen Fersen, und schaffte es, mich mit beiden Händen hochzuziehen, bis mein Gesicht auf der Höhe des Fensters war.

»LUKE!« schrie ich, so laut ich konnte. »LUKE! GEH NICHT WEG! KOMM RAUF UND NIMM MICH MIT! LUKE . . .« Ich schrie und schrie, bis mein Gesicht fast zu platzen schien und meine Arme zu schwach waren, um mich festzuhalten. Kurz bevor ich zurück auf den Boden fiel, glaubte ich Troy zu sehen, wie er vor dem Irrgarten stand und zu mir heraufblickte. Aber vielleicht hatte ich mir auch nur gewünscht, ihn zu sehen . . .

Ich lag mit dem Gesicht auf dem Teppich und schluchzte. Schließlich hörte ich, wie Tony hereinkam.

»Oh, arme Annie«, sagte er. »Du bist ja aus dem Bett gefallen! Ich wußte, daß so etwas passieren würde. Ich hätte die Sicherheitsgitter am Bett festmachen müssen.«

»DU UNGEHEUER!« schrie ich. »Wie konntest du ihn nur wegschicken? Du weißt genau, wie lange ich schon darauf warte, daß er mich besucht. Du weißt, wie wichtig er für mich ist! Wie konntest du das tun? Wie konntest du nur so grausam sein? Es ist mir völlig gleichgültig, was mit dir nicht in Ordnung ist oder wie traurig und tragisch dein Leben gewesen ist! Das war bösartig, unglaublich bösartig! Ich hasse dich! Geh und hol ihn. Sorg dafür, daß er zurückkommt. SORG DAFÜR, DASS ER ZURÜCKKOMMT!«

Er ignorierte meinen Ausbruch, als wäre ich verrückt und er normal.

Mein Körper wurde geschüttelt von Schluchzen, als Tony seine Hände unter meine Arme schob und mich aufhob. Er trug mich zurück aufs Bett und deckte mich zu, wobei er die Decke erneut fest zwischen Matraze und Bettrahmen stopfte. Dann trat er zurück und atmete tief durch.

»Du solltest dir das selbst nicht antun, Annie. Dein Zustand verschlimmert sich dadurch nur. Versuch jetzt, dich auszuruhen. Du weißt, ich will nur das Beste für dich . . . das Beste für meine kleine Annie.«

»Ich bin nicht deine kleine Annie. Ich will, daß Luke zurückkommt«, stieß ich hervor. »Und Luke wird zurückkommen . . . er wird zurückkommen.«

»Natürlich. Du wirst gesund werden, und er wird zurückkommen. Wenn du nur besser auf mich hören würdest! Ich würde dafür sorgen, daß du in kürzester Zeit wieder auf den Beinen bist. Aber woran dachte ich gerade? O ja, die Sicherheitsgitter für das Bett!«

Er ging hinaus und holte sie . Ich lag hilflos da, als er sie am Bett befestigte und hochklappte. Ich kam mir vor wie ein Tier, das in einem Käfig war.

»So. Jetzt brauchen wir keine Angst mehr zu haben, daß du aus dem Bett fallen könntest. Fühlst du dich jetzt sicher?«

Ich wandte mich ab, machte die Augen zu und wartete darauf, daß er das Zimmer verließ. Schließlich sah ich, daß er gegangen war, schloß wieder die Augen und stellte mir vor, ich säße in Winnerrow im Pavillon. Ich wünschte es mir so sehr! O Luke, wärst du doch bei mir, hier an meiner Seite! Höre mein Rufen, komm und bringe mich von hier weg!

Farthy war nicht das Paradies, das verwunschene Schloß, das wir uns immer vorgestellt hatten. Es war ein furchtbares Gefängnis, dunkel und gefährlich und voller Verzweiflung. Ich hätte auf meine Mutter hören sollen . . . sie wußte es . . . sie wußte es.

Ich glaubte noch zu träumen, als ich die Augen aufschlug und Stimmen hörte. Hastig warf ich einen Blick auf die Uhr und sah, daß es fast sieben Uhr abends war. Ich hatte den ganzen Tag geschlafen. Die Stimmen wurden lauter. Sie kamen den Korridor entlang auf mein Zimmer zu.

Gleich darauf wurde die Tür aufgestoßen, und vor mir standen Tante Fanny und – Gott sei Dank! – Luke.

»Na, die liegt ja da wie'n Baby in seiner Wiege«, rief Tante Fanny. »Und schau dir das bloß an . . . ihre Haarfarbe is ja ganz anders. So wie Heaven sie mal gehabt hat.«

»Annie!«

Ich hob die Hand, und Luke stürzte zu meinem Bett, um sie über das Seitengitter hinweg zu umklammern. In dem Augenblick, als sich unsere Finger berührten, begann ich zu weinen.

»Weine nicht, Annie. Wir sind ja hier.«

Waren sie hier? Waren sie wirklich hier? Ich verschlang sie mit den Augen, so wie eine Schiffbrüchige auf einer verlassenen Insel ihre Retter mit den Augen verschlingen mochte; ungläubig und gleichzeitig mit überwältigender Freude. Es war, als wäre ein wundervolles Licht in dieses trostlose Leben gekommen, als wären Bretter vor den Fenstern entfernt und Türen aufgesperrt worden. Meine Winnerrow-Welt war hierher zu mir gekommen und hatte mich mit einer Flut von Erinnerungen und wunderbaren Gefühlen überschwemmt! Die Alpträume wichen. Ich würde diesem Wahnsinn entkommen. Mein Herz barst beinahe vor Glück; ich spürte, wie meine Kraft zurückkehrte. Luke hatte mich nicht vergessen, hatte mich nicht im Stich gelassen! Er hatte mein Rufen gehört! Unsere Liebe war so groß, daß sie alle Hindernisse überwinden konnte. Ich war wie eine Blume, die man in eine dunkle Ecke gestellt und niemals gegossen hatte. Und kurz bevor sie unwiderruflich verwelkte, hatte man die Gefängnismauern eingerissen, hatte dem Licht wieder gestattet, sie zu liebkosen . . . und ein zärtlicher Regen hatte sie wieder mit Leben erfüllt! Sie würde wieder blühen. Ich würde wieder blühen. Luke und ich würden erneut zusammen sein!

»O Luke, bitte . . . nimm mich mit nach Hause.«

»Das werden wir tun, Annie.«

Plötzlich erschien Tony hinter Tante Fanny.

»Sind Sie jetzt zufrieden? Können Sie nicht sehen, wie krank sie ist?« schrie er.

»Nein, Luke. Nein. Ich bin nicht krank . . . er macht mich krank. Er mischt mir etwas ins Essen, das mich schwächt. Glaub ihm nicht.«

»Genau wie ich mir's vorgestellt hab' . . . genau wie der Mann gesagt hat.« Tante Fanny trat einen Schritt näher an mein Bett heran und betrachtete mich voller Mitleid.

»Was für ein Mann, Luke?«

»Irgend jemand hat meine Mutter angerufen und ihr gesagt, sie solle möglichst schnell mit mir hierherkommen, um dich heimzubringen.«

»Troy!« entfuhr es mir. Wer sonst konnte es gewesen sein?

»Was hast du gesagt?« fragte Luke.

»Nichts . . . Gott sei Dank bist du zurückgekommen.«

»Ein Momentchen noch, dann holen wir dich hier raus, Annie-Schatz«, versicherte Tante Fanny.

»Sie können sie nicht mitnehmen, ohne vorher mit dem Arzt zu reden! Sie ist behindert; sie braucht spezielle Pflege, spezielle Medizin.« Tony war rot angelaufen wie eine Tomate; er war völlig außer sich und schien sich krampfhaft zu bemühen, nicht die Fassung zu verlieren. Seine Augen waren riesengroß, und die Haare standen wild von seinem Kopf ab. Er sah aus, als hätte er gerade einen elektrischen Schlag bekommen.

»Hör nicht auf ihn, Tante Fanny«, bat ich.

»Sie wird Ihretwegen einen furchtbaren Rückfall erleiden . . . vielleicht sogar sterben.«

Tante Fanny drehte sich langsam um und stützte ihre Hände in die Hüften. Sie sah aus wie ein Bussard kurz bevor er sich auf eine Maus herabstürzt.

»Ich hab den Eindruck, daß das Kind eher wegen Ihnen 'nen Rückfall kriegt. Schauen Sie sie doch an, wie blaß und abgemagert sie is! Kein Wunder, wenn man in diesem« – sie schnüffelte – »in diesem scheußlichen, muffigen Grab eingesperrt ist! Das is hier genau so, wie ich mir's vorgestellt hab.«

»Ich werde jetzt . . . ich werde jetzt den Arzt rufen.«

»Tun Sie das nur. Was is'n das überhaupt für einer? Schauen Sie doch nur mal, wie's hier aussieht. Is der blind oder blöd, oder hat er einfach nich genug Grips? Wie hat er meine Nichte nur an so 'nem Ort lassen können? Das is ja 'ne richtige Müllkippe hier. Feucht und modrig und stinkt wie die Pest!«

»Ich werde nicht ruhig zusehen, wie man das Kind mißhandelt«, erklärte Tony, und der ganze Hochmut der Tattertons stand in seinem Gesicht geschrieben. Wütend rauschte er hinaus.

Tante Fanny wandte ihre Aufmerksamkeit wieder mir zu.

»Jetzt mach dir mal keine Sorgen, Annie. Du kommst heim mit uns. Luke, mach diese Gitter weg, damit sie aus dem Bett raus kann. Ich schau mal, wo hier 'n Koffer rumsteht und pack ihre Sachen zusammen.«

»Was mir gehört, ist alles in der rechten Hälfte des Kleiderschrankes, Tante Fanny. Es ist nicht viel. Der Koffer ist dort unten drin.«

Luke drückte meine Hand. »Ich bin so glücklich, dich zu sehen!«

»Du kannst dir gar nicht vorstellen, wie froh ich bin, Luke. Warum bist du denn nicht schon früher gekommen?«

»Ich habe es versucht. Ich rief Tony Tatterton an, aber er

hat mich immer abgewimmelt, hat mir erzählt, daß der Arzt nicht wünscht, daß du Besuch hast.«

»Und Drake?«

»Drake hat das auch gesagt. Sie haben von mir verlangt, daß ich noch ein wenig warte.«

»Aber ich habe dich doch in meinem Brief ausdrücklich darum gebeten, daß du kommst!«

»In deinem Brief? Ich habe niemals einen Brief bekommen, Annie.«

»Dann hat er ihn nicht abgeschickt. Ich hätte es wissen müssen. Diese ganzen Geschichten über deine Prüfungen und Feiern und Freunde . . . oder vielmehr Freundinnen.« Jetzt hatte ich ein richtig schlechtes Gewissen und Schuldgefühle, weil ich geglaubt hatte, Luke hätte sich in einen selbstsüchtigen und eingebildeten Menschen verwandelt. Wie hatte ich nur an ihm zweifeln können? Ich hätte es besser wissen müssen! Von Anfang an war ich hier eine Gefangene gewesen, von Anfang an hatte Tony mich angelogen. Mir wurde richtig übel, wenn ich daran dachte, welche häßlichen Lügen er mir aufgetischt hatte.

»Was für Freundinnen?«

»Habt Ihr beide vor, hier noch ewig rumzutratschen, oder können wir los?«

»Natürlich können wir, Ma.«

»Dann mach, was ich dir gesagt hab und klapp endlich diese Gitter runter.«

Luke machte die Gitter auf, während Tante Fanny meine Sachen zusammenpackte und mir etwas zum Anziehen herauslegte.

»Du gehst mit dem Koffer runter, während ich Annie beim Anziehen helfe.«

»Bitte, bring einen Rollstuhl mit, Luke. Einer muß hier oben sein, der andere steht wahrscheinlich am unteren Ende der Treppe, in der Halle.«

»Und laß dich von nichts und niemandem aufhalten«, kommandierte Tante Fanny.

»Jawohl, Chef«, antwortete Luke und schlug scherzhaft die Hacken zusammen. Ich lachte. Es war so gut, wieder fröhlich sein zu können.

»Oh, das kannst du dir sparen. Hast du schon jemals so 'nen Bengel gesehen?«

»O Tante Fanny . . . ich bin so froh, daß ihr da seid. Ich war noch nie so froh, euch zu sehen.«

»Soso. Jetz red nich die ganze Zeit. Sag schon, was muß ich machen, um dir zu helfen«

»Gestern hätte ich alles allein gekonnt, Tante Fanny, aber heute fühle ich mich so müde und schwach. Vielleicht kannst du mir doch helfen, meine Unterwäsche anzuziehen. Aber ich verspreche, ich werde euch in Winnerrow nicht zur Last fallen.«

»Ach du armes Kind«, sagte sie, und ihre Augen füllten sich mit Tränen. Ich hatte Tante Fanny noch nie so warm und liebevoll erlebt. »Meinst du, das wär'n Problem für mich? Mach uns nur Arbeit, und mach dir keine Sorgen deswegen. Wir sind doch 'ne Familie, ganz egal, was irgend jemand sagt.«

»Was meinst du damit, Tante Fanny?«

»Ich meine gar nix. Nu laß mich mal deine Kleider holen.«

Sie half mir beim Anziehen, und Luke kam mit dem Rollstuhl zurück. Vorsichtig hob er mich aus dem Bett und setzte mich in den Stuhl. Wie sicher und geborgen ich mich in seinen Armen fühlte! Dann begann er mich aus dem Zimmer zu schieben.

Ich blickte zurück auf das Himmelbett, den Kosmetiktisch und die Schränke – das ehemalige Zimmer meiner Mutter, von dem ich erwartet hatte, daß es ein warmer und wundervoller Ort für mich sein würde!

Wie traurig es doch war, daß dieses Zimmer sich in einen Ort voller Alpträume verwandelt hatte. Das Bett war mein Käfig geworden, das Badezimmer mit der Wanne voll heißem Wasser zur Folterkammer. Ich fühlte mich tatsächlich, als würde ich einem Gefängnis entfliehen. All das Magische und Verwunschene, das Farthy für mich und Luke immer gehabt hatte – es war nicht mehr als ein Kindertraum gewesen. Die Wirklichkeit war so hart und grausam!

Als Luke mich den Korridor entlangschob, blickte ich mich um und erkannte die Enttäuschung auf seinem Gesicht. Er sah die Spinnweben, die kaputten Birnen in den Kronleuchtern, die verblichenen Teppiche, die abgestoßenen Stellen an den

Wänden und an den großen Fenstern die alten ausgebleichten Vorhänge, die die Korridore dunkel und modrig erscheinen ließen.

Ich bedeutete Luke, mich zu dem Aufzug zu bringen.

»Damit geht es viel leichter.«

»Hör mal, Annie, bist du dir auch sicher, daß du weißt, wie dieses komische Ding funktioniert? Auf eins kannst du Gift nehmen: Ich will hier nicht noch 'nen Unfall. Wenn ich mir vorstelle, wie dieser Tony Tatterton –«

»Es ist ganz einfach, Tante Fanny.«

Ich rutschte auf den Sitz hinüber und zog die Gurte fest an. Dann drückte ich den Knopf, und der Stuhl begann langsam hinunterzugleiten.

»Verdammt, schau dir das an, Luke. Wir müssen uns sowas ganz schnell für's Hasbrouck House zulegen.«

»Die Herstellerfirma steht da oben auf dem Stuhl«, sagte Luke. Er nahm einen Kugelschreiber aus seiner Jackentasche und kritzelte den Namen auf einen Zettel. Luke hatte immer etwas zum Schreiben dabei, so wie es sich für einen richtigen Studenten gehörte.

»Wie ist es auf dem College, Luke?«

»Ganz nett, Annie«, sagte er, während er neben meinem Aufzugstuhl die Treppe hinunterging. »Aber ich habe mich für etwas anderes entschieden.«

»Oh!«

»Ich werde mich bis zum nächsten Semester vom College zurückziehen. Ich bin sowieso einer der jüngsten Studenten.«

»Zurückziehen? Warum denn?«

»Weil ich den Rest des Sommers mit dir verbringen will. Ich werde dir helfen, wieder gesund zu werden«, sagte er und lächelte mich an.

»O Luke, das will ich nicht.« Der Stuhl kam unten zum Stehen, und ich rutschte in den bereitstehenden Rollstuhl hinüber.

»Es hat keinen Sinn, daß wir lange darüber diskutieren Annie. Ich weiß, was ich will«, sagte er mit einer Stimme, die keinen Widerspruch duldete.

Ich wußte, es war egoistisch von mir, aber ich war so glücklich, daß er diese Entscheidung getroffen hatte!

»Und was sagt Tante Fanny dazu?«

»Sie ist froh, daß ich noch eine Weile in ihrer Nähe sein werde. Meine Mutter hat sich ziemlich verändert, Annie. Du wirst es schnell selbst merken. Diese Tragödie hat einen verantwortungsbewußten Menschen aus ihr gemacht. Ich bin richtig stolz auf sie.«

»Das freut mich, Luke.«

»Miß Annie«, rief irgend jemand, als wir fast schon an der Haustüre waren. Wir blieben stehen. Rye Whiskey kam aus der Küche.

»Rye. Es ist Rye Whiskey, Luke. Der Koch.«

»Sie gehen nach Hause, Miß Annie?«

»Ja, Rye. Das ist meine Tante Fanny, und das ist mein Cousin Luke. Sie sind gekommen, um mich abzuholen.«

»Das ist gut, Miß Annie«, sagte er, ohne zu zögern. »Ich hab es nicht geschafft, Ihnen was Besonderes zu machen, weil diese Krankenschwester mir andauernd über die Schultern geschaut hat. Und jetzt . . .«

»Ich weiß, Rye. Es tut mir leid.«

»Keine Ursache. Sie kommen zurück, wenn Sie wieder ganz auf dem Damm sind, und dann mach ich Ihnen das beste Essen, das es außerhalb vom Paradies gibt.«

»Ich werde Sie beim Wort nehmen, Rye.«

Sein Gesicht wurde wieder ernst.

»Die Geister haben keine Ruhe gegeben, stimmt's, Miß Annie?«

»Ja, Sie hatten wohl recht, Rye.«

Er nickte düster. Tante Fanny starrte ihn kopfschüttelnd an.

»Wieviel hat'n der gebechert? Gott, was für'n Ort das hier ist. Los Luke, machen wir, daß wir wegkommen!«

Luke öffnete die Eingangstür, doch als er zurückkam, um mich hinauszuschieben, hörten wir Tonys Schrei.

Wir fuhren herum und blickten die Treppe hinauf. Dort stand Tony mit dunkelrot verfärbtem Gesicht und ballte die Fäuste.

»Wenn Sie das Mädchen aus diesem Haus fortbringen, sind Sie für alle Folgen verantwortlich. Ich habe schon den Arzt angerufen. Er war außer sich.«

»Na, dann sagen Sie ihm, daß er sich selbst mal'n Arzt suchen soll«, sagte Tante Fanny und gluckste über ihren eigenen Witz. Dann bedeutete sie Luke, er solle weitergehen, und er begann mich aus dem Haus zu schieben.

»Halt!« schrie Tony und stürmte die Treppe herunter.

»Der Mann is plemplem«, murmelte Tante Fanny.

»Halt!« rief Tony, der mittlerweile unten angelangt war. »Sie können sie nicht mitnehmen. Sie gehört mir.«

»Ihnen?« Tante Fanny lachte verächtlich.

»Sie gehört mir!« Er schöpfte tief Atem, dann brach ein verzweifeltes Geständnis aus ihm heraus. »In Wahrheit ist sie nämlich meine Enkelin, nicht meine Stief-Urenkelin. Das ist einer der Gründe, warum deine Mutter von hier weggelaufen ist, Annie! Als sie herausfand, daß . . .«

»Was herausfand, Tony?« ich drehte meinen Rollstuhl um, so daß ich ihm ins Gesicht sehen konnte.

»Als sie herausfand, daß Leigh und ich . . . ihre Mutter und ich . . . Heaven war meine Tochter, nicht die von Luke.«

»Großer Gott!« stieß Fanny hervor und trat einen Schritt zurück.

»Es ist die Wahrheit. Ich schäme mich für das, was ich getan habe, aber ich schäme mich nicht dafür, daß du meine richtige Enkelin bist, Annie. Und das bist du tatsächlich. Verstehst du, was ich meine? Du gehörst hierher zu mir, zu deinem richtigen Großvater.« Sein fordernder Befehlston war einem verzweifelten Flehen gewichen.

Ich starrte zu ihm hoch. Jetzt hatten die Geschehnisse der letzten Nacht einen Sinn bekommen. Kein Wunder, daß er mich Leigh genannt hatte, als er an mein Bett gekommen war. Er hatte seine Affäre mit ihr noch einmal durchlebt, eine Affäre, die er in diesem Haus mit ihr gehabt hatte, zu einer Zeit, als sie noch ein Kind gewesen war!

»Dann ist das, was gestern geschehen ist, also schon einmal passiert«, schloß ich laut.

»Was ist gestern passiert?« fragte Fanny und kam näher.

»Es tut mir leid, was gestern geschehen ist, Annie. Ich wußte nicht, was ich tat.«

»Nein?« All diese Male, die er mich schon vorher geküßt und berührt hatte, kamen mir wieder in den Sinn. Die Szene am Tag zuvor, als er mich badete und ich ihn hinter mir sah, seine Lippen fast an meinem Hals . . . ich erinnerte mich jetzt an alle Einzelheiten, und mit einem Mal war das alles so ekelhaft, so schmutzig! Ich fühlte, wie Übelkeit in mir hochstieg. Ich konnte kaum mehr einen klaren Gedanken fassen, so besudelt fühlte ich mich, so erniedrigt.

»Du bist widerwärtig«, schrie ich. »Kein Wunder, daß Mammi aus diesem Haus weggelaufen ist und nichts mehr mit dir zu tun haben wollte.« Dann kam mir eine schreckliche Erkenntnis. Tony schien zu ahnen, was ich sagen würde. Ich konnte es an seinen aufgerissen Augen sehen. Er wich einen Schritt zurück. »Hast du meine Mutter auch verwechselt? Ist das der wahre Grund, warum sie dir und Farthy den Rücken gekehrt hat?«

»Nein, ich . . . es war nicht meine Schuld.« Er blickte zu Luke und Fanny, in der Hoffnung, daß sie ihm irgendwie zu Hilfe kommen würden, doch sie starrten ihn ebenso erschreckt und angewidert an wie ich. »Du kannst mich nicht hassen. Ich halte es nicht aus, das alles noch einmal zu erleben, Annie. Bitte, vergib mir. Ich wollte doch nicht . . .«

»Du wolltest nicht? Was wolltest du nicht? Meine Großmutter schwängern? Das also ist der Grund, warum sie Farthy und ihre Mutter verlassen hat! Du hast sie vertrieben, genau wie du Mammi vertrieben hast und jetzt mich.« Jedes meiner Worte war ein Nagel zu seinem Sarg. Er wurde kreidebleich und schüttelte den Kopf. »Du wolltest mich besitzen wie . . . wie . . . wie dieses Portrait von Mammi in deinem Zimmer«, rief ich. »Deshalb hast du mich angelogen, hast behauptet, du hättest Luke angerufen. Du hast ihn nie angerufen, nie einen Brief an ihn abgeschickt. Du wolltest mich hier gefangenhalten!«

»Ich habe das alles doch nur getan, weil ich dich liebe und brauche! Du bist die wahre Erbin von Farthinggale Manor und allem, was dazugehört. Hier ist dein wahrer Platz. Ich lasse dich nicht gehen«, schrie er verzweifelt.

»O doch, das werden Sie«, sagte Luke und trat zwischen uns. Mein Luke, mein tapferer Prinz, rettete mich, bezwang den bösen Hexenmeister unserer Traumwelt! Das Schicksal hatte alles wahr werden lassen . . .

Tony, der eben auf mich zustürzen wollte, blieb wie angewurzelt stehen. Luke hatte ihn mit seinem durchdringenden Blick gebannt . . .

»Los, gehen wir, Luke, Liebling«, sagte Tante Fanny, und Luke ergriff erneut meinen Stuhl und drehte mich in Richtung Tür.

»Annie«, rief Tony, »bitte . . .«

Tante Fanny öffnete die Tür, und Luke schob mich hinaus.

»ANNIE!« brüllte Tony, »ANNIE! HEAVEN! O HEAVEN, NEIN . . .«

Fanny schloß die Tür hinter uns, damit seine fürchterlichen Schreie nicht mehr so laut zu uns drangen. Ich preßte die Hände gegen meine Ohren. Luke schob mich die Rampe hinab zu dem Auto, das direkt vor dem Eingang stand.

»Kannst dich vorn rein setzen, wenn du magst, Annie.«

»Ja, gerne«, sagte ich.

Luke öffnete die Tür und hob mich aus dem Stuhl. Ich lehnte meinen Kopf an seine Brust, als er mich ganz vorsichtig auf meinen Platz setzte.

»Wir sollten vielleicht auch den Rollstuhl mitnehmen, Luke. Hat doch keinen Sinn, wenn der auch verrottet wie der ganze andere Krempel hier.«

Luke klappte den Stuhl zusammen und packte ihn in den Kofferraum. Tante Fanny kletterte auf den Rücksitz, und Luke setzte sich ans Steuer.

Er ließ den Motor an und lenkte den Weg hinunter zur Straße.

»Luke, Tante Fanny, bevor wir endgültig wegfahren, möchte ich noch einmal zu dem Grab. Bitte.«

»Natürlich, Annie.«

Luke wendete den Wagen und fuhr zum Tattertonschen Familienfriedhof. Er fuhr so nahe wie möglich an das Grab heran, und ich blickte aus dem Fenster. Die Nacht war hereingebrochen, aber der Mond erleuchtete mit seinem blassen Licht den Friedhof, so daß ich die Umrisse des Grabmals erkennen konnte.

»Auf Wiedersehen, Mammi und Daddy. Ruht in Frieden. Eines Tages werde ich zurückkehren und an euer Grab kommen.«

»Das wirst du ganz bestimmt«, sagte Tante Fanny und streichelte meine Schulter.

Luke drückte meine Hand. Ich sah ihn an, beseligt von der Wärme und Liebe seines Lächelns.

»Laß uns heimgehen, Luke«, sagte ich.

Als der Wagen beschleunigte, blickte ich zurück und entdeckte Troy Tatterton, der gerade aus dem Wald trat.

Er hob freundlich die Hand und winkte uns nach. Ich erwiderte seinen Gruß.

»Wem winkst du denn, Annie?«

»Niemandem, Tante Fanny . . . niemandem.«

21. Kapitel
Heimkehr

Ich war zu aufgeregt, um im Flugzeug zu schlafen. Luke und ich saßen nebeneinander am Fenster, Tante Fanny hatte vor uns Platz genommen. Ich war so glücklich, Luke zu sehen, daß ich meine Augen nicht von ihm abwenden konnte. Und sein Blick verriet mir, daß er dasselbe empfand.

»Kneif mich, und sag mir, daß dies kein Traum ist, Luke. Sag mir, daß du wirklich wieder bei mir bist.«

»Es ist kein Traum«, sagte er und lächelte mich an.

»Ich habe so oft, so intensiv davon geträumt ... Ich kann es immer noch nicht glauben ...«, gestand ich. Soweit ich mich erinnern konnte, war es das erstemal, daß ich ihm mein Verlangen und meine Liebe offenbarte, ohne daß ich errötete oder er wegschaute. Wir starrten uns wie gebannt an. Er legte seine Hand auf meine und drückte sie sanft. Alles in mir verlangte nach ihm. Ich verspürte den drängenden Wunsch, ihm mehr zu sagen. Ich sehnte mich danach, daß er mich zärtlich umarmte und küßte ...

»Annie, ich habe mir Tag und Nacht Sorgen um dich gemacht. Ich konnte mich in Harvard auf nichts mehr konzentrieren. Jeder versuchte mich auf Parties mitzunehmen, damit ich mit anderen Leuten zusammenkäme; aber ich war zu bedrückt, um an so etwas Gefallen finden zu können. Wie oft saß ich in meinem Zimmer und habe Briefe an dich geschrieben!«

»Briefe, die ich nie erhalten habe!« Es machte mich so wütend. Wenn ich doch seine Briefe bekommen hätte! Dann wären meine trüben und verzweifelten Tage voller Heiterkeit und Zuversicht gewesen.

»Das weiß ich jetzt; aber damals konnte ich nicht verstehen, daß du nicht versucht hast, mich zu erreichen – mich anzurufen oder mir irgendeine Nachricht zukommen zu lassen. Ich dachte . . .« Er senkte den Blick.

»Was hast du gedacht, Luke? Bitte sag es mir«, bat ich.

»Ich dachte, daß du mich vergessen hättest, nachdem du die schillernde Welt der Reichen in Farthy kennengelernt hattest! Ich fürchtete, Tony hätte dich so sehr abgelenkt, daß ich nicht mehr länger wichtig für dich wäre. Es tut mir leid, Annie, daß ich so von dir gedacht habe«, entschuldigte er sich.

Mein Herz drohte zu bersten. Es war ihm genauso ergangen wie mir!

»Du brauchst dich nicht zu entschuldigen. Ich habe genauso gedacht«, gestand ich.

»Das hast du?« Ich nickte, und er lächelte. »Dann hast du dich wirklich um mich gesorgt?«

»O Luke, du kannst dir gar nicht vorstellen, wie sehr du mir gefehlt hast, wie sehr ich den Klang deiner Stimme vermißt habe! Ich habe mich immer wieder an die schönen Dinge erinnert, die du mir früher gesagt hast. Allein die Gedanken an dich und die Dinge, die du trotz aller Schwierigkeiten in deinem Leben bisher getan hast, gaben mir Hoffnung und Zuversicht.« Ich lächelte. »Strebe nach den höchsten Gipfeln«, flüsterte ich.

»Ich bin so glücklich, daß ich dir eine Hilfe war, obwohl ich nicht an deiner Seite gewesen bin.«

»Doch, du warst in Gedanken immer bei mir! Ich habe so oft davon geträumt, daß ich mit dir wieder im Pavillon wäre!«

»Ich auch«, gestand er, und eine zarte Röte zeigte sich auf seinen Wangen. Ich wußte, daß es ihm schwerer als mir fiel, sich so zu offenbaren. Andere Männer würden ihn als weich oder sogar unreif betrachten. »Während ich dort allein in meinem Zimmer saß, stellte ich mir vor, wir wären wieder zusammen wie an unserem achtzehnten Geburtstag. Ich wünschte, daß dieser Tag für uns zur Ewigkeit geworden wäre. O Annie«, sagte er und drückte meine Hand noch fester, »ich weiß nicht, was mich dazu bringen könnte, dich je wieder zu verlassen.«

»Ich möchte dich auch nie wieder verlassen, Luke«, flüsterte ich. Wir waren uns jetzt so nahe, daß unsere Lippen sich beinahe berührten. Tante Fanny lachte über irgend etwas in der Illustrierten, in der sie las, und wir lehnten uns wieder zurück. Luke blickte aus dem Fenster, ich ließ meinen Kopf gegen den Sitz sinken und schloß die Augen. Luke ließ meine Hand nicht los, und ich fühlte mich wieder sicher, geborgen und behütet.

Ich war so aufgewühlt, als das Flugzeug schließlich landete; aber kaum waren wir am Flughafen in Tante Fannys Auto gestiegen, nickte ich ein. Ich schlief die meiste Zeit auf dem Weg nach Winnerrow. Als ich die Augen wieder öffnete, befanden wir uns in hügeligem Gelände. Wir fuhren eine kurvenreiche Strecke entlang, die ständig bergauf führte; denn es gab keine Schnellstraße, die in die Willies führte. Bald wurden die Abstände zwischen den Tankstellen größer. Die großen, ausladenden Motels wurden von kleinen Hütten abgelöst, die in schattigen dichten Wäldern versteckt waren. Schäbige, langweilige kleine Gebäude kündigten eine abgelegene Kleinstadt an. Dann lagen auch diese hinter uns.

Tante Fanny schlief auf dem Rücksitz. Aus dem Radio erklang leise Musik. Auf Lukes Lippen lag ein ruhiges, zufriedenes Lächeln, während er den Wagen sicher durch die gefährlichen Kurven lenkte. Er schien mir sehr viel reifer als früher. Die Tragödie hatte uns verändert und erwachsener werden lassen.

Beim Anblick der vertrauten Gegend erfüllte mich ein Gefühl von Wärme und Geborgenheit. Ich fragte mich, ob Mammi wohl dasselbe empfunden hatte, als sie damals mit Drake von Farthy geflohen war. Die Welt außerhalb der Willies und Winnerrow mußte ihr genauso rauh, kalt und grausam erschienen sein, wie ich es nun empfand.

»Wir sind fast da«, verkündete Luke leise. »Wir sind fast wieder in unserer Welt, Annie.«

»O Luke, wir dachten, es müßte herrlich sein, von hier an einen anderen Ort zu entfliehen, aber nichts ist so wundervoll wie die Heimat, nicht wahr?« fragte ich ihn.

»Nicht solange du ein Teil von mir bist, Annie«, sagte er und streckte seine Hand nach meiner aus. Unsere Finger umschlossen sich, und keiner von uns beiden wollte die Hand des anderen wieder loslassen. Mein Herz klopfte vor Freude.

Er sah den Ausdruck meines Gesichts, und seine Miene

wurde ernst. Ich wußte, es beunruhigte ihn, daß wir unsere Gefühle preisgaben, ohne daran zu denken, wie ausweglos unsere Liebe war . . .

»Ich kann es nicht erwarten, Hasbrouck House zu sehen«, flüsterte ich.

»Bald, bald.«

Mit jedem Kilometer wurde ich ungeduldiger und aufgeregter. Schließlich erreichten wir die weiten grünen Felder der Umgebung Winnerrows mit ihren hübschen kleinen Farmen, wo bald das Getreide geerntet werden würde. Die kleinen Farmhäuschen waren alle beleuchtet, die Familien saßen darin zusammen im warmen Schein der Lampen. Ich hätte vor Freude fast aufgeschrien, als ich die Lichter der Baracken der Kohlebergarbeiter erblickte, die über die Hügel verstreut lagen. Sie sahen aus wie Sterne, die vom Himmel gefallen waren, aber ihre Leuchtkraft behalten hatten.

Und dann erreichten wir Winnerrow selbst und fuhren auf der Hauptstraße an den pastellfarbenen Häusern der Reichen vorbei. Dahinter befanden sich die bescheidenen Häuser der Mittelklasse, jener Männer und Frauen, die in der Verwaltung der Minen arbeiten.

Ich schloß die Augen, als wir in die Straße einbogen, die zum Hasbrouck House führte. In wenigen Augenblicken würde ich zu Hause sein, und doch würde alles anders sein als zuvor. Weder Mammi noch Daddy würden uns willkommen heißen, wenn wir die Auffahrt hinauffuhren . . . keine lächelnden Gesichter, keine herzlichen Küsse und Umarmungen, kein liebevoller Empfang. Die Wirklichkeit brach über mich herein wie eine riesige, mächtige Woge im Ozean, der ich nicht entkommen und die ich auch nicht aufhalten konnte. Meine Mammi und mein Daddy waren tot und in Farthy begraben. Und ich war immer noch eine Invalide. Nein, es war nicht nur ein Traum gewesen . . .

»Na, Gott sei Dank sind wir hier«, sagte Tante Fanny schleppend. »Drück auf die Hupe, Luke, damit sie wissen, daß wir da sind.«

»Annie möchte das nicht unbedingt, Ma.«

»Los, drück auf die Hupe.«

Sie stieg schnell aus und ging um den Wagen herum, um

mir die Tür zu öffnen. Ich saß nur da und schaute am Haus hinauf zu den weißen Säulen und den großen Fenstern. Ich sog den betäubenden Duft der Magnolien ein, und einen Augenblick lang fühlte ich mich wieder wie das kleine Mädchen, das mit der Familie von einem Urlaub am Strand zurückkehrte. Und so wie damals versammelten sich die Hausangestellten vor dem Haupteingang, um uns zu begrüßen.

Mrs. Avery liefen die Tränen über das Gesicht, ihr gekräuseltes Seidentaschentuch, das ich ihr einst zum Geburtstag geschenkt hatte, war ganz naß. Sie schwenkte es wie eine Fahne zur Begrüßung, als sie die Stufen herunterstieg und zum Auto geeilt kam, so schnell es ihre arthritischen Glieder zuließen.

»O Annie. Willkommen zu Hause, Liebes.« Tante Fanny trat zur Seite, damit sie sich herunterbeugen und mich umarmen und küssen konnte.

»Hallo, Mrs. Avery.«

»Dein Zimmer ist fertig ... geputzt und gründlich gelüftet.«

»Vielen Dank.«

Ich wandte mich dem Haus zu und sah, wie George die Treppe herunterkam. Er wirkte so bewegt, wie ich ihn noch nie zuvor erlebt hatte. Seine gewöhnlich stocksteife Körperhaltung war ziemlich entspannt, und sein Gesicht war erhellt von einem Lächeln, das gewöhnlich schon im Ansatz erstarb.

»Willkommen zu Hause, Annie.« Er streckte mir steif den Arm entgegen, aber als ich seine Hand nahm, legten sich seine Finger liebevoll um meine.

»Vielen Dank, George. Es ist schön, Sie wiederzusehen.«

Roland stand in der Tür, er trug eine saubere, helle, gestärkte Schürze. In seinen Händen hielt er ein Blech mit einem Vanille-Kuchen, den er nun zum Auto brachte, um ihn mir zu zeigen. Auf der Oberfläche war zu lesen: WILLKOMMEN ZU HAUSE, ANNIE! ALLES GUTE.

»Roland, das ist sehr lieb von Ihnen!«

»Es war nichts weiter als eine kleine Nebenbeschäftigung, Miß Annie. Willkommen!«

»Ich danke Ihnen, Roland.«

Luke hatte meinen Stuhl auseinandergeklappt und wartete. Die Bediensteten traten zurück und beobachteten, wie er sich zu mir hereinbeugte, mich aus dem Wagen hob und in den Stuhl setzte. Sein Gesicht war angespannt und ernst, aber als sich unsere Blicke trafen, lächelte er. Ich fühlte mich so wohl in seinen Armen, und ich sah auch, wie stolz er war, mich so sicher zu halten. Er war immer noch mein Prinz und ich seine Prinzessin!

»Du machst das schon ganz gut, Luke Casteel«, flüsterte ich.

»Vermutlich bin ich ein Naturtalent.« Er warf mir ein Lächeln zu, wobei seine dunkelblauen Augen wie bei Daddy schelmisch aufblitzten.

»Ich werde die Taschen nehmen«, sagte George schnell, als Luke mich zum Haus schob. Roland übergab den Kuchen Mrs. Avery und half Luke, mich die Stufen hochzutragen.

»Vielleicht brauchen wir auch so 'ne Rampe«, überlegte Tante Fanny laut.

»Nein, Tante Fanny. Bevor wir eine angelegt haben, werde ich wieder gehen können.«

»Es ist zweifellos richtig, so zu denken, Miß Annie«, sagte Roland.

Er und Luke brachten mich umgehend auf mein Zimmer. So wundervoll, gemütlich und warm hatte ich es früher nie empfunden. Vor lauter Glück liefen mir Tränen über die Wangen. Endlich würde ich wieder in meinem eigenen Bett schlafen und von meinen eigenen Sachen umgeben sein! Einen Augenblick lang schien es mir wieder, als wäre in Wirklichkeit alles nur ein böser Traum gewesen.

Aber dann fiel mein Blick auf die Spielzeughütte, und ich dachte unwillkürlich an Troy. Ich hatte ihm so viel zu verdanken. Auch er hatte, auf seine Weise, zu meiner Rettung beigetragen.

»O Luke, es ist alles so wunderschön hier! Ich werde es nie mehr als etwas Selbstverständliches betrachten.«

Ich sah mich begierig um und betrachtete eingehend all meine Sachen. Da waren meine Bilder und die Malutensilien, die immer noch so sauber geordnet dalagen, wie ich sie zurückgelassen hatte. Das unvollendete Gemälde von Farthy, das ich kurz vor dem tragischen Unfall begonnen hatte, befand sich immer noch auf der Staffelei. Wie falsch ich es mir vorgestellt hatte, dachte ich. Die Farben leuchteten zu stark, die Umgebung wirkte zu sanft und einladend. Es war tatsächlich nur ein Werk meiner Phantasie. Jetzt erschien es mir nicht mehr verwunderlich, daß Mammi mich dazu bewegen wollte, andere Dinge zu malen. Sie wußte, daß ich in einer Traumwelt lebte und welche Gefahren ein solcher Irrtum mit sich bringen konnte . . .

Das einzige, was in diesem Bild der Wirklichkeit entsprach, war Luke. Sein Aussehen war keine Einbildung gewesen, aber was noch wichtiger war: Ich hatte ihn so gezeichnet, wie es am ehesten meinem Verlangen entsprach – er war bei mir, für mich da und war dabei, mich nach Hause zu bringen.

»Oh, wie sehr habe ich mich getäuscht, Luke!« rief ich. »Meine Bilder von Farthy waren reine Phantasiegebilde.«

»Schäm dich nicht, daß du es dir schöner vorgestellt hast, Annie. Wenn wir es uns nicht erlauben zu träumen, kann die Welt furchtbar trübe sein. Vielleicht sind wir ja jetzt glücklicher mit dem, was wir haben und wer wir sind«, fügte er hinzu.

»O Luke, das hoffe ich.«

Das Durcheinander um uns herum vertrieb alle unsere trüben Gedanken. George brachte mein Gepäck, Mrs. Avery kümmerte sich um mein Bett. Alle um uns herum schwatzten, und ihre Aufgeregtheit wirkte ansteckend.

»Ich werde mich jetzt selbst um Annie kümmern!« rief Tante Fanny.

»Ja, Madam«, sagte Roland, und alle gingen hinaus. An der Art und Weise, wie sie reagierten, sah ich, daß Tante Fanny das Zepter hier tatsächlich übernommen hatte.

»Ich werde später bei dir vorbeischauen, Annie. Soll ich dir irgend etwas mitbringen?« fragte Luke.

»Im Augenblick brauche ich nichts, Luke. Nur dich.«

»Das dürfte kein Problem sein. Aber sachlich betrachtet, könntest du es bald satt haben, mich zu sehen. Ich werde dir wie eine alte Tapete vorkommen.«

»Das kann ich mir nicht vorstellen.« Ich drückte seine Hand. Unsere Gesichter waren sich ganz nah, und ich dachte schon, er würde mich auf die Wange küssen. Aber bevor er sich dazu entschließen konnte, ergriff Tante Fanny das Wort.

»Na, Luke, wenn du gehen willst, dann geh jetzt! Wir haben einiges zu tun.«

»Entschuldigung. Bye, Annie.«

»Ich werd Doktor Williams anrufen. Soll morgen so früh wie möglich kommen und dich untersuchen. Dann wird er uns ja wohl sagen können, was wir für dich tun müssen.«

»Und sieh zu, ob du den Friseur für morgen herbestellen kannst, Tante Fanny. Ich möchte so schnell wie möglich meine Haare wieder so haben, wie sie vorher waren.«

Tante Fanny nickte.

»Aber sag mal, Annie, wieso in aller Welt hast du sie dir so hell machen lassen?«

»Tony redete es mir ein. Er überzeugte mich davon, daß ich mich damit eher wieder als hübsche junge Frau fühlen würde. Er erzählte dauernd, Mammi habe es auch so gemacht, und er zeigte mir Bilder von ihr mit silberblondem Haar. Ich hatte solche Sehnsucht nach ihr und versuchte sie zurückzuholen, indem ich versuchte, wie sie auszusehen. Aber ich kannte die krankhaften Gründe Tonys nicht. Er wollte, daß ich wie meine Mutter und Großmutter aussehe. Du warst dort; du hast gehört, warum.«

Tante Fannys Blick verfinsterte sich.

»Ich hab Heaven gehaßt, weil sie mich nicht zu sich nach Farthy holte. Ich dachte, die hat dort ihren reichen alten Knacker und schwimmt im Geld! Na ja, jetzt weiß ich ja, was sie da alles durchgemacht hat. Muß für sie manchmal schwerer gewesen sein als in den Willies.

Ich hab nie verstanden, wieso sie so drauf erpicht war, die Familie wieder zusammenzubringen«, fuhr Tante Fanny fort. »Hat wohl die Familie nötiger gebraucht als ich, trotz des ganzen Reichtums. Und dann natürlich diese ganzen Beklopften! Diese komische Großmutter, die gar nicht mehr kapierte, was um sie rum lief . . . Tony Tatterton . . . wer weiß, was da noch alles abgelaufen is. Und denen haben wir dich ausgeliefert . . .« Sie schüttelte den Kopf.

»Du kannst doch nichts dafür, Tante Fanny. Wer hätte das wissen sollen? Ich bekam die besten Ärzte. Tony besorgte alles, was ich brauchte. Sogar eine Krankenschwester, die sich allerdings als ganz schrecklich herausstellte.«

Ich erzählte ihr von einigen der Vorfälle. Tante Fanny hörte zu, schüttelte immer wieder den Kopf und preßte die Lippen aufeinander.

»Ich wünschte, die wär jetzt hier. Der würde ich den Hals umdrehen.«

»Tante Fanny, du scheinst nicht sehr überrascht gewesen zu sein, als Tony gestand, daß er Mammis richtiger Vater ist. Woher hast du es gewußt?«

»Kurz bevor mein Bruder Tom im Zirkus von dem Tiger zerrissen wurde, hat er 'nen Brief an mich geschrieben. War wohl ziemlich aus dem Häuschen, weil er gerade von Luke gehört hatte, daß Heaven gar nich seine Schwester war! Die beiden mochten sich ziemlich gerne, und er war wohl so geknickt, daß er's jedem erzählen mußte.

Wie dem auch sei, deine Großmutter Leigh war wohl schon von Tony schwanger, als sie meinen Vater heiratete. Leigh behauptete jedenfalls, daß Tony sie vergewaltigt hat . . . und nicht nur einmal. Deshalb hielt sie's nich mehr aus und is davongelaufen. Dann hat sie hier mit Pa zusammengelebt und is bei der Geburt von Heaven gestorben. Heaven dachte immer, Luke hätte sie deshalb gehaßt, verstehst du? Ich glaube aber, das war nich alles, denn wenn Luke gewußt hat, daß Heaven nich von ihm war –«

»Also ist Tony in Wirklichkeit mein Großvater!« folgerte ich.

»Sieht ganz so aus, Annie«, meinte Tante Fanny und musterte mich besorgt. »Kopf hoch, Annie! Nur weil er plemplem is, heißt das noch lange nich, daß du das auch wirst, Annie.«

»Nein, daran habe ich nicht gedacht, Tante Fanny. Ich dachte an Mammi. Wie schwer muß es sie getroffen haben, als sie das alles herausfand! Sie hat es nie jemandem verraten, nicht wahr? Und du genausowenig.«

»Nein, ich hab es keinem erzählt, nur diesem komischen Anwalt bei der Anhörung. Es is nie rausgekommen, weil deine Mutter und ich uns geeinigt haben. Du weißt schon, die Sache mit Drake . . .« Sie senkte beschämt den Blick.

»Was immer du früher auch getan hast, es ist vorbei, Tante Fanny. Du hast es jetzt mehr als wieder gutgemacht.«

»Meinst du das ernst, Annie – Schatz?« Ich nickte ruhig.

»Du bist wirklich lieb, Annie.« Ihr Blick wurde traurig. »Aber jetzt weißt du ja, daß ich gar nicht deine Tante bin.«

»O nein, Tante Fanny. Für mich wirst du immer meine Tante bleiben. Was ändert es denn schon, ob wir blutsverwandt sind oder nicht?«

»Ach, ich lieb dich genauso, als ob du mit mir verwandt wärst, Annie. Ich lieb dich sogar mehr, ich lieb dich wie eine Tochter. Und Luke und du, ihr seid ja immerhin Halbgeschwister.«

»Ja«, sagte ich und blickte durch das Fenster auf das Dach des Pavillons unter uns. Ich mußte daran denken, was sich alles seit dem Unfall verändert hatte: Meine Mutter war gar keine Casteel gewesen, obwohl sie wie eine erzogen worden war. Sie war in jener ärmlichen Behausung aufgewachsen und hatte in dem Bewußtsein gelebt, Toby und Annie Casteel wären ihre Großeltern!

Obwohl diese Enthüllungen sogar mich verunsicherten und belasteten, hatte ich doch nicht die Spur einer Vorstellung davon, wie schwer es meine Mutter getroffen haben mußte, als sie schließlich die Wahrheit erfuhr. Innerhalb eines Augenblicks hatte sie ihre ganze Familie verloren und sah sich plötzlich von Fremden adoptiert . . .

Und auf einmal gehörte sie zu den Tattertons und mußte bei jenem Mann leben, der ihr richtiger Vater war und dessen Geist sich immer mehr verwirrte! So war es nicht verwunderlich, daß sie mit dem kleinen Drake auf dem Arm davongelaufen war. Drake! Er war in Wirklichkeit gar nicht mein Onkel, was er aber sicherlich nicht wußte. Und er würde es auch nicht erfahren, solange Tony es nicht in einem Wutanfall ausplauderte. Ich jedenfalls spürte keinerlei Verlangen, es ihm zu verraten. Der Schmerz, den mir diese Enthüllung verursachte, mußte in meinem Herzen verschlossen bleiben, dachte ich.

Ich erkannte, daß ich außer meinen Eltern noch etwas anderes verloren hatte – die Geschichte der Familie, die nicht mehr die meine war! Das war einer der wichtigsten Punkte, die mich mit Luke verbunden hatten: die Gemeinsamkeiten unserer Herkunft, die Geschichten über das Leben in den Willies und unseren Urgroßvater Toby! Ich hatte jetzt überhaupt keine Familiengeschichte mehr, denn diese war ja untrennbar mit Tony Tatterton verbunden! Ich aber wollte alles vergessen, was er mir von seinem Vater und seinem Großvater erzählt hatte . . .

Ja, ich war im Begriff, ein neues Leben zu beginnen und ein anderer Mensch zu werden! Wer würde ich sein? Wie würde sich meine Beziehung zu Luke verändern? Die Zukunft war unklarer und beängstigender als je zuvor. Ich war in ein neues Labyrinth gestoßen worden und wußte nicht, wieviel Zeit ich mit der Suche nach dem Ausgang verbringen würde. Jetzt brauchte ich einen Menschen wie Troy; jemanden, der meine Hand nehmen und mich führen würde. Tante Fanny war zwar so liebenswert wie nie zuvor, aber auch sie war von den Geschehnissen überwältigt. Ich konnte weder meinen Daddy um Hilfe bitten, noch konnte ich mich an meine Mammi wenden. Und Drake war zu sehr von Tony Tatterton und seiner Stellung in dessen Unternehmen abhängig, als daß ich ihm noch so hätte vertrauen können wie früher! Ich hatte mit ihm den Onkel verloren, der einmal mehr ein großer Bruder für mich gewesen war. Ich hatte ihn an die Glitzerwelt des Reichtums und der Macht verloren.

Nur wenn ich an Luke dachte, wurden meine Gedanken froh und hoffnungsvoll. Ich würde ihm meine Gefühle und meine Ängste mitteilen. Ob ich wohl zuviel von ihm verlangte? Ob es ihn überfordern würde, für das Wohlergehen und die Sicherheit eines Menschen verantwortlich zu sein, der einsam und verzweifelt war?

Tante Fanny half mir dabei, in ein Nachthemd zu schlüpfen und mich ins Bett zu legen . . . in mein eigenes, daunenweiches Bett, dessen Laken nach Flieder duftete. Mrs. Avery kehrte zurück, um meine Sachen aufzuräumen. Dann flatterte sie umher, zog hier etwas glatt, staubte dort etwas ab, bis Tante Fanny sie endlich ermahnte, mir ein wenig Ruhe zu gönnen.

»Luke und ich werden morgen losziehen und 'n paar Sachen für dich besorgen. Zum Beispiel so'n hübsches kleines Nachttischchen.«

»Und eine Gehhilfe. Ich möchte morgen anfangen.«

»Klar. Also, Liebling, willkommen zu Hause, wo du hingehörst.« Sie küßte mich auf die Stirn und wollte schon gehen.

»Tante Fanny.«

»Ja?«

»Danke, Tante Fanny, daß du mich nach Hause geholt hast.«

Sie schüttelte den Kopf, und als sie aus dem Zimmer eilte, standen Tränen in ihren Augen.

Ich starrte auf die Schlafzimmertür, hin- und hergerissen zwischen Erwartung und vergeblicher Hoffnung. Ach, wenn Mammi doch nur noch ein einziges Mal durch diese Tür käme und wir noch einmal wie früher miteinander sprechen könnten! Wie sehr sehnte ich mich jetzt danach, von ihr getröstet und ermutigt zu werden! Wenn ich meine Augen schloß, würde ich vielleicht ihre Schritte im Flur und ihr sanftes, freundliches Lachen vernehmen . . . Und dann würde sie zur Tür hereintreten.

Sie würde die Fenster aufreißen, die Rouleaus hochziehen und rufen: »Steh auf und sei glücklich, daß du lebst und gesund bist. Verschwende keinen Augenblick deines Lebens, denn jeder Augenblick ist ein Geschenk, und du möchtest doch nicht undankbar sein, oder?«

»O Mutter, aber ich bin doch immer noch gelähmt!«

»Unsinn«, hörte ich sie sagen. »Du sagst deinen Beinen jetzt, daß sie lange genug Ferien gemacht haben und daß es Zeit ist, wieder an die Arbeit zu gehen!«

Hörte ich mich da nicht selbst lachen? Ich konnte spüren, wie sie mit ihren Händen über meine Beine strich und ihnen auf magische Weise ihre Kraft zurückgab.

»Alles in Ordnung«, sagte sie, als sie sich von meinem Bett erhob. Dann entfernte sie sich und schien zu einem Schatten zu werden . . . »Mammi? Mam . . . Mammi!« Sie war verschwunden, und die Sonne war von einer riesigen, dunklen Wolke verdeckt. Mein Zimmer war plötzlich fahl und düster; tiefe Schatten hüllten mich ein . . .

»Mammi!«

»Annie?«

»Was . . . wer . . . Luke?«

Er stand neben meinem Bett.

»Ist alles mit dir in Ordnung? Ich hörte dich schreien.«

»O Luke . . . bitte halt mich, halt mich fest«, schluchzte ich.

Rasch setzte er sich auf mein Bett und nahm mich in die Arme. Ich vergrub mein Gesicht an seiner Brust und schluchzte, während er mir zärtlich übers Haar strich und flüsterte: »Es ist alles in Ordnung. Ich bin doch bei dir.«

Dann spürte ich seine Lippen auf meiner Stirn. Seine tröstenden Küsse und sein warmer Atem auf meinen Wangen lösten in meinen Brüsten ein Prickeln aus. Ich spürte, wie unsere Herzen gegeneinander schlugen . . .

»Ich glaube, ich habe einen Alptraum gehabt«, stammelte ich beklommen. »Und als ich aufwachte, dachte ich, Mrs. Broadfield würde dastehen. Sie war so häßlich zu mir, Luke! Stell dir vor, sie hat mich gezwungen, in kochendheißem Wasser zu baden!«

Er berührte meinen Hals und nickte.

»Meine arme Annie. Wie furchtbar mußt du gelitten haben! Und ich war nicht an deiner Seite um dir zu helfen. Ich hasse mich dafür, daß ich so dumm war!«

»Es war nicht deine Schuld, Luke. Du konntest es nicht wissen.«

Wir hielten uns noch immer eng umschlungen. Schließlich löste er sich von mir und ließ mich sanft in die Kissen sinken.

»Annie, ich –«

Ich berührte seine Lippen, und er küßte meine Finger. Mein Blut geriet in Wallung, und mein Herz pochte wild . . .

»Ich werde jetzt besser schlafen gehen«, sagte er.

»Halt! Bleib noch ein Weilchen bei mir. Bleib, bis ich eingeschlafen bin. Bitte!«

»Also gut. Schließ die Augen.«

Das tat ich. Er zog die Bettdecke über meinen Busen bis zum Kinn und strich sie glatt. Ich fühlte seine Finger über mein Gesicht und meine Schläfen gleiten.

»Luke –«

»Schlaf nur, Annie. Ich bin ja da.«

Schließlich schlief ich wieder ein, diesmal allerdings ruhig und zufrieden. Und als ich von den ersten Sonnenstrahlen geweckt wurde, lag Luke zu meinen Füßen. Er hatte sich wie ein kleines Kind eingerollt. Einen Augenblick lang überlegte ich, wie er in mein Bett gekommen war. Sowie ich mich bewegte, zuckten erst seine Lider, dann öffnete er die Augen und starrte mich an. Die Erkenntnis, daß er in meinem Bett lag, traf ihn wie ein Guß Eiswasser. Rasch setzte er sich auf.

»Annie!« Er sah sich verwirrt um.

»Das ist aber ein hübscher Pyjama, Luke.«

»Was? Oh . . . ich muß eingeschlafen sein. Es tut mir leid.« Er stand hastig auf.

»Es ist schon in Ordnung, Luke.« Wider meinen Willen mußte ich lächeln. Die Hose seines Pyjamas war ein wenig ausgebeult.

»Ich komme wieder, sobald ich mich angezogen habe«, sagte er und verließ schleunigst mein Zimmer.

Kurz nachdem ich am Morgen aufgewacht war, kam der alte Doktor Williams. Solange ich mich zurückerinnern konnte, war er stets unser Hausarzt gewesen. Er war ein kleiner, untersetzter Mann mit lockigem, pfirsichfarbenem Haar, das aber mittlerweile fast grau geworden war. Als er mein Zimmer betrat, begrüßte er mich mit einem so freundlichen, breiten Lächeln, daß mein Körper sich sogleich entspannte. Bei ihm kam ich mir nicht wie ein Versuchskaninchen vor, das nur herumgestoßen wurde! Und was noch wichtiger war, es gab keine Krankenschwester, die um ihn herumschwirrte und bei jeder meiner Fragen finster dreinblickte.

»Dein Blutdruck ist in Ordnung und dein Herz hört sich auch gut an, Annie. Natürlich muß ich mir die Röntgenaufnahmen aus Boston schicken lassen. Aber ich sehe keinen Grund, warum du nicht mit dem Laufen anfangen solltest.«

»Ich habe schon angefangen, ohne Hilfe zu stehen, und sogar ein paar Schritte gemacht, Doktor Williams«, sagte ich. »Aber sie wollten mich nicht weiterüben lassen.«

»Das wollten sie nicht?« Seine Augen verengten sich, und er rieb sich mit Daumen und Zeigefinger das Kinn, während er mich mit gerunzelter Stirn ansah. »Ich sehe doch, daß deine Reflexe vorhanden sind! Deine Probleme sind jetzt hauptsächlich psychischer Natur. Sie hatten keinen Grund, dich länger an den Rollstuhl zu fesseln.«

»Also spricht nichts dagegen, daß ich meine Gehversuche fortsetze?«

»Ich wüßte nicht, was. Sieh nur zu, daß du dich nicht überanstrengst. Aber dein Körper wird das wohl am besten beurteilen können. Ich werde wiederkommen, sobald ich die Unterlagen aus Boston erhalten habe. Aber ich bin sicher, daß es dir bald besser gehen wird.«

»Vielen Dank, Doktor.« Beim Anblick meiner Tränen nahm sein Gesicht väterliche Züge an, und seine Augen leuchteten voll Liebe und Besorgnis.

»Kopf hoch, Annie!« sagte er und tätschelte meine Wange, wie er es immer tat. Dann nickte er mir freundlich zu und verließ das Zimmer.

Kurze Zeit später erschien Luke.

»Oh, entschuldige«, sagte er und wollte wieder gehen. »Ich dachte, sie hätten dich schon fürs Frühstück fertig gemacht.«

»Nun, Luke Casteel, du kommst sofort hierher, nimmst dir einen Stuhl und erzählst mir alles, was du getan hast, als ich in Farthy war! Ich möchte alles wissen, was du auf dem College erlebt hast . . . besonders mit Freundinnen.» Ich erinnerte mich, wie er mir im Flugzeug erzählt hatte, er habe sich solche Sorgen um mich gemacht, daß er nie mit den anderen Kommilitonen ausgegangen sei. Aber ich erinnerte mich auch an das, was Drake mir erzählt hatte . . .

»Freundinnen?« Er trat einen Schritt auf mein Bett zu und starrte mich erstaunt an. »Habe ich dich richtig verstanden? Freundinnen?«

»Hast du nicht gleich . . . jemanden kennengelernt?« fragte ich.

»Nein, warum? Ich war vollauf damit beschäftigt, mich auf das Studium einzustellen, Bücher und Unterlagen zu besorgen, mein Zimmer einzurichten . . . und zu versuchen, dich zu erreichen. Daher blieb mir kaum Zeit, andere Leute kennenzulernen.«

»Aber ich dachte . . . Drake hat dich doch einmal besucht, oder nicht?« Mein Herz pochte. Erzählte mir Luke die Unwahrheit, um mich zu schonen?

»Er war einmal da, ungefähr zehn Minuten. Ich war im Gesellschaftsraum und las«, sagte er unbekümmert.

»Warst du allein?« fragte ich mit angstvoll klopfendem Herzen.

»Da waren noch ein paar andere Studenten, aber wir hatten uns noch gar nicht richtig kennengelernt. Wie ich schon sagte, ich machte mir solche Sorgen um dich, daß ich –«

»Drake meinte, du hättest jemanden . . . sehr gut gekannt«, platzte ich heraus.

Luke sah verwirrt aus. »Wirklich? Wie kommt er nur darauf? Er war so in Eile, daß er mich kaum gesehen hat! Offensichtlich war er nur gekommen, um mir zu sagen, daß du Ruhe brauchtest und nicht gestört werden dürftest. Und dann lief er davon, weil er etwas Geschäftliches erledigen mußte. Er versprach, mit mir in Kontakt zu bleiben. Ich rief ihn einige Male an, und jedesmal teilte mir seine Sekretärin mit, er sei weg oder in einer Besprechung. Als ich dann in Tonys Büro anrief, bekam ich die gleiche Antwort. Schließlich rief ich in Farthy selbst an und sprach mit Mrs. Broadfield. Und wie du dir vorstellen kannst, war sie nicht sehr hilfsbereit.

Deshalb war ich so glücklich, als mir mein Mitbewohner von deinem Anruf erzählte! Und dann . . . Als Tony mich abwimmelte, hätte ich ihn am liebsten zur Seite gestoßen und wäre zu dir hinaufgestürmt! Allein die Angst, dir damit noch mehr Ärger zu machen, hielt mich davon ab. Gott sei Dank hat meine Mutter diesen mysteriösen Anruf bekommen und sich sogleich auf den Weg gemacht. Jetzt erzähl mir aber mal, was das alles zu bedeuten hatte, als wir Farthy verließen . . . zwischen dir und Tony . . . die Verwechslung, von der er sprach?«

»O Luke, es war so schrecklich und ekelhaft! Ich fühlte mich völlig hilflos und ausgeliefert! Und was alles noch schmerzlicher macht, ist die Erkenntnis . . ., daß das, was ich für gute medizinische Behandlung hielt, nur ein Teil des Wahnsinns um mich herum war! Diese Erinnerungen werden mich mein ganzes Leben lang verfolgen!«

»Nein, das werden sie nicht. Denn sobald diese schrecklichen Erinnerungen auftauchen, werde ich da sein und sie vertreiben«, versprach er mit entschlossenem Blick. »Aber erzähl mir etwas davon. Vielleicht hilft es, wenn du darüber sprichst.«

»O Luke, es war so peinlich . . . und jetzt, da ich weiß, welche krankhaften Wahnideen hinter allem stecken, fühle ich mich beschmutzt und befleckt.« Ich schüttelte mich, um diese quälenden Gedanken und Gefühle zu verscheuchen.

Luke nahm meine Hand. »O Annie, was hat er dir getan?«

»Er brachte mich dazu, mich vor ihm auszuziehen, und bestand darauf, mir beim Baden behilflich zu sein.«

Luke starrte mich entgeistert an.

»Ich konnte mich nicht gegen ihn wehren. Da war niemand, den ich hätte rufen können . . . und er benahm sich so . . . so väterlich. Ich ließ ihn meinen Rücken waschen, ich ließ ihn . . . O Luke, der Gedanke ist abscheulich.«

Ich bedeckte mein Gesicht mit den Händen. Luke trat zu mir und umarmte mich, drückte mich fest an sich und streichelte mein Haar. Dann küßte er mich auf die Stirn, und ich drückte mein Gesicht gegen seines.

»Ich ärgere mich so sehr über mich selbst, weil ich nicht früher kam, um dich zu retten.«

»Du hattest keine Möglichkeit, etwas davon zu erfahren«, sagte ich. »Und doch . . . In den schlimmsten, schmerzhaftesten und einsamsten Augenblicken dachte ich an dich. O Luke, ich fühle mich wieder so geborgen und sicher bei dir.« Unsere Gesichter waren sich so nahe . . . wir blickten uns tief in die Augen. »Ich weiß, es ist nicht fair. Ich sollte keine Forderungen an dich stellen und dich nicht davon abhalten, eine richtige Freundin zu haben, aber –«

»Sag nichts mehr, Annie. Ich bin glücklich . . . bei dir zu sein.«

Er küßte mich auf die Wange. Ich schloß die Augen, ich wartete, nein hoffte, seine Lippen würden sich gegen meine pressen – aber er tat es nicht. Mein Körper zitterte vor Erwartung. Ich spürte, wie das Blut in mir aufstieg. Meine Brust war gegen seinen Arm gepreßt –

»O Luke, ich bin machtlos gegen das, was ich für dich empfinde«, hauchte ich.

»Mir geht es genauso, Annie«, flüsterte er.

Einen Augenblick lang hielten wir uns umschlungen; dann ließ er mich los und trat ein paar Schritte zurück. Wir schwiegen beide und sahen einander nur an. Dann räusperte er sich und fragte mit belegter Stimme: »Weißt du, wer meine Mutter angerufen hat?«

Ich zögerte, da ich mich fragte, ob ich Luke Troys Geheimnis offenbaren durfte.

»Wenn ich es dir sage, versprichst du mir dann, es niemandem zu erzählen?«

»Natürlich. Es gibt doch schon so viele Dinge zwischen uns, die fest in meinem Herzen verschlossen sind!«

»Es war Troy Tatterton.«

»Troy Tatterton? Aber ich dachte –«

»Troy Tatterton ist nicht tot, Luke, aber er möchte, daß die Leute es glauben.«

»Warum?«

»Er möchte anonym leben. Sein früheres Leben war sehr traurig. Er möchte einfach seine Ruhe haben.«

»Also war er es, der meine Mutter angerufen hat? Das war ein großes Glück.«

»Ich glaube, es war mehr als nur Glück. Ich glaube, er hat einfach beschlossen, sich um mich zu kümmern. Er nahm mich mit zu seiner Hütte, und weißt du was, Luke? Die Spielzeuguhr meiner Mutter ist eine Nachbildung dieser Hütte!«

»Wirklich?«

»Als wir in seiner Hütte waren, half er mir, aufzustehen und einige Schritte zu machen. Ich fühlte mich wie ein Baby, das gerade Laufen lernt, aber er brachte mich soweit, daß ich mich wirklich anstrengte.«

»Natürlich. Wir werden heute morgen noch eine Gehhilfe besorgen, und ich werde dir rund um die Uhr zur Verfügung stehen.«

»Hilf mir bitte in den Rollstuhl.«

Er schaute sich einen Moment lang hilflos um.

»Bist du sicher? Ich meine –«

»Natürlich bin ich sicher. Ich bin doch nicht aus Porzellan, Luke Casteel.«

Er holte den Rollstuhl an mein Bett und zog sanft die Bettdecke weg. Dann schob er seine linke Hand unter meine Schenkel und umfaßte mit dem rechten Arm fest und sicher meine Taille.

»Ich bin doch nicht zu schwer, oder?«

»Zu schwer? Du bist so leicht wie ein sanfter, zarter Traum.«

Er hielt mich einen Moment lang in seinen Armen. Ich wandte ihm meinen Kopf zu, und nun waren sich unsere Gesichter so nahe, daß sich unsere Lippen beinahe berührten. Ich verspürte ein warmes Glühen, das ein zauberhaft sanftes Kribbeln auslöste.

»So könnte ich dich immer und ewig halten«, flüsterte Luke. Sein Blick war so durchdringend, daß es mir vorkam, als blickte er mir in die Seele.

»Was wäre, wenn ich das von dir verlange? Mich für immer und ewig so zu halten?« sagte ich kokett.

Er lächelte und küßte mich auf die Stirn. Ich schloß die Augen.

»Ich werde dich nicht absetzen, bevor du es mir nicht befiehlst.«

»Laß uns spielen«, schlug ich vor. »Laß uns so tun, als ob ich in Farthy in diesem schrecklichen Zimmer schlafen würde und mich der leibhaftige Teufel verflucht hätte. Setz mich wieder aufs Bett«, befahl ich. Er lächelte und gehorchte. Ich legte meine Arme an die Seite und schloß die Augen.

»Ich stürme zur Tür herein!«

»Ja«, sagte ich und freute mich, daß er die Herausforderung angenommen hatte. »Und dann siehst du mich, und es bricht dir das Herz.« Ich hielt meine Augen fest verschlossen.

»Ja, weil ich glaube, daß du nie mehr aufwachen wirst und ich dich für immer und ewig verloren habe.«

»Aber du erinnerst dich an den Zauber. Vor langer Zeit wurde dir prophezeit, daß du die schlafende Prinzessin wachküssen mußt. Und dein Kuß muß aufrichtig sein«, fügte ich hinzu.

Er antwortete nicht, und einen Augenblick lang dachte ich, das Spiel sei zu Ende. Ich wagte allerdings nicht, die Augen zu öffnen. Und dann geschah es. Erst spürte ich, wie er sich über mich beugte . . . dann fühlte ich sein Gesicht näher und näher kommen . . . und dann . . . berührten sich unsere Lippen zu einem langen Kuß . . .

»Er sollte aufrichtig sein«, flüsterte Luke, und ich öffnete die Augen. Ich wollte ihn zu mir herunterziehen, aber der Ausdruck in seinen Augen nahm mir den Atem, so daß ich mich nicht bewegen konnte.

Dann lächelte er.

»Es hat geklappt! Du bist wach.«

Er hob mich wieder auf seine Arme.

»Mein Prinz«, sagte ich und umarmte ihn noch fester.

»Und nun bleibt nur noch, dich hinaus- und davonzutragen.« Er hielt mich auf diese Weise einige Zeit lang. Falls es ihm Mühe machte, so zeigte er es zumindest nicht. Schließlich mußte ich lachen.

»In Ordnung, mein Prinz, setz mich in den Stuhl. Ich glaube dir.« Ich befürchtete, jemand könnte ins Zimmer kommen und uns in dieser Stellung vorfinden.

Er ließ mich unendlich sanft herab und trat dann zurück.

»Wie findest du, daß ich aussehe? Sag die Wahrheit«, fuhr ich hastig fort. Ich fürchtete tatsächlich, ich könnte durch die ganzen Aufregungen meine Schönheit eingebüßt haben!

»Nun ja . . . Du bist dünner. Und an diese Haarfarbe kann ich mich kaum gewöhnen, fürchte ich.«

»Ab morgen werde ich wieder meine natürliche Haarfarbe haben.«

»Abgesehen davon . . . siehst du nicht anders als sonst aus. Genauso hübsch wie immer.«

»Luke Toby Casteel, du würdest mich sogar als hübsch bezeichnen, wenn mein Gesicht mit Windpocken übersät wäre«, scherzte ich, um meine Erleichterung zu verbergen.

»Ich erinnere mich noch daran, als das wirklich so war. Ich fand dich damals trotzdem hübsch . . . und später fand ich dich entzückend.« Er konnte nicht stillsitzen. »Soll ich dich irgendwo hinfahren?«

»Nein, ich werde eine Weile hierbleiben.«

Er nickte und richtete seine dunkelblauen Augen auf mich.

»Als ich dich vorhin betrachtete, wie du die Augen geschlossen hattest, da . . . da wollte ich nicht nur so tun als ob. Es sollte ein echter Kuß sein, Annie«, gestand er.

»Es war ein echter Kuß«, sagte ich, »ein wunderbarer Kuß.«

Er nickte und blickte dann hastig zur Seite, als hätte er bereits zu viel gesagt.

»O Luke, ich habe dich so vermißt.«

Er schob die Zähne vorsichtig über seine Unterlippe und

nickte leicht. Ich bemerkte, daß in seinen Augen Tränen standen.

»Ah, du bist ja schon auf. Das ist gut.« Plötzlich stand Fanny in der Tür. »Soll ich dir beim Waschen helfen?«

»Ja, Tante Fanny.«

»Okay. Luke, du verziehst dich am besten; und ich helf Annie beim Aufstehen.«

»Ich werde ihr das Frühstück heraufbringen«, erbot er sich und ging zur Tür.

»Luke«, rief ich. Er drehte sich blitzschnell um. »Danke, aber von jetzt an wird nicht mehr im Bett gegessen. Es gibt keine Invaliden mehr in diesem Haus.«

Er lächelte. »Großartig. Wir werden, sooft du willst, das Gehen mit dir üben.« Er sah zu seiner Mutter.

»Wenn ihr beide noch lang weiterquatscht, geh ich wieder runter. Meint ihr, ich hab sonst nix zu tun?«

»Ich bin schon weg.« Er warf mir ein Lächeln zu und ging hinaus.

»Hast du schon mal jemanden so viel quatschen gehört wie diesen Jungen? Schlägt seinem Großpapa Toby nach, na von mir aus. Der Mann konnte von morgens bis abends auf der Veranda hocken und schnitzen, und dabei quatschte er pausenlos. Und als meine Großmama Annie schon längst tot war, redete er immer noch mit ihr, so als wenn sie noch da gewesen wär.«

»Ich kann das mittlerweile verstehen, Tante Fanny. Es ist so schwer, wenn die Menschen, die man liebt, nicht mehr da sind. Und manchmal weigert man sich einfach, die Wahrheit zu akzeptieren.«

Sie trat zurück und musterte mich. »Schätze, du hast dich ziemlich verändert, Annie. Bist irgendwie reifer geworden, wahrscheinlich durch diese Tragödie und die ganze Geschichte danach. Vielleicht hast du 'n paar Sachen über die Menschen gelernt, die ich nie gelernt hab. Meine Großmutter sagte immer, schlechte Zeiten lassen einen weise werden. Bei Heaven war es so, das weiß ich. War um einiges gescheiter als ich.

Klar, ich hab auch schwere Zeiten durchgemacht, aber ich hab mich immer selber bemitleidet. Also kam ich nich dazu, was zu lernen.« Sie schüttelte den Kopf.

»So, jetzt quatsch ich fast schon so viel wie Luke. Muß in der Familie liegen. Kümmern wir uns lieber drum, daß du ins Bad kommst und dich anziehst.«

Mrs. Avery kam herein, um mir zu helfen. Welch ein himmelweiter Unterschied lag zwischen ihrer warmherzigen, mütterlichen Hilfsbereitschaft und Mrs. Broadfields routinierter, mechanischer Art! Alles Geld und die Geste medizinischer Betreuung der Welt konnten liebevolle Pflege nicht ersetzen . . .

Nach kurzer Zeit war ich gebadet und angezogen, und Luke kam zurück, um dabei zu helfen, mich hinunterzubringen.

»Fertig?« fragte er. Sowohl Mrs. Avery als auch Tante Fanny blickten mich gespannt an. Würde ich nun vielleicht doch darum bitten, daß man mir die Mahlzeiten heraufbrachte, oder würde ich der Welt ohne Mammi und Daddy entgegentreten? Ich wandte mich Luke zu. In seinen Augen konnte ich lesen, daß er auch weiterhin an meiner Seite sein würde.

»Ja«, sagte ich. »Ich bin soweit.«

Luke ging hinter den Rollstuhl und beugte sich über meine Schulter.

»Es wird gutgehen«, flüsterte er. Und als Tante Fanny und Mrs. Avery uns den Rücken zuwandten, küßte er mich rasch auf die Wange.

22. Kapitel
Segen und Fluch der Liebe

Sobald wir das Eßzimmer betraten, fiel mein Blick auf die Plätze, auf denen mein Vater und meine Mutter immer gesessen hatten. Die leeren Stühle schienen mich anzustarren, und mein Herz krampfte sich zusammen. Für einen Augenblick herrschte tiefes Schweigen; alle, auch Luke, sahen zu mir herab. Ihre Gesichter waren von Mitleid erfüllt.

Und dann redeten auf einmal alle durcheinander . . . Tante Fanny gab Anweisungen, Mrs. Avery beklagte sich über dies und jenes, Roland klatschte in die Hände und kündigte das beste Frühstück von ganz Winnerrow an. Sogar George, der gewöhnlich so stumm wie ein Fisch war, stellte völlig unnötige Fragen: Ob er noch einen Serviettenring bringen solle und ob dies die richtige Karaffe für den Saft sei.

»Hört mal alle zu«, rief ich. »Wir wollen jetzt einfach das Frühstück genießen. Es muß nicht alles perfekt sein; das ist nicht so wichtig. Es ist einfach wunderbar, wieder hier bei euch zu sein. Ich habe euch alle so sehr vermißt!«

Erneut sahen alle zu mir herab, und diesmal las ich Liebe und Zuneigung auf ihren Gesichtern.

»Na, dann können wir ja anfangen«, erklärte Tante Fanny. »Wird ja sonst alles kalt. Wie das Bett von 'ner alten Jungfer!«

»O je«, meinte Mrs. Avery und preßte die Hände gegen ihre Brust. Wir brachen alle in schallendes Gelächter aus und setzten uns an den Tisch.

»Als erstes hab ich heut morgen 'nen Termin beim Friseur für dich ausgemacht«, verkündete Tante Fanny.

»Nun«, sagte Luke lächelnd, »heute ist ein herrlicher Tag, ich könnte dich ja im Rollstuhl hinfahren.«

»Oh, das wäre schön.«

Die Stimmung am Frühstückstisch war sehr fröhlich. Ich

konnte mich nicht erinnern, jemals so viel gegessen zu haben, doch immer wieder kam Roland Star aus der Küche und hatte etwas Neues für mich auf dem Tablett.

Gleich nach dem Frühstück schob mich Luke nach Winnerrow hinunter. Er nahm denselben Weg, den wir beide immer gegangen waren – an den Magnolienbäumen entlang, die die Straße säumten, vorbei an Häusern, in denen Menschen wohnten, die ich alle kannte. Es war ein wunderbarer Tag, einer jener seltenen Spätsommertage, an denen die Sonne hell am strahlend blauen Himmel stand und ein leichter Wind von den Willies herüberwehte. Die Leute winkten uns von ihren Haustüren aus zu; einige kamen sogar herüber, um uns zu begrüßen und mir ihr Beileid auszusprechen.

»Es kommt mir vor, als wäre ich hundert Jahre alt und als wäre ich seit mindestens fünfundsiebzig Jahren nicht mehr hier gewesen«, sagte ich zu Luke.

»Mir geht es genauso«, meinte Luke. »Es ist mir vorher nie aufgefallen, wie schmal unsere Hauptstraße eigentlich ist. Als Kind kam sie mir immer so riesig vor wie jetzt der Times Square von New York City.«

»Bist du enttäuscht?«

»Nein, es gefällt mir eher. Ich denke, ich werde eines Tages hierher zurückkommen, um mich ganz hier niederzulassen. Was meinst du dazu?«

»Ich wahrscheinlich auch. Aber zuerst möchte ich reisen und die Welt sehen.«

»Oh, natürlich, ich auch.«

»Vielleicht will deine zukünftige Frau nicht gerne in einer so kleinen Stadt leben, Luke«, sagte ich und neckte ihn so mit jener schmerzlichen Wahrheit, die ich doch nur allzugerne ignoriert hätte. Aber wir waren Halbgeschwister, und eines Tages würden wir beide jemand anderen lieben . . .

Bei dieser Anspielung trat ein schmerzlicher Ausdruck auf sein Gesicht. Er blinzelte, und tiefe Falten gruben sich in seine Stirn.

»Das wird sie wohl müssen, wenn sie meine Frau werden will«, erwiderte er ärgerlich, als würde er jene Frau, die nicht ich sein würde, schon jetzt verachten. »Außerdem ist deine Mutter auch nach Winnerrow zurückgekehrt, obwohl sie vorher in einer sehr vornehmen Umgebung gelebt hatte. Wenn es ihr hier gut genug war . . .«

Ich wollte ihm jetzt nicht den wahren Grund für ihre Rückkehr sagen.

»Sie ist hier aufgewachsen, und als sie zurückkam, erwartete sie ein wundervolles altes Haus und ein großes neues Geschäft. Aber auf dem College wirst du Mädchen aus größeren und interessanteren Städten als Winnerrow kennenlernen. Sie werden es vielleicht hier sehr hübsch finden, aber sie werden dort leben wollen, wo sie in schicken, teuren Geschäften einkaufen, in vornehmen Restaurants essen und ins Theater oder in die Oper gehen können.« Ich haßte es, ihm solche Dinge zu sagen, aber ich wollte, daß er dem Unvermeidlichen gemeinsam mit mir ins Auge sah.

»Solche Mädchen interessieren mich nicht«, fauchte er. »Außerdem kann dir das gleiche passieren. Du wirst wahrscheinlich auch einen Mann treffen, der dich von hier fortbringen will, einen Mann, den ein so einfaches Leben langweilen wird.«

»Ich weiß das, Luke«, sagte ich sanft. Diese Gedanken waren so schmerzlich, und doch war es besser, wenn wir sie endlich aussprachen. Die Phantasie spielen zu lassen, war eine Sache, sich selbst etwas vorzulügen, war etwas ganz anderes. Das hatte ich während meines kurzen, schmerzvollen Aufenthaltes in Farthy gelernt.

»Ich weiß etwas Besseres«, rief er, und seine Miene hellte sich auf. »Laß doch das Mädchen, von dem du annimmst, daß ich es heiraten werde, und den Mann, den ich mir als deinen Ehemann vorstelle, heiraten! Dann werden sie beide glücklich werden.«

Ich lachte und schüttelte den Kopf. Luke war einfach nicht bereit, der Wahrheit ins Auge zu blicken. Vielleicht wollte er mich ja nur weiterhin schonen?

»Aber Luke, was geschieht dann mit uns?«

»Mit uns? Du . . . du wirst eine alte Jungfer, ich bleibe Junggeselle, und wir ziehen beide nach Hasbrouck House.«

»Aber werden wir so glücklich sein können?« fragte ich betrübt.

»Solange ich mit dir zusammen bin, Annie, werde ich immer glücklich sein«, beharrte er. »Ich hätte sicher immer das Gefühl, daß ich dich daran hindere, ein normales Leben zu führen, Luke.«

»Das darfst du nicht sagen«, bat er und blieb abrupt stehen. Ich wandte mich um und sah, wie verletzt er durch meine Worte war.

»Nun gut, es tut mir leid«, entschuldigte ich mich, aber er sah immer noch so aus, als würde er jeden Augenblick in Tränen ausbrechen.

»Ich meine, Annie, ich könnte nie ein Mädchen heiraten, außer, es wäre wie du. Und . . .«, fügte er langsam hinzu, »es gibt keine, die so ist wie du.«

Der Blick, den er mir zuwarf, war so leidenschaftlich, daß mein Herz rasend zu klopfen begann. Plötzlich wurde mir bewußt, daß die Passanten und die Leute in den vorbeifahrenden Autos in unsere Richtung starrten.

»Nun, wenn du eine findest, die in Frage käme, schick sie zu mir, und ich werde ihr ein paar Nachhilfestunden geben«, sagte ich, bemüht, die Dinge von der humorvollen Seite zu nehmen. Doch im Innersten meines Herzen konnte ich nicht anders, als mir egoistisch zu wünschen, daß unser Leben sich tatsächlich so entwickeln würde, wie Luke es voraussagte . . . daß keiner von uns beiden einen Partner finden würde, und daß wir für immer und ewig zusammenbleiben konnten; einander nahe und in Liebe verbunden, auch wenn uns das Glück anderer Liebender versagt blieb . . .

Wir setzten unseren Weg stadteinwärts zum Friseursalon fort. Dort hatte man anscheinend nach uns Ausschau gehalten, denn als wir um die Ecke bogen, stürzten sogleich die Besitzerin Dorothy Wilson und ihre beiden Angestellten heraus, um mich zu begrüßen.

»Jetzt nehmen wir sie in unsere Obhut, Luke«, erklärte Dorothy und nahm seinen Platz hinter dem Rollstuhl ein. Nun machten sich alle drei aufgeregt daran, mich zu verschönern. Während sie sich an meinem Haar zu schaffen machten, manikürten und pedikürten sie gleichzeitig meine Nägel und schwatzten dabei unablässig, um mir den neuesten Klatsch der kleinen Stadt mitzuteilen. Luke entfernte sich, um einige alte Freunde zu besuchen, und kam nur wenige Minuten, nachdem ich fertig war, zurück, wie wir es zuvor ausgemacht hatten.

Die Mädchen hatten nicht nur meine Haarfarbe verändert, sondern mich auch zu einem französischen Zopf überredet. Als Luke hereinkam und mich sah, bemerkte ich, wie sehr ich ihm gefiel. Seine Augen weiteten sich, und ein Lächeln breitete sich über sein Gesicht aus; jenes besondere Lächeln, das mich an wundervolle Augenblicke erinnerte . . . etwa an damals, als er mir das Armband geschenkt hatte.

»Wie sehe ich aus?«

»Du bist so wunderschön«, brach es aus ihm heraus. Dann warf er einen Blick auf Dorothy und errötete. »Ich meine . . . Deine natürliche Haarfarbe steht dir viel besser. Jeder wird mir zustimmen, da bin ich ganz sicher. Nun«, sagte er und trat von einem Fuß auf den anderen, »wir sollten besser zurückgehen, ehe meine Mutter Roland schickt, um uns zu suchen. Er würde sich doch nur verlaufen.«

»Gefällt es dir wirklich«, fragte ich, als wir auf dem Heimweg nach Hasbrouck House waren.

»Sehr, jetzt siehst du wieder aus wie früher, nur reifer.«

»Es geht mir so viel besser, seit ich wieder zu Hause bin, Luke. Es kommt mir so vor, als wäre ich aus einem langen Schlaf wieder zum Leben erwacht. Wenn wir zurück sind, bring mir doch bitte die Gehhilfe, damit ich ausprobieren kann, ob ich wirklich schon kräftiger bin, oder ob ich mir das nur einbilde.« Er lächelte über meinen Enthusiasmus.

»Natürlich. Wo möchtest du es ausprobieren?« Er hielt an, und ich wandte mich zu ihm um. Ich brauchte nichts zu sagen, unsere Augen verstanden sich auch ohne Worte. Er nickte und schob mich weiter.

Als wir am Haus ankamen, ging Luke hinein und holte die Gehhilfe. Dann schob er mich über den kleinen Pfad, der an der Seite des Gartens entlangführte. Vor den Stufen, die zum Pavillon führten, hielt er an, stellte sich neben mich und ergriff meine Hand.

»Zuerst werde ich dich hinauftragen und dich auf die Bank setzen.«

Er legte seine Arme um meinen Körper und hob mich behutsam auf. Ich schlang meinen linken Arm um seinen Hals und unsere Wangen berührten sich. Dann trug er mich langsam und vorsichtig die Stufen zu unserem Pavillon hinauf und setzte mich sanft auf eine Bank. Er blieb vor mir stehen, ohne meine Hand loszulassen, und sah mich an. Ich lehnte mich zurück und ließ meinen Blick umherschweifen.

»Es stimmt, was du über das Weggehen und Wiederkommen gesagt hast. Irgendwie wirkt der Pavillon jetzt kleiner und älter.«

»Schließ nur die Augen, und erinnere dich daran, wie es früher war, und wünsche dir, es wäre jetzt genauso. Ich weiß, daß es dann so sein wird. An jenem Tag, als meine Mutter und ich dich im Bostoner Krankenhaus besucht hatten, bin ich auch hierhergekommen.«

»Wirklich? Ich sah ihm in die Augen. Sein Blick war in den meinen versunken. Es war so, als könnte jeder dem anderen ins Herz blicken, über den Körper und den Geist hinaus, es war, als würden unsere Seelen verschmelzen. Wieder spürte ich, daß wir etwas ganz Besonders miteinander teilten, etwas Magisches, das nur wir beide wahrnehmen konnten . . .

»Ja. Ich habe hier gesessen und die Augen geschlossen, und als ich sie wieder öffnete, erblickte ich dich. Du lachtest, und dein Haar wehte im Wind. Und dann hast du mit mir gesprochen.«

»Was habe ich gesagt?« Meine Stimme war kaum mehr als ein Flüstern.

»Du hast gesagt: ›Sei nicht traurig, Luke. Ich werde wieder stark und gesund werden und nach Winnerrow zurückkehren.‹ Ich mußte die Augen schließen, um dich noch weiter sehen zu können. Und als ich sie wieder öffnete, geschah etwas ganz Seltsames, Annie.«

»Was?«

»Ich fand dies auf dem Boden des Pavillons.« Er griff in seine Hosentasche und zog ein pinkfarbenes Stirnband hervor, mit dem ich früher oft mein Haar zurückgebunden hatte. »Oh, ich weiß, viele Leute würden sagen, daß es schon zuvor hier gelegen sein mußte, daß es vielleicht nur unter das Geländer gerutscht und jetzt durch einen Windstoß zum Vorschein gekommen war. Aber ich sah es erst, als ich die Augen wieder öffnete.«

»O Luke!« Ich nahm das Band in meine Hand. »Es ist nicht

einmal schmutzig.«

»Ich habe es nachts mit ins Bett genommen. Mein Zimmerkollege muß mich für völlig verrückt gehalten haben, aber das war mir gleichgültig. Solange ich es bei mir hatte, war es, als wärst du in meiner Nähe. Also, siehst du, dieser Ort hat tatsächlich etwas Magisches.«

Magisch, dachte ich. Wenn Liebe magisch war, dann hatte Luke wohl recht. Oh, ich wußte, daß es nicht richtig war, ich wußte, daß ein junger Mann und eine junge Frau, die in so enger verwandtschaftlicher Beziehung zueinander standen, sich nicht so ansehen durften, wie wir es taten . . . Doch keiner von uns beiden schien fähig, dem ein Ende zu setzen. Sollten wir es einfach offen zugeben, unsere Gefühle füreinander frei aussprechen? Oder sollten wir weiterhin vorgeben, nur gute Freunde und Halbgeschwister zu sein?

Würde dann das Verlangen, das ich für ihn empfand, erlöschen? Würde dann mein Herz nicht mehr so stürmisch pochen, wenn er mich berührte? Würde ich dann aufhören von ihm zu träumen und zu phantasieren? Wenn Liebe wirklich ein Zauber war, dann würden wir durch ihren Bann immer nur Verdammnis oder überirdisches Glück erfahren.

Überirdisches Glück, da ich mich, wann immer ich mit Luke zusammen war, so lebendig fühlte wie in der Gegenwart keines anderen Menschen. Ich empfand alles, was eine Frau nur empfinden konnte. Verdammnis, da es eine Qual war, jemanden zu begehren, den man nicht wirklich lieben durfte . . .

Vielleicht war es besser, nicht dem Zauber solcher Magie zu verfallen.

»Ich möchte dir ganz nah sein, Luke«, flüsterte ich, »aber . . .«

»Ich weiß«, sagte er und legte seine Finger auf meine Lippen, um die Worte zurückzudrängen, die wir beide fürchteten. Dann beugte er sich zu mir vor bis unsere Gesichter sich beinahe berührten. Mein Herz klopfte wild, und mein Atem ging schneller.

»Luke . . .«, murmelte ich, und er hatte sich schnell wieder in der Gewalt und lehnte sich zurück. Für einen Augenblick sah er verwirrt aus, dann stand er auf.

»Ich hole deine Gehhilfe. Du wirst bald wieder ohne Schwierigkeiten gehen können«, fügte er hinzu, um mich zu ermutigen. Ich ergriff seine Hand, um ihn zu unterbrechen.

»Luke, erwarte nicht zu viel. Ich habe erst seit kurzem wieder Gefühl in den Beinen.«

Er lächelte nur zu mir herab, als wüßte er Dinge, die mir unbekannt waren. Ich preßte das pinkfarbene Band an meine Brust und wartete, bis er meine Gehhilfe aufgebaut und vor mich hingestellt hatte. Dann trat er zurück und verschränkte die Arme vor der Brust.

Ich langte nach oben zum Griff der Gehhilfe. Dann zog und stemmte ich mich hoch, bis sich mein Körper langsam von der Bank löste. Meine Beine waren noch sehr schwach, doch langsam gelang es mir, sie durchzudrücken, bis ich schließlich stand. Meine Arme zitterten. Luke sah betroffen aus und kam einen Schritt auf mich zu.

»Nein, bleib stehen. Ich muß es allein schaffen.«

Eine dicke Wolke schob sich vor die Sonne, und ein Schatten legte sich wie ein großer, dunkler Vorhang über den Pavillon und trennte ihn von der umliegenden Welt ab. Obwohl es warm war, lief ein kalter Schauer über meinen Rücken. Ich bemühte mich, meinen Körper immer mehr aufzurichten, und dann konzentrierte ich mich ganz darauf, meinen rechten Fuß vorwärts zu schieben. Ich spürte, wie mein Gesicht sich vor Anstrengung verzerrte und meine Lippen sich aufeinanderpreßten.

»Mach einen Schritt, Annie«, drängte mich Luke.

Unter Aufbietung all meiner Willenskraft schob ich meinen Fuß Zentimeter um Zentimeter vorwärts, und schießlich hatte ich einen Schritt gemacht. Mein Herz klopfte vor Freude und Zuversicht. Dann versuchte ich dasselbe mit dem linken Fuß. Es war, als bemühte ich mich, etwas zu ergreifen, das außer Reichweite war – wie bei jenem Spiel auf dem Jahrmarkt, bei dem man sich immer höher strecken mußte, bis die Fingerspitzen den goldenen Ring erreichten . . . Mein linker Fuß vollendete den Schritt. Die Räder der Gehhilfe machten eine Drehung. Ich öffnete die Augen. Die Wolke zog weiter, und der Pavillon lag wieder im strahlenden Sonnenlicht. Ich fühlte mich so erleichtert, als hätte man mir ein großes Gewicht von der Brust genommen. Ich war wieder frei, streifte die Fesseln von meinen Knöcheln und Knien! Meine Beine waren plötzlich wieder viel kräftiger – fast so wie früher!

Ich lächelte und bewegte abermals den rechten Fuß; und diesmal ging es schon schneller. Der linke Fuß folgte. Jeder der folgenden Schritte war schneller und größer. Mein Rücken wurde immer gerader, bis ich spürte, daß ich aus eigener Kraft stand . . .

»Ich stehe, Luke. Ich stehe. Ich stütze mich kaum mehr auf die Gehhilfe!«

»O Annie, ich wußte, daß du es schaffen würdest!«

Ich wurde sehr ernst und löste meine linke Hand von der Gehhilfe.

»Warte, Annie! Nicht zuviel auf einmal!«

»O Luke, ich kann es, ich muß es einfach versuchen!«

Er eilte auf mich zu, doch ich hob die Hand.

»Bitte, hilf mir nicht.«

»Wenn du hinfällst, bringt meine Mutter mich um.«

»Ich werde nicht fallen.«

Ich löste die rechte Hand von der Gehhilfe und schob sie von mir weg. Als sie weit genug von mir entfernt war, richtete ich mich vollständig auf und löste auch den Griff meiner linken Hand.

Ich stand aus eigener Kraft! Ganz allein! Meine Beine waren wieder kräftig genug, um mein Gewicht zu tragen. Luke streckte mir die Hand entgegen; sie war nur wenige Zentimeter entfernt . . .

»Annie.«

Ich schloß die Augen und öffnete sie dann rasch wieder. Immer noch hielt ich das pinkfarbene Band in meiner linken Hand. Ohne weiter zu zögern, hob ich den rechten Fuß ein klein wenig und schob ihn einige Zentimeter vor. Dann folgte der linke. Über Lukes Gesicht glitt ein wunderbares, strahlendes Lächeln. Ich machte einen größeren Schritt und dann noch einen; dann aber gaben meine Beine unter der Anstrengung nach. Doch bevor ich zu Boden fallen konnte, umfingen Lukes Arme meine Taille, er hielt mich fest an sich gedrückt und küßte meine Wange.

»Annie, du hast es geschafft! Du hast es geschafft!«

Ich war so glücklich, daß auch ich begann, sein Gesicht zu küssen.

Und plötzlich trafen sich unsere Lippen. Die Berührung kam so schnell und unerwartet, daß sich keiner von uns beiden abwandte. Unsere Lippen verschmolzen zu einem leidenschaftlichen Kuß.

»Annie . . . ich . . .« Luke sah so schuldbewußt aus. Wir hatten den Schleier, der uns trennte, zerrissen, hatten die Grenze überschritten und das Verbot übertreten . . .

»Es ist in Ordnung. Ich bin glücklich, daß wir uns geküßt haben«, beharrte ich.

Er hielt mich immer noch fest umschlungen.

Plötzlich ertönte Drakes Stimme, und wir fuhren beide herum.

»Annie!« schrie er. Seine Augen weiteten sich vor Entsetzen und Ärger. Ich griff nach hinten, um die Gehhilfe zu erreichen, und löste mich aus Lukes Umarmung. Drake stürmte die Stufen zum Pavillon hinauf. Sein Gesicht war wutverzerrt.

»Ich habe eine wichtige Geschäftsreise unterbrochen, als ich hörte was in Farthy geschehen war, und jetzt bin ich froh darüber. Anscheinend bin ich gerade noch zur rechten Zeit gekommen.«

»Gerade noch, was soll das heißen?« fragte Luke. Sie standen einander mit geballten Fäusten gegenüber.

»Du und deine hinterwäldlerische Mutter, ihr hattet kein Recht, Annie aus Farthy wegzuholen! Dort bekam sie die beste medizinische Behandlung, dort kümmerte man sich Tag und Nacht um sie, dort hatte sie die beste Ausrüstung, dort . . .«

»Bitte, Drake«, fiel ich ihm ins Wort. »Du weißt nicht, was dort vor sich ging. Ich wollte es dir ja erzählen, aber du hast ja nicht zugehört. Laß es mich dir jetzt erzählen.«

»Was willst du mir erzählen?« fragte er höhnisch. »Vielleicht, daß du hierher zurückkommen wolltest, um dein . . . dein Phantasiespiel mit ihm zu spielen? Ich habe früher schon gedacht, daß das nicht gut ist . . . Aber dir kann man keinen Vorwurf machen, Annie«, sagte er mit einem Blick auf mich. »Er hat deine Schwäche ausgenutzt.«

»Nein, Drake, das stimmt nicht«, schrie ich, doch er starrte haßerfüllt auf Luke, und seine dunklen Augen glühten.

»Ich sollte dir ein für allemal das Genick brechen«, stieß er hervor und sein Mund war verzerrt, so daß sich sein Gesicht zu einer gemeinen, haßerfüllten Fratze verzog.

»Vielleicht solltest du es endlich einmal versuchen«, antwortete Luke, und sein Gesicht wurde hart. Seine Lippen hatten sich zu zwei dünnen Strichen verengt, und seine Augen waren schmal und entschlossen.

»Nein, Luke! Drake, hör mir zu. Ich habe Luke angerufen. Ich wollte, daß er mich aus Farthy holt.«

Doch keiner von beiden schien zu hören, was ich sagte.

»Eigentlich ist es ja keine Überraschung. Ich habe immer gewußt, daß du ein schlechter Mensch bist, wie hätte es auch anders sein können – bei so einer Mutter? Doch jetzt ist die Maske gefallen, und du zeigst dein wahres Gesicht. Ich habe all die Jahre gesehen, wie du Annie angeblickt hast!«

»Drake, sei still!« Mein Entsetzen stieg, als mir klar wurde, was er als nächstes sagen würde.

»Nun, jetzt ist Schluß damit. Jetzt wird . . .«

»Drake! Luke!« bat ich.

Plötzlich drehte sich der Pavillon um mich herum wie ein Karussell. Das Geländer hörte nicht auf, sich zu drehen. Plötzlich setzte sich die Gehhilfe in Bewegung. Ich verlor das Gleichgewicht, und bevor einer der beiden bei mir war, stürzte ich auf den Boden. Alles um mich herum wurde schwarz.

Als ich wieder zu mir kam, lag ich mit einem feuchten, kalten Waschlappen auf der Stirn in meinem Bett. Tante Fanny und Mrs. Avery standen neben mir. Luke saß in der einen Ecke des Zimmers und Drake in der anderen.

»Ich hab Dr. Williams angerufen, er muß jeden Moment hier sein. Hast dich übernommen, stimmt's? Wußt ich ja, daß sowas passieren würde.«

Luke und Drake sahen schuldbewußt zu mir herüber, und schwiegen.

»Mir geht es gut.«

»Das wird der Arzt entscheiden, Annie«, sagte Luke sanft.

Mrs. Avery erneuerte den kalten Waschlappen auf meiner

Stirn. Dann kam Dr. Williams, und alle außer ihm und Tante Fanny verließen das Zimmer.

Er fühlte meinen Puls, prüfte meinen Blutdruck und meine Herztöne. Dann lehnte er sich zurück, schüttelte den Kopf und sah von Tante Fanny zu mir. Seine buschigen Augenbrauen waren hochgezogen, so daß sie wie zwei Fragezeichen aussahen.

»Was ist geschehen?«

»Nehme an, daß sie übertrieben hat, nich Doktor? Wir ham sie aus 'm Bett geholt und mit am Tisch essen lassen. Luke hat sie runter zum Friseur gebracht, und da ist sie 'ne ganze Zeit geblieben. Dann, als sie zurück waren, hat er mit ihr im Pavillon mit der Gehhilfe geübt.«

»Hast du dich zu sehr angestrengt, Annie? Davor hatte ich dich doch gewarnt.« Er drohte mir scherzhaft mit seinem kurzen dicken Zeigefinger.

»Ich glaube nicht, Dr. Williams.«

»Hmmhm, na, dein Puls und der Herzrhythmus sind in Ordnung. Der Blutdruck ist vielleicht etwas hoch, aber das ist nicht schlimm. Ruhe dich jetzt einfach aus, und versuch, deinen Körper nicht zu überfordern. Ich habe endlich deinen Arzt in Boston erreicht, und er hat versprochen, die Berichte umgehend zu schicken. Nach allem, was er mir am Telefon erzählt hat, bin ich sicher, daß du wieder ganz gesund werden wirst. Es ist nur eine Frage der Zeit.«

»Ich weiß, daß ich wieder gesund werde, Dr. Williams. Jetzt bin ich mir ganz sicher.«

»Gut, Annie.« Er stand auf und wandte sich an Tante Fanny. »Sie wird bald wieder in Ordnung sein, aber sie soll sich jetzt erst mal ein paar Tage schonen.«

»Hörst du, was der Doktor sagt?« mahnte Tante Fanny.

»Ich komme bald wieder vorbei.« Er lächelte mich ermutigend an und tätschelte meine Wange.

Tante Fanny wollte ihn hinausbegleiten.

»Tante Fanny, bitte schick Drake herein. Ich muß mit ihm reden. Das kann ich doch, nicht wahr, Doktor?«

»Sicher, solange du dich nicht aufregst.«

Als Drake hereinkam, sah er bedrückt aus, doch der Ärger schien immer noch unter der Oberfläche zu brodeln.

»Bitte, Drake, komm her, und setz dich zu mir. Ich möchte mit dir reden. Keine Angst, Dr. Williams hat es mir erlaubt.«

Er blieb an der Tür stehen, dann kam er ein paar Schritte näher, doch ich sah ihm an, daß er nicht daran dachte, sich zu setzen und mir ruhig zuzuhören.

»Du kannst nicht auf das hören, was der alte Dr. Williams sagt. Er ist nur ein Landarzt. Bitte laß mich deine Sachen zusammenpacken und dich wieder nach Farthy bringen.«

»Drake, das letztemal, als du mich in Farthy besucht hast, hast du versprochen, mir zu helfen von dort wegzukommen, wenn ich es unbedingt wollte.«

»Das habe ich nur gesagt, weil du von den Medikamenten und all dem so durcheinander warst.«

»Drake, es waren nicht die Medikamente. Das Ganze begann mit Mrs. Broadfield. Sie war so häßlich zu mir!«

»Nun . . . Tony hat sie doch entlassen, oder? Er hat eine andere Krankenschwester gesucht. Das war doch kein Problem.«

»Tony war das Problem, Drake. Tony war ein großes Problem. Er wollte nie, daß ich gesund werde.«

»Was? Nun hör mal zu . . .«

»Nein, jetzt hörst du mir bitte zu. Tony wollte, daß ich für immer dableibe. Er wollte mich in seiner wirren Phantasiewelt gefangenhalten. Er hat meine Genesung bewußt hinausgezögert, damit ich in diesem Bett bleiben müßte und länger von ihm abhängig wäre. Warum hätte er sonst meinen Rollstuhl und meine Gehhilfe aus dem Zimmer entfernt, nachdem ich ihm gezeigt habe, daß ich allein aufstehen konnte? Er wollte nicht, daß ich das Zimmer verlasse!«

»Ich bin sicher, er wollte nur verhindern, daß du dich übernimmst und damit deine Genesungschancen verringerst.« Er lehnte sich lächelnd zurück. »Kranke sind oft zu ungeduldig und wollen zu schnell wieder auf die Beine kommen und . . .«

»Nein, Drake, ihm ging es nicht um mein Wohlergehen. Er hat nur an sich selbst gedacht.«

»Nun, Annie«, sagte er und beugte sich dabei vor, »ich weiß . . .«

»Er ist krank!« Ich hob die Stimme und meine Augen weiteten sich. Die plötzliche Entschlossenheit, die ich ihm entgegensetzte, ließ ihn für einen Moment innehalten. »Drake, er . . . er kam nachts zu mir und dachte, ich wäre meine Großmutter Leigh!«

»Was?« Ein ungläubiges Lächeln glitt über sein Gesicht.

»Ja, er wollte . . . er wollte mich lieben, da er dachte, ich wäre Leigh.«

»O Annie, sicherlich hattest du Halluzinationen, die durch deine Medikamente hervorgerufen wurden. Tony ist einfach . . . nur ein einsamer, alter Mann. Und darum bin ich auch gleich hergekommen«, sagte er. Er hatte jetzt einen belehrenden Ton angeschlagen. »Du hast ihm das Herz gebrochen, als du zugelassen hast, daß Fanny und Luke dich aus Farthy holten. Als er mich anrief, war er den Tränen nahe. Er hat nicht verstanden, warum du gefahren bist, ohne dich von ihm zu verabschieden. ›Ich habe doch alles für sie getan‹, hat er mir am Telefon gesagt. ›Und ich würde noch mehr tun, alles, was sie will! Ich wollte sogar Farthy renovieren!‹«

»O Drake, warum verschießt du die Augen vor dem, was dort geschieht?«

»Ich verschließe nicht die Augen. Ich sehe einen freundlichen alten Mann, der bestrebt ist uns zu helfen, der mir eine wichtige Position übertragen hat . . ., der mir die Leitung der Willies-Spielzeugfabrik versprochen hat und auch viele andere Projekte . . . Jemanden, der in medizinischer Hinsicht alles für dich getan hat, der bereit ist, keine Kosten zu scheuen, damit du wieder gesund wirst.

Aber ich sehe auch meine Halbschwester, diese Schlampe, die dir nichts als Lügen erzählt hat, nur um dich hierher zurückzuholen, nur damit sie in diesem Haus leben und alles genießen kann, was Heaven und Logan gehörte. Und ich sehe meinen perversen Neffen, der eifrig vorgibt, sich aufopfernd um dich zu kümmern, nur damit . . . damit er dich ausnützen kann. Er hat ja nicht eine Sekunde verschwendet, um dich zum Pavillon zu bringen. Zu eurem magischen Platz«, fügte er höhnisch hinzu.

»Er ist nicht pervers, Drake. Und ich war es, die zum Pavillon gehen wollte!«

»Annie, du bist jetzt so schwach, so verletzlich, deine Gefühle sind völlig ungeschützt . . . jeder kann dich ausnützen . . . Fanny, die dir nichts als Lügen erzählt, und Luke, der ständig in deiner Nähe ist, dich anfaßt . . . Darum werde ich dich nach Farthy zurückbringen, wo du in Sicherheit bist.«

»In Sicherheit? Hast du nichts von all dem begriffen, was ich dir erzählt habe?«

»Luke hat dich gegen mich aufgehetzt. Er setzt dir all diese Flausen in den Kopf! Darum willst du nicht auf mich hören und . . .«

»Hör auf, ihn ständig zu verurteilen. Du täuschst dich in ihm. Luke war wundervoll, er hat sogar sein Studium unterbrochen, nur um mir zu helfen.«

»O ja, du verteidigst ihn natürlich, das hast du ja immer getan. Ganz egal, was ich dir gesagt oder erzählt habe, du hast immer einen Weg gefunden, ihn zu rechtfertigen«, beklagte er sich wie jemand, der sein ganzes Leben zurückgesetzt worden war.

»Drake.« Ich streckte bittend meine Hand nach ihm aus.

»Nein!« Er zuckte zurück und schüttelte den Kopf. »Heaven würde auf meiner Seite stehen, ganz bestimmt. Sie hat es nicht gern gesehen, daß ihr andauernd zusammen wart.«

»Das stimmt nicht, Drake«, warf ich ein, doch ich wußte, daß er recht hatte.

»O doch«, beharrte er. »Sie machte sich Sorgen, denn sie wußte, was los war. Nun, ich werde nicht hierbleiben und all das mitansehen oder gar billigen. Wenn du wieder bei Verstand bist, ruf mich an, und ich werde alles stehen und liegen lassen, egal wie wichtig es ist, und dich wieder dorthin bringen, wo du hingehörst. Farthy gehört dir, es gehört uns . . . ja, es wird uns einmal ganz gehören.«

»Aber ich will es nicht, Drake. Farthy ist nicht so, wie du denkst. Meine Mutter hatte recht. Du bist derjenige, der nicht zuhört. Dieser Ort ist nichts als . . . ein Friedhof voller trauriger Erinnerungen. Geh nicht dorthin zurück! Bleib hier. Arbeite in der Fabrik und vergiß das alles, Drake. Bitte!«, flehte ich.

»Nein, es wird mir gehören. Alles wird mir gehören. Tony hat es versprochen. Ja, er hat es versprochen. Denk an das, was ich dir gesagt habe. Wenn du wieder bei Verstand bist, ruf mich an.«

Er wandte sich um und verließ das Zimmer. Die Tür blieb weit offen stehen. »Drake!«

Mein Schrei verhallte in der leeren Tür. Ich vergrub das Gesicht in meinem Kopfkissen und schluchzte. Drake hatte so böse und zornig ausgesehen! Von dem liebenden Blick des älteren Bruders war nichts übriggeblieben. Auch der sanfte Ausdruck war aus seinen Augen gewichen. Jetzt brannten nur mehr Haß und Neid in seinem Blick. Die Macht und der Reichtum der Tattertons hatten ihn völlig verändert. Es war, als hätte er seine Seele dem Teufel verschrieben ...

Luke kam nicht zu mir herauf, nachdem Drake weggegangen war, und so wußte ich nicht, ob noch böse Worte zwischen ihnen gefallen waren. Mrs. Avery fragte mich, ob ich zum Mittagessen ins Eßzimmer kommen wollte, aber ich war zu aufgeregt, um jetzt unter Menschen zu sein; und so brachte Tante Fanny mir das Essen ans Bett. Ich fragte sie, wo Luke wäre.

»Er hat gesagt, er muß allein sein, damit er in Ruhe nachdenken kann. Ich hab nich widersprochen. Wenn ein Casteel in so 'ner Stimmung ist, muß man ihn in Ruhe lassen. Wenn man das nich macht, wird er böse.«

»Ich habe Luke noch nie böse erlebt, Tante Fanny.«

»Na ... hast ihn auch noch nich so verrückt erlebt wie ich. Natürlich hat er manchmal recht sich aufzuregen. Wenn er mit dir zusammen is, is er auch anders. Aber wie dem auch sei, jetzt hat er sich erst mal verzogen.«

»Sobald Luke zurückkommt, schick ihn doch bitte zu mir herauf, Tante Fanny.«

Sie nickte und ging. Um auf andere Gedanken zu kommen, arbeitete ich an meinem letzten Bild von Farthy weiter. Ich nahm jetzt die Veränderungen vor, die es meiner Ansicht nach wirklichkeitsgetreuer machten. So schloß ich mit den Phantasien meiner Kindheit ab. Ich fügte auch noch einen Mann hinzu, der gerade aus dem Irrgarten trat. Als ich fertig war und mich zurücklehnte, stellte ich fest, daß ich Troys Augen, seine Nase und seinen Mund gut getroffen hatte. Ich war selbst von meinem Werk beeindruckt.

Die Arbeit hatte mir wieder Kraft gegeben, und so entschloß ich mich, das Abendessen im Eßzimmer einzunehmen.

Tante Fanny und Mrs. Avery brachten mich nach unten. Luke war noch immer nicht zurückgekommen. Ich hatte kaum Hunger, obwohl Roland mein Lieblingsessen, gebratenes Hühnchen mit Sherry-Sauce, gekocht hatte. Mein Blick war ständig auf die Tür gerichtet. Wie sehr sehnte ich mich danach, daß Luke hereinkommen würde! Aber er kam nicht.

Ich sah ein wenig mit Tante Fanny fern, doch ich war nur halb bei der Sache. Immer wieder lauschte ich auf ein Geräusch von der Eingangstür, doch die Stunden vergingen, und Luke kam nicht zurück . . . Schließlich ging ich enttäuscht zu Bett.

Ich verfiel in einen leichten Schlaf, aus dem ich ständig erschrocken auffuhr, weil ich ein Geräusch gehört zu haben glaubte. Kurz nach Mitternacht wachte ich erneut auf, weil ich Lukes Anwesenheit im Zimmer spürte; und als ich die Augen öffnete und aufsah, stand er wie erwartet im gleißenden Mondlicht neben meinem Bett und starrte auch mich herab.

»Luke, wo warst du die ganze Zeit? Warum bist du so lange weggeblieben?« fragte ich. Er sah nachdenklich zu mir herab.

»Ich war in dem Häuschen in den Willies, Annie, um dort in Ruhe nachzudenken«, sagte er leise.

»In dem Häuschen?« Ich richtete mich auf.

»Ich bin früher oft dorthin gegangen«, sagte er schnell. Dann runzelte er die Stirn. »Ist Drake noch hier?«

»Nein, er ist gegangen. Er ist böse auf mich, weil ich nicht zurück nach Farthy gehen wollte«, erklärte ich.

»Ich war noch nie so wütend auf ihn. Ich hatte gehofft, er würde zuschlagen, denn dann hätte ich wenigstens zurückschlagen können«, sagte Luke. In seinen Augen lag eine finstere Entschlossenheit. Dann wurde ihm scheinbar bewußt, wie hart und haßerfüllt er aussah, und sein Gesicht wurde wieder sanfter. »Ich nehme an, daß es mir im Blut liegt – und auch ihm. Meine Mutter hat mir oft von dem Temperament der Casteels erzählt.« Er setzte sich neben mich, und jenes Lächeln, das ich kannte und so sehr liebte, glitt über sein Gesicht. »Ich wünschte, ich wäre mehr wie du, Annie. Wir haben genau die gleichen Erbanlagen, Stonewall und Casteel, und doch bist du anders . . ., so tolerant, geduldig und verständnisvoll.«

»O Luke, unser Blut ist nicht dasselbe. Tony hat nur Unsinn geredet, als wir Farthy verlassen haben. Mammi war keine Casteel.«

Sein Lächeln verschwand.

»Wie kannst du da so sicher sein? Tony ist so verwirrt . . .«

Ich erzählte ihm alles, was Tante Fanny mir erzählt hatte. Er hörte mir gespannt zu, dann nickte er, so als habe er erwartet, eines Tages so etwas zu hören.

»Du bist also nicht mein Cousin und außerdem mein Halbbruder. Du bist nur mein Halbbruder«, schloß ich.

»Annie«, sagte Luke und schüttelte seufzend den Kopf. »Unser Leben ist so verworren, so durcheinander. Es kommt mir so vor, als wären wir beide dazu bestimmt, alles Leid dieser Welt zu tragen, ein Leid, das kein Ende hat . . .«

»Ich werde wieder gesund werden, Luke, ganz bestimmt«, versprach ich. Er sah so niedergeschlagen und müde aus. Dies war nicht der alte entschlossene Luke, der bereit war, nach den Gipfeln zu streben. Wenn er jetzt die Hoffnung verlor, was sollte ich dann tun?

»Ich meine nicht diese Art von Leiden, Annie.« Er betrachtete seine Hände, die in seinem Schoß lagen, und hob den Blick dann wieder. Selbst im Mondschein konnte ich erkennen, daß Tränen in seinen Augen glänzten. »Ich war wütend auf Drake, weil er so gemein zu dir war, aber ich war auch wütend, weil . . . weil er die Wahrheit gesagt hat, Annie«. Luke ergriff meine Hand. »Ich kann nichts dafür, ich liebe dich, und ich liebe dich nicht so, wie ein Halbbruder seine Halbschwester lieben sollte. Ich liebe dich, wie ein Mann eine Frau liebt!«

»O Luke!« Die Wand, die uns bis jetzt getrennt hatte, zerfiel zu Staub. Mein Herz schien zerspringen zu wollen. Luke hatte die Worte laut ausgesprochen, die den Fluch herausfordern würden. Er hatte das Verbot übertreten und unserer Leidenschaft die Schleusen geöffnet, jener Leidenschaft, die sich so lange in uns aufgestaut und nur auf diesen Augenblick gewartet hatte . . .

Jetzt hatte sein Gesicht wieder jenen entschlossenen Ausdruck, den ich bei ihm gewohnt war. »Ich habe mich dort oben in den Willies entschlossen, herzukommen und alles auszusprechen, was ich fühle. Drake hatte recht, ich habe dich wirklich all diese Jahre voll Leidenschaft und Verlangen angesehen. Kein anderes Mädchen konnte mich glücklich machen. Darum hatte ich auch nie wirklich eine Freundin, denn ich habe die ganze Zeit nur von dir geträumt. Ich weiß, daß es falsch ist, aber ich kann es nicht ändern. Darum bin ich auch weggelaufen. Es ist so schmerzlich, Annie!«

»Luke, ich verstehe dich.« Ich setzte mich auf, so daß unsere Gesichter sich fast berührten.

»Wirklich?« fragte er, und sein Blick brachte zum Ausdruck, daß er es schon immer geahnt hatte.

»Ich empfinde die gleichen Gefühle wie du . . . und mir scheint es sogar, als wären sie stärker geworden, seit du mich aus Farthy zurückgeholt hast«, bekannte ich. Für einen Augenblick schien die Luft zwischen uns wie ein Fenster, durch das der eine in die Augen des anderen sah und gegen das wir unsere Lippen preßten . . .

»Das habe ich vermutet«, flüsterte Luke, und seine Hände wanderten über meine Arme, hinauf zu meinen Schultern. »Schon in den letzten Tagen war ich ständig versucht, es dir zu sagen. Und im Pavillon habe ich es ja auch fast getan.«

»Ich auch.«

Mein Nachthemd glitt über meine Schultern und lag nur noch lose auf meinen Oberarmen, so daß meine Brust halb entblößt war. Lukes Finger strichen über meinen Brustansatz. Er seufzte.

»O Annie, die Natur hat uns einen so grausamen Streich gespielt. Ich hasse mich dafür, daß ich dich so liebe, aber ich kann es nicht ändern, ich *will* es nicht einmal ändern!«

»Luke, du darfst dich nicht dafür hassen. Auch ich kann es nicht ändern, aber ich hasse mich deswegen nicht.«

»Annie . . .«

Wir konnten uns nicht mehr beherrschen. Wir schlüpften durch das imaginäre Fenster, und als seine Lippen die meinen berührten, glitt mein Nachthemd vollständig herab . . . Seine Finger wanderten abwärts, um mich zu liebkosen; ich stöhnte und suchte erneut seine Lippen. Doch plötzlich fuhr Luke zurück.

»Nein, Annie . . . nein, nein! Wir dürfen es nicht tun.

Drake hatte ganz recht. Ich gehöre nicht hierher, ich darf nicht hierbleiben. Was auch immer das Blut der Casteel vergiftet haben mag, jetzt hat es auch von mir Besitz ergriffen. Wenn ich hier bei dir bleibe, kann ich mich nicht beherrschen, und wir werden so wie einige meiner hinterwäldlerischen Vorfahren . . . wie Tiere!«

»Luke, wir können nichts Schmutziges tun. Es kann nicht Unrecht sein. Ich weiß nicht warum, aber ich fühle es.«

»Du bist zu gut für jemanden wie mich. Du hast es nicht verdient, daß auch dich der böse Fluch ereilt . . . nur weil ich meine wahnsinnige Leidenschaft nicht beherrschen kann. Ich bin auch nicht besser, als meine Mutter es früher war. Drake hat in dieser Hinsicht völlig recht.

Ich muß mich für eine Weile von dir fernhalten, Annie, du mußt zuerst gesünder und stärker werden, sowohl physisch, als auch psychisch.« Er erhob sich von meinem Bett.

»Nein Luke, ich brauche dich, bitte geh nicht!« Ich streckte die Hand nach ihm aus, doch er wich noch weiter vor mir zurück.

»Ich muß. Gott schütze dich, Annie. Werde gesund.«

Er wandte sich abrupt ab und lief hinaus.

»Luke!« Ich versuchte, aus meinem Bett zu kommen. Meine Knie zitterten, doch ich schaffte es schließlich, meine Gehhilfe zu erreichen, die auf der anderen Seite des Bettes stand. Mit ihrer Hilfe durchquerte ich mein Schlafzimmer und erreichte die Tür. Ich kam gerade rechtzeitig, um zu hören, wie die Haustür geöffnet wurde und dann wieder ins Schloß fiel.

»Luke!«

»Annie, was ist los?«

Tante Fanny kam über den Flur auf mich zugeeilt.

»O Tante Fanny, schnell! Luke ist davongelaufen. Halt ihn auf! Er macht sich Vorwürfe wegen allem, was geschehen ist, wegen der Auseinandersetzung zwischen Drake und mir und wegen . . . wegen allem.«

Sie nickte, und ich erkannte, daß sie mehr wußte, als ich angenommen hatte.

»Das mußte eines Tages passieren, mein Kind. Hab's kommen sehen, aber was hätt ich machen sollen?« Sie legte den

Arm um mich und führte mich sanft, aber entschlossen zurück zu meinem Bett.

»Du hast es kommen sehen?« Hatte denn jeder schon gewußt, was wir so tief in unseren Herzen verschlossen glaubten?

»Ich hab schließlich Augen im Kopf. Natürlich hab ich gewußt, was sich da zwischen euch entwickelt.«

»O Tante Fanny, ich habe es nicht absichtlich getan. Ich . . .« Ich saß auf meinem Bett, die Hände im Schoß, und schüttelte den Kopf.

»Ich weiß, mein Liebes.« Sie setzte sich neben mich und ergriff meine Hand. »Ich weiß, daß du's nich zugelassen hättest, wenn du was dagegen hättest machen können. Die Liebe ist einfach aus dir rausgesprudelt und aus ihm auch. Niemand kann euch Vorwürfe machen. Wart ja schon als Kinder wie zwei Blumen tief drinnen im Wald. Eure Liebe ist frei und wild gewachsen. Und jetzt müßt ihr euch wieder voneinander losreißen. Das tut natürlich weh, und weil bei dir noch so viel dazukommt, ist es doppelt hart für dich. Aber ich werd bei dir sein und dir da durchhelfen, Annie.«

»Aber Luke?« weinte ich. Er hatte niemanden, der ihm helfen und ihn trösten konnte.

»Du mußt ihn seinen eigenen Weg gehen lassen, Annie. Das hab ich dir doch schon gesagt. Er hat nich nur Luke Casteels Namen, er hat auch sein Blut geerbt. Ich hab meinen Daddy geliebt, aber er war 'n Mann, hinter dessen schönen Augen immer ein heißes Feuer gebrannt hat.«

»Tante Fanny, ich fühle mich so krank, so leer und einsam. Ich kann es nicht ertragen«, stöhnte ich. Sie legte die Arme um mich und drückte mich einen Augenblick lang an sich; dann küßte sie mich auf die Stirn und schob mich eine Armlänge zurück.

»Nun komm, Annie. Ich helf dir ins Bett. Mußt doch an deine Gesundheit denken.«

Als ich wieder unter der Decke lag, beugte sie sich zu mir herab, küßte mich auf die Stirn und strich über mein Haar, so wie es Mammi früher getan hatte.

»Nun schlaf, Annie. Ich werd hier sein und dir helfen, bis du wieder allein klarkommst.«

»Danke, Tante Fanny.«

»Wir Frauen müssen doch zusammenhalten«, meinte sie und lächelte. Dann küßte sie mich noch einmal und ließ mich allein in der Dunkelheit zurück. Immer noch glaubte ich, das Echo von Lukes Stimme zu hören und seine Augen dicht vor meinem Gesicht zu sehen ...

»Es ist nichts Schmutziges; es kann nichts Schmutziges daran sein«, sagte ich mir immer wieder. Dann schlief ich ein.

23. Kapitel
Das Geheimnis der kleinen Hütte

Die nächsten anderthalb Wochen waren schwierig für mich, in gewissem Sinne sogar härter als die Zeit, die ich in Farthy verbracht hatte. Nicht, daß auch hier irgend jemand grausam zu mir gewesen wäre; davon konnte gar keine Rede sein. Sowohl die Angestellten als auch meine Tante Fanny hätten gar nicht hilfsbereiter, liebevoller und aufmerksamer sein können. Aber jetzt, so kurz nach dem Tod meiner Eltern hatte ich auch noch Luke verloren; Luke, von dem ich gedacht hatte, er würde immer für mich da sein; Luke, für den ich bereit war, meine Schmerzen zu ertragen und zu kämpfen. Er war fort, und ich fühlte mich innerlich so tot und leer wie in den Tagen, nachdem ich meine Eltern verloren hatte.

Mein Leben war freudlos und dunkel, mochte die Sonne draußen auch noch so hell scheinen. Ich empfand unendliche Kälte und Müdigkeit, wickelte mich in meine Decken und verbrachte Stunden damit, nur die Wände anzustarren. Wenn es dunkel wurde, verspürte ich nicht den Wunsch, das Licht anzuknipsen. Manchmal war ich wie erstarrt, und manchmal weinte ich so lange, bis meine Brust schmerzte. Niemals hatte ich mich so einsam gefühlt, nicht einmal während der schrecklichen Stunden, als ich in Farthy eingesperrt gewesen war. Dort hatte ich wenigstens noch meine Phantasien und Träume gehabt . . .

Jetzt hatte ich auch sie verloren. Es gab keine Phantasien mehr, die meine trübsinnige Stimmung vertreiben konnten. Noch härter aber traf es mich, daß die Gefühle zwischen Luke und mir auf einmal so schmutzig erschienen. Die Liebe, die uns verband, war etwas Verbotenes, und alles, was in meiner Erinnerung wundervoll und schön gewesen war, schien jetzt schlecht und sündhaft. All das brach mir fast das Herz . . .

Wie schrecklich war es doch, wenn man nicht nur die Menschen verlor, die man liebte, sondern gleichzeitig die Freuden der Erinnerung an sie! Das Schicksal hatte mein Herz leergeplündert; es hatte alle knospenden Blumen ausgerissen und nur mehr kahle Stengel zurückgelassen.

Viele ehemaligen Freunde meiner Eltern besuchten mich, um mir nachträglich ihr Beileid auszusprechen, da sie mich vorher nicht hatten erreichen können. Ich freute mich über ihre Anteilnahme, aber bei jedem dieser Besuche, erlebte ich die Tragödie aufs neue, wurde schmerzlich an meinen Verlust erinnert.

Einige Freundinnen meiner Mutter brachen in meiner Gegenwart in Tränen aus, und ihre Trauer verletzte mich wie eine scharfe Klinge, ließ Wunden wieder aufbrechen, über denen sich bereits eine dünne Haut gebildet hatte. Dennoch gelang es mir, stark zu bleiben und den anderen sogar Trost zu spenden.

»Genau das hätt' Heaven auch gemacht«, bemerkte Tante Fanny einmal nach einer solchen Szene. »Wenn Not am Mann war, dann war niemand stärker als deine Mutter. Ich hab gejammert und gemeckert, wenn wir nix zu beißen hatten, und sie und Tom sind losgezogen und haben was zu essen rangeschafft. Und sie war's auch, die unsere Jane gefüttert und versorgt hat, wenn's der mal wieder schlecht ging.«

Diese Erzählungen über meine Mutter gaben mir die Entschlossenheit und Kraft, weiter an meiner Genesung zu arbeiten, nachdem mich Luke und Drake im Stich gelassen hatten. Tante Fanny erzählte, Luke würde häufig anrufen und sich nach mir erkundigen; wenn sie ihn jedoch fragte, ob er mit mir sprechen wollte, antwortete er nur ›ein andermal‹. Ein halbes Dutzend Male, wenn nicht sogar öfter, versuchte ich, einen Brief an ihn zu schreiben. Doch immer, wenn ich das Geschriebene noch einmal las, zerriß ich das Blatt, denn ich hatte nicht die richtigen Worte gefunden, hatte nicht das ausgedrückt, was ich wirklich fühlte.

Dr. Williams kam häufig vorbei, um zu sehen, welche Fortschritte ich machte. Meine Beine wurden jeden Tag kräftiger, und er überwies mich an eine Krankengymnastin. Sie sollte mir helfen, meine Muskeln wieder aufzubauen, bis ich die

Gehhilfe nicht mehr brauchen würde. Außerdem verschrieb er mir Krücken, die ich ausschließlich dazu verwenden sollte, das Gleichgewicht zu bewahren. Wenige Tage später kam ich allein die Treppen hinauf und hinunter und konnte endlich ohne Hilfe aus dem Haus gehen. Das erste was ich tat war, daß ich mich in den Pavillon setzte und über alles nachdachte, was zwischen Luke und mir geschehen war. Tante Fanny kam zu mir heraus und bestand darauf, daß ich eine Jacke anziehen sollte.

»Es ist ganz schön kalt, und du bist noch längst nich wieder richtig auf 'm Damm.«

Dann war es endgültig Herbst geworden. Eines Morgens fiel mir plötzlich auf, daß fast alle Blätter eine rostrote oder goldene Färbung angenommen hatten.

Ich dachte daran, wie sehr Mammi den Herbst geliebt hatte. Sie hatte immer gesagt, daß er in den Willies ganz besonders schön sei. »Ich liebte es, im Herbst durch den Wald zu wandern. Die Bäume über mir leuchteten wunderschön im Sonnenlicht, und jeder Baum hatte seinen eigenen Farbton: gelb wie Bernstein, Zitrone, Safran; oder braun wie Haselnuß, Ingwer oder dunkles Mahagoni. Geh im Herbst in den Wald, Annie«, hatte sie zu mir gesagt, »für eine Malerin wie dich sind all diese Farben doch bestimmt sehr anregend.«

Das war richtig, aber wenn ich jetzt daran dachte, fielen mir nur wieder die Waldspaziergänge mit Luke ein . . . Wie sehr wünschte ich mir, er wäre jetzt bei mir, jetzt, da ich wieder auf meinen eigenen Füßen stand! Doch er war wieder auf dem College und versuchte wohl, mich zu vergessen.

Ich begann ein Bild von Luke zu malen. Zuerst skizzierte ich den Pavillon und dann ihn, wie er dort stand und nachdenklich über die Felder blickte. Während ich an dem Bild arbeitete, ließ der Schmerz ein wenig nach, sobald ich jedoch aufhörte zu malen, fühlte ich wieder den furchtbaren Verlust . . . Ich zögerte die Fertigstellung des Bildes hinaus, fand hier und dort noch etwas zu verbessern, fügte die eine oder andere Kleinigkeit hinzu und veränderte ein paar Details. Wenn ich dann den Pinsel weglegte und zurücktrat, wußte ich nicht, ob ich das Bild eher liebte oder haßte.

Ich hatte mein ganzes Gefühl in dieses Bild gelegt. Luke

war gut getroffen – die Haltung, wie er seinen Kopf ein wenig nach rechts neigte, wenn er intensiv über etwas nachdachte; die Haarsträhnen, die ihm immer in die Stirn zu fallen schienen; der Ausdruck, den seine Augen annahmen, wenn er mich ansah und meine Liebe zu ihm in den meinen erkannte.

Aber das Bild verhöhnte und quälte mich. Es weckte die Sehnsucht in mir, seine Stimme zu hören und zu spüren, daß er da war. Das also ist es, was einen Künstler in einen glücklichen Rausch versetzt und gleichzeitig martert, dachte ich: Die Liebe zu etwas, was man selbst geschaffen hat und doch niemals wirklich besitzen kann.

Ich wurde richtig schwermütig, wenn mich solche Gedanken überkamen. Früher, wenn ich Sorgen und Kummer hatte, konnte ich zu Mammi gehen. Dann bedachte sie mich mit ihrem wärmsten Lächeln, und wie durch einen Zauber wurde mir sogleich leichter ums Herz. Manchmal blätterten wir irgendwelche Modezeitschriften durch und erörterten die Kleider wie zwei Teenager. Wir kicherten über alles, was wir komisch fanden, und seufzten sehnsuchtsvoll angesichts der schönen Modelle.

Das Zimmer meiner Eltern hatte ich noch immer nicht betreten. Mir fehlte einfach der Mut, in den Raum zu gehen, in dem sie geschlafen hatten, und in den ich so oft gegangen war, wenn mich ein böser Traum gequält hatte. Ich fürchtete mich davor, ihr leeres Bett zu sehen, ihre Schränke und Kleider, die Schuhe meines Vaters, den Schmuck meiner Mutter, die Fotos und alles andere, was einst ihnen gehört hatte.

Doch ich wußte, wenn ich mein Leben weiterleben und mit der schrecklichen Tragödie fertigwerden wollte, dann mußte ich mich mit dem auseinandersetzen, was ich so sehr geliebt und dann verloren hatte. Ich mußte den Schmerz und die Trauer lernen!

Mit kleinen, vorsichtigen Schritten und gestützt auf meine Krücken verließ ich mein Zimmer. Im Korridor blieb ich stehen, zögerte erneut, mich ihrem Schlafzimmer zu nähern. Doch diesmal dauerte mein Zaudern nicht lange; ich war entschlossen, nicht zurückzuweichen.

Ich öffnete die Tür. Die Vorhänge waren zurückgezogen und die Fenster geöffnet. Alles war so hübsch und ordentlich wie damals in jener Nacht, in der sich der schreckliche Unfall ereignet hatte.

Eine Zeitlang stand ich nur in der Tür und sah mich um, wobei ich jede Einzelheit in mich aufnahm. Auf dem Toilettentisch waren Mammis Puder und Parfumflaschen, ein Paar blaue Perlmuttohrringe, die sie am Abend vor Tante Fannys schicksalhaftem Fest abgenommen hatte, und die dunkle Schmuckschatulle aus Mahagoni, die Daddy ihr zu Weihnachten geschenkt hatte. Daneben lagen, ordentlich aufgereiht, ihre perlmuttverzierten Kämme.

Mein Herz wollte fast zerspringen, als ich meinen Blick langsam weiter über das Zimmer schweifen und schließlich auf dem Bett verweilen ließ. Mammis weiche rote Satinpantoffel lugten auf ihrer Seite unter dem Bett hervor und warteten sehnsüchtig darauf, daß ihre kleinen Füße in sie hineinschlüpften. Das Buch, das sie zuletzt gelesen hatte, lag noch immer auf ihrem Nachttisch; ein Lesezeichen steckte zwischen den Blättern und verriet, daß sie fast bis zum Ende gekommen war.

Natürlich hing auch das Gemälde von der Hütte in den Willies noch immer über ihrem Bett. Als ich es jetzt betrachtete, mußte ich an Luke denken, der dorthin gegangen war, um noch einmal über alles nachzudenken, und sich dann entschlossen hatte, auf das College zurückzukehren und sich eine Weile von mir fernzuhalten. Vielleicht hatten ihm ja die Geister seines Großvaters Toby und seiner Großmutter Annie diesen Rat gegeben. Und vielleicht war es ein guter Rat gewesen . . .

Auf Daddys Kommode stand eine große Fotografie: meine Eltern bei ihrem Hochzeitsempfang in Farthy. Ich entdeckte etwas, das mir früher nie aufgefallen war. Sie sahen beide jung und lebendig aus, doch als ich sie genauer betrachtete, bemerkte ich, daß in Mammis Gesicht auch eine gewisse Sehnsucht lag. Ich wußte, daß man von dort, wo sie standen, in die Richtung des Irrgartens blickte . . .

Als ich an den Irrgarten dachte, mußte ich auch an Troy und die Hütte denken. Und plötzlich fiel es mir wie Schuppen von den Augen. Ich eilte zurück in mein Zimmer und betrachtete die Spielzeughütte, die mir Mammi zu meinem achtzehnten Geburtstag geschenkt hatte. Ich hatte mich so sehr über dieses Geschenk gefreut, da ich wußte, wieviel ihr die Spieluhr bedeutete!

Als ich sie jetzt ansah, erkannte ich, wie vollkommen sie der wirklichen Hütte auf der anderen Seite des Irrgartens nachgebildet war. Auf einmal wußte ich, daß es Troy Tatterton gewesen war, der diese Spieluhr für Mammi angefertigt und sie ihr kurz nach meiner Geburt geschickt hatte. Sie hatte nie darüber gesprochen, von wem sie sie bekommen hatte.

Hatte Mammi wirklich nicht gewußt, daß Troy noch lebte? Hätte sie denn nicht auf die Idee kommen müssen, daß er die Hütte gemacht und ihr geschickt hatte? Hätte er dann keine Angst haben müssen, daß sie Verdacht schöpfte?

Ein anderes Bild kam mir in den Sinn: die Art, wie er auf seinem Stuhl gesessen war, als er sich mit mir unterhielt . . . die Art, wie er die Hände hinter seinem Kopf verschränkte. Es war genau die Haltung, die auch der kleine Mann in der Spielzeughütte einnahm. War das nur Zufall? Und die kleine Frau – sah sie nicht aus wie Mammi? Sie mußte gewußt haben, wer ihr die Spieluhr geschickt hatte. Wer außer Troy hätte diese Szene festhalten können? Aber wenn sie gewußt hatte, daß er noch lebte und ihr diese Nachbildung geschickt hatte, warum hatte sie es niemandem erzählt?

Ich ließ mich auf den kleinen, mit Chintz bezogenen Stuhl neben meinem Toilettentisch gleiten und stellte meine Krükken ab. Dann, langsam und sehr vorsichtig, hob ich das Dach der Spielzeughütte hoch, und Chopins Nocturne erklang. Es schien, als hätte die Spieluhr die ganze Zeit darauf gewartet, daß sie wieder jemand in Gang setzte. Ich betrachtete die kleinen Figuren in der Hütte und fand meine Vermutung bestätigt: Der Mann sah aus wie Troy; die junge Dame war Mammi.

Jetzt, nachdem ich in der wirklichen Hütte gewesen war, sah ich Dinge, die ich nie zuvor bemerkt hatte: die winzigen Spielzeuge, die der kleine Mann gemacht hatte, die Teetassen auf dem Tisch in der Küche und die halb offene Hintertür. Ob man sie wohl auf- und zumachen konnte?

Meine Finger zitterten, als ich hineinfaßte und die kleine Tür berührte, die nur wenige Zentimeter groß und an winzigen Türangeln befestigt war. Sie schwang auf, und als ich hineinlugte, sah ich, daß einige Stufen nach unten führten. Mein Blick blieb an etwas hängen: Auf dieser mysteriösen Treppe lag ein winziges Blatt Papier. Meine Finger waren zu groß, um durch den Türrahmen hindurchzugreifen und es herauszuholen. Es gab nur eine Möglichkeit: Ich mußte das Papier auf die Art herausholen, auf die es sicherlich auch hineingesteckt worden war – mit einer Pinzette.

Ich fand eine Pinzette in der Schublade von Mammis Toilettentisch, und mit dem Auge und der Fingerfertigkeit eines Chirurgen führte ich sie durch die winzige Tür. Ich bekam das geheimnisvolle Papier zu fassen, und als ich es Zentimeter für Zentimeter herauszog, sah ich, daß es ganz klein zusammengefaltet worden war, bis es in das Versteck gepaßt hatte.

Vorsichtig zog ich es aus der Hütte heraus und legte es auf den Tisch. Dann stellte ich das Dach wieder an seinen Platz zurück, um die klingende Melodie zu unterbrechen, und begann das Papier zu entfalten. Im Laufe der Jahre war es brüchig geworden und vergilbt; die Ränder des Papiers bröckelten und drohten in meinen Fingern in Staub zu zerfallen.

Schließlich hatte ich es ganz entfaltet und breitete es vor mir aus. Es war ein Blatt von normaler Briefpapiergröße. Die Worte waren nur noch schwer zu entziffern, aber ich kämpfte mich hindurch.

Du meine große, meine einzige und doch verbotene Liebe. Mehr als je zuvor erscheint mir die gestrige Nacht wie ein Traum. Das ganze Jahr über hatte ich es mir so viele Male vorgestellt, und nun, da es wirklich geschehen ist, kann ich kaum glauben, daß es nicht nur Traum war.

Ich habe hier gesessen und an Dich gedacht, mir unsere kostbaren gemeinsamen Augenblicke ins Gedächtnis zurückgerufen, die Liebe in deinen Augen und die Zärtlichkeit Deiner Berührungen. Ich konnte nicht anders, ich mußte zu meinem Bett gehen, um nach ein paar Haaren von Dir zu suchen. Gott sei Dank gelang es mir, einige zu finden. Ich werde ein Medaillon für sie anfertigen lassen und sie dann direkt am Herzen tragen. Es tröstet mich zu wissen, daß ich immer etwas von Dir bei mir haben werde.

Ich hatte gehofft, noch eine Weile hierbleiben zu können, obwohl mir klar war, daß es eine Qual sein würde. Ich wollte Dich von Zeit zu Zeit auf Farthy heimlich beobachten können. Es hätte mir zugeich Vergnügen und Schmerz bereitet, zu sehen, wie Du im Park spazierengehst oder wie Du dasitzt und liest. Ich hätte mich benommen wie ein dummer Schuljunge, das weiß ich.

Heute morgen, kurz nachdem Du gegangen warst, kam Tony zu mir in die Hütte und erzählte mir die Neuigkeit, die Du mir sicher ebenfalls mitteilen willst. Aber wenn Du kommst, werde ich bereits fort sein. Ich weiß, es scheint grausam, daß ich Tony ausgerechnet jetzt allein lasse, aber ich gab ihm all den Trost, den ich ihm schenken kann, als er hier war und wir die Möglichkeit hatten, in Ruhe über alles zu sprechen.

Ich habe ihm nichts von uns erzählt, nichts von Deinem Besuch letzte Nacht. Er weiß nicht, daß Du über meine Existenz Bescheid weißt. Ich konnte nicht mit ihm darüber sprechen, er hat zur Zeit genug andere Probleme. Vielleicht wirst du irgendwann einmal das Gefühl haben, er sollte es wissen. Ich überlasse die Entscheidung Dir.

Vielleicht fragst Du Dich, warum ich die Notwendigkeit verspüre, so kurz nach Jillians Tod fortzugehen.

Nun, meine geliebte Heaven, so schwierig es für Dich sein mag, das zu verstehen, aber ich fühle mich schuldig . . . Ich muß zugeben, daß es mir gefallen hat, Jillian mit meiner Anwesenheit zu quälen. Wie ich Dir erzählt habe, hat sie mich einige Male gesehen, und ich wußte, daß sie jedesmal zutiefst erschrak. Ich hätte ihr die Wahrheit erzählen können, hätte sie wissen lassen können, daß ich nicht tot bin, aber ich zog es vor, sie in dem Glauben zu lassen, sie sähe einen Geist. Ich wollte sie ein wenig quälen, denn obwohl es nicht ihre Schuld war, daß Du als Tonys Tochter geboren wurdest, konnte ich ihr doch nie verzeihen, daß sie es mir gesagt und damit diese unüberwindliche Wand zwischen Dir und mir errichtet hat. Sie war immer sehr eifersüchtig und ärgerte sich maßlos über die Zuneigung, die Tony für mich empfand. Das war schon so, als ich noch ein kleiner Junge war.

Jetzt fühle ich eine schreckliche Schuld auf mir lasten. Ich hatte nicht das Recht, sie zu bestrafen. Ich hätte erkennen müssen, daß ich damit nur Tony und auch Dir Schmerz zufüge. Anscheinend bringe ich allen Menschen in meiner Umgebung nur Kummer und Unglück. Natürlich denkt Tony nicht so. Er wollte nicht, daß ich weggehe, aber schließlich habe ich ihn überzeugt, daß es so am besten ist.

Bitte halte zu ihm, wo er so notwendig jemanden braucht, und tröste ihn, so gut Du kannst. Tu es auch in meinem Namen.

Ich denke, unser beider Blicke werden sich niemals wieder voller Begehren ineinander versenken, und wir werden uns nie mehr so berühren, wie wir es vergangene Nacht getan haben. Aber Dein Bild hat sich so tief in mein Herz eingeprägt, daß ich Dich immer bei mir haben werde, ganz egal, wohin ich gehe.

Dein für immer und ewig
Troy.

Benommen lehnte ich mich zurück.

»O Mammi, wußtest du, was du mir hinterläßt, als du mir diese Hütte gabst, das Symbol deiner Liebe?« flüsterte ich.

Die tragische Ungerechtigkeit unseres Schicksals ließ mich erschaudern, als hätte mich ein eiskalter Windstoß ergriffen. Auf welch furchtbare Weise hatte sich die Vergangenheit wiederholt! Etwas, das ich in meinem Herzen gefühlt, aber nicht einmal in Gedanken ausgesprochen hatte, war also wahr: Mammi und Troy Tatterton hatten sich geliebt, aber ihre Liebe war verboten gewesen, wie Troy zu Anfang seines Briefes geschrieben hatte; denn er war Tonys Bruder und damit der Onkel meiner Mutter. Die Blutsverwandschaft hatte die Liebe, die sie füreinander empfanden, zu etwas Schmutzigem gemacht, so wie sie meine Liebe zu Luke zu etwas Schmutzigem gemacht hatte . . .

Meine Mutter hatte also gewußt, daß Troy noch am Leben war, hatte jedoch niemals mit ihm reden oder ihm schreiben können! Nun verstand ich, warum Troy Tatterton mich so eigenartig angesehen hatte, als er mich das erste Mal erblickt hatte. Sicher waren Erinnerungen in ihm wach geworden, hatte ich mir doch sogar das Haar so färben lassen, wie Mammis Haar damals gewesen war!

Vieles, was in dem Brief angesprochen wurde, ergab für mich nur deshalb einen Sinn, weil ich in Farthy gewesen war. Ich verstand die Anspielungen auf Jillians Verrücktheit, auf die Geister, die angeblich in dem großen Haus herumwanderten. Ich wußte über Tonys Qualen Bescheid und über den Grund, warum Troy sich von der Welt zurückgezogen hatte.

Wie gut hätte Mammi verstehen können, was nun zwischen Luke und mir geschehen war, dachte ich; und jetzt begriff ich auch, warum sie so bekümmert darüber gewesen war, daß er und ich so viel Zeit miteinander verbrachten. Sie hatte unser Drama vorausgeahnt, da sie es selbst durchlitten hatte!

»O Mammi«, flüsterte ich, »wenn ich doch wenigstens noch einmal mit dir sprechen könnte. Jetzt bräuchte ich deinen Rat und deine Klugheit so dringend wie noch nie! Denn du weißt, wie ich fühle – du hast es selbst erlebt!«

Erst als eine Träne auf den Brief fiel, bemerkte ich, daß ich weinte. Vieles, was Troy an Mammi geschrieben hatte, hätte genausogut Luke mir schreiben können. Ja tatsächlich, beim Lesen von Troys Worten hatte ich Lukes Stimme vernommen.

Ich faltete den Brief zusammen und hob das Dach wieder von der Hütte, um ihn in sein Versteck zurückzulegen, in dem er all die Jahre über verborgen gewesen war. Er gehörte zu der Hütte; er war ein Teil von ihr. Die Musik zerriß mir fast das Herz, und ich dachte, daß es Mammi auch immer so ergangen sein mußte, wenn sie allein dasaß und der Melodie lauschte. Denn zweifellos sah sie dann Troys Gesicht vor sich und hörte seine Abschiedsworte . . . immer wieder, immer wieder!

Vielleicht war das alles ein wichtiger Grund dafür gewesen, daß sie nie mehr nach Farthy zurück wollte. Es war nicht nur ihr Zorn auf Tony. Die Erinnerungen an ihre verlorene Liebe waren zu schmerzhaft. Und jedesmal, wenn Luke und ich über den Irrgarten redeten und uns über Farthy Geschichten ausdachten . . . welche Qual hatten wir ihr dabei zugefügt, ohne es zu wissen. O Mammi, dachte ich, vergib uns. Unsere Phantasiegeschichten müssen dich zurückversetzt haben in diese kleine Spielzeughütte, müssen dich an eine Liebe erinnert haben, die du für immer hattest begraben müssen . . .

Das Klopfen von Mrs. Avery holte mich in die Wirklichkeit

zurück. Ich bat sie, einzutreten. Sie sah ungewöhnlich verstört und aufgeregt aus.

»Da ist jemand am Telefon, der sagt, er würde von Farthinggale Manor aus anrufen. Er sagt, es sei sehr wichtig.«

Würde ich denn niemals ganz frei sein von Tony Tatterton und seinen wahnhaften Halluzinationen und Verwechslungen? Ich spürte, wie Wut in mir hochstieg. »Nun, dann lassen Sie Tony Tatterton wissen, daß –«

»Nein, Annie, es ist nicht Tony Tatterton. Er sagt, es sei wegen Tony Tatterton. Er sagt, er glaube, Sie sollten es wissen.«

»Ich sollte es wissen? Was sollte ich wissen?« Mein Herzschlag setzte einen Augenblick lang aus.

»Das hat er nicht gesagt, Annie. Er wollte mit Ihnen persönlich sprechen, und deshalb habe ich Sie gesucht.«

»Oh. Sagen Sie ihm, daß ich komme.« Ich holte tief Luft, konnte aber nicht verhindern, daß ein kalter Schauer meinen Rücken herunterlief.

Ich folgte Mrs. Avery, so schnell ich konnte. Jetzt, da ich wieder auf meinen eigenen Beinen stand, enttäuschte und ärgerte es mich, daß ich noch so langsam war.

Mrs. Avery reichte mir den Hörer, und ich setzte mich hin.

»Hallo«, sagte ich mit dünner, ängstlicher Stimme. Ich hatte das Gefühl, mein Herzklopfen müßte am anderen Ende der Leitung zu hören sein.

»Annie!« Ich erkannte seine Stimme sofort, so wie es zweifellos auch meine Mutter getan hätte, wenn sie sie nach vielen, vielen Jahren wieder gehört hätte. »Ich dachte, du würdest es wissen wollen. Vielleicht möchtest du ja sogar zur Beerdigung kommen.«

»Zur Beerdigung?« Mir blieb das Herz stehen, und ich hielt den Atem an.

»Tony ist vor wenigen Stunden verstorben. Ich habe an seinem Bett gesessen.«

»Verstorben?« Plötzlich tat mir Tony leid. Einsam und verbittert hatte er die letzten Tage seines Lebens in dem Glauben verbracht, die Frau die er liebte, hätte ihn erneut verlassen. Durch mich hatte er die Tragödie seines Lebens nochmals durchlebt. Ungewollt war ich zur Mitspielerin geworden in einem Drama, das viele, viele Jahre zurücklag. So als wäre ich die zweite Besetzung, war mir eine Rolle zugefallen, die zu spielen auch Mammi gezwungen gewesen war. Jetzt endlich war der Vorhang für immer gefallen, die Lichter waren ausgegangen, die Schauspieler hatten die Bühne verlassen. Tony Tattertons Qualen hatten ein Ende gefunden.

Troys Stimme jedoch war voller aufrichtiger Trauer; es war keine Erleichterung zu spüren. Er hatte einen Bruder verloren, der einst fast ein Vater für ihn gewesen war.

»O Troy, es tut mir so leid. Ich wußte nicht, daß er krank war. Du warst bei ihm?«

»Ich hatte mich gerade zu dem Entschluß durchgerungen, mich öfter bei ihm sehen zu lassen und ihm in einer Zeit, in der er ganz verzweifelt jemanden brauchte, tröstend zur Seite zu stehen. Denn was ich dir erzählt habe, stimmt – er hat sich immer um mich gekümmert, wenn ich krank war. Und«, fügte er mit versagender Stimme hinzu, »er hat mich sehr geliebt. Letztendlich hatten wir ja auch nur uns beide . . .«

Meine Kehle war wie zugeschnürt, und einen Augenblick lang konnte ich nicht mehr schlucken. Ich bemerkte, daß meine Augen voller Tränen waren. Es fiel mir nicht schwer, mir vorzustellen, wie Troy an Tonys Bett saß und seine Hand hielt, während das Leben aus dem Körper seines älteren Bruders wich.

»Woran ist er gestorben?« fragte ich schließlich mit tonloser Stimme.

»Es war ein Schlaganfall. Anscheinend hatte er vor einiger Zeit bereits einen erlitten, allerdings einen sehr leichten, aber ich hatte nie davon erfahren.«

»Drake rief mich vor kurzem an und erzählte mir, er hätte mit Tony gesprochen, aber er hat nichts davon erwähnt, daß Tony ernsthaft krank sei.«

»Er schloß sich in seinem Zimmer ein, so daß nicht einmal Rye wußte, was mit ihm los war. Als er es dann bemerkte, war es bereits zu spät. Wenigstens war ich ganz am Ende bei ihm. Er redete sehr wirr und brachte alle Leute durcheinander. Nach einer Weile war ich mir nicht einmal mehr sicher, ob er wußte, wer ich bin, aber er rief deinen Namen und ich mußte ihm versprechen, mich um dich zu kümmern und dafür zu sorgen, daß es dir gut geht. Ich . . . Ich weiß, daß er schwere psychische Qualen durchlitten hat, und ich vermute, daß du das manchmal miterleben mußtest. Aber er war harmlos. Er war einfach ein Mensch, der nach Liebe suchte und nach einem Weg, seine Sünden wiedergutzumachen . . . etwas, was wir letztendlich alle auf die eine oder andere Weise tun.«

»Ich weiß.« Ich fragte mich, ob er aus meinem Tonfall heraushören konnte, wieviel ich tatsächlich über Tony wußte. »Ich weiß, daß Tony in Wirklichkeit mein Großvater war, Troy. Er hat es mir ins Gesicht geschrien, als ich wegging, und meine Tante Fanny hat es bestätigt.«

»Oh, so ist das.« Seine Stimme klang rauh. »Ich möchte das, was er getan hat, nicht entschuldigen, aber seine Ehe war tatsächlich außerordentlich kompliziert, leidvoll und schwierig.«

»Ja.« Ich hatte keine große Lust, jetzt über all das zu reden. »Troy, ich möchte zur Beerdigung kommen. Wann ist sie?«

»Übermorgen um zwei Uhr. Auf dem Familienfriedhof. Aber Annie, nach dem, was mir euer Hausmädchen erzählt hat, hast du gesundheitlich gute Fortschritte gemacht. Das freut mich für dich, und ich will nicht, daß du wegen irgend etwas einen Rückschlag erleidest. Falls so eine Reise also noch zu anstrengend für dich sein sollte –«

»Es ist nicht zu anstrengend für mich, und ich werde auch keinen Rückschlag erleiden. Ich . . . ich würde dich gerne wiedersehen. Ich hatte bisher noch nicht einmal die Gelegenheit, dir zu danken, daß du damals dafür gesorgt hast, daß Luke mich abgeholt hat. Du warst es doch, der Tante Fanny angerufen hat, nicht wahr?«

»Ich wollte eigentlich nicht, daß du weggehst, denn ich hoffte, wir würden uns noch öfter treffen können. Dann aber sah ich was sich abspielte, und es war mir klar, daß du zu den Menschen gehörst die du liebst. Das alles war sicher sehr schmerzlich für dich.«

»Ja, es war sehr schmerzlich. Ich wünsche mir manchmal, ich hätte eine Hütte so wie du, um mich vor allem Traurigen und Schmerzhaften verstecken zu können, und einen Irrgarten, der ungebetene Besucher fernhält.«

»Leid und Kummer finden immer einen Weg zu dir, Annie.

Ich habe das nur allzu oft erleben müssen«, sagte er traurig.

»Ich weiß«, sagte ich leise. Ich war kurz davor, mehr zu sagen, vielleicht sogar den Brief in dem Geheimversteck in der Spielzeughütte zu erwähnen. Troy schien das zu merken, denn er redete hastig weiter, um das Gespräch zu beenden.

»Dann sehe ich dich übermorgen, Annie. Ich freue mich sehr darauf. Bis dann, Adieu.«

»Adieu, Troy.«

Ich legte den Hörer langsam wieder auf die Gabel, während meine Gedanken um Tony kreisten. Trotz seiner Verrücktheit und seiner Lügen füllten sich meine Augen mit Tränen. Troy hatte recht gehabt: Tony war unvorstellbar reich gewesen und doch einsam und allein. Und wie alle Menschen hatte er sich nur danach gesehnt, zu lieben und geliebt zu werden . . .

Vielleicht hatte Rye Whiskey recht mit dem, was er über die Geister von Farthy gesagt hatte. Vielleicht waren sie es gewesen, die Tonys Qualen ein Ende bereitet hatten, indem sie ihn als einen der ihren zu sich riefen.

Tante Fanny war ziemlich ungehalten, als ich ihr sagte, daß ich auf Tonys Beerdigung gehen wollte.

»Weiß doch keiner, daß der dein Großvater war, Annie. Und keiner erwartet von dir, daß du ’ne halbe Weltreise machst, nur um zuzuschauen, wie der unter die Erde kommt.«

»Ich weiß, wer er war, Tante Fanny. Ich kann ihn nicht einfach vergessen oder hassen. Auf seine Art hat er ja versucht, mir zu helfen.«

»Dieser Ort ist Gift für dich, Annie. Diese ganzen Reichen richten sich auf die eine oder andere Art zugrunde. Nich daß ich nich will, daß du reich bist, Annie; es is nur die Art, wie die mit ihrem Zaster protzen. Immer glaub’n sie, daß sie was Besseres sind. Also, denk lieber nochmal drüber nach!«

Es dauerte den ganzen Tag, bis sie einsah, daß mein Entschluß unumstößlich feststand. Kurz nachdem mich Troy von Tonys Tod benachrichtigt hatte, rief ich Luke an. Beinahe hätte ich kein Wort herausgebracht, als er antwortete. Er klang so traurig, so einsam. Meine Hand zitterte, als ich seine Stimme hörte, aber dann schloß ich die Augen und bemühte mich, laut und deutlich zu sprechen. Als er meine Stimme vernahm, gewann auch die seine ihre Festigkeit und Frische zurück.

»Seit Tagen versuche ich dir einen Brief zu schreiben, Luke, aber alles, was ich aufs Papier bringe, gefällt mir danach nicht mehr.«

»Ich weiß. Das ist auch der Grund, warum ich nicht mit dir gesprochen und dir nicht geschrieben habe. Aber ich bin jetzt froh, daß du angerufen hast. Ich versuche, mich immer mit irgend etwas zu beschäftigen, um nicht ins Nachdenken zu verfallen, aber das ist gar nicht so einfach. Ich bin so glücklich, deine Stimme zu hören, Annie.«

»Mir geht es genauso. Ich rufe allerdings wegen trauriger Neuigkeiten an«, sagte ich und erzählte ihm von Tonys Tod und Troys Anruf. »Deine Mutter ist verärgert darüber, daß ich hingehen will, und hat erklärt, daß sie jedenfalls ganz bestimmt nicht nach Farthy zurückkehren will. Sie hat wohl geglaubt, allein würde ich nicht fahren wollen, aber ich werde es tun! Ich komme jetzt mit meinen Krücken schon ganz gut zurecht –«

»Ich werde am Morgen des Begräbnisses kommen und dich nach Farthy bringen«, antwortete Luke, ohne zu zögern.

»O Luke, ich hatte gewußt, daß du das tun würdest.«

»Ich liebe dich, Annie. Ich kann es nicht ändern. Ich werde damit leben müssen und daran leiden, bis ich sterbe.«

»Ich liebe dich auch, Luke.« Einen Moment lang sagte keiner von uns ein Wort. Schließlich seufzte ich tief, sah das Bild an, das ich von ihm gemalt hatte, und gewann meine Fassung zurück. »Übrigens, Luke, ich habe ein Bild von dir gemalt, wie du im Pavillon stehst.«

»Wirklich? Kann ich es haben und über mein Bett hängen?«

Eigentlich wollte ich es selbst behalten, aber es erschien egoistisch, seine Bitte abzulehnen.

»Natürlich.«

»Ich werde es mir ansehen, wenn ich dich abhole. Du brauchst dich wegen der Reise um nichts zu kümmern. Ich erledige das alles schon.«

»Danke, Luke.«

»Annie, es fällt mir zu schwer zu verleugnen, was ich für

dich empfinde.“ »Ich weiß. Mir geht es genauso.“ »Also, bis bald.«

Wir fühlten beide aus dem gleichen Grund, daß wir das Gespräch jetzt abbrechen mußten: Jedes Wort wurde zu einem spitzen Schwert, das sich in unsere Herzen bohrte. Dennoch fühlte ich mich sonderbar glücklich.

Später am Nachmittag rief Drake an. Er war überrascht, daß ich bereits von Tonys Tod wußte, und es verwunderte ihn noch mehr, als ich ihm erzählte, daß ich zur Beerdigung kommen würde. Er fragte mich nicht, wie ich davon erfahren hatte, und so erzählte ich auch nichts von Troy. Drakes geschäftlicher Tonfall stieß mich ab.

»Hör mal, wenn du schon beschlossen hast, hierherzukommen, hättest du mich ruhig anrufen können. Aber es ist ja noch nicht zu spät. Ich werde mich darum kümmern, daß du abgeholt wirst.«

»Das ist schon alles geregelt. Luke kommt auch mit.«

»Das hätte ich wissen müssen.«

»Bitte, Drake. Tony zuliebe, um seines Andenken willen, laß uns Frieden bewahren«, bat ich.

»Oh, ich werde mich selbstverständlich nicht zu . . . einer Auseinandersetzung mit ihm hinreißen lassen. Schließlich wird jeder, der in der Geschäftswelt Rang und Namen hat, zu dem Begräbnis kommen, da kannst du sicher sein.«

»Ich wollte nicht sagen, daß –«

»Wie auch immer, du kannst dir gar nicht vorstellen, wieviel noch zu tun ist. Ich habe gar keine Zeit, um mich mit Luke zu beschäftigen. Glücklicherweise bin ich hierhergekommen, bevor all das geschehen ist. Manchmal habe ich das Gefühl, die Leute halten mich für Tonys Sohn – soviel Respekt bringen mir alle hier entgegen! Ich wollte die Neuigkeit eigentlich als Überraschung aufheben, aber ich kann sie dir ja auch gleich erzählen: Bevor Tony starb, hat er mir ein dickes Aktienpaket seiner Firma überschrieben.« Er hielt inne, und als ich ihm nicht schnell genug gratulierte, fügte er trocken hinzu: »Ich dachte, du würdest dich freuen.«

»Ich weiß, Drake. Das ist ja genau das, was du dir gewünscht hast. Du bist bestimmt sehr glücklich.«

Er war enttäuscht über meine verhaltene Reaktion.

»Nun, wir sehen uns dann in Farthy bei der Beerdigung.«

»Ja, Drake.« Immer mehr hatte ich das Gefühl, mit einem Fremden zu reden.

Luke kam sehr früh am Morgen, um mit mir zum Flugplatz zu fahren. Als er in mein Zimmer trat, war ich jedoch bereits angekleidet und fertig. Ich stand ohne Krücken. Lange sahen wir uns nur an; dann wandte er seinen Blick dem Bild zu, das ich von ihm gemalt hatte.

»Donnerwetter, das ist wirklich gut.«

»Ich hatte gehofft, daß es dir gefällt.«

»Daß es mir gefällt? Ich liebe es. Du bist eine großartige Malerin, Annie. Die Leute werden einmal riesige Summen für deine Bilder zahlen!«

Erneut sahen wir einander schweigend an. Immer, wenn einer von uns etwas gesagt hatte, trat wie selbstverständlich eine lange Pause ein, in der nur unsere Augen sprachen. Jetzt gerade sagten ihm meine Augen, wie sehr ich ihn liebte und brauchte und wie sehr ich mich vom Schicksal betrogen fühlte. Und seine Augen sagten mir das gleiche.

Ich hatte gedacht, Tante Fanny würde nachgeben und uns begleiten, aber in ihr steckte die gleiche Casteelsche Sturheit, die ihrer Ansicht nach auch Luke und Drake besaßen. Jetzt brach sie unser quälendes Schweigen. Sie stand in meiner Zimmertür, die Hände in die Hüften gestemmt und den Kopf in den Nacken geworfen – ihre typische Haltung.

»Ich kann einfach nich glauben, daß du hierherkommst, nur um sie dahin zu bringen, Luke. Du hättest sie nich ermutigen sollen.«

»Ich wäre auch ohne ihn gefahren, Tante Fanny.«

»Deine Mutter ist vor diesem Mann und vor diesem Ort davongerannt, Annie.«

»Ich weiß.« Ich blickte lange auf eines der Fotos von Mammi auf meinem Toilettentisch. Es gehörte zu meinen Lieblingsfotos, denn auf ihm blickte sie zu den Willies hinüber, wobei offenbar irgendeine schöne Erinnerung ihre kornblumenblauen Augen zum Leuchten brachte. »Aber sie hatte die Fähigkeit, nach dem Unwetter die Regenbogen zu sehen, deshalb glaube ich, sie wäre auch zu Tonys Beerdigung gegangen, Tante Fanny.«

24. Kapitel
Mein Prinz

Als wir uns zur Abreise fertigmachten, stellte ich mir vor, wie es wäre, wenn wir jetzt gleich in unsere Flitterwochen fliegen würden. Was wäre, wenn wir einfach das Schicksal herausfordern, wenn wir davonlaufen und heiraten würden? Dann wäre dies die romantischste, zärtlichste Reise unseres Lebens. Stewardessen und andere Fluggäste würden verstohlen beobachten, wie wir uns aneinanderschmiegten. Sie würden still vor sich hinlächeln und dabei denken, wie schön junge Liebe doch sein konnte!

Als Luke mir in den Wagen half, der uns zum Flughafen bringen sollte, sah ich in sein Gesicht und konnte nur das eine denken: Wir gehören zusammen. Sollten wir uns wirklich unser ganzes Leben dagegen sperren? Man brauchte sich ja nur das Schicksal meiner Eltern vor Augen halten oder an die Pein denken, die Tony mitgemacht hatte. Warum sollten wir nicht das Glück wählen?

Während der Fahrt zum Flugplatz und während des Fluges überlegte ich unaufhörlich, ob ich Luke von dem Brief in der Spielzeughütte erzählen sollte oder nicht. Luke war während der Reise bislang sehr höflich, fast förmlich gewesen. Ich wußte, daß er versuchte, eine Wand zwischen seinen Gefühlen und mir aufzubauen, aber es war eine Qual für uns beide. Bald wußten wir uns keine unverfänglichen Dinge mehr zu erzählen, und jedesmal, wenn unsere Augen sich begegneten, pochten unsere Herzen so stark, daß unsere Gesichter sich dunkelrot färbten. Der Leidenschaft in uns würden wir nicht so einfach trotzen können. Da wäre es noch leichter, die im Rhythmus der Gezeiten hin- und herströmenden Meeresfluten zum Stillstand zu bringen oder die Blitze zu besänftigen, die über den Sommerhimmel zuckten.

Weil das Schicksal von Troy und Mammi dem von Luke und mir so sehr ähnelte, hatte ich das Gefühl, daß er erfahren müsse, wie sehr auch sie gelitten hatten. Sicherlich würde er dann besser begreifen, warum Mammi so unglücklich über unsere Freundschaft gewesen war.

Ich begann mit der Spielzeughütte; dann erzählte ich von meiner Entdeckung. Als ich einige von Troys Worten zitierte, traten Tränen in seine dunkelblauen Augen.

»Ich kann ihn sehr gut verstehen. Auch ich würde gerne der Welt den Rücken zukehren und allein auf der anderen Seite des Irrgartens leben«, sagte Luke.

»Nein, Luke, du darfst dich nicht von der Welt zurückziehen, so wie er es getan hat. Du mußt dir deinen Wunschtraum erfüllen und Arzt werden, und du mußt Liebe finden, reine, vollkommene, unschuldige Liebe. Du hast das wirklich verdient.«

»Und du?«

»Ich werde das gleiche tun . . .«

»Du bist keine gute Lügnerin, Annie. Deine Augen verraten dich.«

»Nun gut, ich werde es versuchen«, beharrte ich.

Er lächelte dieses arrogante Casteelsche Lächeln, das ich auch von Drake kannte.

»Luke Toby Casteel, du bist auch nicht allwissend.«

Sein Gesicht wurde auf einmal weich und traurig wie das eines kleinen Jungen.

»Ich weiß, was ich in meinem Herzen fühle und was du in deinem fühlst.«

»Trotzdem werde ich es versuchen, und du solltest das auch tun«, wiederholte ich in nicht besonders überzeugendem Tonfall. Dann wandte ich mich von ihm ab, damit er meine Tränen nicht sehen konnte.

Luke schlummerte während des restlichen Fluges, und ich starrte aus dem Fenster auf die winzigen Häuser und Straßen unter mir und wünschte mir erneut, wir würden in einer Tatterton-Spielzeugwelt leben, in der Träume wahr werden könnten.

Am Flughafen in Boston mieteten wir uns einen Wagen und machten uns auf den Weg nach Farthy. Unwillkürlich mußte ich wieder an Tonys Aufregung während meiner ersten Fahrt nach Farthy denken, als ich gerade aus dem Krankenhaus entlassen worden war. Er war damals so glücklich gewesen und so erpicht darauf, mir zu helfen! Wie hätte ich mir jemals vorstellen können, welchen Verlauf die Dinge bald darauf nehmen würden? Wenn Mammi eine Möglichkeit gehabt hätte, mir mehr über ihre Vergangenheit zu erzählen, vielleicht hätte dann dieses ganze Elend vermieden werden können.

Als wir Farthy erreichten, hatten sich die Trauergäste bereits vor dem Haus versammelt. Neben Miles, Curtis und Rye Whiskey waren Dutzende von Tonys Geschäftspartnern gekommen und viele Menschen, die für die Tatterton-Spielzeugfabrik arbeiteten. Die meisten waren schwarz gekleidet und unterhielten sich leise in kleinen Gruppen.

Es war ein warmer, aber bewölkter Herbsttag; genau richtig für eine Beerdigung, fand ich. Alles sah noch trostloser aus als sonst, und die trübe Stimmung ließ deutlicher als je zuvor erkennen, wie heruntergekommen Farthinggale Manor war. Ich erinnerte mich daran, mit welchem Stolz Tony das Anwesen beschrieben hatte, als wir zum ersten Mal hier herausfuhren . . . das Haus seiner Vorfahren, das von jedem Tatterton, der es geerbt hatte, verbessert und vergrößert worden war! Es war eine Ironie des Schicksals, daß Tony zwar einen Erben hatte, der in seine Fußstapfen treten würde, mit dem ihn jedoch keine Blutsverwandtschaft verband. Denn Drake war der Sohn Luke Casteels, des Mannes, dem Tony seine eigene Tochter abgekauft hatte. Und jetzt hatte er, im wahrsten Sinne des Wortes, seinen Erben gekauft . . .

Drake spielte seine Rolle ausgezeichnet. In einem schwarzen Anzug stand er vor dem Sarg. Sein Gesicht war feierlich und düster wie das eines Leichenbestatters. Die Leute, die er für die Beerdigung engagiert hatte, standen würdevoll um ihn herum und erwarteten seine Anweisungen. Andere wiesen die ankommenden Wagen ein, verteilten kleine Gebetbücher und Liedertexte.

Luke reihte sich hinter den anderen Autos ein und blickte zu dem riesigen Haus auf. Doch jetzt waren unangenehme Erinnerungen an die Stelle all des Rätselhaften und Aufregenden getreten, das wir früher mit diesem alten, grauen Gebäude verbunden hatten. Die Fenster der Räume, die einst die meinen gewesen waren, sahen dunkel aus. Alle Vorhänge waren zugezogen; wie Spiegel reflektierten die Fensterscheiben den grauen, verhangenen Himmel.

Die Hausangestellten kamen zuerst, um mich zu begrüßen. Curtis sah ganz verstört aus, seine Lippen bebten. Miles stand da wie betäubt, seine Augen starrten ins Leere. Sogar Rye sah auf einmal sehr müde aus. Der schmerzliche Verlust hatte ihn schnell altern lassen; er und Tony Tatterton hatten so viele Jahre miteinander verbracht.

Kurz darauf kam Drake. Er ignorierte Luke und wandte sich ausschließlich an mich.

»Wie geht es dir, Annie?«

»Mir geht es gut, Drake.« Ich war entschlossen, mich so würdevoll zu verhalten, wie es sich bei einer solchen Begegnung für die Tochter meiner Mutter gehörte.

»Es fängt gleich an.« Er kam noch näher an mich heran. »Weißt du, wer hier ist? Wer doch noch am Leben ist?«

»Ja.«

Überrascht starrte er mich an.

»Du weißt es?«

»Wenn du mir ruhig zugehört hättest, dann wäre ich in der Lage gewesen, dir zu erzählen, daß ich ihn hier getroffen habe und daß er es war, der Tante Fanny am Telefon riet, mich abzuholen. Aber du hast mich ja gleich mit Vorwürfen überhäuft, wie undankbar ich sei, und Luke der schrecklichsten Dinge bezichtigt.«

»Aber warum hat er Tante Fanny angerufen?«

»Weil er sah, was hier vor sich ging, Drake. Er wußte einiges, was zu sehen du dich geweigert hast«, sagte ich, ohne meinen Ärger zu verbergen.

Drake warf einen Blick auf Luke und wandte sich dann wieder an mich.

»Nun . . . ich . . . ich habe das getan, was ich für das Beste hielt, das Beste für dich, Annie. Es tut mir leid«, sagte er zerknirscht.

»Wir sollten diese Dinge jetzt ruhen lassen, Drake. Wir sind schließlich aus einem anderen Grund hier«, sagte ich mit fester Stimme.

»Ja, natürlich.« Einer der Leichenbestatter winkte ihm, er solle kommen. »Dann bis nachher.«

Er ging zurück zum Sarg. Meine Augen suchten überall nach Troy, aber ich konnte ihn nicht entdecken. Wo war er?

Meine Frage wurde beantwortet, als die Wagenkolonne sich vom Haus entfernte, und zum Familienfriedhof fuhr. Er war bereits dort und nahm allein Abschied von Tony. Sobald wir angekommen waren, kam er zu unserem Wagen. Seine dunklen, melancholischen Augen leuchteten auf, als er mich erblickte.

Jetzt, da er einen schwarzen Anzug und Krawatte trug, konnte ich die Ähnlichkeit zwischen ihm und Tony viel deutlicher erkennen. Doch Tonys Augen waren immer strahlend und aufgeregt gewesen, voll Verwirrung und Traurigkeit. Troys Augen dagegen waren ruhig.

»Hallo, Annie. Hattest du eine gute Reise?«

»Ja, danke, Troy. Troy, das ist Luke.«

»O ja«, Troy schüttelte ihm die Hand. Ich sah, wie sie einander in die Augen blickten, und spürte, daß sie einander sofort mochten. Mir wurde ganz warm ums Herz. Als ich die Tür öffnete, beeilten sie sich beide, mir beim Aussteigen zu helfen, aber Luke war schneller. Troy trat einen Schritt zurück und sah zu, wie mir Luke aus dem Wagen half.

»Du brauchst jetzt also nur noch eine Krücke. Das ist ja wunderbar«, sagte Troy. »Wieviel doch zärtliche Liebe bewirken kann.«

Luke, Troy und ich begaben uns zu den anderen. Ich sah, wie Troys Augen Lukes Hand folgten, als er die meine ergriff. Überhaupt war es sehr seltsam, wie Troy uns beobachtete. Immer wenn er uns ansah, schien sich seine Miene zu verdüstern. Schließlich nickte er kaum merklich und wandte sich ab, um den Worten des Pastors zu lauschen.

Danach hielt Drake eine kurze Rede, lobte Tony als Pionier der Geschäftswelt, der neue Märkte eröffnet und die Produktion völlig umgestellt habe. Ich staunte, wie erfahren er wirkte und wie gut er sich anscheinend auskannte. Er wirkte um viele Jahre älter, und ich dachte, daß Tony ihn richtig eingeschätzt hatte: Drake hatte tatsächlich Führungsqualitäten.

Der Geistliche bat die Anwesenden, nun das Lied anzustimmen, das auf den ausgeteilten Blättern abgedruckt war. Während des Gesangs wanderten meine Augen von Tonys Grabmal zu dem meiner Eltern. Gräber lassen alle Kämpfe, die das Leben mit sich bringt, bedeutungslos erscheinen, dachte ich. So viele Zwistigkeiten innerhalb meiner Familie waren hier begraben: Jillians Wahnsinn, Tonys Begierden und verwirrte Leidenschaften, die Flucht meiner Großmutter Leigh vor sich selbst, die enttäuschte und verlorene Liebe meiner Mutter . . . all dies hatte hier seine letzte Ruhe gefunden.

Troy und ich tauschten einen langen Blick aus, und ich hatte das Gefühl, er wußte, daß ich verstand, warum er an jenem schicksalsträchtigen Tag hatte in den Ozean reiten wollen. Er blickte von mir zu Luke und dann wieder zurück. Sobald der Gesang zu Ende war und der Geistliche seine letzten Worte gesprochen hatte, wandte sich Troy Luke und mir zu.

»Hättet ihr beide nicht Lust, ein wenig zu mir in meine Hütte zu kommen und etwas zu essen und zu trinken, bevor ihr euch wieder auf den Rückweg macht?«

»Gerne«, sagte Luke, und ich nickte nur. Ich blickte mich suchend nach Drake um, aber er war gerade damit beschäftigt, Geschäftsfreunde zu begrüßen, Hände zu schütteln und über Dinge zu debattieren, die für die Zukunft anstanden. Er würde unsere Abwesenheit wohl kaum bemerken, dachte ich.

Ich hatte ein ganz merkwürdiges Gefühl, als wir den Weg hinter dem Friedhof zur Hütte hinunterfuhren. Es war, als wären wir alle auf ein winziges Format geschrumpft, als würden wir die Spielzeughütte betreten und Bewohner einer Spielzeugwelt werden – einer magischen Phantasiewelt, der Welt, in der Luke und ich so oft gelebt hatten. Troy, der meisterhafte Schöpfer der Tatterton-Spielzeugwelt, war unser Magier. Er würde uns mit seinem Zauberstab berühren und alles Häßliche und Traurige einfach wegzaubern.

Luke war fasziniert von der Hütte und von Troys wunderbarem Spielzeug, besonders von dem mittelalterlichen Dorf. Troy machte uns ein paar belegte Brote und brachte uns etwas zu trinken, unterhielt sich mit Luke über das College, über Boston und über das Spielzeug, das er demnächst machen wollte. Ich lehnte mich in meinem Stuhl zurück und hörte nur zu, glücklich darüber, daß die beiden so gut miteinander auskamen.

Schließlich lehnte sich auch Troy zurück. Während er seinen Blick von mir zu Luke schweifen ließ, spielte ein liebevolles Lächeln um seine Lippen.

»Jetzt erzählt mir von euren Plänen.«

»Plänen? Luke ist wieder auf dem College. Er wird Arzt werden. Ich denke, ich werde eine Reise durch Europa machen, so wie es meine Eltern für mich geplant hatten. Ich werde dort die Werke der großen Meister studieren und dann selbst auf ein College gehen, um meine künstlerische Begabung zu entwickeln. Wir werden getrennte Wege gehen und uns bemühen, unserem Leben einen Sinn zu geben.«

»Aha.« Er wandte seinen Blick von uns ab. Das Lächeln verschwand von seinem Gesicht, verflüchtigte sich wie Rauch. Als er uns wieder ansah, stand erneut Sorge und Schmerz in seinem Gesicht. »Ich muß gestehen, daß ich Hintergedanken dabei hatte, als ich euch bat, mit mir zu kommen. Glaubt mir, ich habe mir tagelang das Gehirn zermartert. Es war eine große Versuchung, die Vergangenheit neben Tony, Jillian, Heaven und Logan zu begraben und weiterhin so zu leben, wie jetzt . . . wie ein Geist, weit weg von der richtigen Welt, beschäftigt nur mit meinen Phantasien, meinen Spielzeugen.

Sie ist so sicher und ohne Gefahren, diese Phantasiewelt. Aber ich habe das Gefühl, das ist etwas, was ihr bereits wißt, denn ihr habt sie als sicheren Zufluchtsort für eure wahren Gefühle gefunden.« Er sah uns wissend an. Wie konnte mich jemand, der mich nur flüchtig kannte, so gut verstehen und meine geheime Qual so rasch erfassen, fragte ich mich.

Er wandte sich seinen winzigen Geschöpfen zu.

»Ich kann mir vorstellen, mein ganzes Leben lang allein zu sein und den Rest meiner Tage mit den Gestalten meiner Phantasie zu verbringen. Das ist meine Art von Verrücktheit, denke ich; sie ist nicht so entkräftend wie Tonys Verrücktheit, aber dennoch eine Art von Flucht.

Aber jetzt, nachdem ich euch beide gesehen habe, weiß ich, daß ich kein Recht dazu habe; ich kann nicht vergessen und mich hier totstellen. Obwohl es schreckliche Wunden wieder aufreißt und mich zwingt, der traurigen Realität ins Auge zu sehen – ich muß es tun; denn ich darf nicht zulassen, daß auch du und Luke das durchmachen müßt, was Heaven und ich erlitten haben.«

»Troy, du darfst dir selbst nicht so wehtun.« Ich blickte zu Luke. »Wir beide wissen es bereits.«

»Ihr wißt Bescheid?«

»Ich habe mir die Spielzeughütte genau angesehen, die du meiner Mutter kurz nach meiner Geburt geschickt hast. Sie stammt doch von dir, nicht wahr?« Er nickte. »Und zufällig machte ich auch die Tür hinter der Küche auf . . . dieselbe Tür wie diese hier«, fügte ich hinzu und deutete auf den Hinterausgang.

Und da fand ich den Brief, den du meiner Mutter an dem Tag geschrieben hast, an dem Jillian starb und du die Entscheidung trafst, wegzugehen.«

Statt überrascht oder peinlich berührt zu sein, wie ich es erwartet hatte, nickte Troy nur, ein eigenartiges Lächeln in den Mundwinkeln, die Augen in die Ferne gerichtet.

»Sie hat ihn also behalten. Das paßt zu ihr. Auch, daß sie ihn in der Hütte unter der Treppe versteckt hat. O Heaven . . . meine geliebte Heaven.« Er wandte sich wieder mir zu und sah mir direkt in die Augen. »Dann hast du also herausgefunden, daß deine Mutter und ich uns heimlich liebten.«

Er stand auf, ging zu einem der vorderen Fenster und starrte lange hinaus. Luke ergriff meine Hand, und wir warteten geduldig. Auf einmal schlugen die Uhren die Stunde, und die Tür einer hellblauen Spieluhr – ebenfalls eine Miniatur der Hütte – sprang auf. Die winzige Familie, die darin lebte, kam heraus und zog sich dann wieder zurück – begleitet von der süßen, ergreifenden Musik, die ich so gut kannte . . .

»Troy . . .«

»Schon gut«, sagte er und ging zu seinem Stuhl zurück. »Manches von dem, was ich dir nun erzählen will, weißt du vielleicht schon von deiner Mutter.

Vor vielen Jahren, als sie noch ein hartes, entbehrungsreiches Leben in den Willies führte, lernte sie deinen Vater kennen. Sie wurden ein junges Liebespaar, versprachen einander die Treue. Wäre deine Mutter in den Willies geblieben, dann hätte sie wahrscheinlich deinen Vater geheiratet und hätte eine ruhige, glückliche Ehe in Winnerrow geführt. Aber das Schicksal wollte es anders.

Nachdem Luke Casteel seine Familie auseinandergerissen und seine Kinder verkauft hatte, lebte deine Mutter bei einer sehr egoistischen, eifersüchtigen Frau, Kitty Dennison, und ihrem Ehemann Cal. Es war ein hartes Los für deine Mutter, denn Kitty war eifersüchtig auf sie, und Cal . . . hat sie schließlich für seine Zwecke benutzt. Es ist nicht schwer zu verstehen, wie das geschehen konnte. Deine Mutter war jung und suchte verzweifelt nach jemandem, der sie liebte und gut zu ihr war. Cal, der wesentlich älter war und den sie als eine Art Vaterersatz ansah, fühlte das.

Eine Zeitlang war Logan deshalb sehr verbittert, und nach Kittys Tod, als deine Mutter nach Farthy kam und er auf das College in Boston ging, wies er sie zurück. Sie führte ein sehr einsames Leben hier. Auch ich machte damals eine schwere Zeit durch. Ich war überzeugt davon, daß ich nicht mehr lange leben würde. Ich war verbittert und hatte mich völlig zurückgezogen. Da lernte ich deine Mutter kennen, und eine Zeitlang erfüllte sie mein Leben mit Hoffnung und Glück. Wir sprachen von Heirat und machten wundervolle Pläne.

Dann verließ uns Heaven, um ihre verlorene Familie zu suchen, und während sie weg war – wie du aus meinem Brief ersehen konntest – sagte mir Jillian die Wahrheit: Tony war Heavens Vater; sie war meine Nichte. Ich wußte nun, daß wir niemals heiraten konnten, schrieb ihr einen Brief und ging weg von Farthy, um zu reisen und zu vergessen.

Ich kam erst zurück, als sie fort war. Wie du ja bereits weißt, ritt ich damals Jillians Pferd, Abdulla Bar, in den Ozean. Alle, selbst Tony, waren überzeugt, daß ich tot war. Und ich war tot. Ich empfand keine Wärme mehr und keine Hoffnung, irrte ziellos umher und wartete auf das unausweichliche Ende meiner armseligen Existenz.

Aber es kam nicht. Ich lebte auch dann noch, als ich meinen Träumen zufolge bereits hätte tot sein müssen. Schließlich kehrte ich zurück, hoffnungsvoll, mit neuen Kräften, von irgendeiner Zukunft mit Heaven träumend. Inzwischen hatte sie sich jedoch wieder mit Logan versöhnt, und die beiden hatten geheiratet. Heimlich lebte ich in der Hütte, und heimlich sah ich ihrem Hochzeitsempfang in Farthy zu, wobei ich das Gefühl hatte, als würde alles Leben aus mir weichen.

Eine Zeitlang lief ich im Park hin und her, dann schlich ich mich verstohlen ins Haus wie einer von Rye Whiskeys Geistern, um sie unbemerkt zu beobachten. Deine Mutter spürte meine Gegenwart und kam zur Hütte. Ich versuchte, mich vor ihr in den Gängen des Irrgartens zu verstecken, aber sie folgte mir und . . . entdeckte mich. Sie entdeckte, daß ich in Wirklichkeit noch am Leben war.

Wir trauerten beide um die Liebe, die wir verloren hatten, aber« – er hob die Augen, um mich anzusehen – »wir ließen es nicht dabei bewenden, obwohl wir uns zunächst trennten und zu dem Schluß kamen, daß wir uns niemals wiedersehen durften. Sie kehrte in dieser Nacht noch einmal zurück. Gott möge mir vergeben, aber ich hoffte und betete, daß sie es tun würde. Ich ließ meine Türe offen.

Sie kam, und wir verbrachten eine letzte Nacht miteinander, eine ganz besondere, kostbare Nacht, Annie. Denn wenn ich dich jetzt ansehe, dann habe ich nicht den geringsten Zweifel, daß deine Geburt die direkte Folge dieser gestohlenen Liebesnacht war.«

Mir liefen die Tränen übers Gesicht, als er uns sein Schicksal erzählte, aber als er diese letzten Worte sprach, blieb mir einen Moment lang das Herz stehen, und Luke drückte meine Hand so fest, als wäre er plötzlich aus einem tiefen Schlaf erwacht.

»Was . . . was sagst du da?«

»Ich sage, daß du meine Tochter bist, Annie – nicht die Tochter von Logan. Ich sage, daß ihr beide, du und Luke, nicht blutsverwandt seid. Fanny und Heaven waren keine Schwestern, und Logan war nicht dein Vater, obwohl er dich – da bin ich sicher – so geliebt hat, wie ein Vater seine Tochter nur lieben kann. Auch wenn er es tief drinnen in seinem Herzen gewußt haben mag.

Glaub mir, ich habe mich lange mit der Frage gequält, ob ich dir das alles sagen soll, denn ich hatte Angst, du könntest denken, deine Mutter habe sich verwerflich verhalten. Aber schließlich war ich mir sicher, Heaven hätte bestimmt gewollt, daß ich es dir sage, damit du und Luke einander nicht verliert, so wie wir uns verloren haben.

Wenn tatsächlich ein Fluch über den Tattertons liegt, dann deshalb, weil wir uns zu oft geweigert haben, der Stimme des Herzens zu folgen, und ich will nicht, daß auch du darunter leidest.

Vertreibe die dunklen Schatten von Farthy, Annie. Vergib den Menschen, mit denen das Schicksal ein grausames Spiel getrieben hat, deren einzige Schuld darin lag, daß sie sich zu sehr nach Liebe sehnten.«

Er senkte den Kopf, erschöpft von seinen Enthüllungen. Lange Zeit sprachen weder Luke noch ich ein Wort. Dann streckte ich meine Hand aus und ergriff langsam die meines Vaters. Er blickte auf und sah mich an, und in seinen Augen sah ich Mammis Gesicht, ihr lächelndes, wunderschönes Gesicht. Ich spürte ihren Trost und ihre Liebe, und ich wußte, daß alles, was Troy uns erzählt hatte, der Liebe entsprungen war.

Ich haßte niemanden; ich gab niemandem die Schuld. Es hatte sich so gefügt, daß die Wege und Schicksale zweier Familien, die so unterschiedlich waren wie Tag und Nacht, sich immer wieder kreuzten. Unruhe hatte beide ergriffen und sie für immer den Stürmen der Leidenschaft und des Hasses preisgegeben, Wahnsinn und Verderben über sie gebracht.

Nun waren Luke und ich in diesem unheilvollen Netz gefangen. Doch mein wirklicher Vater hatte beschlossen, daß es Zeit war, der Verwirrung ein Ende zu machen. Er zeigte uns den Weg, den Weg aus dem Labyrinth.

»Wir verspüren keinen Haß, und es gibt niemanden, dem wir etwas zu verzeihen haben.«

Er lächelte unter Tränen.

»Du hast so viel von Heaven in dir. Ich glaube, was du von ihr geerbt hast, ist stark genug, um die Melancholie zu besiegen, die du von mir mitbekommen hast.

Ich habe mich lange Zeit geschämt und diese Liebesnacht bereut, aber als ich sah, wie schön du geworden bist, und erkannte, wie anders dein Leben sein könnte, wenn du frei wärst von all den Lügen und Täuschungen, entschloß ich mich, dir das beste, das einzige Geschenk zu geben, das ich dir geben kann . . . die Wahrheit.«

»Es ist das schönste Geschenk, das ich je bekommen habe. Ich danke dir . . . Vater.« Ich stand auf und umarmte ihn. Wir hielten uns eng umschlungen, und als wir uns wieder aus der Umarmung lösten, küßte er mich auf die Wange.

»Geh jetzt und lebe ein freies Leben, frei von all den dunklen Schatten.

Er schüttelte Luke die Hand.

»Liebe und achte sie, so wie dein Vater Heaven geliebt und geachtet hat.«

»Ja, das verspreche ich.«

»Adieu.«

»Aber wir werden wiederkommen, um dich zu besuchen, immer wieder«, rief ich schluchzend.

»Das wäre schön. Es wird euch nicht schwerfallen, mich zu finden. Ich werde immer hier sein. Meine Flucht vor dem Leben ist vorbei.«

Er begleitete uns hinaus, und wir umarmten und küßten uns noch ein weiteres Mal. Dann stiegen Luke und ich in den Wagen. Ich blickte noch einmal zurück, um meinem Vater zu winken. Einen Augenblick lang dachte ich wehmütig, daß ich ihn vielleicht nie mehr wiedersehen könnte. Ich stellte mir vor, daß ich hierher zurückkommen und die Hütte leer vorfinden würde, voller unfertiger Spielsachen. Aber dann verdrängte der glücklichere und hoffentlich stärkere Teil in mir die düsteren Bilder und ersetzte sie durch Bilder von Troy, wie er als alter Mann, noch immer an seinen Spielsachen arbeiten und mich, Luke und unsere Kinder willkommen heißen würde.

Luke ergriff meine Hand und drückte sie.

»Halt bitte noch einmal am Familienfriedhof an, Luke.«

»Natürlich.«

Ich stieg aus, und wir gingen gemeinsam zu den Gräbern. Hand in Hand standen wir schweigend vor ihnen.

In der Ferne ragte das große, steinerne Haus auf, so hoch und majestätisch wie immer. Das Sonnenlicht durchbrach die Wolkendecke, und dann tauchten seine Strahlen den Park und das Gebäude in ein helles Licht.

Luke und ich blickten uns an. Worte aus unserer Phantasiewelt kamen mir in den Sinn: . . . *vielleicht wird alles so sein, wie man es sich wünscht ... wenn ich mir wünsche, daß die Welt aus Zucker und Sirup besteht, dann wird es so sein.*

Und wenn ich will, daß es ein wunderbares Schloß gibt, mit Hofmarschall, Hofdamen und einem traurigen Prinzen, der sich nach seiner Prinzessin sehnt, dann wird es so sein.

»Sei meine Prinzessin, Annie«, sagte Luke auf einmal, als hätte er meine Gedanken gelesen.

»Für immer und ewig?«

»Für immer und ewig.«

»O ja, Luke. Ja.«

Er legte seinen Arm um mich, und wir gingen zurück zum Wagen.

Ich lächelte vor mich hin. Ich war mir ganz sicher, daß hinter uns in der Hütte Troy gerade den Klängen des Nocturne von Chopin lauschte.